Scrittori italiani e stranieri

Caterina Zaccaroni

Vita di C.

ROMANZO

MONDADORI

librimondadori.it
anobii.com

Vita di C.
di Caterina Zaccaroni
Collezione Scrittori italiani e stranieri

ISBN 978-88-04-70805-6

Pubblicato in accordo con MalaTesta Lit. Ag. Milano
I edizione febbraio 2019

Vita di C.

A mia madre, a mio padre, a Caterina

Ma io vi prevengo che vivo
per l'ultima volta.
Né come rondine, né come acero,
né come giunco, né come stella,
né come acqua sorgiva,
né come suono di campane
turberò la gente,
e non visiterò i sogni altrui
con un gemito insaziato.

ANNA ACHMATOVA

Prima parte

L'INNOCENZA PERDUTA

La casa

Quando ero piccola non volevo crescere. Anche se non ero felice. La casa era il mio regno e la mia prigione. Fuori c'era il mondo, che conoscevo poco. Una finestra del salone affacciava sulla strada. Dirimpetto un'insegna verde-bianca anni Trenta: IMPRESA POMPE FUNEBRI POMPEO GOBERTI, e seduto lì sotto un vecchietto con gli occhi all'insù. Dall'età della ragione gli facevo le boccacce e mia madre mi sgridava. Era come se il vecchietto aspettasse di veder cadere qualche cadavere da casa nostra.

Mustafà

La casa era troppo grande e in penombra, unico amico Mustafà, che dormiva con me, con cui parlavo, che mi ascoltava suonare il piano. Gli piacevano Bach e Mozart. Detestava Chopin. Miagolava infastidito e scuoteva la coda. Se insistevo, saltava giù dal pianoforte su cui era venuto a sdraiarsi e se ne andava.

Le bambole non mi interessavano molto. Erano finte. Giocavo con lui. Aveva un pelo morbido e caldo, grandi occhi azzurri con le pupille orlate di viola. Era il mio compagno di giochi. Lo vestivo da bambola, ballavamo il valzer. Passavamo ore insieme davanti al caminetto, lui da una parte, io dall'altra. Lui mi guardava e socchiudeva gli occhi.

Mia mamma ogni tanto entrava urlando per picchiarmi. Si svegliava all'alba per fare pipì, poi le veniva in mente qualcosa che avevo fatto il giorno prima e si precipitava da me. Mustafà si metteva in mezzo. A volte le ha prese per difendermi.

Gruppo di famiglia

Mia madre era magra e nervosa, le gambe accavallate, la sigaretta in bocca, un libro giallo in mano e la radio perennemente accesa sul *Terzo programma*.

Mio padre non c'era. I miei erano separati da quando avevo nove mesi. Non li ho mai visti vivere insieme. Allora si odiavano. Quando si vedevano, la tensione tagliava l'aria. Lui avrebbe voluto per me tutt'altra educazione. Meno istitutrici di tedesco, meno danza, meno pianoforte e più senso della realtà.

In effetti mia madre mi insegnava il latino, ma ho imparato a leggere l'orologio a undici anni. Prima qualcuno calcolava il tempo al posto mio. Era sempre l'ora di qualcosa, tedesco, solfeggio, armonia, ginnastica artistica, danza. Il tempo per me era poco.

La Iole e la Ruth si muovevano lungo il corridoio con agilità e grazia malgrado la loro stazza, due nuvole soffici in perenne movimento, una bianca e una nera. Scolpivano lo spazio con la loro presenza, animavano le stanze rendendole vive. Erano le custodi.

La Iole era abruzzese, sempre di buonumore, dava del tu a tutti. Spesso girava per casa reggendo canestri pieni di cibo sul capo. Io ho provato a imitarla un paio di volte, con effetti disastrosi. Passava ore a preparare manicaretti. Ogni tanto andava in Abruzzo e tornava carica di dolci. Gestiva un magico equilibrio con la sua leggerezza.

Verso i cinque anni la mamma si è ingelosita e mi ha proibito di passare ore in cucina con lei. Mi divertivo a vederla cucinare. Però alcune cose mi sfuggivano. Aveva un modo particolare di uccidere i polli. Li feriva leggermente col coltello e loro continuavano a zampettare, seminando sangue. Poi d'un tratto si afflosciavano su se stessi. Non capivo se quello che guardavo era crudele o no. Il pollo non pareva soffrire. Ma moriva.

Una volta sono entrata in cucina con l'*Orlando Furioso* aperto su una stampa del Doré: «Questa è poesia» ho detto.

Mi ha guardato sorridendo: «È *questa* la poesia» ha replicato mescolando il ragù. Ho sgranato gli occhi. Mia madre ha sorriso.

Quando avevo quattro anni la Ruth mi faceva cantare Lieder tedeschi, tra cui *Ein Männlein steht im Walde ganz still und stumm*, poi mi diceva: «Sai, Dostoevskij non si può veramente tradurre in italiano, solo in tedesco». «Chi è Dostoevskij?» chiedevo io. Mi parlava della Mitteleuropa, dei suoi amici ebrei. «Il cosmopolitismo l'hanno inventato loro» diceva. «Cos'è il cosmopolitismo?» chiedevo io.

Era una profuga di Fiume arrivata a Forlì su un carretto carico di libri. Tutte le mattine faceva la doccia fredda alle sei e le piaceva girare in bicicletta. Io la chiamavo "Tante Ruth", e per me era come una nonna. Aveva la pelle bianchissima, occhi celesti, capelli corti un tempo biondi, ora striati d'azzurro. Quando Tito aveva preso il potere, era diventata un'impiegata nella libreria di cui prima era proprietaria. Non poteva più ordinare i libri che voleva. Era circondata da burocrati. Allora ha caricato le sue cose e se ne è andata.

Era di origine ungherese, si chiamava Hromatka. Parlava tedesco e russo. Non parlava italiano, ma fiumano, una lingua che poi ho riconosciuto a Venezia nel dialetto veneto. Era una lingua dolce e un po' ironica. Il suo unico figlio era scomparso in Russia a diciott'anni, un disperso di guerra. Da allora gli sciacalli la ricattavano con false notizie. Così aveva perso tutta l'argenteria. Le erano rimaste poche cose, tra cui una parure di smeraldi che aveva tenuto da parte per quando io mi sarei sposata. Poi un giorno, quando ero già grande, gliel'hanno rubata. Era disperata. Singhiozzava.

«Non ti preoccupare, per me non è importante. Tanto non mi sposerò mai» ho provato a consolarla.

«Non capisci, era per te.»

Malgrado avesse perso tutto, era sempre allegra e molto affezionata a me e a mia madre. «Tua madre s'è una vera signora» diceva. Si sono sempre date del lei, ma tra loro c'era una grande intimità, anche intellettuale. I romagnoli li chiamava "gli slavi addomesticati", perché secondo lei nascondevano una follia non pericolosa. Tutti amavano la Ruth, tranne il mio gatto. Mustafà era diffidente perché a volte lei lo trattava con una confidenza eccessiva. Lo prendeva in braccio, lo rivoltava, gli afferrava ridendo i testicoli. Lui arruffava il pelo e se ne andava miagolando, piccato.

Una sera, avevo sei anni, mio padre è venuto da noi a cena. Ero molto tesa perché non avevo preparato i compiti per il giorno dopo. Sapevo che mia madre si sarebbe arrabbiata. Dopo un pasto consumato a monosillabi, mentre mio padre scendeva lo scalone gli sono corsa dietro e l'ho implorato: «Ti prego, non andare via, altrimenti la mamma mi picchia perché non ho fatto i compiti». Allora lui è tornato, è scoppiato un alterco violento e sono finiti a lottare sul letto nella stanza del telefono.

La Iole mi ha rinchiuso perché non li vedessi, ma li sentivo dalla stanza vicina. Stavano litigando per causa mia. Ero figlia di due unità divise e incompatibili. Ma venivo da loro, nata dalla loro mescolanza. Non sapevo ancora come. Sapevo che ero nata dalla pancia di mia madre e che mio padre c'entrava qualcosa. Ogni tanto la gente si abbracciava e baciava. Aveva a che fare con questo, l'amore, non con quello che vedevo accanto a me.

Poi mio padre è partito, un po' mogio. Anche mia madre era triste e mi ha messo a letto con un tono mesto. Mi sentivo un verme. Il giorno dopo a scuola guardavo le altre bambine che parlavano di bambole. Non capivo come facessero, come avrei fatto io dopo quella sera.

Il terrazzo

Quando riuscivo, scappavo nel grande terrazzo su cui affacciavano le stanze da letto e la cucina. Quello era zona franca, lì potevo rifugiarmi. Un glicine dal cortile saliva a coprirlo con un manto di foglie e si arrampicava sopra, dove abitava la Iole.

Sul terrazzo ero fuori dal tempo e dai doveri che lo scandivano. Potevo sognare di essere invisibile o di volare come Peter Pan. I sensi di colpa erano altrove, in quello che dovevo imparare, negli esami da sostenere, nel controllo su gesti e parole.

Passavo ore a giocare col mio piccolo teatrino mentre il gatto inseguiva qualche lucertola o si arrampicava sugli alberi intorno. Ogni tanto la Iole si affacciava dalla cucina e sedeva con me sotto il glicine a raccontarmi le favole. Se avevo paura, nascondevo la testa tra le sue tette. Lì, al buio e al caldo, mi calmavo.

Un giorno guardavo incantata una girandola che ruotava col vento sui tetti dall'altra parte del cortile. Era l'unica cosa che si muoveva intorno, ruotava incessantemente. Alle mie spalle sentivo la Iole che parlava con la mamma. Ridevano, inseguivano il gatto che aveva rubato un pezzo di carne e si era nascosto dietro la dispensa. Era una scena familiare, tutto sembrava immobile. Improvvisamente ho avvertito che qualcosa stava cambiando. Tra poco non avrei più potuto nascondermi, avrei dovuto lasciare Peter Pan e l'Uomo invisibile, sarei entrata in un flusso molto più serio e definitivo che era lo scorrere del tempo. Stavo per varcare il mondo degli adulti, che spesso litigavano e potevano esserci anche guerre e morti. Era un mondo che non conoscevo, se non attraverso i libri, ma che mi aspettava dietro l'angolo. Avrei dovuto misurarmi con l'amore e tutto il resto, correre rischi, affrontare la vita non da cucciolo. Sarei stata una donna.

"Ho nove anni e ho deciso che non voglio crescere" mi sono detta. "Gli adulti non mi piacciono."

Sentivo di avere tutto il tempo davanti. Tutto ancora da vivere. Come agli inizi di una scala che sale e i gradini cambiano a seconda della percezione del tempo. Dalla mia prospettiva di bambina erano massicci e molto distanziati fino ai dieci anni. Poi seguivano una linea obliqua fino ai venti. Dopo la linea diventava orizzontale: ogni dieci anni si accorciava e settant'anni mi parevano un mondo che non aveva nulla a che fare con me, e questo bastava.

Primi traumi

A tre anni mia madre ha deciso che avevo le gambe storte. Mi ha portato nell'ospedale dove mio nonno materno era stato primario. Era già morto alla mia nascita, ma lei conosceva tutti. Eravamo di casa. Quella volta mi ha detto: «Va' col dottore in quella stanza». Sono andata. Mi hanno fatto sdraiare su un lettino, mi hanno coperto le gambe con una colata di gesso e sono uscita sulle stampelle. Era luglio, faceva un caldo terribile e non potevo grattarmi. Dopo un mese è arrivato mio padre e ha fatto una scenata: «Dovresti ingessarti il cervello!». Comunque il gesso me l'hanno tolto.

A quattro anni è stata la volta delle adenoidi. Mia madre mi ha detto di prepararmi perché avremmo fatto una gita al mare. Era giugno inoltrato, una giornata splendida di sole. Ci siamo fermate a casa di Mara, una mia compagna di asilo. Mara abitava in una villetta con giardino dove andavo spesso a giocare e dove suo padre, otorinolaringoiatra, aveva lo studio. Siamo entrate. Io ho chiesto di Mara. Mia madre mi ha affidato all'infermiera e insieme siamo scese nello studio, che era in uno scantinato. L'infermiera mi ha detto di sedermi e prendere una pillola. Subito dopo è arrivato anche il padre di Mara, che era biondo con gli occhi azzurri, come la figlia. Ho detto che non volevo pillole, volevo andare al mare. Hanno insistito, ho tentato di ribellarmi. Mi hanno legata a una sedia e il padre di Mara mi ha spalancato la bocca dicendo: «Stai ferma, altrimenti mi sbaglio e ti prendo la gola». Poi ha cominciato a tagliare. Non potevo urlare per il sangue. Da una finestrella in alto intravedevo il giardino, i colori dell'estate, gli alberi. Sentivo le grida allegre di Mara. Ho intravisto un'ombra che correva, i capelli biondi sciolti. Già che c'era, il padre di Mara mi ha tolto anche le tonsille. Nessuno mi ha spiegato niente. Dopo mi hanno portato a casa, a letto. Mia madre mi ha detto che non mi aveva avvertito per non spaventarmi. Per lo shock mi è venuto un blocco al duodeno, non riuscivo più a mangiare. Ho mangiato pochissimo fino allo sviluppo, a quindici anni. Poi l'appetito è esploso.

Lezioni di solfeggio

A cinque anni ho iniziato a prendere lezioni di solfeggio al liceo musicale della cittadina in cui abitavo, in un vecchio palazzo nobiliare piuttosto in disuso. Per accedere alla stanza delle lezioni di solfeggio dovevamo passare dallo stanzino del bidello, che era un uomo vecchissimo e tremolante. Un giorno, all'uscita, mi ha bloccato e mi ha chiesto se potevo parlare un po' con lui. Gli altri bambini erano già usciti. Mi ha detto che era molto solo. Vedovo, aveva un figlio che non vedeva mai. Mi ha chiesto se potevo dargli un bacio sulla bocca. Mi faceva schifo, ma ho risposto di sì perché provavo pietà. Ha appoggiato le sue labbra, fredde e livide, sulle mie. Tremava. Era una sensazione molto sgradevole, ma sono rimasta immobile, perché mi faceva pena.

Non ha fatto altro. Ma la scena si è ripetuta più volte. Finché non ho detto a mia madre che non volevo più andare a lezione di solfeggio. Alle sue domande, le ho spiegato perché, molto naturalmente. Non c'era nulla di cui sentissi di dovermi vergognare. Lei non ha fatto commenti. Ma ricordo lo sguardo che ha incrociato con la Ruth. Mi ha detto di non preoccuparmi, che la cosa non si sarebbe ripetuta.

Infatti non si ripeté. Il bidello non fu licenziato, ma da allora mi lasciò in pace. Solo sospirava quando mi vedeva passare. Credo che l'episodio sia stato archiviato come demenza senile. Quale del resto era. Però quello è stato il mio primo bacio. Freddo e viscido come la morte.

Al mare

Tutte le estati andavo al mare. Mia madre affittava una casa con giardino nella pineta sul fiume e ci trasferivamo con la Iole e il gatto. Ogni tanto lo incrociavamo davanti a un bar tornando la sera.

Mia madre aveva un'amica con una figlia della mia età, molto robusta e grande nuotatrice. Giocavo con lei, ma non mi piaceva. Cercava sempre di mettermi le mani addosso, con la violenza o col ricatto. Una volta mi ha messo la testa sott'acqua e l'ha tenuta finché non le ho permesso di toccarmi in mezzo alle gambe. A mia madre non dicevo niente perché avevo paura.

Ogni giorno remavo dalle nove alle dieci del mattino mentre mia madre mi insegnava il latino. Poi avevo diritto a un bombolone, che era di una pasta calda e croccante ricoperta di zucchero.

Fino ai sei anni giravamo in carrozza, poi un giorno mia madre ha detto: «Da oggi si gira a piedi».

«Perché?» ho chiesto.

«Perché Olmo ha deciso così.» Olmo era il fratello maggiore, la sua parola era legge.

Io non mi ponevo domande. Non avevo idea che ci fossero problemi di denaro in famiglia. A volte la cucina traboccava di cibo e profumi di ragù, a volte mia madre dimenticava di far la spesa e il frigo era vuoto. Soprattutto dopo la partenza della Iole, che nel frattempo si era sposata e ci aveva lasciati.

Che il frigo fosse vuoto a me non importava. Al massimo si usciva a comprare una pizza al trancio, la pizza Altera.

Problemi di classe

Il primo impatto con i problemi di classe l'ho avuto da piccola in campagna dallo zio Olmo. Aveva un podere vicino a Dozza dove la casa padronale confinava con quella dei contadini. Loro davanti avevano l'aia, noi il giardino, col cancello sempre aperto. Da piccoli io e i miei cugini giocavamo con i figli dei contadini. Un giorno Cesare ha fatto la pipì sulla loro palla e loro si sono lamentati con lo zio. Pensavano che Cesare l'avesse fatto apposta per umiliarli. Per noi era solo un gioco, ma abbiamo intuito che c'era un problema, una differenza. Loro avevano un altro codice di comportamento. Lo zio si è sfilato la cinghia e ha frustato Cesare. Lui era quello che veniva picchiato di più perché maschio e primogenito. Ginevra era punita molto meno. Ma la cinghia era solo per lui. Io invece non venivo mai picchiata. Non ero sua figlia e poi lo zio aveva un debole per me. In qualche modo gli ricordavo sua madre.

I contadini non mi erano molto simpatici per come trattavano gli animali. Più che indifferenti, erano crudeli, si divertivano a farli soffrire. Quando sgozzavano il maiale, si sentivano le sue urla dalla mia stanza. Una volta hanno scuoiato un coniglio ancora vivo davanti a me. Un'altra, hanno gettato dal fienile i gattini appena nati sotto agli occhi della madre che miagolava disperata sull'aia. Loro ridevano, sembravano divertirsi.

Solo i due vecchi mi piacevano. Lei era grossa e analfabeta, coi capelli raccolti in una crocchia. La sera raccontava per ore delle favole sempre diverse, seduta su una seggiola nell'aia. Se mancava la luce, andavamo a dormire con le candele. Proiettavano lunghe ombre azzurrine sulle scale. Tutto era trasfigurato, immaginavamo presenze di fantasmi, gnomi, folletti.

Il vecchio era alto e secco, col viso indurito dalle stagioni. Parlava poco, ma quando raccontava della campagna la ragnatela di rughe sulla sua faccia si illuminava. Sapeva tutto sugli alberi, i concimi, gli animali. Amava i bambini.

La stagione degli amori

Abbiamo preso una compagna per Mustafà, siamese come lui, e l'abbiamo chiamata Perla. Perla era sottile e sinuosa, più selvatica, perché da piccola aveva patito la fame. In primavera, verso maggio, iniziava la stagione degli amori. La gatta miagolava strofinandosi contro i vasi e le piante. Dopo un po' il terrazzo si riempiva di maschi. Salivano dal cortile su per il tronco del glicine, scendevano dai tetti. Lei continuava a strofinarsi e a miagolare con voce rauca, loro la fissavano ipnotizzati. Appena uno si avvicinava, soffiava e graffiava. Questo gioco andava avanti per ore. Poi i maschi si azzuffavano sotto gli occhi della gatta, che li osservava immobile. Uno a uno i perdenti se ne andavano malconci. Rimanevano Mustafà e un enorme gatto nero, un bastardo lungo circa il doppio di lui. Mustafà aveva paura, ma erano in gioco la sua gatta e il suo territorio e doveva battersi. Noi non potevamo intervenire, se non in casi estremi. Si guardavano, Mustafà ringhiava piano, l'altro gli si avvicinava accerchiandolo, finché non si attaccavano, soffiando con i denti scoperti. Una volta il gatto nero ha staccato un pezzo di naso a Mustafà. Ero affascinata dalla violenza e dalla crudeltà della scena. Tutto accadeva per necessità. C'era un codice a cui nessuno dei tre poteva sfuggire.

Io e mio padre

Eravamo sul moscone, mio padre remava. Io ero seduta di fronte a lui. Attorno il mare era azzurro e deserto. Una giornata assolata estiva. D'un tratto dai suoi calzoncini è fuoriuscito una specie di verme violaceo e molle. Penzolava assurdamente sulla coscia destra, occhieggiava in modo osceno e misterioso. Istintivamente ho fatto finta di nulla, ma ero incatenata dall'immagine. È trascorso un po' di tempo prima che mio padre se ne accorgesse. Poi disinvoltamente ha rinfilato il verme nei pantaloncini. Avevo otto anni, era la prima volta che vedevo il sesso di un uomo. Non ne capivo il senso, né l'estetica. Era come un'appendice posticcia che non c'entrava nulla col resto. O invece sì? Non capivo.

Elba

A tre anni ho fatto il primo viaggio da sola con mio padre. Andavamo all'isola d'Elba a trovare un suo amico che aveva due figlie della mia età. In macchina ho detto: «Voglio la mamma». «La mamma non c'è» ha risposto. In nave, verso le tre del pomeriggio, ho detto: «Voglio la mia aranciata». Lui ha messo sottosopra mezza nave per farmi avere una spremuta. Ho bevuto due sorsi. «Non ne voglio più» ho detto. Mi ha fulminato con gli occhi: «Da questo momento l'aranciata non esiste!» ha urlato. Non ho più fatto capricci.

Le bambine dell'amico erano insopportabili. Non ci capivamo. Chiassose e un po' volgari, quanto io ero silenziosa e compunta. Stavo tutto il tempo da sola. «Cosa c'è che non va? Perché non giocate tutte insieme? Perché te ne stai sempre in un angolo?» Mio padre mi trovava presuntuosa e snob. Era vero, ma non potevo farci nulla. Era la mia unica difesa. Le bambine non mi piacevano, non avevo nulla in comune con loro. Non mi piaceva neanche l'aragosta. Mi rifiutavo di mangiarla.

Abbiamo fatto il giro dell'isola. C'era molto verde e pini fin sulla spiaggia. L'isola era bella. Abbiamo visitato un forte dove aveva soggiornato Napoleone. Mi sono nascosta tra le rocce.

Ascoltavo le voci delle bambine che ridevano nel terrapieno sopra di me. L'eco delle loro risate. Mi annoiavo e mi mancava la mamma.

Il vestito di broccato

Per due anni la mamma ha ricamato un vestito di broccato bianco. Passava ore con l'ago e le perline sui bordi dei fiori di stoffa. Dietro ai suoi gesti c'erano nevrosi, follia, tendenza compulsiva, fierezza cieca. Ma anche rigore, perseveranza, attesa. Mesi e mesi passati a cucire un abito che non avrebbe mai indossato. Per una vita che non avrebbe mai vissuto. Con un uomo virtuale, immaginario. Che in realtà non le avrebbe mai riempito le notti. Ape regina e solitaria. Una gazzella ferita e pallida chiusa in una città di provincia, compressa da una vitalità feroce e senza sbocco.

Il vestito era un lungo corpetto cucito a una gonna di tulle. Finalmente una sera l'ha indossato e ha iniziato a camminare nervosamente su e giù per il corridoio, per un'ora. Poi si è tolta il vestito e non l'ha più messo.

Io, la Ruth e la Iole osservavamo attonite sfilare questo ottuso e cupo rifiuto di giovinezza. Il corpo sinuoso ondeggiava dall'alto delle gambe tornite, le anche voraci avvolte di voile, stizzite in uno scatto ritmico come un gesto di rifiuto. Paralisi e impotenza. Le labbra turgide piegate in una smorfia, le pupille assenti. La chioma folta e mossa sulle spalle mentre incede nell'abito di raso bianco intarsiato di fiori e rami di rose, mille diamanti di luce sfavillano nel buio del corridoio contro la sua pelle chiara, la massa scura dei capelli che l'avvolge come una nube.

Piero

Mia madre aveva un amante, Piero, che io detestavo. Non li ho mai visti baciarsi, ma sapevo. Mio padre non voleva che lo frequentassi. Un giorno Piero è venuto a casa e mi sono rifiutata di salutarlo. Lei ha detto che ero scortese, mi ha colpito. Questo

Piero aveva qualcosa di viscido che non mi piaceva. In realtà ero gelosa. Proteggevo mia madre. Ero il piccolo uomo di casa.

Mi irritava quando gli uomini la guardavano per strada, il che avveniva regolarmente. Una volta un tipo le ha fatto un complimento dall'altra parte del marciapiede. Ho attraversato di corsa la strada e gli ho detto: «Se parli ancora così a mia madre, ti distruggo». Lui è scoppiato a ridere. Avrò avuto quattro anni e come cavaliere ero piuttosto improbabile.

Una sera, ero già a letto, ho sentito un alterco in salone. Mi sono alzata, scalza, ho socchiuso la porta del corridoio, ho origliato dalla stanza d'ingresso. Stava litigando con Piero.

«Vai via.»

«No, non me ne vado.»

«Se non te ne vai, urlo.»

«Tanto se urli non ti sente nessuno.»

Mi sono avvicinata al tavolo e ho preso due pugnali del Congo belga per intervenire, nel caso la situazione degenerasse. Ma stavo anche attenta a non farmi sorprendere, perché mia madre mi avrebbe picchiato. Era sempre nervosa, nevrotica, instabile. Mi picchiava non per cattiveria, ma perché perdeva il controllo.

Finalmente lui è uscito e io sono scivolata piano nel corridoio. Ho aspettato che scendesse per lo scalone, poi sono andata a dormire. Ho fatto in tempo a sentire Piero che diceva: «Questa volta me ne vado, ma tornerò».

Come nei film.

Ciccioformaggio

Spesso accadeva che mi fermassero con mia madre per la strada e mi dicessero: «Poverina, chissà come soffre per la separazione dei genitori». Al che replicavo: «Non soffro affatto. Sto benissimo». Oppure, alla domanda: «Vuoi più bene al tuo papà o alla tua mamma?». «A tutti e due.»

Amavo entrambi i miei genitori, anche se mio padre non lo vedevo quasi mai. Ha preso una seconda laurea a Modena, si è trasferito a Merano, poi a Milano. Lo vedevo due, tre volte l'anno. Ma era sempre una festa. Era allegro, mi faceva giocare. «Adesso facciamo l'aeroplano» diceva. Ero molto piccola. Mi reggeva sul palmo della mano e mi faceva ruotare su e giù per la stanza. Come in una giostra. Io ridevo. Non avevo paura di cadere. La stanza era piena di luce. Vedevo la polvere danzare nell'aria, un pulviscolo luminoso e trasparente. Mi lanciava per aria e mi prendeva al volo prima che cadessi. Mia madre si spaventava: «Pino, cosa fai?». Ma io mi sentivo sicura tra le sue braccia. Non poteva succedermi niente di male.

Mi chiamava "ciccioformaggio". Gli piaceva inventare nomignoli buffi. Una volta, durante una festa, ricordo confusamente che mi ha preso in braccio e il suo amico Gianfranco mi ha fatto bere un po' di champagne che mi è andato di traverso. Poi mi ha soffiato in faccia il fumo del sigaro. Tutti ridevano, anch'io. Forse ho tossito. Qui i ricordi si interrompono. Pare mi abbiano chiuso per un attimo in frigorifero. Non deve essere stato un episodio traumatico. C'era un'allegria contagiosa.

Filo a ritroso

Mia madre era orfana di entrambi i genitori. Mia nonna è morta quando lei aveva otto anni per una setticemia causata da un'iniezione fatta dalla cuoca, che maneggiava animali morti. Morì dopo una lunga agonia. Suo marito era medico, ma nel 1938 non era ancora stata inventata la penicillina.

Fin da piccola mia madre era bellissima e caratteriale. A tre anni girava per casa nascondendo un coltello per tagliare le mani alla sua istitutrice tedesca, che poi le ha spaccato un dito ed è stata licenziata. È così che mia madre è scampata alle lezioni di pianoforte.

I genitori venivano da famiglie di proprietari terrieri. Mia nonna soffriva d'insonnia, passava notti intere a leggere. Studiava greco e latino, parlava francese e tedesco. Scriveva in gotico. Negli anni Venti ha vissuto due anni a Parigi col marito. Era affascinante e un po' melanconica, come le donne di quel tempo. Era piuttosto indipendente per l'epoca. Guidava la macchina da sola, senza autista, si truccava. Era religiosa senza essere bigotta. Faceva sedute spiritiche. Pare abbia avuto una corrispondenza con D'Annunzio. In parecchi hanno perso la testa per lei. Un amico di famiglia è andato in Africa per dimenticarla e lì ha perso un braccio in una pressa.

In realtà non so molto di lei, di cui porto il nome. Sono cresciuta nella sua stanza, in mezzo alle sue foto, grandi occhi neri dallo sguardo intenso, capelli folti e ricci tagliati a caschetto, collo lungo, naso leggermente aquilino, labbra carnose e un sorriso che partiva dall'incavo delle guance. Aveva due cameriere morfinomani che non ha mai licenziato per non metterle sulla strada. Correvano voci sulla sua morte. Alcuni sostenevano si fosse suicidata, ma pare fosse pura calunnia. Io ho sospettato che fosse morta di morfina, ma sembra fosse molto vitale, con un appetito formidabile.

Il nonno era allegro, amava lo sport, la buona tavola, e soprattutto la musica. Un suo antenato era stato il tenore preferito di Rossini. Lui suonava il piano e tutti gli anni andava a Salisburgo. Era ateo, come il figlio. Dopo la morte della moglie ha sposato una sartina coetanea di mia madre che probabilmente ha contribuito a farlo morire d'infarto quando la mamma aveva ventidue anni.

Alla morte della madre, mia mamma è stata spedita in collegio a Firenze, a Poggio Imperiale. Lì per mesi non si vedeva un maschio e tutte le ragazze si precipitavano a guardare il garzone del fornaio che portava il pane la mattina. È arrivata anche la figlia del re dell'Afghanistan, che era musulmana e prendeva in giro le altre che andavano a messa.

La guerra mia madre l'ha vissuta di striscio, per lo più in campagna, in una delle ville di famiglia. Però la sua migliore amica è saltata per aria con una bomba e lei per anni ha continuato a parlarle come se fosse viva. A tredici anni si aggirava per la campagna sperando di essere violentata dai partigiani. La casa è stata occupata dai tedeschi, poi dagli inglesi e dagli americani. Tutti suonavano il pianoforte e hanno rubato foto della nonna. Gli americani lasciavano stecche di sigarette e cioccolata dopo aver suonato. Così la mamma ha iniziato a fumare a quattordici anni.

La bisnonna – si chiamava Leonilde, bellissima anche lei e

pazza – era ancora viva, diabetica e paralitica sulla sedia a rotelle. Non le hanno detto che c'era la guerra. Quando sono arrivati, i tedeschi si sono accordati con l'ufficiale. Nessun soldato sarebbe mai entrato nella sua stanza. Una volta però uno entrò e vide una vecchia con una nuvola di capelli bianchi e gli occhi come braci nere che urlava a squarciagola. Scappò via più terrorizzato di lei.

La bisnonna era stata allevata dalle suore. Un giorno la madre del futuro sposo andò a chiedere la sua mano per il figlio. «Per carità, non la sposi» dissero le suore. «Mio figlio ha una parola sola» rispose lei. «Questa parola gli costerà cara» fu il commento.

Lei gli rovinò l'esistenza, in particolare quando scoprì che aveva avuto un figlio illegittimo con un'altra. Una volta, per seguirlo, fece preparare in piena notte la carrozza, costringendo la famiglia ad andare con lei, compreso mio zio, piccolo e scalzo in mezzo alla neve.

Li accomunava il cibo. Potevano mangiare per ore, seduti ai lati opposti del tavolo, senza parlarsi. Poi lei afferrava un lembo della tovaglia rovesciando tutto a terra, tra il disagio dei camerieri. Finirono lei col diabete, lui con la gotta. Ma sempre con un appetito insaziabile.

Ebbero due figli, mia nonna e un fratello, anche lui bellissimo, ma stupido. La bisnonna lo chiamava "il deficiente". Secondo suo marito il maschio avrebbe dovuto essere mia nonna, che invece non faceva che studiare.

Mia nonna non ha avuto un'infanzia felice. Da piccola la bisnonna la faceva penzolare per i capelli fuori dalla finestra e la riempiva di lividi, anche la notte prima delle nozze. Erano ricchissimi. La base erano le terre, mentre le professioni si alternavano. Mio bisnonno era architetto, ma c'era anche un generale in famiglia, famoso per aver combattuto e vinto tutte le battaglie con Garibaldi in Sicilia. Il denaro era fondamentale. Quando mia nonna morì, sua madre le sfilò subito dal dito l'anello di brillanti perché non andasse alla moglie del figlio. Che poi ha perso quasi tutto sui tavoli da gioco. Adesso i brillanti sono arrivati fino a me, unica cosa rimasta.

Comunque la bisnonna amava mia madre. La quale crebbe

viziata e selvatica, perché mio nonno era quasi sempre a Bologna per lavoro e il fratello studiava a Venezia.

A sedici anni mia madre si prese una gran cotta per un tipo brufoloso con gli occhiali, che la portava sempre a messa. Lei diventò religiosa per carenze affettive e per reazione all'agnosticismo del padre e del fratello. Un giorno il fidanzato le disse: «Laura, quando ci sposiamo devi intestarmi tutto, perché sei capace di innamorarti del primo che passa e abbandonarmi coi figli». Lei gli diede un morso.

Poco tempo dopo conobbe mio padre, che era bello, giovane, allegro. E soprattutto sano. Fu un colpo di fulmine. Lui veniva da tutt'altra famiglia. Mio nonno Alberto è l'unico che ho conosciuto. I suoi antenati erano allevatori di polli e piccoli commercianti. Una mia zia aveva ancora una bancarella al mercato quando io ero piccola. Ciononostante il nonno studiò lingue a Ca' Foscari a Venezia. Fu mantenuto agli studi da un conte molto ricco e senza figli amico di sua madre. Diventò direttore di banca e amministratore delle terre di un marchese. Sposò la donna che amava, la madre di mio padre. Andò in guerra, si ammalò gravemente di nefrite causata dal gas nervino. Fece un pellegrinaggio a Lourdes, guarì e si convertì. Questo portò a conseguenze imprevedibili. Secondo i dettami cattolici, il nonno fece un figlio dopo l'altro. Al quarto, il dottore disse che la nonna non poteva più avere figli, altrimenti sarebbe morta. Morì all'ottavo.

Il nonno, allora quarantaseienne, prese in casa una contadina di sedici anni, Maria, per accudire l'ultima nata. La mise incinta. Scandalo. Ci fu una riunione di famiglia. Mio padre aveva quindici anni, suo fratello Giacomo diciassette, la primogenita diciotto. Giacomo disse al padre: «La sposo io e salvo l'onore della famiglia». «No, sono io che la sposo.»

Il nonno fu trasferito a Caltanissetta e diede le dimissioni. Sposò Maria ed ebbe con lei altri sette figli. Risultato: miseria. I più piccoli mangiavano i resti dei grandi, c'era una rivalità tra i figli della prima e della seconda moglie. I figli della prima si sentivano superiori rispetto a quelli della contadina. Ma c'era anche una forte coesione di clan.

Il nonno regnava. Nessuno osava sollevare obiezioni, la sua

parola era legge. La mattina alle sei buttava giù dal letto i figli perché dicessero le preghiere. D'estate li mandava a lavorare in campagna, nei suoi tre poderi, coi contadini. Senza paga.

L'unico che si salvava era mio padre. Sempre invitato in casa di amici, spariva per tutta l'estate. Aveva finito il liceo classico e studiava Medicina. Si manteneva agli studi vincendo le gare di pistola celere e vendendo le medaglie d'oro. Era campione nazionale – come, a suo tempo, il nonno. Dormiva alla stazione di Bologna e studiava sui libri degli amici.

L'incontro con mia madre fu un cortocircuito. Lei era ancora vergine e di lì a poco non lo fu più. Per tre anni fecero l'amore ovunque, nei campi, negli androni, in stanze rubate. Poi mio nonno morì e lei rimase incinta. Mia madre era *natura naturans*, l'idea di abortire non la sfiorava neanche. Lui invece era terrorizzato. Amava mia madre, ma temeva la sua follia. Sapeva che veniva da una famiglia di pazzi, geniali, ma pazzi. C'era una soluzione sola: sposarla. Lo fece.

I primi tempi andò tutto bene. Non credo ci fosse un gran dialogo intellettuale tra loro. Erano troppo diversi. Ma facevano l'amore tre volte al giorno, anche poco prima che lei partorisse. Forse per questo sono nata anzitempo, con grande imbarazzo di mia madre. Non voleva si sapesse che si era sposata incinta.

Mio padre aveva ventisei anni ed era già medico. Ha tentato di fare abortire mia madre a sua insaputa, con delle iniezioni che avrebbero dovuto staccare la placenta dalle pareti dell'utero. A lei ha raccontato che erano iniezioni ricostituenti. Alla quarta mia madre gli ha detto che non le voleva più perché le davano fastidio. Aveva ventitré anni, era forte come un toro. La placenta non si sarebbe staccata neanche con le cannonate.

E io volevo nascere.

Coitus interruptus

Come nascono i bambini l'ho saputo alle medie. Alle elementari eravamo solo femmine. Dopo l'asilo i maschi li avevo frequentati poco, alle medie invece ce n'erano di tutti i tipi e l'impatto è stato violento. Un giorno, a undici anni, un mio compagno mi ha spiegato brutalmente che cos'è il coito, la penetrazione e per me è stato uno shock. Non potevo credere che l'amore fosse un fatto talmente bestiale. Con mia madre non osavo parlarne, perché non era un argomento di conversazione. Una volta le avevo chiesto come facessero le farfalle a riprodursi e lei mi aveva dato una lunga spiegazione di cui avevo capito poco. Anche in seguito non ho osato chiederle altro. È stato dopo i vent'anni che i ruoli si sono invertiti e ho voluto sapere tutto. Anche che mio padre l'ha quasi fatta abortire.

Io sono stata concepita sul parquet davanti al caminetto, tra un coitus interruptus e un altro. Sono figlia della passione e sono sempre stata fiera di questo. Per nove mesi mia madre mi ha allattato, mentre mio padre andava e veniva per lavorare. Poi tutto è precipitato. Un amico di mio padre aveva fatto una rapina e c'era scappato il morto. All'uscita di galera nessuno voleva più frequentarlo. Mio padre l'ha portato a casa, dove c'erano feste tutte le sere. Lui era spesso assente. Mia madre ovviamente ha provato un'attrazione irresistibile per il criminale. Non ne ha fatto un gran mistero. Non era il tipo capace di essere moglie e avere l'amante. È fondamentalmente monogama. Era spesso triste e tormentata e si stancava facilmente degli uomini. Anche se con Piero la storia è durata dieci anni.

Dopo qualche tentativo di rimettere insieme il rapporto lei e mio padre si sono separati. Lui l'ha odiata per anni. Però nessuno ha mai parlato male dell'altro in mia presenza. Lei si sentiva in colpa. È stato il motivo per cui ha abortito mio fratello dopo angosce penose. Per evitare a mio padre di doverlo disconoscere. Non c'era ancora il divorzio. Ma l'aborto l'ha segnata. Il mio fratello mancato era figlio di Piero, l'uomo che odiavo. Io di questo allora non sapevo nulla.

A casa del nonno

Avevo un rapporto speciale con mio nonno paterno. Ero la sua prima nipote, figlia del figlio prediletto. Mostrava il massimo rispetto per mia madre. Forse pensava, come altri, che mio padre l'avesse lasciata troppo sola. Il tono autoritario che riservava a tutti con me scompariva. Era burbero, ma affettuoso. Avvertivo la sua presenza come un ombrello protettivo. Un patriarca.

Era l'unico nonno che avessi e gli volevo bene, anche se non avevo con lui la familiarità che provavo con la Iole. Mi mostrava la vite del suo giardino, assaggiavo i grappoli d'uva dolce. Quando andavamo a messa insieme, lasciava sempre una banconota come offerta, anche se Maria si lamentava di non avere abbastanza soldi per la spesa.

La casa era piena di bambini e ragazzini di tutte le età. Si mangiava in due tavoli in stanze diverse, il nonno con i grandi, io in cucina con Maria e i più piccoli. Lei stava sempre in piedi, non l'ho mai vista seduta. Camminava su e giù tra i fornelli, imboccava o sgridava a turno.

Vigeva la legge del più forte. I più grandi avevano maggiore autorità, mangiavano di più. I più piccoli subivano o si arrangiavano. Io ero privilegiata. Era ovvio che fossi la cocca del nonno. Ero anche figlia di Pino. Questo incuteva rispetto, ma anche un certo vago compatimento per come ero. "La Madonna di Loreto" mi chiamò una volta mio zio Franco, che allora aveva quindici o sedici anni. Io mi sono offesa, ma aveva ragione. Ero piena di anelli e bracciali, non avevo appetito, ma sempre mi toccava il piatto migliore. Non capivo la loro fame. Non la conoscevo. E non capivo la violenza. Non l'accettavo neanche a casa mia, ma lì aveva dinamiche diverse. Per loro la violenza era sopravvivenza e riscatto. Non è che si picchiassero dalla mattina alla sera, ma erano in tanti, c'era un'allegria violenta e vitale nei loro gesti, nel timbro della voce. Non avevano paura. Non la mia, almeno. Io mi sentivo viva, ma ero come imprigionata in un bozzolo. Mi sentivo crisalide. Fasciata da strati di ombre, che mi bloccavano e controllavano i gesti.

La pistola

Zio Olmo abitava a Imola con la moglie e i tre figli: Cesare, Ginevra, Alessandro. Cesare aveva solo un anno meno di me e da piccoli eravamo inseparabili. Gli dicevo: «Vieni, che ti faccio vedere una cosa». Poi lo portavo sotto al divano e allargavo le gambe. Lui raccontava al cantiniere Gustin che gli avevo fatto vedere la pistola.

Quando ci hanno scoperti la zia ha detto che non dovevamo.

«Perché no?» ho chiesto.

«Perché siete cugini.»

«E allora?»

«Allora non potete, perché se vi sposate fate tanti bambini deficienti.»

Deficiente sarai tu, pensavo io.

Ogni tanto mi coprivo con i veli di tulle delle bomboniere e camminavo per casa dando la mano a mio cugino Cesare. Questo quando decidevo che dovevamo sposarci. Passavo con disinvoltura dalla scoperta della sessualità alla mistica. Un giorno mi tiravo giù le mutande, il giorno dopo volevo farmi suora o morire per stare vicino a Gesù.

I maschi erano diversi da me, molto più lenti. All'asilo passavano ore a giocare sul prato con le macchinine. Io non capivo questo loro interesse per le cose meccaniche. Allora mi avvicinavo, li guardavo e mi tiravo giù le mutande. Loro smettevano di giocare e mi inseguivano. Correvo in lacrime dalla maestra dicendo che mi davano fastidio e venivano puniti. Quando mia madre è andata a lamentarsi, le hanno riferito che ero io a provocarli. Lei era un po' preoccupata, ma le maestre le hanno spiegato che si trattava di sessualità precoce e che tutto sarebbe rientrato nei ranghi.

Così è successo. Verso i sei anni è nato il pudore, che poi mi ha bloccato per tutta l'adolescenza e oltre.

Mia madre seguiva tutto ciò senza interferire. Non si è mai scandalizzata, non mi ha mai parlato di sesso e peccato. Scuole laiche, nessuna demonizzazione, anche se mi portava a messa. Era la Ruth a demonizzare, ma io ero piuttosto impermeabile. All'inizio per me il sesso era un gioco fatto di malizia e allegria. Crescendo invece ho cominciato ad aver paura. Non tanto della cosa in sé, che neanche capivo, quanto delle emozioni. Emozione uguale vulnerabilità uguale paralisi. Ma questo è venuto dopo, nell'adolescenza.

Pipì

Da piccola ero più veloce di mio cugino. Ma una volta, in campagna, abbiamo fatto un gioco: chi faceva la pipì più in alto. Ha vinto lui. Io e mia cugina facevamo la pipì solo per terra.

Non capivo perché. Da allora ho voluto emulare tutto quello che faceva Cesare. Se lui saliva su un albero, io volevo salire più in alto. E così via. Finché un giorno lui non ha preso la bici per scendere la carreggiata, che attraversava la proprietà lungo una collina molto ripida. Nella fretta, ho preso la bici senza freni. Mi sono lanciata anch'io, ho perso il controllo e la bicicletta è volata in aria sulle pietre in fondo alla discesa. Ho visto le stelle, grandi e irregolari, a colori violenti, poi sono ricaduta a terra.

Sono accorsi i contadini e mi hanno sollevato. Ero piena di lividi, mi reggevo a malapena. Mi hanno sgridato. Ma ero viva.

Le palline

Da piccola ero vanitosa. Ci tenevo molto a essere una femmina. Mia madre in questo non mi aiutava. Mi vestiva in modo sobrio: calzettoni, pantaloncini, pochi vestiti. Capelli corti o rapati. Io volevo essere una donna. Le donne avevano il seno e volevo averlo anch'io. Nei negozi di scarpe per bambini regalavano una pallina di gomma per ogni acquisto. Così un giorno, a quattro anni, ne ho infilate due sotto al vestito e sono entrata in cucina con aria disinvolta.

«Cos'hai lì?» ha chiesto mia madre, che stava parlando con la Iole.

«Niente» ho risposto io.

«Vieni qua» ha detto sorridendo.

Mi sono avvicinata, ha sollevato il vestito e le palline sono cadute a terra rimbalzando per tutta la cucina. Lei e la Iole sono scoppiate a ridere. Io mi sentivo profondamente umiliata e scoperta con le mani nel sacco.

Il problema si è riproposto nell'adolescenza. Avevo già dodici, tredici anni ed ero irrimediabilmente piatta. Quasi tutte le mie compagne avevano il ciclo e il seno. Io no. Mi imbottivo con pezzi di ovatta. All'epoca ero diventata molto pudica e nessuno poteva vedermi nuda.

A quattordici anni non c'era ancora ombra di mestruazioni e mia madre cominciava a preoccuparsi. Mi ha portato da un medico per chiedergli se bombardarmi o no di ormoni. Lui le ha detto che ero sanissima e non dovevo essere toccata. Gli ormoni mi avrebbero rovinato. Ero alta, già un metro e settantatré, e le donne alte tendono a svilupparsi più tardi, diceva, perché poi lo sviluppo blocca la crescita in altezza. Inoltre studiavo molto e questo ritardava ulteriormente. Non c'era che da aspettare.

Finalmente il ciclo è arrivato quando avevo quasi quindici anni. Ricordo il panico, l'umiliazione la prima volta che ho visto il sangue colarmi tra le gambe in bagno.

Il cambiamento vero e proprio c'è stato a diciotto anni. Improvvisamente il mio corpo è esploso, sempre d'estate. Avevo centodieci di seno e cento di fianchi. Ero una massa di carne compatta e dura come il marmo. Mia madre mi chiamava "il mio fiorone". Avevo un seno che era una sfida alla legge di gravità.

Nel frattempo desideravo solo morire e avrei voluto essere un giovane omosessuale secondo i dettami greci. Odiavo il mio corpo e non volevo essere toccata. Pensavo che la mia femminilità mi rendesse vulnerabile. Avrei voluto nascondermi ed essere invisibile. Invece ero visibilissima e i ragazzi mi ronzavano attorno. Nascondevo la timidezza dietro un atteggiamento distaccato.

Mara

Io e Mara eravamo sempre insieme, il pomeriggio andavo spesso a giocare da lei. Tutti i suoi compleanni li festeggiavamo nella sua casa col giardino. Finché una volta, avevo otto anni, non venni invitata. Molto dopo ho saputo perché. Il marchese Paolucci, amico di mio padre, lo aveva avvertito che la mamma aveva un amante. Poi i miei si erano lasciati. Da allora lei aveva smesso di salutarlo, ma io continuavo a giocare coi suoi figli. Quella volta, però, il marchese disse alla madre di Mara che i suoi figli non sarebbero andati alla festa se ci fossi stata anch'io. Mia madre venne a saperlo dalla Ruth, che insegnava tedesco anche a Mara e a suo fratello.

Il giorno del compleanno di Mara mia madre mi portò dal migliore pasticciere della città e scelse la scatola di dolci più grande. Mi fece scrivere un biglietto di auguri per Mara. Ero molto nervosa. «Ho paura che questo rovini l'amicizia con Mara» le dissi.

In realtà smisi di vederla. La cosa più strana è che in seguito frequentammo insieme due anni di medie e continuammo a vederci fino alla maturità, quando, dopo il liceo, prima io poi lei lasciammo la città.

L'ho rincontrata dopo anni. Mi ha chiamato e sono andata a trovarla. Adesso è sposata con tre figli, non ha più nulla della bambina che era mia amica. Mi ha confessato che nell'adolescenza per lei ero un mito, perché i ragazzi si innamoravano di me. Mi ha raccontato di una gita scolastica a Venezia, dove lei aveva una cotta per un mio compagno di scuola che non aveva occhi che per me. Io non ricordo niente. Tutto cancellato dopo quel compleanno. Ma ricordo ancora la mia ansia dal pasticciere, quando non volevo firmare il biglietto. Sentivo che ero coinvolta in un'ingiustizia che riguardava gli adulti. Forse c'entrava il fatto che i miei erano separati, ma non capivo bene. Ho reagito con una rimozione totale, come se Mara fosse morta. Poi ci siamo perse di vista. Quel filo era stato interrotto e il mio orgoglio, o il dolore, avevano fatto il resto.

Quando ho rivisto Mara, le ho chiesto: «Com'ero dopo, a quindici, sedici anni?».

Lei ha sorriso: «Eravamo tutte molto preoccupate per te. Eri così timida, inaccessibile. Ci chiedevamo: "Qualcuno informerà Caterina di come nascono i bambini?". Sembrava che tu vivessi in un altro mondo».

In effetti era così.

Lezioni di piano

Il primo suono era quello dei passi sul parquet scricchiolante. La stanza era grande e cupa. La voce della Bellagamba arrivava come una staffilata: «Avanti». Mi avvicinavo fino alla sua faccia da teschio accanto al pianoforte. «Buongiorno» salutavo. Poi appoggiavo i libri di piano sul leggio e mi sedevo davanti alla tastiera. Sapevo che qualunque cosa avessi fatto, avrei sbagliato.

Iniziavo con le scale: do minore, re maggiore, poi continuavo con Scarlatti o Bach. L'attacco era violento e imprevedibile: «Cos'è questo? Secondo te questo sarebbe Bach? È musica questa, secondo te?». Con un colpo secco scaraventava i libri per terra e io dovevo raccoglierli. A volte mi colpiva di piatto sulla nuca. Oppure mi strattonava un braccio. Oppure mi tirava la coda di cavallo. Voleva sempre i capelli legati. «Così crescono più in fretta» diceva. Tutta la mia percezione si concentrava nel punto dove ero stata colpita. Spesso mi bacchettava le mani mentre suonavo.

Una volta mi ha ferito un dito mentre eseguivo Chopin. «Continua!» ha ordinato. Quando ho terminato il pezzo, la tastiera era macchiata di sangue. «Pulisci!» Ho preso uno straccio e ho pulito, tasto dopo tasto. Poi ho ripreso a suonare.

Non parlavo quasi mai. Ero atterrita. «Cosa fai, l'acqua cheta?» mi chiedeva. «Sembri una madonnina infilzata. Parla, di' qualcosa.» Vedevo i suoi occhi di ghiaccio su di me, le narici dilatate nel naso camuso, le labbra strette sbavate di rossetto, le dita deformate dall'artrite con le unghie laccate. Balbettavo qualche scusa. «Sei falsa, ecco cosa sei!» sibilava.

Sì, ero falsa, ero stupida. Ero qualunque cosa lei nominasse. Più mi insultava, più mi sentivo in colpa. Verso di lei e verso tutti quelli che mi avrebbero voluta veder suonare. Odiavo la musica, la stessa musica che poi mi ha accompagnato per tutta la vita.

Ho iniziato a prendere lezioni a sei anni e ho smesso a diciannove, quando ho cambiato città. Mia madre mi ha mandato da lei perché era amica di mio nonno e si sarebbe offesa se fossi andata da qualcun altro. Nessuno si è reso conto di cosa lei facesse ai bambini. Molti, anche pieni di talento, hanno smesso di suonare.

Io non potevo. A otto anni ho iniziato a mangiarmi le unghie, a nove mi veniva mal di stomaco prima di vederla. Non c'era nulla da fare. È stata una lunga lezione di tortura, un viaggio verticale nell'umiliazione. Ho incominciato a sviluppare un meccanismo di difesa che mi rendeva parzialmente insensibile, ma ero velocissima nel percepire anche la minima gratificazione. Frequentavo il liceo e davo gli esami da esterna al conservatorio. A diciott'anni mi esercitavo al piano per tre ore al giorno.

Al saggio di fine anno ho suonato la *Patetica* di Beethoven. Ero terrorizzata, come sempre, fino a cinque minuti prima di andare in sala. Poi mi sono seduta al piano e attorno a me si è fatto buio. Ho attaccato la tastiera dominandola, conoscevo a memoria la variante di ogni suono, sfioravo i tasti a occhi chiusi. E a un tratto è scomparsa la paura e qualunque altra cosa, tranne il suono pieno che mi avvolgeva. Il suono creato dalle mie dita, dal silenzio. Sono scoppiati gli applausi. Ero frastornata. «Brava!» urlavano. Tutto mi giungeva come da un'eco lontanissima. Ma nelle mani sentivo ancora la forza che mi aveva posseduta. Non potevo più odiare nessuno, neanche lei, che ora mi sorrideva, quasi tra le lacrime.

Montepaolo

D'estate andavo per qualche settimana da mio nonno in campagna, a Montepaolo. Aveva una casetta in cima al colle, accanto alla chiesa dei frati. Era una casa molto semplice, ma dal prato la vista spaziava fino al mare. Il nonno mi portava a vedere gli alberi che aveva piantato. Un bosco intero. Aveva un cane, un incrocio tra un pastore tedesco e un lupo. Era un cane tenace e resistente, abituato a nutrirsi con poco, fedelissimo al suo padrone.

In casa non c'era la televisione. Ogni tanto la sera io e Betta andavamo a guardarla dai frati. Betta era una mia zia quasi coetanea. Aveva tre mesi più di me, ma a tredici anni era già una donna. Piccola, la pelle bianchissima, grandi occhi neri dalle sopracciglia folte, una massa di capelli corvini dai riflessi blu, gambe sottili e seno già sviluppato. Sorrideva spesso con gli occhi, e sulle guance si aprivano due fossette. Quando si emozionava, arrossiva. Un leggero strabismo di Venere le rendeva lo sguardo misterioso.

Di giorno passeggiavamo per il bosco, i campi, raccoglievamo le ciliegie dagli alberi, i fichi neri e quelli verdi con la goccia. Le sere d'estate parlavamo per ore, ascoltavamo i grilli, sognavamo mille futuri diversi. Ci raccontavamo dei rispettivi ragazzi che ci facevano il filo, di quelli che ci interessavano. Le emozioni scaturivano dai dettagli. Lei che andava a prendere il latte la sera e incontrava il ragazzo che le piaceva. Dialoghi brevi e intensi, non accadeva mai nulla che non fosse uno sguardo, una carezza fuggevole. L'erotismo era giocato sulle allusioni, le pause di silenzio, le attese. Non avevamo fretta. Aspettavamo che la giovinezza ci si aprisse davanti come un prato magico e pericoloso.

Betta faceva una vita molto diversa dalla mia. Frequentava le magistrali, d'estate per mantenersi lavorava come commessa alla Standa. Non viaggiava mai, a parte qualche giorno al mare o a Montepaolo d'estate. Era contenta così. Era normale che la mia vita fosse diversa, che frequentassi danza, ginnastica artistica, liceo musicale, che avessi istitutrici tedesche e che viaggiassi. A lei non interessava. Ci volevamo bene ed eravamo complici, siamo cresciute insieme nella stessa città, abbiamo condiviso esperienze fondamentali fin da piccole. Con lei ridevo, scherzavo, mi distraevo dalla mia malinconia.

La morte del nonno

Il nonno era sempre sveglio ed energico. Teneva la famiglia in pugno, anche i figli più grandi, già adulti e indipendenti. I più belli, gli ultimi due, li ha avuti a oltre settant'anni. D'un tratto però è invecchiato. Perdeva la memoria, camminava a fatica. Arteriosclerosi, dicevano. Un giorno se l'è fatta addosso mentre camminava, si è seduto e si è messo a piangere piano. Non era più il nonno che conoscevo. L'hanno portato in ospedale. È stata una lunga agonia. Respirava a fatica, ogni respiro un rantolo soffocato. Mio padre passava le notti a massaggiargli la schiena per aiutarlo. Ricordo la fatica del suo respiro che riempiva la stanza. Soffocavo anch'io in quel respiro. Poi è morto. Era freddo e giallo come cera, sdraiato e immobile. Era il primo morto che vedevo. Avevo tredici anni.

Dopo il funerale mio padre ha deciso di andare con me sulla Costa Azzurra. Siamo partiti in novembre. Era cupo e nervoso. Aveva litigato con un suo zio perché si rifiutava di portare il segno del lutto sul braccio. In macchina mi ha guardato e mi ha detto: «Se non ci fossi tu, mi sarei già sparato». Ho sentito il peso del suo dolore, la mia responsabilità di esistere. C'ero perché mio padre non si uccidesse.

In silenzio, in macchina, rivedevo flash di lui col nonno, la memoria del loro stare insieme, la complicità che li univa. Il paesaggio fuori era autunnale, ma è cambiato in Francia. Le spiagge erano deserte, pochissima gente in giro, aria di fuori stagione. La luce era tersa e trasparente, il clima mite. In macchina ho messo il nastro dei Beatles *While My Guitar Gently Weeps*. Le note riempivano le immagini della mia tristezza un po' straniante. Il nonno era morto e ancora non l'avevo veramente capito. Avvertivo il riflesso nella luce vuota e limpida intorno.

Mio padre era silenzioso. Non parlavamo perché non c'era niente da dire. Non c'erano parole. Io ero intimidita, ma mi calmava la bellezza del paesaggio, un limbo di quiete senza turisti, il mare azzurro ghiaccio. Abbiamo passeggiato sulla spiaggia, la sabbia fine sotto i piedi, un piatto di pasta sotto una tettoia. Gabbiani.

Poi bisognava trovare un posto dove dormire. Mio padre ha chiesto una stanza per due, senza specificare, dando i nostri nomi. Ci hanno preso per marito e moglie, o meglio, come uomo d'affari e giovane amante. Ci hanno dato una stanza con letto matrimoniale. Non volevo dormirci. Non potevo dormire nello stesso letto con mio padre. Il suo odore. Mio padre aveva un odore acre e pungente. Non cattivo, ma penetrante. Era un odore che mi turbava e ci avvicinava in un'intimità che rifiutavo. Mi chiudevo in bagno quando era ora di andare a letto. Dalla finestra ho fumato le mie prime sigarette, di nascosto. La nausea, il senso di vertigine. Ho provato a lamentarmi: «Spiegagli che siamo padre e figlia, voglio due letti, voglio dormire da sola».

«Che differenza fa?» ha risposto lui.

Il giorno dopo a tavola il cameriere mi ha domandato: «Che cosa desidera la signora?».

«Non *signora*, "signorina"» ho replicato io, aggravando la situazione. Mio padre ha strizzato l'occhio al cameriere: «Sì, certo, *signorina*...». Sorrideva sornione. Io ero furibonda: «Tu glielo devi dire!». Tremavo ma avevo la voce ferma. «Glielo devi dire che sono tua figlia.»

Non capiva il mio disagio, l'umiliazione di sentirsi presa per l'amante del padre, magari la giovane segretaria un po' oca che accompagna il capo in vacanza per distrarlo. E così lo diventavo. Mi sembrava che tutti lo sapessero, che sogghignassero di sottecchi ogni volta che passavo. Sentivo l'odore di mio padre che mi soffocava come una gabbia. "Come ti permetti" avrei voluto gridare. Ma non potevo. Mio padre era sacro, qualunque cosa facesse. Non riuscivo a odiarlo.

Lo Schloß

Quando avevo nove anni mia madre ha iniziato a mandarmi per un mese in collegi tedeschi o austriaci per migliorare il tedesco. Erano posti deprimenti dove mi annoiavo mortalmente. A tredici anni, dopo gli esami delle medie, sono finita in un convitto per fanciulle sulla Fraueninsel, l'isola delle donne sul Chiemsee, un lago bavarese. Sveglia e doccia fredda alle sette. Le mie coetanee tedesche giravano nude per la stanza senza porsi nessun problema. Non soffrivano il freddo, mentre io tremavo intirizzita a ogni temporale. Le monache non mi piacevano. Avevamo l'obbligo di andare a messa tutti i giorni, la disciplina era rigidissima. I pasti immangiabili. Ricordo una monaca dal naso adunco che recitava il Pater Noster davanti alla scodella di minestra. A un certo punto le è caduta la dentiera dentro al piatto. C'è stato un momento di panico. Ero paralizzata dall'orrore e dall'imbarazzo. Ma lei subito si è rimessa la dentiera in bocca senza battere ciglio.

Sull'isola c'erano solo due maschi: un bambino di sette anni e un vecchietto di novanta. Avevamo il permesso di uscire dal collegio solo per qualche ora nel pomeriggio. Ogni volta che il vecchietto mi incontrava, diceva: «Merano è tedesca». Io non capivo esattamente di cosa stesse parlando. Non mi interessava. Passeggiavo da sola per l'isola scrivendo e disegnando paesaggi. Le altre mi chiamavano "*unsere stille Katharina*" perché non parlavo con nessuno. L'unico piacere erano i dolci di chiaro d'uovo soffiato ricoperti di cioccolata che compravo durante le passeggiate. Mia madre mi mandava telegrammi: "Ricordati di studiare e comportati bene con le monache". Speravo solo che l'estate finisse.

Invece dei soliti collegi, a quattordici anni sono capitata per caso in un castello in Baviera. In realtà ero destinata al solito internato per fanciulle, ma il nostro autista, un amico di mio padre che ci stava portando in macchina, ha avuto un'idea brillante: «Laura, perché non mandi tua figlia allo *Schloß*? La affidiamo a mio cugino, che è il direttore, vedrai che si troverà bene».

Era un castello piuttosto moderno, costruito agli inizi del Novecento. Si trovava in cima a una collina, era circondato da boschi, sotto correva un prato immenso limitato da foreste e montagne. Non era un albergo come gli altri. Non si faceva pubblicità. Chiunque fosse un artista, o uno scienziato, poteva soggiornare gratis per una settimana, offrendo una performance, un concerto o una conferenza. Due volte alla settimana si ballava il valzer e la quadriglia nel salone. Due volte all'anno c'era la *Musikwoche*, "la settimana della musica", con musicisti da tutto il mondo. Tutte le mattine sulla porta della stanza trovavi un foglietto con frasi di autori o filosofi tedeschi, secondo il tema del giorno.

Lo *Schloß* era un ambiente raffinato e allo stesso tempo democratico. All'interno non esistevano distinzioni sociali. Le migliori famiglie della Germania mandavano le loro figlie come "*Helferinnen*", "aiutanti", per imparare a cucinare, servire, tenere una casa, sapersi comportare ai balli in società. C'erano stanze meno care per studenti come me. Le ragazze in genere prestavano servizio per metà giornata e servivano vestite con grembiulini bavaresi, pagandosi così il soggiorno. Si mangiava in grandi tavolate di dieci, dodici persone. La moglie del direttore disponeva ogni giorno i nomi degli ospiti su una tabella per ciascun tavolo. I nomi ruotavano da un tavolo all'altro, per cui dopo circa una settimana tutti si conoscevano e si diventava come una grande famiglia.

C'erano ragazzi e ragazze della mia età. Ero l'unica italiana. Günther, allegro ed energico, era nipote del fondatore del castello e figlio di Heino, che era stato maestro di sci delle SS e ora insegnava meditazione trascendentale. La sorella di Günther si chiamava Ingrid. I due fratelli erano biondissimi e somigliavano alla madre olandese. Ingrid stava spesso con Beba, figlia del direttore. Albert, svedese, coi capelli neri e gli occhi verdi, era figlio di una pianista ebrea. Karl e Thomas invece erano figli di frequentatori abituali del castello. Eravamo ancora tutti in età prepuberale. Albert era mio coetaneo, Günther aveva un anno di meno, Ingrid era un po' più piccola. Era il 1968. I ragazzi dello *Schloß* erano diversi dai miei coetanei di Forlì, avevano una mentalità protestante, abituati a discutere su tutto con una disinvoltura che non conoscevo. Günther ci parlava di *Perché non sono cristiano* di Bertrand Russell e ci faceva ascoltare John Mayall nella cantina della sua casa, accanto al castello. Ingrid era slanciata e sottile, con magnifici capelli biondo cenere e la voce di un flauto. Ballava come un angelo. Albert era il migliore amico di Günther. Elegante, ironico; la sua passione era la musica, le dispute sull'ateismo l'annoiavano. Una volta Günther, durante una discussione animata, gli ha chiesto: «E tu cosa ne pensi?». Albert ha risposto senza scomporsi: «È un problema che non mi interessa». In quel momento ho capito che il vero ateo, anzi agnostico, era lui. L'ateismo di Günther era troppo sofferto per non nascondere qualcos'altro.

Ma per lo più ridevamo, scherzavamo, ballavamo quadriglie frenetiche in mezzo a compassati vecchietti. L'età media era sessant'anni. Contestavamo i vecchietti, ma sempre entro certe regole che non si potevano infrangere, e questo rendeva tutto ancora più divertente. Versavamo zucchero prima dei pasti nell'acqua dei tavoli vicini. Facevamo falò di notte in mezzo al bosco, mangiando salsicce accompagnati dalla chitarra di Günther. Guardavo le stelle avvolta dal calore del fuoco e della musica.

Lo *Schloß* è il luogo più tedesco che abbia mai conosciuto. Era stato fondato da un teosofo amico di una contessa. Lei finanziò la costruzione del castello. In passato lo *Schloß* aveva avuto collusioni naziste, e ora scontava la sua fetta di senso di colpa. Ma tutto questo l'ho capito poco per volta. Per me è stato un rito di iniziazione, come *La montagna incantata* di Thomas Mann.

Lì ho festeggiato il mio quattordicesimo compleanno, seguita dopo pochi giorni da Albert. Lì ho imparato a giocare a ping-pong e a dire parolacce in tedesco. Lì ho visto lo sbarco dell'uomo sulla Luna con accanto lo scienziato Von Braun e l'ultimo discendente della casata Hohenzollern, un vecchietto tremante sul bastone. Lì ho imparato a giocare a scacchi sotto la guida di un fisico tedesco, un uomo originale, sulla trentina, dall'umorismo un po' lugubre. Recitava sempre la stessa battuta: due vecchi si incontrano allo *Schloß* e uno dei due dice all'altro: "Come, anche lei è ancora vivo? Ma questo non è possibile", poi rideva scoprendo una chiostra di denti pallidi.

Ricordo la festa dell'estate, in cui tutti si coprivano di ghirlande di fiori e al tramonto entravano dal prato nel salone al suono della *polonaise* e poi iniziavano la mazurka e il valzer. Io mi sono vestita da primavera. È stato uno dei pochi momenti in cui il direttore mi ha stretto la mano e ha sorriso, accorgendosi della mia presenza. Quando è venuta mia madre a prendermi, era la prima volta che non volevo tornare a casa. A quattordici anni non ancora compiuti per me lo *Schloß* significava libertà.

Sono tornata l'anno dopo, sempre d'estate. Ma le cose sono andate diversamente. Eravamo in piena pubertà e i miei amici vivevano la loro in modo opposto a me. Io ero timida e impacciata, loro spregiudicati e liberi.

Cominciarono a formarsi delle coppie e io non riuscivo a seguirli in questo nuovo gioco. Il sesso per me era tabù. Stavamo sempre insieme, ma io ero impacciata e mi sentivo ridicola. Soprattutto nei confronti di Günther, che mi piaceva. Lui era aggressivo con me, mentre l'anno prima era ancora un bambino e io sentivo di avere un ascendente su di lui. Eravamo pari e allora mi piaceva Albert. Il pomeriggio andavamo spesso da Otto, il vecchio pianista dagli occhi caldi, sempre sorridenti. Albert lo pregava di suonarci il Presto della *Sonata al chiaro di Luna* di Beethoven e Otto lo esaudiva scatenando tempeste di suoni sulla tastiera. Lo ascoltavamo in silenzio, complici.

L'anno seguente Albert era sempre gentile, ma c'era maggiore distanza. Günther in un anno era cresciuto di statura, ora era più alto di me e aveva cambiato voce. Una sera l'ho respinto mentre cercava di stringermi. Stavamo ballando nella sua cantina, quasi al buio. C'erano anche Albert, Ingrid e gli altri, ma non se ne sono accorti. Ero molto attratta da Günther, ma non volevo mi stringesse così. Non c'era affetto, era pura rapina. Lui se ne è reso conto e si è offeso. Da quel momento ha avuto verso di me un atteggiamento sprezzante. Mi tormentava perché ero improvvisamente diversa, arroccata nella mia timidezza, parlava in fretta perché non lo capissi, poi scoppiava in risate secche e crudeli. Gli altri, Karl e Thomas, mi corteggiavano educatamente, ma lui mi disprezzava. Le ragazze erano neutrali, anche loro distanti. Günther passava da un'avventura all'altra.

Trovandomi a contatto di un mondo e di una mentalità così diversa dalla mia, ho creduto di risolvere tutto liquidando ciò che era diverso da me. Ho deciso che loro avevano torto a comportarsi così e io avevo ragione a essere casta. Ma è accaduto un fatto imprevisto. Loro stavano benissimo e io no, io stavo sempre peggio e mi sentivo sempre più sola. I miei amici usufruivano della propria libertà senza sensi di colpa. Io non avrei potuto perché non avevo la loro leggerezza, la mia educazione non me lo permetteva. Quindi era tutto relativo. Così, dolorosamente, è nato a poco a poco il mio senso di tolleranza basato sulla relatività. È stata una lezione di vita penosa e radicale. Da allora non ho più giudicato nessuno per il suo comportamento, se non per i danni che faceva agli altri. Ma anche da quest'ottica, i danni erano spesso involontari, quindi giudicare diventava difficile, a volte impossibile. È stato un processo lento e faticoso, non privo di ricadute. Non ho subito capito quello che mi stava succedendo. Il senso di esclusione era troppo forte, coperto da una sempre maggiore timidezza. A poco a poco ho smesso di credere in una fede e quindi in tutte le fedi. Anche politiche. Nessuno possedeva la verità, tutto era relativo al contesto da cui derivava e in cui si esprimeva. Non riuscivo neanche ad aderire agli entusiasmi e alle ribellioni generazionali che mi circondavano, anche se ne avvertivo l'energia. L'energia mi attraeva, ma non riuscivo a "crederci".

Günther ha deciso di girare un film, una specie di cortometraggio. Eravamo in epoca da figli dei fiori. In una scena ci avvicinavamo lentamente alla piscina, in mezzo agli ospiti, reggendo un ombrello aperto e con quello ci buttavamo nell'acqua. In un'altra, la fidanzatina del momento di Günther veniva ripresa mentre si risvegliava nuda sotto le coperte. In un'altra ancora, io e Albert dovevamo baciarci seduti su un prato. Non sono riuscita a girare la scena. Ogni volta che Albert cercava di baciarmi, mi voltavo verso le margherite del prato. Alla fine mi ha baciato su una guancia. Günther rideva, ma io non avevo ancora baciato nessuno e gli altri non lo sapevano.

La rivoluzione sessuale dei popoli nordici per me è stata uno shock. In particolare ero scandalizzata dal comportamento di Günther, che passava da una *Helferin* all'altra.

Un giorno ho chiesto ad Albert: «Anche voi in Svezia vivete il sesso così?». «Per lui è un gioco» mi ha risposto, «per noi invece è una cosa naturale.»

C'erano sfumature che non conoscevo e faticavo ad assimilare. Mi sembrava di vivere in mondi paralleli. L'Italia era lontana. Sentivo un'affinità profonda con i miei amici e allo stesso tempo una distanza incolmabile. Quando sono partita, mi sembrava irreale tornare nel mondo della provincia, ma anche della malizia e della civiltà più antica dei latini.

L'amore è blu

In realtà tutto era cambiato nel giro di pochi mesi ancor prima di partire per la Germania. A giugno avevo dato l'esame di quinto anno di pianoforte. Un esame molto difficile, e l'avevo passato. Subito dopo, ero andata alla festa di un'amica, in campagna, una grande villa sul colle di Bertinoro con parco e pavoni. Una giornata luminosa, l'aria tersa di inizio estate con ancora la freschezza della primavera. Suonavano una musica che non avevo mai sentito, *L'amore è blu*. Uno mi ha invitato a ballare. Era alto, capelli e occhi neri, labbra ben disegnate, viso pallido dai lineamenti decisi. L'ho guardato di sfuggita e già stavamo ballando. Ricordo le sue mani sulla schiena. La sensazione delle membra che si sciolgono, e una specie di vertigine molle nel sangue. Era la prima volta che mi capitava. Attorno a noi altre coppie ballavano, in giardino c'erano gruppi di ragazzi sotto il sole del tardo pomeriggio. Ma per me il tempo si era fermato. Sentivo solo le sue mani che mi tenevano.

Poi ci siamo staccati, mi sono allontanata. Non ho scambiato più di due parole con lui, non sapevo neppure il suo nome. Ma ero diversa. Mi muovevo come in una nube di euforia. Tutto era trasfigurato. Ho scoperto come si chiamava: Massimo. Era fidanzato con una biondina, ma non mi importava. Non volevo neanche parlargli, mi bastava vederlo, incontrarlo per strada durante il passeggio. Appena incrociavo i suoi occhi, lo salutavo di sfuggita e continuavo a camminare. Dentro sentivo un tuffo nel sangue. Ero come sotto l'effetto di una droga.

È così che sono partita ancora una volta per la Germania. Volevo staccarmi da lui. Pensavo di esserne innamorata. Poi allo *Schloß* ho rivisto Günther e, in un contesto totalmente diverso, Massimo è scomparso per riapparire al mio ritorno. Io volevo l'assoluto, quello dei libri che leggevo. Ma la realtà che mi circondava era diversa e ancora non avevo altri codici.

Liceo

Ginnasio e liceo classico. Cinque anni sui banchi di scuola. Cinque ore tutte le mattine. La complicità di crescere insieme al ritmo forsennato dell'adolescenza, seguendo lo scorrere delle stagioni riflesse dalla stessa finestra.

Eravamo più maschi che femmine. Le femmine portavano il grembiule nero. Si poteva fare la pipì solo fra la terza e la quarta ora. Stefano Biondi, che aveva un problema alla vescica, era l'unico autorizzato ad andare in bagno quando voleva. Dietro certificato medico. Biondi era piccolo e magro, capelli color mogano e lentiggini. Semprini segnava sempre su un quaderno ogni volta che Biondi andava in bagno. Alla fine dell'anno gli diceva: «E così anche quest'anno ti sei fatto tre giorni e mezzo di vacanze al cesso». E gli dava una pacca sulle spalle. Biondi arrossiva, ma senza offendersi.

L'atmosfera era vagamente felliniana. La struttura era ancora autoritaria, ma si avvertivano i postumi del Sessantotto. Ascoltavamo i Beatles e i Rolling Stones. Facevamo assemblee, discutevamo, qualcuno cominciava a innamorarsi. La giovinezza ci scorreva dentro, pulsava, ritmava il sangue.

La nostra professoressa di matematica era la Gotti. Era stata già insegnante di mia madre, che aveva la media dell'otto, mentre io faticavo a ottenere la sufficienza. Era grassa, ma si muoveva con agilità. Aveva mani piccole e ben fatte, che spesso teneva in tasca. Il viso era chiaro e tondo, capelli ricci corti e lineamenti fini, un sorriso lievemente beffardo, occhi grigi piccoli e luminosi. La matematica le illuminava il volto, la mandava in estasi. Ma le sue estasi per noi erano un incubo. Improvvisamente si ricordava della nostra presenza, sorrideva schiudendo una dentatura di piccole perle bianche: «Bene, vediamo se avete capito» diceva. Cercavamo di rimpicciolirci, diventare invisibili. Lei apriva il registro, esitava: «Dunque, chi viene oggi alla lavagna?». Tutti trattenevamo il respiro, tranne Fabbri, il primo della classe, che manteneva un'aria serafica.

Quando era il mio turno, mi bloccavo completamente. Non riuscivo più a pensare. Andavo alla lavagna e iniziavo a scrivere nascondendomi dietro ai capelli, che mi arrivavano fino alla cintola. La Gotti si avvicinava e sollevava le ciocche per vedere cosa c'era scritto. Per salvarmi, fingevo di essere stupida, ma piena di buona volontà. La Gotti mi guardava perplessa, perché in qualche modo le ero simpatica. Mi scrutava come se venissi da un altro pianeta. E poi ero figlia di mia madre, che in matematica era un asso. Questo non mi ha impedito di essere rimandata a settembre un paio di volte. Mia madre durante i colloqui rincarava la dose: «Mi sembra che mia figlia studi, forse semplicemente non ce la fa, può darsi sia ritardata». «Ma Laura, cosa dici?» replicava lei scandalizzata. Un anno stavo per essere rimandata anche in fisica, e finalmente ho studiato. Quando mi ha interrogato, la Gotti ha capito che ero in grado di intendere e di volere. Non me l'ha perdonata. Ho dovuto dare gli esami di riparazione a settembre e ho passato l'estate sui libri.

L'insegnante di greco si chiamava Centonza. Era grassa ma senza la leggerezza della Gotti. Era siciliana e parlava con un accento quasi incomprensibile. Aveva la pelle unta e rotoli di grasso anche nei piedi. I capelli neri a caschetto erano incollati sulla fronte. Portava spesso scarpette di vernice rossa col cinturino che affondava nel piede creando un solco nella carne. Sosteneva una sua teoria secondo cui l'acqua rovina la pelle.

Aveva una spiccata predilezione per i maschi. Si avvicinava al banco di Morelli e gli rovesciava sopra le tette, mentre lui arretrava terrorizzato. «Vediamo cosa dice il nostro Plutarchino» esordiva. Era di rara ignoranza e aveva la capacità di banalizzare qualunque argomento. «Di Saffo non possiamo dire molto, bimbetti, perché è morta più di duemila anni fa» sentenziava. Ci siamo lamentati col preside, ma lui vigliaccamente sfuggiva. Non voleva problemi. L'abbiamo contestata apertamente. Appena lei entrava in classe, ci alzavamo e uscivamo in silenzio. Finalmente è arrivato un ispettore. «Non capisco perché ce l'abbiate con me, bimbetti» si lamentava lei. Ma non riusciva a impietosirci.

Ruffilli invece faceva tenerezza. Calvo, fronte spaziosa e naso grosso, era il nostro professore di filosofia. Veniva sempre a scuola in bicicletta perché tempo addietro aveva investito un uomo e da allora non guidava più la macchina. Era malinconico, distratto e timido con le donne. Le sue lezioni erano spesso caotiche perché si emozionava e perdeva il filo. Passava da Rousseau a Leopardi a Kant senza soluzioni di continuità. Era burbero, ma non aveva nessuna autorità. Mentre spiegava chiacchieravamo sottovoce o giocavamo alla battaglia navale. Sapevamo che era troppo buono per bocciarci. Lui ogni tanto batteva il pugno sul tavolo e tuonava: «Ora basta! Siete dei visi pallidi. Vi boccio tutti!». Una volta l'abbiamo chiamato di notte: «Pronto, sono il fantasma di Karl Schopenhauer». «Si chiamava Arturo!»

Ci adorava. Eravamo la sua unica famiglia.

La Bardi insegnava scienze. Piccola e rinsecchita, una crocchia di capelli raccolta sulla nuca, le mani incrociate dietro la schiena, si aggirava tra i banchi come un insetto vagamente fastidioso, in realtà innocuo. La prendevamo in giro perché diceva "volontieri" invece di "volentieri", ma lei non se ne è mai accorta. Mi ha spiegato per la prima volta cosa sono le cellule e il DNA, aveva però una voce monocorde che induceva al sonno. Ogni tanto mi stupivo della precisione con cui si organizzava la materia, e la vita, ma la Bardi parlava di tutto come fosse la lista della spesa. Non è riuscita a darci molti stimoli. La passione per la biologia è venuta dopo.

Il mio professore preferito era La Forgia, che insegnava italiano e latino. Era brillante, colto, capelli grigi e sigaretta perennemente in bocca. Lui mi ha fatto amare Dante. Ho scoperto l'*Inferno* a quindici anni. La Forgia era ateo e di sinistra, ma amava Dante in modo tale che l'ha fatto amare anche a noi. "Amor, ch'a nullo amato amar perdona." Le sue lezioni erano l'affresco di un'epoca, una cattedrale dell'intelletto. Tutto prendeva forma e si animava con le sue parole, il suo entusiasmo disincantato era contagioso. La Forgia era diretto, ma sapeva tenere le distanze. Era l'unico professore che rispettavamo. Ci ha insegnato a pensare, a riflettere, ad articolare in modo logico e consequenziale. Era un grande oratore, impossibile non ascoltarlo. Purtroppo all'ultimo anno di liceo si è candidato in politica e se ne è andato. È stato sostituito da supplenti mediocri con cui abbiamo sostenuto l'esame di maturità. Tutta la classe l'ha rimpianto.

L'incendio di Roma

A otto anni, un giorno sono tornata da scuola e ho detto a mia madre: «Nerone ha bruciato Roma».

«Ah sì? E tu come lo sai, c'eri?» ha risposto la mamma, seduta in poltrona.

«No, ma me l'hanno detto a scuola.»

«E tu credi a tutto quello che ti dicono?» L'ho guardata perplessa. «La storia la scrivono i vincitori, non i vinti. In genere non possono parlare perché sono morti. Non fidarti mai ciecamente di quello che ti dicono. Impara a ragionare con la tua testa.»

A poco a poco questa metodologia si è insinuata nel mio cervello e mi ha influenzato intellettualmente. Più tardi, quando sono iniziate le discussioni politiche, le assemblee, mi sono resa conto che a prevalere era chi urlava di più, non chi aveva più idee. Dopo un po' la politica mi ha deluso. Ero insofferente ai binari obbligati dell'ideologia. Le discussioni tendevano a estremizzarsi, chi non era rosso era nero. Io non sopportavo che qualcuno mi dicesse cosa dovevo fare e come dovevo pensare. Mi sono allontanata e mi sono chiusa in me stessa. Mentre gli altri discutevano di Marx e Adorno, io leggevo *I Buddenbrook* e *La montagna incantata*. Il mio senso di giustizia si mescolava a un profondo pessimismo riguardo alla natura umana. Non pensavo che gli uomini potessero veramente cambiare, se non individualmente e con grande fatica interiore. Non credevo alle magnifiche sorti e progressive. Detestavo le rivoluzioni, mi sembravano ingenue e ottusamente violente. Avevo una visione piuttosto vichiana della storia, per cui non ci si può opporre ai corsi e ai ricorsi. La storia è mossa da venti che ci travolgono e lasciano poco margine al libero arbitrio. Sui rapporti tra predestinazione e libero arbitrio ho poi scritto un capitolo nella mia tesi di laurea.

Ero ancora timida ed emotivamente ingenua. I miei coetanei mi parevano molto meno timidi di me, ma intellettualmente a volte più sprovveduti, perché accecati dal fanatismo. Io avvertivo il fascino estetico e ormonale della rivoluzione, sentivo la *hybris* della giovinezza, dove tutto è ancora possibile. Ma non ci credevo. Mi sentivo vecchissima e lo scarto tra la mia sprovvedutezza emotiva e quella che allora ritenevo la mia lucidità intellettuale finiva per isolarmi.

Gabriella Finzi

A parte la mia migliore amica, Gabriella Finzi, le altre ragazze non mi interessavano. Gabriella era intelligentissima, ma distratta e timida. Se si emozionava, balbettava. Quando sua nonna è morta, rideva. Io sapevo che stava male, ma per gli altri era un po' stramba. Con lei passavo quasi tutti i pomeriggi a studiare, parlare, suonare. Lei era nella mia classe al liceo classico e frequentava anche il liceo musicale. Anche lei è passata tra le grinfie della Bellagamba, la maestra di musica. Questo creava una complicità e un'ironia speciali. Con lei parlavo di tutto. Mi capiva. Ma capiva anche la matematica e mi aiutava a risolvere le equazioni. Era una persona ferita come me, anche se in modo totalmente diverso. Lei aveva una famiglia normale. Padre, madre, fratello minore. Vivevano nell'appartamento di un condominio con giardino. Tutte le mattine Gabriella andava a scuola in motorino. Spesso arrivava con le calze smagliate e perdeva regolarmente le lenti a contatto durante l'intervallo. Dovevamo sollevare i banchi per cercarle.

Discutevamo di tutto, da Jung a Beckett alla mobilità sociale greca. Le nostre compagne si truccavano, giravano in minigonna e seguivano la loro età. Noi vivevamo in un altro mondo. Parlavamo poco di ragazzi e molto di filosofia e letteratura. Lei era più interessata alla filosofia e alla psicanalisi, leggeva Eliade. Studiava storia delle religioni. Io amavo la letteratura, ero affascinata dalla capacità che aveva di annullare le distanze temporali. Improvvisamente ero in un'altra epoca, dentro a persone che non avevo mai conosciuto, che erano già morte. La letteratura annullava la morte.

Sonia Benini

Un giorno è venuta a trovarmi Sonia Benini, una mia compagna di scuola, per studiare con me. Avevo quindici anni, era la prima volta che la invitavo a casa. Sonia Benini era piccola e tondetta, con i capelli biondi tinti. Era di famiglia proletaria, seria e determinata. Gli studenti della nostra classe erano tutti di famiglie borghesi, tranne Sonia e un ragazzo meridionale alto e bruno. Lui stava sempre seduto in uno dei banchi in fondo, perché era molto alto per la sua età e già un uomo rispetto agli altri maschi.

Sonia è entrata, ha lasciato il cappotto all'ingresso, le ho aperto la porta del corridoio. Ho visto lo stupore sulla sua faccia. Gli occhi guardavano intorno senza riuscire a orientarsi. «Non so più dove sono» mi ha detto. Per la prima volta mi sono resa conto che la mia casa era come un labirinto per chi non la conosceva. Ho avvertito uno strano senso di potere. Lei era nel mio territorio, ero io che dovevo guidarla, io che conoscevo la geografia. Per me era scontato abitare in un palazzo, ma per gli altri non era così. Non era mai successo che qualcuno si perdesse nella mia casa.

Le ho fatto da guida, rassicurandola e ridefinendo gli spazi anche per me. Ma ero turbata. C'era uno scarto, una differenza che sentivo e che mi metteva a disagio. Avvertivo l'imbarazzo di Sonia che diventava mio, anche se cercavo di comportarmi con naturalezza. Questo ci ha divise. Certo, a casa sua anch'io mi sarei ritrovata fuori dal mio spazio, ma forse sarebbe stato più semplice orientarmi. Comunque non è successo, lei non mi ha mai invitata. So che faceva più caldo che da me, perché si lamentava del freddo. La mia casa non era molto riscaldata. Ma il punto era un altro. Entrambe abbiamo avvertito una differenza che non siamo riuscite a colmare. Non avevamo abbastanza ponti per superarle. Non ridevamo per le stesse cose. Eravamo bloccate e abbiamo finito per evitarci, anche se non c'è mai stata animosità o rivalità. Semplicemente venivamo da contesti diversi.

Sonia è stata l'unica della nostra classe a essere bocciata all'esame di maturità. Dopo ho saputo che era rimasta incinta. Anche in questo eravamo diverse. Io non avevo la sua precocità, ero ancora vergine. So che ha abortito, ha ripetuto, si è iscritta all'università. Poi l'ho persa di vista.

Partenza della Iole

Con la partenza della Iole è finita una parte della mia infanzia. Le domestiche che l'hanno seguita sono state una sequela di disastri. Irma era pazza, ma non più di mia madre. I loro dialoghi si svolgevano così. Lei entrava urlando nel salone, dove la mamma ascoltava il *Terzo programma* con la sigaretta in bocca. La mamma la fissava e alzava il volume della radio. Irma urlava sempre di più e la mamma alzava il volume al massimo. Dopo un po' Irma usciva.

Domenica è arrivata quando avevo già dieci anni. Era piuttosto carina, rossa con le lentiggini e i lineamenti delicati. Aveva un fidanzato che veniva a prenderla la sera, quando sarebbe dovuta rimanere sola con me. Mi ricattava. Diceva: «Io faccio quello che mi pare e tu stai zitta, altrimenti rompo qualcosa e poi do la colpa a te». Mia madre non mi avrebbe creduto.

L'ultima è stata Paolina. Era grassa e pacifica, mai sfiorata dall'ombra di un pensiero. Non dormiva da noi. Suo marito era falegname e trascorrevano insieme felici vacanze sulla riviera romagnola. Mia madre l'ha plagiata. Le parlava di Shakespeare, di Estetica, dell'orrore delle vacanze consumistiche. Paolina ha iniziato a perdere la sua aria pacifica. Era sempre grassa, ma pallida. Sognava che mia madre fosse in pericolo e che lei dovesse difenderla. Ha finito per trascorrere raffinate vacanze sui laghi invece che sulla volgare riviera, sempre più pallida e col matrimonio in crisi.

La lettera

Un'estate sono andata a sciare con un gruppo di ragazzi a Cervinia. Dormivamo sul ghiacciaio a Plateau Rosa, dove c'era ancora neve. Sciavamo in maglietta, slalom sotto il sole a picco sui ghiacciai. Mi incantavo a guardare i tramonti che scolpivano i ghiacciai di rosa e riflessi azzurrini. Ascoltavo *Brown Sugar* dei Rolling Stones senza rendermi conto che era l'eroina a ispirarne la musica. La sera leggevo *I fratelli Karamazov*, mi identificavo con Ivan, che discuteva con Alëša sul male nel mondo: "Sì, certo, capisco" diceva. "Ma i bambini? Come la mettiamo col dolore dei bambini?" Non riusciva a farsene una ragione. Per questo era ateo. E lo ero anch'io.

La sera i ragazzi andavano spesso a mangiare la pizza a Cervinia. Mio padre mi aveva proibito di uscire. Dovevo essere a casa alle otto. Ma nessuno poteva controllarmi, ero libera di fare ciò che volevo. Ho deciso di andare a mangiare la pizza con loro. Avrei potuto mentire. Invece ho scritto una lettera a mio padre, spiegandogli che volevo uscire con i miei coetanei malgrado il divieto. Era una lettera vagamente filosofica sul significato del libero arbitrio. Tracciavo il legame tra libertà e responsabilità. Sostenevo la necessità di esplorare gradualmente la libertà per saggiarne i limiti e imparare a gestirli. Solo così si poteva sviluppare un senso di responsabilità proporzionato alla libertà di cui si usufruiva, evitando che in futuro degenerasse in licenza.

Non ho avuto risposta e sono andata a mangiare la pizza. Al ritorno mio padre è venuto a prendermi alla stazione. Ero raggiante, abbronzata, piena del calore del sole, l'aria fresca della neve ancora sulle guance. Siamo saliti in macchina. Raccontavo della montagna, gli sci, gli amici. Senza preavviso ha dato un colpo a pugno chiuso sul tettuccio della macchina. «La lettera!» urlava. «Così hai deciso di farti i cazzi tuoi! E me lo scrivi anche! Adesso ti spiego una cosa: qui c'è solo una legge, la mia! Hai capito? Il dialogo non esiste!» Aveva gli occhi fuori dalle orbite. «Sono io la legge! E se vuoi fare di testa tua, te ne vai e ti mantieni da sola, con i tuoi mezzi! Hai capito?»

Da allora non ho più cercato di spiegare nulla a mio padre. Ero certa che non avrebbe capito. Sarebbe stato più che inutile, controproducente. Non si può parlare con uno che non ascolta.

Ho smesso di dire la verità a tutti i costi. Quando volevo fare qualcosa che gli altri non avrebbero gradito, la facevo di nascosto, per evitare problemi. Era l'unico modo di salvaguardare la mia libertà, perlomeno interiore. Non volevo interferenze.

Todtmoos

A sedici anni ho deciso che avrei finalmente scoperto la Germania. Ero in uno dei soliti collegi deprimenti, questa volta a Todtmoos, nella Foresta Nera. Ero con Gabriella, che non sapeva una parola di tedesco. A un certo punto sono diventata cleptomane. Appena entravo in un negozio, ero presa da una furia incontenibile di rubare. Ero schiava della sensazione di rischio e paura che mi provocava. Era molto eccitante. Rubavo di tutto: libri, dischi, tovagliette e centrini ricamati per la tavola, interi corredini bavaresi. Rubare mi dava un piacere un po' perverso. Ero fiera del mio bottino e detestavo gli *Spießbürger*, i borghesucci che a mio avviso erano proprietari dei negozi. Poi ho capito che il gioco poteva diventare pericoloso, mi sono stancata. Allora ho deciso di scappare dal collegio e conoscere la Germania.

Con cento marchi io e Gabriella abbiamo acquistato un biglietto ferroviario che ci permetteva di viaggiare una settimana su e giù per la Germania, ma solo in senso verticale. Con i restanti dieci marchi abbiamo comprato rullini fotografici. Abbiamo preparato dei panini dalle monache e li abbiamo chiusi in sacchetti di cellophane. Siamo partite di sera e alle sei del mattino eravamo ad Amburgo. La stazione a quell'ora era piena di strani ceffi, giravano coltelli e prostitute dall'aria sfatta. Gabriella era spaventata. Ho provato a calmarla: «Non preoccuparti. Aspettiamo fino alle nove, poi usciamo».

Ci siamo fatte dare una cartina della città all'ufficio del turismo e abbiamo iniziato il nostro giro per Amburgo: la Rathaus, ma anche il porto, che è enorme, e Reeperbahn, il quartiere dei locali a luci rosse. A quei tempi per fare la pipì in Germania o in Svizzera bisognava pagare. Mettevi una monetina nella fessura della porta e aprivi. Io e Gabriella seguivamo le vecchiette tedesche che andavano in bagno. Appena una usciva, ci precipitavamo dentro con grande disappunto delle medesime. Altrimenti facevamo l'un l'altra da palo per la strada. Mangiavamo i nostri panini e scorrazzavamo da un museo e un castello all'altro. Eravamo infaticabili. La notte la trascorrevamo in treno. Una volta siamo andate a Marburgo, una cittadina medievale famosa per la sua università. Abbiamo conosciuto una studentessa tedesca che si è offerta di ospitarci. Doveva avere genitori ricchi, aveva una bella casa. Per tutta la sera si è scagliata contro il capitalismo borghese, ma da mangiare ci ha offerto solo due cracker secchi. Morivamo di fame. I panini al terzo giorno puzzavano. Li mangiavamo turandoci il naso.

Abbiamo continuato a prendere treni, anche in orizzontale, perché io volevo vedere Würzburg e Mainz, ma anche Wiesbaden. Gabriella era sempre più pallida, stava perdendo forze, non riusciva a reggere il ritmo.

«Non preoccuparti, se in treno ci fanno storie per il biglietto, parlo io col bigliettaio. Gli dico: "*Italienisch, nix verstehen*". E poi, se ci mettono in cella, lì almeno una zuppa calda ce la danno.» Lei non sembrava convinta.

Ma non abbiamo avuto problemi. Il bigliettaio era un vecchio rubicondo e molto comprensivo. Due anziane signore ci hanno offerto delle mele.

Wiesbaden era tutta bianca, sembrava di marzapane. Piena di pensionati che facevano le cure termali. Un'orchestrina suonava valzer viennesi nei caffè. Si respirava la disfatta della Seconda guerra mondiale. Era un paese di spettri. In mezzo alla piazza ho visto una vecchietta che mangiava cioccolatini. Aveva un cappellino con dei fiori e l'aria pacifica. Gabriella è impallidita, alla vista della cioccolata si è sentita male e si è afflosciata su una panchina. Io ho provato un desiderio violento di aggredire la vecchietta e strapparle di mano i cioccolatini. Avevo fame. Odiavo lei e il cappellino a fiori. Questo mi ha spaventata.

Ho lasciato Gabriella sulla panchina, sono entrata in un supermarket e ho rubato tutto il cibo che potevo. Tutto tranne il pane. Me ne sono dimenticata. Pensavo: "Adesso stai facendo esattamente quello che i tedeschi pensano facciano gli italiani, cioè la ladra. Se ti beccano, sei fatta". Non mi hanno presa. Ero forte, agile. Mi rendeva invulnerabile la volontà di farcela, di nutrire me e la mia amica. Tornata alla panchina, io e Gabriella abbiamo iniziato ad addentare interi pezzi di formaggio, salame, cioccolata. A morsi. Non ho mai più provato una fame simile, ma adesso un po' so cosa prova chi ha veramente fame. Poi Gabriella ha deciso di tornare in collegio. Ha passato una settimana a letto con la febbre. Ogni volta che mi avvicinavo, diceva: "Io non parto più, mai più". Alle monache non conveniva fare scandali. Hanno messo tutto a tacere.

Trasloco

A diciassette anni un giorno la mamma mi ha detto che dovevamo lasciare la nostra casa. Sarebbe diventata una banca. Ho protestato, ho pianto, non c'è stato nulla da fare. Saremmo andate a vivere nella casa vuota del custode finché non si fosse liberato un appartamento di mia madre.

Ricordo la casa senza mobili, l'eco nelle stanze vuote che sembravano più piccole e più grandi, d'un tratto estranee. Mustafà si aggirava miagolando disperato senza capire, io mi sentivo mancare la terra sotto ai piedi. Era maggio. Il terrazzo era coperto di fiori di glicine, il profumo si spandeva per tutte le stanze. Il contrasto tra il vuoto dentro e la primavera piena sul terrazzo. La banca non sapeva che farsene di una pianta di glicine, sapevo che l'avrebbero tagliata. Avevo passato sul terrazzo i momenti più belli della mia infanzia. Era lì che mi rifugiavo per sognare, giocare, entrare in altri mondi dove ero libera e tutto era possibile. Dal mio letto, d'estate, sentivo il fruscio delle foglie. Nel buio, la penombra dei rami creava paesaggi misteriosi e fiabeschi, a volte inquietanti, dove la fantasia si sbizzarriva. Immaginavo storie e personaggi sconosciuti. Oppure chiudevo gli occhi e mi lasciavo trasportare dal suono delle foglie in movimento. Era il mio giardino segreto, sospeso e fuori dal tempo, e ora dovevo lasciarlo per sempre.

La villa

Mia madre aveva una villa in campagna. Era una grande casa del Cinquecento con un parco. Il viale dei platani e il viale dei cipressi erano divisi dalla strada. Lì ogni anno si svolgeva il circuito con le gare di moto. La mamma non aveva mai i soldi per recintare il parco e a settembre entravano i cacciatori insieme agli animali spaventati. Io sfuggivo alla sorveglianza e correvo urlando nel bosco per allontanare i cacciatori e difendere gli animali. Poi venivo picchiata, ma non mi importava.

Ogni stanza aveva un caminetto, unica fonte di riscaldamento. Il bagno era una tazza di legno del Settecento. I muri delle scale avevano delle feritoie da dove un tempo si sparava e dove ora le rondini facevano il nido. Davanti alla casa c'era un piccolo giardino con aiuole a semicerchio. Sul retro uno spiazzo con il pozzo dietro il quale iniziava il parco. Il salone al primo piano era affrescato e c'erano stanze segrete dove da piccola giocavamo a nascondino. Una volta mi sono persa e mi sono ritrovata in una stanza in penombra con un enorme prosciutto a stagionare su un tavolo. Sul retro due scale salivano al pianerottolo del piano nobile. Sotto si trovava l'enorme cucina dove un tempo cuocevano buoi interi. A sedici, diciassette anni organizzavo delle feste con rappresentazioni teatrali nel camino.

Improvvisamente bisognava vendere la villa. Era passato appena un anno dalla vendita della casa. Zio Olmo ci ha spiegato che c'erano dei debiti, le banche volevano che rientrassimo. La villa non dava rendita, non ci abitavamo, la mamma non aveva la macchina e io non sapevo guidare.

C'è stata una riunione di famiglia cui ha partecipato anche mio padre. Lui era l'unico che avrebbe potuto aiutarci, comprandola. Ma aveva ancora dei conti in sospeso con mia madre che l'aveva lasciato. Forse avrebbe voluto che lei perdesse tutto, per essere l'unico della famiglia ad avere potere. O magari semplicemente non capiva. Non ha mai capito le cose grandi, per lui la villa erano "manie di grandezza". Per me era la mia casa di campagna che conoscevo fin da piccola, una delle poche cose solide nella mia famiglia. Era una casa grande e vuota, dove io ancora sentivo le presenze che un tempo l'avevano abitata e questo mi rassicurava e mi faceva compagnia. Era quasi inabitabile, almeno d'inverno, ma non aveva importanza. Andare lì mi dava forza, mi faceva sentire meno sola.

E poi c'era il bosco. Era un bosco antico e selvaggio. Una quercia coi suoi rami copriva tutta una radura. Ogni tanto mi rifugiavo sotto e pensavo che un giorno sarei andata ad abitarci con i miei figli, con la famiglia che mi sarei costruita. C'erano anche tempietti di pietra in rovina. La presenza del passato mi rassicurava. Lì non avevo paura del tempo, il passato mi faceva compagnia.

«Se la compro, lottizzo il parco e faccio tanti piccoli villini» ha detto mio padre.

Abbiamo preferito venderla al fattore, che probabilmente l'ha comprata con i soldi rubati a mia madre. Pensavo che almeno l'avrebbe lasciata così com'era, che l'avremmo salvata.

La perdita della casa e della villa mi ha tolto il terreno sotto i piedi. Sono diventata una zingara, una persona in perenne movimento. Senza più un luogo che sentissi mio. Per anni. Ho viaggiato, ho imparato altre lingue, mi innamoravo solo in lingue che non fossero la mia.

A diciott'anni mi sono fidanzata con Massimo. A una festa mi ha preso per un braccio: «Non voglio più che tu scappi via. Voglio che diventi la mia ragazza».

Ci siamo messi insieme. Veniva a prendermi tutti i pomeriggi a casa di Gabriella. Lei mi preparava i dialoghi, perché quando lo vedevo non riuscivo più a parlare. Camminavo guardando per terra. Erano frasi semplici, tipo: "Ciao, come stai?", che però mi servivano per sciogliere la lingua. Facevamo lunghi giri attorno alla città.

Un giorno gli stavo parlando della 111 di Beethoven, di quando il suono scompare e poi riappare dal nulla, dal vuoto. Camminavo su un tappeto di foglie secche. Sentivo il fruscio sotto i piedi. Lui si è girato verso di me e mi ha baciato. Un istante dopo esaminavo i colori di tutte le foglie: giallognole, viola, rosso ruggine. Qualcuna era ancora verde.

«Cosa c'è, perché non parli più?» mi ha chiesto.

«Niente» ho detto io.

Lui ha sorriso: «È perché ti ho baciato?».

Ho annuito. Non riuscivo più a parlare. Erano due mesi che stavamo insieme e quello era il nostro primo bacio. Leggerissimo sulle labbra.

Il primo vero bacio è stato dopo, al cinema. Stavamo guardando un film d'azione mozzafiato. Mi sono aggrappata al suo braccio terrorizzata. Lui si è girato e mi ha socchiuso la bocca con un bacio. Ho sentito la sua lingua tra i denti. È stato uno shock. Pensavo ci si baciasse solo con le labbra. Durante tutta la pausa tra il primo e il secondo tempo ho guardato dall'altra parte cercando di mantenere un contegno.

Ma Massimo aveva pazienza. Piano piano mi è passata la paura. «Ecco, adesso lo fai tu» mi ha detto una volta. E io ho imparato a restituirgli i baci.

I pomeriggi abbiamo iniziato ad andare in un bar che aveva una saletta sottoterra in penombra. Lì ci baciavamo a lungo, lui mi accarezzava, parlavamo. Quando temevo che andasse troppo in là, mi rassicurava: «Non avere paura, non voglio fare l'amore con te. Se voglio farlo, te lo chiedo prima».

Tadzio

Ero andata a vedere *Morte a Venezia* di Visconti e mi ero innamorata di Tadzio, il ragazzo che seduce Aschenbach. Conoscevo già la storia, avevo letto Thomas Mann, ma quando ho visto l'attore quattordicenne che usciva dall'ascensore del Des Bains e si voltava per sorridere ad Aschenbach, arretrando con grazia ambigua, è stato una specie di colpo di fulmine. Ogni giorno andavo al cinema per vederlo. Ho fotografato tutto il film, a colori e in bianco e nero. Ero insieme al mio amico Manuele Savini. Fotografavamo col flash e la sala ogni volta si illuminava. La maschera correva impazzita tra le file per individuare il responsabile. Quando si avvicinava a noi, ci abbracciavamo fingendo di baciarci. Non ci hanno mai scoperto. Ma stavo scambiando la realtà con la fantasia e a un certo punto ho lasciato Massimo, che era bello, intelligente e vivo, per un'immagine.

Mio padre

Trascorso l'ultimo anno a Forlì, dopo la maturità mi sono trasferita a Milano per fare l'università. Io sarei voluta andare a Venezia a Ca' Foscari, per studiare lingue, ma mia madre mi ha convinto a scegliere Milano. Voleva che stessi vicino a mio padre, che non vedevo quasi mai. Era fuori discussione che abitassi da sola o con altre ragazze, come avrei voluto. Perciò si è trasferita con me. Il primo anno abbiamo vissuto in una casa orribile in affitto, poi ha comprato l'appartamento di via Solferino e siamo andate a vivere lì. Fino ad allora ero stata una timida provinciale. Improvvisamente non avevo più radici, da sola con mia madre in quella che per me allora era una metropoli. Nessuno ci conosceva, non c'erano pettegolezzi, ma neppure protezioni di casta.

I rapporti con mio padre si erano complicati nell'adolescenza. A tredici anni avevo espresso il desiderio di vederlo più spesso e ogni tanto andavo a trovarlo. «A Milano devi chiamarmi *zio* o, meglio ancora, Pino» aveva detto. «Qui nessuno sa che ho una figlia.» «Perché?» avevo chiesto io. «Per via delle tasse» era stata la risposta.

Io gli avevo creduto. In realtà mio padre faceva vita da scapolo. Aveva mal digerito il fallimento del suo matrimonio. Era stato uno smacco difficilmente digeribile. In seguito si era innamorato di una compagna di università di famiglia agiata. Non si erano potuti sposare perché non c'era il divorzio e la Sacra Rota non avrebbe mai concesso l'annullamento. C'era una figlia di mezzo, io. Così non ha più parlato né del matrimonio, né della figlia. Per anni è stato considerato da tutti, fuori dalla cerchia della città natale, uno scapolo impenitente. Quando è andato a lavorare a Merano, dopo la seconda laurea, si è fidanzato con la figlia del primario per cui lavorava. A Milano faceva vita da playboy. Ha sempre dimostrato quindici anni di meno, era divertente, affascinante, allegro. Io non c'entravo con il suo tipo di vita. Mi voleva bene, ma a Milano ero un elemento estraneo. Dai tredici ai ventun anni mi ha presentato a tutti come la nipotina di provincia e molti mi hanno preso per la sua amante. Poi mi sono ribellata.

Quando da ragazzina andavo a Milano dormivo sul divano dello studio. Poi alle otto mio padre si alzava e io mi trasferivo nel suo letto prima che arrivassero i pazienti. Spesso Antonio, il suo tecnico, apriva la porta della stanza mentre ancora dormivo.

Una mattina Antonio mi ha detto: «Ieri notte sono passato in macchina con degli amici e ho visto la luce in studio. "Sarà il dottore che si diverte con sua nipote" ho sorriso. Credi non abbia capito che sei la sua amante?». Non ho risposto nulla, ero raggelata. Per anni l'ho odiato.

Mio padre non si rendeva minimamente conto che per me la situazione poteva essere ambigua e imbarazzante. Lui trovava divertente che lo chiamassi "zio". Ufficialmente ero figlia di suo fratello Giacomo. Mentire mi metteva a disagio, ma ero timidissima e parlavo poco. Mia madre trasferiva su di me i suoi sensi di colpa e non avrebbe mai sollevato obiezioni. Era contenta che frequentassi un po' di più mio padre, il contesto non aveva importanza. Qualcuno dopo un po' ha iniziato a sospettare che fossi sua figlia, ad alcuni amici l'ha detto. Molti però non l'hanno mai saputo.

C'erano parecchie donne che andavano e venivano e molte cercavano di essere carine con me per compiacere lui. Era un gioco che capivo e non lo assecondavo. Nessuna di queste donne mi piaceva. Finché non ho conosciuto Graziella. Avevo già sedici anni e siamo andati in vacanza per Natale in Etiopia: io, mio padre, Graziella e Vincenzo, un amico. Io dormivo con Graziella, perché non dovevo sapere che erano amanti. In realtà lo capivo benissimo. Graziella mi piaceva. Non colta, non molto intelligente, ma buona. Bionda, piccola, con gli occhi azzurri e due enormi tette. Sembrava più spaesata di me. Una sera ha pianto e ha detto: «Tuo padre è proprio uno stronzo. Peccato, perché gli voglio veramente bene».

Mio padre trascorreva la maggior parte del tempo sdraiato sul bordo della piscina col braccio gonfio e la febbre a quaranta. Era di pessimo umore perché la reazione alla vaccinazione contro la febbre gialla l'aveva messo k.o. Non poteva fare il bagno e neppure giocare a tennis, gli unici due motivi che l'avevano portato in Africa.

Io ero incuriosita dall'Africa, anche se eravamo in uno di quegli alberghi senza carattere che sono ovunque nel mondo. Viaggiavo da quando avevo nove anni. Per lo più d'estate, in Germania o in Austria. A quindici anni ero stata a Londra, sempre d'estate. Nel college imparavamo l'inglese con le canzoni dei Beatles. Studiavo già francese. Imparavo altre lingue perché era l'unico modo di farmi capire fuori dall'Italia. E mi sentivo più libera in una lingua che non fosse la mia.

In Etiopia, improvvisamente, ero circondata da negri che parlavano italiano e amavano l'Italia. Non mi pareva vero. Io non conoscevo i neri. In Europa ne avevo visti pochi. Ero grata del loro interesse per il mio Paese. Solo dopo ho capito i danni del colonialismo.

Addis Abeba era una città fatiscente, piena di luce e polvere. C'era ancora il Negus. Ricordo una scritta su un vecchio casino semidiroccato: QUI CAZZO CARAMELLA. Allora mi è parsa surreale. Poi mi hanno spiegato che era l'unico modo di far capire alle donne africane quello che gli italiani si aspettavano da loro.

Il viaggio in Etiopia si è risolto in un mezzo disastro. Da dieci anni non pioveva così, mio padre era di pessimo umore e trattava male Graziella, che era triste. L'unica presenza buffa era

Vincenzo, che ripeteva le sue disavventure come prigioniero di guerra in India, del tutto impermeabile all'atmosfera che ci circondava. Alcuni clienti dell'albergo hanno deciso di trascorrere il capodanno su una barca che è quasi naufragata per la pioggia, con corollario di vomito e topi che salivano dalla stiva. L'unica coppia che ha conservato il contegno era formata da due omosessuali che si tenevano stretti sul ponte, mentre gli altri passeggeri urlavano in preda al panico.

Noi abbiamo passato il capodanno di fronte a un'orchestra di neri in piscina che suonavano magnificamente. Poi si sono ubriacati e alcuni di loro hanno iniziato a ridere con le mascelle spalancate, scuotendo le spalle ritmicamente. È stato un lampo di riconoscimento. Le scimmie erano nostre cugine. Le scimmie eravamo noi. Loro però erano più dirette, sincere. La nostra sincerità si era persa nell'ipertrofia cerebrale.

Al rientro Graziella e mio padre stavano per lasciarsi. Temevo non si sarebbero rivisti. Invece le altre donne sono più o meno scomparse ed è rimasta lei.

Ritorno allo Schloß

Sono tornata allo *Schloß* a diciannove anni e ho rivisto i miei amici cresciuti. Günther era un uomo, giovane e tormentato. Praticava meditazione e stava per andare in India con la fidanzata, una *Helferin* olandese come la madre. Albert progettava già di organizzare concerti di musica classica, era fidanzato con Ingrid, che era sempre bellissima e si muoveva come se sfiorasse il suolo con i piedi. Anche gli altri erano cambiati e non mi interessavano più. Il gruppo si era disperso, era molto più ridotto. Passavo molto tempo da sola, leggevo e mangiavo dalla mattina alla sera. A colazione sette *Brötchen*, panini col burro e la marmellata. Poi il pranzo, le torte alle quattro, la cena, un *After Eight* e una *Ritter Schokolade* prima di andare a letto. Mangiavo anche di nascosto, da sola. Mangiavo fino a che mi veniva mal di stomaco, ma non vomitavo mai. Una sera mi sono guardata allo specchio e ho visto i lineamenti deformati. Sembrava che la mia faccia stesse per scoppiare. Per consolarmi continuavo a mangiare. In due mesi sono ingrassata dodici chili e ho smesso di pesarmi.

Un giorno sono andata a fare una passeggiata nel bosco. Piovigginava e non c'era anima viva. Pensavo ai dialoghi tra Naphta e Settembrini che si contendono l'anima di Castorp nella *Montagna incantata*, quando ho sentito un colpo molto forte in testa. D'improvviso ero sdraiata a terra, in mezzo al fango e ai ciottoli del bosco, immobile. Un uomo enorme stava sopra di me, biondo, in calzoncini corti di pelle. Mi stava tirando giù la cerniera dei jeans. Ero paralizzata. Ho sentito il suo pollice viscido sull'inguine. Di scatto ho afferrato una pietra e l'ho colpito varie volte al capo, finché non ho visto il sangue. Lui bestemmiava. Io ero già in piedi e correvo con tutto il fiato che avevo in corpo. Sono tornata a casa in un lampo. In camera mi sono spogliata, ho fatto la doccia, mi sono lavata accuratamente. Pensavo che forse mi aveva messo incinta, anche se non era chiaro come. Ho buttato via tutti gli indumenti che avevo, anche le scarpe infangate. Non ho detto a nessuno quello che mi era successo. Il giorno dopo spiavo nel giornale se per caso avevano trovato un cadavere nel bosco, perché avevo paura di averlo ucciso.

Nessuno poteva più toccarmi. Se il mio amico Albert mi metteva una mano sulla spalla, sobbalzavo. Per tre mesi non ho avuto il ciclo. Non ne ho parlato neanche con mia madre, se non anni dopo. Ora mi appare tutto come un sogno, non sono neppure certa che sia veramente accaduto, ho ricordi nitidi ma come surreali. Però da allora ho perso l'invulnerabilità. Prima mi sentivo intoccabile. Di notte da sola, in una città sconosciuta, non avevo paura. Dopo ho iniziato a stare attenta, evitavo situazioni pericolose. A volte, all'Oktoberfest, in mezzo alle tavolate, intravedevo uomini simili a quello che mi aveva toccata e mi allontanavo con un senso di ribrezzo.

Maurizio

Al mio ritorno dalla Germania, mio padre mi chiamava "luna piena". Diceva: «Caterina, non ridere, altrimenti non vedo più gli occhi». A poco a poco ho ripreso a mangiare normalmente, in apparenza i lineamenti sono tornati quelli di prima. Ma dentro era l'inferno. Non volevo vivere e non sapevo morire. Pensavo spesso di suicidarmi, ma non ne avevo il coraggio. Nulla più mi apparteneva di quello che mi circondava. Ero in un posto estraneo, con gente estranea.

Mia madre era cambiata a Milano. La mancanza di protezione sociale attorno a noi, la mia curiosità di voler rompere le barriere, avevano mutato il nostro rapporto. Volevo diventare sua amica. Le ho detto che da come mangiava aveva bisogno di un amante. Ha riso. Aveva avuto amanti. Me ne ha parlato. Questa nuova intimità tra noi l'ha portata nel mio territorio. Ha iniziato a innamorarsi dei miei coetanei. Io ero alla disperata ricerca di un appiglio, ma ero anche curiosa. Andavo all'università, facevo nuove amicizie. Fuori dal mio ambiente ero molto sprovveduta.

Ho conosciuto per caso un ragazzo in un bar. Maurizio non aveva denaro, né amici né famiglia, non sapeva dove andare. L'ho ospitato, a mia madre ho detto che era un amico conosciuto in Germania. Lei ci ha creduto. L'ospitalità per noi era scontata. Anche ora che lo spazio era piccolo. Maurizio si è installato in casa nostra. Dormiva nel salotto. Ha iniziato a concupirmi, a mandarmi messaggi erotici. Alto, bruno, capelli ricci, mascella e labbra marcate, sorriso furbo da canaglia, fascino animalesco. Affatto intellettuale, mi attraeva fisicamente e mi faceva pena per le storie del suo passato che raccontava. Ma in fondo a me stessa lo disprezzavo e me ne vergognavo.

Mi ha detto che mi amava, ha tentato di baciarmi. Non volevo che mi toccasse, ma avevo voglia di essere toccata da un uomo e con lui non avevo remore. Mi ha baciato. Non è mai entrato dentro di me, non l'ho mai toccato. Ma lui è l'uomo che mi ha fatto venire per la prima volta, accarezzandomi. Ero seduta sul letto, nella mia stanza. "Strano, si è fermato il tempo" ho pensato. I rumori della strada, il pianoforte, i quadri alle pareti. Tutto era immobile. Lui non c'entrava nulla con me. Ho sentito una calma assoluta. La prima volta è stato così, con un estraneo. Dentro di me è esploso e si è sciolto qualcosa. Ma certo non amavo Maurizio.

Una sera ha tentato di suicidarsi, dopo aver ingerito delle pillole in salotto. Era con una mia amica e compagna di università, figlia del console spagnolo. Io ero nell'altra stanza. Maurizio le ha detto che voleva morire perché non lo amavo. Per tutta risposta lei ha messo su un disco, *Human Sacrifice*, e ha iniziato a ballare. Dopo circa mezz'ora Maurizio è entrato carponi nella mia stanza, rantolando con la bava alla bocca. Ho chiamato la mia amica, che continuava a ballare, le ho detto di occuparsi di lui e ho telefonato a un medico: «Basta un caffè molto forte?» ho chiesto dopo aver spiegato quante pillole aveva ingerito Maurizio. «Non basta. Bisogna chiamare l'ambulanza.»

L'ambulanza è arrivata e la mia amica ha accompagnato Maurizio all'ospedale per la lavanda gastrica.

Al ritorno dall'ospedale, Maurizio ha rivolto le sue attenzioni a mia madre e ha fatto breccia. Sono diventati amanti a mia insaputa. Un giorno hanno annullato una lezione e sono tornata in anticipo dall'università. Aprendo la porta di casa ho sentito strani rumori e un fuggi fuggi dalla camera da letto di mia madre. Impacciati, sono usciti nel corridoio. Lei era rossa con gli occhi bassi, lui rideva. Ha fatto delle allusioni, lei era in imbarazzo. Maurizio voleva che mia madre dicesse cosa gli stava facendo. Lei era sempre più a disagio. Mi sono indignata. Fingevo di non capire. Mettevo distanze verbali tra me e Maurizio con apparente indifferenza. Lui ha insistito. Ho detto che non mi interessava sapere cosa stesse accadendo quando sono tornata a casa, e che magari era ora che lui andasse a vivere da qualche altra parte. Ma è rimasto, perché lei era diventata sua schiava, vulnerabile e un po' disperata.

Un giorno in bagno, mentre facevo la doccia, mi ha osservato con un'aria diversa: «Com'è fresca la tua pelle» ha detto. «Com'è giovane.» Non più l'orgoglio per la bellezza della figlia, ma un'invidia distaccata e un po' malinconica. Non è stato il tono a ferirmi, ma lo sguardo. Come una donna guarda un'altra donna che lei non può essere.

Non potevo perdere mia madre. Ho fatto la guerra a Maurizio. Cominciavo a non sopportarlo più, anche se da qualche parte avvertivo il suo fascino animalesco, l'intensità da psicopatico. Lui tentava ancora di sedurmi senza successo. Per vendetta cercava di umiliarmi attraverso mia madre. Questo non glielo permettevo. Aveva rispetto per me e mi temeva. Ma lei, alle mie spalle, gli dava denaro, gioielli, ha fatto un'ipoteca per lui. Un giorno è tornato a casa su una Ferrari rossa. «Da dove viene?» ho chiesto io. Ha inventato una storia che in qualche modo ho creduto o voluto credere.

Dopo un po' si è messo con una ragazza grassa e ricca, bionda e dalla pelle bianchissima. Ma viveva ancora da noi. Era una situazione complessa e perversa e io volevo solo liberarmene. Sono scappata a Göttingen, dove ho conosciuto uno svedese, Claes, e me ne sono innamorata. Maurizio è venuto a trovarmi, ha tirato fuori un coltello quando gli ho parlato di Claes. Gli ho intimato di andarsene. Poi ho scritto a mia madre che non sarei tornata a casa se Maurizio fosse stato ancora lì. Al mio ritorno era partito.

La maschera

A poco a poco ho imparato a costruirmi una maschera. Se una situazione non mi piaceva e mi sentivo attaccata o, peggio, venivo attaccata tramite mia madre, scattava un meccanismo di difesa sempre più complesso ed efficace. Diventavo aggressiva verbalmente, l'ira mi dava una nuova forza. Potevo reagire, mettere gli altri al loro posto, impedirgli di nuocermi. Farlo mi conferiva superiorità e potere. Per anni avevo solo subito, non avevo potuto o saputo ribellarmi alla famiglia e alle persone preposte a educarmi. Ero stata docile. Ma ora, più adulta e costretta a misurarmi con persone e situazioni totalmente diverse da quelle cui ero abituata, mi sentivo libera. Avvertivo, come un animale, che la miglior difesa era l'attacco. Aggredivo impunemente persone che disprezzavo e che non potevano ricattarmi affettivamente. Ho imparato a combattere. Mi piaceva.

Flavio

La mamma ha conosciuto Flavio, amico di un ragazzo di Forlì che al liceo frequentava me e Gabriella. Flavio era bruno, capelli lisci e un po' lunghi pettinati all'indietro, faccia slava tormentata, occhi azzurri intensi. Originariamente la sua famiglia era di Fiume, ma lui era italiano. Il padre aveva un'azienda farmaceutica in cui Flavio lavorava controvoglia. Amava circondarsi di vagabondi, artisti, persone equivoche. Viveva di notte e beveva.

Presto ho capito che lui e la mamma erano diventati amanti. Nella mia ansia di emancipazione ed egualitarismo, non ci trovavo nulla di strano, anche se lui aveva parecchi anni meno di lei. In realtà mi dava fastidio che scopasse mia madre. Non la amava. Era un dialogo tra sordi. Lui arrivava la sera, quando magari suonavo il pianoforte. Continuavo a studiare musica a Milano con un maestro cieco. Flavio arrivava e portava fuori mia madre. Andavano sempre al bar Oreste, dove si girava col "Manifesto" sottobraccio. Lui beveva e parlava, la mamma stava a guardarlo. Era brillante, caustico, provocatore. Lei continuava ad ascoltarlo per tutta la notte, da sola o in compagnia. Quando l'Oreste chiudeva, andavano in altri bar o locali notturni. Poi tornavano a casa. Li guardavo, lei stanca ma attenta, lui preso dai suoi deliri. C'era disperazione nel suo egocentrismo, nella sua loquacità, ma lei non la vedeva. Non le interessava. Aspettava solo che lui la scopasse. Come una schiava o una mantide religiosa. In qualche modo Flavio mi faceva pena. Era un essere assolutamente solo, viziato dal proprio personaggio, il vagabondo geniale della notte. Avvertivo una nota patetica in tutto questo.

Io andavo a letto e intanto Flavio parlava nella stanza vicina. Lei si sfilava gli stivali, li sentivo cadere sul pavimento di marmo. Il fruscio dei corpi tra le lenzuola. Poi i gemiti di mia madre.

Flavio ha cominciato a fare allusioni su di me. Mi chiamava ironicamente "la bambina", come faceva mia madre. Cercava ogni tanto di entrare nella mia stanza di notte. Lei mi chiudeva a chiave e non potevo neanche fare la pipì. Ero vergine. Il sesso era lei. La mattina mi alzavo per andare all'università, studiavo, davo esami. Mi difendevo con l'intelletto. Ma ero vulnerabile. Nessuno poteva toccarmi. Una volta – abitavamo ancora in via Tajani – lei è andata dal fratello a Imola e sono rimasta sola a Milano. È passato Flavio a trovarmi, ha chiesto di lei. Non c'era. Si è seduto sul divano, ha domandato qualcosa da bere. Gliel'ho portato e lui ha iniziato uno dei suoi monologhi: era ora che la smettessi di essere vergine, dovevo incontrare un vero uomo che mi facesse sentire donna. Il vero uomo era lui. Ha cercato di stringermi, baciarmi. Sono scappata in bagno e mi sono chiusa a chiave fino a quando non sono stata certa che se ne fosse andato. A mia madre non l'ho mai raccontato. Non volevo farle del male, volevo proteggerla.

Claes

Nel frattempo mi ero innamorata di Claes, che era tornato in Svezia. A Göttingen non eravamo riusciti a fare l'amore. Avevamo provato per due mesi senza alcun successo. Il primo tentativo è stato nella mia stanza. Claes mi ha baciato, è andato in bagno, è tornato, si è spogliato. Non avevo mai visto un uomo nudo, e mai in erezione. Mi è sembrato qualcosa di estremamente aggressivo. Lui mi ha svestito dicendo: «Rilassati». Più mi diceva di rilassarmi, più mi bloccavo. Mi sembrava di essere su un tavolo operatorio. Claes era tenero, ma aveva una mentalità svedese molto distante dai miei complessi latini. La sua naturalezza mi era estranea. Inoltre a quei tempi non riuscivo a infilarmi neanche un Tampax, ero chiusa ermeticamente.

Per due mesi ci siamo baciati e abbiamo dormito nello stesso letto. Lui mi diceva che mi amava e che non c'era problema. Ma io mi sentivo un totale fallimento come femmina. Tutte le donne facevano l'amore con l'uomo che amavano e io non ci riuscivo.

Tornata a Milano, per un anno ho pensato a lui e gli ho scritto. Ero smagrita e la presenza di Flavio in casa aggravava la situazione. Giunta l'estate, ho chiesto a mio padre di poter andare in Svezia, ufficialmente a trovare la mia amica René. In realtà volevo rivedere Claes. Questo era chiaro a tutti, anche ai miei genitori. Eccezionalmente, mi hanno accompagnato insieme all'aeroporto.

Mia madre piangeva mentre l'aereo decollava. «La mia bambina.» Era la prima volta che prendevo l'aereo da sola.

«Ma quale bambina, ti pare che debba spendere un milione per far sverginare mia figlia?»

Per fortuna ero già in volo e non potevo sentire.

Claes è venuto a prendermi a Stoccolma. Sapevo che la sua fidanzata l'aveva lasciato. «Gli orgasmi che ho avuto con te erano finti» gli aveva detto. Poi se ne era andata.

In quel periodo lui stava facendo il servizio militare ed era in divisa. Siamo andati a casa sua, abbiamo parlato. Mi sono addormentata. Alle due di notte mi sono svegliata, ho fatto colazione, pensavo fosse mattina. Non conoscevo le notti bianche. D'estate al Nord la luce torna a mezzanotte. È buio solo per poche ore.

Claes mi ha portato in giro per Stoccolma. Le strade antiche del centro, i parchi. Mi sembrava un paese con pochissime persone, semideserto. Tutti avevano gli occhi azzurri. Siamo andati a Uppsala, dove studiava Medicina. La città universitaria era immersa in un parco un po' cupo, come a volte sono i boschi nordici. Da soli nella sua stanza, mi ha chiesto il braccialetto d'argento con il mio nome inciso. Gliel'ho dato.

Mentre parlavamo, mi ha baciata. Nella foga del discorso non ho fatto in tempo a bloccarmi. Mi sono ritrovata sul letto e per la prima volta lui è entrato dentro di me. Ho sentito un dolore acuto. Fuori pioveva. Claes era dolce. Ero contenta di aver fatto finalmente l'amore. Ma il letto era sporco di sangue e mi sentivo in imbarazzo. Lui mi ha detto: «Adesso vorrai farti una doccia. Intanto io vado in lavanderia a fare il bucato».

Mi ha lasciato da sola. Ero frastornata e avrei voluto che mi stesse vicina. Ma non ho detto niente. Al ritorno, mi ha spiegato che doveva partire proprio quella sera. Mi avrebbe riportato a Stoccolma a casa della sua ex fidanzata. Non c'era problema perché erano amici.

Ricordo noi tre seduti in salotto in un'atmosfera di finta cordialità. Io pensavo: "Poche ore fa hai fatto l'amore con quest'uomo per la prima volta. Lui era dentro di te. Adesso stai bevendo caffellatte con la sua ex fidanzata come se niente fosse". Sentivo la gelosia di lei.

Appena lui è partito, lei mi ha chiesto: «Sei innamorata di Claes?».

Non ho voluto rispondere.

Il giorno dopo sono partita per andare a trovare la mia amica René, che abitava a Kalmar, nel sud della Svezia, con i genitori e una sorella down vezzeggiata da tutti. Aveva un fidanzato biondo e malinconico che suonava la chitarra. Kalmar era famosa perché c'era il ponte più lungo d'Europa. René ne era molto fiera. Alta e bionda, quando era venuta a trovarmi in Italia bloccava il traffico. Non facevo in tempo a voltarmi, che la vedevo circondata da italiani bruni alti circa la metà. Era allegra e sorrideva sempre. Aveva fatto colpo anche su mio padre, che ci aveva portate a Portofino. «Finalmente una tua amica bella» aveva detto. Era stato molto gentile.

Dopo una settimana che ero da René è venuto a trovarmi Claes, sempre in licenza. Non sono più riuscita a fare l'amore con lui. Claes mi aveva lasciato sola, mi aveva messo in una situazione sgradevole e umiliante. Per me era finita. Non volevo più che mi toccasse. È partito. Nel frattempo il fidanzato malinconico di René aveva iniziato a farmi strani discorsi mentre la mia amica non c'era. Diceva che io ero diversa, che non voleva ferire René, ma per me provava qualcosa di speciale.

Ho fatto le valigie e sono andata a trovare Erland, l'altro amico che avevo conosciuto a Göttingen. Erland era forse l'unico svedese a non avere gli occhi azzurri. Bruno, non bello, veniva da una famiglia ricchissima imparentata col re di Svezia. Si era innamorato di me a Göttingen, ma io amavo Claes. Diceva che gli facevo tenerezza perché sembravo un passerotto sperduto. Insieme giocavamo a scacchi.

Erland studiava Filosofia a Lund, una città medievale nel sud della Svezia. Un giorno, mentre passeggiavo, sono capitata in un quartiere moderno con villette che non conoscevo. Una vecchia mi ha fermato per strada: «Scusi, posso parlarle per cinque minuti?».

«Certo» ho risposto.

«Sa» mi ha detto, «non parlo mai coi giovani. La casa dove abito è pulita e in ordine, ma ci sono solo vecchi.»

«Ha figli?» le ho chiesto.

«Sì, un figlio, ma lo vedo soltanto a Natale.» Ero sconcertata da tanta solitudine.

Un sabato sono uscita con Erland e mi pareva che tutti camminassero in modo obliquo. Erano compassati, ma percorrevano le strade in diagonale.

«Che succede?» ho chiesto a Erland.

«Sono ubriachi» mi ha risposto. «Sabato sera bevono perché poi possono dormire la domenica.»

Non avevo mai visto persone sbronze in modo così contenuto e introverso. C'era un'aura in Svezia che iniziava soffocarmi. Con Erland stavo bene, eravamo amici. Ci capivamo, ma anche lui era profondamente infelice. Non potevo aiutarlo, né lui mi chiedeva niente. Mi sembrava di essere in un vicolo cieco.

Sono partita. Tornata in Italia ho tagliato i capelli corti, per la prima e ultima volta da quando ero piccola. Ho detto a mia madre che finalmente non ero più vergine. Lei ha reagito piangendo in una delle sue sceneggiate mediterranee: «La mia bambina...». «Non sono più una bambina, mamma.» Ma certo non ero ancora una donna.

Stati paralleli

Da piccola facevo spesso un incubo quando avevo la febbre alta. C'era una corda tesa che vibrava nello spazio. Il mio terrore era che la corda si annodasse su se stessa. Quando accadeva era come se qualcosa mi serrasse le viscere e il cuore. Come fossi io ad annodarmi. Era il panico. E non c'era scampo. Questo era l'incubo più tremendo e anche il più astratto.

A volte sognavo un lupo. Aveva le mascelle spalancate e vedevo il lampo aguzzo dei denti. Sapevo che stava per azzannarmi. Ma mi svegliavo sempre un attimo prima.

Più tardi, verso i sette anni, ho iniziato a fare anche altri sogni. Ero nuda nell'acqua e nuotavo. La luce filtrava in mille riflessi. Ero leggerissima e guizzavo come un pesce. C'erano alghe verdi e dai mille colori e tutto danzava nello spazio. A volte scendeva nell'acqua un fanciullo bellissimo. Spesso era biondo e aveva gli occhi color del mare. Mi prendeva e mi immobilizzava sorridendo. Non avevo più volontà, non ero più responsabile e mi abbandonavo totalmente al piacere. Non sapevo esattamente cosa volesse dire fare l'amore. Non immaginavo i gesti perché non conoscevo la tecnica.

Ogni tanto ero presa da raptus. Ero sulla spiaggia o ai giardini. Stavo giocando con una bambina un po' più grande di me. La prendevo per mano e la portavo dietro a un cespuglio. Poi, al riparo, mi tiravo su il vestito e prendevo le sue mani a sfiorarmi la pelle. Ero come un petalo fresco. Avevo sete. E lei mi accarezzava e mi guardava in silenzio. Era tutto istantaneo e naturale. Una volta ci ha sorprese mia madre. Io ho subito riabbassato il vestito. Non volevo essere scoperta. Non avevo niente da spiegare. Erano momenti solo miei. Con i maschi non mi capitava, perché avevo minore confidenza. Una bimba era della mia stessa razza anche se l'avevo appena conosciuta. Non avevo paura. Si trattava comunque sempre di episodi isolati.

Verso i dodici, tredici anni qualcosa è cambiato. Impercettibilmente mutavo senza rendermene conto. Come se nuovi terminali arricchissero il sistema, complicandone il funzionamento. L'equilibrio era spezzato e si doveva riassestare. Ero timida e introversa, con inclinazioni malinconiche. Ma ogni tanto era come se una corrente superasse gli argini e si riversasse sugli altri, su chi mi stava vicino, su chi capitava.

Una volta ero seduta su una panchina in mezzo alla pineta di Milano Marittima. Era una delle prime ore del pomeriggio. Faceva molto caldo. La pineta era deserta. Tutto era immobile, avvolto da un'aura di calore. Ero semisdraiata sulla panchina, la schiena appoggiata allo schienale. È passato un soldato, giovane, in divisa. Ci siamo guardati dritto negli occhi. Lui ha esitato, si è fermato. Un lungo attimo sospeso. Continuavo a guardarlo. Poi si è scosso, ho visto un lampo di paura negli occhi, si è allontanato. Io ero piuttosto piccola, avrò avuto tredici anni.

Una notte ero con una ragazza in Svizzera, in collegio. Eravamo nel letto a castello, lei stava sotto. D'un tratto la mia pelle bruciava e lei l'ha sentito. Ha recepito il messaggio, che non era verbale, né gestuale. Io ero immobile, non potevo muovermi. Mi ha accarezzato a lungo e in silenzio, qualcosa si è sciolto.

Per me il piacere era dalla vita in su. Sotto era pipì e basta. Altro non riuscivo a immaginare. La curiosità di guardarmi non l'ho mai avuta. Il desiderio di toccarmi neanche. Dalla vita in giù il mondo non mi interessava. Quello è venuto dopo.

A sedici anni ho visitato il British Museum. Ero a Londra d'estate, studiavo inglese in un college. Sono andata con l'autobus della scuola insieme ai miei compagni. Poi ci siamo sparsi. Ero in una sala di porcellane cinesi, vasi bianchi e azzurri dietro vetri trasparenti. La luce esterna filtrava dalle finestre. Ero sola davanti ai vasi. Poi ho avvertito una presenza alle spalle. C'era qualcun altro nella stanza. Un giapponese guardava i vasi accanto a me. Di nuovo è scattato qualcosa. Non l'ho neppure guardato, se non con la coda degli occhi. Era giovane ma per niente attraente. Forse era la situazione vagamente surreale. Forse erano i vasi cinesi. Non so. Comunque l'ho chiamato, sempre senza voce, immobile. Lui mi è venuto alle spalle, da dietro mi ha accarezzato il seno, piano, la punta dei capezzoli. Continuavo a guardare i vasi cinesi. Siamo stati così per un po'. Ero come in trance. Poi mi sono resa conto che era trascorso del tempo. Era tardi. Dovevo raggiungere i miei compagni. Sono fuggita correndo per il British. Sono salita sull'autobus quando già stava partendo. Una volta seduta al mio posto accanto al finestrino, ho guardato fuori e ho visto il giapponese che agitava la mano e faceva cenno di parlarmi. Ma per me era un estraneo. Rientrata nel mio gruppo ero di nuovo la ragazza che tutti conoscevano. Niente a che vedere con quella che si era lasciata accarezzare da uno sconosciuto. Non c'entravo nulla con lei. Non sapevo chi fosse.

Mia madre

Avevo familiarità con le donne, ma un po' le disprezzavo. Non amavano l'astrazione, erano concrete, in genere avevano uno scarso senso dell'umorismo, poca autoironia. Passavano dall'isteria al vittimismo, alla passività. Non avendo un potere diretto, sapevano essere subdole e infide. Amavano manipolare. Se un uomo le penetrava nel modo giusto, diventavano sue schiave.

Il paradigma era mia madre. Succube del fratello e anche del marito tradito, carica di sensi di colpa fin dalla nascita, amava gli uomini in modo ferino. Era gelosa, possessiva e insicura. Quando cessava di amarli, era come se non esistessero più. Come non fossero mai esistiti. Non c'era affettività, era sesso brutale e puro. Sapevo che voleva bene a me, a suo fratello e anche al marito tradito. Gli altri della famiglia – padre e madre – non c'erano più.

Mia madre era diretta, viscerale ma timida. Poteva essere arrogante o svelare un umorismo quasi britannico, pieno di sfumature ed efficace. A volte rideva e le si illuminava il viso come a una ragazzina. Ma era anche ansiosa, tendente al melodramma. Quando ero piccola tutto era una tragedia, era sempre tesa con la sigaretta in bocca. Passava da un uomo all'altro. Ogni volta era una grande passione e un dramma. Solo di fronte a un cotechino le tornava la gioia di vivere.

Negli ultimi tempi Flavio si presentava spesso in casa accompagnato da Alfonso, un bancario grassoccio che manipolava filosofie orientali mal digerite per sedurre e plagiare ragazzine che si portava in una villetta sul lago. Il fine ultimo della sua filosofia consisteva nel provare un orgasmo trattenuto. Sosteneva che l'energia gli esplodesse nel cervello. Ma di yoga non capiva nulla, il suo era solo un gioco di potere.

Insieme umiliavano mia madre, che non si difendeva mai. «Una donna come te si può portare fuori solo di notte, con le luci abbassate, così si notano meno i segni sul viso» le ha detto Flavio una sera, alludendo alla differenza d'età. Alfonso ha annuito. La sua gelosia nei confronti di Flavio covava una notevole omosessualità latente.

Io ero impermeabile ai suoi giochi. Non m'interessavano. Non riusciva a intimidirmi intellettualmente, non aveva carte per sedurmi. Per rivalsa, aizzava l'amico contro mia madre. Io la difendevo come potevo, ma l'atmosfera in casa era diventata irrespirabile.

Teo

Una sera Flavio ha detto: «Caterina deve smettere di suonare. Falla uscire con noi».

«Cosa dici, è una bambina» ha replicato mia madre.

«Ma quale bambina! Ormai è una donna, ha vent'anni, non può stare sempre in casa.»

Siamo andati all'Oreste. Ero seduta con Flavio e la mamma, quando ho visto tre ragazzi insieme a un tavolo. Uno era alto, biondo, una nuvola di capelli ricci, un viso d'angelo e intensi occhi di ghiaccio. L'altro aveva capelli castani lunghi sulle spalle e un'ombra di ironia negli occhi grigi. Il terzo riccioli corvini e un viso da Caravaggio. Tre lampi diversi di giovinezza.

C'era un'amicizia tra loro. Li avevo intravisti qualche sera prima alla proiezione di un film di Fassbinder, *Effi Briest*. Avevo avvertito tra loro un'allegria complice che mi piaceva. Frequentavano l'ultimo anno di scuola tedesca. Parlavano una lingua mista, italiano e qualche parola tedesca qua e là. Una specie di gergo loro.

Ci siamo guardati. Mi sembravano inavvicinabili. Flavio ha detto: «Caterina, vai a giocare a flipper».

«Non so come si fa.»

«Non ha importanza, vai.»

Sono andata. Non avevo mai giocato, premevo il pulsante a casaccio. Si è avvicinato Ruggero, il ragazzo bruno. Si è presentato. Mi ha portato al loro tavolo. Mi piacevano tutti e tre e mi piaceva il loro modo di stare insieme.

Teo si è innamorato subito, fulminato la prima sera. Di lì a poco la ragazza con cui lo avevo visto in strada giorni prima è scomparsa.

È iniziata per me una nuova stagione milanese. Stavo sempre con Teo, Reinhard, Ruggero. Reinhard è stato il primo ad accorgersi che Teo era innamorato. Un giorno, a casa mia, ha intercettato un suo sguardo su di me e ha sorriso. Anche Ruggero se ne è accorto. Ancora io e Teo non stavamo insieme.

Io mi sono innamorata di tutti e tre. Ho adottato in blocco il gruppo. Amavo Teo e la loro amicizia virile. Anche loro erano sradicati, parlavano tedesco come me, anzi meglio, pensavano su binari culturali diversi. Teo era geniale, fuoco puro. Si muoveva con grazia felina, da vero leone, ogni suo gesto era elegante. Mi ha aperto nuove porte di percezione: l'arte visiva, il design, il Bauhaus, Loos, Berlino e la Vienna degli anni Venti, Grosz, Trakel, Handke, l'ebreo Tucholski e il suo sarcasmo freddo e intellettuale. Teo dipingeva splendidi acquarelli e fotografava dettagli che diventavano quadri: un muro scrostato, un rivolo d'acqua, il riflesso di luce su una pozzanghera. Amava la bellezza industriale, non canonica. Mi portava alle mostre di foto, design, quadri. Mi spiegava Klimt, Schiele, Kokoschka, Kandinskij, Klee.

Aveva un barboncino di nome Ari, da Aristotele, e girava su una Due cavalli rossa. Di notte andavamo nei bar. Beveva, ma non era mai ubriaco. L'alcol gli raddoppiava le energie, lo rendeva ancora più brillante. Aveva un sorriso che continuava in una fossetta sulle guance e gli illuminava gli occhi. Sapeva essere tenero e ironico insieme. Mi chiamava "Piccolo Mucho" e diceva che venivo da un altro pianeta. Era romantico, mai sentimentale. Ha dipinto per me un acquarello in cui un uomo e una donna erano allacciati in posizione fetale. A prima vista formavano una scultura unica ovoidale. Mi ha fatto conoscere Caspar David Friedrich e il romanticismo tedesco. Suo zio era Wols, un pittore finito in campo di concentramento perché dipingeva quadri astratti.

Teo non aveva paura di nulla, si muoveva con naturalezza in qualunque situazione. Non diffidava di nessuno, niente lo intimidiva. Era tedesco, anzi prussiano, nelle passioni e negli eccessi. Pur parlando perfettamente italiano, era uno straniero. Il suo modo di sentire era profondamente diverso. Non conosceva mediazioni, compromessi. Era generoso, impulsivo, diretto. La sua integrità e lealtà erano assolute. Aveva un forte carisma. Era un leader nato, sembrava invincibile.

Reinhard placava i suoi eccessi. Era il suo migliore amico, lo riequilibrava con la sua ironia, la lievità viennese. Reinhard era il filosofo del gruppo. Insieme discutevano per ore d'arte, letteratura, cinema. Ascoltavamo gruppi rock, i Pink Floyd, i Doors, i Deep Purple, i Velvet Underground. Reinhard suonava il piano. Era autodidatta. Sapeva tradurre qualunque situazione in musica. Si metteva alla tastiera e le sue mani creavano mondi di suoni, perle, cascate di diamanti. Lui esprimeva quello che provava con le note. Traduceva le nostre emozioni. Sentirlo suonare era come fare un viaggio. Coglieva esattamente l'attimo. Il nostro essere lì ora.

Io sentivo che il nostro era un tempo limitato. Ero arrivata all'apice della loro amicizia. Insieme vivevamo l'ultimo atto. Lo avvertivo da qualche parte senza esserne cosciente. Era tutto apparentemente perfetto, eravamo giovani, scorreva un'energia talmente forte da sembrare eterna. Ma non era così. Anche se non volevo saperlo.

Ruggero ascoltava Teo e Reinhard bevendo avidamente i loro discorsi. Aveva qualche anno di meno. Unico italiano fra i tre, aveva fatto le elementari in Germania. Provava una venerazione quasi morbosa per Reinhard. Non c'era un vero rapporto di parità, lui era il discepolo, Reinhard il maestro. Amava anche la geniale follia di Teo, anche se a volte temeva per la sua imprudenza. Ma Teo riusciva sempre a schivare le situazioni pericolose con la sua vitalità, la sua brillante ironia.

Tutti e tre fumavano spinelli e avevano preso acidi. Soprattutto Teo e Reinhard. Un loro amico non era mai del tutto rientrato da un viaggio di LSD, era stato ricoverato in clinica psichiatrica. Era diventato abulico, imbottito di farmaci. Io avevo fumato solo uno spinello ad Amsterdam, durante un weekend. Ero in un albergo di prostitute e magnaccia con un amico americano e una ragazza greca che studiavano con me in Germania. Avevo passato la notte sdraiata contro il muro, dopo aver sentito un forte impulso a gettarmi dalla finestra. Poi era subentrato il terrore che qualcuno entrasse nella stanza per accoltellarmi.

Ero convinta che gli spinelli fossero un sintomo di decadenza. Non sopportavo che i miei amici ne facessero uso. Parlavo degli esperimenti sui topi, a cui l'hashish rallentava i riflessi, inebetendoli. Loro ridevano divertiti, mi prendevano affettuosamente in giro, mi chiamavano "professoressa". Ero l'unica già all'università e davo esami in continuazione. Io temevo la trasgressione, che per loro era lo spartiacque tra sé e gli altri. Venivano tutti da famiglie altoborghesi, ma nessuno aveva ricevuto la mia educazione autoritaria. Ero affascinata dalla loro libertà, la loro raffinatezza intellettuale, l'inarrestabile creatività. Avrei voluto essere così anch'io, avere la loro spensierata leggerezza, e un po' li invidiavo. Ma il mio ancoraggio con la realtà era più solido, sentivo un'eco di sfacelo da qualche parte, che mi spaventava. Sapevo che c'erano dei confini, che varcarli era pericoloso. Questo mi impediva di volare come loro e vivevo di riflesso tutta quella energia. Avevamo la stessa intensità estrema. Ma io mi barricavo dietro la disciplina. La paura mi proteggeva dagli eccessi. Loro invece amavano il rischio, la sfida.

Passavamo i weekend a Oleggio, sul lago Maggiore, dove i genitori di Teo avevano una casa. Oppure da Reinhard, vicino a Milano. Tre giorni di musica, alcol, spinelli. Io ero l'unica che non fumava canne e non beveva. L'alcol non mi piaceva, ero astemia. Ma non aveva importanza, eravamo sempre in sintonia. Ridevamo, discutevamo, reinventavamo il mondo. Teo dipingeva o faceva foto, Reinhard suonava e scriveva, Ruggero si improvvisava mimo.

Una volta Teo mi ha portato sul lago d'Orta. Abbiamo preso il battello e abbiamo esplorato l'isola. In un ristorante, a lume di candela, mi ha chiesto di sposarlo. Guardavo il riflesso tremolante della fiamma sullo specchio appeso alla parete. L'emozione mi bloccava le parole in gola. Non potevo neanche pensare di sposarmi, ma non era importante. Non avevo mai amato così nessuno. Lui mi ha sorriso, mi ha preso la mano tra le sue. Era talmente bello che guardarlo mi faceva male. Ero disperata e felice e avrei voluto che il tempo si fermasse. Avrei voluto morire lì in quell'istante. Per anni mi ero rifiutata di vivere perché le cose non finissero.

Reinhard nel frattempo ha conosciuto Ambra, una ragazza di sedici anni, tonda e morbida, capelli biondi lunghissimi, pelle bianca con le gote rosate. Sembrava una mela fresca. Anche lei frequentava la scuola tedesca, sua madre insegnava yoga, suo padre era uno steineriano. Reinhard si è innamorato totalmente, come Teo. Aveva verso di lei un'aria protettiva. Ma presto la situazione è degenerata. Reinhard ha scoperto che Ambra si bucava. Noi odiavamo tutti l'eroina. Lui ha cercato di farla smettere, ma senza successo. Lasciarla era fuori discussione. Lei mentiva con la sua aria da bambina innocente, lo invischiava in situazioni pericolose e ambigue. Ruggero odiava Ambra, che avvertiva come un pericolo per l'amico. Era una strega che poteva rovinarlo.

Reinhard ci ha detto che voleva provare anche lui l'eroina per capire cos'era. Abbiamo cercato di dissuaderlo, ma non c'è stato niente da fare. Con la sua sensibilità Reinhard era più a rischio di lei. Io contavo sulla sua intelligenza, ma ho capito poi che non è l'intelligenza a salvare dall'eroina. L'unica difesa è l'istinto di autoconservazione. Ma in Reinhard l'amore per Ambra era più forte.

Abbiamo cominciato a vederlo meno. A volte arrivava accompagnato da Ambra, che sedeva tranquilla come una bambola di porcellana, senza cercare di partecipare ai nostri discorsi. Ruggero la chiamava "la mela marcia", ma anche lui era impotente. Solo Teo riusciva a riportare l'amico su un binario di complicità. Ma erano successi temporanei. Poi Reinhard spariva di nuovo per settimane.

Negli ultimi tempi Teo aveva aumentato le dosi di alcol. Era impressionante la sua capacità di bere senza ubriacarsi. Era sempre lucido e brillante. Reinhard gli mancava, ma lui non si lamentava, la sua solitudine era introversa e si sfogava nell'alcol. Non gli ho mai sentito dire nulla contro Ambra. La donna dell'amico era sacra, o comunque rispettava l'amore di Reinhard per lei.

Qualcosa impercettibilmente stava cambiando. Passavamo notti intere da un bar all'altro e io iniziavo ad annoiarmi. C'era un rito ripetitivo legato all'alcol a cui ero estranea. Teo parlava per ore con degli sconosciuti, li portava a casa. A volte dormivano lì e il mattino dopo sparivano con posaceneri d'argento. Lui rideva, la cosa lo lasciava del tutto indifferente, ma io mi sentivo a disagio. Avrei voluto proteggerlo e non potevo. Teo non ascoltava nessuno, neanche Ruggero, che a volte lo metteva in guardia.

Un Natale siamo andati in Austria, a Semmering, poi a Vienna e a Monaco da sua nonna. Semmering era un luogo di villeggiatura austroungarico ormai quasi deserto, incastonato tra montagne fitte di boschi. Aveva il fascino dei grandi alberghi in rovina, ma ancora sontuosi e accoglienti. Ricordo una tromba abbandonata sul pianoforte di un salone senza più pareti.

A Vienna abbiamo dormito in una stanza enorme con una stufa di maiolica bianca che copriva il muro. Teo mi stava facendo un ritratto a matita, ma continuava a sbagliare le labbra. Quando siamo partiti, il ritratto aveva la bocca cancellata.

A Monaco abbiamo passato solo una notte da sua nonna, un'anziana signora gentile e mezzo sorda. «Urla più forte!» diceva Teo ridendo quando rispondevo alle sue offerte di tè e biscotti. Il giorno dopo siamo partiti per Salem, un collegio dove Teo aveva studiato qualche anno da piccolo: doccia fredda all'alba e corsa in pigiama nei boschi coperti di neve. Lì Teo aveva cominciato a bere e aveva conosciuto Hartwig, un berlinese poi diventato musicista rock.

Ero curiosa di vedere Salem. Stavo seduta accanto a Teo nella Due cavalli, china sulla cartina. C'era una coda sull'autostrada e andavamo piano. Teo si è distratto a guardarmi. È stato un attimo. Siamo finiti contro la macchina davanti mentre quella dietro si scontrava con noi. Ho sentito un colpo tremendo, ho picchiato la testa contro il vetro. Stavo leggendo la cartina e non avevo la cintura. D'un tratto ho visto un'ombra grigia e gelida che mi precipitava addosso. Era la morte, fredda e senza volto. Sono svenuta. Al mio risveglio c'era l'ambulanza, Teo era chino su di me e mi chiamava disperato.

«Non preoccuparti per me, pensa alla macchina.»

Sono state le mie prime parole. Poi mi hanno portato all'ospedale.

Il pronto soccorso emanava un odore acuto di medicinali. I pazienti aspettavano seduti o sdraiati. Ogni tanto passava un infermiere. Nessuno si occupava di noi. C'era una donna stesa su un lettino, un uomo col braccio lacerato e tumefatto, un vecchio che ansimava accompagnato da un bambino. Io avevo la bocca gonfia. Nell'impatto si era spaccato il labbro superiore e continuava a scorrere sangue. Avevo battuto anche la testa e il ginocchio, ma questo non mi interessava. Ero solo preoccupata di restare sfigurata.

Ho chiesto un dottore. L'infermiera mi ha guardato scostante: «Il dottore arriverà quando può».

Del resto non ero l'unica a sanguinare nella stanza. L'uomo dal braccio rotto stava peggio di me, la donna gemeva piano. Ho domandato com'era la mia situazione clinica.

«Lei potrebbe anche avere un'emorragia interna, non possiamo saperlo finché non le facciamo gli esami.»

Pensavo all'interno del mio corpo dove qualcosa si poteva inceppare da un momento all'altro. Mi è venuta fame, una fame terribile. Nella borsa avevo solo un pezzo di cioccolata e l'ho divorato a morsi, incurante del sangue che si mescolava al cioccolato.

Finalmente è arrivato il mio turno. Un'infermiera mi ha portato in una stanza per controllare se il cranio avesse subito danni cerebrali.

«E il mio labbro?» ho chiesto.

«Questo è l'ultimo dei nostri problemi.»

«Resterò sfigurata?»

«Dipende da come la cuciono.»

Dopo la testa si sono occupati del ginocchio. Un'infermiera mi ha fatto delle radiografie. Si muoveva a scatti, l'ho sentita bestemmiare in tedesco.

«Che succede?» ho chiesto.

«Le radiografie non sono venute, dobbiamo rifarle.»

Mi ha bombardata di nuovo coi raggi X. Poi mi hanno parcheggiata su una sedia. Ho aspettato per ore che qualcuno si occupasse della mia bocca. L'incidente era avvenuto verso le dieci del mattino. Mi hanno cucito il labbro alle sei del pomeriggio. Fino a quel momento avevo retto abbastanza bene psicologicamente, lo shock mi faceva da scudo. Poi è arrivato un dottore seguito da una cerchia di allievi. Ha detto che mi avrebbe cucito da sveglia. L'anestesia era controindicata nel mio caso.

L'ago nella carne del labbro faceva un male atroce. Ero un animale ferito e indifeso sotto gli occhi attenti dei medici. Alcuni erano ragazzi della mia età. Tutti indossavano il camice bianco. Avrei voluto controllarmi, non volevo mostrare le mie emozioni davanti a degli estranei. Non ce l'ho fatta. Ho pianto in silenzio mentre mi cucivano, sentivo le lacrime scorrermi sulle guance.

Poi è finita. È arrivato Teo, i medici improvvisamente erano gentili. Mi facevano un sacco di domande sulla situazione politica italiana, sugli scioperi e lo stato delle nostre finanze. Col labbro cucito parlavo a fatica, non riuscivo a pronunciare la P e la F. Non mi importava nulla della situazione italiana. Volevo solo andarmene. Ero colpita dalla fredda efficienza dell'ospedale, dalla mancanza di umanità di medici e infermiere.

Comunque mi hanno cucito bene. Il filo è stato riassorbito, non sono rimaste cicatrici.

Avevo visto per la prima volta la morte in faccia e non riuscivo a cancellare il senso di gelo e vuoto che mi aveva afferrato. Non provavo più niente, non avevo stimoli vitali. Avevo rischiato di morire per una distrazione di Teo, che era affettuoso e preoccupato per me. Probabilmente la sua distrazione era legata all'alcol, che gli rallentava i riflessi. Mi dicevo che tutti possono sbagliare, sapevo che mi amava e l'avevo perdonato. Ma dentro di me non riuscivo più a fidarmi.

È iniziato un processo di straniamento che è durato mesi. Continuavo a fare la mia vita di sempre, ma ero assente. Soffrivo di insonnia, ero diventata frigida, mangiavo pochissimo. Sono dimagrita, ero alta 1,75 e pesavo quarantotto chili. Poi si è interrotto il ciclo e sono andata da un dottore. Mi ha detto che ero sana, ma che se andavo avanti così mi sarei ammalata.

I miei amici continuavano a fumare spinelli e io ero sempre contraria. Ma un po' li invidiavo. E poi ero totalmente bloccata, non riuscivo più a lasciarmi andare. L'unica cosa che ancora funzionava era il cervello. Davo un esame dietro l'altro, sempre col massimo dei voti. Ma anche nella mia mente si sono aperte delle falle. Ho letto *Mademoiselle de Maupin* di Théophile Gautier e mi sono innamorata della protagonista. Era una donna, fiera e androgina. Girava nel Settecento vestita da uomo. Seduceva sia uomini che donne. Ho cominciato a sognarla di notte, volevo essere amata da lei, ero convinta che mi avrebbe capita. Naturalmente era una fantasia, in realtà amavo Teo, ma non riuscivo più a comunicare con lui, anche se andavo spesso a trovarlo. Si era trasferito a Venezia per studiare Architettura. Divideva l'appartamento con un suo collega di università, Vresh, un ragazzo persiano basso e tarchiato con l'attaccatura del naso che partiva dalle sopracciglia foltissime, e i pittori Hans e Jochen. Hans era arrivato da Basilea in crisi creativa. A Venezia le sue tele erano diventate sempre più chiare e luminose, finché non è passato alla tela bianca. Trascorreva ore alle Zattere, ubriacandosi da solo in silenzio. Jochen invece veniva da Friburgo, era un tedesco alto e allampanato che dipingeva miniature ed era appassionato di Dührer.

Con Teo sempre a Venezia il gruppo si era disperso. Reinhard continuava a stare con Ambra e affondava lentamente nell'eroina. Ruggero lo vedeva saltuariamente. Un giorno ero seduta in un caffè alle Zattere. Era una giornata magnifica di primavera, l'aria era limpida, davanti a me si stendeva la città più bella del mondo. Ho pensato: "Che cosa provi adesso, Caterina?". "Niente" è stata la risposta. Dentro sentivo freddo. Mi sono spaventata.

Vittoria

A Milano avevo incontrato altre persone. Abitavo a Brera e bazzicavo il mio quartiere, che era pieno di artisti e gallerie d'arte.

Ho conosciuto Vittoria, un'accesa femminista. I suoi erano separati, il padre era un industriale che aveva sedotto la sua migliore amica e amante. Aveva un fidanzato, leader di Lotta Continua, che abitava con lei. Era una coppia aperta. Entrambi avevano altre storie. La gelosia era un sentimento borghese.

«Perché, secondo voi i contadini non sono gelosi?» ho azzardato.

Vittoria mi ha guardata con leggero compatimento. In realtà era attratta dalla mia innocenza. Ha cercato di sedurmi, ma io sentivo che era un gioco di potere. Il lesbismo di Vittoria era di matrice intellettuale e ideologica, la ricerca di una complicità tra donne.

Sono anche uscita una sera col suo ragazzo. Mi piaceva, ma avevo paura degli uomini con la barba e non volevo tradire Teo. «Buonanotte, signora» mi ha detto dopo avermi riaccompagnato a casa. Non sapevo se offendermi o no.

Lei gli ha fatto una scenata perché aveva messo gli occhi su di me. Ho preso le distanze da tutt'e due.

Tosca

Poi è arrivata Tosca. Era piccola e massiccia, con occhi fondi di velluto e una massa di riccioli corvini dai riflessi blu. Sembrava uno strano incrocio tra Totò e un ragazzino arabo. L'ho conosciuta per caso in un bar. Mi ha detto subito che era lesbica ed eroinomane. Di lei non avevo paura perché stava peggio di me. Ho cominciato a confidarmi. Avevo bisogno di parlare con qualcuno. Mi ascoltava. Sembrava capisse. Era sola anche lei, una ragazza di strada che bazzicava i bar di notte. Aveva studiato all'Accademia di Belle Arti e lavorava come scenografa per la Scala. Fisicamente era un toro, ma succube dell'eroina. Si bucava. Io non riuscivo a capire perché uno si facesse di eroina. Non capivo neanche bene cosa fosse l'omosessualità. Credevo che lei si ritenesse lesbica perché era troppo brutta per piacere agli uomini.

«Perché ti piacciono le donne?» le ho chiesto.

«Perché sono morbide.»

Ho capito che l'ideologia non c'entrava.

«Io mi intendo molto meglio coi maschi» diceva. «Le donne sono spesso stronze, ma molto più complicate e interessanti. I maschi mi annoiano. E poi non mi attirano fisicamente.»

Una volta si è girata per strada e mi ha scrutato dalla testa ai piedi: «Tu comunque non sei proprio il mio tipo, sei secca come un chiodo e sembri un travestito». Mi sono sentita colpita nella mia femminilità, che pure cercavo di negare in ogni modo.

Tosca risvegliava il mio istinto materno. Qualcosa in lei mi ricordava il mio gatto Mustafà. Aiutarla era un modo per distrarmi da me stessa. Ero affascinata dal suo stile di vita. Diceva parolacce, beveva, aveva una libertà per me inconcepibile in una donna. Non era un'intellettuale, anche se mi parlava di Baudelaire e Des Esseintes. Come in Teo, la sua percezione era primariamente visiva, anche se lei non aveva la sua genialità visionaria.

Ho iniziato una crociata contro l'eroina, la facevo dormire a casa mia per controllarla. Lei ogni tanto usciva e tornava con le pupille strette e lo sguardo assente. Mi arrabbiavo. Mi sentivo impotente. Andavo a studiare a casa sua perché l'atmosfera da me era diventata irrespirabile. Sognavo spesso che la mia casa andava a fuoco.

Un giorno mi ha detto: «Se fai l'amore con me, smetto di farmi».

«Questo è un ricatto» ho ribattuto.

«Certo» ha replicato lei.

Qualche tempo dopo mi ha portato del fumo e mi ha chiesto se volevo fare un tiro. Non avrei mai potuto con i miei amici tedeschi, loro avevano di me un'immagine diversa. Ma con Tosca ero libera di fare quello che volevo, lei non mi avrebbe mai giudicato, non mi avrebbe trovato contraddittoria. Eravamo nella mia stanza. Ho tirato qualche boccata e mi sono calmata. L'ansia è scomparsa. Ho avvertito un languore erotico dopo mesi d'indifferenza assoluta. Mi è venuta anche fame.

«Che strano, mi è tornata voglia di fare l'amore» le ho detto. Lei mi ha lanciato un'occhiata obliqua senza fare commenti.

Una sera è arrivata strafatta come al solito. «Adesso andiamo a casa tua e facciamo l'amore» le ho intimato. Avevo paura, ma era una sfida.

«Sei sicura? Perché proprio stasera?»

Sapevo che quando era fatta non aveva più stimoli sessuali. Ma c'era il patto e poi ero anche curiosa.

Abbiamo preso l'autobus. Ero agitata. Volevo fare quell'esperienza una volta per tutte e lasciarmela alle spalle. Siamo entrate in casa, lei mi ha baciato svogliatamente. Non mi faceva schifo, non mi dava nessuna emozione. Mi ha accarezzato. Io ero fredda come un blocco di marmo. Siamo tornate a casa mia.

"Bene, adesso so cosa sono i paradisi saffici" ho pensato. "Evidentemente non fanno per me."

Poi un pomeriggio sono andata a casa sua e Tosca mi ha fatto fumare di nuovo. Di colpo ho rivisto spezzoni dimenticati della mia infanzia. Ero con i miei cugini d'estate in campagna. Rivivevo interi episodi, le sensazioni, i colori, gli odori di allora. Lei mi ha baciato. L'ho spostata col braccio perché non volevo mi distraesse dal mio film. Lei ha insistito. Mi ha dato un altro bacio, lungo e intenso. Mi ha preso alla sprovvista, mi sono abbandonata e ho provato un piacere che non conoscevo.

Io e Tosca siamo diventate amanti. Non capivo cosa mi stesse succedendo. Perché mi sentivo femminile con una donna invece che con un uomo. Ormai mi era chiaro cosa piaceva a lei. Era me stessa che non capivo. Non sopportavo l'idea di essere lesbica, amavo Teo e non volevo tradirlo. Ma mi sembrava che con lei non lo potessi tradire veramente. Mi sbagliavo.

Tosca si è innamorata. Entrava a casa mia e mi lanciava occhiate di fuoco. Io arrossivo. Mia madre si è accorta che c'era qualcosa di strano, ha iniziato a insospettirsi.

«Perché la tua amica gira sempre vestita da uomo?»

«È più pratico» le ho risposto.

Ma era diventata diffidente. Mi spiava. «Quella ragazza non mi piace. Perché ti guarda così?»

Ho detto a Tosca che dovevamo smettere di vederci, perché io ero innamorata di Teo, non di lei. Era disperata. Mi ha scritto lettere appassionate dove parlava del nostro rapporto fisico. Mia madre le ha intercettate e le ha lette. È iniziato l'inferno. Non potendo negare, mi sono ribellata: «Come ti sei permessa di leggere le mie lettere?». Non aveva mai aperto neanche il mio diario.

«Volevo sapere, ho il diritto di sapere cosa fa mia figlia.»

L'ho sfidata guardandola dritto negli occhi: «E adesso lo sai!».

«Che schifo, non ti vergogni di farti toccare da una donna?» Ansimava.

«No, non mi vergogno. Molto meglio l'amore con lei dei tuoi squallidi rapporti con uomini che ti scopano come macellai.»

«Io non permetto che mia figlia finisca con una donna drogata e omosessuale. Non ti ho allevata per questo.» Minacciava di togliermi l'anello della nonna. Non ero degna di portarlo. Ero una vergogna per la mia famiglia.

«Non me ne frega niente dell'anello di famiglia!» ho urlato. «Quale *famiglia*! Vi siete sempre tutti fatti i cazzi vostri e ora ti permetti di giudicare me?»

Il mio linguaggio era cambiato, ero più sboccata, in sintonia coi tempi. Solo con mio padre usavo il solito lessico da ragazza beneducata, perché lui continuava a intimidirmi.

Mia madre si è precipitata in studio da mio padre piangendo con le lettere di Tosca in mano. Lui ha reagito meglio di lei. Era geloso dei miei amanti uomini. Non aveva mai neanche voluto conoscere Teo.

«Senti, a me interessa che ti laurei» mi ha detto. «Per il resto fai quello che ti pare. Se ti laurei, ti regalo anche un pigiama nuovo per andare in giro con la tua amica.»

E con questo il discorso è terminato. Mia madre invece ha iniziato a pedinarmi. Una volta ha cercato di incendiare la porta di Tosca con dei fiammiferi, mentre eravamo chiuse dentro.

A casa di Tosca stavo bene. Lei mi rassicurava, mi coccolava, era una specie di incrocio tra la Iole e Mustafà. Fare l'amore con lei è diventata una droga per tutte e due. Mi ha insegnato le sfumature del corpo, la diversa consistenza e temperatura della pelle. Mi desiderava come un uomo, ma conosceva ogni dettaglio del mio corpo come una donna. Mi accarezzava come uno strumento musicale, mi baciava per ore. Mi ha insegnato a non avere fretta. Il piacere era più intenso se rallentato. Io entravo in un altro mondo. La sua lingua mi faceva perdere la ragione. Veniva strofinandosi su di me mentre io muovevo i fianchi come in trance. Non voleva che la toccassi. Il suo piacere era il mio. Era ossessionata dal mio sesso, che io avevo sempre rifiutato, di cui mi ero sempre vergognata. Per lei era la cosa più bella del mondo.

«Non sono tutte uguali le donne in mezzo alle gambe?» le ho chiesto.

«Scherzi. Non esistono due fiche uguali al mondo. E la tua è speciale. È come un'orchidea, ha il sapore di un frutto esotico. Tu non sai quanto sei bella lì. È la cosa più bella che hai.»

Io non riuscivo a capire il suo entusiasmo, ma il mio narcisismo era gratificato. Ero il centro assoluto del suo desiderio, delle sue emozioni.

L'eroina è scomparsa. «La mia eroina sei tu» diceva e questo mi dava un inquietante senso di potere.

Tosca ha aperto le porte della mia femminilità, mi ha riconciliato col corpo. Mi è tornato il ciclo. Con lei mi sentivo languida, morbida. E soprattutto libera di fare e dire tutto quello che volevo. Mi faceva ridere, aveva un suo modo di canzonarmi che sdrammatizzava ogni situazione. Siamo andate a Siena, a Firenze, a Zurigo. Ci amavamo in camerette d'albergo, piccole pensioni, parchi. Giravamo per musei, lei mi spiegava la tecnica dei quadri, mi parlava di Escher.

Mia madre mi ha fatto pedinare da un detective che ha fotocopiato le firme nei registri d'albergo. Il nostro rapporto si è incrinato del tutto. L'omosessualità era l'unica cosa che lei non poteva sopportare. Minacciava di cacciarmi di casa. Non mi importava. Per lei provavo solo disprezzo. Tosca era anche un mezzo per tagliare il cordone ombelicale.

Da qualche parte mi sentivo in colpa verso Teo. Mi mancava la sua anima. Teo era l'anima, Tosca il corpo. Lei accendeva il mio corpo. Il nostro rapporto era a senso unico, non c'era reciprocità. Mi amava come se fosse stata un uomo. «Come vorrei scoparti» diceva. «A volte vorrei avere un cazzo per poterti penetrare.»

Ogni tanto pensava di farsi operare. Ma io non volevo che cambiasse, l'amavo così. Mi ero innamorata di lei e del piacere che mi dava. Sentivo che era una regressione infantile, la mancanza di reciprocità era anche psicologica. C'era un disequilibrio. Avevo potere assoluto su di lei. L'omosessualità era come uno specchio. Mi guardavo attraverso di lei. Avevo bisogno di lei per accettarmi. Era la mia schiava e io ero schiava del piacere che mi dava. Non potevo più farne a meno.

Ho iniziato così una vita parallela. Ufficialmente eravamo amiche. Solo due persone sapevano di noi: lo scenografo per cui lavorava – un vecchietto anziano che spesso ci invitava a cena quando andavo a prenderla dopo il lavoro e raccontava le sue esperienze di allestimenti nei teatri di tutto il mondo – e una ragazza più grande, un'allegra avventuriera che si faceva mantenere da un vecchio editore. «Gli faccio solo dei pompini e lui è contento» diceva.

Per me era un mondo nuovo. Andavo con Tosca dappertutto. A volte flirtavo coi ragazzi. Lei soffriva ma non poteva lamentarsi. Non glielo permettevo. Ufficialmente ero fidanzata con Teo e fedele solo a lui. Il nostro era un amore clandestino e volevo che tale restasse. Ero io a dettare le regole. Lei subiva in silenzio.

In realtà Teo era diventato un paravento. Eravamo sempre più distanti. Dopo l'incidente niente era stato più come prima, quando facevamo l'amore ero assente. C'era anche l'alcol a dividerci. Iniziava a perdere colpi, era diventato ripetitivo. Tendeva a circondarsi di persone che bevevano come lui e io mi sentivo tagliata fuori. Lui e Tosca erano mondi paralleli. Amavo Teo in modo completamente diverso. Teo era bellissimo, ma se si spogliava mi veniva voglia di dipingerlo, non di toccarlo. Non più dopo quel maledetto incidente.

Con Tosca era il contrario. Appena la vedevo per strada mi tremavano le gambe. Lei mi leccava nelle toilette dei bar, nei giardini di notte, ovunque. Le parlavo di Thomas Mann su cui stavo scrivendo la tesi. Mi entusiasmavo per il *Doktor Faustus*, per la precisione profetica con cui Mann raccontava la rovina della Germania partendo dalle sue radici. Le spiegavo la dodecafonia vista da Mann. Le dicevo che al patto individuale e aristocratico del musicista Leverkühn col diavolo corrispondeva il patto collettivo e bestiale del suo popolo col nazismo. Le raccontavo ridendo di come si era arrabbiato Schönberg. Aveva preteso che Mann scrivesse in una postilla che la dodecafonia nulla aveva a che vedere con il personaggio moralmente degenerato del suo romanzo, oltretutto sifilitico.

Lei mi guardava e gli occhi le si accendevano come laghi d'ebano. Mi perdevo in quegli occhi, ammutolivo. «Come sei erotica quando parli di letteratura» diceva con la sua voce rauca. Mi prendeva per mano, mi portava ovunque potessimo isolarci e beveva il mio piacere.

Qualche volta ci ha fermato la polizia di notte per chiederci i documenti. Erano anni politicamente caldi e l'eroina dilagava. Una sera mi hanno preso per eroinomane. Ero alta e sottile, con le occhiaie, per via delle notti in bianco a scrivere la tesi. Ho spiegato indignata che non ero affatto una drogata, ma una laureanda. A nessuno è venuto in mente di controllare Tosca, che aveva ancora i segni dei buchi nelle braccia.

Ogni tanto Teo veniva a Milano e io scomparivo. Mi trasferivo da lui. Non potevo lasciarlo. Credevo di amarlo ancora, ma forse era la nostalgia del momento perfetto che avevamo vissuto insieme e che non riuscivo più a rivivere. A volte lei mi mancava. Uscivo per vederla un'ora e tornavo prosciugata dal mio fidanzato.

È iniziata una doppia vita che non sapevo gestire. Il rapporto con Tosca è scivolato nel sadomasochismo. La sua omosessualità la rendeva vulnerabile nei miei confronti. Lei doveva accettare Teo. Li ho persino presentati e si sono piaciuti a vicenda. Tosca non riusciva a odiare Teo, le era simpatico, anche se era gelosa di lui. Teo e Tosca erano opposti, anche visivamente. Ma c'era una complicità inconscia tra i due. Entrambi erano artisti trasgressivi e succubi di una droga. Entrambi mi amavano.

Stavo male. Amare due persone contemporaneamente mi faceva sentire schizofrenica. Ero in un vicolo cieco, schiacciata dai sensi di colpa. Non vedevo soluzioni.

Una sera eravamo insieme da Teo. C'era anche Tosca. Mentre guardavo fuori dalla finestra sono scoppiata a piangere. «Cosa c'è? Perché piangi?» ha chiesto Teo. «Cosa vuoi? Dimmi cosa vuoi.»

Ma io non lo sapevo.

Tosca non ha più retto la situazione. Ha ricominciato a farsi. Ogni volta che vedevo Teo o partivo per Venezia, mi sostituiva con l'eroina. Quando mi arrabbiavo, diceva: «Sono cazzi miei. Se mi faccio, faccio male solo a me stessa. Tu non c'entri». Ma io non lo sopportavo. Appena la vedevo seduta a un bar, sapevo se si era fatta e da quanto tempo. Lo capivo attraverso il vetro, dagli occhi. Sapevo se l'aveva presa per naso o in endovena. Odiavo gli occhi a spillo. Era come se non ci fosse più vita in lei, come se fosse morta. Vedevo il teschio dietro la faccia, vedevo letteralmente la morte in agguato. La sorvegliavo, le facevo l'interrogatorio. Spesso lei mentiva. L'unico modo per tenerla sotto controllo era fare l'amore tutti i giorni.

Non ha mai cercato di coinvolgermi. «Tu con l'eroina non c'entri» diceva. «Tu sei l'opposto dell'eroina. Sei la vita.» Ma io mi sentivo tagliata fuori. Ero magra, nervosa. Avevo tutti i sintomi di astinenza da eroina senza il piacere dello sballo. Lei mi parlava del flash, il lampo di beatitudine quando l'ago entra in vena. Col tempo il flash si perdeva e farsi diventava solo una necessità, altrimenti non potevi neanche lavorare.

Una sera, esasperata, ho urlato: «Voglio provare l'eroina. Portami dove la vendono». Lei non voleva, ma era strafatta e non aveva abbastanza volontà per opporsi. Ho insistito, ero determinata. Sapevo il rischio cui andavo incontro, ricordavo Reinhard.

Tosca ogni tanto lo incontrava al parco dove vendevano la roba. Era malconcio e aveva perso qualche dente. Ormai conoscevo tutto dell'eroina, tranne lo sballo. Ero esasperata. Tosca si era già fatta disintossicare più di una volta. Gli spacciatori l'aspettavano all'uscita dell'ospedale e lei non riusciva a dire di no. Una volta li avevo aggrediti e avevano minacciato di spaccarmi la faccia se interferivo.

Quella sera sono arrivata alla sfida. Forse era un ricatto inconscio, certo era pericoloso. Volevo capire il fascino di quella merda che uccideva la mia amica. Pensavo che l'odio sarebbe bastato a proteggermi. Lei mi ha accompagnato, rassegnata. Abbiamo girato tutta Milano. Non c'era eroina. Non so se lei abbia evitato i luoghi dove l'avrebbe trovata o se è andata così per caso. Comunque non c'era. Dopo due ore di giri a vuoto sotto la pioggia, mi sono arresa. Siamo tornate a casa sua. Mi sono calmata ed è scattato il campanello d'allarme. Avevo corso un rischio tremendo. Era ora di cambiare aria.

Parigi

Mi sono laureata a giugno e mi hanno offerto di insegnare letteratura tedesca del Novecento. Ho accettato. Il mio semestre iniziava a febbraio. Nel frattempo ho deciso di andare a Parigi. Ho trovato una stanza al *Quartier Latin*, una piccola *chambre de bonne* adattata a mansarda. Quando pioveva sentivo le gocce scorrere sul tetto. Da una finestra vedevo le due torri di Saint-Sulpice. L'architetto si era suicidato perché non era riuscito a farle uguali. O forse per altri motivi. Frequentavo un corso di "Civilisation française" alla Sorbona, che era dietro l'angolo. Studiavo Racine, Molière, Corneille, Montesquieu. C'erano studenti di tutto il mondo. Parigi scintillava di luci dopo il buio delle notti milanesi, tagliata dai boulevard di Haussmann che si snodavano tra edifici imponenti. Si respirava ancora l'eco dei surrealisti, dei fauves, degli esistenzialisti. Mi sentivo libera. A Milano avevo lasciato la mia famiglia, Teo e Tosca.

Ho conosciuto Catherine e Philippe, che dividevano un appartamento a rue des Lombards, vicino al Beaubourg. Pur essendo diversissimi, erano amici. Si comportavano come fratelli. Lei era bionda, alta, si muoveva come una gatta. Capelli corti con la frangetta, seno abbondante e pelle color latte, occhi piccoli e azzurri, sempre truccata, labbra piene sottolineate dal rossetto. Portava jeans e scarpe col tacco alto, era sorniona e un po' indolente. Sorrideva spesso scoprendo un incisivo leggermente sporgente. Per il resto aveva denti perfetti, salvo una leggera patina di nicotina. Fumava in continuazione, come me. Aveva amanti occasionali che sparivano dopo una o due notti, ma non ne faceva un dramma, era perfettamente a suo agio in uno stile di vita bohémien. Viveva praticamente da sola fin da ragazzina. I genitori erano artisti di teatro separati e assenti. Anche lei aveva velleità artistiche. Tra un'audizione e l'altra lavorava nei bar di notte. Soprattutto bar gay.

Philippe era bello in modo tipicamente francese: intellettuale, esangue, raffinato. Aveva un amico con cui era passato dal tu al voi quando l'amicizia si era fatta più intima. Ma io non l'ho mai conosciuto. Ho conosciuto invece Jean-Louis, che bazzicava per casa. Era omosessuale, aveva una fantasia sfrenata. Organizzava feste multicolori addobbando le stanze con tulle e rose alle pareti, piccioni e festoni colorati. Difficile annoiarsi. Ma la sua presenza era invadente. Dietro la sua estrosità avvertivo un'aggressività repressa. Arrivava da New York. Diceva che era l'unica città viva al mondo, l'unica in sintonia coi tempi. L'Europa era un continente vecchio.

Era la prima volta che qualcuno mi parlava di New York in quei termini. Fino allora l'America non mi aveva attratto, proprio perché era un continente giovane. Tutti i miei punti di riferimento erano in Europa, anche se sentivo che il baricentro della storia si era spostato. Ovunque andassi, avevo sempre la sensazione di essere in ritardo. A Vienna avevo visitato il caffè dove si incontravano Loos, Karl Kraus, Schnitzler, Freud, Kafka, Musil. Tutti defunti. Avevo visto la Cripta dei Cappuccini, tomba dei sovrani asburgici e i cavalli bianchi Lipizzani che ballavano al suono del valzer. Vienna era la capitale di un impero finito. A Parigi ero stata alle Madeleines, il caffè dove erano ancora incise nel legno dei tavolini le targhette di chi si era seduto: Maupassant, Baudelaire, Rimbaud, Verlaine. Ma anche loro non c'erano più.

Jean-Louis era stato a New York con un amante americano che poi l'aveva lasciato. Non aveva più casa. A poco a poco si è installato da Philippe e Catherine. Spesso dormiva sul divano del salotto.

Philippe mi piaceva. Ho iniziato una storia con lui. Era dolce, aveva un corpo atletico dalla pelle delicata. Mi parlava di letteratura francese, pittura, filosofia. Ogni tanto mi fermavo a dormire. Facevamo l'amore in modo per così dire civilizzato, dandoci metaforicamente del voi. Non ero pronta a lasciarmi andare. Passioni, furori li avevo lasciati in Italia. Parigi era una specie di lunga vacanza, anche emotiva.

La mattina andavo alla Sorbona, il pomeriggio lo passavo a rue des Lombards con Catherine, Philippe. Spesso Jean-Louis. In quel periodo studiavamo Montesquieu. Nelle *Lettres persanes*, fingendosi un gentiluomo arabo, l'autore guardava con bonomia i costumi dei libertini, i filosofi illuministi che si eccitavano bevendo caffè nei primi bar di Parigi. La trasgressione veniva dal Nuovo Mondo. Per loro il caffè era come per noi la cocaina. Racine invece era tragico: A ama B che ama C che ama D che è morto. Questa equazione esistenziale mi sembrava trapelare nella bohème francese, nel pessimismo dei film di Renoir o Jean Gabin, tipo *Alba tragica*, dove se due si amano deve per forza finire male.

Ne discutevo con Philippe. Con Catherine invece andavo in giro per negozi. Stare con lei era rilassante. Non era un'intellettuale. Non era competitiva. La sua dolcezza sdrammatizzava ogni situazione. Mi ha insegnato a truccarmi, a scegliere la biancheria intima. Allora non portavo quasi mai il reggiseno. Ridevamo, scherzavamo. L'ho adottata come una sorella francese.

Alla radio sentivo i primi discorsi di Khomeini, l'ayatollah iraniano esule a Parigi e protetto dal governo francese che di lì a poco, nel 1979, avrebbe preso il potere nel suo paese. Mi colpiva l'odio cieco e totale contro l'Occidente. Mi spaventava ancora più dell'odio dei comunisti per il capitalismo. Il comunismo non parlava in nome di Dio, non aveva la forza del Verbo. Khomeini tuonava contro l'Occidente, che pur lo proteggeva dalla polizia dello Scià di Persia. "L'Occidente è marcio e corrotto e crollerà! Allah punirà gli infedeli! L'Occidente è Satana!" Non era tanto quello che diceva a turbarmi, quanto l'ira che avvertivo nella sua voce. L'ira del suo Dio. L'integralismo religioso era un nemico nuovo e potente che affiorava dalle nebbie del passato, da incubi medievali. Confusamente sentivo che sarebbe stato il nemico del futuro.

Un giorno mi ha telefonato l'aristocratico francese amico di famiglia che mi aveva trovato l'appartamento dove abitavo.

«Vieni, Dalì fa una festa» ha detto. «Voglio fartelo conoscere.»

Ero incredula.

«Ma chi, Dalì il pittore surrealista?»

«Sì, proprio lui.»

Di Dalì sapevo poco. Mio padre aveva una sua litografia in studio. Raffigurava una donna nuda in una posa ferina, con dei cassetti che si aprivano nel costato. Non riuscivo a decifrarla. Però m'incuriosiva.

Dalì abitava con Gala in una suite dell'hotel Le Meurice. Ci siamo presentati a Sabater, il suo segretario spagnolo, che ci ha introdotti nel salone dove il Maestro riceveva. Divani e pareti erano tappezzati di rosso, una grande vetrata affacciava sui giardini delle Tuileries. Dalì ci è venuto incontro con giacca e gilè bordò e un enorme fiocco di raso blu annodato intorno al collo. Si appoggiava a un bastone da cui, ho poi scoperto, non si separava mai. Era magro, non molto alto, dal viso scavato, i capelli accuratamente pettinati all'indietro, lunghi baffi sottili all'insù e lo sguardo attento di un bambino, ma velato dalla vecchiaia.

«*C'est elle, l'italienne?*» ha chiesto al mio accompagnatore. Scandiva le parole con un forte accento spagnolo.

«*Oui*» ha risposto lui.

«*Vous avez raison, elle est belle. Pas comme les autres.*» Arrotava le erre come lame. Poi, rivolto a me, ha aggiunto: «Incantato, *mademoiselle,* di fare la sua conoscenza. Spero che vi divertiate. Accomodatevi».

Mi sono irrigidita, ma ho risposto al suo saluto con cortesia e mi sono defilata in un angolo. Guardavo gli altri ospiti nel salone. Era un ambiente eterogeneo, c'era di tutto. Intellettuali, personaggi del jet set, aristocratici, attori. Una vecchietta con un fiocco nei capelli mi è stata presentata come Gala. Ho riconosciuto un attore francese che parlava sempre con lei e pareva il suo cicisbeo. C'era una signora bionda, alta e dal nome russo, Madame K., che Dalì chiamava "le Roi Louis XIV".

Mi sentivo a disagio, merce di scambio, pelle fresca da offrire allo sguardo appannato del vecchio artista. Non c'entravo con tutta quella gente. Ho assunto un atteggiamento distaccato, aspettavo il momento di andarmene. Dopo un po' mi sono avvicinata per accomiatarmi. «Grazie dell'invito» ho detto.

Dalì mi ha lanciato un'occhiata intensa: «Tornate a trovarmi, *mademoiselle*. Martedì sera, alle sette. Siete la benvenuta. Ma non questo truffatore» ha aggiunto davanti a tutti, lanciando un'occhiata di disprezzo al mio accompagnatore, che è impallidito mormorando qualcosa di inintelligibile mentre gli stringeva la mano a capo chino.

Siamo usciti insieme. C'era imbarazzo nell'aria. Camminavamo in silenzio rivolgendoci a malapena la parola. L'umiliazione da parte del Maestro era stata così palese che impediva qualunque commento. In qualche modo Dalì doveva aver avvertito che io non c'entravo nulla con l'entourage del mio accompagnatore. Poco dopo l'ho salutato e sono tornata a casa.

Il martedì seguente ho riflettuto a lungo se andare o no. Perché un artista famoso come Dalì voleva rivedermi? Inoltre ero a disagio per il modo in cui aveva trattato il mio accompagnatore. Alla fine la curiosità ha prevalso e sono andata.

Mi sono presentata come la prima volta a Sabater.

«Vado ad avvertire il Maestro» ha detto. Dopo un po' è tornato. «Il Maestro vi aspetta, prego.» Mi ha guidato lungo un corridoio fino a una stanzetta in penombra. «Il Maestro arriva subito» ha aggiunto e se ne è andato chiudendo la porta dietro di sé.

Ho aspettato. Finalmente Dalì è entrato.

«Incantato di rivedervi, *mademoiselle*. Potete spogliarvi» ha detto con l'aria più naturale del mondo.

«Deve esserci un malinteso» ho replicato. «Non sono una modella. Sono una studentessa.»

Lui ha fatto un balzo sgranando gli occhi: «Perdonatemi, *mademoiselle*, non intendevo offendervi». Subito ha cambiato tono, prendendomi per il braccio con complicità inaspettata, mentre io ero già pronta ad andarmene. «Sapete, sono un pittore, dunque un *voyeur*.» Di nuovo mi ha guardato dritto negli occhi, come se fosse impossibile per me non capirlo.

In effetti lo capivo. Aveva un modo diretto di parlare che annullava ogni distanza e lo metteva immediatamente in sintonia con l'interlocutore.

«Venite.» Mi ha accompagnato nel salone attraverso una porta laterale dal corridoio interno al suo appartamento. «Sapete, non ho mai tradito Gala, mia moglie. Lo dico a voi, perché so che potete capire. Gli altri non mi crederebbero mai.» Poi mi ha afferrato il braccio e si è fermato, fissandomi come un bambino un po' folle, un po' astuto, comunque innocente: «Ma sono un pittore. *J'aime voir*». Il suo modo di scandire "voir" pareva nascondere un qualche misterioso segreto, che tale è rimasto.

Le canard à l'orange

Dalì mi ha adottato e io ho adottato lui. Quasi ogni sera, dopo la Sorbona, andavo al Meurice. Lui mi faceva entrare direttamente dal salone senza più passare da Sabater, come gli amici intimi, Madame K., o la cantante Anaïs Léa. Incontravo sempre gente diversa, a volte due persone, a volte di più. Poi uscivamo a mangiare insieme. Gala veniva raramente con noi. Faceva vita indipendente, spesso era accompagnata dall'attore che avevo visto la prima volta.

Dalì mi portava a cena alla Tour D'Argent, da Ledoyen, o Maxime. Ci veniva a prendere il suo autista in limousine. Il Maestro girava senza soldi, non aveva portafoglio. Ogni tanto faceva una firma svolazzante o disegnava un Don Chisciotte su piccoli cartoncini. I Don Chisciotte erano la sua passione. Le mani gli tremavano, ma disegnava con tratti febbrili e decisi.

La prima volta che ci siamo seduti insieme a un ristorante, mi ha chiesto: «Che cosa volete bere?».

«Del latte» ho risposto io.

Il vino non mi piaceva, anche se zio Olmo produceva uno dei vini migliori in Romagna. Ero pressoché astemia.

Dalì mi ha lanciato un'occhiata severa: «*Mademoiselle*, qui siamo a Parigi, non si beve latte, si beve vino».

Non ho fiatato. Poco dopo è arrivato il cameriere con dell'ottimo Sauvignon francese.

Il cibo era sempre eccellente. Anche se Dalì lo assaggiava appena. Il suo pasto consisteva principalmente nel guardar mangiare me e gli altri commensali. Ricordo una *truffe* da Maxime e un *canard à l'orange* alla Tour d'Argent, servito in due portate cucinate diversamente. Ogni anatra era accompagnata da una cartolina numerata. La mia l'ho conservata a lungo insieme al gusto agrodolce e salato dei due piatti.

Ho imparato a gustare i sapori della cucina francese, molto diversi dalla fragranza carnale e immediata dei piatti romagnoli. La cucina francese aveva un retrogusto vellutato che contrastava col primo impatto sul palato. I sapori cambiavano a seconda del vino, che sorseggiavo lentamente, senza fretta. A volte sbirciavo il riflesso dei nostri visi sul soffitto dai vetri fumé della Tour D'Argent. Dalle finestre vedevo la Senna.

Dalì era un maestro di cerimonie, aveva un forte senso dello spettacolo. Avvertivo un rituale spagnolo nei suoi gesti, che lui caricava di ironia naturale e inaspettata. Questo spesso spiazzava i suoi ospiti.

Io invece mi stavo affezionando. Gli piaceva molto la musica, soprattutto il *Clair de lune* di Debussy, che ho imparato a suonare per lui. Al termine di ogni pasto beveva una tisana al tiglio, poi tornavamo in limousine al Meurice e rimanevamo a conversare nel salone fin verso le dieci, ora in cui andava a letto.

Così è iniziato un corso di civilizzazione parallelo a quello della Sorbona. Dalì era diverso da qualunque altra persona avessi conosciuto. Aveva una vitalità geniale e imprevedibile che sfuggiva a ogni classificazione. Non si lasciava intimidire da nessuno, facendosi beffe di tutti con estrema eleganza. Amava i codici, i rituali. Sentivo odor di Spagna, anche se ancora non la conoscevo.

Guardarlo parlare mi ricordava il personaggio di Peeperkorn, sebbene Dalì fosse dotato di maggiore umorismo. Nella *Montagna incantata* di Mann, Settembrini e Naphta, i due intellettuali di segno opposto, si contendevano l'anima di Hans Castorp in lunghe passeggiate in cui dissertavano di tutto. Poi arrivava al sanatorio l'olandese Peeperkoon, che non riusciva mai a finire una frase, ma qualunque cosa dicesse gli altri non potevano che ascoltarlo e concordare con lui. Peeperkoon era carisma puro, non mediato dalla ragione.

Dalì era l'incarnazione del carisma. Il suo salotto era gremito di intellettuali che discutevano tra loro e con lui di questioni diverse, dalla letteratura alla filosofia, alla prospettiva, ai fenomeni ottici. Ma per quanto acute fossero le loro osservazioni, era come se tutti parlassero in bianco e nero. A un certo punto Dalì apriva la bocca e il mondo riacquistava i colori. Qualunque cosa dicesse, scolpiva le parole dal di dentro. La sua parola lasciava il segno, era potente ancor più della sua pittura. Era questo il suo genio.

Io lo ascoltavo per ore. Mi raccontava della sua infanzia in Spagna, della sorella morta, delle estati torride nella casa del padre. Una volta, aveva dodici anni, ha aperto l'acqua della vasca da bagno lasciandola scorrere finché non è traboccata. Solo quando l'acqua ha inondato il pavimento è andato a riempirsi un bicchiere e l'ha bevuto lentamente, a occhi chiusi.

Una volta c'è stato un grande ricevimento in occasione di una sua mostra. Il salone era pieno di gente. I quadri erano appesi su cavalletti o alle pareti. Dalì si è avvicinato in compagnia di un signore più anziano di lui.

«Venite, voglio farvi vedere questo quadro.» Ha mostrato al signore il quadro soffermandosi su ogni dettaglio. Poi si sono allontanati. Dopo un po' Dalì è tornato e mi ha lanciato una delle sue occhiate un po' discole: «È un gallerista molto noto, ma sfortunatamente quasi cieco».

Un'altra volta in una parte del salone campeggiava un enorme pane a forma di pecora. Gli ospiti discutevano l'opera del Maestro, quando lui ha esclamato: «Che peccato non si possa vendere», tutti si sono zittiti. Alcuni hanno riso. «Ma almeno possiamo mangiarlo» ha aggiunto, strizzandomi l'occhio.

In realtà il denaro non lo interessava, faceva parte dello spettacolo, del gioco di potere con gli altri, sempre subordinato alla sua stravagante ironia.

Il denaro interessava invece molto a Gala, e anche a Sabater. Loro tenevano le fila dello spettacolo, quantificavano e traducevano Dalì in dollari. Il Maestro era un getto di denaro continuo.

Nel suo salone c'era gente che andava e veniva in continuazione. Mangiavano, bevevano, molti gli chiedevano favori. Avevo la sensazione che approfittassero della sua liberalità. Volevo metterlo in guardia.

«Maestro, devo dirvi una cosa» gli ho sussurrato una sera.

«Dite» ha risposto lui, le mani appoggiate al pomo del bastone di Montaigne.

«Ho l'impressione che troppa gente venga qui solamente per approfittarsi di voi, nonostante professino la loro amicizia.»

Lui mi ha guardato con gravità: «Sapete, la verità a volte è un lusso. E ha poco a che fare con la mondanità». C'è stata una breve pausa. «Questo è puro spettacolo», e ha sollevato il braccio in un gesto ampio che abbracciava il salone. «Ma dobbiamo anche saper giocare» ha aggiunto.

Gala

Dalì amava Gala con una venerazione totale. Era la sua musa, la sua dea, la sua tiranna, anche. Era totalmente scoperto di fronte a quella vecchietta acida e rinsecchita, con parrucca e fiocco di velluto blu nei capelli, in cui non riuscivo a rintracciare nessuno charme. Ma il segreto tra loro due era legato alla loro giovinezza, era un mondo che non mi riguardava e dove non potevo entrare.

Il dominio di Gala nei suoi confronti giungeva al grottesco. Una volta lei si stava lamentando di una mosca che l'infastidiva. Lui si è avvicinato brandendo il bastone per scacciarla. Invece ha colpito la gamba di lei, che si è allontanata infuriata.

Anaïs Léa

Una sera è arrivata Anaïs Léa, amica intima del Maestro. Aveva zigomi alti, i tratti del volto piuttosto duri, la voce rauca e un po' aspra. Era accompagnata da una specie di cowboy. Dalì ci ha presentate, lei mi ha soppesato con sguardo tagliente. D'istinto non mi piaceva.

Siamo andati a mangiare da Maxime. Erano già mesi che uscivo con Dalì quasi tutte le sere. Non avevo mai avuto problemi. Ma quella volta, appena ho appoggiato il piede sul predellino dell'auto, è iniziato un bombardamento di flash che mi ha totalmente accecata. Dalì mi ha sorretto fino all'entrata del ristorante. All'uscita ho chiuso direttamente gli occhi e mi sono fatta guidare fino alla macchina. Non capivo come facessero Dalì e Anaïs a camminare in mezzo ai flash.

Anaïs era una cantante famosa. Alcuni dicevano che era un travestito. «È un uomo» mi ha confidato Dalì. «L'ho conosciuta che era giovanissima, aveva un culo magnifico.» Il culo era la parte anatomica che più lo ossessionava. Era un'ossessione quasi metafisica. «Si è fatta operare. Ma ha ancora la testa di un uomo» ha aggiunto toccandosi la fronte. «Soprattutto negli affari.»

Gli ho confidato che Anaïs non mi piaceva.

«È normale» ha detto lui. «Siete molto diverse.»

Fiori di neve

Una volta sono entrata sola nel salone verso l'imbrunire. Ero vestita di nero, blusa di paillette e pantaloni di raso. I riccioli mi cadevano sulle spalle. Fuori nevicava, vedevo i fiocchi cadere sulle Tuileries candide. Dalì mi ha guardata di sottecchi: «*Mademoiselle*, siete molto bella questa sera. Vorrei vedervi circondata di bianco».

Ha chiamato la hall e ha ordinato dei fiori. Dopo circa mezz'ora sono entrati dei camerieri che hanno letteralmente tappezzato la stanza con fiori bianchi di tutti i tipi: rose, gigli, gardenie, anemoni, orchidee, calle, gelsomini, garofani, margherite, tulipani. E altri che non conoscevo. Un profumo intenso mi ha invaso le narici. Un mazzo enorme in un vaso di cristallo sembrava un ricamo variegato di ghiaccio. Non avevo mai visto tanti fiori bianchi in una volta, il bianco risaltava ancora di più sullo sfondo rosso carminio delle pareti. Attraverso la vetrata filtrava la luce abbagliante della neve. Le Tuileries erano un manto soffice di velluto dai riflessi azzurrati.

«Sì, è questo che volevo vedere» ha commentato. Poi ha chiamato l'autista e siamo usciti.

Una sera sono entrata raggiante da Dalì. Avevo appena visto il *Don Giovanni* di Mozart. Sentivo ancora nelle orecchie la sua musica. Ho spiegato a Dalì tutto lo spettacolo, travolgendolo col mio entusiasmo. Raccontavo la solitudine di Don Giovanni. La dannazione del suo personaggio e del suo secolo libertino. La sua allegria, la *hybris* della giovinezza. Giovanni non poteva pentirsi. Era bello, giovane, audace, figlio del secolo dei lumi. Rideva in faccia al commendatore, non si faceva intimorire dalla morte. Era libero come l'eros, troppo vitale per farsi bloccare dai sensi di colpa. Don Giovanni non era crudele, era vittima del suo amore per il gioco, del fuoco che lo muoveva. Anche della sua nostalgia. Aveva un umorismo che era estraneo agli altri personaggi. E alla fine era l'unico a pagare per la propria temerarietà. Le donne che si lasciavano sedurre erano graziate. Nessuno chiedeva loro conto della propria credulità o leggerezza. La loro unica punizione consisteva nel rimanere tutte vedove di lui, cioè della vita.

Parlavo, parlavo. Camminavo per il salone gesticolando davanti alla vetrata, guardavo un po' Dalì, un po' i giardini spogli delle Tuileries. Lui ha preso foglio, pennello, una ciotola d'acqua.

«Continuate» ha detto.

Mentre parlavo, ha tracciato col pennello la sagoma di uno stivale. Dal tacco iniziava la punta dell'altro stivale, col calcagno leggermente sollevato. Poi ha dipinto le gambe, una ritta, l'altra, quella del piede posteriore, leggermente flessa sul ginocchio. Le gambe erano muscolose, tornite. Prima nude, sono state velate da una calzamaglia femminile macchiata qua e là di fango. Un lungo mantello svolazzava intorno al corpo, scoprendo lateralmente la spada. Un cappello piumato a larghe tese si abbassava su una fitta gorgiera, coprendo il volto. Dalla punta dello stivale posteriore Dalì ha tracciato una linea netta che si è allargata leggermente a cono diventando un'ombra. In un attimo quest'ombra ha creato una profondità prospettica vertiginosa e obliqua. L'ombra terminava in una figura femminile esilissima e in controluce, color sabbia. Pareva uno spettro, o il sogno di una donna lontanissima. L'ombra creava una distanza incolmabile tra lei e il cavaliere senza volto. Lei nasceva dal suo stivale sollevato. Era la danza della vita a evocare il sogno.

Dalì dipingeva davanti a me per la prima volta. Sapevo che era facilissimo sbagliare un acquarello. Era sufficiente una sbavatura, una goccia d'acqua a deformare un dettaglio. Il suo Don Giovanni era perfetto: misterioso, irruento, malinconico. Il volto nascosto dai pizzi della gorgiera, il corpo vento puro sotto il mantello, le gambe scultoree, dalla virilità vagamente femminea nel particolare delle calze macchiate. Don Giovanni non c'era, era una forma che mascherava la propria assenza, un abito vuoto. Ma dietro il furore del vuoto e la teatralità del gesto, balenava la nostalgia, l'eco irraggiungibile del sogno. Le calze macchiate di terra stridevano col mantello, il pizzo della gorgiera, il cappello, la spada. Il contrasto ironico creava uno scarto, una scansione surreale nell'immagine.

«Ecco il mio Don Giovanni» ha detto Dalì mostrandomelo. E d'un tratto ogni parola era superflua.

Gente equivoca

Ogni tanto chiamavo mio padre per informarlo sui miei studi.

«Come va?»

«Bene, grazie, e tu?»

«Che fai?»

«Studio. Sto preparando un esame sulle *Lettres persanes* di Montesquieu, poi attaccheremo il *Candide* di Voltaire.»

«E poi?»

«Stiamo terminando il seminario su Racine e Corneille.»

«E poi?»

«Be', per il momento non c'è altro.»

«Disgraziata!» La voce è rimbombata al telefono. «Sei una disgraziata! Ho comprato una rivista per la sala d'aspetto dello studio e dentro chi c'era? Mia figlia con Dalì e Anaïs Léa al ristorante.»

«Ah sì, è vero, ho conosciuto Dalì.»

«E perché non me l'hai detto?»

«Non pensavo che ti interessasse.»
«Certo che mi interessa! Dalì non ha una bella fama.»
«Ma se hai appeso una sua litografia nel tuo studio.»
«Che c'entra? Sto parlando delle persone che frequenta. Travestiti, gente equivoca.»
«Dalì vede molta gente.»
«Infatti, e tu devi stare attenta a chi frequenti, perché sei un'ingenua.» Pausa. «Comunque a me interessa che tu studi.»
«Appunto. E io studio. Non preoccuparti. Adesso ti saluto. Ciao.»
«Ciao.»

Florence

Una sera ho trovato Dalì in compagnia di una ragazza, che mi ha presentato come Florence. Siamo usciti a cena in tre, lei ha raccontato che era attrice e cantante di cabaret. Aveva inciso un disco con Prince. Era una donna affascinante e spiritosa. Non molto alta, una testa di riccioli ramati, occhi grandi e nasino alla francese, truccata, labbra sinuose, un po' cocotte, ma con stile. Mi è piaciuta subito.

Al ritorno, una volta nel salone, Dalì mi ha detto: «Aspettate. Voglio farvi una sorpresa», ed è scomparso dietro una porta laterale con Florence. Dopo un po' è riapparso con l'aria del ragazzino che non sta più nella pelle. «Venite.»

Ha aperto la porta di un salottino cui si accedeva dal fondo del salone. Sono entrata da sola. La stanza era rettangolare, in penombra, rischiarata solo dalla luce che filtrava dalla vetrata sulla strada. La vista spaziava sul parco delle Tuileries. Ho impiegato un po' per abituarmi al buio. Poi ho individuato la sagoma di una donna nuda col busto eretto, allungata su una chaise longue, come la Paolina Borghese di Canova. La chaise longue era di velluto rosso e il corpo di Florence era circondato di rose color rubino. Una mano reggeva una rosa tra i seni, l'altra era mollemente appoggiata al bracciolo. I boccioli le incorniciavano il pube e proseguivano sparsi lungo le cosce. Era molto bella. Seguivo il profilo del corpo, colpita dal contrasto tra il candore quasi marmoreo della pelle e il rosso cupo delle rose. Nella penombra sembravano macchie di sangue.

D'improvviso qualcosa ha attratto la mia attenzione. Tra i peli del pube, in mezzo ai boccioli, era adagiato un membro grosso e carnoso che si allungava sull'incavo delle cosce. Ho sollevato lo sguardo su Florence: guardava davanti a sé, immobile. L'angolo di una palpebra le tremava leggermente. Percepivo fisicamente il suo imbarazzo, l'umiliazione di farsi vedere nuda da una donna, come un animale allo zoo. Non avrebbe mai permesso che un'estranea la guardasse così, se non fosse stato per Dalì. Sentivo la violenza della situazione dietro l'eleganza della messinscena. Sono uscita di scatto dalla stanza. Dalì mi aspettava nel salone: «Dunque? Il mio dono vi è piaciuto?» ha domandato con l'ansia di un bambino. Gli occhi brillavano.

«Grazie, ma non mi diverto a umiliare le persone. Questo mi toglie il piacere della sorpresa.»

Lui ha fatto un piccolo sussulto all'indietro. «Ah, capisco.» La voce tradiva la delusione. Gli ho afferrato il braccio stringendolo con tenerezza: «Apprezzo il vostro regalo» ho detto, «e vi ringrazio. Ma non mi diverto se non si divertono anche gli altri. Lei non voleva essere vista nuda da un'altra donna. Capite?».

Ha annuito, pensoso: «Sì, capisco». C'è stato un attimo di pausa, poi ha aggiunto: «Vado a chiamarla», ed è tornato nel salottino mentre io aspettavo seduta sul divano.

Dopo un po' Florence è ricomparsa, vestita e sollevata. Dalì doveva averle spiegato qualcosa. Gli occhi le scintillavano di riconoscenza. L'abbiamo salutato e siamo uscite insieme.

«Dove vai, adesso?» mi ha chiesto.

«Non so, forse a casa, forse dai miei amici.»

«Perché non vieni con me? Andiamo a casa mia, poi al Palace.»

L'idea mi piaceva e l'ho seguita.

I travestiti

Florence mi ha spalancato un nuovo mondo, quello dei travestiti. Era un mondo a parte, i travestiti erano esseri umani in bilico tra un sesso e l'altro. Essere una donna era per loro un lavoro, una fatica, un'opera d'arte anche dolorosa. La loro bellezza mi ricordava le orchidee di serra. Tutte facevano uso di silicone, prendevano la pillola ogni giorno e una volta al mese si iniettavano una dose massiccia di ormoni. Florence mi ha spiegato che gli estrogeni erano come una droga, una specie di sballo che li rendeva euforici.

«Com'è dolce la tua pelle» mi ha detto un giorno Hélène, un'amica di Florence. «E tu non fai nulla per averla così» ha aggiunto con un sospiro. Invece di radersi, loro si depilavano il volto e il corpo con la ceretta per evitare che la pelle si indurisse. Usavano creme per ammorbidirla.

Come travestito Hélène non era ben riuscito. Altissima, spalle larghe e fianchi stretti, voce maschile. Truccata e in minigonna sembrava un po' ridicola. Ma era un'intellettuale, cosa rara nel suo ambiente. Avevo l'impressione che i travestiti si bevessero il cervello, come se per diventare donne dovessero abdicare all'intelletto. La maggior parte delle loro conversazioni verteva su cosmetici, trucchi, smalto per le unghie, biancheria intima.

Altro argomento prediletto erano i maschi. I maschi come preda, bottino sessuale. Appena entravamo insieme in un bar, Florence mi sussurrava all'orecchio: «Hai visto quello?». «Chi?» «Il tipo in piedi al banco. Ecco, adesso si gira.» Guardavo il tipo: la faccia, gli occhi, la statura. «Sì» dicevo. «Hai visto il pacco?» Dal gonfiore in mezzo alle gambe, lei riusciva a intuire dimensioni e prestanza. Il resto non le interessava. Io ero attratta dalla mimica facciale, dall'espressione degli occhi, dai gesti. Non era il pacco il punto focale della mia attenzione. Forse non mi veniva subito in mente perché comunque il pacco da solo non bastava. A lei invece sì. Rideva mescolando un'ironia complice a un'aggressività latente e continua. Dentro c'era anche molta sofferenza. Solitudine, genitori abbandonati, traumi. La fatica di essere accettati con un'identità sessuale diversa da quella della nascita. Per me era scontato essere una donna, per loro no. E quasi tutte vivevano di questo capitale fittizio e labile, che ogni mattina erano costrette a ricreare davanti allo specchio. Molte si prostituivano per vivere. E accettavano i ruoli più umilianti, facevano tutto quello che le prostitute si rifiutavano di fare. Alcune si facevano operare e poi i clienti non le volevano più.

«Io non ci penso neanche» diceva Florence. «Non voglio fare la fine di Anaïs, che non riesce più ad avere orgasmi.»

Una sera eravamo insieme da Dalì. Anaïs, che pareva sempre di malumore, aveva aggredito il suo accompagnatore, il cowboy silenzioso: «È inutile che ti sbatti, carino. Tanto io non vengo». Florence mi aveva strizzato l'occhio, come per dire: "Vedi? Te l'avevo detto".

Lei era assolutamente contraria alla chirurgia sessuale. Una sua amica aveva deciso di operarsi dopo vari tentennamenti. Poi aveva preso un acido, si era vista uomo, quindi castrato, ed era andata in tilt lanciandosi dalla finestra. I casi erano molti, ogni storia era diversa dall'altra. I travestiti erano reietti per tutti. Gli omosessuali non volevano aver nulla a che spartire con loro. Erano fieri di essere uomini, non avrebbero mai voluto essere una donna e trovavano il travestimento umiliante. Quelli che avevo conosciuto, tutti studenti universitari, disprezzavano i travestiti e la loro estetica ridondante.

Alcuni travestiti vivevano con lesbiche in uno strano ménage che mi sfuggiva. Florence abitava con una donna, una specie di governante amica. Poi si è aggiunta al gruppo una ragazza, Sophie, sempre vestita in giacca, camicia e pantaloni neri, dagli occhi grigi e il viso androgino. Portava i capelli corti pettinati all'indietro con la brillantina. A prima vista sembrava uno studente liceale, ma a un esame più attento i suoi polsi risultavano troppo sottili perché potesse essere un uomo. Ormai guardavo i dettagli quando avevo dubbi sul sesso originario e i dettagli raramente mentivano. I polsi, le mani, l'attaccatura dei capelli, la forma del cranio. Sophie era la lesbica più dolce e silenziosa che avessi mai conosciuto, perfettamente a suo agio in mezzo ai travestiti.

Anch'io coi travestiti stavo bene. Ero attratta dalla loro umanità, dalla loro allegria disperata. Spesso andavo a ballare con loro al Palace fino alle cinque del mattino e tornavo mentre Parigi si svegliava. Incrociavamo operai che andavano al mercato, carichi di casse di frutta mentre noi svolazzavamo sull'asfalto bagnato. A volte Hélène ci portava a vedere gli affreschi di Delacroix a Saint-Sulpice, a due passi da casa mia. Camminavamo per la chiesa deserta, qualche clochard dormiva sdraiato sulle panche. Poi entravamo nella cappella. Bisognava mettere una monetina e i muri si illuminavano. Hélène ci spiegava gli affreschi. Indicava i particolari e il viso le si accendeva di luce. Delacroix era la sua passione insieme alla musica d'opera. Anche Hélène si prostituiva ogni tanto, ma lavorava come giornalista per "Libération", scriveva articoli di costume. Noi ascoltavamo i suoi monologhi rapite, poi uscivamo, magari mentre il parroco entrava per dire la prima messa e ci lanciava un'occhiata costernata. Sgusciavamo via e finivamo a bere il tè da me fino all'alba.

Hélène abitava in una stanza con bagno al *rez-de-chaussée*, in mezzo alla quale campeggiava un'enorme *baignoire*, una vasca da bagno liberty. Probabilmente un tempo tutto il suo appartamento era una stanza da bagno. Accanto alla vasca c'era una montagna di scarpe che lei comprava al mercato delle pulci per rivenderle. «Scegline un paio. Quelle che vuoi» mi ha detto, una volta che sono andata a trovarla. Ho scovato un paio di scarpe nere col tacco a spillo che mi calzavano a pennello. Lei ha messo su un disco d'opera italiana e si è tuffata nella vasca. Dalla finestra al pianterreno intravedevo le gambe della gente che camminava per strada, col passo frettoloso di chi va a lavorare. La luce filtrava in chiazze dorate sul pavimento. Mi sono accovacciata per terra accanto a Sophie. Guardavo Hélène sguazzare nella vasca piena di schiuma. I capelli raccolti con le forcine, gesticolava strofinandosi con la spugna e cantava. La musica d'opera riempiva la stanza. Era buffa e tutte e tre siamo scoppiate a ridere. Poi è uscita dalla vasca ed è andata a cambiarsi. Io mi sono sdraiata socchiudendo gli occhi. Ascoltavo la musica e guardavo i granelli di polvere danzare nell'aria. Sentivo la voce di Hélène cantare dal bagno. Sophie si è girata verso di me sollevandosi sû un gomito. Mi ha guardato con i suoi occhi grigi da gatto e mi ha baciato.

La Dordogna

La mia vita parigina avanzava su binari diversi. Vedevo Philippe e Catherine, andavo da Dalì quasi ogni sera, passavo notti intere con Florence, Hélène e Sophie. Il nostro bacio era stato solo un episodio, non volevo complicare ancora di più la situazione. Nel frattempo la mia storia con Philippe continuava. Spesso dormivo da lui. Parlavamo, facevamo l'amore e il mattino dopo me ne andavo. Non avevo nessuna voglia di farmi coinvolgere, quello era terreno minato. Philippe era bello e intelligente, ma non aveva una forte personalità. Da qualche parte sentivo che non era in grado di reggere emozioni violente, quindi non le ispirava. Ma era il mio passaporto per la cultura francese. Era questo il nostro legame più profondo. E casa sua significava anche Catherine, con cui passavo quasi più tempo che con lui. Parlavamo, bevevamo il tè, ridevamo. Lei riusciva sempre a farmi ridere. Lui e Catherine erano la mia famiglia francese.

La presenza di Jean-Louis era sempre più assidua e a un certo punto è stato chiaro che si era innamorato di Philippe. Mi faceva pena, capivo la sua solitudine di omosessuale. Era come un orfano. Organizzava feste eclatanti, spesso si addormentava ubriaco sul divano mentre io e Philippe andavamo in camera sua a fare l'amore. Un giorno Philippe mi ha invitato a casa dei suoi in Dordogna. Gli ho chiesto di far venire anche Jean-Louis, che non sapeva dove andare. Philippe ha accettato malvolentieri. Verso Jean-Louis mostrava un atteggiamento un po' sprezzante.

Siamo partiti. La Dordogna era pacifica, immersa nel verde. I genitori di Philippe mi hanno accolto come la sua fidanzata. Abbiamo fatto una passeggiata, abbiamo mangiato del foie gras e bevuto sidro, poi dopo cena siamo andati a dormire. Ero distesa accanto a Philippe. Mi stava accarezzando. Mi baciava piano, la sua pelle odorava di miele. D'improvviso la porta si è socchiusa e al buio Jean-Louis è entrato nel nostro letto. Mi sono raggelata. Non riuscivo a muovermi, né a parlare. Ho sentito il fruscio di corpi e lenzuola, poi dei sospiri. Sono sgusciata via. Ho passato tutta la notte accovacciata fuori dalla porta, paralizzata. Non sopportavo i loro gemiti, non potevo intervenire, né agire in nessun modo. Jean-Louis si stava scopando Philippe, ma non potevo farci nulla, non ero io a decidere.

Ho pensato a Tosca, a me, a Teo. Era la nemesi, ora ero io dall'altra parte. Provavo la gelosia violenta di chi è escluso. Ma non potevo aprire quella porta. C'era anche una sfumatura diversa. Sentivo che Jean-Louis stava portando Philippe da un'altra parte, la mia. Lo allontanava da me facendolo diventare come me. Facendogli provare quello che provavo io. Toccandolo, modificava la sua percezione. Che io andassi con Teo o con Tosca, il mio sesso non era mai stato messo in discussione. Il suo, adesso, sì.

Avvertivo un misto di gelosia e disprezzo per la sua debolezza, per altri versi così simile alla mia. Il diaframma del distacco era rotto. Mi guardavo come in uno specchio capovolto. Non serviva a nulla fuggire, cercare di tenere a bada il demone che avevo dentro. Ho passato la notte in bianco seduta sulle piastrelle fredde del corridoio. Il giorno dopo siamo partiti senza commenti e, una volta a Parigi, mi sono eclissata.

Teo e Dalì

Teo è venuto a trovarmi. L'ho portato da Dalì, che lo ha accolto con estrema gentilezza. Ha fatto colpo su Gala, che civettava con lui facendogli un mucchio di domande. Era ridicola con la parrucca e l'eterno fiocco di velluto blu. Teo si aggirava nel salotto di Dalì come un leone in gabbia, scuotendo la criniera di riccioli biondi.

«Sono naturali i vostri capelli o vi fate la permanente?» ha chiesto lei.

Lui ci ha messo un po' a capire la domanda, poi è arrossito di colpo. La risposta è stata brusca: «No».

Dalì è intervenuto prendendolo per il braccio con aria disinvolta. Si sono avvicinati alla vetrata.

«Vorrei fare un ritratto alla vostra fidanzata. Ho il vostro permesso?»

«Dovete chiederlo a lei, non a me.»

Teo è arrossito violentemente. Nessuno è più tornato sull'argomento.

Quella sera Gala è uscita a cena con noi, certo per via di Teo. Dalì ha parlato con Teo di Wols e del tascismo, una tecnica di pittura inventata da Wols. Il maestro ha ricordato la sua amicizia con Sartre, che lo aveva aiutato nell'ultima fase della sua vita a Parigi, prima che morisse alcolizzato a trentotto anni.

Al ritorno Teo mi ha domandato cosa volessi fare. Non riuscivamo a lasciarci, né a stare insieme. Teo era l'unico uomo che avessi mai amato veramente, avevamo un legame profondo che non riuscivo a troncare senza che lui fosse d'accordo.

Ma lui non voleva perdermi. Le mie storie parigine non lo interessavano. Non voleva saperle. Questo mi allontanava ancora di più, ma non potevo forzarlo in confessioni che avrebbero giovato solo a me. Non volevo fargli del male. Ancora non sapevo che sono le persone a noi più vicine quelle che feriamo più profondamente. Teo parlava, parlava, ma non sembrava molto disposto ad ascoltarmi. La sua partenza è stata quasi un sollievo.

À bout de souffle

Sono tornata alla mia schizofrenia parigina. Di giorno i banchi della Sorbona, l'immersione nella cultura laica francese, la sera Dalì e i miei amici travestiti. Le persone cosiddette normali non mi interessavano. Cercavo esseri feriti come me, situazioni in cui i ruoli fossero capovolti. Tutti i ruoli.

Catherine mi chiamava ogni tanto. Sentivo anche Philippe, ma non avevo voglia di vederlo. Sapevo che Jean-Louis era sempre nei paraggi e non riuscivo ad affrontare la sua aggressività subdola. Lui era capace di lottare per qualcosa o qualcuno, io no.

Sono ripiombata nella lettura. Ho divorato *L'uomo senza qualità* di Musil, alla fine lo centellinavo perché non volevo che finisse. Quando Ulrich ha conosciuto Agathe, mi è sembrato che l'unica storia d'amore possibile fosse tra fratello e sorella.

Khomeini continuava a tuonare contro l'Occidente e non riuscivo neanche a odiarlo in nome della libertà che tanto amavo. Il mio vero nemico era dentro di me, mi corrodeva dall'interno.

Catherine ha insistito che andassi a trovarla. La presenza di Jean-Louis cominciava a infastidirla. Aveva ridipinto le pareti di casa, che ora erano di un bianco abbagliante. Philippe si muoveva diversamente da come lo ricordavo, i suoi gesti, prima sobri, avevano qualcosa di lezioso. Il labbro inferiore era lievemente rilassato. Quando camminava avevo l'impressione che ancheggiasse leggermente. Si stava effeminando. C'era in lui un'impercettibile sfumatura caricaturale che forse agli altri sfuggiva, ma a me no.

È arrivato Jean-Louis carico di cibarie per organizzare una delle sue feste psichedeliche. Philippe e Catherine mi hanno chiesto di restare. Guardavo ogni dettaglio con distacco. La serata si è animata. Sono arrivati ospiti. La cena era squisita e abbondantemente innaffiata di vino. L'alcol mi ha dato energia cancellando i freni inibitori. Ho sfoderato un'aggressività allegra e seduttiva. Scherzavo, ridevo con tutti, anche con Jean-Louis. Ero spiritosa e brillante. Ho instaurato con Philippe una complicità da ragazzi. L'ho trascinato in una schermaglia intellettuale con una punta di malizia. L'ho sedotto di testa come un suo pari, senza escludere Jean-Louis, che però, su un piano puramente intellettuale, non era in grado di seguirci. Ero un vulcano di energia. Ballavo, chiacchieravo con tutti, ero disinvolta. Jean-Louis ha cominciato a perdere colpi, a bere troppo.

Sono andata con Catherine nella sua stanza. Stavo fumando una sigaretta, seduta, le gambe accavallate. Jean-Louis è entrato sbattendo la porta, gli occhi due fessure di odio: «Tu sei la donna. Sei il serpente» ha sibilato, le labbra contratte. L'ho fissato senza rispondere. Dopo un po' è uscito.

Quella notte sono rimasta da Philippe. Ho scaricato nel sesso tutte le frustrazioni, l'energia, le domande irrisolte. L'ho travolto. Ho spazzato via Jean-Louis da qualunque angolo della sua mente e del suo corpo. Con furia e rabbia selvaggia che diventava eros. Fino a quando l'alba ha inondato i tetti di luce vivida. Poi mi sono addormentata di colpo.

Il giorno dopo abbiamo trovato Jean-Louis che russava sul divano. Alle tre del pomeriggio russava ancora. Alle cinque abbiamo capito che non stava russando, rantolava. Abbiamo chiamato l'ambulanza e lo hanno portato in ospedale. Intossicazione da barbiturici. Aveva cercato di suicidarsi mentre noi stavamo facendo l'amore. C'era un lato patetico nel suo suicidio. Sapeva che l'avremmo trovato. Era un grido d'aiuto e un atto di guerra.

Io e Philippe siamo tornati insieme. Dopo qualche giorno Jean-Louis è rientrato dall'ospedale. Vagava per casa come un sonnambulo, dormiva la maggior parte del tempo sul divano. Nessuno osava parlargli, non c'era niente da dire. Lui voleva

Philippe e basta. Eravamo preoccupati, ma nessuno intendeva stare al suo gioco, subire i suoi ricatti sentimentali. A volte la sua presenza ci infastidiva. Ma a turno lo accudivamo. Poi si è ripreso. Non aveva più l'aria da cane bastonato, ha ricominciato a sfavillare con la sua vitalità nervosa e un po' insolente.

Un pomeriggio sono andata da loro dopo l'università. Catherine mi ha fatto un tè, abbiamo chiacchierato. Philippe non c'era. Senza che me ne rendessi conto, Jean-Louis ha sciolto un acido nel mio bicchiere. Ho continuato a bere. Di colpo la mia percezione è saltata. Avevo l'impressione che la testa mi esplodesse, forme e colori vorticavano davanti ai miei occhi.

«Che ti succede?» ha chiesto Catherine.

«Non lo so» ho risposto.

Mi mancava il respiro. Tutto si muoveva a velocità vertiginosa, tavole e sedie vibravano dinanzi a me e io con loro. Non sapevo più qual era la forma di ciò che mi circondava. Non potevo toccare più nulla perché non sapevo com'era. Mi ha colto il panico.

Catherine si è girata verso Jean-Louis: «Cos'hai messo nel tè di Caterina?» ha chiesto.

«Volevo farle uno scherzo. Ho messo un acido.»

Ora sapevo cos'era quello che stava accadendo. Perlomeno aveva un nome.

Catherine ha lanciato un'occhiata dura a Jean-Louis: «Sei impazzito?». Poi mi è venuta vicino, mi ha preso la mano: «Stai calma, sei sotto acido, vedrai che andrà tutto bene, sono qui con te. È solo la tua immaginazione. Non ti muovere, prima o poi passa».

Le sue parole erano un filo tenue, un lembo di comunicazione col resto del mondo che non riuscivo più a riconoscere. In testa avevo lampi di colore e suoni. Tutto era deformato in modo grottesco. La parete di fronte a me si è aperta in un vortice. Dentro ruotavano volti sconosciuti. Dalì è apparso da una finestra incorniciata d'azzurro. Mi strizzava l'occhio vestito di rosso, in marsina. Ha puntato il bastone verso l'orologio della cucina che si è sciolto friggendo come un uovo al tegamino. Una rosa in un vaso è cresciuta di fronte a me, i petali si muovevano come carne viva. Ho afferrato il tavolo, ma mi sfuggiva dalle mani.

La voce di Catherine mi giungeva da un'eco lontanissima: «Stai tranquilla. Questo è il tavolo. Sei seduta su una sedia. Bevi un sorso di tè. Ne ho fatto dell'altro».

Ha continuato a parlare finché non mi sono un po' calmata aggrappandomi alla sua voce. Ho ripreso a respirare normalmente, non volevo impazzire. Poi ho deciso di andarmene.

«Aspetta. Non uscire così. Tra un po' torna Philippe.»

Ho aspettato, ma non avevo voglia di vedere Philippe. Volevo uscire, tornarmene a casa, stare da sola nella mia tana.

Catherine mi ha aiutato ad alzarmi in piedi: «Stai attenta al traffico» ha detto. «Cammina solo sui marciapiedi. Sei sicura di farcela?»

«Non preoccuparti. Striscerò rasente i muri, anche se si muovono.»

Per strada i marciapiedi si alzavano e si abbassavano ritmicamente. Non sapevo quanto dovessi sollevare i piedi per salirci sopra. Avevo paura, ma riuscivo a evitare le macchine che andavano come schegge. Il mondo mi veniva incontro come una galassia incandescente. Tutto era più vivido. Colori e forme cambiavano in continuazione. Cercavo qualche dettaglio che mi aiutasse a mantenere la rotta verso casa.

Invece sono finita alla Sorbona. C'era una lezione il pomeriggio. L'aula era a forma di anfiteatro e vibrava come un'enorme conchiglia. Era strano che nulla mi urtasse, perché mi pareva che tutto mi precipitasse addosso. I banchi si muovevano come macchine scontro alle giostre, si gonfiavano quasi fossero di gomma. La voce del professore gracchiava amplificata da altoparlanti immaginari. Le parole mi graffiavano le orecchie come un giradischi scarico.

"Rousseau, Rousseau" rimbombava sulle pareti che pulsavano come un mollusco. Era una liturgia vuota, sterile. Il funerale dell'intelletto, della razionalità occidentale, dell'arrogante secolo dei lumi. Mi sentivo soffocare. Mi sfuggivano i nessi, inciampavo a ruota libera nei miei pensieri. Lentamente mi sono alzata, sono uscita.

A casa ho rollato alcune canne. Florence mi aveva procurato un'erbetta che frizzava come champagne. È iniziato a piovere. Le gocce scrosciavano sul tetto trasformandosi in note.

Era la musica più intensa e straziante che avessi mai ascoltato. Una cascata di suoni colorati. Ho rivisto un tramonto in Scozia. Camminavo in una foresta davanti al mare. Io ero abituata al Mediterraneo, dove vedi i pesci mentre nuoti e l'acqua ti accoglie come un grembo luminoso. Il mare della Scozia era una belva nera striata di rosa. Per la prima volta ho avvertito la potenza dell'acqua, un animale immenso e misterioso. E temibile.

Pian piano il mondo è ritornato familiare. Mi sono sdraiata ascoltando la danza dell'acqua sul tetto. Mi sono addormentata.

Il serpente verde

Tosca mi chiamava regolarmente. Spesso vedeva Teo. Una volta sono usciti insieme e la macchina di Teo ha capottato. Si sono ritrovati a testa in giù, miracolosamente illesi. A Teo toglievano la patente di continuo e gliela ridavano dopo qualche mese.

Non sapevo come Tosca trascorresse le sue giornate milanesi. Sospettavo fosse tornata a farsi di eroina. Anzi, ne ero certa. Non le facevo domande, tanto sarebbe stato inutile. Avevo voglia di vederla. Tosca era forse la persona che mi conosceva meglio. Sentivo un nodo dentro che non riuscivo a sciogliere e con lei avevo una confidenza totale.

Finalmente è venuta a Parigi. Sono andata a prenderla alla Gare de Lyon. L'ho portata a casa, ho fatto un tè, ho acceso una sigaretta. Le ho raccontato di Dalì, Philippe e Jean-Louis. Di Florence e Hélène. Dell'acido. Le ho chiesto di lei. Mi ha detto che aveva conosciuto una ragazza. Anche lei si faceva. Avevano una storia. Non era una passione folle, ma erano sullo stesso piano, compagne della stessa schiavitù. Era anche un modo per allontanarsi da me, tenere una distanza di sicurezza. Aveva l'aria rassegnata e apatica. Ero comunque felice di vederla. Avevo bisogno di parlare con qualcuno che mi capisse.

Siamo state insieme tutto il giorno. Alle cinque mi sono resa conto che per tutto il tempo in cui le parlavo, lei non c'era. Avevo passato la giornata con un'estranea. Era strafatta e ora l'effetto stava scemando. L'eroina era una barriera invalicabile. Tosca aspettava solo di farsi. Ha detto che andava da degli amici. Sarebbe tornata dopo qualche giorno. Evidentemente voleva farsi senza me tra i piedi.

Il mondo mi è crollato addosso. Non avevo più interlocutori. Nulla aveva più senso, mi circondavo di gesti impotenti. Non avevo più la forza di andare avanti. Era da tanto che pensavo al suicidio come ultima carta, rifugio segreto, punto di forza contro il mondo. Ma non avevo mai avuto il coraggio di farlo. In fondo non volevo morire, cercavo solo la sospensione dal dolore quando non ero più in grado di reggerlo. Avevo pensato di tagliarmi i polsi nell'acqua calda del bagno come gli antichi romani. Ma avevo paura del rasoio, non riuscivo a superare il ribrezzo del sangue. Ero troppo vigliacca per gettarmi dalla finestra, o per impiccarmi.

Avevo comprato dei sonniferi perché ultimamente mi addormentavo a fatica. Ho guardato nella borsa di Tosca. Era piena di valium. Sapeva che con me non poteva farsi e se ne era portata una scorta. Ho ingoiato tutte le mie pillole e tutti i suoi valium. Poi, contro ogni logica, sono scesa a fare la spesa. Ho riempito il frigorifero di cibo e mi sono messa a letto. Volevo solo addormentarmi e non svegliarmi più.

«Apri.» I colpi sulla porta erano secchi e insistenti. All'inizio ho sentito il vago martellare di un tamburo, poi mi sono svegliata. Stavano bussando. Non riuscivo a sollevarmi. Le gambe erano paralizzate. La testa di piombo. A malapena ho mosso il braccio fuori dalla coperta. «Apri, sono Tosca.»

«Non posso alzarmi.»

«Apri, altrimenti sfondo la porta.»

Sono scivolata dal letto carponi, trascinando il corpo con le braccia. Con uno sforzo immane mi sono aggrappata allo stipite, ho fatto leva sulla maniglia, ho aperto. Poi sempre carponi sono tornata tra le lenzuola.

«Cosa fai a letto?» Tosca si è precipitata sulla sua valigia senza neanche guardarmi. L'ha aperta, l'ha frugata da cima a fondo. «Cazzo. Hai preso tutti i miei valium. Non me ne hai lasciato neanche uno. Cazzo. E io adesso come faccio. Me li dai tu i soldi per l'eroina.»

«No, io i soldi per quella merda non te li do. Chiama un dottore.»

L'ha chiamato. Il dottore è arrivato. Lei si era già scoperta il braccio per farsi fare un'endovena. Mi sono sollevata sui gomiti, cercando di puntellarmi con i residui di forza che avevo.

«Non gliela faccia nel braccio. Non le dia questa soddisfazione. Gliela faccia nel culo. Non deve provare nessun piacere.»

Il dottore mi ha misurato la pressione, che era bassissima. «Cos'ha preso?» ha chiesto a Tosca indicando me.

«Ha preso tutti i miei valium. E io adesso come faccio?» Girava come un animale in gabbia su e giù per la stanza tenendosi il braccio. Tosca. La persona che mi amava, la mia migliore amica. L'unica cosa che le interessava era l'eroina. Potevo anche morire, anzi, avrei dovuto essere già morta. Avevo dormito due giorni interi.

«Lei ha bisogno di una lavanda gastrica. Deve andare subito in ospedale» mi ha detto il medico dopo avermi visitato.

«Io sto benissimo. Non ho bisogno di niente. Pensi alla mia amica.»

«La sua amica deve disintossicarsi.»

Non avevamo i soldi per la clinica. Il dottore ci ha dato l'indirizzo del Sant'Anna, un ospedale psichiatrico dove disintossicavano gratis. Ha insistito perché mi facessi ricoverare. Ci guardava a turno come fossimo due pazze. Io a malapena ero viva, ma il mio odio per l'eroina era intatto. Tosca era in crisi di astinenza, si grattava come una scimmia. Ho pagato, sollevandomi sul cuscino.

«Chi accompagna la sua amica in clinica?»

«Io» ho risposto.

Il dottore ha scosso il capo ed è uscito.

Tosca mi ha aiutato a vestirmi. Mi ha sorretto per le scale. Le gambe mi tremavano, ero debolissima. Siamo arrivate all'ospedale Sant'Anna in taxi. Nella hall Tosca ha continuato a sorreggermi. La luce al neon mi feriva gli occhi. Gli infermieri ci hanno circondato: «È lei che deve farsi ricoverare?» mi hanno chiesto.

«No, è la mia amica. Io sto benissimo.»

Non ho fatto in tempo a finire la frase, ho vomitato sul pavimento della hall. Tosca mi ha aiutato a sedermi. C'era parecchia confusione intorno e mi girava la testa. Ha spiegato la situazione agli infermieri. A questo punto non avevo più bisogno della lavanda gastrica.

L'hanno ricoverata e io, non so bene come, sono tornata a casa. Il tassista mi ha accompagnato su per le scale nel mio appartamento. Mi guardavo nello specchio del bagno. I capelli fradici di sudore incollati alla fronte. Gli occhi cerchiati, la pelle verdastra, come le statue di marmo. Mi sono spaventata. Ero irriconoscibile e le gambe continuavano a tremare. Improvvisamente non avevo più voglia di suicidarmi, volevo vivere, reagire.

Nella borsa ho trovato un biglietto da visita di "Vogue", che mi avevano dato una sera mentre ballavo a Les Baines Douches. Un fotografo mi aveva proposto di diventare modella. Avevo rifiutato. Ora quel biglietto era un proposito, un appuntamento. Un modo qualunque di ricominciare. L'idea di farmi fare delle foto di moda in quelle condizioni mi sembrava del tutto normale. Quando sono stata in grado di reggermi, mi sono presentata. Senza neanche lavarmi i capelli, sempre unti di sudore malaticcio. Per tirarmi un po' su mi sono messa un rossetto che faceva risaltare ancora di più la pelle verde. In quelle condizioni avrei potuto pubblicizzare al massimo una cassa da morto. Non mi sono minimamente resa conto dell'assurdità della situazione.

Quelli di "Vogue" mi hanno fatto delle foto con un sottofondo di musica disco, ma ovviamente non si sono più fatti sentire. Non so neanche perché mi abbiano fotografato. Un rullino sprecato. Le gambe continuavano a tremarmi. Hanno tremato per un mese, e per due ho avuto la pelle verde. Come un serpente di marmo.

I pazzi

Potevo visitare Tosca tre volte alla settimana. Il pomeriggio, a orari prestabiliti. Si era subito ambientata. Stava in una stanza insieme ad altre due pazienti. La prima volta mi ha accolta seduta su un letto di ferro, circondata da fogli e matite. Aveva un pacchetto di sigarette sul comodino.

«Come si dice *magari* in francese?» mi ha chiesto.

Non lo sapevo. Mi sono resa conto che "magari" non esisteva in nessuna delle lingue che conoscevo, tranne l'italiano.

«Come ti viene in mente?»

«Ieri un tipo mi fa: "Hai delle sigarette?". *Magari*, avrei voluto rispondere. Ma non mi veniva.»

«Non ti veniva perché in francese *magari* non c'è. Per dirlo devi riformulare la frase. Comunque ti vedo meglio.»

Stava meglio, infatti. Ricominciava a essere viva, non più schiava di endorfine artificiali. Aveva gli occhi vispi. Era uscita dal limbo.

«Cos'è questo rumore?» ho chiesto.

«Niente. È la mia coinquilina che va al cesso. Ci mette mezz'ora. Poi un'altra mezz'ora per tornare. La giornata la passa così.»

«Tu invece che fai?»

«Disegno. Faccio ritratti per avere le sigarette. Ecco.»

Mi ha passato schizzi di infermieri e altri pazienti. Disegnava con tratti nervosi e nitidi. Mi sono guardata intorno e solo allora ho visto una donna legata al letto con delle catene di ferro.

«Perché la tengono così?»

«Quella? Se la sleghi comincia a picchiare la testa contro il muro finché non diventa una maschera di sangue. E urla come una lepre sgozzata.» Tosca mi sembrava comunque a suo agio e in qualche modo divertita dalla situazione. Mi ha portato nella hall. Era uno stanzone circolare con pareti altissime e musica rock a tutto volume. I pazienti si aggiravano con gli occhi sbarrati e lo sguardo fisso. Parlare era inutile, perché la musica copriva ogni altro suono. Il posto evocava vacanze sovietiche da operaio di fabbrica sul Mar Nero, lager siberiani, torture silenziose. C'era un'aria di finta festa che rendeva il luogo ancora più spettrale. I pazzi erano asserragliati in se stessi, rocce di silenzio.

Partenze

Tosca stava sempre meglio. Era rifiorita, più in carne, più sveglia. Chiacchierava con medici e infermiere. Stava imparando il francese a velocità sorprendente. Dopo due settimane l'hanno dimessa ed è tornata a stare da me.

Un giorno siamo andate a vedere il Museo Rodin, una villa liberty in un giardino coperto di neve. Le statue erano del mio stesso colore verdastro. C'erano uomini possenti e donne delicate. Il marmo esplodeva di energia. In un angolo ho visto la statua di una vecchia dal corpo magro e sfatto. Ho guardato la scritta sotto: CELLE QUI FUT LA BELLE HEAULMIÈRE. Accanto c'era la statua di una donna giovane dalle membra perfette. Il presente e il passato della stessa donna. Oppure il presente e il futuro. Il mio, in ogni caso. Il decadimento fisico mi aveva sempre terrorizzato più della morte, il corpo di una donna senza più femminilità era un rudere osceno.

Poi Tosca è partita e io sono tornata alla Sorbona, a Dalì, ai miei amici travestiti con cui passavo sempre più tempo. Con loro mi sentivo al sicuro, non mi dovevo difendere. I miei rapporti parigini erano arrivati a un'impasse. Vedevo Philippe ogni tanto, ma Jean-Louis era sempre nei paraggi. Ero stanca di lottare. Philippe era debole. Quando c'ero, c'ero io e basta, quando me ne andavo, lui tornava in qualche modo succube di Jean-Louis.

Con i miei amici travestiti vivevo una vita notturna parallela in cui ero perfettamente a mio agio. Loro conoscevano bene la sofferenza, non avevano bisogno di spiegazioni o confessioni. Vagavo con loro per notti intere e alla fine riuscivo a dormire senza più pensare. Mi mettevo lo smoking che mi aveva regalato Teo. Mi travestivo da dandy inglese delle *boarding school*, i capelli raccolti sulla nuca. Fingevo di essere un giovane omosessuale. Questa doppia vita mi divertiva e in qualche modo mi proteggeva. Ero solo spettatrice. Nessuno poteva toccarmi. Spesso ci scambiavamo i ruoli. Le donne erano loro. Questo gioco mi dava una prospettiva privilegiata su quanto accadeva.

Ho passato il capodanno con Dalì. Alle dieci di sera ha bevuto il suo solito infuso di tiglio, poi l'ho accompagnato a casa ed è andato a letto prima di mezzanotte. Io ho finito la serata in abito lungo di paillettes nere sdraiata su una *péniche* con una gamba tumefatta dopo una caduta sul ghiaccio del ponte. La città era sottozero, il gelo pungeva come spilli sotto la pelle.

Il mio corso cominciava a febbraio. L'idea di tornare a Milano mi terrorizzava, ma non vedevo alternative. I miei studi alla Sorbona stavano finendo. Ero stanca di studiare. Milano non mi attraeva, ma lavorare all'università era stimolante. Avrei avuto un corso tutto mio. Era una sfida.

Agli inizi di gennaio Dalì è partito per New York. Abbiamo preso un ultimo tè a Place de la Madelaine.

«Sapete, *mademoiselle*, non è facile lasciarvi.»

Stava seduto con le mani appoggiate al bastone tra le gambe. C'era un velo di tenerezza insolita nella sua voce e nei suoi occhi. Anch'io ero triste. Gli volevo bene, mi ero affezionata a lui in una complicità silenziosa, fatta di dettagli non detti. Il nostro appuntamento quotidiano era diventato un'abitudine. Ma era tempo di andare. Sentivo che prima o poi l'avrei rivisto.

Il rientro

A febbraio sono tornata a Milano. All'inizio è stato terribile, la città mi sembrava spenta, la sera era buio totale. Pensavo in francese e facevo fatica a parlare sempre in italiano. La testa era altrove. Vivere con mia madre era assurdo, dopo quasi un anno di indipendenza. La mentalità dei milanesi mi infastidiva, mancava di immaginazione.

L'unica cosa divertente era il mio lavoro all'università. Scolpivo affreschi di un'epoca, raccontavo i personaggi dal di dentro, rievocavo uno scrittore inquadrandolo nel suo tempo prima di parlare della sua opera. Così era più facile capirli, facevano parte di un flusso che era la vita. I miei studenti sembravano miei coetanei, tranne due suore e qualche monaco o prete, che all'università cattolica non poteva mancare. Il bidello spesso mi scambiava per una studentessa e insisteva per farmi entrare dalla porta degli studenti. Gli altri professori mi lasciavano in pace. Ero effettivamente libera di svolgere il programma come volevo.

Ho visto Teo e gli ho detto che a Parigi avevo avuto una storia con un altro. Volevo essere sincera. Lui sembrava impazzito, mi ha colpito, ha pianto. Mi sono resa conto che avevo sbagliato a confessarmi, ma ormai era troppo tardi. Ho detto che la nostra storia era finita, non aveva più senso che stessimo insieme. Lui ha dato in escandescenze, io e mia madre lo abbiamo messo alla porta. Si è calato giù dalla finestra di sopra con una corda, dopo aver convinto i vicini ad aprirgli. A quel punto non sapevo più come lasciarlo. Ho continuato a vedere lui e Tosca.

È venuta a Milano Catherine, con cui stavo sempre benissimo. Ha conosciuto mia madre, mio padre, Teo, Tosca.

Poi è arrivata Florence. A Parigi avevo capito che il suo massimo sogno era quello di prendere il tè con una signora in tazze di porcellana e cucchiaini d'argento. L'ho invitata e a mia madre ho detto che era una mia amica di Parigi. Stava preparando un musical su Marlene Dietrich e doveva imparare delle canzoni in tedesco, lingua che non conosceva. L'ho aiutata coi testi, le ho fatto il solfeggio. Dormiva in un letto nella mia stanza. La mattina era già truccata, in minigonna con orecchini pendenti.

«La tua amica si veste in modo piuttosto stravagante» ha osservato mia madre.

«È un'attrice parigina.»

«Certo quando io studiavo a Parigi le ragazze si vestivano diversamente. Le suore non ci avrebbero mai lasciate uscire così.»

La sera andavamo nei locali con Tosca. Florence spariva per ore in bagno e al ritorno aveva sempre l'aria un po' ubriaca. Avevo paura che qualcuno prima o poi si accorgesse in ritardo che era un travestito e la massacrasse di botte. Ogni tanto a qualcuna succedeva. Una sera ha trascinato un tizio che mi ha chiesto se ero anch'io un travestito.

«Certo» ho detto. «Ma mi sono fatta operare.» Sulla falsariga di esperienze dei miei amici transessuali, ho raccontato le crisi di identità, il desiderio di voler essere donna a tutti i costi. «Da cosa l'hai capito?»

«Dal culo.»

Stavo al gioco, ma non era un buon osservatore. Altrimenti avrebbe intuito che i miei polsi non avrebbero mai potuto essere quelli di un uomo.

«Io non lo dico sempre» mi ha confessato Florence.

«Come fanno a non accorgersene?»

«Mi lego il cazzo con uno scotch all'interno di una coscia. Poi li guido io con le mani. Se non voglio, non se ne accorgono. Una volta uno mi ha detto: "Tu sei stata la mia prima donna". Era molto carino e molto giovane» ha commentato come un gatto che si lecca i baffi.

Una volta in un bar Tosca le ha detto: «Tu hai qualcosa che non ti serve e potrebbe invece servire a me. Perché non ci mettiamo d'accordo?». Florence ha riso scuotendo i riccioli ramati.

Mi ha lasciato una foto con dedica. Solo dopo che è partita ho detto a mia madre che era un famoso travestito. Lei è esplosa in una delle sue scenate isteriche. Da Tosca in poi non sopportava più l'omosessualità e sentiva che avevo tradito la sua fiducia.

Jean-Louis ha invitato Philippe a Venezia. Una settimana al Danieli, secondo le migliori tradizioni gay. Philippe ha accettato. Al rientro ha deciso di venire da me. Ha abbandonato Jean-Louis alla stazione, è fuggito e l'altro l'ha rincorso da una stazione all'altra lanciando messaggi con l'altoparlante. Ma non aveva il mio indirizzo ed è tornato a Parigi.

Philippe è venuto per dirmi che mi amava e che voleva vivere con me, ma era troppo tardi. Ho fatto l'amore con lui dopo avergli detto che era finita. È partito sperando che cambiassi idea. Per me era una storia chiusa.

Non è tornato con Jean-Louis, che dopo un po' è riemigrato a New York. Ho rivisto Philippe qualche volta nei miei successivi viaggi a Parigi, ma non siamo più stati amanti. Alla fine si è messo con una ragazza che aveva già un figlio ed è invecchiato precocemente, in modo dimesso.

Eroina

Sono tornata un'ultima volta a Parigi a trovare Hélène e Sophie. Vivevano insieme in un connubio difficile da seguire. Hélène usciva a prostituirsi e tornava piena di graffi, ferite di fruste e catene. Sophie le preparava il bagno, le puliva le ferite, la lavava, la coccolava. Non ho mai capito se tra loro vi fosse un rapporto erotico e di che natura. Florence viveva con un'amica che era una specie di governante. Ma Hélène e Sophie si amavano. Erano una coppia dove i ruoli erano capovolti. Sophie si vestiva da ragazzo e Hélène da donna.

Sono arrivata a casa loro con Florence. Hélène mi ha offerto un tiro. Ho aspirato la striscia bianca pensando fosse coca. In un angolo ho visto dei libri, ho provato a sfogliarli. Non riuscivo a leggere nulla, tranne i fumetti. Non riuscivo neanche a muovermi. Sentivo prurito in tutto il corpo ed ero come paralizzata. Ho capito che non era coca, ma eroina. Avevo ingerito la mia nemica, per cui provavo un odio mortale. Ero piena di veleno.

Sono scivolata piano in salotto, le mie amiche hanno capito il mio stato e mi hanno accudito. Non sapevano fossi vergine di eroina. Non sapevano del mio odio per la roba. Con loro una volta avevo ballato fino alle cinque del mattino al Palace dopo avere ingerito una pallina d'oppio. Il male che avevo alle vesciche dei piedi era scomparso, mi sembrava di volare sulla pista. Ovvio che non si facessero tanti problemi. Mi hanno anche detto che l'ero non era buona. Si sono quasi scusate per la scarsa qualità. A malapena le ascoltavo. Era come se la mia percezione del mondo fosse filtrata dall'ovatta. Ho capito che Hélène e Sophie si amavano attraverso l'eroina. Era lei a sublimare il loro rapporto, a renderlo possibile.

Ho compresso un improvviso languore erotico. Sentivo una sensibilità estrema nella punta delle dita, sulla superficie della pelle. La mia infanzia si è spalancata come una voragine. Precipitavo con le parole in un altro mondo, un mondo perduto, rivissuto come attraverso gli spezzoni di un film. I momenti sospesi sul terrazzo quando da piccola non volevo crescere. Il mio amore per Mustafà, totale perché muto, un incontro tra specie diverse. Le canzoni che la Iole cantava le sere d'estate sul terrazzo, quando tutto scompariva e ogni angoscia era assorbita dal suo seno potente e vivo dove mi nascondevo. Il fruscio delle foglie e le ombre che creavano intorno quando volevo essere Peter Pan e volare sul mondo a coglierne il mistero. E ancora non ne ero stata toccata. Non parlavo del dolore. Quello era la frattura ai margini delle cose non dette. La deriva dentro era nostalgia di una pienezza comunque vissuta, sulla soglia tra l'infanzia e il mondo scandito dal tempo, dalle azioni date e ricevute, dalle lezioni che la vita marca sul tuo corpo, scolpisce nelle giunture dell'anima. Non c'era ritorno possibile. La vita scorreva come uno specchio implacabile, l'innocenza era perduta.

Le parole fluivano, ma non erano mie. Erano di una lingua prestata, dove era più facile rifugiarsi. Non toccavano le cose nominate, le velavano di pudore. Potevo parlare in francese perché non era la mia lingua.

Eppure ero lì con le mie amiche. C'era un filo a collegarci. Eravamo fuori casta, fuori norma. Chissà a quale infanzia erano sopravvissute loro, quali famiglie e traumi si erano lasciate alle spalle. Ascoltavano attente, capivano la mia solitudine, il furore.

Parlavo a ruota libera mentre fumavo le Gitanes di Hélène con voce arrochita. L'eroina era uno spartiacque pericoloso. Era facile perdersi. Le mie amiche compensavano con la polvere bianca il fatto di essere paria, di non essere amate. Anche se non mancava di un lato divertente e teatrale, il loro era un mondo disperato. Magari era solo una fase. Almeno lo speravo.

Sono andata in bagno a vomitare. Ho passato il resto della notte con gli occhi sbarrati, incapace di dormire. Era inutile che facessi la predica.

Sono partita.

Seconda parte

CORRI E DIVORA

New York

La prima immagine è una distesa di strass e paillettes dopo il buio dell'oceano. Una stoffa lucida e liscia. Non ci sono colline, il che ne accentua l'aria artificiale e un po' vana. Serpenti di luci scintillano in movimento. Poi i contorni si modificano. Le luci si avvicinano e si focalizzano. Doganieri massicci e imponenti. La bandiera americana.

All'uscita dell'aeroporto le macchine sono enormi. Prendo un taxi e do l'indirizzo di Irene, una ragazza ungherese che ho conosciuto a Venezia. Mi abbandono al flusso della città. È sera, l'auto scivola sulle avenue lungo i nastri dei marciapiedi. Grattacieli, gente che cammina, razze e colori diversi.

Arriviamo, scarico la valigia e suono al nome che mi ha dato Irene. Nessuno risponde. Aspetto. L'edificio è un casermone con decine di campanelli. L'ascensore è fuori uso. Non so dove sono, sto seduta con la pelliccia sulla mia valigia pesantissima all'ingresso. Guardo sfilare sul marciapiede gente di tutti i tipi, molti neri camminano reggendo una radio con musica a tutto volume. Comincio a leggere *Il grande Gatsby*. Il tipo della porta di fronte, un nero alto due metri, si impietosisce del mio stato. Sono un pacco appollaiato sulla valigia, coi piedi gonfi. Mi invita ad aspettare nel suo appartamento. Accende musica disco a tutto volume. Ringrazio, ma non vado. Dopo un po' arriva la moglie con figlio e radio nella carrozzina. Apre la porta muovendosi ritmicamente. Le due musiche, quella interna e quella esterna all'appartamento, si sommano con dissonanza finché una delle due non prevale sull'altra. La donna scompare dietro la porta.

Ormai è l'una, ma per me sono le sei di mattina. Ho finito il libro, sento che sto per crollare. Un tipo che ho già visto passare si avvicina e mi chiede chi sto aspettando. Gli spiego che nessuno risponde al citofono della mia amica.

«Non puoi restare qui» mi dice. «C'è un hotel vicino. Ti accompagno.»

Annuisco, lascio un biglietto per Irene col nome dell'albergo e seguo il tipo in una specie di trance vigile. In effetti a un isolato di distanza c'è il Chelsea Hotel.

È un luogo storico, residenza di vari artisti negli anni Sessanta e Settanta. Lì Sid Vicious ha ucciso la fidanzata con una coltellata. Lì ha abitato Dylan Thomas prima di avere un collasso alcolico e morire. Ma io sono ignara di tutto, non so neppure in che quartiere mi trovo.

Ringrazio il tipo ed entro nella hall. Le pareti sono giallastre, qualche quadro pop, l'aria un po' sinistra. Mi sento goffa con la mia pelliccia e la valigia sempre più pesante. Chiedo una stanza, lascio i documenti. Un nero mingherlino, sdentato e con la faccia da topo, mi accompagna in ascensore: «Chiudi bene» dice aprendo la porta, e se ne va.

Chiudo a chiave, mi volto. La stanza è minuscola, un grande letto al centro. Dalla finestra vedo i grattacieli dietro al palazzo di fronte. Il traffico continua a scorrere implacabile. Le lenzuola sembrano pulite. Vado in bagno. Nella vasca vedo uno scarafaggio gigante. Caccio un urlo e mi nascondo sotto le coperte. È il mio primo scarafaggio americano. New York ne è piena, nessun veleno riesce a sgominarli. Forse sono il tarlo segreto che sta rodendo alle fondamenta la civiltà dei consumi, con tutte le sue luci e i suoi strass.

Sono esausta, i piedi gelidi. Mi addormento rannicchiata. Nel mezzo della notte chiama Irene. Capisco vagamente che c'è stato un disguido, mi aspettava a un altro indirizzo. Mi rassicura. «*Welcome to America*» dice. Ci diamo appuntamento per il giorno dopo.

Per una settimana non esco dall'appartamento di Irene. New York mi spaventa, non capisco la sua estetica. Luci dappertutto, grattacieli di vetro e acciaio. Le avenue tagliano le strade ad angolo retto. Ogni strada è contrassegnata da un numero, chiunque riuscirebbe a orientarsi. Ma io mi rifiuto di capire il meccanismo logico. È una città dove non c'è niente di più e niente di meno.

Finalmente riesco a mettere il naso fuori di casa. Il denaro dà il ritmo alla città, che non si ferma mai. Negozi scintillanti, uomini e donne eleganti sulle avenue uptown. Ovunque fiumane di gente che va al lavoro, i quartieri dei poveri che lottano per uscire dal ghetto. Merci. Una volta mi perdo a Wall Street, entro in una banca, una specie di tempio in stile vittoriano. Velluto rosso e arredi dorati, funzionari e impiegati impeccabili, silenzio deferente. Nella piazza accanto la statua di un toro possente come l'altare di un idolo.

La prima cosa che la gente ti chiede è che lavoro fai, quanto guadagni. In Europa parlare apertamente di soldi è considerato poco elegante. In America il problema non sussiste, in un certo senso c'è meno ipocrisia. Ma per gli americani il lavoro e il successo sono un'ossessione. Si muovono come ingranaggi al servizio del sistema. Il ritmo è frenetico. La macchina deve essere alimentata di continuo. Esisti se gli altri sanno chi sei, l'importante è crearsi una qualsivoglia forma di immortalità per sfuggire alla morsa del tempo, altrimenti sei solo una pedina divorata dalla macchina.

Hai fascino perché hai potere e successo. Se hai soldi, puoi avere donne, altrimenti no. Organizzano *dates* per far incontrare gente dei due sessi con un fine pratico, vedere o no se ci si può mettere insieme.

Scopro che la città è piena di gay. Ma gli americani mi sembrano asessuati. "*Let's have sex, let's have fun*" dicono, come se parlassero di una sana ginnastica. Il sesso è un bene di consumo come la Coca-Cola. L'erotismo per me è un'altra cosa, richiede tempi di sedimentazione, include il rischio.

New York mi sembra un cristallo di ghiaccio, una vetta faustiana. Ne avverto l'energia. Per la prima volta nella mia vita mi sembra di non essere arrivata in ritardo. Sono dentro la storia. Tutto accade qui e ora. Il passato non è un'ipoteca, non opprime. New York è vitale, decadente e barbara nello stesso tempo. Ci sono discoteche con piste enormi dove si balla pattinando a ritmo di disco music. Il manichino argentato che scende dal soffitto, fiocchi finti di neve allo Studio 54. Agli americani non gliene frega niente se è kitsch. Se è già stato fatto o no. Non hanno ipoteche mentali derivanti da secoli di dominazione ecclesiastica o teocratica. Non hanno i moralismi ideologici europei.

Nel metrò incrocio ogni giorno gente di tutte le razze come non mi è mai accaduto da nessun'altra parte. Tutti si fondono nel crogiuolo americano, sotto il comune denominatore della bandiera. Gli immigrati diventano americani nell'arco di una generazione, ma il ricambio è continuo. Vedo i lineamenti mutare, gonfiarsi per il cibo vitaminico, perdere gradualmente la memoria genetica. Gli italoamericani dell'Italia conservano un'immagine da cartolina, a volte commovente: come nei bar di Little Italy, con le foto del Vesuvio e di san Gennaro. Napoli è lontana.

Pop art

A poco a poco il mio senso estetico cambia. Sono a Tribeca da Trish, una giovane scrittrice. La sua casa è un loft, un'unica stanza enorme dove lo spazio è suddiviso da paraventi. Una volta era una fabbrica, come quasi tutti gli edifici in questa zona. Mi innamoro delle fabbriche, mi affascina la loro estetica. New York mi sembra una città medievale, essenziale come i castelli europei, dove anche i merli avevano una funzione. Quello che all'inizio mi pareva brutto, ora diventa bellissimo. Spazzatura, plastica, la città si offre come un magnifico affresco in movimento. Vedo la pop art sfilare davanti ai miei occhi, i quadri di Andy Warhol, la bellezza della serialità ripetitiva, lattine di Campbell e Coca-Cola, lo stesso sorriso riprodotto mille volte. L'arte è vita e la vita è arte. Alla lettera, non in senso astratto. Tutti parlano della creatività di New York. È l'adorazione dell'idolo. New York siamo noi.

Trish è gentile. Di giorno scrive, di notte lavora come cameriera in un bar. Ha un fidanzato abbastanza noioso che viene dall'Alabama come lei. Trish ha vent'anni, ma è già indipendente. Si mantiene da sola.

«Se hai intenzione di rimanere un mese e mezzo, penso che ti farebbe piacere conoscere qualche americano carino» mi dice.

Vuole presentarmi un giovane miliardario che ha fatto i soldi importando acqua minerale dall'Europa. Ma gli uomini americani non mi interessano, i maschi eterosessuali mi annoiano.

So che se entro completamente dentro New York devo tagliarmi i ponti alle spalle. Devo scegliere mentalmente dove stare, altrimenti impazzisco. Una parte di me ha legami profondi, affettivi, con l'Europa. L'altra vorrebbe andare e vedere ancora, esplorare tutti gli universi possibili. Ma vivere tutto significa non vivere. Sento che la vita è questa ricchezza estrema, anche crudele. Perché oltre quel confine non puoi andare. Il tempo è limitato. Lo sento scorrere nel mio corpo, so che il mio corpo si consuma. Dalla finestra guardo New York coperta di neve.

I gemelli

Una sera Irene mi porta da dei suoi amici pittori downtown. Abitano vicino ad Avenue A, in una zona malfamata. Sono Helen e Jamie, fratello e sorella, gemelli. Vivono insieme ed entrambi dipingono. Il loro appartamento è minuscolo e sporco. Vedo scarafaggi circolare liberamente per casa mentre ci preparano un tè. I gemelli sono piccoli ed esili, con occhi tra il grigio e il verde, capelli rossi e la pelle lattea chiazzata di lentiggini. Lei ha una chioma folta di riccioli che le cadono sulle spalle scheletriche, una risata secca le schiude i denti grigiastri, quasi trasparenti. Ha una leggera peluria sul labbro superiore. Sembra una piccola strega. Lui parla poco e se ne sta accovacciato in un angolo del tappeto. Tutti e due fumano in continuazione. Portacenere e cicche dappertutto.

Mi sento un po' a disagio, ma sono attratta da questo lato americano malaticcio per me inedito. Sembrano usciti da un libro di folletti, da una notte di Halloween. In particolare mi attrae la sorella, il suo modo brusco di scostare i capelli dal viso, il contrasto tra la chioma fulva e le braccia scheletriche, le mani da bambina.

Ci mostra i loro quadri, che sono enormi, mentre tutto il resto in quella casa è minuscolo. Sono astratti, inquietanti, attraversati da vortici di luce con ombre grigie o marroni che affiorano dal buio circostante.

Mentre beviamo il tè, lei ci spiega che la loro famiglia è originaria del Sud. Sono orfani, i genitori sono morti anni prima in un incidente. Chissà perché, penso che l'incidente possa essere stato provocato. Subito censuro l'idea. Helen spiega che hanno una piccola rendita con cui si mantengono. Ogni tanto espongono in qualche galleria alternativa. È chiaro che la personalità dominante è la sorella, ma si avverte tra loro una complicità forte e vagamente perversa.

Chiedo dov'è il bagno. Helen mi guida lungo un corridoio. «Quella è la nostra stanza. Noi dormiamo lì» dice. Intravedo un unico materasso singolo gettato a terra, le lenzuola giallastre.

Più tardi domando a Irene se hanno un rapporto incestuoso. Lei lo sospetta da tempo. L'unica cosa certa è che condividono lo stesso letto e non ne fanno mistero. Che lei sappia, nessuno dei due ha mai avuto una storia con un altro. Le chiedo in quale incidente e quando sono morti i genitori.

«Non lo so, questo è l'unico argomento di cui non parlano» mi dice. «So solo che si sono trasferiti a New York dopo e che non hanno parenti.»

La visita ai gemelli mi lascia uno strano senso di turbamento, mi affascina il fatto che in questa città così razionale ci siano sacche di mistero.

Khomeini

Conosco due modelle, Melissa e Joan. Melissa è bruna e maliziosa, Joan bionda, i lineamenti dolcissimi contrastano con la sua algida indifferenza. Passo la notte a tirare cocaina nel loro appartamento, al ventesimo piano in un palazzo di vetro sulla Cinquantasettesima. Con noi ci sono uno studente di economia arabo, un dissidente iraniano, un fotografo francese, una giornalista di origine russa, un broker ebreo. La cocaina accelera il ritmo della conversazione, crea una finta euforia. Mi sembra fantastico che gente proveniente da mondi diversi s'incontri e conversi liberamente.

Parliamo di Khomeini. È rientrato in Iran, la rivoluzione lo ha consacrato guida del paese, gli iman hanno preso il potere, lo scià è fuggito. Ci sono pareri discordi, ma il tono è civile, rilassato. Khomeini è un tarlo sordo che m'inquieta. Sento odore di pericolo, ma non so spiegarmelo razionalmente. Qualcuno sostiene che la rivoluzione iraniana è un fatto loro. Lo scià è un uomo corrotto. L'Occidente non può pretendere di mettere i propri vassalli ovunque. Dico che sono d'accordo, ma che con i corrotti è possibile ragionare, con i fanatici no. Il dissidente iraniano racconta che durante il regime dello scià è finito in prigione per aver partecipato ad alcune manifestazioni contro il governo, poi poco dopo l'arrivo di Khomeini è dovuto scappare. La rivoluzione lo ha deluso, il paese è in mano a una teocrazia. La giornalista di origine russa parla della situazione critica in Afghanistan. Mi isolo dalla conversazione, i pensieri vanno a ruota libera. Avevo degli amici a Bonn che erano partiti in autobus per l'Afghanistan attraversando l'Iran. Allora era ancora possibile, le frontiere erano aperte. Erano tornati entusiasti, parlavano dell'Afghanistan come di una specie di Eden popolato da gente bellissima e fiera. La maggior parte delle donne era coperta dal burka, ma a Kabul avevano visto ragazze giovani in jeans. L'atmosfera era cordiale anche in Iran, benché viaggiare comportasse maggiori limitazioni. In qualche villaggio erano stati ospiti di famiglie locali, avevano bevuto il tè con loro e mangiato lo stesso cibo.

Mi chiedo quando potrò andare in Iran, in Afghanistan. La radicalizzazione del mondo islamico mi allarma. Ma siamo tutti contro lo strapotere russo nella regione.

«Voi guardate il mondo con miopia occidentale e non vi rendete conto che l'Unione Sovietica deve salvaguardare la stabilità delle sue frontiere» dice la giornalista di origine russa. «Tra l'altro, facendo questo agisce anche nel vostro interesse.»

Si levano voci discordi. Alcuni tuonano contro i vari imperialismi, altri paventano il risveglio dell'Islam. Lo studente arabo interviene pacato, lui è musulmano osservante e non per questo odia l'Occidente. Ognuno ha il suo Dio.

«A proposito» comincia il broker ebreo, «sentite questa. C'è una coppia ebrea atea e benestante, abitano nell'Upper East Side e cercano la scuola migliore dove mandare il figlio. È una scuola cattolica dietro l'angolo. Bene, un giorno il figlio torna a casa e il padre gli chiede: "Oggi di cosa avete parlato a scuola?" "Di Dio" dice il figlio. "Ah sì, e cosa ti hanno detto?" "Ci hanno spiegato che Dio è uno e anche trino." "Be', chiariamo subito una cosa" dice il padre. "C'è un solo Dio e noi non ci crediamo."»

Tutti ridiamo. L'atmosfera si distende. Joan continua a tirare cocaina con sguardo opaco. Dall'alto delle finestre la città sembra uno scenario irreale, astratto.

Dalì a New York

Arriva Dalì con Gala e l'onnipresente segretario, vado a trovarli al St Regis.

Dalì è sempre uguale, vitale come un bambino, imprevedibile. Mi racconta che negli anni Cinquanta, la prima volta che ha messo piede a New York, nessun giornale aveva parlato di lui. Allora è andato sulla Fifth Avenue e ha ucciso una vacca. Finalmente si sono accorti della sua presenza. Non so se sia vero o no. Certo il suo senso dello spettacolo richiede un pubblico costante.

Andiamo al ristorante con una sua amica, una modella nera. A un certo punto si alza da un tavolo vicino un tipo grasso, sulla cinquantina, probabilmente un uomo d'affari. Si avvicina a Dalì con aria un po' goffa e gli chiede con accento texano: «Posso stringerle la mano, maestro?».

«Sì, ma solo se mi paga.»

Il tipo diventa tutto rosso, farfuglia qualcosa, fruga nelle tasche. «Quanto devo darle?» chiede con evidente imbarazzo.

Dalì scuote le spalle: «Basta un dollaro» dice guardandolo con ironia sbarazzina.

L'altro tira fuori dalla tasca un dollaro e glielo dà.

«Grazie.» Dalì gli stringe la mano. L'altro è sempre più confuso. Ringrazia, abbozza un inchino e se ne va.

Vedo spesso Dalì, ci diamo appuntamento al St Regis e andiamo a mangiare in ristoranti diversi. In genere ceniamo in tre, con un ospite differente ogni sera, spesso modelle. Poi ci lascia allo Studio 54, il locale in voga. Lui non va mai a letto dopo le undici. Gira sempre in limousine e beve ancora una tisana al tiglio dopo i pasti. Ma non è come a Parigi. Lì è di casa, il salotto rosso del Meurice è vasto e accogliente, più adatto al suo spirito bizzarro. Manca la coreografia, la sua corte parigina. Il silenzio nel salone, quando tutti sono andati via, il fruscio attutito dei passi sul tappeto, la luce velata del parco. Ma sono contenta di vederlo. La sua presenza mi rassicura, è un diaframma ironico tra me e l'America. Gli racconto come New York ha cambiato il mio gusto estetico. La bellezza dei getti di vapore che fuoriescono dall'asfalto delle avenue conferendo alla città un alone surreale. Lui annuisce.

Passiamo insieme un altro capodanno.

«*C'est déjà le deuxième jour de l'an qu'on passe ensemble, mademoiselle.*» Parlare francese fa parte della nostra complicità, è il nostro codice di comunicazione. Possiamo dire quello che ci pare. Gli americani non capiscono.

Strana storia la nostra. Il pittore e la sua non-modella. La nostra è una storia senza fretta, per questo è una storia antica. L'erotismo tra noi consiste nel darsi del tu dandosi sempre del voi. Tutto in lui è studiato, perché anche il piacere deve essere un capolavoro. Ed è un gioco puramente mentale, il perenne negare l'appagamento a un desiderio risvegliato con parsimonia e calcolo, secondo un sottile masochismo consapevole e compiaciuto.

C'è una durezza rituale in tutto questo, una disciplina iniziatica. Il suo erotismo ascetico mi ricorda l'ascetismo che caratterizza la mistica spagnola. Dalì non ha fede, tranne in se stesso. La sua forza consiste nel credersi un Dio. L'arte più vera la impiega nel coltivare il proprio mito. Con metodo, con cadenze sempre esatte, rituali. Ancora la Spagna, l'erotismo un po' mortifero delle corride. I tributi di sangue dell'Inquisizione. E un pizzico di decadentismo, ma con distacco e ironia. Il perfetto epicureo: sfrenato, ma con misura.

«Sono pazzo, salvo che non sono pazzo» mi dice strizzando l'occhio.

Brindiamo in un ristorante di vetro a Brooklyn Heights. New York è gelida, prigioniera di una tempesta di ghiaccio. Un pianista suona *Rhapsody in Blue* di Gershwin. Mi sembra che lo skyline di luci danzi con le note. Il vento dell'Atlantico soffia attraverso la pelliccia mentre esco dal locale. Dalì mi scorta alla limousine. Finiamo allo Studio 54. Una tempesta di finta neve mi avvolge sulla pista. Ballo e volteggio fino a stordirmi.

Irene

Sono seduta con Irene nel salotto di casa sua. Sta rollando una canna. Fuori è una fredda e limpida giornata newyorkese. Dalla vetrata vedo scintillare l'Hudson. Le sto spiegando che io entro nell'atmosfera della gente in modo immediato, ma questa facilità di assimilazione ha un costo psichico. Non è possibile sperimentare contemporaneamente svariate dimensioni. Bisogna scegliere dove e con chi stare, in che lingua pensare. In questo momento scrivo e penso in due lingue. Mi capitava anche a Parigi, in Germania, in Inghilterra. Ma qui il salto è ancora più radicale.

Irene annuisce, anche lei viene dall'Europa. Mi parla con gli occhi fieri fissi su di me, i lunghi capelli neri sciolti sulle spalle. Si sente una profuga, da Budapest a Roma, a Venezia, poi qui. Non ha radici, nulla a cui tornare. La sua famiglia è emigrata dall'Ungheria tempo fa, adesso è sparsa per il mondo. Per lei è più facile integrarsi. Io sto facendo un viaggio che ha un tempo definito. Non devo misurarmi con la realtà americana, non sto cercando un lavoro. Lei segue un corso di cinematografia alla NYU e si mantiene vendendo biglietti al St Mark's Theatre. È lesbica, qui ha trovato un gruppo gay in cui si è perfettamente inserita. Sta con una donna più grande, una manager divorziata che ha perso la testa per lei e la vizia. Le piace, la diverte il fatto che la sua donna sia dura negli affari ma con lei si sciolga come burro.

Le parlo del mio rapporto tormentato con Teo, con Tosca, che per me è un rifugio, una nicchia dove nascondermi. Secondo me i rapporti omosessuali sfociano spesso nel sadomasochismo.

«Anche gli altri» commenta lei. «Tutto dipende da come li vivi.»

«E tu come li vivi?»

«Io non m'innamoro più come prima. Non ne vale la pena.»

Irene è bella, ha ventiquattro anni, ma ha già una piega amara agli angoli della bocca. La sua era un'antica famiglia ungherese che dopo la guerra ha perso tutto, anche la lingua. Sua sorella vive a Parigi, sua madre a Roma. Il padre si è rifatto una famiglia e abita da tempo in Sudamerica.

«Vai d'accordo con i tuoi?» le chiedo.

Alza le spalle. «Certo, non li vedo mai» dice.

«E tua sorella?»

«La sento ogni tanto. È più grande di me, sposata con figli, fa una vita borghese.»

«Perché sei venuta a New York?»

«Ero stufa di Venezia. Troppo statica, provinciale. Tutti sanno tutto di tutti. D'inverno la gente passa il tempo a spettegolare o ubriacarsi.» Ha un attimo di esitazione. «E poi avevo una storia che è finita.» C'è una pausa mentre rolla un altro spinello.

«Qui la gente è diretta. Preferisco la brutalità americana all'ipocrisia degli europei. Almeno qui sai con chi hai a che fare. I patti sono chiari. E poi questo è un paese giovane. C'è spazio per tutti.»

Le chiedo che progetti ha per il futuro.

«Voglio diventare regista di cortometraggi.»

«Perché non ti trasferisci a Los Angeles?»

«Non mi piace. Troppo grande. E poi io detesto guidare. In fondo qui è un po' come a Venezia, si gira sempre a piedi.»

Lancia un'occhiata fuori dalla finestra. Intercetto il suo sguardo. Una ragazza nera sta litigando con un barbone sdraiato sul marciapiede. Da un negozio esce una donna monumentale ingombra di pacchi che la urta per caso. La ragazza si volta e la investe di insulti. Il barbone riprende a bere la sua birra, improvvisamente estraneo alla scena, quasi annoiato. Irene sogghigna, la piega si accentua agli angoli delle labbra.

«A New York ci sono meno americani grassi che altrove. È l'unica città in cui sono costretti a camminare» dice, e si avvia verso la cucina strascicando le gambe, la camicia che deborda sui pantaloni un po' larghi. «Secondo me sono geneticamente modificati. Il cibo sicuramente lo è.»

«Comunque mangiano troppo» dico, mentre la seguo in cucina.

«Però fanno anche molto sport» obietta lei.

«È vero che quando sono belli hanno corpi scolpiti come statue» ammetto, versandomi una tazza di tè.

Irene versa lo zucchero nel tè, mescola col cucchiaino. Lancia un altro sguardo fuori dalla finestra mentre si stira sulla sedia. Il grattacielo di fronte riflette la luce in lame di cristallo.

«Ti ricordi Ed e Alex?» mi chiede, lanciandomi un'occhiata obliqua. Annuisco. Me li ha presentati qualche sera prima. «Per loro il massimo è scopare maschi dominanti pieni di muscoli. È una questione psicologica. Un gioco di potere. Il fatto di metterli sotto li diverte. Dicono che in realtà sono i più docili.»

«Forse sono curiosi di cambiare prospettiva, vedere le cose dal lato opposto, sapere cosa prova una donna.»

«A te piace cambiare prospettiva?» mi chiede.

«Io riesco a cambiare prospettiva mentalmente. Il mio corpo è molto più limitato. Quando sono con Tosca è quasi come con un uomo, solo c'è maggiore intimità. Non c'è violenza. Con Tosca mi sento più a mio agio. Non ho paura. Ma il sesso delle donne non mi attrae. Non posso farci niente.»

«Capisco» annuisce. «A me invece le donne piacciono da sempre.»

«La tua famiglia come l'ha presa?»

«Non credo gliene freghi niente. Basta che salvi le apparenze quando li vedo.»

«Non hai nostalgia dell'Europa?»

«No. Non amo guardarmi indietro. Adesso sono qua. Sto bene, imparo un sacco di cose. Poi vedremo.»

A mani vuote

Trascorro l'ultima settimana a New York passando da un party all'altro. Incontro centinaia di persone. Mi ubriaco di fumo, coca, adrenalina. Ma è tempo di tornare.

Rientro a Milano a mani vuote, o meglio, a mente vuota. Mi sento in astinenza, come se mi avessero tolto una droga. Non so niente, non ho capito niente. Milano si muove al rallentatore. Una città industriale soffocante, senza fantasia.

Riprendo a vivere emotivamente e intellettualmente alla velocità di un turbo. Divoro tutto quello che incontro e questa velocità non mi dà requie. Rivedo Teo e Tosca. Continuo a frequentare Teo stancamente, nei miei viaggi veneziani e ogni tanto a Milano. Sta affondando progressivamente nell'alcol e nell'atmosfera rarefatta di Venezia. Penso che non amerò più nessuno come lui e Tosca, perché non è più quel tempo, quando avevo ancora tutto da dare. Li ho incontrati a una profondità come nessun altro. Non sarà mai più la prima volta. Per questo non riesco a lasciarli.

Tosca mi accetta come sono perché non ha scelta. Nessuno mi conosce come lei. Desideriamo le stesse cose in modo diverso. Traccia una specie di grafico: "Caterina: 50 per cento la tua bellezza, con la quale giochi solo quando non hai più altra scelta; 20 per cento la tua intelligenza; 25 per cento la tua insicurezza; 5 per cento la tua sicurezza".

«Tu sei molto furba» le dico.

«E tu sei molto bella. È questo che mi frega. Se tu fossi bella la metà di quello che sei, sarebbe tutto più semplice.»

Ribatto che la bellezza non c'entra, che anche lei è contraddittoria. Mi strappa la parola di bocca: «È inutile che ti nascondi, che fai l'intellettuale. Inutile che fai la dura. Tu sei dolce. Anche quando componi i numeri del telefono sei dolce. Il tuo seno è dolce. Il resto sono tutti concetti che ti hanno ficcato in testa e che con te non c'entrano niente».

Non è vero. Conosco il mio demone e mi fa paura.

Armin

Mia madre si è innamorata di Armin, un ragazzo tedesco che ha trent'anni meno di lei. Capelli biondo miele, occhi grigi con pagliuzze color ferro, bocca sensuale. Lui ha lasciato per la mamma una ragazza ventenne. Flavio è scomparso. Quando arriva un uomo nuovo, quello precedente è come se non fosse mai esistito. Vedendoli insieme la differenza d'età è palese, ma nessuno dei due sembra preoccuparsene. Lei è felice. Si amano come pazzi, lui le insegna la tenerezza. Per lei è una novità, i suoi amori sono sempre stati ferini.

La madre di Armin è svizzera e l'ha concepito con un ragazzo tedesco di dieci anni più giovane. Armin ha incontrato il padre una volta sola a Berlino, già adulto. Quando aveva otto anni, la madre ha sposato un italiano patito dello sport. Armin ha problemi col patrigno, un tipo rozzo e autoritario.

Si è trasferito a casa di mia madre a Forlì, lei va spesso a trovarlo. Trascorre settimane intere con lui e la gatta randagia che Armin ha raccolto dalla strada. La gatta ha partorito due gattini, scorrazzano dalla mattina alla sera intorno alla palma del giardino.

A volte passo con loro il weekend. Mi sento una vecchia zitella circondata dalla loro silenziosa euforia. Lui è più giovane di me, cerco di defilarmi per evitare qualunque intimità. Ma Armin non mi vede neanche, è gentile con me come con tutti. È totalmente preso da mia madre. Insieme stanno bene e tanto basta.

Un giorno le chiedo: «Scusa mamma, ma alla tua età puoi ancora avere orgasmi?». Scoppia in una risata, china il capo e si copre la bocca come una ragazzina. «Perché ridi?» chiedo, sentendomi stupida.

Lei alza il capo e si volta verso di me con occhi luminosi, si accarezza una ciocca ribelle, mi lancia uno sguardo tra il languido e il divertito, poi sussurra piano, quasi timida: «L'altro giorno lui mi ha detto: "Laura, forse è meglio smettere, magari ti fa male". Sai, quando vengo è come una fontana. Non smetto più».

L'armonia moderna

Si avvicina l'estate, i miei corsi stanno per finire. L'ordinario di letteratura tedesca mi invita a trascorrere le vacanze a Salisburgo. La mattina dovrei seguire un corso in tedesco sulla famiglia cristiana nel mondo d'oggi e il pomeriggio tradurre i concetti più importanti per gli studenti della Cattolica. Vedo sfilare mentalmente ragazzi brufolosi, seri, con gli occhiali.

Declino l'invito. Il professore si irrita, lascia trasparire il nervosismo: «Lei non ha agio interiore» mi dice.

No, non ce l'ho. Ho fame, ho sete, non ho agio. Ho nostalgia dell'Oberti, precedente titolare di cattedra, professoressa di estetica e letteratura tedesca, bruna, vitale, brillante, sempre con la sigaretta in bocca. È morta di tumore quando ero ancora studentessa.

Il successore viene da Filosofia, è cattolico giansenista, di letteratura tedesca sa poco. Durante un seminario è arrivato a dire che Bach ha inventato la polifonia, mentre è lui a concepire l'armonia moderna, senza la quale non ci sarebbero stati né Mozart né Beethoven. Non posso intervenire, controbattere.

Intanto gli studenti prendono appunti e imparano i suoi errori. La Cattolica mi soffoca, non farò mai carriera, non ho protettori e non m'interessano le astuzie diplomatiche. La mia testa è altrove. In Europa mi sento soffocare. Voglio tornare in America.

Manhattan

In agosto rientro a Milano e vado a trovare Achille, che ho conosciuto anni prima con Tosca, mentre preparavo la tesi di laurea. Gli dico che voglio tornare a New York, lui mi dà l'indirizzo di Paolo, un suo amico che abita di fronte a Central Park. La casa è un porto di mare, sempre piena di gente. L'ha arredata con mobili della Salvation Army.

Paolo mi ospita. Mi presenta i suoi amici, tra cui Camerani, un italiano che lavora alla Rai. Mi spiega che stanno mettendo a punto un programma sugli immigrati italiani e avranno bisogno di una giornalista che parli le lingue.

Con Paolo vedo Brooklyn e le chiese anabattiste dei neri, dove la gente canta, balla, si veste in modo colorato. La loro liturgia è una danza jazz, ben lontana dalle atmosfere rarefatte e contemplative delle chiese cui sono abituata. Andiamo in macchina su e giù per la città. Ceniamo nei ristoranti italiani di pesce con musica d'opera. Respiro la nostalgia di chi ha perso le radici. Ammiro i ponti di notte, la prospettiva dall'asfalto, la vertigine grigia delle strutture in acciaio, immobili dinosauri postmoderni. La città danza al ritmo delle macchine.

A Central Park conosco Congo. È un gorilla alto più di un uomo. Incrocio il suo sguardo triste, fiero. Immediatamente lo adotto. Ha una sua dignità, sembra un re prigioniero. Si muove per la gabbia con gesti lenti, eleganti. Non c'è più spazio per lui. Tutt'intorno la città ha fretta.

Black Jack

Ad Atlantic City passeggio sulle assi di legno del lungomare, l'aria dell'oceano sferza le narici. Il casinò è moderno come un supermarket, i tavoli da gioco sono circondati da slot machine. I croupier sono italiani.

«*Why are there so many Italians around the world?*» chiedo.

«*Because they fuck so much*» risponde una donna mentre raccoglie il piatto di *fiche*. La odio perché vince, mentre io perdo tutto tra le urla subumane di quelli che ogni tanto sbancano le slot machine, cascate di monete che precipitano.

Entro nella spirale del gioco, non riesco a smettere, come se la mia vita fosse tutta appesa lì, a quel tavolo. Poi mi dimenticherò anche come si gioca a Black Jack, non toccherò mai più una *fiche* in vita mia.

Non so esattamente quando succede. Forse il giorno del compleanno di Paolo, mentre sono seduta al tavolo di Black Jack. La nostra complicità aumenta man mano che perdiamo.

«Se siamo sfortunati al gioco siamo fortunati in amore» mi dice.

Un vecchio al nostro tavolo perde anche il biglietto di ritorno dell'autobus. La donna che vince sempre allunga le mani rapaci sulla posta. Il croupier di origine italiana continua a distribuire le carte impassibile. L'eco degli urli alle slot machine.

Usciamo dal casinò. Paolo mi stringe il braccio per consolarmi, sento una tenerezza di cui, nonostante la diffidenza, comincio a fidarmi. Guardiamo insieme la pubblicità di un elicottero in cima a una nuvola. Per strada, al ritorno, la sua mano che mi accarezza.

Gli amici partono e restiamo soli. New York scorre sotto gli occhi come un nastro fluorescente. Il mio compleanno, prima alla spiaggia, poi allo Xenon.

«Farei l'amore con te tutto il giorno.»

Il River Cafè, Brooklyn Heights, la statua di Dubuffet.

È tutto troppo veloce, ho paura, ho bisogno di uno stacco. Chiamo Faye, una cara amica che vive a Los Angeles da qualche anno. Devo partire.

Il 20 agosto vado con Paolo a mangiare dai coreani, nel ristorante di Macy's. Tento di spiegargli che non sono l'angelo che lui crede. Gli parlo di Tosca, lui obietta che devo lasciarla: «*Sex without anxiety*» dice.

Facciamo l'amore tutto il pomeriggio, fino alle sei. Poi in macchina verso l'aeroporto. Passiamo un'ora tra i *cargo building*. L'aereo per Los Angeles è in ritardo. I suoi occhi dentro i miei.

«Ti prego, non partire, cosa faccio senza di te? Passerò questi sette giorni a lavorare come un pazzo. Mi piazzo davanti al televisore con i popcorn.»

«Non mi tradire subito a L.A.»

L'aereo decolla. Starò da Faye dodici giorni.

Los Angeles

Faye mi accoglie sorridente all'aeroporto. Abita in una casetta a Doheny Drive, soggiorno, cucina, scala a chiocciola, due stanze da letto. C'è anche un pianoforte, sebbene non sappia suonare. Suono io per lei, che batte le mani estasiata.

Faye è sempre di buonumore. Le racconto di Paolo. Non capisco bene cosa mi è successo, mi manca. Per la prima volta mi sembra di avere incontrato un uomo, ha trentasei anni, è più grande di me. Ma in fondo non lo conosco. È un playboy che passa da una ragazza all'altra, non so se mi sono veramente innamorata di lui o solo dell'estetica del momento.

Paolo mi chiama tutti i giorni, cinque volte al giorno. Gli manco, mi racconta di New York, aspetta che torni. Faye sostiene che devo smetterla di comportarmi come una ragazzina romantica, devo fare un buon matrimonio, anzi, "un buon divorzio". Incontriamo i suoi amici attori e produttori, giriamo per Venice, Santa Monica, Hollywood Boulevard. Passiamo ore in macchina sulle freeway. La città è piatta, estesa, ai confini del deserto.

Una sera Faye mi porta a un party da Hugh Hefner, il direttore di "Playboy". Arriviamo in una sorta di villa/castello medievale con prato all'inglese davanti. Dentro si aggirano ragazze seminude e bellissime, uomini eleganti. Hugh Hefner è alto, magro, capelli bianchi. Si muove tra gli invitati con un bicchiere in mano in una specie di pigiama rosso. Faye mi presenta: «Questa è la mia amica italiana. Insegna letteratura all'università Cattolica di Milano». Non è vero, dovrei dire, ho lasciato l'università. In questo contesto la parola "cattolica" è incongrua. Lui mi guarda vagamente incuriosito. Fasciata da un vestito fucsia, mi sento fuori posto. Non ho l'aria dottorale.

Esploro la casa. Mi appoggio a una parete e improvvisamente esce un piccolo bar dal muro. Corridoi e camere dappertutto, una grande sala cinema. Perdo di vista Faye, mi ritrovo in una stanza piena di videogames. Mi siedo davanti a un monitor e comincio a giocare. Lo schermo mostra una macchina che si muove su un rettilineo. Manovrando i tasti ne controllo il percorso. Se sbaglio, la macchina esce dalla pista e si schianta contro il guardrail. L'effetto ottico è vertiginoso, mi proietta direttamente nello schermo. Intorno a me gli altri hanno gli occhi fissi sui video. Sono stanca. In fondo c'è una porta, la apro. Mi ritrovo dentro una piccola stanza quadrata senza finestre con le pareti e il pavimento di velluto rosso. La luce è morbida e diffusa. Il soffitto è a specchio. Faccio due passi e mi accorgo che il pavimento è un unico materasso. Apro un'altra porta. Questa volta sono dentro una stanza circolare in penombra. Il pavimento è un materasso morbido e tondo, nero come le pareti. Sul soffitto mi vedo riflessa da vetri fumé. Mi gira la testa, apro una porta laterale foderata di velluto nero, entro in un bagno nero rettangolare con una parete interamente a specchio. Da lì una specie di porticina segreta mi guida direttamente a una finta grotta con un laghetto interno che in realtà è un idromassaggio. È buio, l'unica luce che filtra viene dal corridoio che dà sul giardino. Mi spoglio, mi immergo nell'acqua che subito comincia a turbinare. Sulla parete di finta roccia vari pulsanti regolano la temperatura e l'intensità del massaggio. Penso che il kitsch sfrontato ed estremo è arte, più vero del vero. Penso alle finte palme di Los Angeles, accanto a quelle vere.

Penso al seno rifatto di Faye, di cui lei è fiera. L'acqua calda mi accarezza e mi porta in una specie di trance meditativa. Sento dei rumori. Mi accosto alla parete per non essere vista. Dal corridoio che dà sul giardino entra una coppia. I due si spogliano, scherzano, si immergono nell'acqua, iniziano a fare l'amore. Sento i gemiti attutiti dal frastuono dell'acqua, il piacere di lei che mi arriva a ondate, mi sommerge, mi entra nella pelle, mi riempie la testa. Sono addossata alla parete, molle.

Se ne vanno. Rimango sola, inebetita. Finalmente riesco a uscire dall'acqua. Mi rivesto. Esco sul giardino, cerco Faye, la sua risata fresca spazza via la vergogna, l'imbarazzo.

Faye

Faye è stufa di sentirmi parlare di Paolo, che non si fa vivo da due giorni: «Basta, smettila di essere così sentimentale. Cosa fa questo Paolo a parte scorrazzarti in giro per New York, bere e tirare coca? È il classico euro-trash, mantenuto dalla ricca mamma milanese».

«La mamma disegna gioielli, lui si occupa d'affari.»

«*Affari*?» Faye mi guarda divertita mentre traffica in cucina. «Vuoi dire che ogni tanto chiama un suo amico broker e gli chiede come investire qualche migliaio di dollari. E tu questo lo chiami fare *affari*?» Ora il tono è sarcastico. «Secondo me Paolo non ha neanche il tempo di lavorare» aggiunge implacabile. «È troppo indaffarato a mostrare New York alle ragazze come te, appena sbarcate dall'Europa in cerca di emozioni.»

Guarda la mia faccia china sul tavolo, si impietosisce del mio stato, modera il tono: «Tu sei un'ingenua. Sei simpatica per questo. Ma è ora che ti svegli, che tu capisca come funziona il mondo».

«Quindi secondo te ha incontrato un'altra. Per questo non chiama.»

Faye alza le spalle. «Questo non lo so, non sono un'indovina» ammette. «Dico che se ha incontrato un'altra, chi se ne frega. Tu sei bella, puoi avere tutti gli uomini che vuoi. Sei stata bene con lui, ti è piaciuto? Ok, va bene così, adesso lui non c'è e va bene lo stesso. Sono stufa di vederti con quella faccia, adesso chiamo un mio amico regista e ti organizzo un *date*.»

«No, ti prego, no. Non ho voglia di vedere nessuno.»

Faye mi lancia un'occhiata, gli occhi due lampi ironici violetti.

«Dimmi almeno perché sei partita. Ti piace un uomo e parti. Aspetta almeno che finisca.»

«Non so, avevo paura. Quando ho paura scappo.»

«Paura di che?»

«Di innamorarmi, di illudermi di nuovo.» Mi volto verso di lei, mi raggomitolo sulla sedia. «Ci sono due persone in Italia che non riesco a lasciare anche se non sono più innamorata. Ma le ho amate molto, per anni.»

Faye alza gli occhi al cielo: «Dio, come siete complicati voi europei. Passate metà della vita a rimuginare. Vi rimane poco tempo per vivere».

Guarda la mia faccia sconsolata: «Senti, forse il tuo Paolo è un po' meno complicato di te. Magari pensa che, se decidi di partire, forse non ti importa molto di lui».

«È vero, non è un comportamento molto logico.»

«E allora può darsi che esca con un'altra... così, per distrarsi. Non puoi pensare che tutti stiano sempre lì ad aspettare te.»

«Hai ragione.»

«Comunque adesso lo chiami, gli lasci un messaggio, voce tranquilla, mi raccomando. Gli confermi che torni martedì. E intanto stasera esci con Steve così ti distrai un po'. Guarda che è un tipo interessante. Fa il regista, il fratello è un fisico nucleare. Di origine russa. Non è un cretino.» Fa una pausa, ride, mi strizza l'occhio. «Lo so che a te non interessa, ma è pieno di soldi, il che non guasta mai.»

Sono seduta con Steve in un ristorante messicano. Mangiamo tacos e burrito. Steve ha capelli biondi corti, è scultoreo, sulla trentina, gentile. Sembra freddo come un alieno. Mi parla dei suoi film. Mi racconta che è divorziato e non ha figli. Abita a Venice. Ha una casa con giardino, idromassaggio e un letto ad acqua. Fa jogging e non fuma. Mi chiede se voglio andare da lui dopo cena.

«Grazie, preferisco tornare a casa.»

«Ma questo è un *date*.»

«*Date* è un termine che in Europa non esiste. Il fatto che esca con te non significa che abbia voglia di fare l'amore. Non è automatico. Io non ti conosco.»

«Da come parli, si vede che sei europea. Le donne americane sono diverse.»

«Diverse come?»

«Non so. Più semplici o forse più pratiche.»

«Senti, tu sei un regista. Sei giovane, carino. Il 90 per cento delle donne qui fa l'attrice o vorrebbe farlo. Non ho mai visto cameriere belle come a Los Angeles. Non penso che la compagnia ti manchi.»

«Evito di portarmi a letto aspiranti attrici. È troppo facile. E poi finiscono sempre per chiederti qualcosa.»

«Da questo punto di vista con me puoi stare tranquillo. Io non ho niente da chiederti e tra qualche giorno riparto per New York.»

«Sei curiosa?»

«Sì, molto.»

«Allora vieni a vedere la mia casa. Ti piacerà.»

«È vero che tuo fratello è fisico?»

Annuisce.

«Fisico nucleare.»

«Vai d'accordo con lui?»

«Siamo molto legati.»

«Parlate russo insieme?»

«No, siamo nati qui. I nostri genitori evitavano di parlare russo davanti a noi.»

«Peccato. Così avete perso una fetta di memoria.»
Mi guarda perplesso. Sorride.
«Non l'avevo mai considerato da questo punto di vista. Loro non avevano bei ricordi dell'Unione Sovietica. Era un paese che preferivano dimenticare. E poi in piena guerra fredda parlare russo non era ben visto.»
«È vero, non ci avevo pensato.»
C'è una pausa di silenzio.
«Giochi a scacchi?» gli chiedo a bruciapelo.
«Sì, ogni tanto con mio fratello. Sei brava a scacchi?»
«Brava no, ma mi piace.»
«Dove hai imparato?»
«In un castello in Germania dove andavo da ragazzina.»
«Certo che tu sei un tipo strano.»
«Non è che vuoi farmi credere che sono interessante.»
«Tu *sei* interessante.» Mi guarda con occhi di ghiaccio. È bello, ha i lineamenti tagliati col cesello. Deve avere un autocontrollo ferreo. Non scorgo debolezze, incrinature affettive.
«Prendi droghe?» gli chiedo.
«No, le droghe non mi interessano.»
«Io invece ogni tanto, sì. Le droghe sono importanti perché ci si estingue ridendo.» Sorrido. Porto il bicchiere di vino alle labbra. Lui beve solo acqua.
«Mi stai provocando. Ma a me non interessa estinguermi. In un certo senso sono un sopravvissuto. Almeno i miei lo erano.»
«Capisco. Scusami. In realtà parlavo tra me e me. Ogni tanto ho voglia di farmi male. A te non succede?»
«No, ho troppo da fare a evitare che me ne facciano gli altri.»
Arriva il conto. Ci alziamo. Steve mi propone di andare in un locale. Saliamo in macchina. Di nuovo scivoliamo sulle freeway. Le distanze sono enormi. Arriviamo al locale. Un energumeno mi chiede la carta d'identità. Non ce l'ho. Non vuole farmi entrare perché servono alcolici.
«Ma io ho ventisette anni.»
«Questo lo dice lei. Se per caso ne ha meno di ventuno, io passo dei guai.»
Steve interviene, ma non c'è niente da fare.
Finiamo da un suo amico che ci propone un idromassaggio

tutti insieme. Mi infilo l'accappatoio. Entriamo in una vasca circolare nel giardino. Loro scherzano, ridono. Io mi abbandono al massaggio, guardo le stelle nel cielo.

La notte è mite. Il clima perfetto.

Venice

«Come è andata con Steve?» mi chiede Faye il giorno dopo.

«Bene, è simpatico.»

«Ti ha portato a casa sua?»

«No, siamo andati da un suo amico, abbiamo finito la serata con un idromassaggio.»

«Avete fatto l'amore in tre?»

«No. Dopo la jacuzzi Steve mi ha riportato a casa.»

«Ah. Gli hai parlato di Paolo?»

Scuoto la testa: «Paolo non l'ho nominato».

«Hai fatto bene.»

Finalmente Paolo chiama. È domenica, la voce un po' alterata, distante: «Come va, piccola?».

«Bene, e tu?»

«C'è un party domani da Camerani. Vieni?»

«Non so se riesco a cambiare volo. Ci provo e ti faccio sapere.»

«Divertiti, piccola. Ci vediamo presto.»

Ho una sensazione vaga di allarme. Chiamo l'aeroporto, ma tutti i voli sono pieni. Posso solo anticipare di un giorno. Anticipo. Richiamo Paolo, ma non c'è. Decido di fargli una sorpresa.

Telefona Steve. Mi propone una passeggiata a Venice. Mi passa a prendere. Il lungomare è pieno di ragazzi in calzoncini e maglietta che fanno jogging, girano su pattini e monopattini, suonano, vendono souvenir. Palme, graffiti, gente che nuota o fa surf sulla spiaggia. Quasi tutti giovani, tranne qualche vecchio hippie che vende collanine o magliette.

La casa di Steve è quasi sulla spiaggia, circondata da un giardino. È grande, tutta di legno. Steve mi mostra la sua stanza, col letto ad acqua ricoperto da lenzuola blu. Mi sdraio, mi giro. La sensazione è nuova, come sprofondare ed essere sospesi nello stesso tempo.

Sentiamo un rumore fuori. C'è un barbone che russa in giardino.

«Chissà come avrà fatto a entrare» dice Steve.

Va in cucina. Gli prepara un frullato di frutta, aggiunge delle vitamine. Glielo porta. «Tieni, questo ti farà bene» dice porgendoglielo.

Il barbone apre un occhio, solleva la testa: «Voglio un po' d'alcol» borbotta e ripiomba nel sonno.

Io e Steve torniamo in salotto.

«Non sopporto gli alcolizzati» dice lui. «Mio padre beveva. È morto di cirrosi.» Lo guardo.

«È per questo che non bevi?»

«Anche. Non sopporto il modo in cui l'alcol toglie agli uomini la propria dignità. Alla fine non riesci a evitare il disprezzo per chi beve.»

«Ti senti in colpa perché disprezzavi tuo padre, vero?» Mi fissa. Non parla. «Non potevi farci niente. Non sopportavi la sua debolezza perché era una ferita scoperta. Vedevi la tua ferita in lui. Il dolore in un altro è difficile da sopportare. Forse ci si riesce meglio a distanza. Ti coinvolge di meno.» M'interrompo di scatto. Mi volto verso di lui. «Scusami, forse non dovrei parlarti così. Io dell'alcol so poco, ma il mio fidanzato beveva. L'ho visto cambiare, abbruttirsi, perdere la leggerezza, la velocità mentale, il senso del confine, l'umorismo. Tutto.» Guardo per terra. Rialzo la testa. «Alla fine non lo amavo più e non riuscivo a lasciarlo. Sono dovuta partire.»

Strisce di luce dorata filtrano dagli alberi del giardino attraverso i vetri spalancati. Steve si alza, va in cucina, prende dell'acqua, due bicchieri. Torna. Sento lo scricchiolio dei passi sul parquet.

«Tieni» dice. Bevo un sorso. «Tu sei un tipo strano. Sembra che vivi nel tuo mondo, poi d'un tratto precipiti giù e salti tutti i passaggi comunicativi. Parli come se ci conoscessimo da anni.»

«A volte è così anche se ci si frequenta da poco. Quando il tempo accelera non importa.»

«Com'è che il tempo accelera secondo te?»

«Questo non lo so.» Rido. «Magari tuo fratello fisico saprebbe spiegarlo meglio. Io non sono una scienziata. Neanche una filosofa. Però ogni tanto succede.» Lui si siede vicino a me, mi sfiora la mano, sorride. Per un po' stiamo così, seduti, a guardare le chiazze di luce verso il giardino.

«Andiamo a vedere come sta il nostro ospite?»

Il barbone è sempre addormentato, steso sull'erba nel retro della cucina, jeans laceri, camicia a scacchi, capelli lunghi impregnati di polvere. Emana un odore forte e un po' rancido. La barba si solleva leggermente al ritmo del respiro. Russa, ma ha l'aria pacifica. Lo lasciamo dormire.

Dopo

«Hai fatto l'amore con Steve?» Faye è in piedi, appoggiata alla finestra, le mani nei jeans. «Perché me lo chiedi?» «Allora l'hai fatto. E com'è?»

La domanda mi irrita. Non rispondo. Non so spiegare quello che è successo. Era tutto chiuso in quella stanza, in quel momento. Le ombre delle foglie riflesse sul soffitto. Il soffio della sera, i contorni che sfumano. Il barbone fuori, unico elemento umano nel poster patinato di Venice. L'imprevisto. L'alcol mi ha sempre diviso, ora è il filo conduttore. Più che l'alcol in sé, la sua ombra. Il carico di solitudine che trascina. Ci riconosciamo nella complicità di chi è escluso, per scelta o per costituzione. Sia Steve che io siamo attaccati alla vita. Abbastanza da non franare. E così franiamo l'uno sull'altro. La mano di Steve mentre mi stringe il polso, le mie dita che si aprono. Da fuori sento il lento respiro del mare tra i suoni ovattati della strada. Il tempo scorre, si tuffa nel sangue. Non importa quello che verrà dopo.

Domani rivedo Paolo. Il resto non conta.

Ritorno

Detesto i saluti. Il sole fuori mi abbaglia, mi rifugio nel fresco dell'aeroporto. Faye mi riempie di raccomandazioni: «Se hai bisogno di qualcosa, qualunque cosa, chiamami. Se ti stufi di New York o le cose vanno storte, qui sei sempre la benvenuta».

L'abbraccio. Salgo sulla scaletta e poco dopo sono di nuovo sospesa nel cielo, dentro una nuvola. Viaggio a ritroso nel tempo. A New York sono tre ore prima rispetto a Los Angeles. Mi piace la sensazione di libertà dell'aereo. Fuori dai fusi orari. Appoggio la testa sullo schienale, lascio che i pensieri scorrano. Tra cinque ore sarò a New York.

Fuori dal JFK mi arriva una ventata di afa. È tardo pomeriggio, l'asfalto trasuda calore. Salgo su un taxi, do l'indirizzo di Paolo. A quest'ora in genere è a casa, altrimenti aspetterò. Voglio sorprenderlo, vedere sul suo viso un'espressione che non ha potuto preparare.

Entro nel palazzo, saluto il portiere, salgo, suono il campanello. Aspetto. Per un po' non sento niente, poi passi furtivi, una porta che sbatte. Ancora silenzio. Passi strascicati. Attraverso la porta mi arriva la voce di Paolo: «Chi è?».

«Sono io, Caterina.»

La porta si apre. Paolo indossa un accappatoio a righe, mi guarda come se vedesse qualcuno da un altro pianeta.

«Ciao.» Ha un attimo di perplessità. «Ti aspettavo domani.»

«Sono tornata un giorno prima. Volevo farti una sorpresa.»

Intravedo un'ombra scivolare da una stanza all'altra in fondo al corridoio. Di colpo mi zittisco. Mi si raggela il sangue.

«Chi è quella ragazza?» chiedo.

«Niente, è un'amica che ospito per una notte.» Guarda il mio bagaglio. «Entra. Sarai stanca.» Indica il soggiorno.

Di colpo è tutto chiaro. Non farò mai più sorprese. Entro e mi accascio sul divano.

«Quella ragazza è la tua amante.» Lo guardo calmissima. Lui si è seduto a gambe incrociate davanti a me, sul tappeto. Ha la barba lunga, gli occhiali tondi, la sigaretta in bocca. Si versa un bicchiere di whisky. Sospira.

«Perché sei partita? Sei tu che sei voluta partire.»

«È vero. Avevo bisogno di uno stacco. Volevo capire. Ho capito.»

«Cos'hai capito? Non c'è niente da capire. Io con te stavo bene, ero felice. Eri la mia regina. Se fossi rimasta non sarebbe successo. Ti ho implorato di restare. Niente.» Aspira una boccata dalla sigaretta. «Vieni qui, vicino a me.» Non mi muovo. Sono rigida come un sasso. Si passa una mano tra i capelli. «Mi mancavi. Poi è cambiato.» Fa un gesto nell'aria, come a cercare qualcosa che non trova. «Tu non c'eri. E io non so stare solo.» Si china, mi guarda, i capelli arruffati, scomposti. «Lei non importa, non importa chi è. Non conta.» Beve un sorso di whisky.

Mi alzo, giro per la stanza. Guardo gli oggetti. Li riconosco. Mi risiedo. Il furore mi paralizza. Non riesco ad articolare. Lui continua a parlare, mi spiega. Il tempo si dilata, accelera, precipita su se stesso con apparente casualità. Paolo d'un tratto è un estraneo. Sento una fitta al torace, vorrei essere ovunque tranne lì, inchiodata alla poltrona, paralizzata, caparbia. Il mio silenzio lo rende aggressivo, sente che ci siamo perduti.

«In realtà non sei innocente come vorresti far credere» mi dice. «E poi, in fondo sei lesbica.»

La frase mi arriva come uno schiaffo. Paolo mi ritorce contro la storia con Tosca che gli avevo confidato. Quando lo sentivo vicino ed era un amico, un fratello. Mi fidavo di lui.

Mi alzo di scatto. Vado in cucina e chiamo Tosca. Le dico che è tutto finito, che non saremo mai più amanti, che non l'amo più. Sento la sua voce spezzarsi dall'altra parte dell'oceano. Mi volto, rompo una bottiglia contro il lavello. L'acqua inonda la stanza. Prendo un pezzo di vetro e mi chiudo in bagno. Decido di recidermi, tagliarmi il sesso. Così non potrà più farmi male. Abbasso i jeans, le mutande, mi siedo sulla tazza. Mi tremano le mani. Afferro il vetro della bottiglia e lo premo con forza contro la pelle nuda in mezzo alle gambe. Sento una fitta, un dolore acuto, sulla coscia scorre un rivolo di sangue. Ho paura, il dolore mi toglie il fiato, mi distrae dalla nube che mi avvolge. Tampono la ferita, rinfilo i jeans. Esco in corridoio, mi precipito per le scale lasciando valigia, borsa, tutto.

Attraverso la strada di corsa, entro a Central Park, vado allo zoo, cerco Congo. Sta accovacciato in fondo alla gabbia. Si alza, ondeggia dall'alto della sua statura, afferra le sbarre e mi fissa. Gli parlo a lungo, certa che lui mi capisca. Gli dico che non seguo più la sequenza degli eventi. Io a Los Angeles, Paolo a New York. È un film che mi sfugge, ho perso il filo anche di me stessa. Mi ascolta immobile, lo sguardo triste e fiero. Gli dico tutto quello che non riesco a dire a Paolo. Che non ha nessun senso dirgli. Le parole sono recriminazioni inutili. È stato un sogno, una fuga, spezzoni di acido. Il Paolo che ho immaginato non esiste. Era una proiezione di coca, Quaalude e bevande varie.

Neanch'io esisto. Non so più dove sono. Sento solo una furia terribile dentro che travolge tutto facendomi dimenticare anche la paura, le precauzioni più elementari.

Passo la notte a Central Park, sdraiata su una roccia in un'ansa del laghetto. Mi sveglia un portoricano con occhi allucinati, non so se per il caldo o alterazioni chimiche. «*I want to suck your tits*» mi dice e si avvicina alla roccia.

Balzo in piedi e fuggo come una lepre per il parco, in mezzo ai mattinieri che fanno jogging in tuta, sempre col portoricano dietro. Corro finché non ho più fiato. Mi volto, è sparito. Sono riuscita a seminarlo.

Torno allo zoo. Guardo l'orso polare, bianchissimo, che nuota su e giù nella vasca d'acqua trasparente. Penso ai tonni che risalgono i fiumi prima di andare a morire, mi chiedo che cosa ci faccio a New York.

I grattacieli attorno a Central Park sembrano aver partorito una foresta. Devo andarmene dalla casa di Paolo. Non voglio passarci neanche una notte. Ma voglio restare a New York. L'idea di rimettere piede a Milano mi terrorizza, sarebbe come ammettere la sconfitta.

Mi faccio forza e torno da Paolo. Mi chiede dove sono stata. Fuma, sta ascoltando Chaikovskij, il concerto no. 1 per pianoforte e orchestra che aveva preso per me. Ora sembra tutto patetico, kitsch. Mi fa male vederlo. Cerca di essere tenero, non ci riesce e allora mi aggredisce. Mi dice che ci sono altre donne. Io sono di ghiaccio. «È finita, non c'è niente da fare» commenta. «Ma voglio lo stesso che tu sia felice a New York.»

Aveva ragione Faye. È superficiale, ma non è cattivo. Lo vedo nella sua statura ridotta e ciononostante mi fa ancora male. Sono esausta, umiliata, piena d'ira. Ogni tanto sento un bruciore in mezzo alle gambe, ma cerco di non pensarci.

Sally

Il loft è lungo e bianco. Pareti, soffitto, pavimento, tutto ha lo stesso riflesso latteo. Alle pareti ci sono tele di formato diverso con colori luminosi. Figure, paesaggi. Sally mi viene incontro sorridendo. Dall'altro capo del loft sento la sua voce prima ancora di vederla. Pensavo fosse meno giovane. È minuta, di media statura, porta i capelli sollevati da un lato. Indossa jeans e una maglietta con macchie di colori diversi sovrapposti. «Accomodati» dice.

Poso la valigia e la seguo nell'angolo della cucina. Lo spazio del loft è suddiviso da paraventi. Beviamo un tè.

«Trish mi ha detto che hai bisogno di un letto per un po'. Puoi stare qui senza problemi. Spazio ce n'è. La sera lavoro fino a mezzanotte in un bar all'angolo, altrimenti sono quasi sempre a casa. Le chiavi sono lì. Se ti va, ogni tanto puoi farmi da modella. Ma solo se ne hai voglia. Non devi sentirti obbligata. È la prima volta che sei a New York?»

Faccio cenno di no col capo.

«È la seconda. Ma la prima era una pura vacanza e mi sembrava tutto più facile.»

«Stai cercando lavoro?»

Le spiego che ho conosciuto un tipo che lavora alla Rai. «A ottobre apriranno un nuovo notiziario per immigrati italiani.»

«Hai mai fatto giornalismo?»

«No, insegnavo all'università. Ma ora me ne sono andata. Ho tagliato i ponti con Milano.»

«Vuoi trasferirti a New York?»

«Sì, ma non è facile avere il permesso di soggiorno. Se mi assumono alla Rai me lo danno automaticamente.»

«Che probabilità hai che ti prendano?»

«Mi hanno proposto loro questo lavoro. Hanno detto che mi chiameranno appena possibile.»

Sono contenta che Sally non mi chieda di Paolo. Può darsi che Trish le abbia accennato qualcosa, ma non mi sento di parlarne. Sta iniziando per me il periodo più difficile, non devo guardarmi indietro.

Lorenzo

Chiamo Faye, le racconto quello che è successo.

«Lo sapevo» dice. «Quello è un tipo da lasciar perdere. Qui sai che puoi tornare quando vuoi. Steve ha chiesto di te.»

«Salutamelo.»

I giorni si trascinano. Telefono al tipo della Rai, ma è ancora presto per avere una risposta. Nel frattempo ho delle emorragie. Mi faccio visitare da Ed, l'amico di Irene, che è medico. Mi dice che c'è un'infezione. Devo farmi ricoverare per togliere la spirale. Subito. Mi ricoverano il giorno dopo nell'ospedale dove lavora lui.

Mentre aspetto notizie dalla Rai, giro per la città e fotografo strade, grattacieli, persone. Riempio rullini di immagini. Mi perdo nei vari quartieri. Little Italy, Chinatown, Tribeca, Soho, dove vive Sally. Soho è piena di gallerie d'arte. Sally abita a Spring Street. All'angolo con Broadway compro un vecchio cappotto di lana. Comincia a fare freddo.

Chiama Lorenzo, uno degli amici di Paolo. L'ho conosciuto in casa sua. Sulla cinquantina, fotografo e organizzatore di safari, Lorenzo ha passato quasi tutta la vita in Africa. Ora è a New York con la moglie, ha appena pubblicato un libro. Mi spiega che il suo editore ha organizzato una mostra delle sue foto. Vuole invitarmi all'inaugurazione, ma la voce è strana, un po' imbarazzata.

«Che c'è?» chiedo.

«Niente. Io sono sempre felice di vederti, ma ci sarà anche Paolo. Non so se ti va di incontrarlo.»

Sento una fitta allo stomaco, ma faccio finta di niente.

«Non c'è problema. Ormai è una storia chiusa.»

La mostra è in una galleria uptown. C'è un sacco di gente

elegante che si aggira chiacchierando e sorseggiando bibite. Intravedo Lorenzo e Mirella che intrattengono gli ospiti. Li saluto con un cenno e proseguo il mio giro esplorativo. Prendo un sandwich e salgo al piano superiore reggendo il bicchiere in mano. Entro in una lunga sala. Guardo le foto. Arriva Lorenzo e mi presenta una coppia. Lei è una miliardaria venezuelana, lui è un designer di moda gay. Saluto, annuisco, sempre col bicchiere in mano. Un amico di Lorenzo lo trascina via. Mi faccio strada tra la folla che continua ad affluire.

A un certo punto, in un angolo, vedo Paolo. È elegante e disinvolto come sempre.

Sta parlando all'orecchio di una ragazza, la tiene per mano, le sorride con aria complice. Lei è sottile e slanciata, capelli corti, un viso dall'ovale perfetto, grandi occhi scuri, naso dritto, bocca carnosa ben modellata.

Sento una corrente gelida attraversarmi le ossa fino alla punta delle dita. Lei si appoggia a lui, che la guarda e le parla come parlava a me, complice. È bella. Sono una bella coppia. Li sto osservando come un ladro che ruba un'immagine. Mi sento brutta, goffa nel mio cappotto troppo grande. D'un tratto vorrei scomparire, essere a mille miglia da lì, non esserci. Annaspo col bicchiere ancora in mano, mi allontano. Qualcuno mi afferra il braccio. È Lorenzo.

«Chi è lei?» chiedo.

«Letizia, la figlia di Camerani. È appena arrivata dall'Italia.»

«Stanno insieme, vero?»

«Paolo s'innamora di tutte le ragazze giovani approdate a New York in cerca di avventura. Così almeno crede. Lui vive dei momenti che s'inventa. Dovresti saperlo.»

«Sì. Ma quando li inventa sembrano reali.»

«In quel momento lo sono. A suo modo è sincero. Solo non si rende conto di vivere in perenne stato di alterazione. L'amore non c'entra. Semmai è una nevrosi.»

«Però lo rende felice.»

«Credi?» fa Lorenzo, e il sorriso gli s'illumina dolce e un po' canzonatorio. «Andiamo via di qua, c'è troppa gente per i miei gusti.»

«Non è un problema se te ne vai dalla tua mostra?»

«No, Mirella è molto più brava di me nelle pubbliche relazioni. Anzi, quando si tratta di fare affari, è più a suo agio se io non ci sono.»

Lorenzo mi porta a Tompkins Square Park, downtown, nell'East Village. Emigrati russi e ucraini giocano a scacchi seduti sulle panchine.

Molti hanno il bavero sollevato. Qualche ragazzino corre per i viali. Intravedo un bar di là dalla strada. Tavolini di legno, luce soffusa.

«È un bar italiano» dice Lorenzo.

Ci accoglie una musica nostalgica mentre entriamo. Sui tavolini sono appoggiate delle scacchiere.

«Agli immigrati dell'Est piace giocare a scacchi mentre bevono un cappuccino.»

Ordiniamo due cheesecake e due cioccolate con panna. Un'ondata di calore mi attraversa il corpo.

«Quanto tempo è che stanno insieme?» chiedo.

«Non so esattamente. Circa due settimane. Da quando lei è arrivata.»

Penso a quello che è successo a me nelle ultime due settimane. Praticamente quasi nulla.

«Dove abiti ora?» chiede Lorenzo.

«Sto da Sally, una pittrice, a Soho. Aspetto il lavoro di intervistatrice alla Rai. Dovrebbero chiamarmi a giorni.»

«Non ti chiameranno» dice Lorenzo. «So che non ti farà piacere, ma devi saperlo. Quel lavoro lo daranno a qualcun altro. Devi cercare altrove.»

«Perché? Me l'hanno offerto loro.»

«Loro chi?»

«Camerani. È stato lui a presentarmi il tipo della Rai che mi ha proposto le interviste.»

Lorenzo scuote la testa.

«Il tuo lavoro sarà dato a un'altra persona.»

«Chi?»

«Letizia, sua figlia.»

Non ci posso credere. La stessa ragazza prende il mio ragazzo e il mio lavoro. È come essere estromessa dalla mia storia.

«Anche Letizia parla quattro lingue?»

«No, lei non ha nessuna qualifica universitaria, parla a malapena un po' d'inglese.»

«Ma allora perché?»

«Semplicemente perché è figlia di Camerani, che all'interno della Rai ha un certo potere.»

«Credevo che in America il nepotismo non esistesse» dico.

«Non puoi essere così ingenua.» Lorenzo mi guarda con tenerezza come se fossi una bambina. «Ascolta. La storia di Paolo con Letizia non durerà, nessuna delle sue storie può durare. Però avrà il tuo lavoro, almeno nominalmente. Non credo sia in grado di intervistare nessuno. Ma tu devi cercare da un'altra parte. Hai tutti i numeri per farlo. Perché non provi alla NYU, oppure alle Nazioni Unite?»

«Mi sembra una buona idea. Ci proverò.» Deglutisco a fatica un boccone di torta.

Lorenzo mi scruta in silenzio e aggiunge: «In realtà tu hai sempre saputo com'è Paolo».

«Cosa te lo fa pensare?»

«Il fatto che sei partita per Los Angeles. Gli hai scombinato i piani. L'hai fatto uscire anzitempo dalla nuvoletta del suo sogno. Paolo senza sogni non sa esistere. Come senza l'alcol e la coca. I suoi amori sono sempre conditi con svariate sostanze stupefacenti. Contro cui non ho nulla, beninteso, ma abusarne non facilita la comunicazione col mondo. Lo sapevi benissimo e infatti sei partita.»

«Può darsi che tu abbia ragione» ammetto. «Ma questo non attutisce il colpo.»

«Non credo fosse tua intenzione attutirlo. Tu volevi farti male e ci sei riuscita perfettamente.»

Lo guardo stupita e confusa: «Ma perché secondo te vorrei farmi male?» chiedo.

«Questo non lo so. Vedo gli effetti, non conosco le cause.»

«Io non sono masochista» dico. «Non mi diverto a farmi male.»

«A livello conscio senz'altro. Ma forse una parte di te vuole punirsi per qualcosa. Non credo alle coincidenze.»

«Non sempre le coincidenze dipendono da noi. Io non sapevo che sarebbe arrivata Letizia.»

«Questo non lo sapeva nessuno. Ha deciso di venire all'improvviso perché a Roma si annoiava.»

«Capisco» commento sarcastica.

«Ascolta» ora Lorenzo mi guarda dritto negli occhi, «in questo momento sembra che *tutto* debba andare per il verso storto. Ci sono periodi così. Ma tutto ha un termine. E in gran parte dipende da te. Tu sei diversa da Paolo, da Letizia. Senti le cose in modo più profondo. Questa è una ricchezza. Ma è anche un'arma a doppio taglio. Può renderti vulnerabile.» S'interrompe e mi fissa, l'azzurro acceso degli occhi contornato dalla nuvola bianca dei capelli. «Devi capire quello che vuoi, perché in ogni caso non è Paolo. Impara a guardarti dentro. Con calma. Puoi scoprire cose molto interessanti.»

Fuori è scesa la sera sul parco ormai deserto. Al tavolo accanto sono seduti due ragazzi. Una giovane coppia si alza, paga il conto e se ne va. La scia della musica li segue per strada. Sento una folata di vento investirmi dalla porta. Lorenzo mi accompagna a casa, percorriamo a piedi il West Village, tra le bancarelle e i negozi accesi di luci. Camminano tutti come se le strade di New York fossero un'enorme pista, un'arena sportiva. Serpenti d'acciaio si snodano verso il cielo.

Lorenzo mi dà un buffetto sulla guancia. «Rimango ancora due settimane. Fatti viva. Fammi sapere come stai» dice.

Apro la porta mentre la sua figura dinoccolata scompare dietro l'angolo, le mani affondate nelle tasche del giaccone.

Slittamenti

Sono le undici e sono ancora a letto. Ho di fronte le lettere luminescenti della sveglia. La mia cattiva coscienza. Alla NYU non mi hanno preso. Non posso insegnare letteratura tedesca perché sono italiana. Vogliono una laureata madrelingua e non ho credenziali per insegnare italiano. Alle Nazioni Unite mi hanno chiesto tre lingue diplomatiche: l'inglese e il francese vanno bene, ma occorre una terza lingua. Il tedesco e l'italiano non sono considerate lingue diplomatiche. Posso scegliere tra spagnolo, russo, arabo e cinese. Decido di prendere lezioni di spagnolo da un'insegnante privata messicana. Dopo dieci lezioni smetto. Sto finendo i soldi.

Chiamo mia madre, prelevo cinquecento dollari da una banca affiliata a quella dove mio padre ha un conto. I miei non capiscono cosa stia a fare a New York. Mio padre è furioso perché ho lasciato il lavoro secondo lui prestigioso alla Cattolica. Mi secca chiedere soldi ai miei, ma non ho voglia di fare la cameriera. Mi sento una bambina viziata. Non riesco a reagire. Lavorare qui richiede una competitività che non ho. Ogni colpo, ogni rifiuto mi fa perdere forza, fiducia in me stessa.

Mi rifugio nel cibo. Comincio a divorare tutto quello che mi capita sotto gli occhi. Popcorn, hot dog, cheesecake, cioccolata. Qualunque cosa. Cerco di controllarmi, ma non ci riesco. Sono anche gonfia perché non ho più il ciclo da quando mi hanno tolto la spirale. Mi nascondo sotto ampi maglioni, giro avvolta nel mio cappotto. Passo sempre più tempo con Sally. Ormai le nostre sedute di posa sono un rito. Lei mi dipinge, io parlo, mi sfogo, le racconto le mie impressioni sulla città. Lei mi chiede come ho passato la giornata e io enumero i miei giri a vuoto, i miei deboli tentativi di trovare un lavoro, senza determinazione, senza grinta.

Filadelfia

Un giorno viene a trovarci un amico di John, il compagno di Sally. Si chiama Nir, è un israeliano trapiantato a New York. I suoi vivono a Gerusalemme. Anche lui lavora nel negozio di elettronica, ma in realtà è uno spacciatore di coca. Sally e John con lui sono molto gentili, del resto Sally è gentile con tutti. Nir arriva con una bustina, la apre e prepara delle strisce. Istintivamente sono diffidente, c'è qualcosa in lui che non mi piace, mi sembra un po' volgare e invadente. Ma loro lo trattano come un amico di lunga data.

Beviamo, fumiamo, chiacchieriamo, tiriamo. La coca è ottima, piccoli cristalli mi pizzicano il naso, in gola sento un retrogusto amarognolo. Mi arriva un'ondata di calore ed euforia. Nir continua a parlare, l'atmosfera è rilassata. D'un tratto non è più un estraneo, sento con lui una grande confidenza, mi sembra brillante, interessante, perfino sexy.

Torna spesso a trovarci, sempre con una bustina di coca. Comincio ad associarlo alla coca e al benessere che mi dà, anche se dopo il down mi rende ancora più depressa. Appena arriva, inizio a tirare e subito mi sento meglio. Non è la prima volta che tiro, ma è la prima volta che la coca diventa un'abitudine. È anche l'unica cosa che blocchi la mia fame vorace.

Nir mi racconta di Gerusalemme, dei tramonti rossi, del cimitero accanto al campo di ulivi, dei canti del muezzin. Dice che vuole portarmi a Gerusalemme a conoscere i suoi genitori. Dentro di me sorrido, in realtà so che con lui non ho nulla a che spartire. Ogni volta che arriva all'inizio lo trovo sgradevole, poi dopo qualche tiro mi sento perfettamente a mio agio.

Una sera usciamo tutti e quattro, mangiamo in un ristorante cinese, poi andiamo ad ascoltare musica salsa e finiamo a casa di Nir a tirare. Siamo accovacciati su dei divani intorno a un tavolino, la luce è bassa e c'è musica in sottofondo.

Sally mi sussurra all'orecchio: «So che piaci a John. Se vuoi fare l'amore in tre non ho nulla in contrario».

La guardo senza replicare, la delusione mi chiude la gola. Sally è l'unica amica che ho a New York, una città dove a nessuno importa di me, dove non ho legami affettivi. Lei per me è diventata una sorella. Avevo evitato in tutti i modi che si accorgesse delle avance di John. Volevo proteggerla. Non mi frega niente di lui, ma di lei sì. Non riesco neppure a immaginare di fare l'amore con Sally e con John. Paradossalmente l'unica persona che sento vicina adesso è Nir.

«Non voglio tornare a casa stasera» gli dico.

«Io parto stanotte per Filadelfia. Domani si sposano due miei amici. È un matrimonio ebraico. Perché non vieni con me? Ti piacerà.»

Accetto. Salutiamo Sally e John, andiamo alla stazione, partiamo, sempre dopo avere tirato svariate strisce di coca. Passo la notte in treno abbracciata a lui. Arriviamo a Filadelfia senza aver dormito un istante, ogni mezz'ora circa una striscia di coca. Lampi di cristallo.

Filadelfia è fredda e piena di sole, più morbida di New York.

Andiamo alla sinagoga, ci sediamo tra le file degli invitati. La sposa mi sembra bellissima, i capelli raccolti, riccioli castani pieni di fiori. Sto vivendo un sogno, come fossi io a sposarmi con Nir. Gli stringo forte la mano, sento con lui un'intimità fortissima.

Gli sposi bevono da un bicchiere e poi lo frantumano, i vetri si spargono in terra. Una vampata di erotismo mi fa arrossire violentemente. Sono turbata e commossa, saluto gli altri invitati come facessi parte della loro famiglia, li seguo al ricevimento, festeggio con loro.

Poi da sola in albergo con Nir. Ci amiamo furiosamente tutto il giorno e la notte. Lui mi dice di non esagerare con la coca, ma per me è un riflesso condizionato, appena vedo le strisce sento l'adrenalina che mi scorre nel sangue. Nir mi parla dei suoi progetti, vuole costruire la sua casa a Gerusalemme, vuole dei figli da me. Lo ascolto come se lo conoscessi da sempre. Finché non crolliamo addormentati l'uno nelle braccia dell'altra.

Il risveglio è una doccia fredda. Una striscia di luce filtra dalle tapparelle socchiuse. Guardo la schiena di Nir. Non mi piace la consistenza della sua pelle. Non mi piace il suo odore. Non mi piace la piega un po' molle agli angoli della bocca, non mi piacciono le mani tozze. Sono furiosa con lui e soprattutto con me stessa. È calato un velo opaco tra me e l'ambiente che mi circonda. Detesto questa stanza. Vorrei scappare ma non so dove sono. Non conosco il territorio. Sento una fitta di panico. Ho perso il contatto con le mie emozioni, i miei gesti. Che ci faccio in questo letto? Chi è questo ragazzo nudo accanto a me?

Cammino nervosamente su e giù per la stanza, guardo fuori dalla finestra. Tutto mi è perfettamente estraneo. Finalmente Nir si sveglia. Apre gli occhi e mi guarda. Capisce subito che sono diversa dalla persona di ieri. Si passa una mano tra i capelli bruni.

«Voglio tornare a casa» gli dico. Il tono è gelido. Cerco di controllarmi, ma la sua presenza mi è intollerabile.

«Che ore sono?»

«Quasi mezzogiorno.»

«Adesso mi alzo e partiamo.»

Mi volto, vado alla finestra. Non ho voglia di vederlo uscire dal letto nudo. Sento che va in bagno, sento scorrere l'acqua del lavandino, della doccia. Cerco di ricompormi. Dentro ho un senso di straniamento totale. Guardo la strada dalle tapparelle socchiuse. Sono nella stanza di un albergo anonimo, in una città che non conosco, con un estraneo con cui ho condiviso momenti di intimità fittizia. Come ho potuto perdere il controllo a tal punto?

Nir esce dalla doccia, si veste. «Allora era solo la coca» dice. Si allaccia le scarpe seduto sulla poltrona. Mi guarda. Aspetta una riposta.

«Può darsi. Non sono abituata a tirare così tanto.»

«Ma eri tu a insistere. Dovevo frenarti perché avresti tirato tutto quello che era a portata di mano. Ti ho detto di non esagerare.»

«Mi spiace. Ho perso il controllo. Non voglio ferirti. Ma in questa situazione mi sento a disagio. Voglio tornare a New York.»

Lui sospira. «Sei in down» dice. «Se fai un tiro ti sentirai meglio.» Non rispondo. Lui estrae dalla tasca la boccetta di coca, rovescia la polvere bianca sul tavolino, prepara le strisce. Subito mi afferra un nodo alla gola, deglutisco a fatica. «Tieni» dice, e mi passa una banconota arrotolata. Aspiro, sento il retrogusto amarognolo nel naso e nella gola. Un'ondata di energia mi scalda. Il cuore accelera.

«Va meglio?» chiede. «Ora chiamo un taxi e partiamo.»

Annuisco.

Mi abbandono al rullio soporifero del treno appoggiata a Nir, che mi tiene la mano. Di nuovo lo sento vicino come una propaggine del mio corpo. La sua mano mi calma, mi dà sicurezza. Non dico niente. Arriviamo alla stazione, fiumane di gente si muovono contemporaneamente in tutte le direzioni. Attraverso l'atrio mano nella mano con Nir, attratta dalla volta azzurra ad arco con i segni zodiacali dorati. Arriviamo a casa. Ci baciamo. Lo saluto con un abbraccio.

«Ci sentiamo dopo.»

Sally non c'è. Mi sdraio sul letto, gli occhi sbarrati. Sento il battito del mio cuore, le emozioni si accavallano. Dai vetri filtra la luce tersa di Manhattan, nuvole corrono nel cielo.

Sono a letto con la febbre alta, torpore in tutto il corpo. Mi sento debolissima e tremo. Il letto è inzuppato di sudore. Da lontano mi arriva l'eco del campanello, attutito dalla malattia. I passi di Nir che entra, saluta, chiede di me. Sono malata, non ci sono, non riesco a parlare o comunicare col mondo. Vivo in un dormiveglia, l'influenza mi protegge come un cuscino, tutto è sfocato, dentro ho il fuoco che mi brucia e mi fa battere i denti.

Viene a visitarmi Ed, mi propone di affittare il suo appartamento, che non abita perché sta dal fidanzato. Accetto. L'appartamento di Ed è tra la Ventiquattresima e Lexington. Le Corbusier permea il senso dello spazio, cubi bianchi contro altri cubi bianchi semiciechi. Le finestre sono poche. È un'architettura da Lego priva di umorismo. Però mi sento nella mia tana, finalmente sola.

Organizzo le giornate come capita. Mi alzo tardi, faccio colazione, mi lavo, esco a cercare improbabili lavori. Telefono. Cammino per la città lungo le linee del metrò. Il tempo per me è sospeso, partecipo al flusso degli altri con un senso di colpa crescente perché non ho lavoro e sono tagliata fuori dal filo che li collega. Se non lavori non sei nessuno, non esisti nella città più competitiva del mondo. Devi imparare a lottare e io non so farlo. Allora mangio. Mi gratifico riempiendomi di hot dog e tacos. Continuo a non avere mestruazioni. Gli ormoni e il cibo mi gonfiano senza sbocco. Non riesco più a sanguinare. Non riesco più a piangere. L'aria mi sferza le narici mentre cammino. Di notte mi sveglio con gli occhi sbarrati e azzanno tavolette intere di cioccolata. Ogni tanto esco con Joan e Melissa. Mi sento goffa, gonfia. Ma gli uomini sono attratti dal mio seno sempre più turgido. È come se fossero ciechi. Sono inavvicinabile. Non do confidenza a nessuno. Evito la coca, se non a piccole dosi. La lezione di Filadelfia mi è bastata. Cammino per chilometri interi, ogni tanto un caffè in un bar per scaldarmi, la temperatura è scesa ancora, il clima della città è in sintonia col mio clima interiore.

Adriano

Lorenzo è partito. Non ho più voluto vedere Nir. L'unica persona che ancora sento è Sally. Ma non è come prima. Non mi fido più di nessuno.

A una festa conosco Tullio Valli, giornalista romano trapiantato a New York. Abita in un brownstone, una casa su due piani, con i due figli già grandi. Loro sono nati e cresciuti qui. Valli è separato. Ha un'amante polacca, Olga, una bionda nevrotica semialcolizzata. Di statura è piccolo, emana un'aura da satiro o da senatore cinico, occhi tondi leggermente distanziati, borse sotto gli occhi, naso adunco e una piega sardonica sulle labbra. Ha uno sguardo intelligente e osceno allo stesso tempo. Ma la sua presenza è rassicurante.

A casa sua c'è sempre gente. Offre cene sontuose e casuali a base di piatti di pasta fumanti. Ci raccogliamo nei diversi salotti, tra i molti divani. Alle pareti fanno mostra di sé i quadri di Schifano, che è suo amico. In comune hanno l'amore per la coca. Puoi incontrare chiunque, intellettuali, artisti e modelle svampite. Incrocio Moravia, ha i capelli candidi ed è appoggiato a un bastone. Valli si aggira per le stanze, la camicia debordante sulla pancia da buongustaio. Dispensa battute, ha la capacità di mettere chiunque a proprio agio. Olga beve o tira, l'aria vagamente disperata. Sono mesi che non frequento italiani. Mi lascio sedurre dalla calda ospitalità mediterranea. Ascolto conversazioni sovrapposte in vari idiomi e intanto mangio. Una sera conosco un nuovo ospite appena arrivato da Roma. Adriano. È romano nei gesti, nell'intonazione, nelle pause lente tra una frase e l'altra, nel gusto malizioso per i sottintesi. Magro, più piccolo di me, sembra un ragnetto. Avverto in lui un'energia nervosa.

Halloween

Presento Adriano a Joan e Melissa. Ci trascinano a una festa di Halloween, mascherati da folletti. Luci sfavillanti. Colori. Il tempo mi piove addosso vorace. Ballo, improvvisamente leggera. Poi finiamo tutti e quattro in un bar. Uno specchio in fondo al tavolo riflette le nostre immagini all'infinito. Guardo il mio sorriso replicato mille volte nel nuovo rossetto fucsia. Tutt'intorno per le strade maschere di spettri si aggirano in un'allegria un po' sinistra. Penso che Halloween è una festa gotica, si addice alla città. Lontana dal sole mediterraneo, dagli dei luminosi. Bevo il mio gin tonic e lo sguardo si spezza sul mozzicone ancora acceso di un portacenere. Adriano mi parla di Roma. Non l'ho mai vista e mi incuriosisce come luogo esotico e culla di un altro impero ormai defunto. Mi propone di tornare con lui. Ha un biglietto scontato. La mia intenzione era di cercare un volo per Milano, racimolare soldi e tornare subito a New York. Invece volerò con lui, sarò sua ospite nella città eterna. Accetto.

Jet lag

«Che ore sono?» mi chiede Adriano.

La hostess si aggira nel corridoio servendo bibite e cibo.

«Dipende. In America sono le otto di sera, in Europa le tre del mattino. Qui sopra l'oceano non so.»

Sull'oceano il tempo non è scandito, è uno spazio libero.

Adriano mi racconta che due suoi amici hanno fatto l'amore in aereo, sotto una coperta, senza che le hostess si accorgessero di niente. Sorrido all'idea di amarsi clandestinamente per aria, sospesi nel vuoto.

Roma

Mi avvicino al bancone nel bar dell'aeroporto, ordino un cappuccino. Nella frazione di secondo che impiego a muovere un piede e sollevare un braccio, il tempo si frantuma, collassa su se stesso. L'ansia che mi morde dentro da mesi si placa. Tutto è sospeso in un pulviscolo senza tempo. Sento su di me gli occhi degli uomini. Avverto frammenti dei loro sguardi sui capelli, sulla pelle. Non c'è fretta. D'un tratto non ho più paura.

Adriano mi porta nella sua casa, un monolocale con un grande terrazzo sospeso sui tetti di Roma.

«Dove siamo?» chiedo.

«Ai Parioli.»

«Cioè?»

«È uno dei quartieri di Roma, per lo più con villette anni Trenta e Quaranta. È un posto tranquillo.»

Due pini si allungano sul terrazzo filtrando la luce. Sotto non c'è traffico. L'odore pungente degli aghi di pino mi afferra le narici, la gola. Aspiro profondamente, lascio che il sole tiepido mi sfiori la pelle.

«Benvenuta nella città eterna» dice Adriano.

Apre una bottiglia di vino bianco. Ascolto il suono del vino versato nel bicchiere, allungo la mano. Ogni gesto ha una consistenza fisica precisa. Brindo e porto il bicchiere alle labbra. Sento il vino bagnarmi la pelle, mi mordo il labbro per gustarne il sapore.

Adriano rolla una canna seduto davanti a un tavolino tondo di marmo. Io mi affaccio sulla strada semideserta. L'occhio affonda in un cespuglio folto d'erba, se abbasso il capo posso quasi aspirarne il profumo mescolato agli aghi di pino. La mente è chiara, il jet lag mi tiene sospesa su un filo nitido e obliquo.

Adriano si avvicina. Mi prende per mano, mi accompagna attraverso la portafinestra spalancata, mi sdraia sul grande letto. Sulla testata sopra di me il corpo disteso di una donna nuda, in controluce, si allunga sulla parete. Ogni gesto è preciso e inevitabile. Il mio corpo si scioglie nell'arco di luce sul vano della finestra, tra le ombre dei pini e la polvere densa dell'aria. Un gemito mi esce dalla gola.

Poi di nuovo fuori, in macchina, per le strade di Roma. Strati di pietre riflettono la luce assorbendola e irradiando un alone dorato. La città scorre sotto i miei occhi.

Le grandi piazze, le fontane zampillanti d'acqua, i viali di pini neri che si stagliano contro l'azzurro screziato di rosso del cielo. Stormi di uccelli si inseguono in perfetta simmetria, nuvole nere danzano.

Vacanze romane

Arriva Giorgio, un amico regista di Adriano. Ci incontriamo in un caffè a Campo de' Fiori, davanti alla statua incappucciata di Giordano Bruno. Occhi azzurro-grigio, sguardo intenso, capelli bianchi, sorriso accattivante, una fessura tra gli incisivi leggermente divaricati. Anna, la ragazza di Giorgio, sembra giovanissima, forse è mia coetanea. Ha la carnagione chiara, occhi color turchino, capelli lisci e castani, membra sottili.

Sono loro a guidarci per la città lanciando lampi azzurri divertiti, l'aria pungente della sera mi inumidisce gli angoli degli occhi. Mi innamoro così di Roma, senza saperlo, come una turista americana, incantata dalla sovrapposizione dei tempi, dalle rovine di epoche successive e tutte contemporanee. I miei piccoli smottamenti interiori sono riassorbiti e pacificati dall'alto di civiltà remote. Le statue mi guardano riflettendo la mia immagine interiore.

Ceniamo alla trattoria L'Angelo e il Diavolo, mentre una messicana canta jazz con voce rauca. Mangio e la guardo ballare, soffiare nel microfono, le gambe magre e storte, il vestito troppo corto, il viso devastato da anni di notti in bianco. Ha un'intensità assoluta nella voce, nei movimenti vagamente scoordinati. Mi alzo e ballo con lei. Mi siedo al piano e improvviso un pezzo jazz, le mani corrono sulla tastiera a cercare un filo che sfugge continuamente e ritorna come un'eco. La messicana continua a ballare, il corpo scosso dai sussulti, la pancia che ondeggia. Vedo gocce di sudore sulla fronte, sopra al labbro rosso e screpolato. Gli occhi bistrati scintillano di insospettata vitalità. Mi volto verso il nostro tavolo, sorrido ai miei nuovi amici, Giorgio solleva il bicchiere in un brindisi.

La Dolce vita

Mi sto chiedendo cosa ci faccio in questa città. Non riesco più ad andarmene. Passo le giornate a letto o in giro per Roma con gli amici di Adriano, Giorgio, Anna. Finalmente mi sento in pace. Non ho voglia di tornare a Milano, anche se prima o poi dovrò misurarmi con la mia vita lì. Non ho più notizie di Teo e Tosca, ma so che li rivedrò. Loro sono i miei nodi profondi. E poi mia madre, mio padre, i due poli non comunicanti e sempre in bilico dentro di me. Roma è una vacanza, ma è anche una città che da subito ho sentito mia. Se credessi nella reincarnazione penserei di avere già vissuto qui altre vite. Ma non ci credo. Per me esistono solo i momenti che vivo. Non conosco il futuro e non m'interessa. Di nuovo non ho passato e automaticamente mi reinvento una verginità senza ipoteche. I miei nuovi amici mi vedono come sono ora, non conoscono gli strati sovrapposti che mi compongono. Qui mi riposo. Faccio l'amore, mi è tornato il ciclo, ho smesso di divorare furiosamente tutto quello che mi circonda. Non sono innamorata di Adriano, ma mi piace, con lui sto bene. Quando mi ha conosciuto parlava di amiche amanti, ma sono tutte scomparse al mio arrivo. Mi ha raccontato che con Giorgio ha fatto scambi di coppie. Nella sua cerchia l'amore di gruppo è considerato normale, è una complicità che rafforza l'amicizia. A me l'amore di gruppo non interessa, ma mi incuriosiscono gli intrecci umani.

Roma mi appartiene fisicamente. Passeggio per le strade, sento i ciottoli del pavé sotto i piedi, riconosco le mura scrostate, i gialli, i rossi, gli ocra. Ogni tanto una fontana, palme, mantelli d'edera o glicini si arrampicano sulle case. D'un tratto una piazza rompe la simmetria dei vicoli. La luce abbagliante mi scalda le ossa, l'atmosfera vagamente levantina mi acquieta. Lo scenario passa con disinvoltura dalla città ex imperiale alla metropoli da Terzo mondo, sporca, discinta, piena d'immigrati. Le popolazioni sono mescolate in altro modo rispetto a New York, i colori diversi implicano differenze anche di classe, non c'è l'omologazione di nessuna bandiera. Principi e popolani parlano la stessa lingua, un italiano dall'intonazione strascicata in cui le parole vengono spesso troncate a metà. La differenza di censo non dipende dall'attività individuale, è un dato inalterabile. Tu sei principe, io popolano, siamo nati così e tali rimarremo, in ogni caso.

Questa è una città che non aspira al cielo, ma lo accoglie avvicinandolo. È anche un luogo dove è facile vivere. La Dolce vita è nata qui non a caso. Il tempo ha un altro ritmo, la gente non sembra avere fretta. Il pericolo è la paralisi. Esiste l'arte di arrangiarsi, sopravvivere alla giornata. Non ci sono imperativi etici. Incombe anche un'atmosfera provinciale e cialtrona, che indulge nei propri vizi e si ciba di pettegolezzi. Un circolo vizioso ma rassicurante.

Ultimo atto

«Perché parti?»

«Devo vedere mia madre. Teo, Tosca.»

La gelosia gli morde la gola: «C'è il tuo fidanzato, la tua amante, tornerai da loro».

«No, è finita. Ma devo vederli.»

Adriano è sprofondato nella passione per il mio corpo. Ma gli è estranea la mia anima. Non può capirmi perché sente e pensa in modo diverso e allora si accanisce a possedermi, mentre la paura di perdermi lo rende a volte meschino per difesa. È comunque un viaggio in crescita anche per lui. Se lo scafo della nave non si spezza.

Milano mi accoglie grigia. Nulla è mutato in mia assenza. I cinque mesi trascorsi a New York qui non hanno minimamente scalfito la monotonia dei giorni.

Rivedo Teo. Andiamo in un bar, poi a casa sua. Sua madre non c'è, è a Oleggio. Mi racconta di Venezia, dell'università, gli amici. Vresh studia sempre con lui, ora hanno lasciato le Zattere e si sono trasferiti dietro San Marco. Dividono la casa con altri ragazzi, tra cui Simona. Anche lei studia Architettura. Anche lei beve.

Mi chiede cosa faccio a Roma. Non lo so, lì sto bene, gli spiego, non ho voglia di tornare a Milano. Ma lui insiste, dice che mi ama, comincia a baciarmi, mi spoglia, mi porta in camera da letto. Lo sento entrare nel mio corpo che lo rifiuta. Non voglio che sia dentro di me, non riesco più a sentirlo. Mi alzo e mi rivesto, dico che non posso, che devo andare. Corro verso la porta mentre lui m'insegue per casa. Ma già non ci sono più. Lo saluto sulle scale, fuggo via.

La sua stanza, con i cicli della sua vita, il lembo di pelle di Hartwig, l'amico di Berlino che è diventato una rock star. Un pegno d'amicizia, un frammento di pelle bruciata dal sole in un'estate lontana insieme in un collegio tedesco. Ora è una filigrana di rughe opache con impresso il suo DNA. Il quadro di Wols e gli acquarelli di Teo, le fotografie in bianco e nero, una goccia d'acqua in mezzo a una fessura nella crepa di un muro. Dettagli nascosti. Il letto singolo da ragazzo, la scrivania, i libri e la finestra da cui ho visto tante volte il sole spegnersi lentamente all'orizzonte inondando di luce i tetti. La sua musica, i dischi e una sua foto da bambino. Fuggo da tutto ciò che di noi abbiamo perduto e che già non siamo più.

Tosca mi aspetta al bar Giamaica, il viso sfigurato dalle occhiaie, la voce rauca.

«Cosa vuoi da me? Dove sei stata tutti questi mesi? Mi chiami per dirmi che è finita, poi scompari.»

«Non stavo bene. Non riuscivo a parlare.»

«Ah sì? Però sei riuscita a chiamarmi per dirmi che è finita.»

«Dovevo dirtelo.»

«Hai incontrato qualcuno che ti bacia meglio di me?»

«È diverso. Non si possono fare paragoni. Comunque non sono innamorata.»

«E che ci fai qui allora? Dov'eri quando io stavo male e mi sembrava di impazzire? Non te ne fregava niente.»

«Non è vero. Ma non potevo farci nulla.» C'è una pausa mentre guardo la gente oltre la finestra a vetri del bar. «Ci siamo amate, ma è finita. Inutile negarlo. Siamo cambiate.»

«*Tu* sei cambiata. E come al solito sei *tu* a decidere tutto. Decidi *tu* che è finita.»

«È così. Ci sarà sempre un legame forte tra noi, ma non è più la stessa cosa. Lo sai meglio di me, anche se vuoi negarlo.»

«Tu parli troppo. Da quando ti conosco ti riempi la bocca di parole. L'unica cosa vera di te è il tuo corpo, non quello che dici.»

«Può darsi, ma anche il mio corpo sa quando è finita. Anzi, è lui a deciderlo. Le emozioni sono sempre più complesse.»

«Oh, parla la dottoressa. Ci spieghi, la prego, cosa pensa delle emozioni.» Con un gesto ruvido si scosta i riccioli neri dalla fronte. «Tu non capisci un cazzo di emozioni. Non sai cos'è l'amore. Sai solo le tue menate che ti sei messa in testa e che rovinano la vita a te e agli altri.»

«Io non voglio rovinare la vita a nessuno.»

Abbasso gli occhi, li rialzo, incrocio il suo sguardo nero come la notte.

«Ho amato due persone nella mia vita. Te e Teo. In modo diverso, e totale. Tu avevi la chiave del mio piacere. Ma non potevamo continuare così. Ho fatto del male a tutti e due. Anche a me stessa. Non potevo fare altrimenti. Si fa sempre male soprattutto alle persone che si amano. Forse anche per questo non mi innamoro più. Voglio che tu sia libera. Incontrerai un'altra donna che ti renderà più felice di me.»

Mi afferra un polso: «Vieni a casa mia, ti prego. Ancora una volta». Scuoto la testa. Insiste, sento la sua stretta disperata, esito. «Ti prego. Un'ultima volta.»

«Non ha senso» dico, ma lei mi trascina fuori, nella luce livida milanese.

Prendiamo il tram, saliamo a casa sua. Mi spoglia con furia, ma è un delirio solo suo. Mi accarezza, affonda la testa tra le mie gambe. Ma io non ci sono più, la mente è altrove.

Tosca è la mia infanzia rubata, la droga per uscire dalle maglie di un mondo insopportabile, l'ira contro mio padre, mia madre, la rabbia di rompere gli schemi, i codici, l'abbandono totale perché proibito. Una regressione estrema e un'estrema complicità.

Ma è finita.

Prendo la testa di Tosca, l'accarezzo.

«Ora andiamo.»

Giorgio

Roma mi saluta con la sua luce beffarda. Decido di trovarmi un lavoro. Mi assumono in una ditta farmaceutica import/export. Mi occupo di contratti esteri. È un posto noiosissimo, ma l'idea di avere un lavoro normale mi fa sentire normale. Sono circondata da impiegate, tra cui una donna di mezz'età che mi adotta e mi spiega tutto. L'unico brivido lo provo un giorno in cui chiamo una ditta in Belize e sento degli spari.

Con Adriano vivo una vita di coppia. Vuole che compri una lavatrice con lui a metà. Mi rifiuto, non voglio condividere niente, né impegnarmi in un futuro che non conosco. Per lui questo è un segnale che non mi sento la sua donna. Infatti non lo sono, perlomeno non mi considero tale. Sono in convalescenza, profuga da New York e Milano.

Adriano mi piace, ma il suo modo di ragionare a volte è da bottegaio. Mi prende in giro perché vado a fare la spesa con tute colorate newyorkesi. «A Roma non ci si veste così per fare la spesa» commenta. Ma io non lo ascolto. Mi vesto come mi pare.

Frequento i suoi amici, Giorgio e Anna. Giorgio è un grande narratore. Mi guarda, ma sono la donna del suo amico e poco incline ai *partouzes*. Del resto la gelosia non permetterebbe a Adriano di dividermi con nessuno. La spirale erotica è esclusiva.

Vedo Giorgio e Anna quotidianamente. A casa di Adriano oppure da Giorgio, a Formello, a mezz'ora da Roma. Giorgio organizza cenette squisite con il camino acceso, musica e vino. È ospitale, sa mettere chiunque a suo agio. Ha girato una serie di spaghetti western negli anni Sessanta, film di serie B che faceva per mantenere moglie e figli. Isabella, la moglie, è morta in un incidente stradale. Lui ha adottato anche il figlio di primo letto di lei. I bambini non si sono separati neanche dopo la morte della madre.

Giorgio appartiene a un esemplare umano per me nuovo. È bello e lo è sempre stato, la testa incorniciata da folti capelli bianchi, voce suadente, dizione perfetta. Ha stile, eleganza, fascino. Ha seguito tutta la stagione dei figli dei fiori. Ha vissuto nelle comuni, condiviso mogli e amanti in case aperte. Ha sperperato allegramente tutto quello che guadagnava come regista. Ornella Muti ha girato il suo primo film con lui. È allegro, ironico. Ma c'è qualcosa che non mi convince. Con Giorgio si può parlare come con una donna. Eppure sospetto che si guardi allo specchio quando fa l'amore e si compiaccia della sua performance. È un attore nato. Recita e si cala nel personaggio. Si autoconvince di tutto quello che racconta in una recita continua che prevede ruoli diversi. Giorgio il regista, Giorgio l'amante perfetto. Giorgio tenero padre, Giorgio velista che guida una goletta, che semina piante e pota alberi. Giorgio che ha salvato vite umane, consolato vedove, guarito amici da turbe psichiche, svezzato eroticamente giovani fanciulle. Difficile nei suoi racconti distinguere la realtà da una fantasia che la abbellisce esaltandola.

Ha una madre brasiliana e pianista, una vecchia dura come il legno. Giorgio l'accudisce detestandola. È lei all'origine del suo rapporto con le donne. Giorgio perverte teneramente le donne per riscattarsi dalla madre. Le inizia all'amore di gruppo con amici per controllare la propria gelosia. L'unica donna che abbia veramente amato è Isabella. Ma era un amore distruttivo, culminato in un incidente mortale. Si è sentito in colpa per anni.

La madre ha lasciato il padre musicista ed è andata a vivere con quello che Giorgio considera il suo vero padre, la persona che ha amato di più e che l'ha formato. Da bambino era solo, non aveva amici. Non frequentava gli altri perché la sua era una famiglia irregolare. Madre separata, convivente illegittimo. Su questa non legittimità ha costruito la sua mitologia: Giorgio che combatte da partigiano, appena sedicenne, salvando famiglie intere, mentre le donne si innamorano di lui e lui teneramente le ama e le lascia. È innamorato della vita come un bambino: è questo che lo riscatta. La sua umanità è disarmante e acuta al tempo stesso. Sa cogliere il nocciolo delle persone, delle situazioni. Nonostante le menzogne che s'inventa per costruirsi una mongolfiera su cui poter volare.

Jimmy

Adriano diventa segretario di Jimmy, un ingegnere e faccendiere romano. Mi porta a una sua festa in una casa con un enorme salone pieno di gente. Tappeti a strati per terra, atmosfera orientale. Grandi vetrate danno su un terrazzo, un giardino sospeso sui tetti. Jimmy mi vede appoggiata a una colonna con un bicchiere in mano.

«Di chi è questa donna? Di chi sei tu?» mi chiede avvicinandosi.

«Di nessuno» rispondo.

Mi irrita il suo modo levantino di considerarmi cosa altrui

perché sono una donna. È una logica che mi è estranea. Sento odore di Mediterraneo profondo.

Jimmy è chiaramente alterato da alcol e coca. È poco più alto di me, ha i capelli grigi e una testa da leone. Magro con le spalle infossate nella camicia da cui fuoriescono ciuffi di peli grigi. Il corpo ondeggia sui fianchi stretti, da felino. Non mi piace, lo dico a Adriano quando ce ne andiamo. Lui lo difende, ai suoi occhi è una persona straordinaria. Sono scettica. Sospetto che Adriano sia sedotto dall'evidente ricchezza, lo sfarzo e il potere che emana Jimmy. Io sono meno impressionabile, di case belle ne ho viste tante, di gente piena di sé anche. Mi disgusta di Jimmy la strafottenza, l'arroganza. Non sono certo stata sedotta dal suo fascino intellettuale. Non lo conosco e non m'interessa.

Saturnia

Adriano si raggela quando Giorgio d'un tratto mi chiede di andare a Saturnia con lui. «Lei è la donna per me. Non c'entra niente con te.» Adriano è di marmo, soffre in silenzio, non può scagliarsi contro l'amico. «Vieni a Saturnia con me, Caterina» insiste Giorgio. Ma io non voglio andare, non funzionerebbe mai. Non possiamo essere amanti. Un tabù più forte di qualunque cosa mi blocca. Non posso toccare un amico. Ma gli voglio bene e lo capisco, vedo il suo punto di vista. «Che ci fai qui? Vieni a Saturnia con me, Caterina.»

Anche Anna è gelata in un sorriso di cartapesta.

«No, Giorgio. Non ha senso.»

Lui mi guarda e scuote il capo sconsolato. Sta inseguendo un altro dei suoi sogni, un film che non può realizzare. Ma passerà. Dura solo lo spazio di una sera e rimaniamo amici.

Il vecchio leopardo

Adriano vede Jimmy quotidianamente. Mi invita spesso a cena o a colazione da lui. All'inizio rifiuto, ma Adriano insiste. La casa di Jimmy è sempre piena di gente, accogliente in modo orientale, luminosa. È un attico in via del Corso, la strada che collega piazza del Popolo all'Altare della Patria, che i romani chiamano la "macchina da scrivere". Nella casa di Jimmy non arrivano rumori esterni, tutto è silenzioso, anche i passi sono attutiti dai tappeti. All'ingresso una scala a chiocciola porta al piano superiore, dove un corridoio dà sullo studio. È una stanza piccola foderata di legno, col televisore incastonato tra gli scaffali. Su entrambi i lati della parete due divani si fronteggiano. Nel primo, accanto alla soglia, sta spesso seduto o sdraiato Jimmy. È il suo angolo, la sua nicchia da cui studia o interroga gli esseri umani. La stanza non è claustrofobica perché una vetrata affaccia su un ampio terrazzo pieno di cespugli. Jimmy ha il pollice verde. Parla con le piante, le cura, le fa crescere come alberi, foreste.

Dal nostro primo incontro si è ritratto in una cortesia ironica e attenta nei miei riguardi. Mi chiama "dottoressa". Mi misura, impara a rispettarmi. È ebreo sefardita, nato ad Alessandria d'Egitto. È ingegnere, amico di Craxi e Piperno. Gli piacciono le donne e le tratta come eleganti oggetti, quando non ne riconosce lo stile da animale di razza. Allora diventa cauto, guardingo. È spiritoso, colto. Ha vissuto trent'anni in Brasile, dove ha costruito ponti e si è sposato. Ha avuto una figlia da una svedese – poi morta in un incidente – che la moglie ha adottato. Poi si è separato e ha perso tutto. La figlia è rimasta con la moglie in Brasile. Lui è rientrato in Italia e ha iniziato una vita di traffici e intrallazzi mescolandosi alla politica romana. Paludi di cinismo con cui ha mediato, contagiandosi. Ha cinquantatré anni, come mio padre. Un volto da vecchio, capelli grigi, occhiali e borse sotto agli occhi. Un incidente gli ha trafitto la faccia di vetri. È stato operato, ma soffre di emicranie violente e improvvise. Tira coca, beve whisky, fuma. Una piega nella bocca carnosa tradisce una sensualità esperta e rapace. Gesticola spesso e lentamente, ogni tanto tira impercettibilmente su col naso e il viso gli si contrae in una smorfia. Che gli serve anche a riflettere, creare una pausa. È un grande parlatore. È anche un ascoltatore attento. Il corpo è magro, essenziale, agile.

Un giorno io e Adriano andiamo a colazione da lui. Ma Adriano si congeda quasi subito per un incontro di lavoro. Sospetto che mi usi come esca per accattivarsi Jimmy. Sono merce di scambio per ottenere qualcosa. È una percezione sottile, ma velenosa.

È una limpida giornata primaverile, dal terrazzo arriva una brezza fresca e profumata. Lo studio di Jimmy è chiazzato di luce, sulla parete maschere africane sorridono ieratiche e grottesche. Jimmy sorseggia il suo caffè, esce dalla stanza. Rimango sola. D'un tratto mi sorprende alle spalle, mi spaventa, lancio un grido. La sua risata è una specie di ghigno divertito e sornione.

«Il leopardo» mi dice, «ha una giovinezza breve e una lunga maturità. Per tre quarti della vita è elastico, forte, poi invecchia all'improvviso e muore.» Mi butta sul divano, sorride. Vedo un riflesso di luce attraverso gli occhiali. Ha un odore selvatico, di legno stagionato. «Tu avrai con me tanti orgasmi che ancora non riesci neanche a immaginare. Ma io sì.» Lo guardo sconcertata. Rimaniamo un istante muti. Poi la sua voce si abbassa di tonalità, diventa più calda: «Io ti ho incontrata al mio limite e tu sei piena di vita» aggiunge, quasi riflettendo tra sé.

Mi rialzo, riprendiamo le distanze. Lo saluto. Esco leggera da quella casa che è un incantesimo sospeso tra i tetti. Dove il peso della vita quotidiana non arriva.

Da Jimmy

Catherine mi chiama e propone di venirmi a trovare a Roma. Adriano si rifiuta di ospitarla. Dice che non c'è posto, la casa è piccola e c'è solo un letto. È vero, ma comunque lui non vuole Catherine perché è testimone di un'altra fase della mia vita. La sua gelosia mi irrita, mi fa sentire in gabbia. Ribatto che se lui non può ospitarla, certamente può Jimmy. Ha una casa enorme a disposizione. «Fa' come ti pare» è la risposta.

Jimmy accetta. Arriva Catherine, sempre bionda e solare. L'accompagno da lui. Appena entro in quella casa so che è lì che voglio stare. Ma la logica non lo permette. Neanche la mia. È troppo vecchio per me. Inoltre mi sento a disagio verso Adriano. Quindi affitto subito una stanza con Catherine in un albergo vicino.

Passiamo tutto il giorno da Jimmy, la sera dormiamo in albergo. Jimmy corteggia blandamente Catherine, ma è solo un gioco per arrivare a me. Non voglio che lei diventi una sua vittima, un trastullo temporaneo. Nel frattempo la ragazza che vedevo con Jimmy i primi tempi della nostra conoscenza è sparita. Lui le ha trovato un appartamento e l'ha lasciata.

«La mia casa è grande» ci dice. «Posso ospitarvi tutte e due. Se invece per voi è troppo piccola, vado in albergo io.»

Un giorno mi avvicino a Jimmy – è steso su un letto grande, piatto e un po' rialzato, da vecchio leone – per dargli la buonanotte. Catherine mi aspetta nella stanza degli ospiti.

Gli sfioro la testa, gli accarezzo i capelli bianchi. Si è tolto gli occhiali, ha un'aria più vulnerabile.

«Perché sei triste?» gli chiedo.

«Perché mi sono preso una cotta spaventosa per te. Ma non preoccuparti, passerà.»

È questo senso di impotenza a intenerirmi. Sento la sua solitudine, voglio scaldarlo, stargli vicina. Mi infilo nel suo letto. I movimenti sono impacciati, timidi. C'è imbarazzo. Nessuno dei due sa come toccare l'altro. La sua è la pelle di un vecchio.

La prima volta è un rapporto soprattutto mentale, dentro lo sento appena. È magro e agile, ma senza forza. Io trabocco di vita. Ma la mia anima vuole entrare nella sua solitudine. Con lui mi sento a casa, so che può capirmi. È come fare l'amore con mio padre, un vero padre vecchio coi capelli bianchi.

Una voce dentro mi dice che non è la cosa giusta, non è quello di cui ho bisogno. Non c'è equilibrio, non ci può essere pienezza. Io non l'ascolto. Voglio essere amata e viziata da Jimmy. Penso di essere forte perché sono giovane, ma lui è molto più esperto di me. Appartiene a una tipologia umana che ancora non conosco. L'uomo di potere levantino.

Ormai vivo da Jimmy con Catherine. Dico a Adriano che è finita, trasferisco le mie cose. Adriano quasi impazzisce, una sera si precipita da me disperato. Deve assolutamente parlarmi. Minaccia di uccidersi. Spiego a Jimmy che devo vederlo ed esco. Non reagisce. L'ultima immagine prima di chiudere la porta di casa è il suo riflesso nello specchio del bagno, la camicia arrotolata sul braccio. Si sta facendo un'iniezione. Sono certa che è eroina. So che ne ha fatto uso occasionale con la sua precedente fidanzata.

Adriano mi porta a casa sua. Passo la notte ad ascoltarlo, si sfoga, si sente tradito, non riesce a vivere senza di me. Lo ascolto, gli spiego che è finita, gli sto vicina, lo consolo, ma quando cerca di far l'amore con me, lo rifiuto decisa. Non voglio più che mi tocchi.

All'alba mi riaccompagna a casa di Jimmy, che ormai è casa mia.

Jimmy ringiovanisce. Dopo un mese che stiamo insieme dimostra vent'anni di meno.

«Io ti amo al limite delle mie forze» mi dice.

Gli trasmetto la mia energia, la mia voglia di vivere. Sto iniziando la storia con un vampiro, ma ancora non lo so. Combattere la sua autodistruzione mi distrae dalla mia. Entrare nella sua solitudine significa anche abdicare alla mia forza, sottomettermi alla sua. Lentamente entriamo in un gioco di sadomasochismo strisciante e per questo devastante. Jimmy mi inizia alla coca, una boccetta tutti i giorni. Tenta di iniziarmi all'alcol, ma il whisky non mi piace, riesco a bere vino solo con la coca. Mi prepara sigarette di hashish. Basta che suoni il campanello e Ahmed, il cameriere bengalese, accorre portandomi tutto quello che desidero. I vent'anni tra me e Jimmy rendono il nostro rapporto impossibile. Questo da un lato è una garanzia e mi permette di lasciarmi andare. Divento femmina accettando di diventare succube. Divento il suo giocattolo.

Non è solo così. Ci sono momenti di armonia dove mi sembra di avere finalmente trovato la mia famiglia, mia madre, mio padre, mio zio, mio fratello. Lui è tutta la mia famiglia e mi protegge. A volte discutiamo. Vuole sempre avere ragione, pensa di sapere tutto, e questo atteggiamento mi irrita. Allora lo provoco, divento polemica. Possiamo farci molto male con le parole. Quando invece è di buon umore, mi chiama "dottoressa".

Nel salotto di Jimmy gravita tutta Roma. Non è necessario uscire di casa, è il mondo esterno che viene a trovarci. Vedo sfilare il jet set annoiato "da clistere", come lo chiama lui: registi e attori, aristocratici raffinati o decadenti o entrambi, intellettuali, ragazzi e ragazze in cerca di fortuna, rivoluzionari e profughi politici, come Piperno e Toni Negri.

Bibo e Augusto sono una coppia omosessuale che vive la maggior parte del tempo in Tailandia. Bibo in realtà è il conte Castaldi, di antico lignaggio. Faceva il pilota transatlantico, è stato sposato con una giapponese e un'italiana. A quarant'anni ha conosciuto Augusto, uno stuntman di estrazione proletaria. È stato amore a prima vista. Bibo l'ha sedotto con il suo stile, l'umorismo. Da giovane era biondo, una statua greca, il viso di un angelo. È diventato il suo pigmalione. Ogni tanto litigano e Augusto viene da noi col passaporto dicendo che vuol fare le valigie. Poi fanno la pace e tornano insieme. Hanno un corpo da atleti, plasmato da bagni e palestra. Augusto ha i baffi, Bibo i capelli rossicci. Ci sono dieci anni di differenza. Augusto ha quarant'anni, Bibo cinquanta. Bibo non si arrabbia mai, è sempre misurato. Augusto ogni tanto fa scenate isteriche un po' da checca. L'altro cerca di calmarlo, è imbarazzato dai suoi improvvisi scoppi d'ira. Ma si amano profondamente e non sanno vivere uno senza l'altro. Sono una bella coppia, anche se l'età ha impercettibilmente marchiato i lineamenti. I gay a vent'anni hanno l'eleganza degli dei, a cinquanta l'omosessualità altera i tratti. Soprattutto cambia l'espressione degli occhi. Augusto ha un brillio nello sguardo che non mi sfugge, malgrado i muscoli da gladiatore romano. Una specie di lieve strabismo, come la reminiscenza di uno stupro psichico. Anche in Bibo l'omosessualità ha lasciato un'impronta. Nei capelli tinti di rosso, nella piega delle labbra. Per entrambi il sesso ha assunto proporzioni tali da fagocitare quasi tutto il resto.

Ivy, l'ex moglie di Bibo, ora lesbica ma ancora innamorata di lui, mi dice una volta: «Tu non sai com'era Bibo quando l'ho conosciuto. Un uomo straordinario».

«Lo è ancora» replico io.

«È solo l'ombra di quello che era. Si è bevuto il cervello con Augusto» obietta Ivy.

«In che senso?»

«Era pieno d'interessi, leggeva, viaggiava. Ora è la caricatura di se stesso.» C'è un'ombra di gelosia nel tono amaro della voce, ma intuisco quello che intende dire.

Io Bibo non riesco a immaginarlo diverso. Mi innamoro di lui come di un fratello. Abbiamo gli stessi codici, una debolezza e una sensibilità comuni. Lo stesso umorismo, precipitato di varie catastrofi. Bibo non ha più contatti con la famiglia. Hanno tutti tagliato i ponti con lui. Non hanno sopportato l'omosessualità, l'amore per il proletario, lo scandalo. Lui ha venduto il palazzo di famiglia e si è trasferito con Augusto in Tailandia. Adesso la sua famiglia è quella di Augusto.

Augusto è più semplice di Bibo, ma simpatico e schietto. Amo anche lui, ma non so se lo amerei senza Bibo. Insieme ridiamo, "cazzeggiamo", come dice Jimmy. L'attrazione fraterna tra me e Bibo non esclude un pizzico di erotismo. Scherziamo spesso, Bibo mi chiama affettuosamente "zoccola", ma nella sua bocca nulla suona mai volgare o offensivo.

«Tu sei la più grande mignotta che io abbia incontrato» mi dice toccandomi le gambe.

«Che fai? Tocchi? Che c'hai? Il vizietto? Ma guarda 'sti pervertiti» fa Augusto e finge di arrabbiarsi.

Hanno risolto il problema della fedeltà dividendosi gli amanti. Fanno sempre tutto insieme. Contrariamente a quello che pensavo, non sono attratti dagli uomini effeminati.

«Il massimo è possedere un uomo, un maschio vero» dice Bibo.

«Sai, uno di quelli che dicono: io con un uomo mai e poi mai. Poi te li ingroppi e gli piace, eccome se gli piace» incalza Augusto.

I loro incontri sono occasionali, ragazzi tailandesi o marocchini quando vanno ad Agadir, oppure spagnoli a Formentera e Ibiza. I ragazzi si lasciano sedurre per un bicchiere di vino, un po' di compagnia, un regalo. Passano qualche notte piacevole insieme. Rimangono in ottimi rapporti oppure svaniscono nel nulla. Senza lasciar traccia.

Per me è un mondo nuovo, ascolto attenta.

Livia

Tramite Jimmy comincio a lavorare per Lara Furchtwängler, che lo conosce da tempo. Lei cerca di farsi finanziare un film da lui. Io cerco lavoro. Non voglio affondare tra divani e tappeti. L'assegno di mio padre mi rende autosufficiente, ma non basta. Devo fare qualcosa, un lavoro che mi piaccia. Lavorare con Lara significa occuparsi di cinema, scrivere sceneggiature, pensare e prevedere immagini, situazioni. Io non so ancora farlo, quindi inizio a tradurre un suo libro in inglese. Ovviamente occorre anche una madrelingua.

La prima volta che vedo Livia è seduta sul divano di Lara, un vestito blu semplice, un filo di perle al collo. È piccola, tonda, pelle bianchissima e una massa di capelli ondulati color Tiziano. Ha gli occhi tra lo smeraldo e il turchese, un naso con carattere, che accentua le espressioni degli occhi e della bocca a cuore. Le sopracciglia chiare e ben disegnate. Sembra uscita da un ritratto del Settecento, oppure da una fiaba. Ha diciannove anni.

«Ciao, io sono Livia» mi dice, porgendomi la mano da bambina, piccola e morbida.

Colgo un accento fiorentino da ragazza perbene, un'inflessione ironica nella voce.

Livia è "anglobecera", come lei si definisce. Madre fiorentina, padre americano di origine irlandese, nonna ebrea polacca e un nonno irochese. È nata a New York con le due sorelle. La madre ha divorziato dal marito perché beveva e la picchiava, anche se era pazzo di lei. È tornata a Firenze con le figlie. Il padre un'estate le ha rapite e riportate a New York. Per la legge americana andavano protette dal terrorismo in Italia. E poi erano americane, dovevano crescere lì. C'è stato un processo, le bambine sono state chiamate a testimoniare. Hanno fatto disegni, sono state interrogate da psicologi. Hanno subito domande di ogni tipo. Livia per due anni non è cresciuta di statura.

Poi le hanno affidate al padre. Vedevano la mamma solo d'estate, in vacanza. A quattordici anni Livia ha chiesto di tornare in Italia. Ha studiato a Poggio Imperiale, dove era stata anche mia mamma. Poi è tornata in America, ha lavorato come segretaria di Oriana Fallaci, amica della madre, anche lei giornalista. Dopo un po' non ce l'ha fatta più ed è rientrata a Roma dalla madre, che ha un nuovo compagno, un intellettuale di sinistra. Anche Lara è amica della madre.

Io e Livia iniziamo a vederci ogni giorno da Lara. Traduciamo insieme il suo libro in inglese.

Poi Lara ci insegna a scrivere sceneggiature. Imparo a tagliare le scene visivamente, accompagnandole dai movimenti di macchina. Lara è simpatica, minuta, il naso rifatto, capelli corti grigi e occhiali rettangolari dalla montatura bianca. Sembra un travestito, ha un marito bello ed elegante che adora. Si professa femminista, ma sospetto sia un trucco per sfruttare meglio le sue collaboratrici. Lavoriamo tutto il giorno da lei con una pausa per il pranzo. Spesso la sera Livia cena da me e continuiamo a lavorare.

Una sera Lara mi chiama mentre sto traducendo con Livia. Vuole vedermi, bere un bicchiere.

«È tardi» dico, «e stiamo ancora lavorando.»

«Ma io voglio avere anche un rapporto dionisiaco con te» insiste.

«Cosa vuol dire "dionisiaco"?» chiede Livia.

Lascio perdere.

Quando Lara pretende di vederci anche il weekend, Jimmy inizia a lamentarsi: «Adesso la chiamo e le dico che tutto ha un limite. Il weekend no. Quello è per noi».

Il weekend andiamo a Porto Ercole, dove lui ha una casa in cima a un monte, circondata da un bosco. Da lì si domina tutto il golfo. Nella bella stagione scendiamo al porto dove ci aspetta un gozzo. Salpiamo e passiamo il giorno in mezzo al mare, oppure costeggiamo le isole. Io mi diverto a tuffarmi nuda dalla barca e a scalare gli isolotti arrampicandomi fino in cima alle rocce, sola in mezzo ai gabbiani.

L'avventura che per me doveva durare una settimana si è stabilizzata in una storia di coppia con ritmi precisi, da routine. Il mattino Jimmy scompare all'alba, io dormo ancora un po' fino a che Ahmed non mi sveglia con una spremuta d'arancia e un tè. Poi mi alzo, mi lavo, Livia mi passa a prendere e andiamo da Lara, che abita a cinquanta metri, dietro piazza del Popolo.

Io e Livia passiamo insieme giornate intere, in una complicità che a poco a poco diventa totale. Livia è il mio opposto. Di lei mi piace tutto, la grazia, l'intelligenza ironica, l'arte di sdrammatizzare. Mi piacciono le sue mani minuscole. Mi piace quando s'imbarazza e la pelle alabastro si macchia di rosso.

Un giorno stiamo traducendo, come al solito.

«Cosa vuol dire "sguardo assassino"?» mi chiede. «Vuol dire che prova un impulso omicida?»

«Non proprio. Aspetta un attimo. Ora te lo spiego.» Suono il campanello e arriva il fratello di Ahmed.

«Ci porti un tè per favore?» chiedo.

Il fratello di Ahmed annuisce, poi si volta verso di lei, gli occhi due braci accese, la divora con gli occhi, tutta quella carne bionda gli fa perdere la testa. Livia arrossisce anche nella scollatura.

«Grazie» gli dico. Lui fa un cenno e se ne va.

«Quello è uno sguardo assassino. Hai capito adesso? Non significa che uno ti vuole ammazzare, non esattamente.»

Livia capisce, scuote il capo e ride.

A proposito di Jimmy

A Giorgio Jimmy non piace. «Non è l'uomo per te» mi dice.

«Può darsi, ma lo amo.»

Lui scuote il capo. «Non ti renderà felice» insiste.

Jimmy è il suo opposto. All'entusiasmo di Giorgio contrappone un cinismo asciutto. Può essere distruttivo, ma non si racconta mai favole. Non conosce la compassione di Giorgio. La sua generosità compensa il disprezzo profondo che nutre verso gli esseri umani, secondo lui non in grado di pensare o decidere. È ricco, ma amico di anarchici e rivoluzionari fiancheggiatori delle Brigate Rosse. D'altro canto è connivente col potere e gli intrighi politici dei palazzi romani, che gli permettono di lavorare e mantenere un tenore di vita adeguato al suo stile. È arrogante ma a volte stranamente intimidito dalla sicurezza genetica altrui. Gli aristocratici gli piacciono. C'è in lui un nichilismo ebraico unito a una capacità di sopravvivenza disposta a qualunque compromesso. L'intelletto è limato da lotte ataviche. Ma in lui c'è anche una sfrenata voglia di vivere che lo porta agli eccessi, a bruciare tutto in fretta. Questo è un filo che riconosco, una crepa dell'anima.

Ceylon

«Mi piace viaggiare con te, perché tu le cose le vedi» mi dice a Ceylon. Io sono il suo filtro per la vita. Mi mostra il mondo riscoprendolo coi miei occhi.

È la prima volta che vado in Oriente. Ceylon è verdissima. La capitale, Kandy, è arroccata in cima alle montagne. Le donne vestono il sari, come in India. Ma, a differenza dell'India – dice Jimmy –, Ceylon è pulita.

Dormiamo in alberghi coloniali, in letti protetti da zanzariere e sovrastati da ventole. Di notte sentiamo i grilli. La mattina ci svegliano i corvi. L'erba del prato dalla mia finestra è di un verde smeraldo intenso. A Kandy assisto alla processione dell'elefante sacro, un magnifico esemplare bianco che cammina per strada sopra un tappeto. Alza la zampa per aria e aspetta che due inservienti lo srotolino davanti a lui, mentre attorno rullano i tamburi e i fumi dell'incenso si mescolano alle mille fiaccole accese per tutta la città. Sa benissimo di essere sacro. Ha una dignità regale. A Sigiriya, in cima a una montagna, entro in una caverna scavata nella roccia, dipinta con figure femminili discinte e sorridenti. Sono colpita dalla mollezza dell'Oriente, dalla gioia estatica dei sorrisi, dai Budda che contemplano il mondo assorti. Ovunque c'è una sensualità diffusa che rimanda sempre anche a una dimensione altra, spirituale.

Jimmy mi compra orecchini di perle di luna e zaffiri, disegna per me un anello con uno zaffiro stellato. Mi veste con un sari, mi adorna di gioielli.

«Il mio unico problema è che sono innamorato di te e ho il doppio della tua età» dice.

Mi spiega il sistema indiano delle caste, mi porta a Passikudah, al nord dell'isola, in un albergo in riva all'oceano. La spiaggia è di sabbia finissima, ma la battigia è costellata di sassolini e mi rifiuto di togliere i sandali. Ho sempre avuto i piedi delicati, fin da piccola.

«È solo questione di abitudine» dice Jimmy. «Se inizi a camminare a piedi nudi, dopo un po' non senti più male.»

La sera prima abbiamo assistito all'esibizione di un fachiro che camminava sulle braci ardenti, si annodava su se stesso, si appendeva con un gancio alla schiena senza sanguinare. Decido che se un fachiro è in grado di fare tutto questo, io posso camminare scalza sui sassolini. Dopo un po' mi abituo.

La mattina un ragazzo si arrampica su un albero di cocco e scende con un frutto che poi spacca davanti a noi col machete. Bevo il succo, mangio la polpa fresca. Entro nell'acqua tiepida e limpida, nuoto fino al *reef*. Jimmy segue dalla riva le mie bracciate avanti e indietro. La sera mangiamo aragosta.

Il 17 agosto festeggiamo il mio compleanno. Indosso un sari, i capelli raccolti in una treccia. Gli orecchini di perle di luna e zaffiri mandano bagliori di luce sul collo. Sono innamorata quindi non c'è storia, né passato né futuro.

«Vuoi sposarmi?» mi chiede Jimmy, mentre una falce di luna illumina il mare in rivoli d'argento.

Non rispondo subito. L'imbarazzo mi morde la gola. Lui mi prende la mano tra le sue.

«Vuoi essere la mia giovane sposa?»

«Non posso. Sto bene con te, ma l'idea di sposarmi mi angoscia, mi dà ansia. Non riesco a programmare il futuro. Sto bene così.»

Lui annuisce e cambia argomento. Mi racconta delle orchidee parassitarie, mi spiega l'età della terra. Parla della mummificazione progressiva del pianeta per disidratazione causata dall'ipertrofia cerebrale suicida degli uomini. Traccia delle formule sul rapporto tra innamoramento e matematica. Un equilibrio precario tra oggetto esteriore e interiore. Un gioco di specchi.

Di notte a volte sono inquieta. Guardo Jimmy dormire. Vedo un vecchio dalla pelle coperta di rughe e i capelli grigi. La notte lo allontana da me, dalla complicità che avverto di giorno, quando esploriamo l'isola come due ragazzi. Mi chiedo quanto durerà la nostra storia. Penso alle gardenie. Al mattino, quando sono un po' gialle e appassite, hanno il profumo più intenso.

Ignazio

Il ritorno a Roma è traumatico. Bali, il socio di Jimmy, lo avverte che le banche gli sono alle costole. Non è il momento di fare viaggi. Jimmy si rituffa nel lavoro, whisky e coca. La coca lo rende euforico, ma i down sono devastanti. Silenzio e una depressione stupefatta, da cui si esce solo con altra coca.

Ricomincia la routine. Io passo le giornate a lavorare con Lara, lui in ufficio. Spesso la sera Livia si ferma a cena, a volte arrivano Bibo e Augusto. Chiacchieriamo, guardiamo la televisione in salotto. Quando ci sono feste, il salone si riempie di gente.

Jimmy si aggira col bicchiere in mano e corteggia le donne. Fa parte del suo senso della socialità, è un puro gioco esteriore, un'abitudine, un modo per compensare l'insicurezza data dalla differenza d'età tra di noi. So che non farebbe nulla con loro, sono io che lo accendo, senza di me è un vecchio. Ma comunque mi fa male, mi sento umiliata. Allora bevo e tiro, chiacchiero coi miei amici, Bibo, Augusto, Giorgio e Anna, Livia, mi lancio nelle danze, seduco a casaccio, senza neanche rendermene conto. Nessuno osa avvicinarsi troppo, perché sono la donna del capo. Hanno paura di lui.

Una sera, mentre mi aggiro fasciata da un abito rosso, Jimmy mi presenta un suo amico con la faccia un po' da orso, bruno, alto, sopracciglia arcuate e grandi occhi tondi, bocca carnosa nascosta dalla barba, capelli ricci.

«Questo è Ignazio» mi dice. «È un architutto: pittore, scultore, fotografo, architetto. Ci ha accompagnato nella spedizione che abbiamo fatto in Etiopia qualche anno fa, abbiamo esplorato insieme i monasteri copti scavati nella roccia.»

Ignazio mi dà la mano e sorride, facendo sussultare le spalle curve, l'aria un po' timida e goffa. «Io ti ho già vista» dice, gli occhi tondi spalancati, la sigaretta in bocca.

«Dove?» chiedo.

«Nei rullini che ho sviluppato per Jimmy.»

Ora ricordo. L'ingegnere mi ha scattato centinaia di foto. Scoppio a ridere. «Mi sento un déjà-vu» dico.

«No, questo è impossibile» commenta lui, e sgrana gli occhi con imbarazzo misto a stupore e un'aria un po' sorniona, come un bambino troppo cresciuto. Sembra catapultato nel mondo da un altro pianeta, incerto sul da farsi.

«Vieni, andiamo di là» dico, indicando il salone.

Lo presento ai miei amici e lui inizia a scattare foto a raffica, mentre ballo e mi aggiro col bicchiere in mano.

«Tu sei una forza della natura» dice scrutandomi un po' sovrappensiero. Si toglie gli occhiali, li pulisce sulla giacca. «L'ingegnere avrà il suo daffare.»

Stammi bene

Mi chiama Teo per dirmi che è morto suo padre. D'infarto. Il tono è asciutto, ma sento le stratificazioni del dolore dietro il suo silenzio. Una fitta mi chiude la gola. Non posso aiutarlo. Suo padre mi era simpatico. Un signore tedesco sempre gentile e sereno, mentre la madre beve e nasconde la nevrosi isterica dietro l'atteggiamento compito e gli occhi di ghiaccio. Gli stessi occhi di Teo, ma senza la sua ironia. «Mi spiace» dico. Non riesco a varcare il silenzio tra noi. «È andata così. Stammi bene» dice lui. «Ci vediamo.»

Rio

A novembre parto con Jimmy per Rio. Vuole mostrarmi il paese dove ha vissuto vent'anni, ha costruito una famiglia, strade e ponti. E dove ha perso tutto, ricominciando da capo a Roma. Una vita da nomade.

A Rio sta iniziando l'estate. È una città estesa, luminosa, chilometri di spiaggia, montagne coniche a strapiombo sul mare. Prendiamo una suite al Caesar hotel, sulla spiaggia di Ipanema. La mattina, mentre Jimmy esce per i suoi appuntamenti, io attraverso la strada e sono già sulla spiaggia. Guardo la gente camminare, ragazze in bikini minuscoli e colorati, bambini seminudi che giocano, uomini e donne che fanno jogging, che vendono bibite, cocco o souvenir. Lungo la spiaggia c'è un grande viale che costeggia la città, oltre al viale e le case si alza la montagna. Lì ci sono le favelas. Le onde dell'oceano si frangono sulla battigia, alte anche due metri. C'è un punto preciso in cui tuffarsi senza che l'onda ti schiacci. Se esiti o sbagli i tempi, la massa d'acqua può spezzarti le ossa. Ogni giorno qualcuno muore o è ferito. Soprattutto stranieri sprovveduti. Imparo il ritmo. Fendo l'onda e la sento scorrere su di me, il fragore della muraglia d'acqua mi scivola addosso lasciandomi miracolosamente intatta.

Jimmy mi presenta i Mazinho, una famiglia ricchissima, proprietari della rete televisiva Tierra. Il giovane Mazinho abita in una villa nella foresta della Tijuca, oltre il quartiere residenziale di Leblanc. Mazinho è alto e trasmette la cortese sicurezza di sé di chi è nato ricco e non se ne fa un problema. Ha una moglie sottile, pallida, malinconica. Capisco dopo un po' che per i canoni estetici brasiliani la bellezza è bianca. Le donne locali non stanno volentieri al sole. La madre di Mazinho sembra coetanea della moglie. È bionda, un volto perfetto, senza rughe, altero. Non la vedo mai ridere, intaccare con un'espressione la perfezione dei lineamenti. Sotto la camicia di seta ha seni perfetti. Solo le mani tradiscono l'età e risaltano ancor più per contrasto.

Mazinho ci porta in barca all'isola di Pitangui, il più famoso chirurgo plastico del Sudamerica, amico di famiglia. Lungo il pontile ci viene incontro un ragazzo sulla trentina, capelli ricci rossastri. Man mano che si avvicina, sento che qualcosa in lui non quadra, qualche dettaglio è fuori posto. È giovane, il viso un po' paffuto, ma le pieghe sui fianchi, quando si volta per salutarci, sono incongrue, non corrispondono alla sua età. È un ospite di Pitangui, gay, in visita col fidanzato. Gradualmente mi rendo conto che tutti gli ospiti dell'isola sono passati sotto i ferri chirurgici di Pitangui, che li ha rimodellati regalando loro una seconda giovinezza. Il gay che ci ha accolto ha oltre cinquant'anni, la madre di Mazinho sessanta. Imparo a riconoscere i segni impercettibili delle cicatrici dietro le orecchie, nell'attaccatura dei capelli. Mi sento circondata da androidi. Pitangui ha un'età indefinibile, piccolo, scuro, tarchiato, occhi penetranti, capelli neri e lisci. I tratti del viso tradiscono l'ascendenza india. Ha un'intensità da sciamano, più che da chirurgo. Qualcosa di selvaggio e determinato nello sguardo, un'energia molto forte, ma non saprei dire di che segno.

Jimmy mi spiega che ha iniziato la sua carriera facendo esperimenti sulle donne delle favelas, carne facile. Del resto, senza sperimentare – continua Jimmy – la scienza non può progredire. Occorrono verifiche, occorre pratica. Annuisco e intanto penso agli esperimenti nazisti nei campi durante la seconda guerra mondiale. Cavie, topi da laboratorio. Pitangui è diverso, ma la violenza sulla carne del bisturi, anche se a fini estetici, mi ricorda altre violenze. Jimmy chiarisce che Pitangui ha salvato vite, ricostruito volti e membra dopo incidenti devastanti. Anche gratis, su persone che altrimenti sarebbero state condannate. C'è qualcosa in lui d'inquietante che però emana rispetto. Penso a Pitangui mentre scolpisce i volti, mi chiedo quale senso di potere prova. Incidere la carne viva, ridarle forma, come Dio.

La notte ci avvolge col suo silenzio rotto da grida intermittenti di animali selvatici. A volte ho paura. Forse è proprio la quiete intorno a scatenare i miei fantasmi. Mi tremano le labbra, gli occhi si velano di lacrime, ho il corpo scosso da sussulti. Piango disperata e non so perché.

«Tu con me non ti devi preoccupare di niente. Possibile che tu non l'abbia ancora capito?» dice Jimmy.

Mi prepara un tiro, mi rolla una canna. Mi accarezza piano con mani esperte, mi bacia. Entra dentro di me, gli occhi fissi nei miei a cercarmi. A poco a poco mi sciolgo, dimentico tutto. Mi addormento tra le sue braccia come una bambina.

Jimmy mi porta all'Hippopotamus, un locale alla moda pieno di modelle, attori, esponenti del jet set. Vedo facce conosciute. Mi rendo conto di quanto il mondo sia piccolo, contenuto in una cerchia ristretta. Rivedo le stesse persone che ho già incontrato con Jimmy a Roma. Sono certa che le incrocerò da qualche altra parte nel mondo. Incredibile come ci si abitui a tutto e come tutto diventi noioso in fretta, se non ci sono altri stimoli.

Finiamo la serata a casa di Florinda, una splendida brasiliana abbronzata e luminosa, circondata da giovani fanciulle. Ci viene incontro scendendo la scala con passo elastico, scalza. Abita in un grande loft dal parquet di legno dorato come la sua pelle. Jimmy mi presenta. Lei socchiude gli occhi e mi studia con aria esperta, sorride.

«È bella» dice con sguardo complice. Poi si attacca al suo braccio. Inarca il busto mentre gli parla in portoghese, scuote i capelli castani scoprendo la gola e i denti candidi. «Vieni, devo chiederti una cosa» gli dice. E rivolta a me: «Scusa, torniamo subito».

Si assentano per qualche minuto mentre io mi affaccio alla vetrata. Un pianoforte a coda campeggia nel salone di fronte alla finestra. Dopo un po' tornano, gli occhi che brillano, una luce alterata nello sguardo. Beviamo un altro bicchiere e ce ne andiamo.

«Ti ha offerto della coca, vero?» gli chiedo quando siamo fuori.

«No, gliel'ho offerta io. Ma non era questo che mi ha chiesto.»

«Che cosa voleva?»

«Voleva te, ma le ho detto che non sei in prestito» ride. «Io sono gelosissimo» continua. «A volte mi guardo allo specchio e sono geloso anche di me stesso.»

Passiamo l'ultima settimana a esplorare la città. In cima al Pan de Azúcar, una montagna che sembra un panettone coperto di neve, da cui si domina il golfo. Nelle scuole di samba, dove le varie squadre si allenano un anno intero a suonare e ballare per il Carnevale. Alcuni risparmiano tutto l'anno per comprare i costumi, diversi per ogni scuola, pieni di piume e colori. Visitiamo la statua immensa del Cristo dalle braccia spalancate che sembra abbracciare la città. Andiamo in cima al monte nelle favelas, scortati dall'autista locale. La vista è magnifica, ma non ci sono fogne. Vedo famiglie intere ammassate in tuguri con solo una stanza, bambini nudi che rotolano nel fango, nello sterco, donne sdentate, storpi. Un bambino mi chiede una sigaretta. «Non fumo» mento. Gli regalo qualche caramella, biscotti. D'un tratto sono circondata da un nugolo di persone che si avvicinano, mi toccano, mi parlano nella loro lingua morbida e sconosciuta. Sono pacifici, ma insistenti. Mi sento in colpa per essere quello che sono, per essere lì come allo zoo, uno schiaffo in faccia a questa gente. Mi sento in trappola.

Jimmy si fa largo tra la folla, mi prende per mano e mi porta via. Si muove con calma, distribuisce qualche moneta, parla con dolcezza e voce ferma. Saliamo in macchina, l'autista mi apre lo sportello. Salgo. L'ultima immagine mentre torniamo a valle è un bambino che ride e si sbraccia a salutarmi, correndo lungo la discesa, finché non rimane indietro nella scia di polvere, la manina ancora sollevata in aria.

Ignazio e Stani

Questa volta il ritorno è quasi un sollievo. Sono stanca di fare la turista di lusso. Ho voglia di lavorare. Riprendo la mia routine con Lara e Livia. Vedo Ignazio tutti i giorni. Sta preparando dei trompe-l'œil per Jimmy. Spesso discutono del progetto. Mi abituo alla sua presenza di orso svagato dall'umorismo graffiante, ma senza malizia.

Ignazio vive in un mondo suo. Ci entro a poco a poco, in punta di piedi. Sa giocare con le parole, sempre attento agli equilibri. Ha una sensibilità che gli impedisce di ferire gli altri, come può fare a volte Jimmy. Ignazio non è mai arrogante. Ogni tanto si isola. Mentre gli altri chiacchierano e discutono, lui disegna. Su qualunque foglio, blocchetto, tovagliolo, pacchetto di sigarette. Disegna quello che vede con precisione straordinaria. Ha quasi sempre la sigaretta in bocca, oppure tra le dita, mentre gesticola parlando. È distratto. Spesso sogghigna tra i denti scuotendo le spalle. La sua è una risata contagiosa.

Ignazio è trasandato con naturale eleganza. È anche un feticista: colleziona scarpe femminili col tacco alto.

Gli regalo quelle che indossavo la sera in cui l'ho conosciuto, dal cinturino color crema. Inventa una composizione pop, le scarpe in bilico una sull'altra al centro di un posacenere piatto e tondo con bicchiere a stelo. Una sigaretta cerchiata di rossetto appoggiata sull'orlo. Gioca sapientemente col kitsch. Ha una madre grossa e invadente dalla voce baritonale che sembra una caricatura, gira col fazzoletto in testa e cuce pupazzi di stoffa.

Ignazio abita in uno scantinato adattato a studio vicino a piazza Mazzini. La sua casa è sempre aperta. Dall'ingresso, su una via laterale, una scala scende in una specie di labirinto sotterraneo: salottino, cucina, stanza lavoro, soppalco, sgabuzzino, bagno. Su tutto regna una confusione che mescola cibo a colori, pennelli, sigarette, libri. Quadri, disegni e foto alle pareti. Musica classica o jazz. Un odore stantio di tabacco e polvere impregna tutta la casa, compresa la stanzetta all'ingresso sulla scala, l'unica a livello della strada. Lì dorme Ignazio, quando non ha ospiti. Altrimenti sul soppalco. Oppure sul divano, se è troppo ubriaco per alzarsi. Ignazio è refrattario alle droghe, ma beve volentieri e a volte la bottiglia ha il sopravvento. È solitario, generoso, discreto. Incapace di fare del male.

Passiamo insieme serate intere, spesso con Livia, che è la nostra mascotte. Ogni tanto si addormenta sul divano e dobbiamo svegliarla per accompagnarla a casa. Jimmy veglia come un patriarca su tutto e tutti. Mentre io lo prendo di petto, Livia, Ignazio e Bibo stemperano la sua aggressività. Livia ha la leggerezza di Ignazio, ma con un umorismo più tagliente, americano. Ignazio invece è di origini napoletane. Si chiama "Signoriello".

Un giorno arriva Stani. È bionda, bulgara, lineamenti slavi. Alta come Ignazio, slanciata. Anche lei dipinge, ha la stessa aria svagata, si muove come una sirena ondeggiando sui tacchi alti. È un colpo di fulmine, l'anima gemella. Dipingono insieme, lui la guarda incantato, mentre lei parla con una leggera cantilena nell'accento. È felice, innamorato. Anche lei è una nomade.

Mia madre non fa molte domande sulla mia vita sentimentale. Le basta che non ami una donna. «Jimmy non è il mio tipo» mi dice, dopo averlo incontrato a Roma, «ma ognuno ha i suoi gusti. L'importante è che piaccia a te.»

È la prima volta che viene a trovarmi. Si muove disinvolta nella casa di Jimmy, senza mai interferire, com'è sua abitudine. Dai tempi di Tosca le cose sono cambiate, il nostro rapporto si è molto ammorbidito.

A Jimmy piace scandalizzare le persone, prenderle in contropiede. Ma con mia madre è difficile. Lei lo guarda impassibile mentre lui prepara una canna in salotto.

«La marijuana fa molto bene per chi soffre di glaucoma come me. È un vasodilatatore e favorisce la circolazione sanguigna.»

Lei annuisce. Dopo un po' lui traccia alcune strisce di coca su una pietra ovale brasiliana a cerchi concentrici screziati di rosso e marrone.

«La cocaina è vasodilatatrice o costrittrice?» chiede lei.

«Vasocostrittrice.»

«Allora forse non fa molto bene per il glaucoma.»

Lui le lancia un'occhiata divertita. Da allora non la sottovaluta più.

Andiamo a Porto Ercole. Passiamo tutto il giorno in barca. La mia pelle è così nera che sembro di un'altra razza. Mia madre ci segue in ogni avventura ma in fondo so che si annoia e ha voglia di ripartire. Vuole tornare a Milano. Vuole stare nella sua casa, seduta davanti al tavolo con la sigaretta in bocca, il solitario steso davanti e la televisione accesa. Lei non è mai veramente a suo agio a casa degli altri, si sente sempre ospite.

Mia madre parte. Ricomincia la routine. Feste, coca, gente che va e viene. Intervalli dove la casa è deserta e sento solo il passo attutito dei camerieri. Il gioco diventa ripetitivo. Comincio ad annoiarmi. Sento che questa storia deve finire, ma non so come. Non trovo la forza di andarmene. Trascino le mie giornate fuori casa con Livia da Lara. Poi di nuovo chiusa in una torre d'avorio tra strisce di coca e silenzio.

Mi chiama Teo: «È morto Reinhard. Vieni».

Torno a Milano per il funerale: Io, Teo e Ruggero nella camera mortuaria intorno a Reinhard. Noi in piedi, lui sdraiato nella cassa, le braccia conserte. Sembra che dorma. Solo qualche ecchimosi sul viso, segno di ultime battaglie. Un accenno di sorriso sulle labbra. O sono io che lo vedo sorridere perché lo ricordo così, *preferisco* ricordarlo così?

Stiamo in silenzio, gli occhi umidi, attoniti. È troppo giovane per essere morto. Ci guardiamo imbarazzati, muti. Il dolore, l'impotenza ci blocca. C'è un pezzo fondamentale della nostra vita tra noi in quella cassa. Ci sentiamo colpevoli di essere vivi. Una morte annunciata, una morte che dura da anni. Sapevamo dell'eroina, ma non c'era nulla che potessimo fare.

La luce di febbraio entra livida dalla finestra. Flash mi martellano la memoria, spezzoni di gesti, frasi, momenti. La sua eleganza. La piega ironica agli angoli delle labbra. È il secondo morto che vedo dopo mio nonno. Lui sembrava veramente morto. Un vecchio con la pelle gialla come cera. Ma la pelle di Reinhard è uguale alla nostra, solo un po' più pallida, i capelli bruni e lisci gli incorniciano il viso. Aveva ventisette anni.

Si avvicina sua madre, piccola, rattrappita, con dignità composta. Ha i suoi stessi occhi, la stessa dolcezza velata di grigio. La salutiamo con un cenno breve del capo. Il fratellino si fa avanti mano nella mano con la sorella maggiore ormai diciottenne. Salutano il fratello morto, le labbra si muovono in una preghiera muta. Il fratellino chiude gli occhi, si aggrappa al braccio della sorella. In un angolo, Ambra sta in piedi contro il muro. È identica all'ultima volta che l'ho vista, morbida, tonda, i capelli fluenti sulle spalle, lo sguardo fisso. Sembra ancora fresca, inconsapevole. Insieme a lui fino all'ultimo. Non posso fare a meno di pensare che Reinhard è morto per lei, ha iniziato a drogarsi per starle vicino. So che Ruggero pensa la stessa cosa. Reinhard non l'avrebbe mai lasciata. Su questo era irremovibile ogni volta che sfioravamo l'argomento. La vita senza Ambra per lui non era concepibile. Ma Ambra significava eroina. E lui ha scelto di morire con lei piuttosto che vivere senza di lei. Alla fine l'ha lasciata comunque. Lui è morto e lei è ancora viva.

Teo è il più solo, come sempre. Reinhard era il suo migliore amico. Per Ruggero era anche un maestro, almeno fino a quando l'eroina non l'ha allontanato da tutti noi. Vorrei pregare ma non sono capace. Non c'è nessuno che possa pregare. Siamo avvolti dal silenzio. Usciamo insieme, quasi furtivi, senza toccarci.

Pensando che – domani – un altro confine luminoso apre le sue porte all'inferno.

Crisi

Stani si presenta da me, vuole parlarmi. È tesa, sofferente. Mi racconta che ha raccolto dei funghi in campagna, li ha cucinati, la madre di Ignazio si è sentita male e l'ha accusata di volerla avvelenare. È nata una specie di rissa dove Ignazio, mediatore per indole, ha sorvolato senza prendere parte. Lei si è sentita offesa, tradita. Dice che la madre di Ignazio la odia, la chiama strega.

Cerco di calmarla: «Lascia perdere. Ignazio ti ama. La madre è una povera pazza gelosa del figlio. Lui lo sa benissimo, certo non prende le sue scenate sul serio. Immagina il suo imbarazzo. Non si scaglia apertamente contro di lei solo per pudore. In fondo è un atto di pietà».

Lei non mi ascolta, è ferita, piena di veleno. Qualcosa si è incrinato.

Più tardi vedo Ignazio, gli spiego la situazione. Lui minimizza, si sente al centro di uno scontro tra donne e non vuole prendervi parte. «È una storia tra loro. Passerà» dice.

Ma non passa.

Stani si allontana, comincia a flirtare con i suoi amici, li porta a casa e fa l'amore con loro quando Ignazio non c'è. Ignazio subisce senza difendersi. A poco a poco la situazione diventa insostenibile.

Assisto impotente alla fine del loro amore. So che Ignazio non amerà più così una donna. Insieme erano felici. Nati l'uno per l'altra. La storia dei funghi avvelenati è assurda. Non può finire tutto per un motivo così banale.

Tradito e umiliato dalla donna che ama, Ignazio prende le distanze. È sempre cortese, ironico, ma si vede che soffre, anche se non si lamenta mai. È costretto a tagliare il filo che lo lega a lei perché fa troppo male.

Alla fine si lasciano.

Carnevale

Io e Jimmy ripartiamo per il Sudamerica, questa volta in Argentina. Buenos Aires è una Parigi sontuosa e povera. Le librerie sono aperte anche di notte, c'è una vita intellettuale frenetica ma provinciale. Tagliati fuori dall'ombelico dell'Europa, gli argentini mi paiono carichi di ingenuità e rancore. L'asado è la migliore carne che abbia mai mangiato, ma immalinconisce lo spirito, rende aggressivi e depressi.

Fuori dalla città il paesaggio delle pampas si stende a perdita d'occhio. La colonizzazione spagnola ancora incombe con i suoi rituali di sangue. A Salta, nel deserto del nord, vedo chiese con due spade incrociate sotto ai crocefissi. Cammino a tremila metri su un altipiano di rocce rossastre. Non riesco a correre, appena accelero il corpo cede e sento il cuore che pompa alla ricerca di ossigeno. Mi guardo intorno con un leggero senso di vertigine, la treccia mi ondeggia sulle spalle. Il silenzio è totale, rotto solo dal suono attutito dei passi sulle pietre. Il cielo è terso, di un azzurro intenso, un alone di polvere dorata avvolge la terra. Cactus e rocce. Tutto è immobile, la luce taglia i contorni.

Torniamo a Buenos Aires, la città dilaga di spettri, avvolta da una caligine biancastra. Fingiamo di essere padre e figlia, Jimmy mi compra un gelato. Lo lecco appoggiata a lui nel mio vestito di cotone bianco, i sandali piatti da bambina.

Poi di nuovo in aereo a Punta del Este, una serie di ville in stile diverso disseminate sulla costa. Entriamo in una casa labirinto, su vari piani e terrazzi, stanze bianche irregolari e luminose. Un vecchio poeta ci accoglie, ci offre da bere.

E di nuovo a Rio, per il Carnevale, la città è bardata a festa, le scuole di samba sfilano coi carri per le strade, sul lungomare. Ognuna ha i suoi colori, la sua musica. Ballerine e musicisti danzano e suonano per ore, in trance.

Osservo un suonatore di tamburo ipnotizzato dai fianchi sudati di una ballerina che ancheggia ritmicamente davanti a lui. D'un tratto allunga la mano e la infila nello slip, sotto l'ombelico stillante sudore. Lei quasi non se ne accorge e continua a ballare a ritmo di samba in reggiseno e mutande luccicanti di strass, la testa coperta da una maschera di piume blu e verdi che si aprono a ruota fino a terra. L'uomo porta la mano al naso, annusa aspirando profondamente, chiude gli occhi. Poi riprende a martellare il tamburo, inebriato dal profumo di donna, più forte della cocaina. Mi colpisce la grazia naturale del gesto, senza malizia.

I danzatori si avvicinano alla riva, si immergono lentamente nell'acqua del mare, continuando a ballare. Sul Pan de Azúcar si festeggia la scuola vincitrice, la loro canzone viene eletta a musica del Carnevale. Balliamo tutta la notte. La città è travolta da suoni, musica, colori, il sudore dei corpi madidi di vita.

Il giorno dopo partiamo per Bahia, la città bianca sul mare, guardo le donne mulatte in abiti lunghi di cotone, gli alberghi coloniali, i bambini scalzi, la luce azzurra dell'acqua. Andiamo in barca su un'isola davanti al nostro albergo. Silenzio, sabbia, palme e la carezza delle onde.

Torno in camera coi capelli bagnati, l'aria condizionata mi gela le ossa. Mi ammalo. Bronchite e otite acuta. Il dolore è quasi insopportabile. Due spilli che dalle orecchie salgono al cervello, bloccando ogni pensiero. Mi sento circondata di ovatta. La febbre attutisce il mondo esterno. Non sopporto più questo viaggiare insensato, è come non essere in nessun luogo.

Canestri di Venere

Le storie si sfilano senza fretta. Canestri di Venere rovesciati. Ha ragione Jimmy a dire che scappare non serve, anche se è un altro modo per tenermi legata a sé. Non si impara a volare stando tappati in casa.

Tornata a Roma decido di affittare un rifugio dove poter andare in qualunque momento. Trovo un monolocale a cinquanta metri di distanza. Stanza, bagno, cucina. Un grande letto e arredamento africano. La proprietaria vive in Kenya. Compro un enorme tappeto bianco e trasformo la stanza in un salotto. La casa di Jimmy è bella e confortevole, ma riflette il suo gusto, la sua personalità, la sua vita. Mi ci muovo a mio agio, scalza tra i tappeti. Ma non è casa mia.

Tabù

A Milano rivedo mio padre. Gli spiego che sto con un suo coetaneo, tralascio la coca. Mio padre non è contento, dice che Jimmy è un vecchio porco a stare con una ragazza come me. Dice che se lo vede gli spacca la faccia. Ma con mio grande sollievo non fa nulla per incontrarlo. Per fortuna mio padre come al solito è distratto. E comunque non ha mai interferito direttamente nella mia vita sentimentale. Si mantiene a distanza di sicurezza.

Dico che la differenza d'età non ha mai impedito alla gente di innamorarsi, gli faccio l'esempio di Charlie Chaplin e Oona O'Neill.

«Guarda dov'è Charlie Chaplin adesso» commenta lui sarcastico.

«In che senso?» chiedo.

«Nel senso che è morto.»

«Prima o poi tutti moriamo.»

Mio padre scuote il capo, non insiste. In fondo, a lui basta che non mi sposi e non faccia figli. Sono figlia di mia madre, incapace di avere una famiglia. Del resto, meglio così, i figli spesso sono un problema. Non ha mai voluto conoscere i miei fidanzati perché dice che non vuole affezionarsi. Tanto poi io li lascio.

Mentre mio padre mi parla, mi viene in mente quando ancora studiavo all'università e vivevo con mia madre. Ogni tanto lui mi invitava a cena, poi chiedeva il conto e mentre aspettava il cameriere sfilava dal portafoglio il mio mensile, banconota sopra banconota sul tavolo. Io cercavo di essere disinvolta, evitavo di guardarmi intorno. Mi concentravo sulle posate, fissavo l'acqua nel bicchiere. Ero certa che tutti avessero gli occhi puntati su di noi, dal cameriere all'ultimo degli avventori. Tutti pensavano che fosse una marchetta. Anche piuttosto alta. Mio padre sempre scandalosamente giovane, divertito dal gioco. Gli ho chiesto mille volte di non darmi il mensile così. Avrei preferito un asettico bonifico. Ma era un gioco di potere che lo divertiva e mi umiliava. Cercavo di essere indifferente alle reazioni degli altri. Cosa ti importa di quello che pensano di te, mi dicevo. Ma il loro sguardo mi insultava, mi sporcava. L'imbarazzo mi avvolgeva come una bolla trattenuta solo dal mio orgoglio. Balbettavo, davanti a mio padre spesso balbetto ancora.

Io e mio padre. Abbiamo la stessa pelle, gli stessi occhi, lo stesso naso, la stessa fossetta sul mento. La stessa struttura del corpo. Le mie caviglie sottili le devo a lui. Anche l'umorismo, l'allegria, a volte l'arroganza. Ma è come se fra di noi ci fosse un cortocircuito che mi spegne. Per anni mi sono innamorata solo di stranieri biondi che possibilmente non parlassero neanche la mia lingua. Tranne il mio primo amore, Massimo, che poi ho lasciato per un film. Tosca mi ricordava mio padre, stessi colori, ma era una donna.

Mio padre non beve. Da ragazzo si ubriacava con i cioccolatini ripieni al liquore. Non capisce perché la gente si droghi. Sono i deboli a drogarsi e lui li disprezza. Non sa nulla di me, della mia doppia vita. Si preoccupa perché mi si sono ritirate le gengive. Non posso dirgli che è la coca.

Mio padre sembra il figlio di Jimmy e fa la vita di un vecchio. Lavoro, casa, televisione. Il weekend gioca a golf con Graziella. A Punta Ala, dove mi ha proibito di andare. Ancora non me ne rendo conto, siccome non mi interessa non me ne occupo. Se mio padre è forte con me, certo lo è con tutti. Non posso pensare che sia succube di una donna astuta. È l'uomo che mi fa sentire stupida, davanti al quale tutti i miei tentativi di emancipazione franano. Ho costruito un velo tra me e lui per difendere la vita che mi sono ritagliata da sola. Che lui non approva. Lui era fiero che insegnassi all'università. Gli piace avere una figlia intellettuale, in fondo mi ammira. Ma come donna non esisto, non devo esistere. Per questo c'è Graziella, bambola bionda apparentemente remissiva. Il mio opposto. Così ci difendiamo a vicenda: Io con Jimmy, lui con Graziella. Il resto è tabù.

Il sipario strappato

Jimmy parte di nuovo. Questa volta non vado con lui. Rimango a Roma, continuo a lavorare con Livia e Lara.

Decido di dare una festa. La casa si riempie di gente: registi, attori, pittori, scrittori, amici, sconosciuti. Faccio gli onori di casa, mi sento libera, senza la presenza ingombrante di Jimmy che flirta con altre o comunque mi osserva e mi controlla.

A tarda notte quasi tutti se ne vanno, li accompagno alla porta, li saluto. Torno di sopra. Sto ballando in un angolo per conto mio, quando noto un ragazzo che mi osserva.

«Ciao, io sono Filippo» mi dice. Ha un sorriso dolce, pulito. Anch'io gli sorrido.

Ci spostiamo in salotto dove altri due ragazzi stanno chiacchierando. Si presentano. Manuele e Sergio. Non ho mai visto nessuno dei tre, sono amici di amici. Sergio è fotografo, Manuele produce ologrammi, Filippo si occupa di regia.

Parliamo, le strisce di coca magnetizzano l'atmosfera, io sono la fata bianca che li nutre. La notte scorre fino a quando l'alba stria di azzurro il cielo.

«Ci hai sedotti tutti e tre» dice Sergio. «E adesso che facciamo?»

«Niente. Siete troppi per me.» Scuoto la testa, sorrido.

Non posso fare l'amore con tutti e tre e questo mi fa sentire protetta. Mi piace sentirli parlare con passione del loro lavoro, recuperare la mia età, la mia generazione. Nessuno da solo potrebbe sostenere la personalità di Jimmy, ma in tre fanno muro con la loro giovinezza, il loro entusiasmo.

Usciamo insieme, andiamo al ristorante. Mi vesto da ragazzo. Pantaloni, giacca e cravatta. «Vorremmo il tavolo più bello per la nostra fidanzata» dice Sergio. Tutti stiamo al gioco.

Ci vediamo quasi tutte le sere. Mangiamo, beviamo, tiriamo.

Discutiamo su tutto. Filippo è quello che ha viaggiato di più. È innamorato dell'India, dice che Bombay è l'altra faccia di New York, entrambe hanno l'aria trasandata di città da Terzo mondo. Quello che cambia è il ritmo. La nevrosi di New York collassa nell'immobilità ciclica indiana.

Ascolto. Mi sembra di volare fuori dal peso della routine quotidiana. Il fatto che il nostro amore sia impossibile lo rende perfetto, impermeabile all'usura. Divento più ardita. Una sera bacio Filippo in salotto, davanti agli altri due.

«Non essere geloso» dice Sergio, lanciando un'occhiata a Manuele, il più taciturno tra i tre. «È come se baciasse tutti noi.»

In realtà quello dei tre che mi attira di più è Sergio, ma il suo spirito caustico è bilanciato dall'intensità di Manuele e dalla leggerezza di Filippo.

Una sera scendo di sotto e Sergio mi segue. Mi bacia e ci sdraiamo sul letto nella stanza degli ospiti. Ma così non funziona. È come tradire gli altri, escluderli. «Torniamo su» gli dico.

«Dove siete stati?» chiede Manuele quando saliamo in salotto.

«Non fare domande indiscrete» commenta Filippo sorridendo.

Penso di poter gestire la situazione senza far male né a me né a loro. Forse cerco inconsciamente di ricreare la complicità che avevo con Teo, Reinhard e Ruggero. Un momento della mia vita irripetibile.

Ho voglia di fare delle cose insieme a loro. Un progetto, un'opera, una specie di figlio immaginario, una testimonianza in cui sublimare l'amicizia che sta nascendo. Non riesco a rinunciare a questo nuovo gioco che mi diverte e colma le mie nostalgie. Di nuovo la mia infanzia, il gatto, la Iole, la Ruth. Insieme a loro mi sento come sul mio terrazzo, sospesa tra le nuvole. Mi piace sentire il loro desiderio, tenerli in pugno. Sono una bambina e il tempo non esiste.

Filippo parte per New York. Starà via un mese. Continuiamo a vederci noi tre, ma l'asse di equilibrio si è spostato.

Una sera siamo da soli in salotto. C'è una forte corrente nell'aria, come la voglia di strappare un sipario. Parliamo del nostro progetto, un film a tre episodi su di noi, dove io sono il catalizzatore della loro amicizia. Ridiamo, ma siamo inquieti.

«Perché non dormiamo insieme?» propone Manuele.

Sergio si volta verso di noi e tace.

«Vorrei dormire con voi due» rispondo. «Svegliarmi la mattina e fare colazione tutti insieme.»

«Niente ce lo impedisce» dice Sergio dopo un attimo di pausa.

«Allora andiamo» incalza Manuele.

Si alza e lo seguiamo. Scendiamo le scale, camminiamo in silenzio lungo il corridoio, entriamo nella stanza mia e di Jimmy, ci sdraiamo sul letto vestiti.

«No, qui non posso» dico. «È la stanza di Jimmy. Andiamo a casa mia.»

A parte Livia, con cui ogni tanto vengo a lavorare, è la prima volta che ci porto qualcuno. Sono contenta di poterla mostrare a loro. Camminiamo abbracciati per le strade deserte.

Saliamo, vado in cucina, porto acqua e bicchieri, fumiamo un altro spino accovacciati sul tappeto. Ci muoviamo con calma.

«Chi va in bagno per primo?» chiede Sergio.

«Io» dice Manuele.

Sergio si alza e porta i bicchieri in cucina. Io mi spoglio, rimango in maglietta e scivolo sotto le coperte. Dopo un po' mi raggiungono. Spegniamo la luce. Sono accucciata in mezzo a loro, immobile.

«Buonanotte» dico.

«Buonanotte.»

Chiudo gli occhi, ma mille pensieri mi attraversano la testa. C'è una corrente tra noi che mi impedisce di dormire. Non oso muovermi.

A un certo punto sento delle mani che mi accarezzano, salgono sotto la maglietta.

«Di chi sono queste mani?» chiedo.

«Non devi preoccuparti, sono le nostre mani e noi ti amiamo» mi rassicura Manuele.

Respiro profondamente, la tensione aumenta. Le mani si moltiplicano, mi accarezzano lungo il corpo e non hanno identità. A poco a poco mi abbandono, lascio che mi esplorino al buio.

Qualcuno entra dentro di me e mi penetra mentre un altro mi accarezza, mi bacia. Intravedo i corpi in controluce. Sento la rivalità, l'omosessualità latente, il loro odore muschiato. La geometria dei gesti mi sfugge. Tutto è raddoppiato, il desiderio, la violenza. Non c'è un volto in cui possa specchiarmi, riconoscermi dicendo "Ti amo". Mentre bacio una bocca, un altro corpo mi afferra. La carne è potente perché si moltiplica, parallela al gioco delle menti. Il tre, che è un numero mistico, compresso nei corpi esplode senza forma. Io sono il filo conduttore tra loro due, matrice della loro rivalità e del loro desiderio di dominio. Ognuno è nudo di fronte all'altro. Un rimbalzo di specchi che acceca. Mi aggrappo a una mano per avere un punto di appoggio, un'ancora.

Quella mano diventa più importante di tutto il resto, mentre i colpi mi scuotono in uno stupore muto. Ho la bocca sigillata, non esce nessun suono.

D'un tratto vorrei essere sola con Sergio, spero solo che Manuele vada in bagno. Finalmente si alza. Rimango con Sergio, la mano nella sua. L'imbarazzo ci blocca. Adesso voglio rimanere sola. L'idea di vederli alla luce del giorno mi paralizza.

Manuele torna, si riveste. «Devo andare, ci vediamo dopo» dice. Mi bacia e se ne va.

Quando Sergio mi abbraccia prima di andarsene, lo sento distante. «Ti chiamo dopo.» La porta si chiude alle sue spalle.

Mi alzo, vado in bagno, mi lavo. Sento il loro odore addosso, in mezzo alle gambe, dappertutto. Strofino la pelle finché non si arrossa. La casa è vuota e c'è un silenzio innaturale.

Le immagini della notte mi rimbalzano addosso, flash azzurri in controluce. Mi sento come dopo una sbornia. Non voglio più essere toccata da loro. Non voglio più vederli.

Enrico

Vado a trovare Enrico, un amico giornalista. Prima abitava a Milano, ma ormai vive a Roma. Ci frequentiamo da oltre un anno, ma non l'ho mai portato a casa di Jimmy. Lui con Jimmy non c'entra. Non sa neanche che tiro coca. Potrei dirglielo, ma preferisco tenerlo del tutto fuori da questo aspetto della mia vita.

Enrico scrive per "Repubblica". Ci unisce la matrice mitteleuropea. Anche lui parla tedesco. È separato dalla moglie e non ha figli. Ha storie complicate con donne complicate, intellettuali come lui.

Ha un profondo rispetto per le donne. È magro, spalle un po' curve, non molto alto, capelli scuri, baffi folti. Ha una vena di umorismo striata di malinconia. Abita in un appartamento piccolo e foderato di libri. Sono sparsi ovunque, anche in bagno.

Ci sediamo sul divano. Lui si versa un bicchiere di whisky. Gli racconto che voglio andarmene, sono stufa della vita che faccio. A un certo punto vado in bagno. Voglio un tiro. Preparo le strisce sulla mensola sotto lo specchio del lavabo. Mi chino e incrocio i miei occhi allo specchio. Hai bisogno di tirare per parlare col tuo amico, dice una voce dentro di me, una specie di campanello d'allarme. Aspiro le strisce di coca. Di nuovo l'odore amarognolo in bocca, il respiro che si dilata. Sono da sola. Non ho alibi. Non sto tirando insieme ad altri. Non è più un fatto sociale. È un vizio solitario.

Torno da Enrico, parliamo, non si accorge di nulla. Ma il campanello d'allarme continua a risuonare dentro.

Pugni

Dico a Jimmy che voglio andare a vivere da sola per un po'. Ho bisogno di uno stacco.

«Come farai senza coca?» mi chiede.

«Ho vissuto senza fino a tre anni fa, vivrò senza anche dopo.»

«Pensi che sia facile?»

«Niente è facile.»

Me ne vado. Jimmy mi sommerge di messaggi, biglietti, regali. Mi manda Ahmed col cibo. Resisto due settimane. Non so se torno perché gli voglio bene o perché mi manca la sicurezza che mi dà la sua casa. O perché lui per me è ormai associato alla coca.

Divento distante. Mi isolo. A volte lui mi tratta come un bell'oggetto davanti a estranei, per abitudine o insicurezza. Sono stufa del ruolo di soprammobile di lusso. Stufa dei suoi lamenti. Quando non tira, sta sempre male. Spesso è malato.

Succede una sera. Jimmy ha invitato un po' di amici. Sono

tutti vecchi, tranne la figlia di Valli. Mi annoio, ma non lo dico. Jimmy flirta e cazzeggia come al solito.

«Come sei bella» mi dice un vecchietto amico di Jimmy che si occupa di barche. «Non ti ho mai visto così bella.»

Ho la pelle ancora ambrata dal sole estivo, i capelli striati di biondo. In agosto ho compiuto trent'anni. Mi sento forte, elastica, tranquilla. In realtà sono insofferente. Accompagno il vecchietto alla porta. Torno di sopra. La figlia di Valli continua a fare la gatta con Jimmy. Cosa vuole? Certo, vuole la coca. Di fronte alla coca Jimmy si squaglia come sempre.

È stanco. Saluta e scende in camera da letto. La figlia di Valli lo segue a caccia di coca. Aspetto, poi scendo anch'io e li raggiungo. Lui è sdraiato sotto le coperte e la palpeggia facendo le solite battute. Lei ridacchia provocante. In un attimo rivedo la caricatura di me stessa la prima sera in quella casa, accanto al letto di Jimmy mentre gli do la buonanotte. Sono passati tre anni. Tre anni della mia vita. L'ira mi sommerge.

«Sei ancora qua a flirtare con le ragazze? Che avresti fatto se avessi trovato me al tuo posto, nuda accanto a Sergio?» Lo guardo dritta negli occhi. Cattiva.

La figlia di Valli si eclissa e scompare. Jimmy si agita sul letto come un animale ferito, un granchio rovesciato a gambe all'aria, le chele brancolanti nel buio. Non dico che ho fatto l'amore con Sergio, né lui me lo chiede. Il mio disprezzo è più forte della sua gelosia.

Mi segue in bagno barcollando. È strafatto di coca e whisky. Gli dico che basta, è finita, non deve più cercare di trattenermi. Lui mi è addosso e mi colpisce. Sono schiacciata nell'angolo in fondo al bagno, accanto alla tazza del water. Mi prende la testa tra le mani, la sbatte contro le piastrelle del muro, una, due, tre volte. Smetto di contare i colpi. Non mi difendo. Non copro neanche il viso, la faccia. Paralizzata come davanti a mia madre da bambina. Lui colpisce alla cieca. Urla, piange, singhiozza: «Non puoi fare così. Non puoi. Fai quello che vuoi, ma non questo. Non puoi farmi questo!».

Sento la testa che pulsa, gonfia per i colpi, ma la mia ira è svanita. Sono sotto shock. Sento la sua disperazione, la nudità del suo dolore. Mi fa pena.

«Dio, cos'ho fatto? Cosa ti ho fatto?»

Spalanca gli occhi inorridito come faceva mia madre quando si spaventava di vedermi immobile sotto i colpi e mi diceva che era una mamma cattiva. Allora io la consolavo. Non è vero, tu sei la mia mamma e io ti voglio bene. Così ora consolo lui, gli prendo la testa tra le braccia, l'accarezzo finché non si calma. Poi usciamo dal bagno abbracciati lungo il corridoio, ci sdraiamo nel letto, le sue mani mi cercano, mi accarezzano, mi stringono. Mi sciolgo tra le sue dita mentre lui mi lecca, mi bacia, mi sussurra all'orecchio. Chiudo gli occhi.

Il mattino dopo. Mi alzo, vado in bagno. Mi guardo allo specchio. Il mio naso è una proboscide storta e deforme. Il naso di un pugile. Cosa è successo. Rivedo flash della sera prima, le urla, i colpi. Questa non è la mia faccia. Non mi riconosco. Panico.

Dico a Jimmy che voglio andare da un medico. Mi porta da un chirurgo plastico. Sto immobile sotto la luce mentre il medico mi visita. «Ha il setto nasale rotto. Bisogna operare subito, prima che l'osso si saldi di nuovo.» Fissa una data. Aspetto. Con Jimmy la conversazione è ridotta al minimo. Si scusa. Lo perdono. Voglio solo riavere la mia faccia.

Entro in clinica, mi addormentano. Anestesia totale. Non voglio esserci. Mi sveglio col volto fasciato da bende bianche, gli occhi pesti cerchiati di nero. Il naso è coperto, solo due buchi per respirare. Per strada tutti mi guardano, pensano che abbia fatto un'operazione di chirurgia plastica per ridurre il naso. Invece voglio solo la mia faccia di prima. Per un mese giro bendata. Poi tolgono le bende. Il naso è gonfio, ma è il mio. È tornato dritto, ho di nuovo i miei lineamenti.

Caterina

Vado a stare a Milano per un po'. Non dico niente del naso a mio padre. Lui non si accorge di nulla. Nel frattempo, sono tornata a vivere con mia madre.

Una sera incontro Caterina, ventenne, scrittrice, ed è un colpo di fulmine. Lei mi è affine eppure diversa. Vedo una sosia, una sorella non gemella, una controfigura spirituale. Ha il mio nome, scrive come vorrei scrivere io, è omosessuale, intelligentissima, la mente le corre più veloce delle parole. Ha un fascino pirotecnico che è anche la sua dannazione. Prigioniera del proprio personaggio, *enfant prodige*. Viene da Roma, che detesta. A sedici anni ha pubblicato il suo primo romanzo e ora i salotti milanesi se la contendono.

Vado a trovarla a casa sua in un giorno di primavera. È molto più piccola di me, in qualche modo più concentrata. Il suo corpo è sintesi, come il suo stile. Alla curvatura delle spalle corrisponde la solitudine lucida della frase. Mi mostra i suoi fogli cifrati:

omosessualità = perversione = scrivere

Omosessualità come scelta di solitudine totale, di non compromesso, concentrazione, rigore.

Dice di essere cinica, come tutte le persone che non lo sono. Mi riceve stesa sul letto, le mani dietro la nuca, gli occhi scuri e attenti. Dopo la prima sigaretta inizia il tiro incrociato.

«Esistono pause nella solitudine» azzardo io. «Ci si dimentica ogni tanto.»

«No, non è vero, non ci si dimentica mai.»

Le sue pause sono tese come le sue parole. Come un violino cui manchi l'archetto. È la prima vera scrittrice che io abbia incontrato.

La sua omosessualità è tutta nell'astrazione cerebrale. In lei c'è ogni cosa, tranne l'abbandono. Ma la sua è una tensione composta, rilassata, una tensione di lunga confidenza.

Non credo si aspetti niente da nessuno. Ogni tanto, quando si alza e si muove, sembra un animale braccato. Ma con molta ironia, senza alcun patetismo.

«Tu sembri ingenua e invece non lo sei, sembri gelida e invece sei passionale» mi dice.

La differenza tra l'innamoramento e l'amore. L'innamoramento è come una droga. Non le piace molto.

intensità = forza/tempo

Sembra la sintesi della parte migliore di me, un po' quello che avrei voluto essere. Io mi sento la sua brutta copia al femminile. La passionalità, ovvero l'anima, può essere il comune denominatore. La solitudine in lei è più lucida e senza compromessi. È una condizione, ma diventa una scelta quando è portata alle estreme conseguenze. Anche il suo pessimismo è più totale e, forse per questo, riesce in qualche modo a negarsi nell'azione. La passionalità è forse in lei più violenta e consapevole. Il cinismo sarebbe in questo caso la passione senza fede, tranne che per le cose astratte. Il suo nome. Il nome sempre ci condiziona. Chissà come l'ha vissuto lei.

Usciamo sul terrazzo, ma io sono a disagio per il sole troppo forte. Andiamo a fare una passeggiata al parco. Ci sono alberi stupendi e ombre lunghissime in controluce. In macchina, ridendo, mi dice che parlo per categorie. Venezia non le piace, è una bellezza troppo classica, evidente.

Satie invece piace anche a lei. Mi chiede le partiture per fotocopiarle.

Chissà cosa se ne fa.

Ha ragione lei. Usare i cinque sensi tutti in una volta è difficile.

Caterina per me è intoccabile. È come guardarmi in uno specchio. Io ho sette anni più di lei, che non ha mai viaggiato e parla solo l'italiano. Ma le sue poesie sono magnifiche. Scolpisce la lingua come Dante, a ritmo di rap.

C'è in lei una sofferenza, una tensione continua che è parte della sua intensità e del suo fascino. Io sono attratta dalla sua ferita, al di là del carisma che esercita sugli altri. Seduce indifferentemente uomini e donne. Si sente attratta dalle donne, anche se non ama le etichette e le lesbiche non le piacciono. I suoi genitori, separati, sono entrambi giornalisti. Lui è ironico, allegro, la madre fredda come il ghiaccio. Forse il rapporto con la madre è all'origine della sua irrequietezza e del buco nero emotivo che ogni tanto la risucchia come una voragine. Alterna momenti di sfrenata allegria a depressioni estreme in cui piange come una bambina. Non sopporta i tramonti. La stupidità la irrita. Non tollera l'ipocrisia, che ogni tanto la rende violenta. Le piace provocare, capovolgere gli schemi, prendere la gente in contropiede. Aggredire è anche un modo per difendersi.

Io non ho mai attriti con lei. I suoi colpi di testa mi divertono. La sua ironia mi fa sentire meno sola. C'è una specie di tacito accordo tra noi, anche se il mio comportamento esteriore è molto più formale del suo, come il mio aspetto. Ci lega una complicità silenziosa, come due sorelle. Almeno da parte mia. Sono felice che esista. Mi sembra intoccabile, miliardi di anni di selezione della specie. All'inizio ho avvertito in lei una tensione insostenibile, un'ombra cupa che la incalzava. Poi la sua vitalità mi ha distratto e l'ho rimossa.

Quando la conosco, Caterina mi sembra ancora vergine, senza storie sentimentali alle spalle. L'amore per lei è una debolezza, una perdita di concentrazione. Seduce a distanza, perlomeno emotiva. Poi incontra una ragazza bionda e minuta, raffinata e trasgressiva rampolla di un'antica famiglia milanese, e si innamora.

Rumble Fish

A una festa conosco un ragazzo di nome Roberto, è argentino, lavora per la rete televisiva di Achille. È un regista. Mi piace il suo modo di pensare per associazioni di immagini, mi piace come contrae il tempo.

Il giorno dopo mi telefona e andiamo al cinema a vedere *Rumble Fish* di Coppola, un film in bianco e nero dove solo i pesci sono colorati. Il protagonista è daltonico.

Un'altra sera mi invita a cena a casa sua. Abita in un edificio occupato. Il citofono non funziona. Scende ad aprirmi il portone. Parliamo. Ha la voce calda, graffiata dagli spini. Gli occhi da gatto. Una piccola cicatrice gli taglia il labbro superiore.

Padre italiano, madre svizzera. Nato in Cile, ma cresciuto in Argentina fino ai sedici anni. Poi lo rapiscono i colonnelli e scompare. Desaparecido. Lo torturano con scariche elettriche ai testicoli e sotto le ascelle. Vogliono i nomi dei suoi compagni impegnati nella lotta clandestina. Lui non sa molto e comunque non parla. Fuori dalle stanze di tortura i carcerieri guardano i mondiali di calcio. Ogni tanto la prigione risuona di boati: "GOOOL!". Non è veramente una prigione. È un garage. *Garage Olimpo*.

Suo padre è ingegnere, per un po' ha anche lavorato con Jimmy in Argentina e Brasile. Si appella ad Agnelli e al papa. La madre scrive a tutti. Il governo italiano fa pressioni su quello argentino. Riescono a farlo uscire. Lo sbattono fuori e lo rimpatriano. Non può tornare in Argentina. I suoi compagni sono tutti morti. Lanciati fuori dagli aerei in volo.

Ha due sorelle, una più grande, una più piccola. Aveva un fratello stritolato a quattro anni da un ascensore. La madre è quasi impazzita. Lui aveva dieci anni. Poi è nata la sorellina piccola. Del fratello morto non si è più parlato, ma la casa della madre è piena di foto.

Roberto legge Nietzsche e *The Global Village* di McLuhan. Ci parliamo da un lato all'altro del tavolo, i suoi occhi hanno la fissità del rettile, ma con un guizzo caldo. Sono nervosa. Ogni cinque minuti vado in bagno, che è sul ballatoio. A un certo punto lui mi afferra la mano sopra il tavolo.

«E tua sorella?» gli chiedo per rompere la tensione. La voce mi si spezza in gola.

Lui non risponde. Si allunga e mi bacia. Rotoliamo avvinghiati sul letto piccolo da single. I vestiti volano da tutte le parti. Lui non ha la pazienza di Jimmy, di Tosca. Mi travolge con tenerezza e furia. Ci rotoliamo l'uno sull'altra per tutta la notte.

Il mattino dopo ancora non riesco a scendere dal letto. La stanza è gelata, appena tiro fuori un braccio dalle coperte il freddo mi fa venire la pelle d'oca. Mi accoccolo contro di lui. Poi Roberto si alza, accende la stufa, la stanza riacquista una temperatura umana. Mi vesto sotto le coperte e vado in bagno. Ha preparato la colazione. Spremuta d'arancia e tè. Usciamo insieme, in silenzio, nell'aria livida milanese. Mi accompagna a casa, che è dietro lo studio televisivo dove lavora. «Ti chiamo dopo» dice. Mi bacia leggero e se ne va.

La tana

La stanza nella casa occupata diventa una nicchia dove parlo, guardo film, mi sento libera. Ogni tanto arrivano amici di Roberto, operatori, sceneggiatori, profughi argentini. Ma soprattutto siamo io e lui. Notti intere a parlare da soli o in compagnia. Poi facciamo l'amore. Ogni volta è come ritrovarsi, pezzi di me stessa che si ricompongono. Non importa il cielo opaco da cui sono fuggita, la caligine che avvolge i contorni delle case, i palazzi anni Settanta che deturpano la città. Nella tana di Roberto sono avvolta dal calore freddo che emanano i suoi occhi, lampi grigi. Lo osservo mentre si muove e parla, mentre formula una teoria o demolisce luoghi comuni con umorismo tagliente, lo sguardo distante e appassionato. Poi mi accarezza, mi prende e rotoliamo insieme senza parole.

Pregiudizi

«Dove sei stata?» chiede mia madre.

«Ho dormito da Roberto.»

«Immaginavo. Ha chiamato tua cugina e ha chiesto di te. Le ho detto che eri nel letto di un argentino e non eri ancora uscita.» Sorrido, le gambe accavallate sulla poltrona. Mia madre non mi dice più che siedo scomposta. «Pensaci bene prima di metterti con lui.»

«Perché?»

«Gli argentini hanno fama di essere violenti.»

«Sono solo pregiudizi.»

«I pregiudizi a volte hanno una base di verità.»

«Non è certo colpa di Roberto se i colonnelli l'hanno torturato. E poi mi piace.»

«Ah.» Mia madre mi guarda e non fa commenti.

Ricominciare da capo

Torno a Roma da Jimmy e faccio le valigie. Lui mi insegue per la casa urlando e agitando il bastone, implora, minaccia, piange, mentre Ahmed controlla la situazione camminando in punta di piedi per evitare che degeneri. Ma io già non sono più lì. Chiamo un taxi e porto tutto nel mio monolocale romano. Saluto i miei amici.

Milano è un cambio radicale di prospettiva. Dall'attico in via del Corso alla casa occupata. Dai giardini pensili ai grattacieli grigi. Jimmy ha passato i cinquant'anni, Roberto non ne ha ancora trenta.

Nel frattempo ho smesso con le sceneggiature. Devo ricominciare da capo. Cerco un lavoro come traduttrice presso varie case editrici, che mi consenta di muovermi senza essere legata a un ufficio. Enrico da Roma mi ha scritto una lettera di raccomandazioni. Comincio a chiamare vari editori e faccio prove di traduzione. Conosco un editor alla Mondadori che mi propone un libro dall'inglese.

Enrique

Lavoro da mia madre, dove c'è ancora la mia stanza con libri, scrivania e vocabolari. La mattina Roberto va a lavorare alla Pontaccio, la casa di mia madre è dietro l'angolo. Ci rivediamo la sera da lui. Ormai vivo lì. A volte passa a prendermi e torniamo insieme.

Spesso trovo la tavola apparecchiata e due o tre ospiti a cena. Roberto è un ottimo cuoco, gli piace cucinare. Ha molti amici, artisti o registi come lui, con cui discute di tutto. Soprattutto con Enrique, anche lui argentino. Enrique è più grande di noi, è un nomade, vive a casa di una donna separata con un figlio adulto. Non ha storie sentimentali, né una sessualità definita. È pallido, la faccia volpina col mento allungato, gli occhi due fessure dalle pupille sempre in movimento, il naso ricurvo, le guance incavate, un sorriso cui mancano i denti laterali. Fuma quasi in continuazione, è magrissimo, non sembra curarsi molto della propria salute. Gli occhi gli si illuminano quando parla di arte e avanguardia. È almeno dieci anni in anticipo sui tempi. Le sue idee sono geniali, sofisticate, spesso irrealizzabili. Ha pochissimi soldi e una madre anziana che vive in Argentina.

Con Roberto ha un rapporto intellettuale intenso in cui lui è il maestro e Roberto l'apprendista più giovane soggiogato dal suo carisma. Li lega l'arte e la complicità di essere argentini, l'eredità spagnola con la sua scia di sangue, il DNA di morte che ha tranciato un'intera generazione. Entrambi amano Nietzsche e McLuhan. Entrambi considerano la televisione un mezzo per sperimentare nuove vie espressive. Roberto media parzialmente col mercato, Enrique no. Lui unisce una pressoché totale mancanza di senso pratico a un'arroganza intellettuale che intimidisce e irrita o affascina gli altri.

Io accolgo le sue provocazioni e controbatto. Quando c'è lui Roberto è assorbito dalla sua presenza e tutto diventa secondario, anche il suo rapporto con me. Nessuno dei due lo ammetterebbe mai, ma io avverto dietro la loro ideologia di sinistra un machismo congenito secondo il quale le donne sono comunque tagliate fuori da certi discorsi che non possono capire. Sento una differenza sostanziale nel rapporto con l'altro sesso rispetto alla mentalità mitteleuropea che mi ha formato, la stessa di Teo, Ruggero e Reinhard. Forse l'omosessualità latente che avverto e che mi disturba è solo nella mia immaginazione. Comunque diffido di Enrique.

Caterina innamorata

A Roma ho ancora in affitto il mio piccolo appartamento. Ogni tanto parto per qualche giorno, oppure ci dorme Roberto quando deve andare lì per lavoro. Roma è la mia città d'elezione e non me la sento di spezzare ogni legame.

Una sera, durante una festa, vedo in un angolo Caterina con la sua fidanzata milanese. Parlano assorte, dimentiche di tutto il resto. Caterina è bruna, la fidanzata è chiara. Formano un bel contrasto. Le osservo per un po' senza avvicinarmi. Caterina la guarda con tenerezza. Non l'ho mai vista così, gli occhi scintillanti.

Finalmente mi avvicino, saluto. Caterina è stupita di rivedermi lì. Siamo tutte e due fuori contesto. Io in abito da sera in una casa che accoglie la mondanità romana. Lei fuori dal suo guscio milanese.

Mi accorgo che Caterina è diversa da quando ci siamo viste a Milano. Ricordo il nostro dialogo serrato sul terrazzo di casa sua. Si è lasciata toccare dalla vita. È innamorata, non più protetta dalla sua fragile alterigia intellettuale. Ma in questo momento è felice. Traspare dalla luce degli occhi, dal sorriso, dall'intimità che avvolge lei e la sua amica. Sono appena tornate da Cortina. Un amico ha detto che c'era una festa e le ha portate qui. Ci scambiamo qualche notizia di sfuggita. Caterina è distratta. Parliamo per una decina di minuti, poi mi saluta e scompare di nuovo.

Mi sposi?

«Mi sposi?»

Lì per lì non rispondo.

Roberto insiste: «Sposiamoci e facciamo un bambino».

«Con tutti gli uomini che ci sono, perché dovrei sposare proprio te?»

Non replica. È offeso. Non ho tatto, la domanda mi spaventa e dico la prima cosa che mi viene in mente. Ci conosciamo da pochi mesi. Non ho voglia di sposarmi e divorziare un anno dopo. Quanto può durare un amore? Per me è una bomba a tempo, massimo quattro anni. Sono figlia di divorziati, sono irrequieta, non credo di poter essere fedele per più di due, tre anni. Poi l'amore finisce, ci si lascia e ognuno va per la sua strada. Non voglio divorzi. Per questo non posso fare figli. Non voglio fare figli come me. Ma non riesco a spiegarlo.

Vittoria

Una sera deserta di agosto rivedo Vittoria, la ragazza femminista che ho frequentato per un po' prima di conoscere Tosca. La incontro per strada a Brera, stravolta, gli occhi rossi di pianto.

«Che ti succede?» chiedo.

«La mia amante mi ha lasciato.»

«Chi era la tua amante?»

«Caterina Saviane.»

Vittoria mi guarda con occhi disperati.

«La conosci?» chiede.

«Sì. L'ultima volta l'ho vista a Roma. Stava con una ragazza milanese.»

«Quella l'ha mollata per un borghesuccio, è tornata nella sua nicchia rassicurante. Ora è incinta.»

«Quanto tempo siete state insieme?»

«Sette mesi, ci siamo amate come pazze. Poi lei mi ha lasciato per una professorucola qualunque, una bionda slavata, e sono scappate insieme a Barcellona.»

Vittoria è molto diversa dalla ragazza fiera e sicura di sé che ho conosciuto anni prima. Ha i capelli in disordine, l'aria trasandata, lo sguardo opaco.

«Stanotte non ho voglia di andare a casa» dice.

«Vieni da me. Mia madre non c'è, il mio fidanzato è a Roma.»

Mi segue con aria dimessa, sembra un cane abbandonato. La porto a casa, le indico il letto di mia madre. «Puoi dormire lì» dico. Ma lei non vuole stare sola.

Si sdraia sul letto e per tutta la notte mi parla di Caterina, della sua intensità, della sua intelligenza, della sua ironia, del suo incredibile talento. Dei suoi baci coinvolgenti e assoluti. Io l'ascolto, è l'unica cosa che posso fare per lei.

Mi racconta il suo amore finito per farlo rivivere, per consegnarlo a un'altra persona in modo che ancora esista e non sia dimenticato. Si sfoga senza pudore, la disperazione rende nudi, saltano le sovrastrutture e le griglie mentali con cui ciascuno si difende. È come se Vittoria avesse perso gli strati di pelle e ora mi parlasse mostrandomi la carne viva, la circolazione delle vene, il pulsare a vuoto del sangue. Il dolore la rende vera, la perdita di dignità le conferisce un nuovo rispetto. Non l'ho mai vista così, mi fa tenerezza come tutti gli esseri feriti e scoperti. Vorrei abbracciarla, ma capisco che non sopporta alcun contatto fisico, riaccenderebbe solo la ferita. È una donna tradita da un'altra donna per un'altra donna, il che complica ancora di più le cose. Parla fino a che l'alba filtra attraverso le persiane, seguendo ritmi celesti indifferenti ai nostri destini personali. O forse no, magari qualcuno ci guarda e ci accompagna in una pietas che ci sfugge perché non siamo in grado di coglierla. Finalmente il sonno ha la meglio e Vittoria si abbandona sul cuscino, i capelli sudati, le membra inerti.

Al risveglio è diversa, più contenuta. Parla e si muove meccanicamente, come dopo una sbornia.

«Dove vai adesso?» chiedo.

«A casa. Non preoccuparti. Ora sto meglio.» L'accompagno alla porta. Si volta prima di uscire.

«Grazie.»

Esito. «So che adesso ti sembra assurdo, ma tutto passa. Vedrai che dopo starai meglio. Devi solo avere pazienza.»

«Non voglio stare meglio. Voglio stare con lei.»

«Tutto quello che lei poteva darti te l'ha già dato. Ora non può più darti niente.»

«Solo perché ha incontrato quella stronza. Eravamo felici insieme.»

«Se è successo, devi accettarlo. Le emozioni sono così. Quando ti investono sembra che non ci sia nient'altro per cui valga la pena di vivere, quando passano, spesso non lasciano traccia.»

«Io non voglio dimenticare.»

«Perché ora ti sembra l'unica cosa che ti fa sentire viva. Ma non è così. Tutto accade nella nostra mente, siamo noi che inventiamo le nostre emozioni perché ne abbiamo bisogno. Magari un giorno ti dirai: "Come ho fatto a innamorarmi di lei?", e non ci sarà risposta, perlomeno non razionale.»

Mi lancia uno sguardo triste e ironico.

«Sei diventata saggia» dice. «Quando ti ho conosciuta sembravi una ragazzina ingenua e sprovveduta.»

«Sono ancora così. Adesso cerco di parlare con l'intelletto perché non sono coinvolta. La pancia è un'altra cosa. Magari un giorno verrò io da te e sarai tu a consolarmi.»

«Speriamo di no.»

«Mi sembra presto per dirlo. Ne riparliamo quando avremo ottant'anni.»

«Non mi interessa avere ottant'anni. Voglio morire prima.»

«Anche di questo ne riparliamo dopo.»

Finalmente le strappo un sorriso e se ne va.

Roberto è cambiato nei miei confronti. La luna di miele è finita, la tenerezza dei primi tempi si è trasformata in un rapporto competitivo. Mi tratta con sarcasmo, ironizzando sulle mie insicurezze e contraddizioni, evidenziando i miei punti deboli. Spesso attacca la famiglia da cui provengo, la mia educazione, che trova rigida e formale. Mi accusa di non essere proletaria. In realtà lui non ha nulla di proletario, i suoi genitori provengono dall'alta borghesia. Quando è stato rapito insieme ai suoi compagni, è stato l'unico a salvarsi grazie agli appoggi altolocati del padre. La madre ha fatto intervenire il papa, salvando il figlio e creando un debito inestinguibile verso gli amici morti.

In verità è gelosissimo, anche se non lo ammetterebbe mai per questioni ideologiche. Maschera la sua gelosia con commenti del tipo: "Tu vuoi essere sempre il centro dell'attenzione, mentre a me piace osservare gli altri. Perché non ti tagli i capelli corti? Così ti noterebbero di meno".

Non oso mettere i tacchi perché sono più alta di lui. È difficile sentirsi protetta da un uomo più basso. La differenza di statura aumenta la competitività. Io sono gratificata dal fatto di stare con un regista, so che Roberto ha talento e sono certa che prima o poi verrà riconosciuto. Io non ho la sua genialità, la sua capacità di saltare i passaggi, il suo senso estetico che precorre i tempi. Quello è un territorio dove lui e Enrique sono pari e io rispetto la loro complicità. Mi piace sentirli parlare, imparo. Ma la loro amicizia non è come quella tra Teo e Reinhard, che non ha mai escluso le donne. C'è un'alterigia, un'arroganza psicologica e intellettuale che mi disturba e mi ferisce. Politicamente siamo spesso su fronti diversi, perché io non ho mai tollerato i binari delle ideologie e dico quello che penso, anche se non è politicamente corretto.

La domenica Roberto mi porta a mangiare dalla sua famiglia. È un rituale imprescindibile. Io vengo da genitori anomali, ma indipendenti. Ognuno fa quello che gli pare, i rituali familiari non sono mai esistiti. Roberto invece proclama la propria autonomia, ma non rinuncerebbe mai a un pranzo domenicale in famiglia. Il padre lo tratta col riguardo dovuto al figlio artista, gli fa sempre domande sul suo lavoro, mentre il mio viene nominato di striscio. L'emancipazione tra i sessi è solo nominale, in realtà io vengo trattata come la donna di Roberto e sua appendice. Spesso litighiamo prima di andare a trovare la sua famiglia e a volte io evito di accompagnarlo.

Però dormiamo abbracciati, viviamo e viaggiamo insieme, vediamo i film che Roberto mi ha insegnato a guardare con occhio diverso. È un rapporto complesso e contorto, ma profondo e stimolante. Io non ho fiducia in me stessa, e Roberto sa come affondare il coltello nella piaga. Il rapporto è diventato competitivo anche grazie alla mia insicurezza, di cui non riesco a liberarmi e che a volte mi fa essere arrogante per reazione. Sono frustrata. Dopo l'inizio di carriera folgorante all'università, l'irrequietezza mi ha portato in paesi diversi e ancora non riesco a trovare la mia strada. Spesso sia Roberto che mio padre mi provocano: «Parli quattro lingue ma non combini niente nella vita». Mio padre rincara la dose: «Sei una fallita».

Io voglio lavorare, ma il lavoro che faccio non mi piace. Non voglio andare in ufficio, tradurre è faticoso e poco gratificante. Preferisco discutere con Roberto del suo lavoro per non dovermi occupare di me stessa. Roberto è la mia nuova famiglia, vivere senza di lui per me è impensabile.

Roma mi manca, mi mancano gli amici, Livia, Giorgio, Ignazio, Bibo e Augusto. Ma a Roma c'è anche Jimmy, che non voglio rivedere. Stare a Milano mi fa bene, ho bisogno di semplicità e di una nuova disciplina mentale.

Placet experiri

Caterina e Roberto si riconoscono reciprocamente. Era quello che speravo, mi piace mettere insieme le persone che amo. Il loro è un dialogo pirotecnico cui partecipiamo anche io e Valeria, la sua nuova compagna, che rivela un senso dell'umorismo sottile. Caterina è meno arrogante di quando l'ho conosciuta, più propensa a mediazioni.

«Parlare è bello, ma non basta. Perché non lavoriamo insieme?» propone Roberto. «Ci incontriamo qui tutti i giorni e scriviamo la sceneggiatura del mio film.»

Caterina accetta entusiasta. Anch'io. Sono felice di lavorare con loro. Caterina sta attraversando una fase di impasse creativo e ha bisogno di stimoli.

Inizia un anno di collaborazione quotidiana e intensa. Praticamente viviamo insieme, di nuovo ho una famiglia adottiva d'elezione in cui mi riconosco.

La mattina ci incontriamo da Roberto e discutiamo per ore della sceneggiatura. L'idea è sua, ma ognuno può apportare modifiche. Mi piace assistere alle schermaglie intellettuali tra lui e Caterina. Loro sono un turbine di idee, io faccio il punto della situazione, lavoro ai dialoghi e al taglio delle scene. Il pomeriggio tardi spesso arriva Valeria, di ritorno da scuola. Ogni tanto lei e Caterina si ritirano in un angolo e fanno un tiro di eroina. Non mi permetto di interferire o giudicare, cerco di non fare la moralista, di acquietare l'ansia e la diffidenza che l'eroina mi scatena automaticamente. Dipende da come uno fa le cose, mi dico, Valeria e Caterina sono due persone adulte e responsabili. Soprattutto Valeria. Caterina ha una mente che non si lascia intimorire da nulla, tutto le è concesso. Placet experiri.

Anche in lei Enrique suscita una diffidenza inconscia e istintiva, mentre Valeria lo adotta incondizionatamente. Comunque stiamo bene, insieme ci sembra di scalare il mondo, la disciplina e la volontà di Roberto fa bene anche a noi. E la nostra euforia nutre lui.

Il weekend partiamo spesso per Camogli, dove i genitori di Roberto hanno una casa. Sono giornate intense di parole, risate, passeggiate sul molo e vento tra i capelli. Prepariamo la pasta in salotto. «Mangiamo sui cuboni?» chiede Caterina. La guardiamo e scoppiamo a ridere. A volte parla e si muove come una bambina.

Roberto si aggira con la telecamera. Siamo euforici, stiamo lavorando al nostro progetto. Ci sentiamo speciali e ci vogliamo bene.

Una sera al tramonto Caterina scoppia in un pianto dirotto.

«Cosa c'è?» le chiedo.

«Non sopporto i tramonti e i compleanni.»
«Perché?»
Scuote il capo, mi lancia un sorriso triste. «Io non arriverò a trent'anni. Morirò prima.»
«Perché parli così?»
«Lo so.»
Non replico, guardo Valeria che commenta: «È una sua fissazione. Non darle retta. Poi le passa».

Mia mamma detesta le lesbiche per via dei miei trascorsi. Ma è impossibile non amare Caterina. Ha una purezza interiore che non si può non riconoscere. Una sera mi colpisce una sua frase mentre sta parlando con mia madre: «In fondo fare l'amore è una mancanza di rispetto».

Caterina detesta i borghesi e a volte può essere violenta. È capitato a qualche festa che si barricasse in bagno o insultasse gli ospiti, o sfasciasse la casa prima di uscire sbattendo la porta. Ma questo mi viene solo riferito. Io non la vedo mai così. Con me, Roberto e Valeria è allegra, gentile, disponibile. Tranne quando cade nella depressione e allora possiamo solo ascoltarla, coccolarla, aspettando che passi. Spesso si fa un tiro.

Una volta, mentre siamo sole, mi chiede di farle un'iniezione di morfina. «Non sono capace» dico. «Non ho mai fatto iniezioni.»

«Non preoccuparti» replica. «È facile. T'insegno io. Guarda, devi fare così.» Imparo e gliela faccio, è difficile non fare quello che vuole.

A volte arrivano a casa sua individui allampanati dalle occhiaie profonde. Lei è imbarazzata nel presentarceli. Fanno parte di un suo mondo che non vuole mescolare al nostro. Il mondo dell'eroina, che lei tiene a bada.

Le riprese

Arriva da Roma una mia amica, Eleonora. Sembra una bimba, occhi cerulei, capelli castani e fisico minuto. Ha un accento veneto e un senso dell'umorismo surreale. Me l'ha presentata Giorgio. A sedici anni ha girato un film porno, poi non ha più voluto avere niente a che fare col mondo del cinema. Ma per noi reciterà la parte del protagonista che rimane bloccato in ascensore. Roberto vuole un personaggio ambiguo, dalla sessualità indefinita. La truccatrice le attacca barbetta e baffi posticci, sembra un ragazzo che non si è rasato da due giorni.

Arriva anche Livia, che si occupa dei costumi. Lega subito con tutti, come Eleonora. Passa il tempo a stirare vestiti di scena a casa di mia madre, mentre noi portiamo bevande e panini, suggeriamo o ritocchiamo le battute a seconda delle esigenze sceniche, parliamo con fattorini e tecnici delle luci, asciughiamo il volto di Eleonora stremata dai riflettori. Nel frattempo Roberto gira, nascosto dietro l'occhio della cinepresa.

In tre giorni la nostra impresa viene portata a termine e inizia l'editing, di cui Roberto si occupa da solo con Enrique.

Sardegna

È luglio, tempo di mare e di vacanze meritate. Andiamo tutti a casa di mio padre, in Sardegna.

Nuotiamo, parliamo, ascoltiamo musica. Caterina raddoppia le energie. Fuori dall'ombrello dell'eroina, la sua vitalità si intensifica. Ci legge le sue poesie a lume di candela, la sera, al suono della risacca. La voce calda, gli occhi neri sottolineati dal kajal, una bandana sulla fronte, i riccioli ribelli intorno al viso. È bellissima, sembra un fanciullo uscito dalle *Mille e una notte*.

Valeria la guarda con aria adorante, ma è triste. La raggiungo in un angolo del patio. «Che succede?» le chiedo.

«Sto bene, qui è meraviglioso...» Si guarda intorno un po' spaurita. «Ma non facciamo l'amore da mesi. Non so più cosa fare. Speravo che in Sardegna succedesse qualcosa, lontane da tutto, da Milano e...»

«Dall'eroina» continuo io.

«Anche. Voglio farla smettere, ma a Milano è difficile. Qui lei è un'altra. Le sono passate anche le crisi depressive.»

«Non ha tempo per questo.»

Tutto il giorno cavalca le onde sul Laser, nuota, corre. La sera balliamo, recitiamo poesie, parliamo fino a notte fonda. Alla fine crolla.

«Sì. Anch'io sono felice di vederla così. Ma non mi tocca più.» Le trema il labbro inferiore, il viso stravolto da una passione malsana.

«Caterina è la figlia che avresti voluto avere» dico.

Ha un soprassalto. «Non è così semplice» replica. «Non so neanch'io cos'è. L'amo e basta. Lei è tutta la mia vita, è mio marito e mia figlia.»

Arriva Giorgio e subito ci avvolge con la sua ala protettiva. Raccoglie ricci e prepara cene squisite a base di frutti di mare. Ogni tanto racconta storie inverosimili, ma il suo modo di abbellire i fatti li rende più interessanti. Lui ama la vita come un'arte cui la realtà si deve adeguare.

Non impiega molto ad accorgersi che tra me e Roberto c'è una corrente sotterranea di tensione. Roberto mi stuzzica, mi provoca, smorza i miei entusiasmi eccessivi, mi ridimensiona intellettualmente. Mi dà fastidio che lo faccia davanti agli altri, ma per me è un esercizio di umiltà. Lui agisce sulle mie insicurezze, come ha sempre fatto mio padre. Io subisco, mi sento frustrata.

«Sei felice con lui?» mi chiede Giorgio.

«No.»

«L'avevo capito.»

Ma sono innamorata e non c'è altro da dire in proposito.

Livia sogna un uomo con cui mettere su famiglia e fare tanti bambini. Caterina sogna un editore per il suo libro. Roberto sogna di fare un film da distribuire nelle sale cinematografiche. Valeria sogna di fare l'amore con Caterina.

«E tu cosa sogni?» domanda Giorgio.

«Non so, forse di essere un po' meno inquieta.»

Prepariamo un falò per il mio compleanno. Nel frattempo ci ha raggiunti anche l'ex marito di Valeria, che si adatta alla situazione e si comporta come se nulla fosse accaduto. È gentile e disponibile, anche con Caterina, che gli ha rubato la moglie. Io continuo a osservare Valeria e partecipo ai suoi tormenti che mi distraggono dai miei.

Raccogliamo della legna e accendiamo il fuoco sulla spiaggia. Vino, salsicce e musica. L'acqua è calda, facciamo il bagno di notte e balliamo sotto le stelle fino all'alba.

Ecstasy

Un amico di Roberto gli ha regalato due pastiglie di Ecstasy e decidiamo di prenderle al tramonto sulla Spiaggia delle Saline. Sono partiti tutti, siamo rimasti io e lui da soli.

Ci allunghiamo sugli asciugamani, Roberto mi dà una pastiglia. «Devi aspettare un'ora prima che faccia effetto» dice.

La spiaggia è quasi deserta, solo una famiglia di sardi alla mia destra e un pescatore in lontananza. Guardo il cielo, i gabbiani sfiorano l'acqua, il mare è color zaffiro, mentre le nuvole si tingono lentamente di rosa. Sbuffo, mi alzo, passeggio sulla riva, torno e mi siedo a gambe incrociate.

«Non succede niente» dico.

«Abbi pazienza» ribadisce Roberto. «Ti ho detto che ci vuole un po'.»

Mi stendo di nuovo. Sono stufa di aspettare. Non so come, mi lancio in una conversazione sulla letteratura tedesca: Kafka, Rilke e Schnitzler nei caffè di Vienna fine secolo. D'un tratto sento una vampata al cervello. L'azzurro del cielo è più intenso, le nuvole più rosa, il gabbiano è il più bello che abbia mai visto e sta volando in cielo per salutarmi. Il mondo è meraviglioso, tutto si muove con un'armonia segreta che ora finalmente vedo per la prima volta e mi commuove.

«Cosa c'è?» chiede Roberto, che mi ha visto troncare una frase a metà. «Lo senti adesso?»

«Sì. Dammi la mano.»

Me la stringe, si avvicina, mi bacia. Un'onda di energia mi attraversa e circola in tutto ciò che mi circonda. Amo Roberto come se lo incontrassi per la prima volta e allo stesso tempo ci conoscessimo da sempre. Crollati i muri di diffidenza, i rancori, i malintesi. Io e lui siamo parte del soffio che attraversa il cosmo. Anche il pescatore in controluce lungo la baia fa parte della bellezza divina del mondo. Mi alzo per salutarlo.

«Dove vai?»

«Vado a salutare il pescatore.» Roberto sorride, mentre mi scosto dal volto i riccioli scompigliati dal vento.

«Non so se è il caso di andare da lui così. Sei nuda, sembri Eva il giorno della creazione. Non credo capirebbe.»

Mi guardo. È vero. Il mio bikini è scomparso nell'abbraccio.

«Siamo tutti nudi. Nasciamo così.»

«Sì, ma magari il pescatore potrebbe fraintendere. È meglio che torni qui e rimetti il costume. Aspettiamo che gli altri vadano via.»

Infilo il costume e mi risiedo accanto a lui, mano nella mano. Seguo i movimenti delle nuvole che trasmutano di continuo in forme diverse, cani, pesci, tigri, draghi, montagne. Un cormorano sfiora il bagnasciuga col becco e si libra di nuovo in cielo. Uno stormo di gabbiani vola verso l'Asinara in formazione compatta, due ali nere oscillano nell'aria. Il mare si tinge di perla.

Di colpo stringo la mano di Roberto più forte. La famiglia di sardi si è alzata e si sta avvicinando.

«Cosa c'è?»

«Stanno venendo verso di noi» lo avverto, indicando alle sue spalle.

Lui si volta, poi torna a guardarmi. «Devono passare di qui per uscire dalla spiaggia» dice.

«Non voglio che mi vedano» rispondo allarmata.

«Non preoccuparti. Non ti fanno niente. Se ti dà fastidio, non li guardare.»

Rimango immobile mentre la famiglia mi passa davanti. Sono piccoli e tarchiati, trasportano ombrellone, sdraio, frigorifero portatile, asciugamani. Ci guardano di sbieco. Sono terrorizzata. Mi sento inerme, li avverto distanti e potenzialmente ostili. Loro non fanno parte dell'armonia cosmica, come il pescatore. Passano e proseguono oltre. Tiro un sospiro di sollievo.

«Sta' tranquilla. Non è successo niente. Ora non c'è più nessuno, siamo soli.»

Lentamente cala la notte e il cielo si apre di stelle. Sulla spiaggia mi sento al sicuro, nel cuore del mondo. Tutto è semplice e perfetto. Parliamo, facciamo l'amore, una passeggiata in riva al mare. Rassetto il telo e lo sistemo. Sono nel giardino dell'Eden. A tratti sento in lontananza passare delle macchine, penso che prima o poi dovremo tornare a casa, nella nostra vera casa, ai bungalow di mio padre. Non voglio. Non voglio più muovermi da lì.

«Restiamo. La nostra casa è qui.» Indico il cielo, la spiaggia, il mare, il nostro telo.

«Restiamo quanto vuoi. Possiamo dormire qui.»

Ma non dormiamo. Passano ore in cui perdo la nozione temporale. Respiro insieme al suono della risacca, l'odore salmastro del mare mi riempie le narici, scorre nelle vene, sulla punta delle dita. Non ho freddo, non ho fame, non ho bisogno di nulla. Piango di gioia.

Lentamente la notte trascolora nell'alba. Stormi di uccelli, qualche barca di pescatori in lontananza.

La luce apre il cielo, dal mare di fronte a me sale il disco rosso del sole. Sempre più in alto, si accende d'oro e mi acceca.

Roberto prepara una canna. «Tieni.» Aspiro. «Ora l'effetto pian piano cala» mi spiega. «Preparo qualche joint perché la discesa sia morbida.»

Rimaniamo stretti l'uno all'altra, mentre le prime persone cominciano ad arrivare sulla spiaggia. Non ho più voglia di restare lì mentre gli altri si abbronzano. Mi sembra di profanare un mistero che mi è stato svelato.

Ci alziamo e ci avviamo alla macchina. Roberto guida con cautela. Arriviamo a casa, un'ultima canna e ci addormentiamo come bambini l'uno nelle braccia dell'altro.

Ci svegliamo nel tardo pomeriggio. Siamo tranquilli, innamorati. L'Ecstasy ha agito come una lavanderia spirituale, ci ha ripulito interiormente. Ci protegge dagli altri, dal rumore del mondo. È da quando ho conosciuto Roberto che non sto più così bene con lui. Le incomprensioni, i malintesi, i rancori hanno avvelenato il nostro rapporto. Ora penso che non voglio più perderlo.

La via dell'anima

Una mattina Roberto mi propone di andare a trovare i suoi genitori, che sono in un residence a Capo Caccia con le sorelle e il cognato. Non ho voglia di andare, ho paura di interferenze esterne.

«Di cosa ti preoccupi?» chiede Roberto. «Prima o poi dobbiamo uscire da qui, incontrare altre persone. I miei hanno voglia di vedermi, e anch'io. Prendila come una gita.»

A casa dei suoi genitori mi sono sempre sentita a disagio, un'intrusa, malgrado la loro ospitalità. Ma non voglio litigare, perciò partiamo.

Per strada mi accorgo che al mio anello manca un brillante. Me l'ha regalato mia madre per la laurea, era suo, e prima ancora di mia nonna. Ora mi guarda come un sorriso cui manchi un dente.

«Guarda, la margherita ha perso un petalo» dico.

«È solo un anello» commenta Roberto. «Siamo noi che carichiamo gli oggetti di significati che in sé non hanno. Non farci caso. Non bisogna attaccarsi alle cose.»

Annuisco, non voglio essere superstiziosa, ma mi disturba la mancanza di simmetria, come se riguardasse me, come se avessi perso qualcosa. Guardo il buco nell'anello e avverto un presagio negativo.

Arriviamo dai genitori di Roberto. Sono gentili e distanti come sempre. La sorella minore apostrofa tutti con l'atteggiamento sessantottino che le è abituale. Andiamo al mare, facciamo il bagno. La sera ci invitano a restare. Il padre di Roberto è appena stato in Germania e si lancia in una filippica contro i tedeschi, a suo parere tutti potenziali nazisti. Ha conosciuto anche degli ufficiali scappati in Paraguay prima del crollo del Reich. Mi sembra che argomenti come uno che della Germania non sa niente, che non ha capito nulla dei tedeschi e della tragedia che ha colpito loro, gli ebrei, l'Europa intera. Parla come un libro stampato.

«Lei parla tedesco?» chiedo.

«No.»

«E come pensa di poter capire un popolo di cui non conosce neanche la lingua?»

«Non è necessario conoscere la lingua. Basta analizzare i fatti. Parlano da soli.»

«I fatti sono complessi e molto dipende dalla prospettiva con cui si osservano. Premesso che l'essere umano è imperfetto, lei crede che quello che è successo in Germania sarebbe potuto accadere solo lì?»

«Sì.»

«Perché secondo lei solo i tedeschi potevano diventare nazisti e commettere un genocidio.»

«Sì.»

Roberto cerca di sdrammatizzare. «Non toccare la Germania» dice al padre. «Sai che Caterina è filotedesca.»

«Non sono filotedesca, sono cresciuta parlando anche tedesco, pensando in quella lingua. Ma non si tratta di questo. Se solo i tedeschi possono diventare nazisti, questo significa che agli altri, cioè a noi, non potrà mai capitare. Io non ci credo, non credo alla nostra presunta innocenza. Non credo che il male sia là e noi qua. Io temo che in certe circostanze chiunque possa uccidere nel modo più efferato in nome di un ideale più forte del rispetto per l'altro.»

«La tua fidanzata sta forse dicendo che i nazisti siamo noi?» sogghigna il padre di Roberto. «Forse qualcosa ti sfugge, la Storia. I fatti sono i fatti e parlano chiaro. Quello che è successo in Germania è successo lì e solo lì. Non a caso.»

«Lei pensa che quello che è successo in Russia sotto Lenin e Stalin fosse meno grave perché c'era l'ombrello ideologico dell'uguaglianza tra gli uomini, invece della superiorità di una razza sull'altra? Se guardiamo ai fatti, la sofferenza di chi è torturato e ucciso è sempre la stessa.»

Cala un silenzio di tomba. Il disagio è palpabile. Dopo cena ci fermiamo a dormire. Roberto è furibondo, mi parla con voce bassa carica d'ira: «Come ti permetti di dare lezioni di Storia a mio padre, che ha il doppio della tua età e i nazisti li ha conosciuti? Sono venuto qui a vedere la mia famiglia e tu subito devi provocare per dimostrare che ne sai di più. Sembravi una professoressa in cattedra».

«È lui che ha cominciato.»

«E lascialo parlare. Avrà o no il diritto di esprimere le sue opinioni?»

«Anch'io ho il diritto di esprimere le mie.»

«Tu prendi sempre tutto come se ti riguardasse personalmente. Che ne sai di quello che ha vissuto lui? Sua nonna era ebrea.»

«Questo che c'entra? Non ho detto che il nazismo è stata una bella idea. È stato un suicidio collettivo, una tragedia. Ma non l'unica, né la prima. Probabilmente neanche l'ultima.»

«Basta, vuoi sempre avere l'ultima parola. Sono stufo. Domani partiamo. Non verrò mai più dai miei genitori con te.»

«Tanto meglio. Sai che io detesto le famiglie. Non ti ho mai imposto la mia.»

«Perché la tua non esiste. Ma esiste la possibilità che la gente viva insieme e si voglia bene, anche se a te non è capitato. Tu con tuo padre hai sempre avuto un rapporto pessimo, lui fa i giochini di potere e tu subisci come una liceale. Io con mio padre ho un ottimo rapporto e non sarai certo tu con le tue patetiche disquisizioni pseudointellettuali a metterlo in discussione.»

Taccio. Esco fuori sul terrazzo a fumare da sola. Cos'è successo? Ero felice, e ora? Non dovevo parlare, non dovevo prendere le cose di petto. Era meglio lasciar correre. Con Ecstasy mi ero purificata, liberata.

Improvvisamente capisco. Ecstasy era una lavanderia dell'anima artificiale. Ecco perché l'effetto è svanito così in fretta. È insopportabile. Dalla luna di miele ai battibecchi da vecchi coniugi nell'arco di due giorni. L'usura nei rapporti è lenta, graduale, ci si abitua a poco a poco e uno se ne fa una ragione. Ma così, da un secondo all'altro, è insostenibile. Ecstasy è stata una finzione, pura chimica. Non c'è stato nessun lavoro interiore. Chiunque può prendere una pastiglia in qualsiasi momento e fare l'amore sulla spiaggia attorniato dal mare e dai gabbiani. Non è Dio quello che ho visto, è melassa. La via dell'anima è dura, rigorosa. Penso a Meister Eckhart e ai suoi viaggi mistici. Lui non si baloccava con pastiglie, cercava Dio scavando dentro di sé. In silenzio e oltre al silenzio, nel niente immobile prima della creazione, fuori dal tempo, quando lui e Dio sono una cosa sola. Quello è Dio, un Dio che incute anche timore. Il mio è un consumismo dell'anima. Torno in camera, mi sdraio accanto a Roberto senza toccarlo, distante da lui intere galassie.

Paso Doble

Vedo il film montato, ma sono delusa. L'idea è ottima, le immagini forti, Eleonora ha una presenza scenica intensa, riempie lo schermo. Ma la struttura è scoordinata, i dialoghi incompleti o artificiosi. Non è solo una questione di editing. Tanta fatica, ore passate a discutere, un magma di idee, e il risultato è velleitario, amatoriale. Qualcosa non ha funzionato nella nostra sinergia.

Cominciamo a vederci meno spesso. La crisi tra Caterina e Valeria continua, parallela alla mia con Roberto. Facciamo l'amore, ma il rapporto si è anchilosato. La scenata dai suoi genitori ha lasciato una cicatrice. Stiamo diventando una vecchia coppia che non riesce a lasciarsi.

Nostalgia

A Natale andiamo a Monaco, da un'amica incontrata a New York, Eva, che ora vive con un ragazzo. Eva è allegra, forte, ha una mente scientifica e la risata dissacrante. Sia lei che il suo ragazzo sono medici e lavorano all'ospedale.

Ci ospita a Monaco a casa sua.

Roberto va in bagno e guarda la tazza del water: ha una forma concava che trattiene le feci. «Questo significa che quando i tedeschi vanno al cesso sono costretti a guardare tutta la loro merda prima che scompaia nello sciacquone?» commenta. «Fa forse parte del loro senso di colpa?» «Può darsi, non ci avevo mai pensato.»

Insieme visitiamo i castelli di Ludwig, la Fraueninsel, dove sono andata da ragazzina, prima di conoscere lo *Schloß*. Una sera decidiamo di andare alla Filarmonica a sentire un concerto. Durante la pausa nella hall, improvvisamente vedo Günther. Mi avvicino: «Ciao, sono Caterina, come stai?». Anche lui è stupito di vedermi. È tale e quale a come lo ricordo, i capelli biondo cenere della madre e della sorella, gli occhi blu intenso.

Gli presento Roberto, Eva e il fidanzato. Gli chiedo dello *Schloß*, di Ingrid e Albert. Ingrid ha sposato Karl e hanno tre figli. Lui ha sposato l'olandesina e anche lui ha avuto tre bambini. Ha vissuto per qualche anno in India. Ora è separato e vive a Monaco. Mi invita allo *Schloß* per la settimana della musica. Ci sarà anche Albert, che è impresario musicale. La moglie è una cantante lirica famosa. Hanno due bambini.

«Parlavamo di te l'altro giorno. Ci chiedevamo se eri diventata una grassa mamma italiana.»
«Be', non proprio» rispondo.
Mi guarda con aria diversa. Non sono più la bambina goffa e timida che ha conosciuto. Lui è un uomo, ma riconosco la risata calda, irresistibile.
«Allora ti aspetto» dice.
«Vengo senz'altro.»
Per anni non ho più pensato allo *Schloß* e ora mi viene una nostalgia intensa, come di una parte di me che ho perduto e non ho mai potuto condividere con nessuno.

Non si può mai salvare nessuno

Caterina ha lasciato Valeria per un'altra donna, Anita, anche lei sposata. Valeria è fuori di sé. Gli amici le si compattano attorno. Nessuno sopporta la nuova fidanzata di Caterina, che ha il torto di essere una borghese con velleità intellettuali. Io non giudico. Mi dispiace per Valeria, ma voglio bene a Caterina, comunque.
Una sera viene a trovarci con Anita. Appena la vedo, capisco la diffidenza degli amici. C'è qualcosa che mi disturba tra le due, un'ombra cupa e inquietante. Anita è ricca, la madre è morta da un anno lasciandola unica erede. Vuole finanziare una rivista letteraria per Caterina, ha appena comprato una Mercedes bianca su cui girano per Milano come Gatsby nella New York degli anni Venti. Fissa Caterina con sguardo adorante. Caterina è gratificata, la domina totalmente. Sono certa che si fanno insieme di eroina, e non sarà certo Anita a frenarla. Sento nell'aria un cupio dissolvi che mi fa male all'anima. Anita è un agnello pronto a immolarsi sull'altare del suo amore per Caterina e per l'arte. Non aspetta altro. Non ha difese.
«Sai come ci siamo conosciute?» dice Caterina. «Lei si è presentata dopo una lettura di poesie col manoscritto rilegato del mio libro.»
«Non era più in commercio, allora l'ho fotocopiato, l'ho fatto rilegare e gliel'ho regalato» puntualizza Anita, lisciando i lunghi capelli scuri e accarezzando Caterina con gli occhi.

«Una dedizione assoluta. Impossibile resistere. Lei è la donna della mia vita. Insieme faremo una rivista straordinaria» dice Caterina.

È allegra, vivace, ma emana un'energia artificiale. Non so come metterla in guardia. Inutile farle prediche, non mi compete. È perfettamente in grado di ribadire con la dialettica, dimostrare che è tutto a posto, negare l'evidenza. "Non si può mai salvare nessuno" penso. L'unica cosa che posso fare è starle vicina, anche se è difficile.

Anita è dolce, ma possessiva. La vuole tutta per sé e non ha l'umorismo di Valeria, la sua mente sottile. Parlare con lei mi annoia e avverto il muro di incomunicabilità con gli altri. Passiamo insieme un paio d'ore, poi se ne vanno.

«Questa volta forse ce la fa» commenta Roberto.

«A fare che?» chiedo.

«A suicidarsi. Ha trovato la persona giusta. Insieme sono una combinazione micidiale.»

«Anche tu hai avuto questa sensazione?»

«Più che una sensazione, temo sia una certezza.»

«Mi rifiuto di pensarlo. Magari è solo una fase e lascerà anche lei come ha fatto con tutte le altre.»

Roberto mi lancia un'occhiata triste velata di grigio: «Speriamo».

Anime disperate

Teo mi chiama e vado a trovarlo a Venezia. Abita con degli studenti di Architettura in una casa diversa. Spariti i pittori, sono rimasti Vresh e Simona. Alta, goffa, le spalle curve, il volto largo pieno di nei, il naso allungato, il corpo informe, i movimenti sgraziati e scoordinati. Ha la voce bassa, da travestito, e una sofferenza che traspare di continuo.

Dopo una festa in cui tutti finiamo ubriachi, vedo che lei si infila nel letto di Teo. Mi sembrano due anime disperate che si consolano a vicenda. Il giorno dopo Simona mi si avvicina e a poco a poco inizia a parlarmi. Mi racconta che viene da Bari, ha conosciuto Teo per caso perché dividono la casa. È reduce da una storia sentimentale tragica. Beve e si fa di eroina.

«Così ti ammazzi» dico.

«Non me ne frega niente.» Ride sollevando leggermente il capo, alza e abbassa la testa a braccia conserte, cullandosi da sola.

Malgrado la devastazione, ha magnifici occhi neri dalle ciglia lunghissime. Una folta massa di capelli ricci color ebano.

Sa che Teo mi ha amato alla follia. Invece di odiarmi, mi rispetta per questo. Non conosce l'invidia. Non si aspetta niente da nessuno. Sento che è timida, intelligente e sensibile. Che ama Teo. Le sono grata che gli stia vicino.

Teo è contento di vedermi, neanche lui conosce il rancore. Camminiamo per Venezia sotto la pioggia. Una sera, mentre gli racconto la mia vita a Milano con Roberto, scoppio a piangere ed è lui a consolarmi. Passo tre giorni da loro e mi affeziono a Simona. Sempre quando vedo Teo sento riaprirsi una ferita, come l'eco di qualcosa che poteva essere, un'occasione perduta. Ma è inutile voltarsi indietro.

Un tuffo nel tempo

È febbraio. La settimana della musica s'avvicina. Vado a Monaco e parto per lo *Schloß* con Günther sulla sua Porsche. Mi racconta della sua separazione. Mentre Ulli, la moglie, era incinta del terzo figlio, si è innamorato di Tanja, diciannovenne. Una passione totale scoppiata al castello. Per lei ha lasciato Ulli inimicandosi tutti, famiglia e amici. Tanja non è stata mai accettata. Ma lui l'ha amata, hanno vissuto insieme tre anni, poi è finita.

«Perché?» chiedo.

«Non potevo lasciarla sola, era troppo dipendente e io dovevo viaggiare molto per lavoro. Poi c'era il problema dei figli. Lei era gelosa, diceva che se avessimo avuto figli insieme sarebbero stati di serie B. Cosa per me assurda. Se avrò figli da un'altra donna, per me saranno sempre tutti uguali. Ma lei non l'ha capito. Ora sta con un mio amico, uno molto ricco.» Le sono sempre piaciuti gli uomini ricchi.» Ride, ne parla con indulgenza, come di un tratto infantile. «Ma io non ero certo ricco quando ci siamo conosciuti. Avevo appena fondato la mia ditta, stavo iniziando a farmi una posizione nell'informatica.

Forse è rimasta colpita dallo *Schloß*, ma poi ha capito che non rende ricchi, non è un'associazione a scopo di lucro.»

Varchiamo il cancello di entrata al parco, Günther fa un cenno al guardiano e prosegue senza fermarsi. Scivoliamo sulla strada bianca di ghiaccio, circondata da boschi di abeti innevati. Dopo una curva scorgo il grande prato e il castello in lontananza, erto sulla collina, stagliato contro il massiccio della montagna sullo sfondo. Sento un tuffo di nostalgia. È identico a come lo ricordavo, la mia *Montagna incantata*, dove il tempo è sospeso. Il tempo trascorre solo in pianura, dove vivono gli esseri umani normali.

Günther non parla più. Arriviamo al castello, lui chiede le chiavi della mia stanza, mi saluta. «Adesso devo lavorare» dice. «Ci vediamo dopo, a cena.»

Entro in camera, appoggio la valigia, mi affaccio alla finestra. Davanti a me c'è il prato retrostante dove iniziava la festa dell'estate. La prima volta che sono entrata al castello ero una bambina, eravamo tutti bambini. Allora due mesi qui erano una vita. Al ritorno non sapevo come raccontare quello che mi era successo, era qualcosa che riguardava solo me e gli amici dello *Schloß*. Essere di nuovo qui mi fa sentire piccola, adolescente. Allo stesso tempo sono una giovane donna senza radici. I miei amici hanno fatto figli, io non ho nessuna stabilità da offrire a un bambino. Mi sento monca. Ma sono felice di essere qui, di avere ritrovato i miei compagni di allora. Mi vesto per la cena e scendo.

Günther mi accoglie con un sorriso, mi porta da Albert, che mi presenta sua moglie, una soprano nera come l'ebano, e i due bambini mulatti. Albert è cambiato, un po' appesantito e stempiato. Ha perso molti capelli dopo un attacco di tifo. Ma gli occhi sono uguali, lo sguardo verde sornione. Mi siedo e osservo Albert parlare con Günther. Il loro rapporto è lo stesso di allora, Albert smorza gli impulsi di Günther con la sua ironia, lo equilibra. C'è tra di loro l'amicizia profonda di chi è cresciuto insieme. I genitori erano già amici prima che loro nascessero, anche i nonni. Guardo la sala, nulla è cambiato. Ci sono ancora i tabelloni con i nomi degli ospiti, sui cartoncini colorati disposti lungo i vari tavoli.

Mentre Albert e Günther discutono del concerto in cui canterà la moglie di Albert, e i bambini corrono tra i tavoli, colgo il commento seccato di due anziane ospiti: «Cosa ci fanno i negri qui?». Günther è furibondo: «Sembra impossibile che esista ancora gente così». Albert gli appoggia una mano sulla spalla: «Non te la prendere. Lascia perdere».

Al nostro tavolo c'è un pianista russo, riservato e silenzioso. Il suo inglese è scarso, capisco solo che suonerà il pomeriggio seguente. Parlo anche con un violinista ungherese e un tenore americano. Ha cantato all'Arena di Verona, ha un ottimo ricordo delle grappe locali. Un basso australiano invece rievoca un'*Aida* alle Terme di Caracalla.

Ogni tanto Günther mi lancia un'occhiata. Non mi ha mai guardata così quando eravamo ragazzi. Sono emozionata. Piani temporali si sovrappongono. Noi tredicenni scatenati al primo tavolo, io che mi piego in due dalle risate, la libertà totale dell'infanzia. Io quindicenne irrigidita dalla timidezza mentre il mio cuore batte per lui e nessuno lo sa. Lo shock dopo una caduta da cavallo, il panico a diciannove anni quando il boscaiolo tenta di violentarmi e non riesco a parlarne con nessuno, neppure con Albert. Io che fumo le prime sigarette, che scappo dallo *Schloß* ormai vuoto, senza più i miei amici. Poi ho voluto dimenticare. Ora gli strani percorsi della vita mi hanno riportato qui ed è come se una parte di me non fosse mai partita.

Dopo cena saliamo da Albert, che sta nella torre, poi di nuovo giù nella *Lesezimmer*, accanto al caminetto.

«Dove sono i tuoi figli?» chiedo.

«Non abitano più qui. Vivono con la madre e il suo compagno in campagna. Lei stava per portarli in Australia, ma non li avrei più visti e mi sono opposto. Ora le cose vanno meglio, ci sono meno tensioni.»

«E Ingrid dove abita?»

«In un piccolo castello vicino a Monaco. Con Karl non va tanto bene, lui ha problemi sul lavoro e la tradisce con altre donne.»

Non capisco come un uomo possa tradire Ingrid, che è dolcissima e bella come un angelo.

«Non hai provato a parlargli?»

«Sì, ma lui dice che non può farne a meno, che è fatto così.»

Günther scuote il capo ridendo: «Vanno spesso in India, lui è medico e ha fondato una piccola ditta di prodotti ayurvedici. Sono ottimi, ma non è capace di lanciarli e organizzare una rete di vendita efficiente. Non è tagliato per gli affari. Forse è anche sfortuna».

«E Beba?»

«Lei non si è mossa da qui. Vive in una casetta sotto al castello. È stata la prima ad avere un figlio, era già incinta a diciannove anni.»

«Mi piacerebbe andare a trovare Beba e Ingrid.»

«Ti accompagno. Anche domani.»

«E gli altri? Adrian, Thomas?»

«Adrian è sempre uguale. Siamo molto amici, come con Albert. Thomas è un po' cambiato, si è imbolsito, ma ogni tanto torna anche lui.»

Segue una pausa di silenzio, mentre le fiamme crepitano nel camino.

«Tu non hai mai voluto bambini, vero?»

«Non credo di avere il temperamento adatto.»

«Non è necessario avere figli. Tu eri appassionata di letteratura, ti occupi sempre di libri?»

«Sì, traduco. Ho scritto sceneggiature per qualche anno. Prima ho insegnato letteratura tedesca, poi mi sono stufata dell'università. Avevo voglia di viaggiare, conoscere il mondo.»

Continuiamo a parlare davanti al camino. Günther mi racconta le tensioni familiari, il suo isolamento dopo la fine del matrimonio, la pena per i figli che non vivono più con lui. Non abbiamo mai parlato così intensamente. A un certo punto mi guarda, mi mette la mano sulla spalla. «Stai bene?» chiede.

«Sì.» Sento la sua mano che trema, sono emozionata come una quindicenne. Volto il capo dall'altra parte.

«Caterina» mi dice, e mi gira la testa verso di lui.

«Sì?»

Mi bacia, mi avvolge tra le braccia, mi stringe. Sento la sua energia che si mescola alla mia. Sono paralizzata dall'emozione. Mi sento d'un tratto un elemento anomalo al castello.

«Io sono una piccola araba» dico.

«Come?»

Non so come dirlo diversamente. Lui mi bacia ancora. Stiamo un po' davanti al camino senza parlare. Poi mi aiuta con dolcezza ad alzarmi e mi accompagna in camera, apre la porta, mi sdraia sul letto, mi spoglia. Lascio fare e intanto la mente è altrove. Ho quindici, sedici anni, Günther è parte dello *Schloß*, sono innamorata di lui perché in lui vedo l'Anima tedesca. È passionale, leale, tormentato. Diffida degli idealismi perché ne intuisce i rischi. Riconosco il suo odore di legno muschiato, la consistenza della pelle, la peluria bionda sulle braccia, sul petto. Toccarlo è come toccare una parte di me, ritrovare la nostra adolescenza. Ai noi due di allora si sovrappongono i noi due di adesso. Sto facendo l'amore con Günther perché è quello che doveva essere e non è stato. Questa notte insieme è un tuffo nel tempo, una rettifica, un addio. Non potrei vivere con lui. Non funzionerebbe. Io non sono parte dello *Schloß*. Vengo da altri mondi, sono un incrocio tra un arabo e una bizantina. Mi sentirei un'intrusa tra lui e i suoi figli, mi sembrerebbe di portargli via il padre. Mi identifico sempre nei figli, è la piaga che non si rimargina, il ricordo dell'abbandono. Ma questa notte è un balsamo sulle nostre ferite, sull'angoscia della perdita, del tempo che fugge.

Mi sveglio all'alba. Günther è già andato, sento ancora il suo odore nelle lenzuola. Penso a Roberto, ma non mi sento in colpa. Quello che è successo riguarda solo me e Günther, la nostra vita allo *Schloß* non ha niente a che vedere con Roberto. Non so se rimarrò con lui, al momento non voglio pensarci.

Mi alzo, mi vesto e vado a fare colazione. Il nostro tavolo è ancora deserto, tranne il musicista russo che accenna un saluto con occhi grigi d'alba. Dopo un po' arriva Albert con la famiglia.

«Allora, che effetto ti fa tornare?» chiede.

«È strano, è un po' come non essere mai partiti. Ma siamo cambiati, tu adesso hai una famiglia. Immagino che il tempo scorra diversamente quando hai figli. Io non ne ho e a volte mi sento uguale ad allora. Non ho termini di riferimento al di fuori di me.»

«Con i figli non sei più il centro dell'universo» dice. «La priorità sono loro. Io amo i bambini, mi piace allevarli e vederli crescere. Passo più tempo io con i miei figli di mia moglie. Lei viaggia molto per lavoro, canta in tutto il mondo.» Le prende la mano e le sorride, mentre i bambini bevono il caffellatte, si alzano e vanno fuori a giocare.

Non immaginavo Albert in veste di padre affettuoso. Ma mi ha sempre colpito la sua umanità e la refrattarietà a qualsivoglia ideologia, idealismo, nostalgia o tentazione religiosa.

Dopo un po' arriva Günther, mi sorride, mi accarezza lievemente i capelli. «Hai dormito bene?».

«Benissimo» dico.

«Ti va di fare una passeggiata? Andiamo a trovare Beba, se vuoi.»

«Volentieri.»

«Ci vediamo sul terrazzo fuori tra una ventina di minuti. Finisco di fare una cosa e arrivo.» Fa un cenno di saluto con la mano e se ne va.

«Che tipo era Tanja?» chiedo a Albert.

«Sensuale e avida. Capelli scuri, a Günther sono sempre piaciute le donne brune. Una ragazzina. Aveva diciannove anni quando si sono conosciuti qui al castello. Lui ha perso la testa. Ulli ha sofferto molto, i bambini anche. Con Tanja non avrebbe mai potuto funzionare, ma ci ha messo tre anni a lasciarla. Sarebbe finita prima, se lei non si fosse così aggrappata a lui. Non voleva lasciarlo andare.»

«Neanche a te era simpatica.»

«La cosa più terribile era la situazione coi figli. Lei era in competizione con loro. Günther chiamava per dire che li avrebbe visti il weekend, poi all'ultimo momento cambiava programma. Soprattutto il maschio ne ha molto risentito. Le bambine anche, ma hanno un altro carattere e hanno reagito meglio.»

«Sono ancora piccoli.»

«Sì, ma quando Günther e Ulli si sono separati, il più grande aveva sei anni e l'ultima non era ancora nata.»

«Non ha mai pensato di tornare con Ulli?»

«Günther non è tipo da tornare indietro. Quando una cosa è finita, è finita.»

«Capisco.» Guardo oltre la grande vetrata, verso il prato e le montagne sullo sfondo. «È ora di andare» dico.

«Buona passeggiata. Ci vediamo a pranzo.»

Günther è già sul terrazzo accanto alla *Lesesaal*.

«Andiamo a piedi?» chiedo.

«Sì, Beba abita sotto la pensione dopo la *Gasthaus*. Non è distante.»

«Ok.»

Ci incamminiamo lungo il sentiero coperto di neve. Ai lati il bosco di abeti disegna ricami di ghiaccio.

Gli scarponi affondano nella neve soffice. Svoltiamo a destra, costeggiamo la piccola *Gasthaus*, dove mi hanno soccorso subito dopo la caduta da cavallo, quando avevo diciannove anni. Ogni angolo è un pezzo di memoria. Proseguiamo in silenzio fino a quando intravedo una baita di legno in mezzo agli alberi. Günther si avvicina e bussa. «Siamo noi» dice.

La porta si apre, Beba ci viene incontro sorridendo. L'abbraccio. È uguale a come la ricordo, anzi più carina, i lineamenti ammorbiditi dalla maternità.

«Quanto tempo» dice rivolta a me. «Accomodatevi.»

Entriamo in una stanza foderata di legno col caminetto acceso. Beba ci offre tè e biscotti. Mi racconta della sua vita. Non si è mai mossa da lì. Le pareti sono tappezzate di foto della figlia, già adolescente e biondissima, mentre Beba ha i capelli castani.

I suoi occhi oscillano tra me e Günther. Sento un lieve imbarazzo. Non so dire se Beba è contenta o no, per me è strano rivederla madre. Mentre sento Günther più vicino rispetto a quando eravamo ragazzini, tra me e lei si è scavato un fossato. Allora ero timidissima, lei e gli altri molto più disinvolti. Ma poi ho girato il mondo e lei non si è mossa da lì. È come se fosse rimasta bloccata all'adolescenza, la figlia l'ha costretta prematuramente a un ruolo di madre che ora me la fa sentire distante.

Cerco di nascondere il disagio dietro ai sorrisi e alle frasi di circostanza. Sono contenta di vederla, ma in verità non riesco più a instaurare un rapporto con lei e quando Günther dice che è ora di andare nascondo un sospiro di sollievo.

«Mi ha fatto piacere rivederti. Stai bene» mi dice Beba sulla soglia.

«Anche tu.»

Io e Günther ci incamminiamo di nuovo in mezzo al bosco, silenziosi.

«Non vi frequentate molto, vero?» chiedo dopo un po'.

«No, io sono spesso in viaggio per lavoro, poi vedo i miei figli, che abitano a due ore di distanza. Beba non si muove da qui.»

«È felice col marito?»

«Difficile dirlo. Quando conosci qualcuno a diciannove anni, a trentatré non è detto che si sia cresciuti allo stesso modo.»

«Vorrei rivedere Ingrid.»

«Abita vicino a Monaco. Domani ho un appuntamento da quelle parti. Se vuoi vieni con me, poi passiamo a trovarli.»

«D'accordo.»

Tornati al castello, Günther mi dà un bacio leggero sui capelli. «Ora torno a lavorare. Ci vediamo dopo.» Sorride e se ne va.

Passo in camera, prendo un libro e mi rifugio nella *Lesesaal*, accanto al caminetto. Fuori inizia a nevicare, fiocchi bianchi coprono il paesaggio in un silenzio ovattato. Mi assopisco senza rendermene conto, mi sveglio poco prima dell'ora di pranzo. Vado in camera a sciacquarmi il viso, poi entro nella sala da pranzo. Il nostro tavolo è al completo, ma Günther non c'è. Guardo il suo posto vuoto accanto al mio, Albert mi precede: «Günther è dovuto andare a Monaco per un'emergenza. Ha cercato di avvisarti, ma non eri in camera. Torna a prenderti domani mattina per portarti da Ingrid».

Dopo mangiato, indosso la giacca col cappuccio, gli stivali imbottiti di pelo, ed esco in mezzo ai fiocchi di neve. Mi incammino lungo la discesa del castello, costeggio il grande prato candido, faccio a ritroso parte della strada percorsa con Günther, devio per un sentiero nel bosco. Cammino per circa un'ora, seguendo il ritmo dei passi attutiti dalla neve soffice. Penso a me, Albert, Beba, Günther. A come siamo cambiati. Lo spartiacque sono i figli, io sono l'unica a non averne avuti. Per la prima volta mi rendo conto che nessuno dei miei amici ha figli. Tranne quelli dello *Schloß*, che ho conosciuto quando ero ancora una bambina. I figli sono una verifica. Non averne permette di vivere in un limbo di eterna adolescenza dove si invecchia più lentamente ma si è sterili. Non ci si misura. Non si commettono gli errori dei tuoi genitori. Non ci si sporca le mani. Non si sbaglia, dunque non si cresce. Non voglio diventare la caricatura di me stessa.

Questo è il paesaggio dove Günther è nato e cresciuto. Montagne coperte di boschi, abeti fitti dal tronco teso slanciato verso il cielo. Intorno il deserto bianco. Vuoto. La neve assorbe ogni movimento. Manca la vastità mobile dell'acqua. Quella dei laghi raccoglie i pensieri, non placa. Rimane la nostalgia dell'infinito.

Torno in tempo per il concerto nella *Lesesaal*. Il musicista russo si siede al piano mentre la neve fuori della finestra si tinge di ombre azzurrine. La tastiera si anima in una danza di nostalgia struggente. Dietro al silenzio imperscrutabile degli occhi d'alba si nasconde un'insospettabile energia; d'un tratto dalle note precipita la tragedia di un popolo: le illusioni e i rovesci della storia, passione follia e dolore, deliri, canti e sbornie, cosacchi ubriachi e zingari, vodka e troike impazzite, corse su slitte tra boschi di neve, proclami e bagni di sangue, deliri e speranze. La nudità dell'anima straziata, ma anche la gioia violenta di essere vivi e rubare stralci di luce al tempo.

Le ultime note svaniscono nel silenzio ricomposto della sala. Fuori la sera ha steso un'ala di corvo sul paesaggio. Sono commossa e turbata. Non so nulla dell'Anima slava, tranne Dostoëvskij. Più tardi ho scoperto la vena surreale di Bulgakov. Nel *Maestro e Margherita* ho seguito passo passo Gesù Cristo prima del tradimento a Gerusalemme, mentre sull'altro piano temporale il dirigente del partito si ritrovava in papalina all'aeroporto di Kiev. Poi ho tradotto Andropov e Cherchenko e la mia curiosità si è spenta nella burocrazia e nella retorica vuota del realismo socialista. Le note del musicista russo hanno toccato in me corde sconosciute, uno strano déjà-vu per qualcosa che ancora non conosco, una specie di ricordo del futuro. Finalmente mi alzo un po' straniata e raggiungo gli altri nella *Speisesaal*. Il musicista russo siede apparentemente impassibile. Ma ora so che dietro la sua compostezza si nascondono tempeste e furori.

Dopo cena ci spostiamo nel salone. Al piano c'è ancora il vecchio Otto dagli occhi azzurri luminosi. Il direttore dà inizio alle danze. Sto seduta a osservare le coppie che si formano, gli uomini invitano le donne con un leggero inchino, come cent'anni fa. Come se non ci fossero state guerre e l'Europa non fosse sprofondata nelle trincee e nei bombardamenti. Come se non fosse mai arrivata una cultura più giovane importata dall'America. Il valzer sostituito dal boogie-woogie. Mentre seguo l'onda dei pensieri, d'un tratto mi ritrovo davanti il musicista russo che mi invita con un cenno a ballare, il lampo di un sorriso tra le labbra. Mi alzo e lo seguo tra il volteggiare delle coppie in mezzo al salone. Lui mi afferra la vita e mi imprime uno slancio con mano energica. Mi lascio trasportare seguendo il ritmo e tenendomi salda sulle gambe. Fluttuiamo avanti e indietro tra le altre coppie, i piedi eseguono disegni precisi mentre il corpo ondeggia. Lui mi tiene per la vita, il busto si inarca e i capelli volano da tutte le parti, la gonna si solleva scoprendo le gambe, mi lascia andare e mi avvito su me stessa, poi mi riprende e voliamo a zig-zag sulla pista. Socchiudo gli occhi, la prospettiva diventa obliqua, il passato è travolto dal presente, dai guizzi tra le gambe e il fruscio dei capelli che mi sfiorano il viso.

Più tardi a letto penso che non ho quasi scambiato una parola col musicista dagli occhi d'alba. Ma non c'è nulla da aggiungere che in realtà non sia stato detto. Chiudo gli occhi e mi addormento nel silenzio di neve intorno.

L'indomani arriva Günther subito dopo colazione.

«Sei pronta? Ho già avvisato Ingrid che ci aspetta.»

Salgo in macchina e percorriamo a ritroso il tragitto fino a Monaco. Guardo lo *Schloß* che si allontana, lo spazio bianco e il silenzio rotto solo dai corvi, nessuna traccia d'uomo a parte il castello sulla collina. Mi allungo sul sedile e seguo la strada snodarsi tra boschi di abeti e neve. Poi, oltre l'ultima curva, il cancello d'entrata. Günther fa un cenno al guardiano e prosegue immettendosi sulla statale per Garmisch, fino all'imbocco per l'autostrada.

«Ho appuntamento con Karl a Monaco. Poi andiamo insieme a Charlottenburg, dove abita con Ingrid e i bambini.»

«Ok.»

Siamo tutti e due silenziosi. La giornata è grigia, illuminata dalla neve lungo i bordi dell'autostrada.

Arriviamo a Monaco. Karl ci aspetta davanti all'entrata della ditta dove importa prodotti ayurvedici dall'India. Non è cambiato, gli stessi capelli lunghi di quando era adolescente, con una sfumatura ironica nella voce più marcata.

Lo saluto, lo abbraccio. Mi sembra che mi trattenga un attimo più del necessario. Lo sguardo si alterna tra me e Günther, come alla ricerca di conferma su qualcosa che non so e non voglio sapere.

«Ci siamo chiesti in questi anni che fine avessi fatto.» Si sofferma un attimo a squadrarmi. «Be', sei ancora più bella.» Mi valuta con aria da intenditore. «Ti abbiamo fatto tutti la corte, ma non c'è stato niente da fare. Vero, Günther?»

Nel suo sguardo c'è un'ostentazione che non apparteneva al nostro lessico di allora, dove tutto era più spontaneo. Mi sembra che non dovrebbe guardarmi così davanti a Günther, di cui ha sposato la sorella. Lascio correre. Günther sorride impassibile.

«Anche tu sei in gran forma» dico. «Non vedo l'ora di incontrare Ingrid e i bambini.»

«Andiamo. Lei ti aspetta. È un po' stanca, i bambini l'affaticano molto. Soprattutto il più piccolo, che è stato malato negli ultimi tempi. Tu non hai figli, vero?»

«No.»

Saliamo di nuovo in macchina dietro a Karl.

«Mi sembra molto sicuro di sé» dico.

«Non lasciarti ingannare. In realtà ha vari problemi. Con Ingrid non va bene. Lei è stufa dei suoi tradimenti, ma non lo lascerebbe mai, per i bambini. Sono molto piccoli.»

Seguiamo la macchina di Karl oltre un cancello, in un giardino. Di fronte un edificio basso e allungato su ambo i lati, un piccolo maniero rosa.

«Eccoci» dice Günther.

Scendiamo, percorriamo l'acciottolato che divide il giardino. Ingrid ci viene incontro sorridente, un bambino al collo e altri due, maschio e femmina, ai fianchi.

Mi saluta con voce flautata leggermente rauca, il viso dall'ovale perfetto incorniciato di biondo, il corpo sottile da fata. È la Ingrid di sempre, sinuosa e sensuale, ma lo sguardo è più stanco, la pelle segnata da qualche ruga sottile intorno agli occhi. Evidentemente si trascura, assorbita com'è dai figli, che anche ora la chiamano, la tirano per mano, le chiedono qualcosa. Ha perso l'inarrivabile leggerezza di quando l'ho conosciuta. Non sembra felice. Sento montare dentro un'onda d'ira per Karl che l'ha ridotta così. Ingrid era ed è la creatura più bella che abbia mai visto, la fanciulla che avrei voluto essere io. Non l'ho mai sentita parlar male di qualcuno, lamentarsi. Mai un'ombra di meschinità o di invidia. Karl non la merita, è intelligente ma superficiale, mentre lei è una persona speciale. Vorrei parlarle, ma è troppo discreta per aprirsi con me.

L'accompagno in cucina, mi prepara una tazza di tè mentre i bambini giocano, corrono, chiamano. Lei li segue dolcissima, attenta.

«È bello che tu e Günther vi siate ritrovati così, per caso» dice in un momento di pausa.

«Sì. È stato strano tornare allo *Schloß*, rivedere Albert, conoscere sua moglie e i bambini.»

«Albert viene al castello almeno due volte all'anno. Fa l'impresario teatrale, è così che ha conosciuto Sheila.»

«L'ultima volta che vi ho visti, stavate insieme» dico.

Erano una coppia magnifica. Lui alto e bruno con gli occhi verdi, lei un folletto biondo.

«Ah sì, eravamo molto giovani.» Un sorriso le illumina gli occhi stellati di blu e le apre due fossette sulle guance. Per un attimo torna ragazzina. «Poi sono andata in India. Non volevo più tornare, è venuta mia madre a prendermi.»

«Perché?»

«Mi ero innamorata di un ragazzo francese, un artista che fumava hashish e viveva come un sadu. Mia madre non era d'accordo.»

«Da quanto tempo sei sposata con Karl?»

«Da dieci anni. Non è sempre facile. Lui ha delle idee geniali. Ma ha problemi sul lavoro. Siamo stati diverse volte in India insieme. Il bambino più piccolo è nato lì. In taxi. Non abbiamo fatto in tempo ad arrivare all'ospedale. Tu conosci l'India?»

«No.»

«È un paese speciale. Non a tutti piace. Ma la mia famiglia è da sempre legata all'India. È un posto che ti cambia. Non è un paese dove vai a fare un viaggio e poi torni come prima.»

«Per ora non mi attrae. Forse non è ancora il mio momento.»

Lei mi guarda assorta, allontana una ciocca biondo cenere dalla fronte: «Ognuno ha i suoi tempi. E poi non è detto che tutti dobbiamo fare le stesse cose».

«Sì, per esempio io non ho bambini.»

«Sei sempre in tempo a farne.»

«Non so.»

«I bambini ti legano, dopo non sei più libera come prima. Anche se ci sono problemi tra te e tuo marito, ci pensi bene prima di lasciarlo perché loro soffrirebbero.»

La voce si incrina leggermente, ma Ingrid si riprende subito. Si raddrizza sulla sedia e mi guarda, un sorriso lieve sulle labbra.

«I figli di Günther devono avere sofferto molto quando si è innamorato di Tanja e se ne è andato» dico.

Annuisce, improvvisamente seria: «Per i bambini è stato devastante. Anche per la moglie, che stava per partorire il terzo. Ci siamo tutti schierati con lei. Per quattro anni non abbiamo più visto Günther. La famiglia e gli amici gli hanno fatto il vuoto attorno».

«Deve essere stato terribile per lui.»

«Sì.» Esita un istante, poi prosegue: «Günther si è assunto presto molte responsabilità. Forse troppe. Si è sposato a vent'anni. Era molto innamorato di Ulli».

«Mi ricordo. Lei era più grande di lui.»

Rivedo Günther che abbraccia Ulli mentre ballano, la testa di lui che affonda tra le ciocche scure sul collo di lei. Io che esco inosservata, una fitta di gelosia nella pancia. Erano belli insieme, io non c'entravo.

«Sì, lei aveva qualche anno in più. Una volta, mentre stavamo andando in autobus a scuola, lei camminava lungo il ciglio della strada e lui ha detto: "Quella è la donna che voglio sposare".»

«L'ha fatto.»

«Certo. E le ha dato tre figli. Ma poi è arrivata Tanja, giovanissima. Era loro ospite. Girava per casa di Günther in reggiseno e mutande mentre la moglie era incinta. Lui ha perso la testa. Ha vissuto con lei gli anni della giovinezza spensierata che si era negato.»

«Tanja deve avere una sensualità straordinaria» osservo a bassa voce, rigirando la tazza tra le mani.

Ingrid sorride: «Immagino di sì. Ma non aveva scrupoli. Non era la donna per lui». Mi lancia un'occhiata indefinibile. «Tu eri innamorata di mio fratello, vero?»

Alzo gli occhi di scatto, sento le guance imporporarsi. «Sì, ma non lo sapeva nessuno. Ero troppo timida.»

«Io l'avevo capito.» Ho un lieve moto di imbarazzo che nascondo allungandomi a prendere un altro sorso di tè. Dalla cucina sento i bambini che si muovono per casa. Günther e Karl parlano in giardino. «E ora?» Mi guarda tranquilla.

«Ora cosa?»

«Com'è rivederlo?»

«Bello, non siamo mai stati insieme così. Ma è strano. Non siamo più adolescenti. Ho la sensazione di averlo rincontrato dopo troppi amori e troppi figli. E poi sto con un ragazzo, anche se non va molto bene.»

«Lo so. Eri con lui quando vi siete rivisti alla Filarmonica. Non devi sentirti a disagio. Ci sono cose che solo le donne capiscono. E comunque nessuno conosce il futuro.»

Annuisco. Ingrid ha uno sguardo non più da ragazzina, ma da donna all'apice della femminilità. Prima non l'avevo notato, distratta dalla sua aria un po' trasandata. Sono i segni impercettibili sul viso a conferirle una profondità che prima non aveva. La pelle compatta dell'adolescenza non ha spessore, non ha storia. Ingrid non è mai stata così bella: donna, amante, madre. C'è in lei una generosità nuova, nata dall'esperienza. Crescere, amare e soffrire con gli altri. E dare la vita.

Ci alziamo, raggiungiamo gli altri in giardino. I bambini hanno indossato guanti e giacche e si lanciano palle di neve. La bambina sta costruendo un pupazzo più grande di lei, assorta.

«Mi spiace interrompervi, ma dobbiamo andare» dice Günther. «Devo rientrare a Monaco per un appuntamento.»

Abbraccio Ingrid, Karl, i bambini.

«A presto» dice lei, stringendomi.

«Tieni, questo è per te.» La bimba mi porge un dolce di marzapane. Mi osserva con cura, poi aggiunge: «Tu non sei tedesca, sei indiana, vero?».

Scuoto il capo. Ingrid scoppia in una risata. Quando ride inarca il collo, scopre gli incisivi, il viso le si illumina e somiglia come una goccia d'acqua al fratello. Li divide solo il genere, molto marcato in entrambi.

Saluto con la mano, salgo e la macchina si allontana lungo il viale.

Günther mi porta a casa sua, a Monaco. Aspetto che torni, è la nostra ultima sera insieme. Ascolto una cassetta di Tina Turner. Alla parete un grande poster del primogenito a Goa, accovacciato tra le braccia di Günther, il capo minuscolo profilato di luce al tramonto. L'abbandono composto del figlio tra le braccia del padre. La fiducia, la calma precisa del gesto. Silenziosa. Un'immagine perduta eppure per me intoccabile. Non potrei mai togliere il padre a questo bambino. O allontanarlo da lui. Perché io sono anche *questo* bambino. Che non vedrò mai.

Cammino per la casa. Gli oggetti di Günther sono impregnati del suo odore. Annuso. Vado in cucina e accendo una sigaretta. La porta si apre. «Ciao.» Sorrido mentre entra, si china a baciarmi, si toglie la giacca. Come se vivessimo insieme e questa fosse normale consuetudine. «Tutto bene?» chiedo. Annuisce. «Vuoi qualcosa da bere?»

«Sì, un po' di vino bianco.»

Gli porgo un bicchiere e ne verso uno anche a me. Brindiamo. «A noi.»

«A noi.»

«Cosa hai voglia di fare?» domanda.

«Non so. Non ho programmi. Tu?»

«Ti va di cenare in un ristorante francese?»

«Va benissimo, purché non sia italiano. Tu non mangi mai a casa, vero?»

«Detesto cucinare. Ma se vuoi, ci facciamo portare qualcosa.»

«No, dài, andiamo. Ho voglia di uscire.»

Musica, vino, luci basse e diffuse. Gli occhi di Günther blu zaffiro.

«Ti piace qui?»

«Sì, molto.»

«Devi proprio partire, vero?»

«Sì.»

«E quando torni?»
«Presto, Monaco non è distante.»
«A noi» ripete Günther. «Al destino che ci ha fatto ritrovare.»
«A noi.»
Brindo, lo guardo, i lineamenti segnati dall'intelligenza e dal carattere.
Paradossalmente Günther è un campione perfetto della razza ariana perseguita da Hitler con ferocia. Conosce bene le trappole dell'Idealismo tedesco, perché anche lui è idealista, sebbene la sua indole sia temperata dal pragmatismo della madre olandese.
«Vorrei fare affari e trasformare lo *Schloß* in un normale albergo con profitto» mi dice. Ride provocatorio.
Scuoto il capo: «No, ti prego, lo *Schloß* è un posto unico al mondo. Dovrebbe essere protetto come i panda e le balene».
«D'accordo. Rimarrà un avamposto della cultura tedesca contro la deriva mercantile che sta inghiottendo la nostra decadente civiltà occidentale senza dei.»
«Senza Dio, vorrai dire.»
«Ok. Ti va bene così?»
Rido. «Sì. Adesso andiamo, però. Se continuo a bere mi ubriaco.»
«Non preoccuparti. Guido io.»
Ci alziamo, Günther paga il conto e scivoliamo di nuovo nella notte.
Nel salone il poster col figlio assente riempie una parete intera. Günther mette la *Tosca* cantata dalla Callas.
«È stata la moglie di Albert a farmi apprezzare la lirica. Da ragazzo non la sopportavo.»
«Non sopportavi in genere la musica classica. Ricordo come sbuffavi al castello quando c'erano i balli nel salone. Ti piaceva solo la quadriglia.»
«Sì. La quadriglia era divertente, ma solo se ballata veloce.»
«Come facevamo noi.»
«Comunque il mio idolo era John Mayall.»
«Certo. Ti rintanavi giorni interi nella cantina di casa tua a sentirlo a tutto volume.»
«Che memoria! Ma adesso basta parlare del passato.» Mi

guarda serio, una leggera flessione autoritaria nella voce. «Vieni qua.»

«Subito, mio signore.»

«Basta scherzare.»

«Perché?»

Mi afferra e rotoliamo sul tappeto indiano. Non riesco a lasciarmi andare totalmente. Il rispetto, l'educazione mi frenano. O forse il passato non condiviso. Non riesco a togliermi completamente la maschera da ragazza educata che lui conosce. Dietro c'è qualcosa che lui non sa e che non riesco o non voglio lasciar uscire.

Siamo sdraiati a letto. I fari delle macchine filtrano dalla finestra macchiando la parete a chiazze di luce intermittenti.

«Perché è finita con Tanja?»

«Te l'ho detto. Era troppo dipendente da me. Non sopportava che la lasciassi sola un giorno. Non potevo concentrarmi sul lavoro e allo stesso tempo occuparmi di lei a tempo pieno. Voleva tutta la mia attenzione, come i bambini.»

«Era in competizione con i tuoi.»

«Sì. Anche lei era una bambina. Aveva bisogno continuo di conferme.»

«Il bisogno di denaro faceva parte di questa sua insicurezza?»

«Sì, pagare era un modo di dimostrare il suo amore per lei.»

«Da dove le veniva questa ossessione per i soldi?»

«Non so, da sua madre forse.»

«Perché, era nata povera?»

«No, ma la madre aveva un'influenza molto forte su di lei.»

«La rimpiangi?»

«No. Non poteva durare. Era una storia senza futuro. Ma è stata una passione totale. Facevamo l'amore per giorni interi, giravamo per casa nudi con le finestre aperte, incuranti dei vicini. Davamo scandalo e non ce ne importava niente.» Sento un'ondata di tenerezza nella voce. «Discutevamo spesso sui figli. Lei ne voleva. Ora sta con un ragazzo molto ricco che le ho presentato io. Non ha più problemi, ma lui non vuole bambini. Ne ha già due dalla prima moglie.»

«La senti ancora?»

«Sì. Ogni tanto mi chiama. Ma è finita.» Sorride. «L'anno

scorso l'ho incontrata sulle scale dell'Oriental, l'albergo più famoso di Bangkok. "Cosa ci fai qui?" le ho chiesto. "Sono in viaggio di nozze, ma sono già stufa."» Ride, ma avverto un'emozione nel timbro di voce, negli spazi vuoti tra una parola e l'altra. Non l'ha dimenticata. La ragione e l'amore per i figli gli hanno imposto di lasciarla. Ma non è del tutto finita. Forse non finirà mai.

Non voglio interferire, ferire o essere ferita. Tra me e Günther si frappongono tempi diversi. Noi qui ora e noi adolescenti, quando ero innamorata di lui e nulla era ancora stato scritto. È uno spazio-tempo che non c'entra col resto. Rivederlo è riconciliarsi con una parte di me che è rimasta sospesa in una zona limbo. Io entro ed esco dalla vita degli altri come una turista della vita. Senza mai impegnarmi a fondo, mettere radici. Ho un lampo di una vita possibile allo *Schloß*, con figli di Günther, bambini tedeschi che scorrazzano per il castello. Staccata dal mio contesto, non potrei mai lavorare.

Günther appartiene allo *Schloß*. Prima o poi ci tornerà e ne assumerà la direzione, l'ho sempre saputo. Questo è il suo destino. Il mio ancora non lo conosco, ma non può prescindere dall'altra mia vita, a Milano, in Italia, nel resto del mondo. Dovevo rivederlo. Domani lo saprò mentre mi affaccio al finestrino e le rotaie si muovono al fischio del capotreno. La fitta allo stomaco, i capelli biondi che si allontanano, lo sguardo sorridente, fermo. Un'altra vita.

Schizofrenia

Tornare a Milano è deludente, comincio a non sopportare più la casa occupata, le code davanti al bagno invaso dai due gay, le pareti sottili che impediscono ogni tipo di privacy, il bar delle lesbiche sotto, le critiche sferzanti di Roberto, che al ritorno da ogni viaggio rientra nel ruolo del moralista fustigatore di costumi, appoggiato in questo da Enrique. Mi sembra che qualunque cosa io faccia non gli vada bene per partito preso, forse è il suo modo di nascondere l'insicurezza riversandola sugli altri, forse è una forma di machismo inconsapevole. Ma io sono stufa di critiche e di questa schizofrenia tra la notte e il giorno, passione e sarcasmo, abbandono e competitività.

So che Roberto non mi tradisce. Il tradimento non fa parte del suo spirito rivoluzionario dove i rapporti devono essere diretti e mentire è da vigliacchi. Ma è una finta liberalità. La gelosia si traveste da critica ideologica, mascherata da una crudeltà sottile. Forse è un gioco che inconsciamente ho iniziato io e che non riesco più a interrompere. Una sera gli faccio una scenata. Gli urlo in faccia che non conosce la tenerezza, che sono stufa di essere trattata così. Poi me ne vado sbattendo la porta. Quando mi arrabbio non reagisce, mi guarda silenzioso con occhi di ghiaccio, il che mi fa imbestialire ancora di più. Ma è inutile. Vado a casa di mia madre e dopo un po' torno. Ho bisogno di essere amata e lui da ormai tre anni è il mio unico punto di riferimento affettivo. Nel frattempo mio padre mi ha comprato un piccolo appartamento che ho ristrutturato. Da tempo avevo bisogno di un posto mio dove rifugiarmi e dove non sono ospite di nessuno. Comincio a fare la spola tra casa mia e casa di Roberto.

Un giorno mi chiama un amico che ha ereditato un'agenzia letteraria dal padre. È domenica e sto traducendo un libro di Graham Greene. Roberto è a pranzo dai genitori.

«Ciao, c'è qui con me un editore tedesco che ha bisogno di una scout.»

«Cosa significa?»

«Significa che devi leggere libri in italiano e consigliare quelli che ti sembrano più adatti alla pubblicazione in Germania. Devi conoscere il tedesco. E devi avere una cultura letteraria.»

«Vuol dire che posso ricevere libri gratis?»

«Certo.»

«Mi sembra un lavoro fatto apposta per me.»

«Infatti.»

Françoise

A Roma vado a trovare Giorgio. Ora abita in campagna vicino a Formello. Ha lasciato Anna e si è innamorato di una ragazza bretone, Françoise. Anche lei è giovane, ma ha una luce diversa negli occhi. Bruna, sottile e sinuosa, la voce morbida dall'accento francese. Ha due fossette sulle guance e un lampo malizioso negli occhi scuri.

Dopo un po' mi rendo conto che ha una mente fuori del comune. È l'unica donna che tiene testa a Giorgio e lui ne è consapevole. Questo crea un certo squilibrio nel loro rapporto. Per la prima volta Giorgio non riesce a essere dominatore. Lei lo spiazza con le sue battute soavi e fulminanti.

Lo aiuta ad accudire la madre novantenne, le fa il bagno, le asciuga il corpo. Mi domando come faccia a toccare la carne marcia di quella vecchia astiosa che per tutta la vita ha caricato Giorgio di sensi di colpa non suoi.

Quando la madre peggiora devono portarla in ospedale. Giorgio va ogni giorno al suo capezzale. Le parla, le porta i suoi piatti preferiti. Un giorno lei gli dice: «Sei proprio uguale al babbo», intendendo il padre adottivo. Giorgio è felice, finalmente è accettato in una riconciliazione estrema, non deve più vendicarsi sulle donne dell'amore materno che non ha avuto. Poco dopo la madre muore, lasciandolo comunque solo. Lui vuol bene alla figlia, ma non ha nessuna affinità con lei. È un legame di trasmissione genetica, non spirituale.

Pratica, arrogante, volgare, la figlia si ingelosisce di Françoise, che diventa figlia elettiva. Françoise è la prima donna che Giorgio ama senza la scintilla d'odio che accende l'eros. Lei ha la fierezza delle vergini, cerca in Giorgio il maestro e l'uomo che le insegnerà il piacere. Invano. Malgrado l'amore, l'esperienza e la dedizione, tutti i tentativi di Giorgio falliscono. Françoise non conosce l'abbandono. Questo crea tra di loro una tensione che sfocia spesso in litigi sulle questioni più banali. Ma lui è pazzo di lei e non si dà per vinto. È impossibile stancarsi di una donna che non si riesce a possedere né a dominare mentalmente.

Dynasty

Bibo e Augusto sono appena tornati dalla Tailandia. Mi invitano a cena a casa loro a Montesacro, un quartiere popolare di Roma pieno di grattacieli, lontano dal centro. Bibo si è trasferito lì dopo aver venduto il palazzo di famiglia. Stanno all'ultimo piano di una palazzina anni Settanta.

L'appartamento è piccolo ma luminoso, arredato con mobili orientali. Piante ovunque, che corrono lungo il soffitto creando un ambiente tropicale. Dal terrazzo si vede il tramonto. Beviamo un bicchiere di vino bianco. Mi chiedono di Livia, Giorgio. Mi danno notizie su Jimmy. Ha avuto dei guai per la coca, è stato arrestato quando la rete di amicizie socialiste non lo ha più protetto. Ora è di nuovo fuori, ma molti gli hanno voltato le spalle. Ha avuto un infarto, è invecchiato. Non fa più feste da duecento persone. Ahmed se ne è andato. Ora al mio posto c'è una ragazza toscana di buona famiglia, pienotta e non particolarmente brillante. Ma è devota e gli fa da infermiera.

«Niente a che vedere con te» dice Bibo. «Una come te non può più permettersela.»

«In che senso? Io non ero la sua mantenuta.»

«Certo, ma con te il rapporto era alla pari. Non l'ho mai visto così innamorato. Ora la sua salute non gli consente più una passione travolgente.»

«Forse è meglio. La sua passione alla fine mi è costata il naso.»

«Sei bella comunque. Inossidabile. Una vera mignotta.» Mi accarezza il ginocchio soddisfatto.

«E daje, che tocchi?» fa Augusto.

«Praticamente è mia sorella. Un pizzico di incesto non guasta.»

«E cor ber tenebroso come va?» fa Augusto.

«Non bene. Ci sono tensioni continue. Sono stata in Germania e ho rivisto Günther, il mio primo amore tedesco.»

«Embè? Che c'hai scopato?»

Annuisco. «È la prima volta che sto con un altro da quando io e Roberto siamo insieme.»

«Vor dì che nun sei contenta. Me pare normale, no? Certo, quello c'ha 'na faccia. Fa l'artista, fa. Sempre serio, sembra che sa solo lui e che l'artri nun capiscono un cazzo. So più io de cinema. Nun me recordo manco quanti film ho fatto come stuntman.»

«E ora?» fa Bibo guardandomi.

«Ora che?»

«Che fai? Ti sei rinnamorata del tedesco?»

«No, è una parentesi chiusa. È successo quello che a sedici anni non poteva accadere perché ero troppo timida.»

«Me pare *Dynasty*» dice Augusto. «Cazzo le donne quanto sono complicate. A me me piacciono i cazzi. Però Bibo è l'amore mio e basta.»

«Non siamo tutti uguali» fa Bibo. «Lei è un'irrequieta. Una vera mignotta. Solo per amore, mai per denaro.» Mi dà un buffetto sulla guancia.

«Mi ricordi una mia zia, rossa di capelli come me. Viaggiava. Un'eccentrica. Ha avuto molti amanti, ma non si è mai voluta sposare. Per l'epoca era uno scandalo. Ma lei se ne è sempre fregata.»

«Poteva pure permetterselo» fa Augusto. «Sempre la contessa Castaldi era. L'artri je facevano un baffo.»

Scoppiamo a ridere. Augusto si alza e va in cucina da dove viene un profumo di cibo speziato. Sono entrambi ottimi cuochi. La loro specialità è la cucina tailandese. Bibo guarda con me il sole rosso sangue dietro ai palazzi.

«La vita bisogna berla tutta d'un fiato. Siamo nati per questo. Non c'è altro.» Mi sorride, mi stringe il braccio, gli accarezzo la mano.

«Tutto bene tra voi, vero?»

«Sì, tutto bene.»

Sulla parete noto una foto in bianco e nero di Augusto in piedi di spalle su una spiaggia esotica, le gambe leggermente divaricate, i muscoli da atleta, l'ombra delle fossette sui glutei, il profilo in controluce del sesso tra le cosce. Penso alla complicità che dà il desiderio, entrare l'uno nel corpo dell'altro e coglierne l'estasi. L'amore non è che questo, qui e ora, finché non giunge la notte.

Sicilia

A Natale vado in Sicilia con Roberto. È un tentativo di ritrovarsi, ma non funziona. Dormiamo a Palermo al Grand Hotel Et des Palmes, dove hanno soggiornato vari artisti. A Palermo visitiamo la Cripta dei Cappuccini, una città dei morti sotto a quella dei vivi. Mi sconvolge l'oscenità carnale del barocco, uno sberleffo alla morte, come i Totentänze del Nord, ma senza la severità protestante. Entro nel cunicolo delle vergini, dei frati, dei mercanti, tutti in piedi, vestiti secondo la moda dell'epoca, accomunati dal ghigno dei teschi. Per secoli venivano messi qui perché l'aria asciutta li mummificava naturalmente. All'uscita vedo una bimba adagiata nella culla, la pelle intatta, gli occhi chiusi, i riccioli biondi morbidi di seta. Sembra che dorma, invece è morta da oltre un secolo. È la sua perfezione a turbarmi, l'innaturale compostezza del suo sonno di morte.

Ci incamminiamo verso la Vucciria, il mercato nel cuore della Palermo vecchia. Stanno già ritirando i banchi e pulendo le strade, cumuli di immondizia e scarti per terra, una piazzetta, un palazzo con panni stesi, gatti randagi, una gallina corre lungo il balcone di una casa in parte sventrata. Carne, arachidi, frutta, formaggio, spezie. Le urla sporadiche dei venditori. C'è un'eleganza antica nella povertà di questa gente. Roberto si appoggia a un banchetto di frutta e ordina due spremute fresche d'arancia.

«I siciliani si sono sempre ammazzati per le questioni più futili» dice, «ma mai per motivi religiosi.»

Mi appoggio al muretto e lascio scorrere lo sguardo su quella vita brulicante e colorata, mentre l'odore delle spezie mi riempie le narici e una zaffata dolciastra di carne marcia mi dà un leggero senso di nausea.

«Andiamo» dico. «Ho voglia di aria di mare.»

Roberto annuisce e ci incamminiamo lungo i vicoli stretti e affollati.

La vista sui tetti

Continuo ad andare avanti e indietro tra casa mia e casa di Roberto. Mi piace la vista sui tetti, il silenzio del cortile interno su cui si affacciano le stanze, il fico enorme del caseggiato accanto che si intravede in fondo alla ringhiera. Riempio il terrazzino di piante, trovo un cancelletto di ferro e chiudo il mio angolo di ringhiera. Ormai tutti hanno il bagno interno e quelli di ringhiera non vengono più usati. A volte la vista mi ricorda i tetti di Parigi. Non ho più contatti con gli amici francesi, tranne Catherine, che sento ancora ogni tanto.

Georg

Teo si è laureato ed è tornato a Milano con Simona, ora vivono insieme in un piccolo appartamento che hanno appena ridipinto. Lei è incinta. Ha smesso di bere e di farsi. Ammiro la sua determinazione, l'istinto che la guida, l'amore cieco per Teo. Si sono sposati. Sembrano sereni, lui è tranquillo. Nasce il loro bambino.

Simona mi mostra la casa, mi parla dei loro progetti di lavoro. Per la prima volta vedo l'ombra che la abita ritrarsi, la vita è più forte e la strappa alla rassegnazione. Le sono grata del figlio che io non ho potuto dare a Teo. Riconosco la sua bellezza interiore e la sua forza quieta. Lei sa che gli voglio bene. C'è tra di noi un rispetto reciproco che a poco a poco diventa fiducia e amicizia.

Un giorno mi chiama Simona mentre sto lavorando a casa mia.

«Teo è impazzito» dice. Sento il respiro affannoso attraverso la cornetta del telefono.

«Cosa è successo?»

«Ha preso la carrozzina e l'ha lanciata in mezzo alle macchine con Georg dentro. È la seconda volta che lo fa. Per poco non si è capovolta investita dalle macchine.»

«Dov'è Teo adesso?»

«Si è chiuso di nuovo in camera con la musica a tutto volume. Si sono lamentati anche i vicini.» Fa una pausa. «Chi se ne frega dei vicini.» Ride piano come fa lei quando è nervosa o disperata.

«Non puoi stare lì.»

«Lo so, ma non so dove andare. I miei abitano a Bari e non sanno niente.»

«Vieni da me col bambino. Poi vediamo. A lui non dire dove sei.»

«Se se ne accorge non so cosa può fare.»

«Fa' piano e prendi il minimo indispensabile. Ti aspetto.»

Quando arriva l'aiuto a scendere dal taxi col bambino e una piccola valigia. La carrozzina pieghevole è nel portabagagli. Non c'è l'ascensore, perciò la lasciamo al pianterreno e saliamo fino al terzo piano. Il mio appartamento ha solo due stanze, un piccolo salone e una camera da letto.

«Accomodati» le dico. Simona si accascia sul divano, il bambino sempre in braccio. «Dallo a me. Il bagno è lì. Dimmi se vuoi bere o mangiare qualcosa. Rilassati.»

È strano essere da sola con lei, senza Teo. C'è una complicità femminile silenziosa.

Senza Teo c'è pace, anche se il bambino ogni tanto strilla e si comporta come tutti i neonati.

Simona esce per fare qualche commissione. Una volta lo prendo in braccio mentre scrivo al computer. Mi scruta con occhi tondi blu e si distrae guardando lo schermo. Sono emozionata. È il primo bambino che prendo in braccio. È una sensazione strana, ha un odore fresco di latte, le membra molli. All'inizio ho quasi paura di toccarlo. Devo reggergli la testa perché da solo non ce la fa. A poco a poco imparo.

Simona dorme sul divano letto nel salone con Georg. Mi abituo alla loro presenza, lei è discreta, lui ha gli occhi spalancati sul mondo.

Chiama Teo, la voce alterata dall'alcol: «Dov'è Simona, è lì?».

«No, qui non c'è. Perché?»

«Se ne è andata con Georg.»

«Cosa le hai fatto?»

«Niente. E poi non ti riguarda. Voglio sapere dov'è mia moglie.» È strano ascoltare Teo parlare così. Ha un'autorità stridula nella voce che non gli ho mai sentito prima.

«Non lo so.»

«Non ci credo. Voi vi sentite spesso. Sono sicuro che lei ti ha detto dove è andata.»

«So dov'è, ma non te lo dico finché non cambi modo di comportarti. Ora hai un figlio. Non puoi essere così irresponsabile. Se metti a rischio la vita di tuo figlio, perdi lui e lei.»

«Io non ho fatto niente.»

«Hai lanciato la carrozzina in mezzo al traffico. Potevi uccidere Georg.»

«Non è vero.» La voce incrinata, meno sicura di sé.

«Teo, devi smettere di bere così, altrimenti rovini la tua famiglia.»

Silenzio.

«Dov'è?»

«Non posso dirtelo.»

«Voglio sapere dov'è mia moglie con mio figlio. È lì?»

«Ti ho detto che qui non c'è.»

«Dille di tornare a casa.»

«Prima devi promettermi che smetti di ubriacarti, di chiuderti in una stanza con la musica a tutto volume, di urlare nel mezzo della notte.» Silenzio. «Teo, Simona ti vuole bene. Ma così non può andare avanti.» Silenzio.

«Dille di chiamarmi.»

«D'accordo.»

Simona lo chiama. Parlano a lungo al telefono, sento dalla sua voce che sta cedendo, anche se non penso che lui abbia modificato di molto il suo modo di vivere. Lei lo ama e ne è succube. È la prima volta che lui ha tanto potere su una donna e inconsciamente ne approfitta.

La metto in guardia, le dico di aspettare. Mi sono abituata al nostro ménage di donne sole con un bambino. Mi preoccupo per lei e per Georg. Teo è alcolizzato. Simona lo sa. Ma continua a chiamarlo e alla fine cede dietro vaghe rassicurazioni. Fa le valigie e parte.

«Non dirgli che sono stata qui.»

«Non preoccuparti.»

L'accompagno di sotto con valigia e bambino in braccio, l'aiuto a salire sul taxi, l'abbraccio. Si volta prima di entrare in macchina.

«Grazie.»

«Non devi ringraziarmi. Se ci sono problemi, torna quando vuoi.» Annuisce, gli occhi fondi di una stanchezza antica.

Guardo il taxi che si allontana nel traffico, la mano di Simona girata a salutarmi, una luce mite e rassegnata nello sguardo.

Roberto è teso. Non l'ho mai visto così. In genere ha molto autocontrollo, ma ora fatica a nascondere il nervosismo mentre cammina su e giù per la stanza, il rumore dei passi sul parquet. Ogni tanto sbircia dalla finestra verso il cortile della casa occupata.

«Hanno riaperto le frontiere in Argentina» dice a un tratto.

«Fantastico.»

«Ci sono amici che non vedo da allora. Da quando mi hanno espulso a sedici anni.»

«Non potevano viaggiare?»

«No, il regime aveva bloccato ogni comunicazione con l'esterno.»

Penso all'Argentina come a una scatola chiusa ermeticamente per quasi vent'anni. Ibernata.

«Cosa pensi di fare?» chiedo.

«Parto. Anzi *partiamo*. Per un mese» dice perentorio.

Esito. Non ho voglia di seguirlo come un'appendice e immergermi nell'album dei suoi ricordi fermi a diciassette anni prima. Non voglio farmi risucchiare nel tunnel delle sue morti.

«Forse dopo tanto tempo è meglio che tu riveda i tuoi amici da solo. Io non parlo spagnolo.»

Si volta, mi lancia una delle sue occhiate sferzanti: «O forse non vuoi andarci perché ci sei già stata col vecchietto?».

Non rispondo. Non sopporto che parli così di Jimmy. Le sue parole lo insozzano e insozzano me. Come al solito non riesco a replicare, a difendermi.

Mi alzo e vado verso la finestra.

«Lascia perdere Jimmy.»

«Ecco che difendi il vecchietto. Com'era con lui?» Strizza l'occhio.

«Smettila. Non sopporto i colpi bassi.» Sbuffo, lo trapasso con sguardo gelido. «Ora mi dirai che sono stata con Jimmy per via del mio rapporto edipico. Come se non lo sapessi già. Cosa cambia? Quando perdi la memoria affettiva le cose sono comunque diverse.»

«Oh! La memoria affettiva! Come siamo intellettuali.»

Mi afferra e mi piega il polso, mi costringe a inarcarmi all'indietro, mi spinge contro il muro, con l'altra mano mi cerca a forza tra le gambe. Tento di oppormi, ma il corpo non mi ubbidisce, le ginocchia si fanno molli, il fiato corto. Sento il rumore della cerniera dei suoi pantaloni, le mani mi afferrano la nuca e mi premono la testa in basso tra le sue gambe, la carne gonfia del sesso cerca un varco tra le mie labbra. Chiudo gli occhi e ingoio la rabbia, l'impotenza, l'umiliazione, la nostalgia. Lui mi spinge la testa su e giù sino quasi a soffocare. Scosto il capo in un singulto. Roberto mi butta a terra e mi apre. Il suo sesso mi inchioda al pavimento. Il dolore delle vertebre che sussultano graffiate dal legno.

«Guardami.» Scuoto il capo. Con una mano mi blocca la testa, gli occhi due lance di acciaio nei miei. «Guardami quando ti scopo.» Fisso ipnotizzata questa cosa che entra ed esce dal mio corpo. Non riesco a staccare gli occhi. Uno due, uno due. La precisione fredda della matematica. «Dimmi che giorno è.» Apro la bocca, ma non riesco ad articolare. Un'altra fitta alla schiena. «Dimmelo.»

«Non lo so, non ricordo.»

«Concentrati.» Cerco di pensare, mentre i colpi sono una scarica elettrica che mi attraversa il corpo. «Dimmi il giorno, il mese, l'anno.» Scuoto il capo. «Concentrati meglio.» I colpi aumentano di intensità.

«Non riesco. Per favore smettila.» Lui afferra la telecamera appoggiata a terra. «No, ti prego.» La voce mi esce fioca.

«Voglio farti vedere come sei. Questa sei tu.»

«No.»

Mi riprende con l'obbiettivo freddo della telecamera mentre i colpi continuano a scavarmi dentro. L'occhio tondo tecnologico è un abisso di vetro. Mi sento nuda, una bambina stuprata, inerme. Un'onda mi scuote alla radice di me stessa, sprofondo e cado all'infinito. Gli occhi si riempiono di lacrime.

Dopo è come se non fossi più io. È un'altra che si alza, va in bagno, si lava. Non sono più dentro al mio corpo. Mi muovo come un automa, la resa totale è muta. Strati e strati di paraventi interiori e movimenti meccanici. Nessuna emozione, i sentimenti sono assenti. Rubo la cassetta, la porto a casa di mia madre, nel mobiletto dei miei diari di bambina. Nascondo la chiave. Quando Roberto mi chiede dov'è, dico che l'ho buttata via. Non do spiegazioni. Non mi arrabbio. Scivolo leggera e assente. Mi muovo seguendo un pilota automatico. Riesco persino a ridere, a comportarmi normalmente. Parlo il minimo indispensabile. Roberto prenota i biglietti d'aereo e partiamo.

Buenos Aires

Arriviamo a Buenos Aires di sera, dopo un viaggio lunghissimo. Viene a prenderci all'aeroporto Antonio, un amico bruno e un po' grasso che Roberto non vede da anni.

«*Hola, que tal!*»

«*Todo bien.*»

«*Muy bien.*»

Seguo il lessico elementare del ritrovarsi dopo anni di distanza. Buenos Aires mi sembra diversa da come la ricordavo, più grande, più affollata, una fitta rete di fili elettrici si tendono come ragnatele tra le strade e i quartieri. Dormiamo in un albergo dal fascino coloniale, passiamo da una casa all'altra. È l'eroe ritrovato, il figliol prodigo scampato al macello. E Anna? Maria? Hernandez? Tutti morti, gettati vivi dagli aerei, scomparsi. «*Recuerdas?*» «Sì, ricordo.»

Io non sono nei loro ricordi, non mi appartengono. Roberto rivede l'autista di casa sua, grasso cieco e diabetico per eccesso di carne. Mangiamo asado. Andiamo nel barrio italiano, dove il tango si tinge della malinconia di Gardel. È una danza nata nei bordelli tra i magnaccia e le loro puttane, un ballo di erotismo estremo che spesso finiva a coltellate.

Hola! Que tal.

Per strada un ragazzo mi corteggia improvvisando una poesia in rima. Non capisco. «*No entiendo*» faccio scuotendo il capo. Ma lui insiste compito e gentile, catapultato tra noi da un altro secolo.

Entro con Roberto in un bar. Ci sediamo e si avvicina un lustrascarpe. Lui allunga le gambe e l'altro comincia a strofinare il cuoio seduto su un panchetto, mentre continuiamo la conversazione in mezzo agli amici. Osservo in silenzio, poi faccio cenno al ragazzo di pulire anche i miei stivali. Lui mi guarda perplesso e quasi offeso.

«Non puoi» dice Roberto.

«Perché?»

«Perché sei una donna. Lucidano le scarpe solo agli uomini. Per lui è offensivo che tu glielo chieda. Dovresti scusarti. Ma non importa. Basta spiegargli che sei straniera.»

Annuisco. *Entiendo.* Il machismo strisciante dietro i proclami postrivoluzionari, la malinconia postcoloniale, l'incubo della giovinezza rubata e perduta, la colpa di essere ancora vivo mentre gli altri sono morti. *Hola! Que tal.*

Passiamo il weekend da parenti del padre, anche loro ingegneri e ricchissimi in ville protette come bunker. Educati, cortesi, colti. Parlano italiano e non sorridono mai. Mi squadrano. Ecco la fidanzata italiana. Nessuna domanda su di me, sulla mia attività. Come va il lavoro di regista? E tuo padre? Tua madre? Le tue sorelle?

Roberto mi spiega che suo zio ha costruito ponti e strade prima di subire un crack finanziario. Ma ora si è parzialmente ripreso. Dormiamo al suono dei grilli in una dépendance nel giardino.

Ci raggiunge Fausto, l'amico del cuore dell'adolescenza, l'opposto del perverso e geniale Enrique. *Que tal.* È bello, biondo, giovane, dall'ironia leggera e l'aria pulita. Si è salvato perché la politica non l'ha travolto. Intuisco il rapporto perduto di ragazzi, quando la solarità dell'uno bilanciava l'intensità altera dell'altro.

Torniamo a Buenos Aires da Diana, pittrice giunonica di origine ashkenazite. Insieme andiamo a vedere un film argentino sentimental-patetico, traboccante di nostalgia e orgoglio perduti. *Te gusta? Me gusta.*

Gli argentini si sentono diversi dagli altri sudamericani, più intellettuali. Con l'Europa hanno un rapporto misto di nostalgia e rancore per l'isolamento voluto e subito. La memoria è uno squarcio nella carne viva che non si rimargina. I figli scomparsi dei desaparecidos adottati dai carnefici dei loro padri. A Plaza de Majo le nonne ancora fanno dimostrazioni per riavere almeno i nipoti mai conosciuti. Una rapina genetica totale. *Hola! Te gusta, Baires? Me gusta.* Seguo Roberto in trance da una casa e un quartiere all'altro.

Hola! Que tal. Cena a casa di un dirigente sui cinquant'anni, un po' grasso, la moglie bionda incinta. Ci propone un film dal vivo.

«No, ti prego, fa la moglie, non quello, non lo sopporto.»

Lui fa un sorrisetto di compatimento verso la debolezza tutta femminile della moglie.

«Che film è?»

«Un film rarissimo» sussurra in un orecchio a Roberto. «Speciale, girato in Amazzonia, una caccia grossa agli indios. Costa ventimila dollari ma è tutto vero.»

Sbianco, guardo Roberto, mi alzo.

«Sono stanca, andiamo a casa.»

«Certo» fa lui.

Salutiamo, ce ne andiamo ringraziando. *Buenas noches.*

«Ho capito bene?»

«Sì, hai capito bene, era uno *snuff movie*» fa lui.

«Perché non gli hai spaccato la faccia, rovesciato il tavolo, fatto una scenata, chiamato la polizia?»

«Non sarebbe servito a niente.»

«No?»

«No.»

Ancora tango e asado, malinconia e sangue. *Hola, que tal?*

La notte prima di partire mi chiedono di spiegare l'origine del mio nome, parlo di santa Caterina per un'ora in spagnolo, racconto tutta la sua vita, le lettere infuocate al papa in esilio ad Avignone, le preghiere coi detenuti accompagnati fino al patibolo, l'attesa che il boia li decapitasse, e lei che raccoglieva la testa grondante sangue tra le mani. Il bacio sulla bocca ai lebbrosi, gli scritti di mistica infuocata. Caterina, dal greco "Katharos", la luminosa e la pura, patrona d'Italia.

Roberto mi guarda compiaciuto e sovrano. Sono risorta, sopravvissuta alle torture, alle scariche elettriche, alle decapitazioni, ai roghi e al taglio della lingua. Eccomi di nuovo in volo verso l'Italia e la rassicurante Europa, stanca di guerre e morti immolati in nome del futuro. Amen.

È il 17 agosto. Siamo di nuovo in Sardegna, con Livia, Giorgio, Roberto e un suo amico, Matteo, regista di cortometraggi. Sono in piedi vicino alla piscina. Guardo la mia ombra riflessa nell'acqua. È il mio compleanno. Stiamo per andare a cena in un ristorante all'Argentiera.

Giorgio si avvicina: «Che cosa c'è?».

«Roberto mi ha chiesto di sposarlo.»

«E tu?»

«Forse uno, due anni fa sarebbe stato diverso. Ma ora non me la sento. Gli voglio bene, ma forse non sono più innamorata di lui.»

Saliamo in macchina e andiamo al ristorante. La strada è incendiata dal tramonto. Ai lati campi deserti di terra gialla e rossastra. Alcuni ginepri sono piegati ad angolo retto dal vento. All'orizzonte il profilo massiccio delle montagne. A sinistra la striscia di mare azzurro di fronte all'isola dell'Asinara, che al tramonto si tinge di rosa. Superiamo la Tonnara e le Saline. Una mandria di pecore attraversa la strada e ci costringe a rallentare. A un incrocio svoltiamo a destra, verso il mare aperto, dove l'acqua più fonda è blu zaffiro. L'ombra della sera sfuma i contorni della macchia mediterranea, la strada si snoda lungo una serie di curve che digradano lentamente verso il mare. Superiamo l'Argentiera, una vecchia fabbrica che sembra uscita dal Far West. Ora è una costruzione fatiscente, sembra abitata da fantasmi. La costeggiamo e seguiamo il profilo sinuoso delle rocce a picco scavate dal lento lavorio dell'acqua. Ci fermiamo in uno spiazzo vicino al ristorante. Scendiamo e ci sediamo sulla veranda a strapiombo sulla baia. Una barca in lontananza segue la scia del sole. Un falco attraversa il cielo, le ali tese. Sulla punta estrema delle falesie ai lati della baia due torri saracene dominano la costa. Guardiamo il disco rosso che s'immerge nell'acqua fino a scomparire. Il mare lentamente si tinge di riflessi perlacei striati di rosa, azzurro e violetto. Poi l'ombra della sera avvolge i contorni ed è notte.

Giorgio si volta, mi prende la mano e sorride. Così di tre quarti sembra un dio greco, i capelli ricci scompigliati dal vento, gli occhi chiari. Roberto ha un sorriso stentato. Capisco che non sta bene, sente che gli sfuggo, ma non posso farci nulla. Non riesco più ad avere un dialogo con lui. Ogni tanto Matteo mi lancia occhiate intense, inequivocabili. Non so se Roberto se ne è accorto, del resto non ha importanza. Matteo è alto, bruno, silenzioso. Lo conosco da pochi mesi. Lavora a un progetto con Roberto. Qualcosa di torbido nel suo sguardo mi attira, ma non mi importa nulla di lui, è un perfetto estraneo. Domani comunque parte. Mi scopro a intercettare un suo sguardo. Lui se ne accorge e scopre gli incisivi in un sorriso complice e diretto come una freccia. Mi sento preda. Distolgo gli occhi imbarazzata.

A cena, Livia flirta con Matteo accarezzandosi un ricciolo. Lui non pare molto interessato. Giorgio e Roberto sono immersi in una fitta conversazione. Mi astraggo, sorseggio il vino, penso a quanti compleanni ho trascorso in Sardegna, quanti in compagnia di Giorgio. Ora è di nuovo solo, Françoise l'ha lasciato ed è tornata in Bretagna.

Un ultimo brindisi e di nuovo in macchina, percorriamo la strada a ritroso, accompagnati dalla luna che illumina il paesaggio notturno. Ci fermiamo a Punta D'Elice. I ragazzi e Giorgio raccolgono legna per un falò. Io e Livia cerchiamo un angolo sulla spiaggia. Prepariamo le fascine, attraverso il mangianastri la musica dei Pink Floyd si spande sulla spiaggia, mescolata al fruscio della risacca. *Wish you were here*. Accendiamo il fuoco, i tronchi iniziano a crepitare, le fiamme si alzano alte nella notte, scintille scoppiettano verso il cielo. Improvviso insieme a Livia una danza intorno al fuoco, piroetto e inarco il busto fino a sentire il calore sulla pelle della schiena.

«Attenta, così ti bruci» dice Giorgio.

Una ciocca di capelli si incendia. Sento puzza di pollo allo spiedo. Urlando e ridendo mi slancio verso riva, mi butto in acqua e gli altri mi seguono. Nuotiamo seguendo la scia della luna. Il mare è tiepido. Di fronte a noi l'ombra imponente dell'Asinara.

Torniamo verso riva e balliamo con l'acqua alle ginocchia, in trance. Poi di nuovo sulla spiaggia, ci spogliamo e ci scaldiamo vicino al falò, avvolti dagli asciugamani. Un ultimo brindisi, ci appisoliamo intorno al fuoco che lentamente si spegne. Le braci rosse scaldano la sabbia intorno, ma l'aria è più fresca e l'umidità comincia a filtrare nelle ossa. Raccogliamo le nostre cose e torniamo a casa.

L'ultima sigaretta di fronte ai bungalow prima di andare a dormire. Davanti a noi la spiaggetta silenziosa, a sinistra la piscina deserta. Nell'aria profumo di oleandri e rosmarino. La luna ci segue e scompare oltre i cespugli di mirto sul crinale della collina a destra. Sono esausta, euforica e piena di una strana malinconia, come se l'estate stesse già finendo. Livia continua a flirtare con Matteo, ride e rovescia il collo scoprendo la gola, lui sembra distratto. Mi alzo, saluto tutti sorridendo con un gesto della mano, entro nella mia stanza e affondo tra le lenzuola.

L'indomani, dopo colazione, Livia mi viene incontro.

«Ti devo parlare.»

«Dimmi.»

Mi guarda con aria sognante. «Ho fatto l'amore con Matteo.»

Una fitta di gelosia mi taglia lo stomaco. Non capisco perché e allontano la sensazione con un moto di fastidio.

«Ah sì? Ti è piaciuto?»

Livia sospira, sembra irragionevolmente ubriaca. La sua ingenuità mi irrita.

«È stato meraviglioso» cinguetta.

«Bene» dico.

In realtà sono furiosa. So che Matteo non è attratto da Livia. L'ha usata come esca per arrivare a me. Capisco il meccanismo del gioco, e tuttavia funziona. Non doveva toccare la mia migliore amica. Di lui non mi importa nulla, ma di lei sì.

«E adesso?»

«Non so, penso che andrò a trovarlo a Venezia. Matteo abita lì.»

«Ma che storiella romantica» faccio sarcastica. «Sei sicura di essere il suo tipo?»

Livia mi guarda ferita: «Perché fai così? Se finalmente incontro un uomo che mi piace, dovresti essere contenta».

«Infatti lo sono.» Sospiro profondamente. Mi sto comportando come una vecchia zia. L'importante è che Livia sia felice. «Scusami. Sono contenta per te. Vorrei solo essere sicura che non ti faccia del male.»

«Perché dovrebbe? È così carino.»

«*Carino*? Non mi sembra la parola adatta.» Voglio proteggerla. È così fragile, tonda, morbida, le manine grassocce da bimba, i riccioli biondo Tiziano, gli occhi verde smeraldo. È bellissima, ma so che Matteo non la vede così. Le accarezzo le spalle, protettiva: «Tesoro, va tutto bene, ma cerca di prendere le cose con calma, senza farti travolgere subito. Ancora non lo conosci».

«Non preoccuparti per me. So cavarmela da sola. E comunque sto benissimo.» Ride con la sua voce argentina, mi dà un bacio e si allontana radiosa.

La seguo con lo sguardo, ferita senza sapere perché. Che cosa mi dà fastidio? Il fatto che la situazione mi è sfuggita dalle mani? Che non sono più io a dirigere l'orchestra? Sono gelosa di lui, di lei, di chi? E perché? La realtà è che sono attratta da Matteo anche se qualcosa in lui mi respinge.

Più tardi incrocio Roberto sulla spiaggia. È solo, sta leggendo sdraiato sulla sabbia.

«Come stai? Ieri notte ti sei addormentata come un sasso.»

«Ero stanchissima.» Roberto non è più sarcastico, anche questa complicità negativa si è esaurita. Non so cosa dire, e neanche lui. Stiamo immobili a guardare il mare, i bambini che giocano sulla riva con secchielli e palette mentre le madri li rincorrono per evitare che inciampino sulle rocce. Ci sentiamo incongrui, distanti.

«Vado a fare una passeggiata» dico tanto per dire qualcosa.

«Ci vediamo dopo.»

Mi incammino verso destra, lungo le baie che si snodano fino alla Pelosa, la spiaggia di sabbia bianca finissima e il mare azzurro che lascia trasparire il fondale. La Pelosa è sempre affollatissima, ma il sentiero che conduce lì è spesso deserto per un lungo tratto. Costeggio la roccia dei cormorani, Punta Negra. Dietro un'insenatura si scorge la Pelosa in lontananza. Penso a me, a Roberto, a Livia, a Matteo. A Giorgio, che è solo e non si lamenta mai. Mi chiedo cos'è che fa incontrare le persone e poi fa sì che si lascino. Il caso, il destino? Non lo so. Sono irrequieta e non capisco cosa voglio.

«Ciao.»

Mi volto di scatto. È Matteo.

«Ciao.»

«Anche a te è venuta voglia di fare una passeggiata?»

«Sì. Per schiarirmi le idee dopo l'alcol e le canne di ieri notte.»

«È stato un bel compleanno» dice serio.

«Sì. Il falò era bello.»

«Anche il tramonto» dice lui e mi lancia un'occhiata obliqua. Ho un lieve moto di irritazione, ma mi controllo.

«Mi hai seguita?» faccio calma guardandolo negli occhi.

«Sì.»

«Cosa vuoi da me?»

«Lo sai.»

L'irritazione aumenta. Respiro profondamente e gli chiedo: «Perché hai fatto l'amore con Livia stanotte?».

Sorride beffardo. «Ah, te l'ha già detto.»

«Certo. Livia è la mia migliore amica.»

«Speravo che te lo dicesse.»

«Ah sì? E perché?»

«Da quando siamo arrivati fai l'indifferente, la distante, l'assente. Ma evidentemente un modo di colpirti c'era.»

«Senti» gli dico cercando di controllare l'ira crescente, «tu sei qui perché sei amico di Roberto, che è il mio fidanzato. Io ti conosco a malapena.»

«Sono mesi che ti guardo. Non puoi non essertene accorta. E poi è chiaro a chiunque che con Roberto non funziona.»

«Questo non ti riguarda. Devi avere un concetto dell'amicizia piuttosto insolito» aggiungo sarcastica.

«Io non sono un ipocrita. Roberto non è un mio amico d'infanzia, l'ho incontrato poco prima di conoscere te. Io sono diretto. Tu mi piaci. Molto. È da quando ti ho vista che cerco di fartelo capire, ma tu fai finta di niente, mi sfuggi.»

«E allora vai a letto con la mia migliore amica la notte del mio compleanno. Ma che idea geniale.»

«Però ha funzionato. Adesso mi parli, finalmente.»

«Non so neanche perché ti sto parlando.»

«Perché anch'io ti piaccio. È inutile che neghi. Ho visto come mi guardi quando pensi di non essere vista.»

Cerco di scandire bene le parole: «Anche se fosse vero, non basta. Io non tocco un uomo che non stimo. E se penso che hai messo le mani addosso a Livia, mi verrebbe voglia di graffiarti la faccia».

Lui sorride. «Accomodati. Non vedo l'ora di essere graffiato da te.»

Avvampo e alzo il braccio per dargli uno schiaffo. Poi ci ripenso, mi mordo il labbro e abbasso la mano. «Se ti sogni di fare del male a Livia, ti ammazzo» gli soffio in faccia.

«Perché? È stato molto piacevole per tutti e due. Non te l'ha detto?» Mi guarda con un sorriso beffardo.

Apro la bocca per replicare, ma desisto. Lo trapasso con lo sguardo, mi volto di scatto e mi allontano.

Cerco di ricompormi mentre torno a casa. In ogni caso stasera Matteo parte. Voglio trascinare tutti via da lì. Mi viene un'idea. «Andiamo ad Alghero?» propongo a Roberto, Livia e Giorgio. «Facciamo un bagno in pineta, una passeggiata lungo le mura spagnole, beviamo un aperitivo, poi accompagniamo Matteo alle dieci all'aeroporto.»

«Magnifico» dice Livia.

«Ottima idea» le fanno eco Roberto e Giorgio.

Aspettiamo il ritorno di Matteo dalla passeggiata. «Perché no?» commenta e va in stanza a preparare la sua borsa.

Prendiamo acqua e cibo, teli e costumi di ricambio, un'amaca da appendere in pineta e partiamo.

A mezzogiorno l'afa vela la strada di foschia. Apriamo i finestrini, mettiamo la musica a tutto volume. La strada verso Capo Caccia è costeggiata da ciuffi di oleandri, in lontananza sembrano palloni di fiori rosa fuxia.

«Andiamo alle Grotte di Nettuno, tanto sono sulla strada» propone Livia. «Matteo non le ha mai viste.»

Invece di girare a sinistra, all'incrocio svolto a destra e costeggio le spiagge risalendo tra i boschi fino alla punta di Capo Caccia, una scogliera bianca a forma di balena a picco sul mare. Parcheggiamo in un piccolo spiazzo e iniziamo a scendere i seicentocinquanta gradini che portano alle grotte. Il mare blu cobalto si increspa di spuma bianca sulle rocce, l'aria è frizzante. Ogni tanto incrociamo volti paonazzi di turisti che risalgono e si fermano a prendere fiato, mentre contemplano il paesaggio.

Sono la prima ad arrivare all'entrata delle grotte, seguita da Giorgio e Roberto. Matteo e Livia arrivano poco dopo. Aspettiamo seduti sulla lingua di roccia che si apre sull'acqua, circondati dal fragore e dagli spruzzi delle onde. Appoggio la testa sulle ginocchia, chiudo gli occhi e inspiro profondamente. La violenza del mare intorno mi placa.

Finalmente è il nostro turno. Ci accodiamo con gli altri turisti, per la maggior parte stranieri. Saliamo lungo i gradini scavati nella roccia e ci addentriamo tra pinnacoli di stalattiti e stalagmiti che circondano il laghetto interno di acqua salata. Il lago si estende per duemila metri, sopra di noi la volta si innalza in una caverna immensa. In fondo una piccola spiaggia di sabbia da cui sale la parete di stalattiti a forma di organo gigantesco. Sulla spiaggetta forme di orche marine. Le volte della caverna sono illuminate da lampade artificiali, si intravedono i segni delle fiaccole sulle pietre annerite dal fumo. A destra una scala più ampia sale dal lago verso una foresta pietrificata. Costeggio una specie di tronco gigantesco, trenta metri di diametro, spiega la guida. Il lento lavorio delle gocce crea un effetto di movimento, i tronchi sembrano un incrocio tra fossili e organismi alieni. Dalla volta pendono concrezioni a forma di pizzi, foglie di tabacco, cattedrali gotiche capovolte. Le grotte hanno circa settanta milioni di anni, occorre un secolo per un centimetro di stalattiti, tre per uno di stalagmiti. Continuiamo a salire fino a dominare il lago interno dall'alto. La guida finalmente tace. Penso alle grotte di Ludwig in Germania, fatte costruire per la musica di Wagner. Nulla a confronto della magnificenza di queste, dove la natura si è sbizzarrita in un universo multiforme e incantato. Attacco piano il preludio del Lohengrin. La voce riempie le volte in un'acustica perfetta. Nel buio una mano mi sfiora la vita. Ho un sussulto, la voce si incrina e si spegne.

«Non sapevo che sapessi cantare Wagner» bisbiglia Matteo.

«La nostra amica ha un talento eclettico.» La voce di Giorgio giunge rassicurante e vicina come il suo braccio che afferra il mio nel buio.

Scendo aggrappata a lui tra percorsi di pizzi, elfi, cattedrali, pinnacoli e boschi incantati. Fa fresco, la calura estiva è impermeabile alle grotte. Verso l'uscita la luce del sole fa fiorire sulle rocce di fronte all'entrata un disegno verde e rossastro di muschio. Usciamo, di nuovo la luce abbagliante e il fragore del mare. Riprendiamo lentamente la salita.

Torniamo alla macchina, ansanti. Livia è accucciata dietro tra Matteo e Giorgio. Guidare mi piace, mi sembra di avere il controllo sulla situazione. Arriviamo in pineta e montiamo l'amaca, mangiamo. Giorgio si sdraia e si addormenta. Matteo e Roberto discutono della sceneggiatura di un film. Io e Livia attraversiamo le dune di sabbia finissima e bollente. Coi piedi che scottano ci tuffiamo in mare in mezzo alla folla colorata della spiaggia. In lontananza si vede il profilo di Alghero, il porto, la chiesa, le mura spagnole.

«È una giornata perfetta, vero?» commenta Livia.

«Sì.» Mi allungo sul dorso e mi abbandono al massaggio dell'acqua.

Dopo un po' ci raggiungono i ragazzi e finalmente arriva anche Giorgio, l'aria ancora assonnata. «Un tuffo è esattamente quello che ci vuole» dice.

«E adesso una passeggiata sulle mura e un aperitivo per chiudere la giornata» aggiunge.

«Sì, ma prima passiamo in libreria. Ho ordinato un libro che dovrebbe essere arrivato» dice Roberto.

«Tu sei l'unico che ha ancora l'energia per essere un intellettuale» sospira Giorgio. «Con questo caldo non è facile.»

«Roberto non si lascia intimidire o distrarre dalla meteorologia» commento io. Finalmente gli strappo un sorriso.

Ignoro totalmente Matteo, mentre Livia gli accarezza un braccio, non ricambiata.

«Su ragazzi, è ora di andare» dice Giorgio, abbracciandoci tutti con lo sguardo. «Non vorrei perdermi il tramonto.»

Poco dopo entriamo nella città vecchia. Io cammino scalza, come sempre in Sardegna. Appena arrivata mi tolgo le scarpe e non riesco più a metterle. Mi piace sentire la consistenza e la temperatura del terreno sotto i piedi. Le strade sono pulite, bianche, non è come essere in città.

Il libro di Roberto è arrivato, la commessa lo incarta e proseguiamo verso la torre da cui parte la passeggiata sul mare lungo le mura. Matteo si ferma davanti a un tronco tagliato da una fessura ovale antropomorfica. Mi guarda di sbieco, faccio finta di niente. L'allusione è talmente ovvia da essere banalmente oscena. Prendo il braccio di Roberto e Giorgio e cammino fino alla punta.

Da lì la passeggiata si apre verso Capo Caccia, che in lontananza sembra una balena accucciata e immobile. Le rocce a fior d'acqua davanti alle mura riflettono i raggi del sole ancora alto nel cielo. La luce dorata già vira al rosso mentre percorriamo la strada bianca e obliqua.

«Sembra uscita da un quadro di De Chirico» dico.

«De Chirico è nato ad Alessandria d'Egitto. Conosceva bene i colori del Mediterraneo» dice Giorgio.

«Sì, ma l'elemento metafisico è dato dalla geometria» commenta Roberto.

Alla nostra destra case e negozi dipinti di bianco, rosa, azzurro. Da una via laterale campeggia il campanile di una chiesa decorato come un minareto.

«Ci fermiamo qui?» chiedo avvicinandomi al mio bar preferito, quasi sulla punta.

«Qui mi sembra perfetto» conviene Giorgio.

Roberto si siede accanto a me, io allungo una sedia per Giorgio. Livia e Matteo ci raggiungono, tra le coppie e i bambini che passeggiano sul lungomare. Ordiniamo cinque Negroni e li sorseggiamo mentre lentamente il sole tramonta dietro Capo Caccia. L'ultimo raggio si apre a ventaglio dietro il dorso della balena, illuminando la baia con fili di luce dorata. I nostri volti luminosi e abbronzati si stagliano contro l'azzurro intenso del cielo.

«Agli dei» brinda Giorgio. «Alla vita.»

«Adesso non esageriamo» commenta Roberto caustico.

«Perché no?» fa Livia. «A questa bellissima giornata.»

«A voi, grazie di essere qui con me» dico.

«Al tuo compleanno» fa Matteo.

Brindiamo, i vetri tintinnano, l'alcol ci scalda mentre mare e cielo si tingono di violetto. Una bimba sgambetta e si arrampica sul parapetto delle mura, le gambe penzoloni sull'acqua. Subito la madre la rincorre, la fa scendere.

«Be', è ora» dico, guardando l'orologio.

In un quarto d'ora siamo all'aeroporto.

Matteo prende la borsa dal portabagagli e Livia gli butta le braccia al collo. «Fa' buon viaggio» gli sussurra all'orecchio. Lui annuisce sorridendo. Mi avvicino per salutarlo. «Grazie di tutto» dice Matteo stringendomi la mano, lo sguardo fermo. «Grazie a te.» Avverto un istante di esitazione, una scintilla di elettricità, mentre allento la presa sulle dita. Lui afferra la borsa e si allontana, l'andatura indolente e dinoccolata. Si volta ancora, fa un cenno di saluto prima di attraversare il check-in.

«Ciao a tutti. Ci vediamo.»

«Ciao.»

Lo guardo andar via sollevata, pronta a consolare Livia, mentre Giorgio mi scruta sornione e Roberto ha uno sguardo impenetrabile.

Matteo

Corri, Caterina, non fermarti. Lascia che la vita ti scorra addosso e ti plasmi. Corri e divora. A sorsate piene e senza fretta. Segui il tuo demone. Tempeste di ghiaccio, aliti di vento, odori ancora sconosciuti. Importa solo questa mano che mi afferra, mi accarezza e mi spoglia, la lingua che cerca la mia e si perde nel tepore della pelle. La mia mano che gli strappa i vestiti. La gioia violenta dei corpi. Il battito cardiaco, il ritmo dei colpi. La carne si apre in un gemito. Afferrargli la nuca. Stringermi al suo petto. Perdermi. Non c'è altro che questi colpi che affondano e mi accecano. Lo spasmo che inarca il busto e piega la schiena. Lui mi afferra i capelli. La voce è un'eco. Tutto questo l'hai vissuto in altri tempi. Una fame antica. Dov'è il mio corpo. Dov'è il tuo. Cerchi d'acqua si allargano nel buio.

La luce sui miei capelli sparsi sul cuscino. Il cielo si tinge di rosso sopra ai tetti. A destra del letto il camino. I nostri abiti alla rinfusa per terra. Accendo una sigaretta.

«Parto.»
«Dove vai?»
«A Roma.»
«Quando torni?»
«Tra qualche giorno.»
Mi sto già vestendo, perfettamente lucida e sazia. Non c'è nulla da aggiungere. Non voglio trascorrere un minuto di più con Matteo, anche se cerco di essere cortese.

«Devo andare. Tu puoi restare quanto vuoi. Basta che lasci le chiavi nella cassetta delle lettere.» Mi guarda frastornato mentre infilo jeans e pigiama in una borsa. «Scusami. Devo proprio andare. Ciao.» Gli mando un bacio e sono sulla soglia di casa, fuori sul pianerottolo, dentro al metrò verso la stazione. Quand'è il primo treno? Binario 5, grazie.

Seduta nello scompartimento, guardo fuori dal finestrino, ancora ansante per la corsa. Il treno parte, vedo scorrere i binari, amo la velocità che mi insegue, ho nostalgia di Livia e Giorgio. Non è successo niente, nulla che lasci traccia. Mi allungo sulla cuccetta e mi assopisco. Dentro sento ancora chi mi ha scolpito, la pelle languida di piacere. Ma già sono altrove.

Omissione

«Come stai?»

Il cielo azzurro di Roma mi accoglie alla stazione. Ho sonno e il corpo è ancora indolenzito dal viaggio in treno, ma già mi sento a casa. Ci fermiamo a un bar a prendere un cappuccino, poi Livia mi accompagna nel mio piccolo appartamento.

«Come mai sei qua?» chiede mentre appoggio la borsa e lei prepara un altro caffè.

«Mi è venuto un attacco di nostalgia. Avevo voglia di vedere te e Giorgio.»

«Roberto come sta?»

«Bene, ma lo vedo poco.»

«E Matteo? L'hai incontrato, per caso?»

«Sì, di sfuggita. Mi sembra molto impegnato col lavoro.»

«Ha altre donne?»

«Non credo.»
Ho voglia di cambiare argomento. Lei ride.
«Lo so che non ti è simpatico, ma a me piace.»
«Non capisco cosa ci trovi.»
Sospira.
«Parla poco, è vero, però a letto è uno che ci sa fare.»
Ho un moto di fastidio. Mi lancia un'occhiata in tralice e scoppia in una risata.
«Uffa, lo so che non ti va di parlare di sesso.»
«I dettagli non mi interessano.»
«Il sesso è fatto di dettagli.»
Sbuffo. «Insomma ti piace. D'accordo. Non sarà mica l'unico uomo al mondo che sa penetrarti nel modo giusto, no? Magari ne incontri un altro che è anche in grado di articolare qualcosa di interessante.»
«Dio, come sei dura! A volte mi spaventi.»
La guardo, l'abbraccio con tenerezza.
«Ci sono tanti Matteo al mondo, basta prenderli per quello che sono.»
Scuote il capo: «Tu non lo conosci».
«Neanche tu.»
«Io ci ho scopato.»
«Il sesso non fa miracoli. È un abbaglio, una tregua ormonale.»
«Non ci credo che sei così scettica. Fai solo finta.»
«Può darsi.» Mi alzo, passeggio per la stanza.
«Ora vogliamo parlare d'altro? Matteo non è l'argomento più interessante del pianeta.»
«D'accordo» sospira.

La crisalide

«Ciao.»
Giorgio sorride e apre la portiera. Io e Livia saliamo in macchina nel caos del traffico romano, attraverso la città lungo la via Flaminia verso la Cassia bis. Arriviamo a Formello. La nuova casa di Giorgio è un rudere che ha comprato da poco e sta ristrutturando. Davanti c'è uno spiazzo erboso da cui digrada

il parco, fitto di alberi. Giorgio ci guida attraverso il sentiero fino all'entrata di una grotta.

«Ecco» dice con fare misterioso. «Questa è la grotta etrusca.»

«Ah sì?» faccio io.

Non so mai cosa aspettarmi da Giorgio. È difficile individuare il confine tra realtà e immaginazione nei suoi racconti. Il che nulla toglie alla precisione con cui ti guarda e ti dice esattamente come stai e cosa ti frulla per la testa.

«Non ve l'ho mai fatta vedere?» Tutte e due scuotiamo il capo. «Qui venivo a meditare anni fa con Dado. Allora la casa era disabitata e scavalcavamo il cancello.»

«Dado Ruspoli?» chiedo. «Con cui andavi nel castello di Vignanello e condividevi mogli e amiche?»

«Un'amicizia fraterna» commenta Giorgio.

«Insomma, eravate dei playboy» fa Livia.

«Non playboy, figli dei fiori» preciso.

«Nessuna rivalità, gelosia» spiega Giorgio. «Con Dado ho sempre condiviso tutto. Anche questa grotta.» Si guarda intorno. «È un posto speciale. Gli etruschi avevano un rapporto magico con la natura. Entra» mi dice. «Vedrai da sola.»

La grotta è fresca e circolare. La luce filtra dalla fessura dell'entrata. Una panca di pietra è scavata rozzamente a semicerchio. Mi siedo dalla parte opposta rispetto all'entrata, inspiro l'odore di terra umida. C'è una gran pace. Essere all'interno di un cerchio mi tranquillizza, mi sento protetta e fuori dal mondo. Penso a Roberto, a Matteo. D'un tratto tutto mi sembra semplice e inevitabile. Le cose iniziano e finiscono. Devo accettarlo senza sentirmi in colpa o cercare un'eternità che non esiste. Matteo non mi interessa, ma facendo l'amore con lui ho capito che la mia storia con Roberto è finita. Occorre un taglio netto, per tutti. La mia famiglia è qui, sono i miei amici. Il resto si vedrà.

Esco, Livia e Giorgio sono in piedi sul sentiero.

«Adesso vai tu» le dice Giorgio.

Livia entra. Lo guardo: «Credo finalmente di avere capito cosa devo fare».

Giorgio si avvicina, mi mette un braccio intorno alla spalla. «Il problema» dice, «non è inventarci un'altra realtà, ma accettare questa.» Annuisco, guardo il sentiero che scende lungo il bosco. «Questo vale anche per la piccolina» aggiunge indicando Livia che esce dal cerchio magico della grotta.

«Non so voi, ma a me tutta questa pace e l'aria fresca hanno fatto venire una gran fame» fa Livia ridendo.

«A casa c'è pane, formaggio e salame in quantità» dice Giorgio.

Giorgio accende il caminetto mentre noi prepariamo uno spuntino. La giornata trascorre tranquilla. La casa di Giorgio è un'oasi. Lui prepara una zuppa di maccheroni e fagioli, apre una bottiglia di vino rosso, mette un po' di musica. Si avvicina mentre sono sdraiata con Livia accanto al camino e aspiro l'odore della legna asciutta.

«Noi apparteniamo all'eternità, ma l'eternità non ci appartiene» dice.

«Peccato» ribatto io.

«Però di noi muore solo il nome e il corpo. L'anima è immortale, ha memoria e si reincarna.»

«Immagino perda la memoria appena l'uomo nasce» commento con un velo di ironia.

«È il pedaggio per iniziare una nuova vita.»

«Però è possibile rintracciare vite precedenti» dice Livia. «Io l'ho fatto.»

«Beati voi che ci credete» dico alzandomi, prima di versarmi un sorso di vino.

«Per te è più rassicurante non credere» mi provoca Giorgio.

«Io sono come san Tommaso. Credo solo in quello che vedo.»

«Purtroppo i nostri sensi sono limitati, come la nostra mente.»

«Devo accontentarmi degli strumenti che possiedo» ammetto. «Non posso inventarmi una fede che non ho.»

Giorgio annuisce. Rimaniamo in silenzio accanto al camino. D'un tratto si volta verso di me: «Tu e Roberto siete sulla strada sbagliata. Avete paura. L'amore è fatto per i coraggiosi».

«Ci vuole fede per avere coraggio.»

«A volte è preferibile far tacere la mente. La mente è il dubbio.»

«Il dubbio è corrosivo, ma è anche un atto di umiltà.»

«L'umiltà è accettazione. Io sono tranquillo» fa Giorgio. «Domani sarò fiore o farfalla. La morte non mi spaventa.»

«L'importante è il viaggio che fai mentre vivi» dice Livia.

«Quello che la crisalide chiama morte, l'uomo chiama farfalla» sentenzia Giorgio.

«Dipende sempre dai punti di vista» commento.

«Poverina, pensa come soffre la crisalide. Lei non lo sa che diventerà farfalla» dice Livia, la voce impastata di sonno.

Mi assopisco davanti al camino, avverto il suo tepore accanto. Mi sento a casa, insieme ai miei amici. Giorgio ci stende addosso una coperta. Sprofondo in un sonno senza sogni.

Via Pontaccio

Sono al bar in via Pontaccio, aspetto Roberto. Gli ho detto che devo vederlo.

Finalmente entra, il maglione azzurro, i jeans, l'eskimo. Gli faccio un cenno, si avvicina e si siede al mio tavolo.

«Sei appena tornata da Roma?»

«Sì.»

«Come è andata?»

«Bene, ho visto Livia, Giorgio. Abbiamo dormito una notte da lui a Formello davanti al camino. Si stava benissimo, lì è ancora estate.»

Devo fargli male e non so da dove cominciare.

«Roberto, così non va. Te ne accorgi anche tu.» Silenzio. «Ci abbiamo provato, ma non funziona più. La nostra storia è come una bambola di porcellana rotta. Inutile rimettere insieme i pezzi. Si vede la colla, i pezzi non combaciano. Non è più la stessa cosa.» Mi guarda con occhi verdi screziati di grigio, occhi bellissimi, profondi. La piccola cicatrice sul labbro. Perché non mi aiuta? «Non possiamo andare avanti così. Dobbiamo lasciarci. È finita.» L'ho detto. «Sono stati tre anni intensissimi, belli o brutti non importa. Stare con te mi ha cambiato.»

«Un matrimonio.»

Colgo un filo di ironia nella voce. «Sì. Non è sempre necessario sposarsi.»

«Non voglio perderti.» Mi fissa serio.

«Voglio che tu sia libero. La prossima volta che incontri una donna, dalle spazio, non criticarla in continuazione se porta i tacchi, se mette il rossetto. Lasciala libera. Prima, non dopo le scenate. Dopo non serve, è tardi.»

«Non mi interessano altre donne. Voglio te.»

«Io ho bisogno di star da sola.»

«Per quanto tempo?»

«Non capisci, non posso più andare avanti così, non ce la faccio più.»

Mi accorgo che sto tremando. È come amputarmi una parte di me.

«C'è un altro?» La domanda è diretta come una staffilata.

«No, non c'è nessun altro.» Esito, ma alla fine lo dico: «Ti ho amato molto, ma adesso non sono più innamorata». Mi guarda a lungo, in silenzio, senza tradire emozioni. L'autocontrollo di Roberto si incrina solo quando fa l'amore. Questo lo so. «Penso che andremo più d'accordo come amici.»

«Chissà se io e te resteremo amici. Dopo.» Si alza, un velo grigio davanti agli occhi. «Ci vediamo, ciao.»

Si avvicina alla porta e se ne va.

Venezia

Pasqua si avvicina.

«Ciao.» È Matteo.

Mi coglie alla sprovvista, ma non tradisco emozioni.

«Come stai?»

«Bene. E tu?»

«Anch'io.»

«Volevo invitarti a Venezia per Pasqua.»

«Grazie, ma non credo sia il caso.»

«Non saremo soli, ci saranno anche Livia e Giorgio.»

«Ah.»

C'è un secondo di pausa.

«Staremo tutti nella vecchia casa di mio nonno, al Lido. Non puoi mancare.»

«Sei sicuro che loro vengano?»

«Certo. Chiamali, se vuoi.»

«Va bene. Grazie, ti faccio sapere.»

Riattacco. Chiamo Livia. La voce è strana, distante: «Perché non me l'hai detto».

«Cosa?»

«Di te e di Matteo.»

«Non c'è niente da dire.»

«Gli ho chiesto se voleva venire a Roma per Pasqua. Ha detto che ti aspettava a Venezia.»

«Ci vuole tutti al Lido, nella casa del nonno.»

Sento un'esitazione nella voce.

«Non hai avuto una storia con Matteo?»

«Sciocchezze.»

«Non è che mi nascondi qualcosa?»

«Non mi importa niente di Matteo. Sei la mia migliore amica. Matteo non c'entra niente né con te, né con me. Non ti renderebbe felice, perché non può darti quello che vuoi.»

«Tu come lo sai?»

«È troppo assorbito da se stesso per interessarsi veramente agli altri.»

«Ma ci vai a Venezia?»

«Solo se venite anche tu e Giorgio. Lui che dice?»

«L'idea gli piace.»

«Allora non c'è nessun problema. Ci vediamo tutti lì.»

Sono furibonda con Matteo, ma decido di non chiedergli spiegazioni. Meglio lasciar perdere.

Passa una settimana. Chiamo Matteo per confermare il mio arrivo. Esito, poi decido di essere diretta: «Non hai detto niente a Livia di quello che è successo tra di noi a Milano, vero?».

«No.»

«Se ti scappa una parola, con me hai chiuso.»

«Non preoccuparti.»

«Ok. Allora ci vediamo.»

Scendo i gradini della stazione e mi avvicino alla fermata dei traghetti. Venezia scintilla sotto il sole, cullata dallo sciabordio dell'acqua. Prendo il vaporetto per il Lido e guardo la città scorrere lungo i canali. Il mercato di Rialto, i palazzi sul Canal Grande, il ponte dell'Accademia, la Punta della Dogana. Apollo sorride danzando sul mondo che Ercole regge a fatica, la schiena curva.

Passiamo davanti a San Marco, oltre i giardini della Biennale. Chiudo gli occhi e lascio che il vento mi accarezzi i capelli. L'odore dolciastro della laguna mi riempie le narici. Gabbiani riposano sui pali di legno in mezzo all'acqua. Il Lido si avvicina con la scritta CAMPARI in rosso a caratteri cubitali. Intravedo sul pontile la sagoma alta di Matteo e quella più piccola di Livia, accanto a Giorgio.

Sorrido, li saluto da lontano con un cenno della mano. Mi vengono incontro.

«Benvenuta» fa Giorgio.

«Hai fatto buon viaggio?» chiede Livia.

«Sì. Voi quando siete arrivati?»

«Un'ora fa. Ti abbiamo aspettata» dice Livia.

Matteo si avvicina, si china e mi sfiora leggermente la guancia. «Ciao.»

Ci incamminiamo lungo la strada principale del Lido, tra palazzi e ville che si riempiono solo d'estate. L'aria è mite. Non vedo turisti, solo locali. L'architettura anni Venti è diversa da quella veneziana, molto più antica. Anche qui ci sono negozi di souvenir, soprattutto di vetro. Mi piace l'atmosfera del mare fuori stagione, alberghi vuoti e spiagge deserte.

La casa del nonno di Matteo è in un vialetto laterale. Bianca, liberty, con l'ascensore e un grande terrazzo da cui si vede il mare.

«Bello» dico guardando in giù verso la spiaggia di sabbia grigia. «Tuo nonno aveva buon gusto.»

«Lui ha scoperto Venezia da adulto. Era siciliano.»

«E come mai è finito qui?»

«Si è innamorato di mia nonna, che era veneziana.»

«Un ottimo motivo» fa Giorgio.

«Un uomo fortunato» commenta Livia. «È venuto ad abitare nella città più bella del mondo.»

Io e Livia dormiamo nella stessa stanza, con due letti singoli, Giorgio nello studio del nonno. Usciamo a fare la spesa, torniamo, Giorgio si mette ai fornelli. Io, Matteo e Livia ci sediamo in terrazzo. Matteo apre una bottiglia di vino rosso, versa quattro bicchieri. Ne porto uno a Giorgio.

«Hai bisogno di aiuto?» chiedo, entrando in cucina.

«No, grazie.»
«Allora preparo la tavola.»
«D'accordo.»

Prendo posate e stoviglie, entro in sala da pranzo, apparecchio. Fuori sul terrazzo Livia e Matteo chiacchierano rivolti alla spiaggia. Ormai qualunque cosa succeda tra loro non mi riguarda più. Il momento è passato. Mi siedo in poltrona, sorseggio il mio bicchiere. Mi guardo intorno. Una casa borghese, ordinata e accogliente. Tutto fa supporre un'esistenza tranquilla. Lo sguardo si posa su un cannocchiale fissato a un treppiedi vicino alla finestra.

«Mio nonno amava le stelle. La sua passione era l'astronomia.» Matteo entra nella stanza e intercetta il mio sguardo.

«Tuo nonno doveva essere un tipo interessante» dico.

Un sorriso gli sfiora la guancia.

«Per me da piccolo era un dio. Mi spiegava tutto, aveva una pazienza infinita. Mi portava sul terrazzo e mi mostrava le costellazioni a occhio nudo, poi col cannocchiale. "Ora" diceva, "stiamo guardando il passato. Tutto quello che vedi già non esiste più. La luce delle stelle impiega milioni di anni luce per arrivare fino a noi. Nel frattempo, quelle che noi vediamo sono collassate, morte." Avevo quattro, cinque anni, ma mi parlava come fossi un adulto. Era un uomo appassionato, amava la vita. Ma come medico si misurava quotidianamente col dolore, la sofferenza, la perdita. "Vivi ogni giorno come se fosse l'ultimo" diceva. "Senza angoscia, ma consapevolmente. Noi siamo il nostro corpo. Una macchina. Finché funziona ci dimentichiamo che esiste, ignari del suo meccanismo. Poi da un giorno all'altro si rompe e allora è troppo tardi per tutto il resto."»

Un brivido mi corre per la schiena. «Io vivo così. Giorno per giorno» dico.

La luce dalla finestra taglia il viso di Matteo come una lama. «Lo so, me ne sono accorto.»

«Da cosa?»

«Dall'intensità.»

Alzo di scatto gli occhi che incrociano i suoi, ma non faccio in tempo a replicare. La voce di Livia spezza la tensione: «Eccovi. Mi chiedevo dove eravate finiti. È quasi pronto».

Mi alzo dalla poltrona. «Bene. Vado ad aiutare Giorgio.»

In cucina Giorgio sta mescolando la pasta, ancora fumante. «L'amatriciana è uno dei miei piatti preferiti. È come portarsi dietro un pezzo di casa.»

«La tua pasta farebbe resuscitare i morti» commento ridendo.

«Io sono un coltivatore diretto della bella vita» sentenzia, mentre porta la terrina della pasta in sala.

Annuisco e lo seguo con la bottiglia di vino in mano.

Matteo e Livia sono già a tavola, seduti uno accanto all'altra. Livia non è conviviale come al solito, non cinguetta, non fa le sue battute ironiche. Matteo le parla piano, con aria assorta. Lei ascolta in silenzio.

«Scusate ragazzi, ma basta con le chiacchiere. Qui è ora di mangiare» dice Giorgio servendo i piatti.

Mi siedo accanto a lui, verso il vino. Giorgio alza il calice in un brindisi: «A noi, a Venezia».

«A tuo nonno e alle sue stelle» dico, indicando Matteo.

I bicchieri tintinnano, ci avventiamo affamati sulla pasta, iniziamo a mangiare.

Livia lancia un'occhiata inquieta a me e a Matteo, io faccio finta di niente e chiacchiero con Giorgio stando attenta a non incrociare il suo sguardo.

«Sai se Sylvie è a Venezia?» chiede Giorgio.

Ho conosciuto Sylvie a Venezia, con Teo. È francese, suo padre ha un castello in Normandia. È reduce da un matrimonio fallito. Ha lasciato marito e figli in Francia, è arrivata a Venezia per caso e non è più partita. Le piace remare per i canali con la sua barca, di giorno e di notte. Conosce ogni angolo della città. Giorgio l'ha conosciuta a Roma, da Jimmy, quando lei è venuta a trovarmi.

«Mi piacerebbe rivederla» dico. D'improvviso mi illumino. «Non c'è problema. La chiamiamo.»

«Vi va?» faccio rivolta a Matteo e Livia. «È una mia amica da tanto tempo. Una persona speciale.»

Guardo Matteo e Livia con naturalezza. Purché lui non le abbia raccontato nulla. Ma no, l'ha promesso. E poi che vantaggio ne avrebbe? Basta mantenere la calma. Sento che Livia è inquieta. Vedere Sylvie ci distrarrà, romperà il cerchio.

«Va bene» dice Livia.

«Mi associo» fa Matteo, il viso impassibile.

«Qualcosa non quadra, vero?» commenta Giorgio in cucina mentre lavo i piatti.

«Perché dici così? Mi sembra che vada tutto benissimo.»

«Mah, non so, sfumature» fa lui. Poi, voltandosi verso di me, con aria protettiva: «Non preoccuparti. Non tradirò segreti che non conosco».

Chiamo Sylvie, che mi saluta col suono inconfondibile della sua voce, sempre un'ottava più alta della norma, animata da un entusiasmo febbrile e un po' artificiale, come se fosse sulla soglia di un inconfessabile segreto e stesse per rivelartelo.

«Dimmi come sta Giorgio» trilla al telefono.

«È qui con me e altri due amici. Vorremmo vederti.»

«Ma certo!»

Ci dà appuntamento in un bar alla Giudecca verso le sei. Mi chiede brevemente di Teo e riattacca.

Vado a riflettere sul terrazzo mentre gli altri schiacciano un pisolino per smaltire la pasta e la stanchezza del viaggio. Accendo una sigaretta, tiro lunghe boccate e guardo la spiaggia deserta, solo qualche cane corre tra la sabbia. C'è il sole, ma il mare è sempre grigio. Forse non è stata una buona idea venire a Venezia. Sono trascorsi mesi, per me è acqua passata, ma Livia sente che c'è stato qualcosa tra me e Matteo.

Come se ne è accorta? Il mio comportamento con lui è assolutamente normale, anzi lo evito. D'un tratto rivedo la scena, io seduta in poltrona, lui accanto al cannocchiale. Ecco quando è stato. L'ha capito dallo sguardo che lui mi ha lanciato mentre lei entrava in sala da pranzo.

E adesso?

Matteo è stato un amante fantastico, e non è affatto noioso come tu pretendi, dice una vocina dentro di me.

Sbuffo, scosto un ricciolo dalla fronte. Non sono pronta a dare spiegazioni, non c'è niente da spiegare.

Spengo la sigaretta e torno in camera, attenta a non far rumore per non svegliare Livia.

Sylvie

«*Catharina!*»

La voce acuta di Sylvie arriva sul traghetto mentre stiamo attraccando. Mi volto e la vedo sul pontile, una mano nella tasca della giacca, l'altra sbracciata a salutarci.

«*Comment vas-tu? Ça fait longtemps.*»

Scendiamo, l'abbraccio insieme a Giorgio, le presento Livia e Matteo. Sylvie saluta Livia con gioiosa indifferenza, gli occhi si soffermano su Matteo. Mi sfugge un sorriso. Guardo Giorgio, che fa gli onori di casa. "Bene" penso, "Sylvie centrerà l'attenzione su di sé." Matteo è già avvolto nel suo sguardo come in una rete.

Livia studia Sylvie cercando di mettere a fuoco la situazione. Giorgio si avvicina, attento. «Tutto bene?» domanda.

Gli stringo la mano. «Sì.»

Lui mi prende per il braccio: «Come diceva Wellington, "l'unica cosa peggiore di una battaglia vinta è una battaglia perduta"» sussurra all'orecchio osservando Matteo, preso al laccio dagli sguardi incrociati di Livia e Sylvie. Sospira. «Quando una donna si concede, si concede sempre troppo.»

«Anche questo lo diceva Wellington?» chiedo.

«No, questo lo dico io.»

Sylvie ci porta in un piccolo bar pieno di legno e specchi, dal tavolo dove siamo seduti ci vediamo riflessi dall'altra parte della stanza, immersi in un liquido d'argento, l'acqua della laguna continuamente mossa da imbarcazioni varie. Sylvie gesticola, ci racconta di sé, perfettamente a suo agio anche con Livia e Matteo. Parla un italiano con forte accento francese, ride spesso, la risata mossa da energia febbrile. Sento che è catturata da Matteo, il quale è impassibile come i serpenti cobra che sembrano dormire mentre in realtà studiano i movimenti della preda.

Scosto leggermente la sedia dal tavolo e allungo le gambe. Guardo Sylvie che ride piegando la testa da un lato con civetteria infantile e una punta di aggressività. Livia è spiazzata, Sylvie continua a lanciarle occhiate avvolgendola con la sua voce modulata su trilli acuti.

«È un gioco delle parti» sussurra Giorgio.

«Secondo Wellington chi vince?»

«Come, non lo sai? Tra i due litiganti il terzo gode.»

«Il terzo chi?»

«Be', adesso non fare troppo la distratta.»

Affondo le mani in tasca e allungo ancora di più le gambe, la sedia si solleva in equilibrio precario. «Io non c'entro con questo gioco. Non mi interessa.»

«Non è un gioco iniziato ora. Ma bisogna finirlo.»

«Giorgio, a volte la tua perspicacia mi sgomenta.»

«A chi lo dici. Spesso mi sento osservato allo specchio e fingo di non conoscermi.» Un sorriso mi sfiora gli angoli delle labbra.

Sylvie si volta verso di noi: «Venite a mangiare da me. È qui vicino. C'è un giardino bellissimo, tutto per noi. La casa è di una vecchia contessa che non c'è mai. Su, andiamo». Si alza e afferra il conto con sicurezza un po' altera anticipando Giorgio e Matteo. «Questa è zona mia. Siete miei ospiti.» Sorride, ma il tono è fermo e non ammette repliche.

Il gioco delle parti

Seguiamo Sylvie per calli e ponti. Si è fatta sera e un vento freddo scompiglia i capelli, bagna occhi e narici. L'umidità veneziana penetra nelle ossa. Arriviamo a un cancello in ferro battuto, attraversiamo un giardino incolto ed entriamo in una casa a due piani. Mi stringo intirizzita nella giacca.

«Ora accendiamo il fuoco» dice Sylvie.

«Questo è compito mio» fa Giorgio mettendosi al lavoro.

Lo aiuto con la legna e vecchi giornali. Sylvie trascina Livia e Matteo in cucina. Forse pensa che stiano insieme e ha deciso che è più divertente sedurre una coppia. Chissà. In ogni caso continuo a defilarmi.

Giorgio mi segue con aria protettiva, ci occupiamo di cose tecniche, il tiraggio del camino e la costruzione ottimale della catasta di legna, i rotoli di carta sotto, i tronchi sopra e i legnetti più asciutti in cima. Intanto dalla cucina arrivano i trilli di Sylvie intercalati dalla voce morbida di Livia e da quella più bassa di Matteo. In questo momento la femminilità un po' isterica ed esibita di Sylvie mi irrita, preferirei maggiore sobrietà.

Mi allontano mentre Giorgio appicca il fuoco con l'accendino iniziando dalla carta in basso. Mi sento dentro un labirinto e non so come uscirne.

«Come apprendista sei un po' distratta» dice Giorgio. «Perché non vai a fare un giretto in giardino? Non preoccuparti, qui ci penso io.»

Scalcio per terra rovinando rametti e fogliame e muschio.

«Ti cercavo.»

Mi volto di scatto. È Matteo.

«È una tua abitudine sorprendere le persone alle spalle?»

«Guarda che non è così semplice.»

«Che cosa?»

«Distrarmi. Le tue amiche non mi interessano.»

«Be', Livia ti interessava.»

«Per arrivare a te.»

«Cosa vuoi?»

«Ormai dovresti saperlo.»

«Matteo, non posso avere una storia con te, noi due siamo troppo simili, potresti essere mio fratello.»

Sorride, vedo brillare i denti nel buio. «Non ho mai tenuto una sorella tra le braccia come te.»

I miei occhi incrociano i suoi nella penombra del parco. Sento il fruscio delle foglie, il silenzio interrotto da piccoli suoni intermittenti. Sarebbe così facile lasciarsi andare. Invece no, è pura finzione, niente collima più se perdo i miei unici punti di riferimento affettivi.

«Matteo, ci siamo già tenuti tra le braccia. I nostri corpi si sono detti tutto quello che c'era da dirsi. Adesso basta. Io non voglio perdere Livia. E non voglio farle del male.» Mi avvicino, ansiosa. «Tu non le hai detto niente, vero?»

«No. Le ho semplicemente spiegato che una storia tra Roma e Venezia non può funzionare. Con gentilezza e tatto. Non l'ho offesa. So quanto è preziosa per te e comunque non è mia abitudine offendere le donne.»

«Ma lei sospetta.»

«Be', questo è comprensibile.»

Mi guardo intorno, intravedo la luce che filtra dalla porta-finestra sul salone.

«Dov'è ora?»

«In cucina, con Sylvie.» Matteo si avvicina e mi afferra le spalle. «Ascolta. Io non sono un latin lover o un gigolò, come forse spera Sylvie. Non mi interessa sedurre ragazze romantiche o intrattenere donne in cerca di emozioni. Io cerco qualcuno come me, una donna che mi sia pari, che mi tenga testa, a letto e fuori. Non c'è nessun motivo che ci impedisca di stare insieme. Io sono libero, tu anche. A Livia possiamo spiegarlo. Succede. Voglio stringerti tra le braccia come un uomo stringe una donna.»

«L'hai già fatto.»

«Appunto. Lasciati stringere ancora.»

«Non posso.»

«Certo che puoi. Lo desideri anche tu. Stai mentendo.»

«Allora non voglio, come preferisci.»

«Guarda che non succede spesso che due persone si incontrino così, l'uno dentro l'altro.» Si avvicina, mi prende tra le braccia e china il viso verso il mio.

«No.» Mi sembra di avvertire dei fruscii. È la mia immaginazione o sono i suoni soffocati del parco? Sento un rumore secco, come di un ramo spezzato. «Devo andare. Lasciami» sibilo cercando di liberarmi. Ma lui mi tiene stretta.

«Ti prego, lasciami.»

Finalmente allenta la presa, scappo via attraverso il giardino e apro la porta finestra sul salotto.

«Tutto bene?» fa Giorgio, ancora indaffarato accanto al camino con scopino e paletta.

«Sì» rispondo.

Mi accovaccio con le braccia sulle ginocchia e le mani tese verso il fuoco. Le guance scottano davanti alla fiamma. Per fortuna siamo soli. Sento il chiacchiericcio di Livia e Sylvie dalla cucina.

«Le ragazze sono sempre ai fornelli?»

«Sì, siamo nelle mani di due cordon bleu. Spero tu abbia appetito.»

«Perché non vai in cucina ad aiutarle?»

«I cuochi non vanno disturbati. Non esiste democrazia in cucina. Ognuno ha il suo metodo.»

«Certo.»

Non mi chiede dov'è Matteo, anche se deve averlo visto uscire. Oppure no? Forse c'è un'altra uscita sul giardino.

«Vado comunque a vedere se le ragazze hanno bisogno di una mano.»

«Io vi aspetto qua.»

Entro in cucina, si voltano insieme verso di me, ma è Sylvie a venirmi incontro: «*La voilà*. Sei arrivata giusto in tempo. Abbiamo preparato una *blanquette de veau* deliziosa. L'avevo già messa sul fuoco prima di uscire e incontrarvi, ma l'ultimo tocco l'ha dato lei.» Accenna a Livia, che sorride con una strana piega agli angoli delle labbra.

Sorrido meccanicamente di rimando e guardo verso i fornelli accanto al muro. La portafinestra è socchiusa e dà sul giardino. Sylvie intercetta il mio sguardo: «Bisogna cambiare l'aria quando si cucina, altrimenti si soffoca in mezzo agli odori».

Anche in italiano Sylvie non riesce a evitare l'accento e le intonazioni della sua lingua. Mi lascio cullare dalla cantilena della voce e intanto penso a tutta velocità: "Matteo forse è uscito di qui e Livia può averlo seguito oppure no". Non c'è modo di chiederglielo senza suscitare sospetti. Devo capirlo da sola e in fretta.

«Che profumo squisito» dico annusando l'aria. «Riempie la cucina anche con la finestra socchiusa.»

«Be', l'abbiamo aperta solo qualche minuto fa» dice Sylvie, «quando Livia è uscita in giardino con la spazzatura.»

Il gelo mi inchioda al pavimento. «E Matteo?» chiedo con finta noncuranza.

«Oh, lui è andato verso il salone già da un po'. Voleva fare una passeggiata nel parco.» Sylvie alza le spalle mescolando la salsa della *blanquette* sul fornello. «Tornerà.»

Mi volto e Livia non c'è più. Rimango impietrita. Devo parlarle. Subito.

«Vado a vedere cosa fa Giorgio» dico, cercando di contenere l'ansia nella voce. «Magari gli do una mano a preparare la tavola.»

«Guarda che tra un quarto d'ora è pronto» dice Sylvie col mestolo in mano.

Noto di sfuggita che non trilla più mentre esco dalla cucina e mi avvio verso il salone. I trilli erano tutti dedicati a Matteo. Nel gioco delle parti, come dice Giorgio, io ho certamente il ruolo sbagliato. Lo incrocio sempre seduto accanto al camino. La tavola è apparecchiata.

«Ciao, esco un attimo.»

Lui solleva il capo: «Deve essere molto interessante il giardino a quest'ora della sera. C'è un gran viavai». Si gira verso di me, poi guarda di nuovo impassibile il camino. «Torna presto. Per nulla al mondo puoi perderti una *blanquette* dal profumo così delizioso.» Colgo un'ombra nello sguardo. «Sarebbe un delitto.»

«Terrò presente» dico e fuggo nella notte.

Fuori il buio avvolge i contorni di alberi e piante. Cammino a tentoni attenta a non inciampare. Sento fruscii dappertutto, i sensi in allerta. Vorrei chiamare Livia, ma la voce non mi esce dalla gola. Dov'è? Forse è con Matteo. Se stanno parlando, non voglio disturbarli. La gelosia è sparita insieme all'eros. La Sardegna sembra lontanissima, anche Milano. Le sbornie erotiche sono violente finché ci sono, ma non lasciano traccia. Come una malattia. Un virus.

«Livia.» Intravedo la scia bionda dei capelli nella semioscurità, è appoggiata a un albero. «Ti ho cercata dappertutto.»

«Perché non me l'hai detto?» domanda. Mi accorgo che sta tramando.

Esito, poi rispondo: «Non potevo».

«Te l'ho chiesto tante volte. Sentivo che c'era qualcosa.»

«Livia, è successo una volta sola e per me è stato irrilevante.»

«Allora perché l'hai fatto?»

«Non lo capisco bene neanch'io. Non sarebbe mai accaduto se lui non avesse fatto l'amore con te in Sardegna. Toccandoti ha smosso qualcosa dentro di me. L'ho detestato per questo.»

«Come hai potuto?»

«Ho cercato di evitarlo, poi non ci sono più riuscita. Era l'unico modo per liberarmene. Dopo sono scappata, non l'ho più visto né sentito.»

«Sapevi che lui per me era importante.»
«Livia, ascolta, lo so che adesso non mi credi. Ma Matteo non è l'uomo per te. Ti avrebbe fatto solo del male.»
«Così invece me l'hai fatto tu.»
Deglutisco. «Hai ragione. Mi spiace.»
«Perché mi hai mentito?»
«Non volevo che un singolo episodio minasse la nostra amicizia.» Mi avvicino, non oso toccarla. «Ascolta. Matteo è irrilevante per me, mentre tu sei una sorella. Non volevo che lo sapessi per non rovinare la nostra amicizia.»
«L'hai rovinata comunque.»
Sento un colpo allo stomaco, ma incasso. «Livia, tu e Giorgio siete la mia famiglia.»
«Dovevi pensarci prima.» Fa una pausa, poi continua sarcastica. «Perché non vi mettete insieme? Sareste una bella coppia.»
«Non scherzare. Non sono pronta ad avere una storia, e certo non con lui.»
«Perché no?»
«Siamo troppo simili. E poi non potrei mai, per via di te.»
«Prima te lo scopi, poi ti preoccupi di me?»
«Per questo non volevo tu sapessi niente.» Abbasso la voce. «Comunque tra voi non avrebbe funzionato.»
«E tu come lo sai? Se non interferivi, magari le cose andavano in modo diverso.»
«Ne dubito.» Pausa. «L'hai visto?» chiedo.
«Sì. Era qui poco fa.»
«Che ti ha detto.»
«Che è innamorato di te.» La voce le trema.
«Non può essere. È un modo per provocarti.»
"Dio, che casino" penso. E ora come facciamo a uscirne?
La voce di Giorgio arriva calma e puntuale dalla portafinestra del salone: «È pronto, ragazze».
Ci avviciniamo alla casa illuminata senza più parlare. Gli altri sono già a tavola.
«Sedetevi, preparatevi ad assaggiare questa delizia.» Giorgio fa gli onori di casa e serve i piatti da grande anfitrione.
Livia si siede accanto a Matteo. Non si parlano, non si guar-

dano. L'unico a suo agio è Giorgio. Mi siedo vicino a lui, di fronte a Sylvie, insolitamente silenziosa.

«Ragazzi, vi vedo distratti. Vi pregherei di dedicare maggiore attenzione a questo piatto amorevolmente preparato da Sylvie per noi. È giusto che siamo consapevoli delle cure dedicateci dalla nostra ospite.» Risatina di Sylvie. Giorgio si guarda intorno. «Bene, vedo che finalmente qualcuno reagisce. Propongo un brindisi. *Vive la France.*»

Solleviamo i calici, i vetri tintinnano senza entusiasmo. Sylvie guarda Giorgio. Un guizzo di gratitudine le ravviva lo sguardo. Matteo e Livia sono muti. Se possibile, lui è ancora più cupo di lei.

Mangiamo compunti, la conversazione langue. Sylvie è confusa, lo sguardo vaga tra me, Livia e Matteo. Ogni tanto si sofferma su Giorgio, a cercare un appiglio che non trova. Lui pare impermeabile all'atmosfera raggelante che circonda la tavola. Siamo tutti concentrati a capo chino sul nostro piatto, rumore di coltello e forchetta. Passiamo alla frutta. Giorgio veleggia sovrano sul malumore generale. Ci osserva divertito, come un padre che abbraccia con lo sguardo i figli: «E ora ragazzi, a stomaco sazio, vi propongo un gioco. Ognuno di voi racconta un'esperienza che l'ha segnato, nel bene o nel male. Se vi va, naturalmente».

Per un attimo cala il silenzio. Siamo presi alla sprovvista, il che ci distrae dalle nostre questioni.

Giorgio insiste: «Comincio io. Così, tanto per rompere il ghiaccio».

Annuiamo.

«Dunque, ero in Sardegna, vicino a Cala Luna, dalle parti di Dorgali. Mi immergevo in apnea, facevo pesca subacquea. Ora non so se potrei ancora sparare a un animale.» Sorride. «Comunque, allora non mi ponevo di questi problemi. Dunque, mi metto tuta, maschera, fucile e comincio a scendere con i pesi. Arrivo a circa sei metri sott'acqua, mi muovo tranquillo, come al solito. A un certo punto avverto una strana debolezza, come se le forze stessero scemando. Sento un cerchio alla testa. La maschera mi preme sulla fronte. La sollevo e tutto a un tratto vedo l'acqua intorno a me piena di sangue, il mio sangue mi circonda e fluttua come un mantello rosso nell'acqua.» Silenzio attonito. Pendiamo tutti dalle sue labbra. «Era una strana sensazione. Sarebbe stato così facile chiudere gli occhi e lasciarsi andare, addormentarsi nell'acqua. Ero debole e stranamente calmo. Non sentivo dolore. Vedevo però che il mare era rosso e tutto quel sangue era mio.» Guarda oltre il tavolo, nel vuoto della memoria. «Ho avuto la presenza di spirito di lasciare pesi e fucile, sono tornato a galla, ho nuotato fino a riva. Avevo perso sangue dal naso e dalle orecchie. Probabilmente era un inizio di embolia, ma non sono andato dal dottore. Appena fuori stavo benissimo. Poi il giorno dopo mi sono immerso di nuovo. Fuori stavo bene, ma dentro il corpo non mi ubbidiva più. Ero paralizzato dal panico. Finalmente sono uscito e non mi sono più immerso.»

«Il tuo corpo ti ha avvertito del pericolo. Ha reagito dopo» dico.

«Sì. Il corpo ha memoria» commenta Matteo.

Alzo gli occhi e incrocio i suoi, fissi nei miei. Peccato non abbia senso dell'umorismo. Un po' di leggerezza a volte aiuta. Sorvolo su Livia, ancora assorta sull'onda delle parole di Giorgio.

La prima a riprendersi è Sylvie. «Mio padre era oceanografo e viaggiava spesso per il mondo» inizia a raccontare. «Ricordo la prima volta che mi ha portato a vedere la bassa marea ai tropici. Avrò avuto otto anni. Mi sono rotolata giù dalle dune, altissime. Di fronte a noi c'erano chilometri e chilometri di spiaggia dove il mare si era ritirato. La sabbia era ondulata e luccicava sotto il sole creando uno strano disegno, un arazzo di seta. Sono corsa a cercare le conchiglie a piedi nudi nella sabbia bagnata. "Attenta" ha detto mio padre, "questa non è la Normandia. Non allontanarti troppo, la marea torna all'improvviso." Ho giocato per un po' saltellando in lungo e in largo nel mio vestitino bianco di pizzo, poco adatto per l'occasione. Mi sentivo libera. Guardavo i granchi, enormi, e le conchiglie. Le uniche orme, a parte le mie, erano le zampe dei cormorani che creavano ricami sulla battigia. Ero abituata a spazi addomesticati, dove la natura, anche se maestosa, era prevedibile. Poi a un certo punto mio padre ha guardato l'orologio. "È ora di andare, vieni." Io non volevo, ho puntato i piedi, mi sono aggrappata alle sue gambe: "Ancora un po', papà". Ma lui è stato irremovibile. Siamo risaliti sulle dune. Io avevo il broncio, frignavo, mi stropicciavo il vestitino sporco di sabbia. "Aspetta" ha detto mio padre, "siediti qui e aspetta." Ci siamo seduti insieme in cima alle dune. Io ero impaziente, mi annoiavo. "Perché stiamo qua? Se non posso più giocare nella sabbia, voglio andare a casa." Ma lui era irremovibile. "Voglio che tu veda." Abbiamo aspettato. Poi, d'un tratto ho sentito uno strano rumore, un fragore sordo che veniva da lontano, sempre più forte, nitidissimo. Il profilo dell'acqua si è allargato all'orizzonte diventando una massa grigia e compatta. Lentamente si è allungata un'onda piatta travolgendo granchi e conchiglie fino al bagnasciuga. Tutto scomparso, sommerso. In un attimo.» Sospira e abbassa lo sguardo.

«La bellezza non è che il tremendo al suo inizio quando, sazia, ancora sdegna di distruggerci.» Giorgio sorride, fa una pausa. «*Elegie duinesi*. Rilke.» Poi si volta verso Matteo. «Tocca a te» dice.

«Da piccolo andavo spesso al Lido a trovare il nonno» esordisce Matteo raddrizzandosi sulla sedia. «Lui mi faceva vedere le stelle attraverso il cannocchiale e il telescopio, mi parlava di altri pianeti, mi spiegava la bellezza dell'universo. La sua vera passione era l'astronomia, forse per bilanciare le miserie della carne con cui, come medico, si misurava tutti i giorni.» Fa una pausa e si accende una sigaretta. «Io passavo molto tempo con lui. I miei genitori lavoravano, lui era vedovo ed era molto affezionato a me. Trascorrevamo ore insieme a guardare le stelle, a parlare di tutto. Ogni tanto mi raccontava della sua infanzia in Sicilia, dove era nato, dei profumi dei gelsomini a Palermo a maggio, della pesca dei tonni, delle reti dei pescatori quando tornavano all'alba cariche di pesci.» Lo sguardo si allunga attraverso il tavolo, oltre la parete di fronte. «Poi un giorno è morto. Infarto cardiaco. Nel sonno. Senza soffrire né dar fastidio, evitando di essere un peso per gli altri. L'ultimo a salutarlo è stato il cane, che gli ha leccato la faccia. Lui diceva spesso che gli animali sono migliori degli uomini. Sulla morte aveva le idee chiare. "Quando muori vuoi essere seppellito o cremato?" gli ha chiesto una volta mia madre. All'epoca la cremazione era un fatto insolito. "Fa' come ti pare" ha risposto lui con una risata. "Quando sono morto io non ci sono più, non c'è più niente e quindi non ha importanza. Puoi anche buttarmi in un fosso, se vuoi."» Aspira una lunga boccata. «I miei ritenevano che i bambini dovessero sapere. Mi hanno portato da lui all'obitorio. Aveva un fazzoletto verde sotto il mento, serviva a reggergli la mascella. Sembrava gli avessero chiuso la bocca perché non parlasse. Ma lui lì non c'era più. Mi sono chiesto: dov'è andato il nonno? Non capivo. I miei sono laici e non riuscivano a darmi nessuna risposta.» Spegne lentamente il mozzicone della sigaretta nel posacenere. «Poi una notte l'ho sognato. Era allegro, affettuoso come sempre. "Non preoccuparti, per il tuo compleanno ci sarò" mi ha detto. È passato qualche mese. Il giorno del mio compleanno mi ero totalmente dimenticato del sogno. Pensavo a tutt'altro, volevo andare a pescare con un amico al lido, agli Alberoni. Era una giornata d'autunno e la spiaggia era deserta. Siamo entrati in un canneto, c'era una piccola capanna disabitata. Ci siamo distratti dalla pesca e abbiamo esplorato la capanna. C'erano assi e utensili alla rinfusa, qualche coperta ammuffita. "Guarda, una palla, andiamo a giocare" ha detto il mio amico. Ma io continuavo a frugare, senza sapere bene perché. Poi tra un materasso e l'altro ho toccato qualcosa di metallico. Era un sestante, lo sapevo perché mio nonno li usava per misurare la distanza tra le stelle. Bellissimo, in ottone. Ho avvertito un fruscio, uno spostamento d'aria impercettibile. Sentivo la presenza del nonno vicinissima, come se fosse accanto a me. *Era* accanto a me, il sestante era il suo regalo di compleanno. Il mio amico è entrato nella capanna e mi ha trovato col sestante in mano e gli occhi pieni di lacrime. A casa non l'ho detto a nessuno. Non mi avrebbero mai creduto.»

Giorgio si alza e butta un altro pezzo di legna nel camino. Siamo tutti muti intorno al tavolo, Matteo ancora assorto nel suo racconto.

«Forse quello che noi crediamo di capire con la nostra conoscenza intellettuale non è che uno strato sottile della realtà, come certe rocce dove la stratificazione calcarea assume colori diversi. Noi vediamo uno strato solo. Tutto il resto ci sfugge» dico io.

«Certo ne sappiamo ben poco» dice Livia.

«Dubito, ergo sum» mormora Giorgio. «Ma è ora di andare avanti. Tocca a Livia.»

Lei si avvolge tra le dita una ciocca color miele.

«Da piccola abitavo a New York con i miei genitori. A parte i parchi di Manhattan e le estati in Italia all'Argentario, conoscevo poco la natura. Poi una volta i miei genitori hanno deciso di fare un viaggio nei deserti americani insieme a me e alle mie sorelle. Siamo partiti da Las Vegas in macchina e siamo risaliti dal Gran Canyon allo Utah, fino a Dead Horse Point, dove hanno girato *Thelma e Louise*.»

«È da lì che si buttano giù in macchina?» chiedo.

«Sì, proprio da lì. Ma quella è stata la parte finale del viaggio. Noi abbiamo iniziato dal North Rim, il lato più a nord del Gran Canyon. Tre giorni su e giù tra le rocce, tra piogge e sprazzi di sole improvvisi.»

«Perché tanta pioggia?» chiede Sylvie.

«L'altitudine attira i fulmini» spiega Livia. «Era uno spettacolo maestoso, quegli strati di rocce diverse di cui parlavi prima tu. Io non capivo niente, avevo otto anni, ma c'era un signore, un geologo, che dalla terrazza del North Rim mi mostrava la parete opposta dell'enorme cratere che è il Gran Canyon. "Sono quindici anni che aspettavo di essere qui" diceva. "È come avere davanti agli occhi la storia della terra. Vedi, quello è il Giurassico, quello il Triassico, e così via." Io cercavo di seguirlo, era come se tentasse di decifrare il mio passato, un enorme affresco naturale. Nel frattempo le mie sorelle si divertivano a dare da mangiare agli scoiattoli. Si infilavano le noccioline intere in bocca e poi scappavano via a nasconderle. Ma questo non c'entra. Dopo tre giorni siamo partiti e abbiamo attraversato il Colorado in direzione di Monument Valley. Fuori dal Gran Canyon c'era poca gente, non era stagione turistica. Abbiamo fermato la macchina e siamo saliti sul ponte a guardare il fiume. I miei genitori camminavano davanti e discutevano animatamente. Erano già in crisi e il nostro viaggio era un tentativo di ritrovare l'armonia familiare prima del divorzio. Le mie sorelle si rincorrevano ridendo, avevano quasi la stessa età. Io ero un po' più piccola e spesso rimanevo indietro da sola. Di colpo ho sentito uno sbattere d'ali e mi sono voltata. C'era un uccello enorme sulla ringhiera del ponte, a un metro da me. Era un condor, lo sapevo perché li avevo visti nei documentari televisivi, ma mai dal vivo. Era più alto di me, il busto grosso e folto di piume scure, la testa più piccola e rosata, il collo lungo e rugoso, un becco enorme e bargigli rosa. Mi guardava fisso e minaccioso. Siamo rimasti così per un tempo indefinibile, lui immobile, io incapace di muovermi. Avevo il terrore che da un momento all'altro mi afferrasse col becco e mi portasse chissà dove sulle montagne dove nessuno sarebbe più riuscito a trovarmi. Già mi vedevo sbranata a morsi dal suo becco affilato. Cibo per condor.» Si interrompe e sorride nervosamente, tormentandosi le mani. «I miei e le mie sorelle erano già fuori dal ponte, sentivo i passi che si allontanavano. Nell'animazione si erano dimenticati di me. Il condor continuava a fissarmi, appollaiato sulla ringhiera con artigli grandi come la mia mano. Poi ho sentito un frullo d'ali, e allora ho visto il numero.»

«Quale numero?» chiedo io.

«Sessantaquattro. Era stampato in giallo su fondo nero in una fascia sotto l'ala, quasi sul dorso. Per questo non l'avevo visto prima. Era un condor numerato, quindi sotto tutela umana. Non era selvaggio. Probabilmente si era perso e ora non sapeva dove andare. Magari era più terrorizzato di me. Finché mia madre non è arrivata correndo: "Che ci fai ancora qui? Non capisci che ti stiamo aspettando? E non ti avvicinare al condor. Probabilmente è malato e infetto. Vieni". Mi ha trascinato via per il braccio. Neanche una parola di simpatia o di apprensione, come se la natura fosse completamente addomesticata e non ci fosse più nulla da temere.»

«Strano che tu percepissi le cose con tanta lucidità, così piccola» dico io.

«Erano sensazioni un po' confuse, non era tutto così chiaro come lo racconto a voi ora, ma la cosa che mi ha più inquietato è stata l'indifferenza di mia madre.» Di nuovo silenzio, rotto solo dal crepitio del fuoco e dai rumori attutiti del parco.

«Tocca a te.» Giorgio mi guarda e sorride.

Una sensazione di gelo mi penetra le ossa. E ora cosa gli

racconto? Non ho voglia di frugare nei miei traumi infantili. Poi d'un tratto un'immagine squarcia il tessuto della memoria, nitida.

«Io andavo in Sardegna fin da piccola, con mio padre e i suoi amici. Lui non voleva donne, ma io ero sua figlia e non contavo. Ascoltavo i loro discorsi spesso misogini come un infiltrato, un jolly. Per me era molto istruttivo. Era come spiare da dietro le quinte di un palcoscenico. Un giorno il mare era in burrasca. Gli amici di mio padre sonnecchiavano sulle sdraio. Era ottobre, la spiaggetta davanti a casa era deserta, la piscina chiusa. "Vieni che ti faccio vedere una cosa" ha detto mio padre. Siamo saliti in macchina e mi ha portato oltre la punta di Capo Falcone, sul mare aperto di fronte alla Spagna. Lì c'è la Valle della Luna, una scogliera immensa di roccia grigia con pagliuzze d'argento che luccicano sotto il sole e brillano sotto la luna. Abbiamo parcheggiato la macchina e mio padre mi ha guidato verso due piccole baie a strapiombo sul mare. Il maestrale mugghiava possente, sferzando le rocce di spruzzi salati. Dappertutto volavano fiocchi bianchi. "Babbo, guarda, c'è la neve!" gridavo per coprire il rumore del vento. Mio padre è scoppiato a ridere: "Ma quale neve? Non vedi che è la schiuma del mare?". Camminava veloce e faticavo a stargli dietro. Tutta la valle era attraversata da un turbinio di fiocchi bianchi che si rincorrevano tra le rocce. Finalmente siamo arrivati alla prima baia. Dall'alto vedevo un mulinello di spuma che saliva a spirale, disperdendosi tra le punte aguzze intagliate dal vento e la salsedine. Oltre la baia, nel mare aperto ho intravisto il cadavere di una mucca che appariva e scompariva tra i flutti. "Vieni" ha detto mio padre e mi ha portato alla seconda baia. C'è un buco dentro la roccia attraverso cui si vede il mare. Sembrava un occhio celeste in movimento. L'acqua entrava dalla fenditura, a sprazzi, formando una cascata che veniva assorbita dal vortice sotto e tornava su in veste di spuma impazzita. I fiocchi bianchi mi spruzzavano la faccia lasciando una scia di sale. Non avevo mai visto il mare così in tempesta. Le onde di tre, quattro metri salivano fino a me. "Attenta, non sporgerti!" urlava mio padre. Ero bagnata fradicia, ma non avevo freddo. C'era il sole, il mare mandava bagliori di diamante. Continuavo a rincorrere mio padre che si muoveva agile su e giù tra le rocce. Non avevo paura perché ero con lui. Mio padre era bellissimo, i capelli neri scompigliati dal vento. Era giovane, allegro, e io ero felice. Siamo tornati a casa. Nel pomeriggio il cielo si è riempito di nuvole, poi verso sera si è aperto uno squarcio di luce. "Vieni, ti faccio vedere il tramonto" mi ha detto. Mi ha portato di nuovo alla Valle della Luna, ma questa volta ha parcheggiato davanti a un costone di roccia molto più avanti, vicino alla collina con in cima la torre saracena. Scarpinandogli dietro sono scesa su una piccola piattaforma a strapiombo sul mare, proprio in mezzo alla baia. Mia madre non me l'avrebbe mai permesso, la sua ansia normalmente mi paralizzava. Mio padre non aveva paura. Ero sospesa sulla punta, davanti a me un animale preistorico di roccia affiorava immobile dall'acqua, il muso rivolto all'insù, la bocca socchiusa in una smorfia. Il cielo si era richiuso, plumbeo, percorso da lampi. Nulla del Mediterraneo solare e tranquillizzante. "Il sole non c'è, è coperto" ho detto. "Aspetta." A un certo punto si è aperta una fenditura orizzontale che ha tagliato il cielo a metà. Sotto, la luce del sole ha inondato il mare di lamine d'oro, a raggiera. Metà del cielo era ancora coperta da pennellate nere, viola e rossastre. La luce era tersa. Ho visto il disco rosso scendere e scomparire inghiottito all'orizzonte. Il cielo è rimasto così, diviso a metà tra luce e ombra, due immagini diverse e sovrapposte. Poi il buio della sera ha inghiottito tutto e siamo andati via.»

«Suggestivo» commenta Giorgio. «Ma perché per te è stata una giornata così particolare?»

«Perché era una giornata perfetta e le giornate belle con mio padre sono rare. E anche perché il mio rapporto con lui è sempre stato come quel cielo tagliato a metà.» "Ognuno ha una sua bellezza e una sua ferita" penso. Ma non lo dico. Invece mi alzo: «È ora di andare. A quest'ora non ci sono molti vaporetti per il Lido».

Sylvie ci saluta soffermandosi su Matteo con una punta di rimpianto. Usciamo in silenzio dal giardino verso la fermata del vaporetto, assorti e intirizziti dall'umidità della notte. Ci pensa Giorgio a scaldarci: «Tenete, ragazzi. Combustibile per il viaggio». Stappa una bottiglia di prosecco e ce la passa mentre arriva il vaporetto.

L'aria è frizzante, il cielo pieno di stelle. Giorgio scherza con Livia, che si è rianimata. Matteo li osserva distaccato. Mi riempio le narici di odore salmastro, mi lascio cullare dal rollio del vaporetto sull'acqua. Chiudo gli occhi e inseguo i miei fantasmi.

Finalmente arriviamo a casa. Matteo mette i Genesis, *Invisible Touch*. Ballo con la bottiglia in mano, mi aggroviglio come un serpente al parapetto, mi snodo come i polipi che danzano nell'acqua muovendo i tentacoli.

«Che fai, provochi?» chiede Giorgio divertito.

Forse, ma non voglio che nessuno si avvicini, sento una distanza incolmabile tra me e il resto del mondo. Sono solo il mio corpo, voglia di bruciare e furia cieca. Giorgio ci passa una canna, continua a chiacchierare fitto con Livia. Matteo sta seduto, immobile. Beviamo, balliamo, fumiamo. Finché non mi avvio barcollando verso la stanza. Mi butto sul letto e mi addormento.

Livia e Giorgio

Il mattino dopo vengo svegliata da Livia. La voce è insolitamente bassa, quasi esitante: «Ciao, come stai? Hai dormito bene?».

«Sì, grazie.» Ho un vago cerchio alla testa.

«Non hai sentito niente ieri notte?» chiede Livia.

«Nulla. Cosa avrei dovuto sentire?»

«Be', quando te ne sei andata, dopo un po' è andato via anche Matteo e sono rimasta da sola con Giorgio.»

«E allora?»

«Non so bene neanch'io com'è successo, siamo amici da anni. Insomma, siamo finiti a letto insieme.»

«Chi?»

«Come *chi*? Io e Giorgio. Abbiamo fatto l'amore tutta la notte nel mio letto, di fronte al tuo. Non ti sei accorta di niente?»

«Assolutamente no.» La guardo stupefatta e anche vagamente divertita. «Ho dormito come un sasso.»

«Meglio così.» Un lieve rossore le colora le guance.

«Insomma, ti è piaciuto o no?»

«Moltissimo.» Fa un sospiro, poi scoppia nella risata che conosco e che ieri mi mancava tanto. «Giorgio è un amante fantastico, quello che ogni donna ha sempre sognato.»

«Davvero?» faccio, un po' incredula. «Ho sempre sospettato che quando fa l'amore Giorgio si guardi allo specchio e controlli se la performance è all'altezza delle aspettative.»

Scuote la testa: «Molto, molto di più».

«Risparmiami i dettagli, non sono in vena.»

«Non puoi sapere.»

«Ti credo sulla parola.»

«Ma veramente non hai sentito niente?»

«Nulla, sprofondata nel limbo, su un altro pianeta.»

«Vuol dire che hai proprio il sonno pesante.»

«Meglio così» commento alzandomi a fatica dal letto. «Vederti con Giorgio sarebbe stato uno shock, una specie di doppio incesto. Preferisco saperlo dopo. Comunque sono contenta per te, mi sembra ti abbia fatto bene, ti vedo in gran forma.»

Mi avvio lentamente verso il bagno. Chiudo la porta, mi lavo la faccia per svegliarmi. All'uscita incrocio Giorgio.

«Ciao, tesoro. Dormito bene?»

«Come un angelo. Un sonno senza sogni.»

«Sarebbero stati sogni erotici.»

«Pare di sì» commento. «Tra i due litiganti il terzo che gode sei tu.»

«Mi hai dato la volata.»

«Quale volata?» chiedo perplessa.

«Ieri sera, quando hai cominciato a eclissarti sul vaporetto, eri bellissima. Un fiore da cogliere, ma imprendibile.»

«Allora ne hai colto un altro. Sembra un'epidemia. Un déjà-vu.»

«Può darsi. Ma la situazione si è sdrammatizzata.»

«Questo è vero.»

Un'occhiata lunga, siamo amici e non c'è bisogno di commenti. Chissà, forse dovrei ringraziarlo. Preparo un tè ed esco in terrazzo. Matteo sta sorseggiando il caffè.

«Non chiedermi come ho dormito» esordisco.

«Pare sia stata una notte un po' movimentata» dice lui.

«È difficile che qui accada qualcosa senza che tutti lo sappiano. Io comunque ho dormito sonni profondi.»

«Mentre dormi non scegli quello che sogni. Quando ti svegli sì. Puoi scegliere se andare a destra o a sinistra, se fare una cosa o no. Puoi scegliere la coerenza e il rigore. Oppure la passione. Puoi scegliere la stasi, il rischio calcolato o il salto nel buio. Qualunque sia la scelta, ha delle conseguenze. Il momento che ora non cogli, non tornerà. Qualunque cosa tu faccia o non faccia, dopo nulla sarà più come prima.»

Esito, colta alla sprovvista. «Di prima mattina mi pare un discorso impegnativo.»

«Continui a fuggire da te stessa per paura. Hai bisogno di un interlocutore che ti capisca, di un uomo che sappia tenerti.»

«E cosa ti fa pensare che saresti tu?»

«Perché io non ho paura di te. Qualunque cosa tu decida, ne prenderò atto. Ma non starò ad aspettarti se decidi di no.»

«Cos'è, un ultimatum?»

Sorride con una punta di malinconia. «No, una constatazione.»

«Ho già deciso.» Mi alzo, prendo la tazza e mi allontano.

Fai buon viaggio

Giorgio e Livia hanno fatto le valigie.

«C'è un treno tra un'ora. Se prendiamo subito il traghetto dovremmo farcela.»

«Perché tanta fretta?» chiedo.

Giorgio si volta e mi sorride, la fessura ironica tra gli incisivi: «Ora tocca a te». Mi accarezza la guancia con tenerezza.

Lo guardo e ho un attimo di sgomento: «Giorgio, non mi lasciare da sola».

«Sono certa che saprai cavartela benissimo. Penso io alla piccolina.»

Livia mi raggiunge mentre sto mettendo in ordine la nostra stanza, mi prende la mano: «Senti, quello che è stato è stato. Non ne parliamo più». Annuisco, non riesco a trovare le parole. «Non mi devi spiegare niente. Voglio che tu ti senta libera di fare quello che vuoi.» Tento di aprire la bocca, ma mi blocca con un dito sulle labbra. «Giorgio non c'entra. È stato bello, ma è un amico. Però mi ha aperto gli occhi. Avevi ragione. Matteo non è l'uomo per me. E non fare quella faccia, altrimenti mi commuovo e mi si rovina il trucco.» Di nuovo la sua risata argentina.

Si volta, sorride e se ne va.

La spiaggia è deserta. Oggi il cielo è grigio, ma luminoso. Io e Matteo passeggiamo lentamente accanto alle cabine deserte lungo l'Excelsior.

«Chissà se tuo nonno e mia nonna si sono mai incontrati. Lei veniva al Lido tutti gli anni. Ma non stava all'Excelsior. Andava al Des Bains.»

«Può darsi.» Scuote le spalle, le mani affondate nell'impermeabile.

Continuiamo a camminare in silenzio.

«Matteo, mi spiace, ma non me la sento di passare da una storia con un uomo a un'altra. Tu non c'entri. Ho bisogno di un momento di pausa.»

«Non ti ho chiesto di consolarmi.»

«Scusami.»

«Non devi scusarti.»

«Ok.»

Ci lasciamo così, all'imbarco del Lido. Venezia in lontananza è velata di foschia, dietro di me campeggia la scritta rossa del Campari. Matteo si avvicina ma non mi abbraccia, le mani in tasca: «Fai buon viaggio».

«Grazie.» Lo saluto con un cenno della mano e salgo sul traghetto senza voltarmi.

When Pain Starts Dancing

I gesti uguali. Alzarsi la mattina. Il sole una ferita negli occhi.

Pain is a void where a person used to be
An emptiness taking shape
Silence

I close my eyes
and smell his skin,
hear his laughter.
I'll start diving into the pain, digging.
I'll find knives
and treasures.
Then comes the smile,
the human harp.
Laughter is when pain starts dancing.

Mi chiama Enrico da Roma. Vado a trovarlo nella sua casa tappezzata di libri vicino al Pantheon. Mi prepara un tè. Si versa un whisky.

«Ho una brutta notizia da darti» mi dice calmo.

«Dimmi.»

«Ho un tumore al cervello. Purtroppo non è operabile.» Lo guardo senza parole. «Nella mia famiglia non ci sono mai stati casi di cancro, è la prima volta.»

Ho le mani paralizzate, strette intorno alla tazza. «Quanto tempo ti hanno dato?»

«Non si sa esattamente. Dai tre ai sei mesi.»

«Non c'è proprio niente da fare?»

«Possono rallentarlo. Mi daranno delle cure. Ma devo prepararmi a lasciarti.»

Inizia dentro di me un conto alla rovescia. Vado a trovare Giorgio a Formello.

«Siamo tutti di passaggio» dice, mentre prepara il camino.

«Non so come affrontare questo fatto.»

«Stagli vicino. Senza assediarlo. L'unica cosa che gli puoi dare è la tua amicizia, il tuo affetto. L'amore è una grande forza. E se anche non cura il corpo, nutre l'anima.»

«Non so se ce la faccio.»

«Non ci si conosce mai finché non ci si misura. Tu sei forte. Ce la farai.» Mi rannicchio davanti al camino, le mani serrate intorno alle ginocchia. Sento il calore della fiamma sulle mani, sul viso. Giorgio continua: «Ricorda che ogni medaglia ha sempre due facce. Questa per te è un'esperienza terribile e dolorosa, che misura la tua impotenza. Ma può anche essere un viaggio prezioso se lo accetti con amore».

«La morte per me è incomprensibile. La capisco con la mente, ma emotivamente non riesco ad accettarla.»

Giorgio mi fa una carezza sulla testa. «Pensi troppo. A volte opporsi rende tutto più difficile. Invece di scontrarti con la realtà, accettala. La morte è un dono che fa parte della vita.»

«Non posso accettare di perdere chi amo.»

«Bolkonskij in *Guerra e pace* muore tre volte. Le prime due praticamente resuscita dopo essere stato gravemente ferito in battaglia. Non è pronto a lasciare la vita. La terza volta sogna nel delirio di trovarsi davanti a una porta chiusa. La curiosità di aprire quella porta è più forte dell'attaccamento alla vita. La morte diventa un risveglio. È allora che se ne va.»

«Non so se Enrico è pronto a lasciare la vita. Ma se deve morire, morirà comunque.»

«Non è detto. La mente può rallentare i tempi. L'ordine di morire viene dal cervello, come l'orgasmo.»

Faccio una smorfia. «L'orgasmo è senz'altro più piacevole.»

«E ugualmente misterioso. L'unica percezione che abbiamo dell'infinito.»

«Oltre alla morte.»

«La morte è l'eternità.»

La cantina

Ignazio è rintanato nella sua cantina, la sigaretta in bocca, le mani sporche di colore.

«E così, sei di nuovo single» borbotta tra i baffi versandomi un caffè.

«Così pare. Ho combinato già abbastanza guai. Forse dovrei andare da uno strizzacervelli e indagare su cosa c'è che non va nella mia psiche.»

Ignazio azzarda un sorriso. «La psicanalisi non è che la confessione ebraica a pagamento» commenta. «Roba da ricchi annoiati che si guardano l'ombelico. Non fa per noi.»

Annuisco, giocherello col cucchiaino tra le mani.

«Ho un problema» dico.

«Quale?»

«Un amico con delle cellule deviate che gli rodono il cervello.»

Ignazio si gratta la testa folta di ricci: «Quanto amico?» chiede.

«Amico. L'unica persona che mi ricorda la Mitteleuropa in una città cinica e sazia di se stessa. È nato sulle Dolomiti, in una valle dove la luce sparisce alle tre e la maggior parte delle giornate è buio.»

«Ha fatto bene ad andarsene.»

«Sì, ha studiato a Vienna, da lì è partito per Milano, poi come giornalista a Roma. Gli è rimasta addosso un'ironia sottile e malinconica che mi mancherà.»

«Non mi sembra di averlo mai visto. Non l'hai portato da Jimmy.»

«No. Lui non c'entra con Jimmy. È schivo, poco mondano. È galante, ma con discrezione. Ha il massimo rispetto per le donne, non le tratta da satrapo orientale come Jimmy. È innamorato di una poetessa. Una scrittrice.»

Ignazio si alza, guarda verso la finestra. Dalla sua cantina le persone si vedono dalla caviglia in giù. Guardo sfilare sporadiche paia di scarpe. So che non c'è altro da dire.

Ma tutta l'energia di una persona, dove va a finire?

Sento Enrico quasi tutti i giorni. Parliamo del più e del meno, solo qualche commento sulla sua malattia. Esce un suo libro di racconti. Parte in viaggio con l'amica poetessa. Ma qualcosa va storto e si lasciano. Poi inizia il ricovero in ospedale. Più la malattia peggiora, meno ne parliamo, come se un velo di pudore ci impedisse di nominarla. Torno a trovarlo un mese dopo. È smagrito, ma la mente è sempre lucidissima. In ospedale incontro vari suoi amici, tutti intellettuali. Lui ci intrattiene e scherza dal suo letto, nessun accenno a quello che lo aspetta. Esco a fumare una sigaretta. Mi raggiunge Vittorio, il suo migliore amico, che ho visto varie volte con lui. "Il gatto e la volpe" li chiamano nei salotti.

«Quanto durerà?» chiedo.

«Non si sa. Secondo i medici dovrebbe già essere morto. Non capiscono come faccia a resistere.»

«Gli danno morfina?»

«Sì, ma lui non vuole essere sedato. "Preferisco soffrire, ma sentirmi vivo" dice.»

Poi un giorno arriva la telefonata di Vittorio: «È morto».

«Impossibile» dico. «Gli ho parlato ieri sera alle sette.»

«È stato stamattina, verso le nove. Mi ha guardato e mi ha detto: "Morire è durissimo, ma ora sono pronto". Poi ha chiuso gli occhi e se ne è andato.»

Fuori è giugno inoltrato, quasi estate. Qualcosa salta nell'organigramma del mio cervello. La logica mi sfugge. Da anni ormai penso che il corpo e l'anima sono la stessa cosa, quando il corpo muore anche l'anima se ne va e non rimane più niente. Illudersi, immaginando un aldilà, significa non riuscire ad accettare la realtà per quello che è.

Ma i conti non quadrano. Morire è come staccare la spina. Ieri hai parlato con lui, oggi non è più possibile. Improvvisamente l'organismo si ferma e smette di funzionare. D'accordo. Ma tutta l'energia di una persona, dove va a finire? Da un secondo all'altro, dove? La dolcezza di Enrico. La sua ironia, acuta ma mai lesiva. Le malinconie improvvise che trapelavano dalla sua riservatezza. L'eco del romanticismo tedesco temperato dalla leggerezza viennese. La sua voce con la erre moscia. I capelli arruffati, i baffi alla D'Artagnan, le dita affusolate. Gli eterni jeans col golf e le mani in tasca.

Mi rotolo sul pavimento della stanza in posizione fetale, le braccia intorno alle ginocchia piegate. Rantolo con singhiozzi secchi, come un animale, finché non ho più voce.

Non credo in niente

Vado dal mio maestro yoga. Ho iniziato casualmente, per recuperare le lezioni di danza che spesso saltavo nei miei viaggi.

«Un mio amico è morto. Per favore dimmi qualcosa, qualsiasi cosa sulla reincarnazione. Io non credo in niente.»

Lui mi parla con calma, mi dice cose che ho già sentito. Siamo tutti reduci da migliaia di vite. Ogni volta che moriamo la nostra energia, il soffio vitale, si reincarna in persone diverse. È Ātman, emanazione di Brahmā, il dio della vita. Come il Ka degli antichi egizi. Lo ascolto e intanto penso: "Sono occidentale fino al midollo, ho sempre creduto nel qui e ora, non c'è mai stato null'altro. Ma adesso i miei codici sono saltati. Ho bisogno di nuovi tasselli, nuove informazioni, e non so dove cercarle". Enrico non c'è più. Penso alla morte di Ivan Il'ič, quando il protagonista, ormai malato gravemente, ricorda la sua infanzia. Caio è un uomo, tutti gli uomini sono mortali, quindi Caio deve morire. Certo. Ma non il piccolo Vanja che sedeva sulle ginocchia della balia e aspirava il suo profumo rassicurante e familiare. Caio è una proiezione astratta, un'equazione della mente, mentre Vanja è il protagonista da piccolo con le sue emozioni e i suoi ricordi. Vanja non può morire.

E invece sì.

Incubi

Mi sveglio di scatto, gli occhi sbarrati. Ogni notte è infestata da incubi. Mia madre è preoccupata, non sa come aiutarmi. Ma io non voglio essere aiutata. Da un mese non sento e non vedo nessuno. Non voglio farmi vedere in questo stato. Siamo tutti animali sotto la scorza di civiltà e la gente mal sopporta il dolore altrui. L'animale ferito puzza e gli altri si allontanano. Non ho nessuna pietà per me stessa e non mi interessa la compassione altrui. Se almeno potessi capire il perché di quello che è successo, questo mi aiuterebbe. Enrico è morto e non posso più parlare con lui.

La grande madre

Ad agosto raggiungo Livia a casa della madre a Porto Ercole. Arriva Giorgio. Festeggiamo il mio compleanno ballando su una spiaggia insieme a dei ragazzi inglesi vicini di Livia. Simpatici, anche se prendono troppe pastiglie. Ma io non ci sono, dentro mi sento morta.

Poi un giorno improvvisamente succede. Sono in barca con Livia e Giorgio. Sto guardando il profilo del mare all'orizzonte, la luce del sole accarezza l'acqua in chiazze d'argento e oro. È talmente bello che fa male, una lama sottile che taglia l'anima.

Giorgio sorride: «Noi siamo figli del Mediterraneo. Il Mediterraneo è la grande madre».

Lo ascolto e lo sguardo scivola sull'acqua, vedo le barche ancorate vicino a una roccia, qualche vela in lontananza. Inspiro profondamente. È tutto così semplice e pieno di grazia. Un pomeriggio dorato di fine agosto. D'un tratto qualcosa si scioglie dentro e mi innamoro di nuovo perdutamente della vita. Così com'è. Magnifica e crudele. È un'emozione violenta che mi toglie il respiro. Arrossisco di vergogna perché Enrico non può più godere di tutto questo, mi sento in colpa perché sono viva e lui no. Una parte di me è morta con lui. Ma la bellezza che mi avvolge è più forte. Lacrime scivolano silenziose sulle guance.

Jakob

Parto per la fiera del libro. Sono vigile, cauta, attenta. Mi muovo veloce per gli stand, salto da una lingua all'altra, tra cocktail, cene e conversazioni fino a notte fonda al Frankfurter Hof, l'albergo dove ci si ritrova tutte le sere.

Francoforte crea una strana complicità con le persone che incontri tutti gli anni nello stesso posto, per una settimana immersi nel mondo dei libri, col ritmo che dà il mercato e che manca al mondo universitario, più statico e avulso dalla realtà. Si passa da una lingua all'altra, da un appuntamento a un altro con ritmo indefesso, quasi senza pause. A volte fai l'alba a parlare di libri e bere champagne. Può accadere di tutto, nuovi amori e amicizie o incontri fuggevoli di una notte. Non accade sempre, ma può accadere. E le persone con cui accade ti rimangono dentro. Le vedi crescere, sposarsi, mettere su famiglia, divorziare, cambiare editore. Un'atmosfera totalizzante da gita scolastica, poi lo stacco fino all'anno dopo.

Un pomeriggio passo all'Hessischer Hof, altro albergo storico dove spesso ci si incontra dopo la fiera. Ho appuntamento con un'amica tedesca. È l'ora dell'aperitivo e la hall è affollatissima. Mi guardo intorno, osservo persone che vanno e vengono e discutono animatamente. Qui si decidono le sorti dell'editoria mondiale.

«*May I invite you for a drink?*»

Alzo gli occhi e vedo un uomo magro alto quasi due metri, carnagione olivastra, capelli ricci e castani, occhi intensi.

«Sto aspettando qualcuno» rispondo ritraendomi istintivamente.

Lui si guarda intorno: «Be', intanto che arriva la persona con cui hai un appuntamento, puoi bere un bicchiere al mio tavolo, invece di aspettare in piedi».

«Grazie» dico e lo seguo.

Lui ordina champagne, si presenta: si chiama Jakob, vive in America, fa l'agente letterario a New York.

Qualcosa nei suoi gesti e nell'accento è indecifrabile. Non riesco a capirne la provenienza. «Sei tedesco?» gli chiedo.

Annuisce tenendo la sigaretta e il bicchiere di whisky. «Ebreo di Berlino. Come mio padre e mio nonno» ride. «Credevano di averli fatti fuori tutti, invece eccomi qua.» Lo guardo allibita. «Non ti ho mai visto qui» dice, improvvisamente serio.

«Neanche io» rispondo, cercando di darmi un tono.

Sono ancora abbronzata e lui mi guarda come se vedesse in me l'incarnazione dell'Italia nell'immaginario tedesco. Ma non mostra soggezione e un lampo predatorio nel suo sguardo mi mette sulla difensiva.

La sua è una voce profonda, ferma. È divorziato e ha una figlia di dieci anni. È stato editore e costruttore a Monaco. Ora è un agente letterario. Ha solo due anni più di me, ma sembra molto più grande. Sono intimidita e diffidente, anche se lui fa di tutto per sembrare innocuo. Sono gentile, ma non vedo l'ora di andarmene.

Jakob è diretto, ride come un ragazzo, ma mentre parla gli occhi scivolano sulla mia scollatura, senza soffermarsi. Mi guarda ironico come se mi spogliasse dentro.

«Vuoi lavorare per me?» mi chiede d'un tratto.

«Mah, non so.»
«Vieni spesso a New York?»
«Ogni tanto» rispondo, tanto per dire qualcosa.
«Se vieni chiamami» dice, dandomi il suo biglietto da visita.
«Certo», e gli do il mio.
Finalmente vedo la mia amica che passeggia nella hall e mi cerca con lo sguardo.
«Scusa, ora devo andare.»
Mi alzo, lo saluto e mi volto, sento il suo sorriso che mi segue come se fosse rimasto incollato alla schiena. Scuoto le spalle e vado incontro alla mia amica.
«Conosci il tizio con cui parlavo?» le chiedo.
«Sì, è Jakob Liebermann, un uomo pericoloso, stagli alla larga.»
«Perché pericoloso?»
«Viene da un'ottima famiglia. Il nonno era un grande editore di Berlino, il padre lavora a New York per una famosa casa editrice d'arte. Lui, a ventiquattro anni, ha sedotto e sposato una miliardaria alcolizzata di quindici anni più vecchia con cui ha avuto una figlia e ha fondato una casa editrice, poi l'ha lasciata per la figlia diciottenne di un altro miliardario. È un avventuriero. Ora vive in America, perché qui si è bruciato i ponti alle spalle.»
«Bene, esattamente tutto quello di cui non ho bisogno» dico e mi incammino con lei in mezzo alla folla.

Quest'uomo è pazzo

È novembre e la nebbia avvolge la città in una nube grigia e spettrale. Fa freddo e spesso ceno al ristorante di un arabo sotto casa perché non ho voglia di cucinare da sola. Una sera, verso le dieci, squilla il telefono.
«Ciao. Sono Jakob.» Riconosco la voce profonda.
«Ciao.»
«Quando vieni a New York?»
«Non so, non per il momento.»
«Se non vieni tu, vengo io.»
Silenzio.
«Non so se sia il caso.»

«Devo parlarti.»

«Non posso lavorare per te. E poi ho molto da fare.»

«Non ti darò fastidio. Ma devo vederti.»

Pausa. Faccio un lungo respiro. «Perché?»

«Non voglio portarti via molto tempo, ma ti devo parlare. Non al telefono» aggiunge.

«Quando pensavi di venire?»

«Fra due settimane.»

«D'accordo. Ma ricorda che devo lavorare.»

«Anch'io. Non preoccuparti.»

Arriva una sera dall'aeroporto con una sacca grigia e il cappotto blu. Andiamo a cena dall'arabo, a lume di candela. Poi di nuovo nel mio salotto, lui sul divano, io sul tappeto accanto al caminetto acceso. Mi sembra tutto surreale.

Mi racconta la sua vita. Genitori divorziati, è cresciuto a Berlino con la madre, il fratello a New York col padre. Da ragazzo si è imbarcato su una nave come mozzo. Poi il padre lo ha mandato in Inghilterra a lavorare da un amico editore. Ha conosciuto la futura moglie in Germania, si è sposato, ha avuto una figlia. Dopo il parto lei ha smesso di fare l'amore e lui ha cominciato ad avere altre storie. «Non posso vivere senza sesso» le ha detto. Lei ha cominciato a bere. Poi si sono separati. Jakob si è messo con la figlia dell'amante della moglie, anche lui alcolizzato.

«Non c'era problema» dice ridendo. «Siamo andati anche in vacanza in quattro.»

Lo guardo perplessa. Cosa c'entra questo con me? Il quadretto di decadenza tedesca non mi interessa.

«Perché sei andato a New York?» chiedo.

«Ero stufo della Germania, stanco di fare l'editore. Volevo cambiare aria. E poi la mia storia con Ursula era finita.» Una piccola incrinatura nella voce. Questa Ursula deve essere stata importante.

«Capisco. Ma perché sei qui? Cosa vuoi da me?» chiedo.

«Voglio sposarti e venire a vivere in Italia con te. A meno che tu non voglia trasferirti a New York. Conosco l'Italia fin da piccolo. Andavo da mio nonno in vacanza a Forte dei Marmi.»

«Come, sposarmi?» dico io. «Tu non mi conosci. Ci siamo

visti a Francoforte per dieci minuti. Tutto questo non ha senso.» Una voce dentro si fa sempre più insistente: stai attenta, quest'uomo è pazzo.

«Io sono veloce» mi dice chinandosi verso di me. «Non ho bisogno di molto tempo per capire o sentire le cose. Mi sono innamorato di te appena ti ho vista. Se tu fossi stata sposata, con tre figli, non sarebbe cambiato niente. Sarei venuto a prenderti lo stesso.»

Comincio ad agitarmi. Ero pronta a delle avance di tipo erotico, non al progetto di una vita insieme. Scuoto la testa, replico che non è possibile, è un abbaglio, chissà cosa ha visto lui in me, forse la solarità latina, ma io sono un'altra persona, che tra l'altro al momento non ha voglia di iniziare nessuna storia. In questo periodo mi sento molto poco solare, ho voglia di stare tranquilla, non sono disponibile.

Lui insiste, sarà pazzo ma è brillante, sa come argomentare e mentre parla mi guarda fisso con occhi magnetici. Mi alzo e gli verso altro whisky, poi gli dico che è ora di andare a dormire e gli porto coperte e lenzuola. Lui mi afferra il polso e dice: «Io dormo con te».

«Assolutamente no» replico io. «Non voglio nessuno nel mio letto. Ora apro il divano e tu dormi qua, altrimenti vai in albergo.»

Allora cambia tattica, diventa dolcissimo e divertente. Mi racconta della sua infanzia a Berlino con la madre. I genitori erano molto giovani, hanno concepito i figli, poi si sono lasciati senza rancore, dividendoseli da una parte all'altra dell'oceano.

«Deve essere stato terribile per te sapere che avevi un fratello e non potevi vederlo» dico.

«Certo» dice lui ridendo, «ma ora siamo molto uniti. Da piccolo con mia madre era strano, lei beveva molto e forse era lesbica, leggeva "Playboy", ma aveva la casa piena di libri, cataste dappertutto, sono inciampato nei libri dalla nascita.»

Ride e continua a parlare, nel frattempo si è fatto tardissimo. Io ho bevuto mezzo bicchiere di whisky, non sono abituata e mi gira la testa, la voce dentro è sempre più allarmata e mi avverte di stare in guardia.

«Devo andare a letto» dico. «Sono stanca e non mi sento bene.»

In effetti ho la febbre, la fronte che scotta. Lui si avvicina e mi dice: «Non preoccuparti, ci penso io».

Mi prende in braccio, mi mette a letto e mi rimbocca le coperte, come un infermiere o il fratello che non ho mai avuto. D'un tratto mi sembra di conoscerlo da sempre, di avere dormito nella stessa culla e camminato per gli stessi corridoi a Berlino, l'eco dei passi nelle stanze. Forse è la nostalgia della Ruth, della sua matrice ebraico-tedesca. Lui mi coccola premuroso come una madre. «Non preoccuparti» dice, «sono di là, di qualunque cosa tu abbia bisogno, chiamami.»

Se ne va e io sprofondo avvolta da una specie di ovatta di febbre e sudore, esausta.

Un corridoio in penombra, estate. Mustafà è sdraiato sulle mattonelle a cercare refrigerio, gli occhi blu spalancati. La Ruth chiacchiera con mia madre mentre la Jole cucina. Dal terrazzo sento le loro risate. «S'è una bea putea» dice la Ruth nel suo accento morbido fiumano. Di chi stanno parlando? Mi stupisce la loro familiarità.

«Vuoi bere qualcosa?»

Socchiudo gli occhi e vedo Jakob chino accanto a me. Sono sudata e debolissima.

«Un bicchiere d'acqua, grazie.»

Va in cucina e torna col bicchiere, mi sollevo sugli avambracci e bevo. Jakob mi tocca la fronte calda. Porta un termometro e lo infilo sotto le ascelle. Il metallo freddo mi dà un leggero sollievo: quaranta.

Mi aiuta ad alzarmi, barcollo verso il bagno, mangio un biscotto, torno a letto.

«Se vuoi uscire, le chiavi sono nell'ingresso» dico con voce impastata e di nuovo mi assopisco.

Mia madre mi sfiora la fronte che scotta. «Si lamenta nel sonno» dice la Iole. «Lasciamola dormire» sussurra la mamma, tenendo socchiusa la porta della mia stanza. Dal terrazzo il fruscio delle foglie mi accarezza le tempie. Il profumo del glicine arriva a sprazzi. Mustafà è acciambellato sul letto tra le mie gambe.

L'ombra del pomeriggio si allunga sui tetti. Ho la gola arida. Allungo un braccio fuori dal lenzuolo: «Jakob» chiamo.

Sento i passi nel corridoio e in un attimo è accanto a me, sorride. «Stai meglio?»

Annuisco. «Ho sete.»

Mi porge un bicchier d'acqua. «Ti ho preparato qualcosa da mangiare.»

Mi porta una minestrina in brodo e mi aiuta a sedermi. Mando giù qualche sorso, fatico a deglutire. Bevo altra acqua.

«Grazie» dico e già sento le forze che cedono. Mi sdraio e di nuovo mi eclisso.

Mio padre viene a trovarmi e gli corro incontro saltellando giù per lo scalone bianco. «Papà.» «Ma quale papà e papà. Chiamami Pino.» Obbedisco intimidita. Lui mi chiama Ciccioformaggio. Mi fa ridere. Ma lo vedo così poco. «E a scuola come vai?» «Bene.» «Fai i tuoi compiti?» «Sì.» Adoro mio padre e desidero solo la sua approvazione. I miei litigano furiosamente, si stanno picchiando per colpa mia. «Ho sognato che ti avevo ucciso» dice la mamma. «Cercavo dappertutto le tue pantofoline rosse e le ho trovate davanti alla caldaia.» «Sono morto» le dice mio padre nel sonno, dopo che lei l'ha lasciato. «E Mustafà dov'è? Perché non torna?» chiedo. «Avrà incontrato qualche gatta» commenta la Iole. «Vedrai che poi quando gli viene fame si rifà vivo.» Ridacchia e continua a girare la pasta col mestolo. «Mamma, perché non posso avere un fratello?» «Chiedilo a tuo padre.» «Babbo, voglio un fratello maggiore.» «Non si può.» «Perché no?» Lui si incupisce. «È tua madre che ti manda?» «No, la mamma non c'entra. Sono io che voglio un fratello.» «Non puoi. Non è possibile. Non ci saranno fratelli.» Buio.

Ho fame e ho voglia di lavarmi. Jakob mi prepara la vasca, fa scorrere l'acqua calda e versa dentro tre gocce di un'essenza indiana per riattivare la circolazione e il sistema immunitario. Mi immergo, lui mi lava, mi lascio strofinare come una bambina abbandonandomi alle carezze. Avvolta nell'asciugamano mi aiuta a sdraiarmi sul letto. Le sue mani sulla pelle. Il risveglio della sensibilità nelle dita, le membra che si muovono come in una danza. La mia lingua che cerca la sua ed è come se lo conoscessi da sempre. La gioia di essere viva che mi esplode dentro. Lui è attento, come avesse paura di rompermi. Incrociamo gli occhi in uno sguardo lungo, silenzioso. Ha delle pagliuzze verdi e dorate nell'iride. La luce si impiglia in un alone tra i riccioli arruffati.

«Sono guarita» dico guardando il soffitto. «E adesso che facciamo?»

«Cerchiamo una casa.»

«Come?» dico io.

«In Italia, in un posto che ci piace. Qui è troppo piccolo per due persone. Non ci stiamo. E poi io ho una figlia, devo avere spazio per ospitarla. Io e te avremo altri figli. Tutti belli come te.»

Ride e mi abbraccia.

La ferita

Viviamo sui tetti, isolati dal mondo. Jakob è divertente, allegro, sembra un ragazzo. Parliamo di tutto, a sprazzi saltano fuori tasselli delle nostre vite. Siamo entrambi orfani di infanzie rubate, sopravvissuti a svariate catastrofi. Questo è il legame silenzioso che ci unisce. Questo e i nostri corpi che si fondono, sazi della propria sete. Jakob non ha avuto un'educazione classica, ma ha la capacità di assimilare le cose istantaneamente. A volte mi chiedo qual è il prezzo di questa velocità mentale, come si sedimentino in lui pensieri ed emozioni. Quello che so è che mi sembra di avere ritrovato una parte di me, il fratello maggiore con cui ho giocato nel mondo immaginario della mia infanzia, che mi avrebbe protetto. Jakob è mio fratello di elezione e la sua ferita è la mia.

Plagio

Andiamo a cena da una coppia che lavora nell'editoria, tutto si svolge normalmente fino a quando non arriva una famosa editrice. La saluto da lontano e vedo che parlotta coi miei amici, a un certo punto la moglie si avvicina e mi dice di stare attenta, Jakob è un uomo pericoloso. Sono offesa. "Come si permette?" penso. Perché non mi lascia in pace. Cerco di nascondere l'indignazione ma un velo freddo mi allontana dai miei amici, vado a casa presto con una scusa qualunque, evito altre sortite, mi isolo, non voglio interferenze. Jakob è una vittima, chi parla contro di lui lo fa solo per ignoranza o invidia, non sanno quello che ha passato, che ha sofferto.

Inizia un lavoro sottile di plagio. Chiunque cerchi di avvertirmi, diventa automaticamente un nemico. Mio padre tenta di dirmi qualcosa. Gli rispondo che è la mia vita, non la sua.

Quando ne parlo a Jakob, il commento è sprezzante: «Tuo padre è solo un medico qualunque. Non è neanche ricco. È un dio solo per te, in realtà è un ometto».

È la prima persona a cui permetto di demolire mio padre. Mi sento finalmente emancipata, libera.

Siamo sdraiati sul letto. Jakob mi stringe delicatamente la testa tra le mani, mi accarezza il viso: «Io voglio tutto da te, capisci? Tutto». L'intensità erotica del suo sguardo è quasi insostenibile.

Porte si aprono e si spalancano all'infinito, ci specchiamo l'uno nell'altro, mi perdo con lui in un'intimità estrema. Lui non ha più paura di farmi male, io voglio solo essere scolpita dalla sua mente e dal suo corpo.

Io sono il tuo dio. Non avrai altro dio fuori di me. Sono il tuo passato, il tuo presente e il tuo futuro. Sono l'aria che respiri e la vena che batte all'interno della tua coscia. Sono i labirinti della tua memoria. Sono la tua nostalgia. Sono il fuoco che ti accende e ti fa sentire viva. Non tradirmi mai. Non dubitare mai di me. Se voglio, posso anche distruggerti come Giobbe e specchiarmi nella tua impotenza.

Foglie morte

«Sei sicuro di voler vedere la città dove ho vissuto da piccola? Il palazzo dove sono nata è diventato una banca. L'unica casa rimasta è una specie di deposito o un rudere, non so se ti piacerebbe.»

«Non importa, voglio conoscere tutto di te.»

Usciamo dalla città tra i palazzi grigi della periferia. Lui si guarda intorno, non è questa l'Italia che ha sognato, sento il nervosismo dell'animale che freme.

Arriviamo verso il tardo pomeriggio. La casa di mia madre è nel centro della città. C'è un giardino racchiuso tra mura, una palma, un cipresso, una magnolia, gelsomini. Ma dentro è fredda, mobili di palazzi e ville perdute accatastati. C'è anche il ping-pong dove giocavo da piccola. È come se mille vite ci parlassero da distanze infinite.

Gli faccio strada lungo la scala in alto. La mia stanza ha un aspetto un po' meno desolato. La porta accanto si apre su un lungo sottotetto che racchiude i miei giochi. La lavagna dove scrivevo coi gessi colorati, il teatrino con le marionette, la mia bambola grande come una bambina dalla bocca socchiusa e gli occhi azzurri spalancati, una culla, le mie scarpette bianche di raso, il tutù che indossavo quando facevo danza. C'è anche un piccolo pianoforte in miniatura. Tutto abbandonato, nessuno se ne cura più. Mi sento soffocare, chiudo la porta e trascino Jakob fuori, verso i giardini dove andavo da piccola sulle altalene e a sedici anni ho scritto la mia prima poesia:

Oggi, passando dai giardini.
Gente che si bacia e foglie morte.
Un altro autunno.

Torniamo, ci sediamo nella stanza che dovrebbe essere un salotto, ma i mobili laccati di nero mi ricordano una tomba. Jakob mi bacia, mi muovo di scatto e colpisco inavvertitamente uno spigolo. L'occhio mi brucia e non riesco più ad aprirlo. Sono cieca e non so come muovermi.

«Non preoccuparti» dice Jakob, «ci sono io.»

Mi prende in braccio su per le scale fino alla nostra stanza, mi adagia piano sul letto, mi avvolge tra le sue braccia e finalmente mi assopisco.

Il giorno dopo lo porto a casa del nonno. Ora ci abita solo Maria con l'ultimo figlio e la moglie, qualche nipotino che corre in giardino. C'è ancora il pergolato di uva moscata che il nonno mi faceva assaggiare staccando i grappoli maturi.

Ci apre la porta Maria. La vecchiaia l'ha resa ancora più minuta, è piccolissima davanti a Jakob. Sorride anche con gli occhi, il viso è una tela di rughe e di luce. Da giovane sembrava una Madonna del Caravaggio, ma ancora si intravede nei tratti la grazia antica. Jakob è stranamente colpito e intimidito dalla sua semplicità. Riconosce in lei qualcosa che non gli appartiene. Comunicano a gesti e occhiate perché nessuno dei due parla la lingua dell'altro.

Saliamo a Montepaolo, in cima al colle, percorriamo la strada che porta alla chiesetta e ai lati il bosco. Dietro, un viottolo conduce a una radura dove c'è la casa di mio nonno, una costruzione semplice di contadini, ma la vista dall'alto è spettacolare. Declivi di colline morbide che digradano fino al mare. Il silenzio è perfetto, ma tutto quello che conoscevo è scomparso. Non c'è più vita da nessuna parte, case abbandonate, echi vuoti di memoria.

Lungo la via del ritorno ci fermiamo da mio zio a Imola. Lui e la zia sono in campagna, ci apre mia cugina, parcheggiamo la macchina in cortile. Dall'alto di una balconata si affaccia Cesare. Il resto è silenzio. La casa del cantiniere è deserta, come quella dell'Antonietta, la governante che accudiva mia madre e mio zio da piccoli. Ricordo che teneva sul comodino le loro foto.

Beviamo in fretta un tè e scappiamo, di nuovo in autostrada verso Milano, via da quel passato di morte, di nuovo salvi nella nostra isola in mezzo ai tetti.

A caccia

«Taxi!»

Jakob allunga un braccio verso la strada piena di macchine, la sagoma stretta nel cappotto blu, la pelle del viso sferzata dal vento gelido. Siamo davanti al JFK, appena atterrati oltre oceano. Il freddo mi punge con piccoli spilli sulla pelle, svegliandomi dal sopore e dalla stanchezza del viaggio. Di nuovo nella terra dei dinosauri di vetro e acciaio. Jakob vuol farmi vedere la città dove ha scelto di vivere con me. Qui sono nel suo territorio ed è lui a condurmi. È dicembre e le strade sono addobbate a festa in attesa del Natale.

Arriviamo davanti a un brownstone in una stradina costeggiata da alberi nel cuore del Village. Jakob apre la porta della casa lasciatagli da un amico che al momento è in Oriente. La casa è al primo piano, in penombra, divani, tappeti e qualche lampada sparsa qua e là.

«Ti piace?» chiede Jakob e la sua mano mi sfiora la pelle sotto la maglietta. Rispondo "sì" in un soffio e i vestiti volano via, mentre mi abbandono tra le sue mani e ritorno bambina.

Non è solo una vacanza. Jakob è a caccia. Cerca una casa per noi due. «È un buon momento per comprare» mi dice, «il prezzo degli immobili è sceso del 40 per cento.»

Andiamo su e giù per Manhattan guidati da agenti immobiliari. Vediamo decine di case. Ognuna è una vita possibile. Io, lui, i nostri bambini, la stanza per sua figlia, quando verrà a trovarci, lo studio per lui e per me. Il salone col caminetto dove mangiare e leggere il giornale. La cucina dove la mattina preparerò la colazione per tutta la famiglia. Jakob si volta a guardarmi mentre l'agente spiega le clausole dell'acquisto. Cosa c'è che non va? Perché esito?

La velocità fa parte della natura di Jakob, lui decide una cosa e la fa, io ho bisogno di tempo. Di notte i nostri corpi si riconoscono e si placano e questa è l'unica realtà. Di giorno c'è qualcosa di forzato nella metrica dei nostri appuntamenti, la logica di Jakob che cerca una soluzione e non la trova. Io sono riluttante, è tutto troppo veloce, lo conosco da pochi mesi, anche se mi sembra di conoscerlo da sempre. Per motivi ignoti la sua vicinanza mi indebolisce, lui assume in sé tutta la forza e io arranco dietro. Jakob vuole una donna e io regredisco a bambina.

La perfezione fisica dei nostri gesti, quando siamo uno dentro l'altro, cozza contro la mia goffaggine nella vita quotidiana. Non ricordo più come funziona il metrò di New York, spesso balbetto, il mio tedesco si inceppa, allora passo all'inglese, ma quella è una lingua franca tra di noi, non appartiene a nessuno dei due. Jakob sente che io freno invece di assecondare il suo entusiasmo, avverte la mia insicurezza. Fumo canne per rilassarmi, poi facciamo l'amore rassicurati dalla precisione dei gesti.

«Fumare hashish non ti fa bene, ti rende emotivamente più debole» mi dice.

Ha ragione, ma io sento franare qualcosa dentro e l'ansia mi chiude la gola.

«Perché piangi?»

Siamo in un bar del Village, la gente parla a voce alta e il rumore copre in parte le nostre parole, non riesco a condividere questa euforia collettiva di vacanza e addobbi luminosi e babbi natale rossi ovunque e sorrisi d'obbligo per una festa annunciata.

Scuoto la testa. Non so perché piango, forse ha a che vedere di nuovo con mio padre. Jakob è l'uomo che più me lo ricorda, anche per la sua sicurezza nel gestire il denaro. Ma c'è in lui una durezza che mio padre non ha. Forse è un lato nordico, oppure è l'ansia ebraica di sopravvivenza, o l'impazienza dell'intelletto. Non riesco a stare al suo passo, tra di noi si è instaurato un gioco erotico ambivalente. So che la vera femminilità è forza, una donna deve sapere contenere un uomo e dargli un argine, ma per me l'altro volto dell'eros è abbandono totale e regressione infantile. Lì non ho difese, una parte di me non è cresciuta e cerca il padre. Che la rassicuri e la domini. Questo è l'unico linguaggio filiale che conosco. Poi interviene la mente, che è adulta e giudica, e non è malleabile come la carne.

Jakob è sensibile, sta imparando a conoscere le mie slavine interiori, cerca di darmi dei puntelli. Ma io percepisco in lui una forza distruttiva di cui non è neppure consapevole. Piango perché lo amo e so che mi farà male.

Monaco

New York è una città dura, devi avere una meta, altrimenti ti distrugge. Continuiamo a inseguire case e una vita in comune, ma da qualche parte so che non è possibile, la casetta a New York è un sogno che non ci appartiene. Alla fine torniamo a Milano senza aver concluso nulla.

«Tu non puoi vivere fuori dal tuo contesto» dice Jakob.

Decide di portarmi a Monaco a vedere la casa che ha costruito, un edificio a vari piani dove un tempo c'era la sua casa editrice, ora trasferita ad Amburgo, con la moglie e la figlia.

È il 14 febbraio e alla radio tedesca recitano poesie d'amore. Jakob sbotta: «Ecco cosa sono diventati i tedeschi senza umorismo ebraico. Una melassa sentimentale e kitsch».

Arriviamo a Monaco e dormiamo in uno degli appartamenti che Jakob ha rinnovato, di un'eleganza sobria. Ogni tanto fa lunghe telefonate col suo socio. Discutono di soldi, sento che litigano al telefono.

«Da dove viene il tuo denaro?» chiedo.

«Dal mio lavoro. È la liquidazione per il palazzo che ho costruito e per la casa editrice.» Si guarda intorno. «La Germania è diventata un paese provinciale di piccolo borghesi, gli altri sono morti.»

«Ma c'è appena stata la riunificazione» ribatto. «La Germania si riprenderà.»

«Non capisco tutto questo entusiasmo per una Germania riunita» dice. «I tedeschi mascherano la loro aggressività dietro i sensi di colpa.»

«Sui sensi di colpa non si costruisce niente» dico. «Bisogna andare avanti.»

Jakob non ama essere contraddetto. Sento in lui un rancore irreversibile. La mia amica a Francoforte mi aveva avvertito che Jakob si è bruciato i ponti alle spalle. Non può più vivere in Germania. Ma non credo gli interessi.

Di nuovo in macchina attraverso le Alpi in un paesaggio coperto di neve. Jakob è troppo alto per la mia piccola casa di Milano, sembra un animale in gabbia.

«L'Italia non è più quella che ho conosciuto da piccolo quando andavo a Forte dei Marmi con mio nonno. Questa Italia non mi interessa. Ma tu sei italiana e hai bisogno del tuo ambiente. Ho un'idea. Andiamo insieme a Malta e cerchiamo casa lì. Così sei vicina all'Italia e puoi tornare spesso a trovare la tua famiglia.»

Replico che non conosco Malta e mi pare un paese fuori dal mondo, comunque lontano dalle mie rotte.

Ma lui ha deciso e come al solito la sua logica è irremovibile. Quando spiega le cose, tutto ha un senso.

Fuga a Malta

Partiamo per Napoli e da lì prendiamo il traghetto per La Valletta. Malta è stato un avamposto crociato contro i turchi, qui per secoli si sono combattute battaglie sanguinose. Ma tutto questo appartiene al passato. La Valletta è una città tranquilla, dall'aria vagamente inglese, malgrado la luce e i colori mediterranei.

Dormiamo in un albergo che era un antico castello. Di nuovo inizia la caccia a una casa, su e giù per l'isola, che non sembra molto popolata. È bella, ma aspra e brulla.

L'idea di essere confinata lì mi deprime. Sola in camera scrivo i miei articoli per gli editori. Accompagno Jakob che mi presenta posti sempre più improbabili, fortezze sperdute in cima a dirupi a strapiombo sul mare.

«Cosa faccio quando tu non ci sei?» chiedo, e mi sembra che il nostro amore non possa trovare un luogo accettabile su questo pianeta, nonostante la passione che ci consuma.

L'idea di vivere qui mi atterrisce. Non riesco a immaginarmi una vita, anche se Jakob sostiene che posso andare in Italia una volta al mese a trovare i miei editori.

Di notte l'unico limite è un orizzonte che si sposta di continuo e non ha fine. Di giorno lo seguo su macchine in affitto e dimore solitarie, mangiamo in trattorie o ristoranti improbabili per turisti. Il cibo è incolore anche se accettabile. Non è la mia isola, non c'è una storia che sia mia, persone con cui comunicare. Jakob non lo capisce. Per lui il mondo siamo lui e io, il resto non conta.

«Non voglio fare questa cosa da solo» mi dice guardando il terrazzo piastrellato di mosaici bianco azzurrini in stile arabo. «Tu non ci sei, sei distante anche quando mi accompagni. Sto facendo questo per noi, non posso farlo da solo.»

Ma io non riesco oggettivamente a credere a una vita insieme in un luogo così desolato, lontana da tutto. Meglio allora New York. Non potrei fare il mio lavoro se non dall'Italia, ma a New York qualcosa riuscirei a trovare. Qui non riesco a vedere una vita, se non in un film di qualche regista danese in vena malinconica.

«Ho capito» dice. «Torniamo in Italia e io vado a New York a cercare una casa. Ti aspetto.»

Riprendiamo il traghetto per Napoli e poi in macchina a Milano. Lui prenota un biglietto per New York. Passo gli ultimi giorni come un funambolo sui tetti. Facciamo l'amore, parliamo. Lui mi mostra le sue foto col padre e il nonno, tre giganti sorridenti, ma Jakob ha un'ombra più fragile nello sguardo rispetto al padre e al nonno.

So che la sua fretta consuma ogni cosa, ma non riesco a dirglielo e comunque è inutile. È un romantico moderno, impaziente e nevrotico. La vita non può essere sempre un arco teso, altrimenti si spezza.

Qualcosa si rompe dentro di me quando Jakob parte. Mi sento monca. Mi manca una parte di me stessa. L'altro. Ma con lui non riesco a vivere.

Mi lascia la macchina e il cappotto blu, che mi arriva al polpaccio. Giro col cappotto come una vedova di guerra e guido il Mercedes. So che non ha funzionato per causa mia. Ma non potevo buttare all'aria l'autonomia faticosamente costruita. Quale autonomia, fa la vocina. L'autonomia senza di lui non esiste.

Senza rete

Jakob ha affittato una casa negli Hamptons. Decido di andare a trovarlo per Pasqua. «Ci sarà anche Gertrud, la mia amica fotografa di Amburgo» mi dice.

Riattraverso da sola l'oceano e lo vedo con le mani in tasca all'aeroporto, il sorriso malinconico, una scintilla febbrile negli occhi. Mi abbraccia impacciato, saliamo in macchina, mi porta negli Hamptons raccontandomi di Gertrud e delle foto che gli ha portato. Jakob deve fare l'editing, lei non riesce a riordinarle. Lui ha già pubblicato un suo libro di foto su una famosa prostituta di Zurigo, una venere bionda poi morta in un incidente a Bali. Il libro ha avuto molto successo, ma questa è una cosa diversa.

Arriviamo in una grande villa a due piani con un giardino sul mare, piuttosto isolata e cupa.

Gertrud è piccola, gli occhi chiari, la pelle luminosa, i capelli folti e bianchissimi raccolti in uno chignon morbido che le incornicia il viso. Si presenta dandomi la mano e la sua voce rauca mi avvolge di calore. So che lei e Jakob sono stati amanti tanto tempo fa. Lei ha avuto varie storie, tra cui un marito nero americano con cui ha vissuto due anni in una tenda in Marocco e da cui ha avuto un figlio. Dietro la sua dolcezza si nasconde un temperamento forte. È di origine russa, ma è nata ad Amburgo, i lineamenti suggeriscono ascendenze ashkenazite, ma lei non ne fa mai cenno.

Mi mostra le immagini sparse sul tavolo. Sono tutte foto in bianco e nero di uomini scattate in America e in India, bianchi, neri, indiani, messicani, indios. Sono bellissime, ma non saprei trovare un filo conduttore. Neanche lei.

Jakob si mette al lavoro. Lo sento distante.

Giro per la casa, esco in giardino, passeggio lungo la spiaggia deserta. Sei masochista, dice a un tratto la vocina, o perlomeno contraddittoria. Gli uomini sono molto più semplici. Se uno si innamora di te e tu vanifichi i suoi tentativi di trovare una soluzione pratica al vivere insieme, poi lui alla fine si stufa e ti tratta con distacco, o peggio con ostilità. Io ho bisogno di tempo, ribatto. Ognuno ha i suoi tempi. Tu metti tutti alla prova perché non credi di poter essere amata, replica lei, poi quando la prova fallisce stai male. Se un uomo ti ama, lo lasci. Se invece si stufa, soffri. Sarebbe ora di crescere. Io amo Jakob, dico. Può darsi, ma fin dall'inizio qualcosa non quadrava nel suo entusiasmo. È brillante, ma nevrotico. Ha una famiglia fallita alle spalle e ha chiuso i ponti col suo passato di editore. Non sembra che lavori molto, a parte le litigate al telefono col socio condite di whisky. Parla con tenerezza della figlia, dico. Sì, ma non la vede. Anche tuo padre faceva così, vero? Mio padre non aveva tempo. Se uno vuole, il tempo per i figli lo trova. Lascia stare mio padre. D'accordo, ma tu in fondo non hai mai creduto ai progetti di Jakob. Quindi è inutile cercare di costruire una vita insieme. Se invece non è così o ci tieni veramente, tanto vale provarci sul serio. Sì, ma se io perdo il mio lavoro perdo tutto. È l'unica sicurezza che ho. Ho impiegato anni a emanciparmi da mio padre. E ancora non ci sei riuscita, pare, appena ti innamori torni alle fragilità dell'infanzia e aspetti solo di essere punita. Così stai male, ed è l'unica sicurezza che hai. Io voglio star bene, non ho voglia di soffrire. Davvero? Non sembra. Sei attratta da uomini patologici e intensi, così sei sicura che non potrà mai funzionare e rimarrai la bambina del tuo papà. Mio padre non c'entra! Certo che c'entra, ti sei chiesta come mai non ti innamori di uno che parli la tua lingua? Solo sangue misto. Tranne Tosca naturalmente, ma era una donna e quindi era impossibile fin dall'inizio. Io cerco l'intensità perché sono intensa. Sì, e anche patologica. Così ti rincorri allo specchio e alla fine trovi il lupo che ti divora, in una specie di masochismo erotico che tu ti ostini a chiamare amore.

Torno a casa, Gertrud mi viene incontro. Ha un modo di muoversi nello spazio che rassicura e calma. "Così deve essere una donna" penso, non una finta emancipata che in realtà è un cucciolo bastonato o che fa di tutto per farsi bastonare.

Sono incuriosita dalla sua capigliatura, riccioli folti e candidi dai riflessi azzurri. Gertrud è giovane. «Mi sono venuti i capelli bianchi a vent'anni» dice. «Prima li avevo neri. È un fatto genetico. Non ho mai pensato di tingerli.» Infatti il bianco le dà luce al viso. Non la invecchia, perché la sua pelle non ha una ruga.

Mi piace e la sua presenza mi rassicura. Preferisco non essere sola con Jakob. Dietro la sua impazienza avverto un'ostilità crescente.

«L'ho conosciuto per caso» sta dicendo Gertrud con la sua voce morbida che arrotonda i suoni rauchi del tedesco. «Veramente ho incontrato prima sua moglie a una mostra. Siamo ancora amiche. Il libro lo pubblica lei.»

«Poi cos'è successo?» chiedo.

«Siamo diventati amanti quasi subito.» Un sorriso le arriccia gli angoli della bocca. «Ma non è durata molto. Jakob è nevrotico. Niente dura con lui. Né le persone, né le cose che fa. Lui sa sedurre, è molto convincente quando è determinato. Ma si stanca presto di tutto, quindi è perennemente insoddisfatto.» Si volta a guardarmi con i suoi occhi color dell'alba. «Non devi prenderlo alla lettera. Quando dice una cosa è veramente convinto, ma cambia idea in fretta.»

«Sono stufo di New York. Voglio andare a vivere su una barca nei Caraibi. Ho chiuso con l'editoria. Questo è l'ultimo libro su cui lavoro» dice Jakob a tavola.

Siamo in cucina, stiamo facendo colazione. Dormiamo ancora nello stesso letto. Facciamo l'amore, ma non sento più tenerezza da parte sua. Faccio finta di niente, in realtà mi manca l'aria. Sono diventata un involucro vuoto di emozioni, mi sembra di essere fatta di carta stropicciata. Sotto non c'è niente.

Jakob parla sempre più in fretta, le frasi non sembrano abbastanza veloci rispetto al motore della sua mente. Sembra che faccia apposta a mangiarsi le parole, fatico a seguirlo.

«Cosa c'è, non riesci più a parlare tedesco?» chiede con tono tagliente. Balbetto qualche scusa, tento di replicare, mi sento goffa. «Il tuo tedesco non è un granché, forse è il caso di passare all'inglese.» Faccio fatica a parlare, inciampo nelle frasi e perdo colpi.

«Tra di noi il sesso ha sempre funzionato benissimo, ma il resto non va. Qualunque cosa ti proponga, hai da obiettare. Tutto questo è molto faticoso. Sarebbe più facile per tutti e due se ti fidassi veramente di me. Ma non lo capisci. Non sei intelligente, sei stupida» mi dice sdraiato sul letto, i giornali sparsi sulle lenzuola. «Dovresti leggere i quotidiani tutti i giorni per sapere almeno cosa succede nel mondo.»

«Dove vai?»

Sto uscendo dalla stanza da letto. Lo evito perché ho paura che mi faccia male e non riesco a difendermi dal suo sarcasmo. L'unica dignità che mi è rimasta è una imperturbabilità apparente. Sono come un pugile suonato che non reagisce più ai colpi.

«Vieni qua» ordina e allunga il braccio verso di me.

Sta leggendo a pancia in giù, disteso sul letto come una pantera. Solleva gli occhi e li inchioda nei miei. Vedo un demone dietro il suo volto. Vorrei scappare, ma sono ipnotizzata. Mi afferra il polso e mi attira verso di sé, allungandosi come un rapace.

«I figli invecchiano» sentenzia Jakob davanti a me e Gertrud.

Ci sta mostrando una foto con la figlia allo zoo. Lei è piccola, in punta di piedi per riuscire ad afferrare la mano di un padre così alto. Lui ha il suo solito sorriso da lupo, lei la serietà dei bambini che hanno smesso di credere agli adulti.

«Quando ti nasce un figlio, i giorni cominciano a scorrere inesorabili, lui cresce e tu invecchi» sogghigna e una risata nervosa gli scuote le spalle.

D'improvviso mi sembra vecchissimo, un uomo cinico che ha già fatto tutto e cerca solo un rifugio fuori dal mondo. Dov'è il ragazzo che ho conosciuto? È scomparso insieme al suo entusiasmo. Non vuole niente, soprattutto non vuole più niente da me.

«Vado ad Anguilla e cerco una barca. Tu non te la senti di lasciare tutto e seguirmi, lo so. Ma io non ho più voglia di vivere in Occidente. Parto da solo, poi vedremo. Puoi venire a trovarmi quando vuoi.»

Mi guarda severo sdraiato sul divano, il bicchiere di whisky in mano, la sigaretta accesa nell'altra, la brace rossa rotea nella stanza seguendo il movimento del polso.

«Cosa sei venuta a fare qui?»

«Sono venuta a vedere te.» Mi muovo un po' a scatti, impacciata.

«Perché? Cosa vuoi da me?»

«Voglio stare con te.»

«Come? Dove? Sei venuta in vacanza, a cercare un po' di avventura e di emozioni forti. Ma non ce ne sono più.» Si china verso di me, soffia con la voce impastata di whisky: «Se vuoi emozioni forti, devi darti da fare. Tu fai una resistenza passiva irritante. Sei bella, ma un po' noiosa. Non ami veramente il rischio, vuoi le emozioni da signorina di provincia che si illude di conoscere il mondo. In fondo sei come tutti gli altri. Non credi in me, non hai mai creduto in nessuno dei miei progetti».

Mi guarda da una distanza siderale, gli occhi scuri velati di ghiaccio. Cerco di non farmi sopraffare, ma sento il suo disprezzo tangibile sulla pelle.

«Io non credo a un paradiso fuori dal mondo, da cartolina. Penso che a un certo punto ti stuferesti e vorresti tornare.»

«Sbagli. Io qui non torno.»

Piango in silenzio, accovacciata in un angolo della cucina. Lui è uscito, siamo sole in casa.

«Sento che sta male e non so come aiutarlo.»

«Non puoi aiutarlo» replica Gertrud. «Nessuno può. È troppo tardi per questo. Tu puoi solo aiutare te stessa.»

«Non riesco nemmeno a immaginare di vivere senza di lui.»

«Tu non lo vedi com'è veramente. La realtà è molto più prosaica. Io voglio bene a Jakob, ma è un uomo rovinato, non ha più nulla da offrire a nessuno. Coca, whisky, un matrimonio fallito alle spalle. Tra l'altro ha due figli, non una. Ha avuto un figlio da un'altra donna che lavorava in casa come baby-sitter. Prendeva troppe droghe quando l'ha messa incinta, il bambino ha dei problemi.»

«Che problemi?»

«Un ritardo nello sviluppo. Jakob dà qualche cosa alla madre, ma non è molto. Ora lei si è sposata e ha anche una figlia. Ma non se la passano molto bene.»

«Jakob vede il bambino?»

«Quasi mai. Per lui è stato un incidente. E poi Jakob non sopporta menomazioni di nessun tipo.»

«Anche se è stato lui a causarle?»

«Certo. I sensi di colpa in lui si trasformano in aggressività.»

Sobbalzo perché mi sembra di aver già sentito questa frase. Sì, certo, è stato quando Jakob mi ha detto che i tedeschi mascherano la loro aggressività dietro i sensi di colpa. Lui proietta negli altri quello che si rifiuta di vedere in sé.

«Ho trovato. Venite.» Ci avviciniamo. Jakob è seduto davanti al tavolino, la sigaretta perennemente accesa tra le dita, l'aria soddisfatta. «Guardate.» Ci mostra le foto una dopo l'altra, in una sequenza perfetta, anche se non capiamo il perché.

«Vi piace?»

«Sì» rispondiamo all'unisono io e Gertrud. «Ma qual è il filo conduttore?»

Jakob sorseggia il whisky. «Sta a voi trovarlo.»

Riprendiamo le foto in mano, dalla prima all'ultima. So che la soluzione è semplice, ma mi sfugge.

«Dài, non farla tanto lunga, dicci qual è il parametro che hai usato» protesta Gertrud.

«L'età. Sale progressivamente con il numero delle foto. La prima è di un ragazzino di colore, l'ultima di un centenario messicano.»

Guardo la prima foto, un ragazzo nero sui sedici anni, camicia e pantaloni lunghi, le mani appoggiate sui fianchi in mezzo alla strada, il sorriso scanzonato e strafottente di chi ha ancora tutta la vita davanti. L'ultima foto è di un vecchio accovacciato per terra, il volto scavato da una mappa di rughe, gli occhi lucidi di un dolore silenzioso.

La valigia di Gertrud è già pronta. Mi avvolge col suo abbraccio caldo, la voce rauca che mi sussurra all'orecchio: «Sii forte, vedrai che poi passa».

So che non passerà, non ho mai provato nulla di simile per un uomo. Gli ho permesso di sbranarmi come un agnello, impossibile difendersi davanti alla sua violenza fredda e sprezzante. Lui mi dice che sono stupida e io lo divento.

«Vienimi a trovare. Ti aspetto ad Amburgo» dice Gertrud.

Ancora pochi giorni insieme da estranei, cerco quasi di evitarlo ora che Gertrud non c'è più. La casa è vuota, concepita per famiglie numerose, una sequenza di stanze solitarie. Mi ricorda la desolazione della casa di mia madre a Forlì, ma non oso dirlo.

Parto in sordina, quasi in punta di piedi, dentro una calma ebete che è l'unica dignità rimasta. L'ultimo abbraccio all'aeroporto, ma il mio corpo non c'è, si è ritratto come la mia mente, sono un involucro di carta che si mantiene in piedi per pura disciplina.

«Cosa faccio della tua macchina?» chiedo.

«Guidala. Ai Caraibi non mi serve. Imparerò a guidare una barca.»

«Va bene. Allora ciao.»

«Non fare quella faccia. Tanto ci rivediamo. Non ti liberi di me tanto facilmente.» Sorride e per un attimo torna il ragazzo che ho conosciuto.

Una lama di ghiaccio mi attraversa il corpo. Salgo sull'aereo e mi appoggio allo schienale, vuota.

Routine

Di nuovo a Milano, mi tuffo nella routine per non pensare. Vado alle fiere letterarie, ai festival, divoro libri, scrivo. Ogni tanto vedo qualche amico. Il corpo è un pilota automatico che adempie ai compiti quotidiani. Le ossa si asciugano. Anche la mente. Riduco gli spazi per non inciampare. Mi limito ai movimenti essenziali.

Mia madre fa la spola tra Milano e Forlì, Armin ha perso il lavoro ed è in crisi depressiva. Lei vorrebbe che reagisse, addirittura che la lasciasse per mettere su famiglia con una donna giovane. Le dico che è un'ipocrita, dato che Armin ha abbandonato una ragazza per lei. La vedo poco. Appena il lavoro glielo permette, va da lui.

Waterloo

Il trillo del telefono arriva all'improvviso. Alzo la cornetta.

«Ciao, sono Giorgio.»

«Ciao Giorgio, bello sentirti.»

«Come stai? È tanto che non ho tue notizie. Cominci a mancarmi.»

«Sono reduce da Waterloo. Avevi ragione, l'unica cosa peggiore di una battaglia vinta, è una battaglia persa. Questa volta mi hanno fatto male.»

«Povera piccolina. Chi è il mostro?»

«Sono pazza di lui. Ma non funziona.»

«Infatti hai una vocina triste.»

«Sono rinsecchita, Giorgio.» Rido per la prima volta dopo giorni, settimane. «Come una mela vizza.»

«Male. Ricorda che i peccati di carne si fanno con la carne, non con le ossa.»

«E i peccati della mente come si fanno, Giorgio?»

«Questo è più complicato da spiegare. Vieni e parliamone.»

«D'accordo.»

Roma mi accoglie con un sole tiepido primaverile, incongruo sulla mia pelle nascosta da maglioni larghi e fuseaux.

Sorrido, appena vedo Giorgio venirmi incontro sul binario. Sento di tornare a casa.

«Come stai?» chiede Giorgio.

«Come una che è passata sotto un carro armato.» Rido.

«Sembri un passerotto intirizzito. Vieni qua» dice e mi abbraccia in mezzo al binario, tra la gente cha passa con le valigie. Il calore sulla schiena, i pensieri che fluttuano. Finalmente mi posso abbandonare. La sua stretta placa angosce e paure.

Giorgio mi porta a Formello. Mi accovaccio accanto a lui e gli racconto. Lui ascolta silenzioso preparando da mangiare, la legna del camino scoppietta nella stanza.

«Stavolta ti sei trovata uno psicopatico vero» commenta.

«Pensi si possa amare un uomo di cui non ti fidi più?»

«Certo. Si chiama passione.»

«E ora cosa faccio?»

«Niente. Vai avanti. Non puoi prendere decisioni in questo momento. Aspetta. Dubito sia l'uomo per te, ma finché sei in questo stato, non ha importanza. Continua la tua vita. Sarà il tempo a decidere. Il tempo spazza via tutto.»

E adesso?

«Certo, se non son pazzi non li vogliamo» dice Ignazio, raccogliendo i pennelli sparsi un po' ovunque. «Io mi sono scontrato con la follia slava, tu con quella ebraico-tedesca. Non dimenticare che gli ebrei tedeschi sono tosti. Sono stati loro a cambiare la storia.»

«Sì, certo. E adesso?»

«Adesso aspetti che ti passi.»

«Non passa.»
«Ci metterai un po', ma alla fine penso prevarrà l'istinto di autoconservazione.» Mi guarda fisso con l'occhio tondo da orso. Mi arriva una zampata leggera sulle spalle. «In genere la coppia è composta da due persone, di cui una è momentaneamente assente.»
«A chi lo dici.»
«Non preoccuparti. Tu sei inossidabile. Non hai ancora finito di far danni.»
«Veramente i danni li hanno fatti a me.»
«Be', mi pare di aver capito che il tuo Jakob era già abbastanza malmesso di suo. Capita.»
«Vorrei aiutarlo, ma non so come.»
«"Io ti salverò" funziona solo nei film di Hollywood. Aiutati che Dio ti aiuta, dice il detto. Su, vieni.»
La musica jazz ci accompagna sulle scale. Ignazio si volta e mi strizza l'occhio: «Adesso andiamo a mangiare un boccone. Poi facciamo alla romana. Ognuno si alza e saluta come gli pare».

Clara

Un giorno mi chiama un ragazzo conosciuto da Jimmy e mi invita a un cocktail. Vado e mi ritrovo in una casa liberty nel centro di Milano, con giardino, camerieri e arazzi dappertutto.
Il tipo che mi ha invitato mi presenta il padrone di casa, un ragazzone compito con baffetti rossicci che mi fa il baciamano prima di guidarmi in salotto. Non capisco bene cosa festeggino, ma sono circondata da tartine e champagne. Lo sguardo scorre sugli altri invitati. Vengo catturata da una ragazza che si muove con l'eleganza acquatica di un cigno. Alta più di me, slanciata, capelli biondi e soffici lunghi fino alle spalle, il viso di una madonna fiorentina del Trecento. Indossa un maglione e pantaloni da cavallerizza con stivali che mettono in risalto le gambe. Vaga annoiata per la stanza, gli occhi velati di malinconia. La grazia dei lineamenti stride con la tristezza dello sguardo, la perfezione della sua bellezza mi commuove mentre mi specchio nella sua solitudine. Mi avvicino.

«Ciao, sono Caterina. E tu?» La voce è vellutata, rauca.

«Ciao, io sono Clara.»

Mi stringe la mano e scuote leggermente il capo, scostando i capelli dal viso. Ogni suo gesto è naturalmente elegante e inconsapevole, da animale di razza. Non ha un filo di trucco.

Ci scambiamo gli indirizzi, dopo pochi giorni la chiamo e vado a trovarla. Divide un appartamento in centro con una ragazza bruna che lavora nella moda. Clara è esperta di gioielli e lavora per Sotheby's, partecipa alle aste ed è in grado di valutare qualunque pietra. È l'amante di un uomo molto più vecchio di lei, noto nel mondo della moda e finanziatore di un famoso stilista. Lui è sposato e ha figli, a lei i figli non interessano. Gli vuole bene, ma non ne sembra innamorata. La tristezza del suo sguardo nasconde pene antiche. Il padre è morto quando era piccola, con la madre non ha mai avuto un buon rapporto. A diciotto anni l'ha trovata a letto col suo ragazzo ed è andata via di casa.

La sua bellezza è raffinata ma estremamente sensuale. Per strada gli uomini sbandano, impossibile che passi inosservata. Ha macinato maschi fin dall'adolescenza, ha fatto l'università passando da un letto all'altro, seducendo professori e studenti, sempre con aria distratta e sofferente, fondamentalmente prigioniera e viziata dalla propria bellezza.

Dopo un po' mi rendo conto che la bellezza di Clara non corrisponde a una interiorità equivalente. Non ha vivacità intellettuale e i libri l'annoiano. Lo scarto la rende vittima, come se non fosse mai all'altezza di se stessa, incapace di proteggersi dagli sguardi rapaci degli uomini che pure sfrutta, perché sono tutti ai suoi piedi. Non disdegna neanche le donne.

Clara mi insegna la bellezza viva delle pietre. Un giorno vado a trovarla e mi mostra due orecchini pendenti con grandi zaffiri ovali incorniciati da brillanti che sembrano piccole foglie mosse da un soffio di vento.

«Provali» mi dice.

Vado in bagno e li metto, sollevo i capelli, scuoto il capo. Le pietre mandano lampi blu e bianchi che abbagliano e mi illuminano il viso, il collo, l'attaccatura del seno. I denti sono più luminosi, gli occhi splendenti, la pelle di seta. Un fiotto di adrenalina mi accende il sangue, sento l'eros, la consistenza viva delle pietre, il loro calore di velluto.

«Vedi» dice Clara, «un gioiello finto non avrà mai questa luce.»

Conosco Claudio, l'amante di Clara, che ci ospita nella sua casa a Cortina, in una vita da jet set che mi ricorda i tempi con Jimmy. Ogni sera ceniamo in posti diversi, a lume di candela e champagne, Clara perennemente avvolta dalla sua aureola malinconica.

«Stalle vicino» dice Claudio, preoccupato per la sua pupilla.

Io le sto vicina, cerco di farla reagire e così distraggo me stessa. Ma Clara non vuole essere aiutata. Fuma canne dalla mattina alla sera, spesso piange come una bambina, i suoi capricci hanno sempre la priorità, nulla riesce a scalfire l'egoismo profondo della sua solitudine.

Arriva l'estate e Clara viene in Sardegna a trovarmi. Neppure Giorgio è immune al suo fascino. Lo vedo correre trafelato a un minimo cenno di lei. Finché non glielo faccio notare e lui nega spudoratamente.

«Giorgio, Clara ha fatto breccia anche dentro di te.»

«Non è vero, mi comporto semplicemente come un gentleman, accudendo la nostra ospite.»

«È evidente che ti piace.»

«Tesoro, lei è un bellissimo gatto, un felino di razza, ma dentro è una fanciulla perduta alla vita. Mi fa tenerezza.»

«Fa tenerezza anche a me.»

Mi lancia un'occhiata in tralice. «Notizie di Jakob?»

«Ha trovato una barca ad Anguilla e da lì è andato a Grenada. Ha comprato una casa, ma vive sulla barca.»

«Qualche cenno di un suo ritorno?»

«Per ora no. Ma la sua macchina è sempre a Milano. Prima o poi dovrà tornare. Aspetterò.»

L'altra

Arriva in una serata di pioggia a novembre, la sacca grigia e il cappotto blu. Come se non fosse passato un anno da quando è entrato nella mia vita, come se non fosse partito. Ha i capelli lunghi ed è leggermente abbronzato, accende una sigaretta e la brace rossa rotea per la stanza.

Si siede sul divano, mi racconta dei Caraibi, dei rapporti con i locali, con l'amministrazione dell'isola che gli mette i bastoni tra le ruote, di nuovo ha progetti grandiosi, ora sta ristrutturando la casa, la figlia è andata a trovarlo.

«Un indigeno si è intrufolato nella sua stanza dalla finestra ed è stato cacciato via.» Ride. «Mia figlia non ha ancora l'età per essere data in pasto ai maschi» dice. «La sua vita sessuale non mi riguarda, ma è ancora piccola, per il resto tutto procede, ho avuto qualche problema con la barca ma ora il motore è a posto. Quando vieni a trovarmi? L'isola è bellissima, vedrai, ti piacerà.»

Di nuovo sono travolta dalla sua vitalità, dalla sua fretta, dalla marea dei suoi progetti. Gli offro qualcosa da bere, lui continua a raccontare con la sua allegria nervosa che ancora mi ipnotizza. Cerco di mantenere le distanze, ma dentro gli argini franano.

«È ora di andare a letto» dico. «Ti preparo il divano.»

Mi guarda serissimo, gli occhi piantati dentro ai miei. «Io dormo con te.»

Esito, ma senza convinzione.

«Credo sia meglio tu dorma qui» dico.

Scuote il capo e fa una smorfia un po' buffa, si alza e mi prende la mano. «Vieni» sussurra, e mi lascio guidare docile verso la mia stanza, il mio corpo gli appartiene, è suo, finalmente tra le sue braccia mi sento a casa.

Stiamo facendo colazione. Lo guardo mentre beve il caffè, ancora sazia di lui. Sta raccontando di come ha imparato a guidare la barca.

«Hai fatto in fretta» commento.

«Non ero solo. Mi ha aiutato la donna che vive con me. Lei ha più esperienza, è una velista.»

Una fitta al ventre come una lama affilata. «La donna che vive con te?» chiedo.

«Sì, certo. Sai che non posso stare senza sesso.»

La voce mi esce a stento: «Perché non me l'hai detto prima?».

«Non c'è niente da dire. Questo non cambia niente tra noi.»

«Come non cambia niente?»

«C'è sempre stata una forte attrazione tra noi, ma non possiamo vivere insieme. La tua vita è qui, nel tuo ambiente. Abbiamo provato a vivere altrove. Non ha funzionato.»

«Dovevi dirmelo.» Lo guardo pallida, come di fronte a uno specchio.

«Perché? Cosa cambia?»

«Non dovevi toccarmi.»

Sorride: «È inevitabile se ti vedo. Lo sai anche tu». Mi stringe il polso in una morsa. Si china verso di me, mi bacia. Tremo, cerco di allontanarlo con le braccia. Lui mi blocca la mano e con l'altra mi afferra il viso. «Dopo di me sarai più forte» dice.

Delicatamente mi solleva e mi porta di nuovo nella mia stanza, nella nostra stanza. L'abisso è senza fine. Il mio corpo è vivo e io sono morta. Gemo e mi perdo tra le sue braccia.

Siamo al ristorante, davanti a un piatto di spaghetti. È in partenza. Deve andare ad Amburgo, ha alcune cose da chiarire con la ex moglie e col socio. L'atmosfera è triste, anche se io cerco di contenermi. Lo sento teso, insofferente. D'un tratto mi guarda rabbioso, pieno di rancore: «Tu non hai mai creduto in me. Sei come gli altri, quasi tutti quelli che mi circondano hanno paura».

«Ti sei mai chiesto perché?»

Una smorfia sarcastica gli deforma il viso: «Non si fidano».

«Perché dovrebbero? Tu macini tutto come un tritacarne. Gli altri non li vedi, sono tue proiezioni.»

«Io vedo più in là degli altri. È questo a rendermi impaziente. So che non è facile starmi dietro, seguire il mio ritmo. Ma non ho nessuna voglia di cambiare per adeguarmi.»

«Hai mai pensato che così rimarrai solo?»

«Non sono mai solo, e comunque basto a me stesso.»

«Hai appena detto che vivi con una donna. Sei innamorato di lei?»

Fa un gesto insofferente con la mano: «Che domanda. Lei è molto diversa da te. Non interferisce, accetta le mie decisioni. Non è faticosa. Ha una mentalità scientifica. È una biologa, ha due figli».

«Vivono anche loro sulla barca con te?»

«Per il momento sì. Poi vedremo.»

Non c'è più molto da dire. Lo accompagno alla macchina, carica i bagagli. Si volta a salutarmi.

«Guarda che dicevo sul serio quando ti ho chiesto di venire a trovarmi. Ti aspetto. Quando vuoi.»

Mette in moto, la macchina parte e svanisce dietro l'angolo, tranciando l'ultimo legame con lui. Ora non dovrà più tornare a prenderla. È uscito definitivamente dalla mia vita.

Gaia

«Non capisco cosa ci trovi. Non è un uomo con cui puoi costruire qualcosa.»

«Non ho mai pensato di costruire niente con nessuno. La casetta non mi interessa, forse perché non l'ho mai avuta. Un palazzo sì, quello dove sono nata, ma era vuoto. Io, mia madre, la mia istitutrice tedesca e la mia tata abruzzese. Era una casa al femminile. L'unico maschio era il gatto.»

«Il passato non c'entra. Se non vuoi costruire niente con un uomo, non puoi viverci.»

«Forse avrei voluto, ma non ne ho avuto il tempo.»

«Ora lui dov'è?»

«Ai Caraibi. Vive su una barca con un'altra donna.»

«È innamorato di lei?»

«Non credo. Ma lei evidentemente è disposta a lasciare tutto per lui.»

«Qualcosa mi dice che non saresti stata felice con un tipo simile.»

«Hai ragione. Ma non riesco neanche a immaginare di stare con un altro. Per me gli uomini non esistono più. Ho chiuso.»

«Non è possibile.»

«È così. Non ho nessuna speranza e non ho vie d'uscita. Lui è geniale, ma paranoico. Eppure non posso togliermelo dalla testa. Non riesco più a vivere. Cosa me ne faccio del mio corpo ora?»

Mi alzo, giro per la stanza, vado alla finestra. Gaia mi ascolta attenta.

L'ho conosciuta a una festa in casa sua. Un amico mi ha portato da lei. Ha ventiquattro anni, è piccola e robusta, folti riccioli scuri e grandi occhi neri, naso minuscolo, labbra piene, spesso imbronciate. È bella e ha qualcosa di infantile nei tratti che contrasta con la serietà dello sguardo. Ha la voce roca e l'erre moscia. Fuma sigarette in continuazione, anche lei gira scalza, avvolta in maglioni e pantaloni larghi. È trasandata, ma la sua sobrietà naturale la rende elegante.

«Vieni qui» dice. «Sdraiati sul divano. Hai bisogno di rilassarti. Ti faccio un massaggio ai piedi.»

Mi sdraio, lei si impadronisce dei miei piedi, mi accarezza la pianta lentamente, poi massaggia sempre più a fondo. Mi allungo, mi stiro come un gatto, mi abbandono. Le sue mani sciolgono pensieri, tensioni, a un tratto sento un piacere intenso che mi strappa a me stessa, lo stupore mi coglie di sorpresa. Lei mi guarda, mi apre le gambe e beve la mia sete.

Due giorni dopo vedo una piantina davanti alla porta di casa. C'è un biglietto, lo apro. "Ti amo. Gaia." Resto col biglietto in mano, vado in cucina, faccio un tè, accendo una sigaretta, guardo i tetti fuori dalla finestra. Per me è stato solo un episodio, anche se liberatorio. Le donne non mi interessano sessualmente, ormai l'ho capito. Non ho voglia che una donna si innamori di me, Tosca mi è bastata.

Primi sintomi

Gaia mi chiama. Inizia un corteggiamento assiduo fatto di telefonate, messaggi, fiori, regali. Le spiego che non voglio una storia con lei, che non posso innamorarmi di una donna. Diventiamo comunque amanti.

Mi presenta sua nonna, sua madre, sua sorella, che mi avverte: «Stai attenta, Gaia è una grande manipolatrice». A me Gaia sembra innocua, i miei problemi sono altri. Vederla mi distrae, la sua dedizione gratifica il mio narcisismo.

Viene da una famiglia dell'alta borghesia milanese, il suo equilibrio psichico è precario, è stata internata varie volte in istituti psichiatrici, deve ingoiare pillole regolarmente altrimenti va fuori di testa.

Un giorno mi dice: «Basta medicine, non voglio più prendere niente».

Siamo a Venezia, fuggite per un weekend.

«Se non vuoi, smetti» dico tranquilla.

Io non ho mai avuto rapporti con persone affette da gravi squilibri mentali. Gaia è brillante, sensibile, ha una forte vena artistica. Perché dovrebbe imbottirsi di pillole che detesta? La stringo a me e la coccolo come una bambina, mentre fuori l'alba sulla laguna screzia di azzurro il cielo.

Lei mi legge un poema che sta scrivendo su Michelangelo, sento la potenza del pennello, dello scalpello che incide il marmo vivo, della sua estasi e del suo tormento.

Torniamo a Milano, a casa mia. Gaia non riesce a dormire e io resto sveglia con lei per due notti, finché la terza non crollo nel mio letto mentre lei ancora gira per casa.

«Mi presti i soldi per le sigarette? Le ho finite» mi dice al mattino.

Socchiudo gli occhi e vedo Gaia china davanti al mio letto. «Dammi la borsa» dico con voce impastata. Frugo alla cieca cercando il portafoglio. Lo apro, le allungo una banconota.

«Ti porto il resto» dice, mentre sprofondo di nuovo nel sonno.

Poco dopo dal cortile mi arriva l'eco della sua voce che ride e canta. Si avvicina al mio letto con un sacchetto di plastica pieno di pacchetti di Gauloises.

«E il resto dov'è?»

«Scusa, l'ho dimenticato.»

Sollevo il capo dal cuscino, ho la mente ancora annebbiata di sonno, ma sento di dover prendere in mano la situazione.

«Mi porti un tè, per favore?»

«Certo.»

La sento trafficare ai fornelli, dopo un po' torna con la lattina piena di foglie di tè e due dita d'acqua in cui nuota una margherita raccolta dal terrazzo. Una sensazione di freddo alla schiena.

Vado in cucina. Il rubinetto del gas è aperto, ma non c'è fiamma. Spalanco subito la finestra e chiudo il gas.

«Gaia, che fai? Il rubinetto del gas era aperto.»

«Ma questo è gas di città, non è gas metano» spiega lei, scientifica.

La guardo e capisco che non c'è niente da dire, un muro invalicabile ci separa, la sua logica è impeccabile, peccato che non c'entri con la realtà che ci circonda.

«Ho voglia di fare una passeggiata» fa lei, e io temo che scavalchi la ringhiera e cammini sui tetti. A questo punto tutto è possibile.

«Aspetta. Ti accompagno da tuo padre.»

Mi vesto in fretta ed esco con lei nella caligine milanese. Gaia è euforica, allegra, cammina in mezzo alla strada e io la riporto con calma sul marciapiede, vorrei prendere un taxi ma lei preferisce camminare. Vaghiamo per la città ancora addormentata e deserta, finalmente arriviamo alla casa del padre, una villa con giardino in centro. Gaia suona il campanello, ci apre un cameriere in livrea che ci porta in salotto e ci dice di aspettare. Mi guardo intorno, un ambiente borghese elegante, ma senza guizzi di originalità. Nulla a che vedere con Gaia, penso. Lei cammina su e giù nel salotto, non riesce a star ferma.

«Gaiuccia! Tesoro!» Lo strillo arriva all'improvviso da una donna bruna in vestaglia azzurra che si precipita con fare teatrale nella stanza. So che non è la madre, divorziata dal primo marito e ora sposata con un altro. La donna entra di slancio, seguita dal padre di Gaia, un uomo affascinante e apparentemente flemmatico. Lui mi dà la mano e mi presenta la seconda moglie, un'attrice con una forte inflessione romana che continua a strillare imperterrita.

«Gaia! Tesoro! Prendi un po' di gocce di valium!»

Le versa quindici gocce in un bicchiere e Gaia le ingoia come fossero acqua. Nessun effetto, ma dall'aria di circostanza dei due pare che siano entrambi abituati a queste scene.

Gaia mi ha raccontato che il padre l'ha mandata tante volte in clinica da sola con l'autista perché non aveva tempo. Ho l'impressione che andrà ancora così. Il padre sta già chiamando qualcuno, mi ringrazia di essermi occupata di lei, mi accompagna alla porta, Gaia è sorridente e inebetita, come fosse sotto droghe varie. Ma non è così, una volta me l'ha spiegato e io non volevo capire. Una parte del suo cervello produce dopamina in sovrabbondanza, per questo non può bere e assumere droghe. Se non prende regolarmente le sue medicine va in crisi euforica. A quel punto per sedarla le danno dosi da cavallo che la riducono a un vegetale. Il rientro è lungo, lento, doloroso.

Reclusione

Non lo sapevo. Non l'avevo capito. Capisci solo ciò di cui fai esperienza.

La prima volta che entro a trovarla in clinica mi rendo conto di quello che è successo. Il lungo corridoio bianco, le stanze asettiche, i letti di metallo. Gaia è sdraiata, l'aria assente. Vicino a lei una ragazza dagli occhi spiritati regge una bambola.

«Ha visto la mia bambola?»

«Ce l'ha in braccio.»

«Ah, scusi, non riesco più a trovarla.» Si allontana, sempre stringendo la bambola al petto.

«Cosa ti hanno fatto?» chiedo a Gaia che non può rispondere. Così infagottata nel camice bianco sembra ancora più piccola. Mi guardo intorno. «Ti porto via di qui» le dico. «Troverò un modo. Tu devi vivere.»

Esco in corridoio a parlare con medici e infermieri. Mi danno qualche informazione, anche se non sono parte della famiglia. Una finta cordialità nasconde l'orrore della follia. Il vero spartiacque è la solitudine. I malati sono prigionieri della propria mente, monadi impazzite. Il cervello è una macchina delicata, una serie di processi biochimici complessi. Basta un minimo errore di trasmissione neuronale e l'equilibrio chimico salta.

Non mi sono mai resa conto prima d'ora di quanto sia labile quella che noi chiamiamo "identità". La malattia di Gaia mi insegna una nuova umiltà. Siamo fango e materia viva con esigenze precise che vanno rispettate, salvo perdere se stessi. L'isolamento psichico a volte è senza ritorno.

Dopo due settimane Gaia viene dimessa, ma non è più la ragazza dall'intelligenza frizzante che ho conosciuto. Le medicine la sedano, ma la rendono più ottusa. Il recupero è lento. Soprattutto occorre evitare il ripetersi di una crisi, che per lei è dolorosissima e ha un costo psichico molto alto.

La madre e la nonna si attivano. Viene portata da vari specialisti, continua a entrare e uscire da cliniche. Nel frattempo il nostro rapporto si intensifica. La sua dipendenza fisica nei miei confronti mi ricorda quella di Tosca, anche se Gaia non ha i suoi guizzi di allegria, né il suo umorismo vitale. Quando facciamo l'amore è come se la partorissi e l'allattassi dandole dosi massicce di un calore che forse non ha mai avuto. La sua malattia non mi spaventa, anzi è una sfida. Gaia è la parte oscura di me che voglio guarire. La sua intensità mi distrae da Jakob e da me stessa. Per me è estremamente gratificante vederla tornare alla vita.

Ma non mi rendo conto che, come con Tosca, mi sto invischiando di nuovo in una storia di ricatti, seppur involontari. La malattia mentale è un buco nero che assorbe qualunque energia. Per controllare Gaia, devo starle sempre accanto. Entro in una simbiosi che diventa dipendenza reciproca. Un giorno un suo amico veneziano fa l'amore con lei e capisco che la cosa mi dà fastidio. Voglio Gaia solo per me. Per lei non è un problema. Gli uomini non le interessano, anche se la soddisfano sessualmente.

Andiamo insieme a Roma, voglio presentarla ai miei amici, ma l'accoglienza è tiepida. «Sei in una fase di riflessione. Sarebbe ora che un uomo ti prendesse sul serio e ti facesse fare un figlio. Ma forse non sei ancora pronta» commenta filosofico Giorgio.

No, non sono pronta. Non riesco a concepire che un uomo mi tocchi. Mia figlia è Gaia e vederla rinascere mi rende felice.

Parto con Gaia per la Sardegna a fine ottobre. Ci raggiunge da Amburgo Gertrud, con cui sono rimasta in contatto. La Sardegna deserta è magnifica, di notte ci addormentiamo cullate dal respiro del mare, ognuna nel suo bungalow. Gaia scrive al computer e gira scalza anche sotto la pioggia. Alla sua fragilità psichica oppone una robustezza fisica invidiabile. Non si ammala mai, malgrado la sigaretta perennemente accesa tra le labbra, malgrado l'acqua, il freddo, i piedi nudi. È come se il clima circostante non la riguardasse, il suo tallone d'Achille non è visibile ed è molto più insidioso.

Le porto a Punta d'Elice, ci rotoliamo tra le dune vestite mentre il vento ci scompiglia i capelli, ridiamo. Andiamo alla Valle della Luna e ci sdraiamo sulle rocce lisce, l'acqua ancora calda del sole estivo. Gertrud mi scatta una serie di foto nuda in controluce nell'acqua della baia. Fuori stagione la Sardegna ha una qualità più aspra e selvaggia. Andiamo ad Alghero, alle Grotte di Nettuno. Poi di nuovo all'aeroporto.

«Ti aspetto» dice Gertrud con la sua voce calda di neve.

Amburgo

Per Natale vado a trovare Gertrud ad Amburgo, mentre Gaia è in clinica. Amburgo è bianca, liberty, attraversata dal vento gelido del Nord, ha l'aria tersa e una baia con il porto più grande della Germania. Il figlio di Gertrud mi viene incontro rotolando sul pavimento e arrampicandosi sui tavoli con la grazia di un cucciolo. È mulatto, riccioli scuri e un corpo snodato pieno di vita. Parla un tedesco impeccabile senza inflessioni dialettali, morbido come quello della madre. La casa è accogliente e luminosa, poche stanze arredate con divani bassi, all'orientale. Gertrud prepara un tè e mi offre biscotti macrobiotici. C'è una serenità nei suoi gesti che mi ha sempre colpito, la sua composta lentezza mi avvolge. Il contrario della velocità nevrotica di Jakob. Mi mostra il suo lavoro, fotografa sempre rigorosamente in bianco e nero.

«Sono incinta» mi dice un giorno. «Ma non posso tenerlo. Col padre è finita. È tedesco, fa il disc jockey in un locale. Ha dieci anni meno di me. Siamo stati insieme un anno e mezzo, ma è una storia che non funziona più. Sono stanca della droga, dei tradimenti.» Fa un gesto vago col braccio. «Non ho i soldi per tenere il bambino. Ho già preso appuntamento per abortire.»

Un brivido mi corre per la schiena. Istintivamente non sopporto l'aborto, anche se capisco che le donne vanno tutelate. La maggior parte delle mie amiche ha abortito varie volte. Per me l'aborto è inconcepibile perché mi identifico sempre col bambino. Ogni aborto sono i fratelli che non ho avuto e mio padre che non voleva io nascessi. Nessuno ha chiesto il mio parere. E io volevo nascere. Magari per suicidarmi da adulta, ma almeno sarebbe stata una decisione mia.

«Sei sicura?» chiedo.

«Sì.»

«Guarda che se poi cambi idea, non puoi più tornare indietro.»

Gertrud si accarezza una ciocca dei capelli color neve dai riflessi azzurri.

«Ci ho pensato tanto, mi piacerebbe tenerlo, ma non posso.»

«Di quanti mesi sei?»

«Tre e mezzo, quasi quattro. Devo far presto, altrimenti diventa troppo tardi.»

«Mi fai sentire la pancia?»

«Certo.»

Tocco la pancia e sento il calore compatto della vita che si sta facendo strada dentro Gertrud. Sono intimidita e commossa, ma cerco di non farlo vedere.

«Il bambino c'è già.» Le parole escono mio malgrado dalla gola.

«Non ho un soldo. Devo mantenere Benjamin, suo padre sta in America, entra ed esce di galera, lo vede ogni tanto. Se faccio un altro figlio non posso più lavorare.»

«Senti, io non lo farei, ma se proprio sei convinta, ti accompagno.»

Gertrud mi prende una mano, la stringe tra le sue, mi guarda con i suoi occhi d'alba. «Grazie» dice e si allontana col suo passo leggero.

Due giorni dopo si sveglia con la febbre, non è in grado di guidare in queste condizioni. Sento che parla al telefono e sposta l'appuntamento. La febbre la costringe a letto mentre io faccio la spesa, giro per la città, l'aiuto con Benjamin. Dopo tre giorni si alza e mi dice: «Ho deciso di tenerlo».

«Davvero?»

«Sì. Alla fine l'unico motivo per cui volevo abortire sono i soldi. Ma lui non vuole.» Si tocca la pancia. «Per questo mi sono ammalata. Sai che ti dico? 'Fanculo i soldi. In qualche modo me la caverò.» Si volta verso il figlio che corre per la stanza. Sorride. «Penso che Benjamin avrà un fratello biondo. Max è biondo» aggiunge.

Gertrud mi porta da una sua amica che abita in una casa a picco sulla baia. La giornata è limpida. Il vento freddo di Amburgo pulisce il cielo di nuvole. Mentre stiamo chiacchierando e bevendo il tè, suona il campanello. Appena colgo la voce fonda, il cuore per un attimo si ferma nel torace. Una vertigine improvvisa fa ruotare la stanza intorno. Per fortuna sono seduta. Gertrud mi vede impallidire, mi prende la mano e dice: «Stai calma».

Guardo fuori. La luce della vetrata sull'acqua mi abbaglia. Mi aggrappo al divano, lo sguardo fisso su una pianta del davanzale. Sento la voce all'ingresso, i convenevoli dei saluti, la risata sarcastica e allegra.

«Non sapevo che sarebbe venuto qui» dice Gertrud.

«Sapevi che era ad Amburgo?»

«Sì, ma aspettavo che chiamasse per dirtelo.»

Eccolo che entra nella stanza. È dimagrito, sciupato. Ma non ha importanza. La sua presenza fisica azzera l'equilibrio interiore faticosamente costruito.

«Ciao.» Gli occhi lampi nocciola screziati di verde.

Si siede su una seggiola, il corpo lungo di un animale costretto a contenersi nello spazio.

«Non sapevo fossi ad Amburgo» dico.

«Neanch'io.»

«Vi conoscete?» chiede la proprietaria della casa, spostando gli occhi da me a lui, mentre la lingua mi si blocca in gola.

Mi sembra che la corrente di energia tra di noi sia evidente a chiunque. Gertrud interviene prima che l'imbarazzo diventi tangibile: «Certo. È stato lui a presentarci».

«Vi siete conosciute ai Caraibi?» domanda l'ignara ospite.

«No, prima, a New York, mentre Jakob stava facendo l'editing del mio libro.» La voce calma di Gertrud è un balsamo e mi aiuta a controllarmi. Non c'è più niente da dire e voglio andarmene. Ma non si può.

Jakob si versa un bicchiere di whisky. Mi sembra beva ancor più di prima, ma non sono comunque fatti miei. Racconta dei Caraibi, aneddoti divertenti che evidenziano l'incompetenza dei locali. L'ironia maschera il disprezzo malcelato per i nativi. Mi chiedo se sia valsa la pena lasciarsi tutto alle spalle per inseguire il suo paradiso fuori dal mondo.

Racconta storie buffe e la nostra ospite ride divertita, mentre io non vedo l'ora di andarmene. Lui non nomina mai la sua compagna, sembra l'abbia inventata solo per lasciarmi, ma io so che c'è, sento la sua presenza dietro al silenzio che la nega. Un nodo mi chiude lo stomaco. La passione non tollera il condominio.

Finalmente riesco a dire: «È ora di andare» in un tono che suoni naturale.

«Certo, è tardi» fa eco Gertrud.

Ci salutiamo, lui si china in modo goffo in una specie di abbraccio, stringo la mano alla padrona di casa e siamo già oltre la soglia, l'aria frizzante del lago mi schiaffeggia il viso, saliamo in macchina e Gertrud si allontana, mentre la luce si impiglia tra i rami degli alberi ricamati di brina e neve.

Catene

«Perché hai quella faccia?» Gaia mi fissa indagatrice, la sigaretta in bocca e i riccioli scuri che le incorniciano il viso imbronciato. È appena uscita da una nuova clinica svizzera dove l'ha portata la nonna. Finalmente pare abbiano trovato la dose chimica esatta per ripristinare il suo equilibrio. Sono contenta per lei, ma la mente è altrove. Non ho voglia di parlare di Jakob. Vivo in apnea e l'emotività di Gaia mi assorbe ogni energia. Per lei Jakob è un mostro e forse ha ragione. Ma è solo grazie a lui se io e lei siamo amanti. Proprio ora che Gaia ritrova un equilibrio, io sono insofferente all'energia che la sua malattia mi risucchia. Sono insofferente a tutto. Ho voglia di spezzare le catene e di vivere. Ma non so come.

Nodo scorsoio

Armin va da un medico, perde i capelli, è depresso. Gli danno delle pillole, lo ricoverano. Va e viene dall'ospedale, non possono tenerlo a forza. Tutti sottovalutano la situazione. Mia madre fa un sogno. È in una stanza e le pareti colano sangue. Quando fa le carte, viene sempre la morte. Smette di farle.

Un lunedì di giugno la chiamo dalla Sardegna pregandola di aprire al cameriere di Milano che non ha le chiavi, non posso avvisarlo. Lei parte da Forlì e lascia Armin da solo, pur sapendo che ha bisogno di aiuto. Torna la sera stessa.

Arriva di notte, apre il cancello e lo trova impiccato in giardino, appeso alla ringhiera. Lo chiama, lo tira giù, gli fa la respirazione bocca a bocca. Poi si precipita fuori urlando: «Sono stata io».

In commissariato sembra pazza. Gli unici ad aiutarla sono alcuni zingari che hanno perso un congiunto.

Me lo racconta dopo.

Per venti giorni la cerco ovunque senza trovarla. Finché mi chiama lei: «Ciao, sono io. Scusa se non mi sono fatta viva prima, ma non potevo». La voce è dolce, al telefono sembra una ragazzina.

«Dove sei? Perché non mi hai chiamato? Ero preoccupata per te.» Sento uno strano silenzio nella cornetta del telefono, una specie di sussurro o un singhiozzo soffocato. «Mamma, che c'è, stai bene?»

Ancora silenzio, fruscii impercettibili, la voce un po' malferma: «Io sto bene. Non ti preoccupare per me».

«Allora?»

«Armin.» È come se faticasse a pronunciarne il nome.

«Cosa è successo?»

«È morto.»

«Come?»

«Si è impiccato.»

«Cosa?»

Sono sconvolta.

Mia madre è a casa della sorella di Luisa, un'amica che l'ha adottata come un cane ferito, ascoltandola per notti intere. In un mese le sono venuti i capelli bianchi, in un anno ingrassa venti chili. La salva la cioccolata, tavolette intere ogni giorno. E lacrime, lacrime. Non si rassegna che Armin sia morto, non vuole accettarlo. Urla e si dispera e piange. E si sente in colpa.

Una voce sottile si insinua nella mente. Siamo tutti responsabili, io, mia madre, sua madre, il patrigno, nessuno gli è stato vicino, nessuno l'ha aiutato. A nessuno è venuto in mente che potesse succedere. Per me lui era l'amante più giovane di mia madre che un giorno l'avrebbe lasciata per farsi una famiglia. Era lei a essere più vulnerabile, perché era più vecchia. Lui aveva la forza della giovinezza. Invece no. La sua sensibilità lo rendeva fragile. Nessuno ha capito. Armin non si lamentava mai.

Suono il campanello e lei mi apre. Mi sembra più piccola dell'ultima volta che l'ho vista. È sempre stata una donna molto alta, più di me. Ora è quasi irriconoscibile. Mi fa un sorriso che sembra una smorfia.

La seguo, mentre avanza lentamente nella penombra del salone, dalle persiane socchiuse strisce di luce illuminano il grande quadro con la natività del Seicento, la cassapanca del Trecento, il lampadario di Murano, i piatti alle pareti con lo stemma di famiglia, il portacenere colmo di cicche accanto al mazzo di carte per i solitari. C'è odore di muffa e di chiuso. Cammino per inerzia, come se mi avessero dato una scossa elettrica.

«Io vorrei morire. Ma quelle maledette delle mie cellule vogliono vivere.»

«Mamma, non parlare così.»

«Perché lui e non io. Dovevo essere io a morire.»

Cerco di consolarla, dico ovvietà, a un certo punto lei afferra i braccioli della poltrona e si sporge col busto in avanti, la voce alterata: «Non riesco a perdonarlo. Perché lo ha fatto?».

«Perché non ne poteva più.»

So che mia madre non concepisce il suicidio. Non concepisce nulla che sia incompatibile con la vita, la sua unica religione. Siamo io e lei da sole in questa casa di spettri da cui sono voluta fuggire con tutte le mie forze. Ora lei sembra una bambina invecchiata di colpo. E ha solo me. Siamo orfane di Armin. Della sua bellezza. Della sua dolcezza. Della sua bontà.

«Mi manca. Mi manca fare l'amore con lui.»

«Mamma.»

«Mi manca la sua pelle. I suoi baci. Le sue mani. Il suo odore. Come mi stringeva. Lo odio. Non riuscirò mai a perdonarlo.»

«Mamma, non puoi smettere di essere così egoista?»

«Non capisci, mi manca il suo corpo.»

«Mamma, pensa alla sua anima.»

«Quale anima?» Mi lancia uno sguardo velato di lacrime, gli occhi bizantini senza fondo.

Estate

Partiamo in una giornata di sole, il Mercedes di mio padre sfreccia lungo l'asfalto, gli occhiali filtrano la luce. Il paesaggio scorre tra case, campi, alberi da frutto in fiore, peschi, peri e susini, mandorli rosa, ciuffi gialli di ginestre. Il portone si apre sul corridoio dalle assi sconnesse, a sinistra la stanza del ping-pong, a destra il salotto di legno nero incongruamente basso, un salotto di bambole. La mamma spalanca la portafinestra che dà sul giardino inondato del sole di giugno, l'erba verde. Una delle due tartarughe è riuscita a montare l'altra e ha estratto una lingua lunghissima e rossa in un grido stridulo. Fuori è un tripudio di piante, al centro dell'aiuola centrale troneggia la palma, a sinistra il cipresso vicino alla scala. I gatti miagolano in cortile. I gatti di Armin, nati dalla gattina che lui ha raccolto per strada.

La stanza di Armin. I libri sul tavolo, i jeans abbandonati sulla sedia, le scarpe. Tutte le sue cose ora inermi come lui da vivo, la sua povertà che era solitudine senza parole, la sua bontà mite. E ovunque il suo dolore che mozza il respiro. Striscio carponi nella camera della mamma, col grande letto di noce al centro.

«Come faremo adesso ad andare avanti» le chiedo. «Come si può sopportare tutto questo dolore?»

Apre i cassetti, prende le sue cose, le mette in valigia. Mi avvicino alla finestra, aspiro il profumo dei gelsomini in fiore, guardo la luce che taglia l'erba, il giardino immerso nel calore fresco di giugno. Tutta questa esibizione di vita, la luce tersa, l'intensità dei colori mi feriscono gli occhi.

Lei continua a fare la valigia, concentrata, attenta ai dettagli. Mi allontano, mi rifugio nella mia stanza, al piano di sopra.

Compriamo dei fiori e andiamo al cimitero a trovare Armin. Superiamo Santa Sofia, la strada si inerpica in una spirale che sale fino al paesino dove abita sua madre. Un viottolo laterale porta al piccolo cimitero in cima a una collina che domina la valle.

Scendo e prendo i fiori mentre la mamma cerca dell'acqua, la tomba è in pietra rosa, guardo la foto di Armin dal viso così giovane e già esausto di vivere, la dolcezza del paesaggio stride col dolore contenuto in quella tomba. Penso al corpo di Armin che ha iniziato a decomporsi. Intorno c'è pace, il tempo immobile di inizio estate, la sinfonia della natura sfoggia i suoi colori più belli, una promessa di futuro indifferente al destino dei singoli. La mamma va avanti e indietro, annaffia i fiori e riordina la tomba. Io prego, pronuncio parole codificate che mi calmino.

Risaliamo in macchina, ci allontaniamo in silenzio, d'un tratto sento un'infinita dolcezza, incongrua in quel contesto, come se Armin mi mandasse un messaggio di pace che rifiuto perché mi sento colpevole. La mamma è impermeabile, murata in un dolore che si nutre di gesti contenuti. Qualcosa dentro di me si scardina, i conti non tornano più, la sintassi del dare e avere si sfalda. Come è possibile che avverta un messaggio d'amore da Armin dopo che l'abbiamo abbandonato, tutto questo non ha senso, Armin non c'è più, è morto, devo essere preda della mia immaginazione, del tentativo di trovare una catarsi che non c'è.

Ma la sensazione di pace continua, per quanto assurdo sento un'onda d'amore che mi avvolge e mi fa arrossire. Guardo mia madre accanto a me, indifferente a tutto.

Lungo il tragitto per andare da Olmo, a Imola, decido di deviare verso la villa. Non la vedo da almeno quindici anni. La macchina scorre lungo il circuito automobilistico, appena intravedo il parco il cuore comincia a battere più forte, seguo la serpentina fino al cancello di fronte al viale dei cipressi.

Il cancello è nuovo, dipinto di verde, la villa è intatta, come se il tempo non fosse passato. Scendo e suono il campanello. Il cancello si apre automaticamente, rientro in macchina e guido fino allo spiazzo di fronte a casa, accanto alle aiuole e al pozzo. Mi viene incontro una ragazza della mia età dall'aria dimessa. Spiego chi sono, indico mia madre, che fa un cenno col capo ma non scende dalla macchina. La ragazza è gentile, mi fa entrare e mi guida attraverso la cucina.

Qui la memoria ha una cesura e si interrompe. La cucina che

conosco non esiste più, non c'è più il grande caminetto dove in tempi andati cuocevano buoi interi e da adolescente organizzavo piccoli concerti e spettacoli teatrali. La ragazza mi mostra una cucina anonima e mi guida al primo piano lungo una scala dai gradini di piastrelle dozzinali che prima non c'era. Il salone è rimpicciolito, gli affreschi sono scomparsi, le pareti sono rivestite di una tappezzeria verdolina. Vedo appesi quadri di antenati che non sono i miei. Dubito siano della ragazza che ora inizio a detestare, anche se sicuramente non c'entra con lo scempio che è stato fatto. Una villa del Cinquecento trasformata in villetta a schiera.

Mi mostra il bagno, certo più funzionale ma senza gusto, le stanze private dei caminetti, lungo i corridoi non ci sono più neanche le feritoie dalle quali un tempo sparavano ai nemici e dove le rondini facevano il nido.

«La casa è stata divisa, ora ci abitano quattro famiglie» dice la ragazza, e penso a mia madre che ha preferito venderla al suo ex fattore a un prezzo più basso purché il parco non venisse lottizzato. Ora se ne sta seduta in macchina incapace come sempre di affrontare la realtà.

Guardo la pelle ingrigita della ragazza accanto a me, i capelli stopposi e le borse sotto agli occhi. Certo i soldi si possono fare in fretta ma ci vuole tempo a cambiare il patrimonio genetico.

Divento cattiva, divento ingiusta perché non è colpa di nessuno. Mia madre che doveva vendere per i debiti, mio padre che non ha mosso un dito perché cercava la vendetta, io parafulmine e catalizzatrice dei loro conti in sospeso. L'ira per la mia impotenza di fronte a tutto, alla vita e alla morte. Questa casa è come una donna che hai amato dopo un lifting, all'esterno è uguale ma appena la penetri non la riconosci più, svanito il calore, la familiarità, l'appartenenza.

La mamma è sempre in macchina, saluta dal finestrino abbassato, salgo e il cancello si apre come per magia, via da questo posto, da un passato che non esiste più. Guido in silenzio, a un certo punto sbotto: «L'unica cosa che non sei riuscita a vendere sono i miei cromosomi».

Lei fa un lungo sospiro e mi guarda: «Che importanza ha questo di fronte alla morte».

Mi aggrappo al volante, mentre il parco svanisce oltre le ultime curve.

«Niente ha importanza di fronte alla morte. Ma noi siamo qui per vivere. Lo capisci questo?»

Lei continua a guardare con gli occhi fissi davanti a sé, l'unica replica è il silenzio.

Grenada

«Perché vuoi andare nei Caraibi?» Gaia mi guarda stupita, la sigaretta in bocca.

«Devo liberarmi di lui ed è l'unico modo.»

«Quando vai?»

«Non posso partire così, prima bisogna che lui mi inviti.»

«Lo chiami?»

«No.»

«Allora come pensi di fare?»

«Ho un'idea.»

Prendo le foto che Gertrud mi ha scattato in Sardegna, nuda sulla roccia. Scelgo quattro dettagli che scolpiscono il corpo come una statua, il collo disteso dalla clavicola al disegno della mascella, la curva di un fianco, l'incavo di un'ascella fino al seno, la piega ovale di un braccio. Li faxo in modo che le foto risultino sgranate, quadri astratti disegnati con inchiostro di china. Su ogni foto scrivo delle lettere che compongono un anagramma. Le faxo di nuovo al numero che lui mi ha dato.

Aspetto.

Dopo una settimana arriva la telefonata.

«Ciao, sono Jakob.»

«Come stai?»

«Bene.»

«Sei sempre in barca?»

«Sì. Sono a Grenada.»

«Anguilla non ti piaceva?»

«Qui è meno turistico.»

«Quanto rimani a Grenada?»

«Mi fermo qui.»

«Ah.»
Silenzio.
«Quando vieni?»
«Appena trovo un biglietto.»
«Quando vuoi. Posto ce n'è.»
«Vengo con un'amica.»
«Non c'è problema. Chiamami quando hai le date.»
«D'accordo. Ciao.»

Metto giù e penso. Ho bisogno di un'alleata, non posso andare da sola. Gaia si è offerta di accompagnarmi, ma non è il caso. Prima di tutto è innamorata di me, quindi non ha la distanza necessaria. Inoltre la sua malattia non le consente spostamenti bruschi e cambiamenti di fuso orario. L'ultima cosa di cui ho bisogno è una crisi di Gaia in compagnia di Jakob.

Ne parlo con Clara, lei accetta con entusiasmo di accompagnarmi. Ha bisogno di tempo per riflettere.

Claudio si offre di pagarci l'albergo a Caracas, da dove prenderemo un altro aereo per Grenada.

Il nostro arrivo a Caracas suscita scalpore. Io bruna, lei bionda, non passiamo inosservate. Per strada si voltano a guardarci, ridiamo dei goffi approcci locali mentre accompagno Clara dai grossisti di gioielli. Lei cerca smeraldi da smerciare in Italia. Guardo le sue dita affusolate che li esaminano con la lente, la sento contrattare con voce flautata. Riesce quasi sempre ad avere ragione sulle obiezioni dell'altro.

Gli uomini sono intimiditi dalla sua bellezza e dal suo fare distaccato.

Caracas è orribile, una città del Terzo mondo deturpata dalla speculazione edilizia, un tempo doveva essere bellissima in stile coloniale spagnolo. Ora ha l'aria delle capitali di provincia saccheggiate da un capitalismo sfrenato.

Clara ha conoscenti a Caracas che ci invitano a una festa. Siamo le uniche sole e abbigliate in modo sobrio, tubino e scarpe basse.

Le donne a Caracas sono truccatissime e vestite in modo provinciale, con pizzi, tacchi alti e capelli pieni di lacca. Ci guardano con diffidenza perché catturiamo gli sguardi dei loro uomini. Siamo gentili con la padrona di casa e indifferenti al resto. Mi sento totalmente fuori posto e non vedo l'ora di tornare in albergo.

Clara mi propone un massaggio. Ci sdraiamo su un lettino e due donne indie iniziano a sciogliercі le membra. La mia massaggiatrice è una vecchia dall'età indefinita, ma le mani sono agili ed energiche.

Chiudo gli occhi e mi abbandono in uno stupore quasi estatico che mi mette lievemente in imbarazzo. Penso a Jakob e subito scaccio la sua immagine dalla mente. D'un tratto vedo gli occhi azzurri di Armin, tristi e di una dolcezza per me insopportabile.

Prendiamo l'aereo per Grenada e Jakob ci viene a prendere all'aeroporto. È solo. Dopo un breve tragitto in macchina, saliamo sul suo gommone, lui scarica le valigie e scivoliamo verso la grande baia, dove è ormeggiata la barca. Jakob è impenetrabile. Io sono in un limbo emotivo dove nulla può scalfirmi.

La barca è un due alberi lungo venti metri. "Una nave da pirati" penso, mentre ci avviciniamo. Jakob sale, prende le valigie, ci guida lungo il ponte alla nostra cabina con due cuccette. Da una porta aperta in fondo al corridoio a poppa intravedo le lenzuola di seta azzurre dove abbiamo dormito insieme. Non provo nulla, lo sguardo si muove freddo sulle cose, osservo i dettagli, attenta a non permettere nessun cedimento. Entriamo in cabina, svuotiamo le valigie, sistemiamo il guardaroba nei cassetti.

«Jakob non mi piace» dice Clara mentre riordina le sue cose.

«Perché? È gentile.»

«Sì, ma c'è qualcosa che non va. È arrogante, freddo.»

«*Sembra* freddo, ma non lo è. Però può essere crudele.»

«Appunto.» Si volta e mi guarda con aria perplessa. Sospiro.

«Clara, siamo appena arrivate e dobbiamo stare qui quindici giorni, in barca qualunque tensione è insopportabile, per favore cerca di stare calma. Jakob non ha nessuna intenzione di farci del male, siamo sue ospiti e per lui l'ospitalità è sacra. Io non voglio conflitti, voglio solo capire.»

«Io non capisco come hai fatto a stare con uno come lui. Non è neppure bello.»

«Ora ha l'aria trasandata, forse i Caraibi non gli fanno bene, ma è un uomo speciale, praticamente da due anni non riesco a togliermelo dalla testa, per favore aiutami.»

Clara si avvicina e mi accarezza piano sulla spalla: «D'accordo, non farò più commenti. Andiamo a prua?».

Annuisco e usciamo sul ponte. Guardo dal parapetto la spiaggia lungo la baia, le palme altissime, la sabbia fine, l'acqua azzurra trasparente. Di fronte a noi c'è un bar sul bagnasciuga, dietro si intravede un piccolo albergo bianco in mezzo alle palme.

Un fruscio impercettibile mi fa voltare. Vedo una donna minuta, capelli neri lisci, ferma accanto al boccaporto. Mi guarda con occhi neri e sfuggenti, abbronzata sembra un'india. Subito appare dietro di lei Jakob. Il contrasto con la statura imponente di lui la rende ancora più esile.

«Questa è July. Caterina, Clara.»

Mi avvicino e le stringo la mano. Ha un tocco leggero, annuisce appena col capo verso di me e Clara. Sembra muta. Ci lancia ancora un'occhiata e scompare sottocoperta, come inghiottita dalla barca.

«Non è molto loquace» sussurra Clara e anche lei si eclissa sotto al boccaporto, forse per evitare Jakob.

«Sembra un tipo riservato» dico.

«July parla poco. È una scienziata. Non è come me e te» commenta Jakob avvicinandosi.

Sento una corrente elettrica che mi fa arretrare. Penso a July. Anche fisicamente è il mio opposto. Mi arriva a malapena al mento.

«L'hai conosciuta ad Anguilla?» chiedo.

«Sì. Era venuta col marito, poi si sono lasciati. È lei che mi ha insegnato a guidare una barca.»

«E i figli dove sono?»

«Non abitano più qui. Sono in un college in Inghilterra.»

Cambio argomento: «Come facciamo io e Clara ad andare a riva? Possiamo usare il gommone?».

«Certo» dice Jakob. «Oppure ci diamo appuntamento a un'ora prestabilita e vi vengo a prendere io.»

«Grazie.» Cerco di essere il più possibile naturale, ma l'energia tra di noi è strana. Abbozzo un sorriso e raggiungo Clara nella nostra cabina.

Decidiamo di scendere a terra e fare un giro. Jakob ci passerà a prendere al bar sulla spiaggia verso il tramonto. Quando siamo lì ordiniamo un drink, camminiamo sulla spiaggia, ci sdraiamo sotto le palme. Guardo le ombre che le foglie ricamano sulla sabbia, nuoto nell'acqua limpida. Tutto sembra perfetto, tranne qualche nero barcollante e ubriaco di rum in mezzo ai turisti. I ghetti degli abitanti locali sono dalla parte opposta dell'isola, come ci ha spiegato Jakob.

Torniamo in barca mentre il tramonto screzia l'acqua di riflessi perlacei. Jakob si serve un whisky, l'eterna sigaretta in mano. July non si vede. Io e Clara beviamo un bicchiere di vino bianco.

«Questo è un paradiso per turisti tedeschi» sussurra Clara, che evidentemente fatica a sopportare Jakob.

Penso che in fondo ha ragione. C'è qualcosa di insopportabilmente kitsch in questo magnifico panorama da cartolina, da cui i nativi sono comunque esclusi.

July appare un attimo e subito scompare di nuovo. Scendo per prendere un golf in cabina e la incrocio in cucina mentre cerca di pulire la mano sotto l'acqua. È inciampata e si è ferita con un coltello. L'aiuto con un cerotto, risalgo sul ponte e avverto Jakob, che abbozza uno strano sorriso.

«July è un po' maldestra, ma non ha bisogno del mio aiuto. Se la cava benissimo da sola.»

Si versa un altro bicchiere di whisky in silenzio, mentre Clara mi lancia un'occhiata cui decido di non rispondere.

Dopo cena torniamo a riva. Clara chiama un taxi. Vuole andare in una discoteca locale a cercare del fumo. La presenza di Jakob sulla barca la inquieta. Torniamo alle undici e mezza e Jakob ci viene a prendere. Dalla barca non giunge nessun suono, tranne lo sciabordio dell'acqua lungo i fianchi.

Malgrado i miei sforzi, l'atmosfera diventa di giorno in giorno più pesante. Una sera Clara rovescia delle candele accese sul ponte e Jakob ha uno scatto. Lei si scusa, cerca di grattare via la cera che ha macchiato il legno di tek, lui la guarda con sufficienza, finché lei non scompare sottocoperta.

«Ha sbagliato, ma non c'è bisogno di parlarle con quel tono» gli dico appena siamo soli.

Jakob accusa Clara di essere una bambina viziata, lei piange spesso quando siamo sole in cabina e dice che Jakob le sembra un mostro. July è sempre muta, continua a inciampare ovunque e ogni giorno ha una nuova ferita. Stranamente io sono l'unica indenne al clima teso che si è creato. Ogni familiarità con Jakob è svanita e a questo punto voglio andarmene. In fondo lui è solo ma è questo che vuole, così ha scelto di vivere. July non rompe il silenzio, non intralcia nessuna sua decisione, si muove sulla barca come se non esistesse. Lui non ha mai un gesto affettuoso nei suoi confronti, a malapena le rivolge la parola. Eppure la presenza di lei è tangibile.

«È un sadico» dice Clara guardando le mani e i piedi feriti di July e commentando l'indifferenza di lui.

Io penso che è semplicemente disperato, ma ammettere la sconfitta e tornare indietro è impossibile. Così continua a bere. E lei con lui.

Ogni sera ci sediamo sul ponte in silenzio e sprofondiamo nell'arcobaleno dei tramonti caraibici. A volte il riverbero del cielo mi rimanda il sorriso dolce di Armin come una ferita.

Resa dei conti

Un giorno incrocio Jakob e gli dico con calma che forse la nostra presenza sulla barca crea imbarazzo a July. Per noi non è un problema andarcene. Possiamo benissimo trasferirci nell'albergo di fronte sulla spiaggia.

Pensavo che per lui fosse un sollievo, invece si oppone, quasi si offende, mi chiede cosa c'è che non va, non ci sono problemi, a parte la mia amica che ogni tanto fa i capricci. «Ma si sa» aggiunge, «è la tipica ragazza italiana viziata.» Una smorfia gli piega l'angolo della bocca, mi guarda fisso come fossi cosa sua. Non è un messaggio erotico, ma di freddo possesso.

Insisto e dico che non si deve offendere, la barca è bellissima e lui è un'ospite impeccabile, ma è impossibile non avvertire la tensione che si è instaurata. Praticamente nessuno parla con nessuno e ci scivoliamo accanto senza sfiorarci. Lui replica che non sono mai soddisfatta di niente, se ne va nella sua cabina quasi sbattendo la porta, evito di fare commenti per non infastidirlo ulteriormente.

Clara è barricata nella sua cuccetta, si riprende solo quando sbarchiamo a terra. «È una questione chimica» dice, «non sopporto Jakob, non sopporto come tratta le donne in genere.»

Secondo lei le odia, dormire sulla barca con lui vicino è un incubo.

Cerco di calmarla: «Per favore, evitiamo scene». L'accarezzo piano. «Lo so, la convivenza non è facile, ormai manca solo una settimana, cerchiamo di stare calme, tanto passiamo tutte le giornate da sole sulla spiaggia.»

Ma la situazione degenera. La barca è sempre ferma, ci sono problemi al motore. Lentamente si sta riempiendo d'acqua. In pratica, sta affondando.

Jakob traffica col motore ma non sembra capirci molto. È più abile July a bordo. Alla fine lui decide di chiamare un tecnico, che però tarda ad arrivare. L'acqua continua a salire.

Affronto Jakob con fermezza, gli dico che la situazione è diventata insostenibile e ci deve sbarcare a terra. Per tutta risposta si chiude con una bottiglia di whisky nella sua cabina, insofferente e rabbioso. Clara piange in preda a una crisi isterica. Prepariamo in fretta la valigia. Quando salgo sul ponte, il gommone è sparito.

Non mi do per vinta. A quel punto anch'io sono arrivata ai limiti di sopportazione.

Mi butto in acqua e nuoto fino alla barca vicina chiedendo aiuto. Subito un ragazzo salta sul loro gommone e mi scorta alla nostra barca, mentre Clara mi aspetta sul ponte. Salgo sulla scaletta e scendiamo in coperta. July mi guarda, ferma davanti alla cucina. Mi avvicino, le stringo la mano e le regalo una conchiglia. Clara fa lo stesso. La ringrazio dell'ospitalità ma è ora di andare, inutile svegliare Jakob, gli mando i miei saluti, grazie ancora di tutto.

Finalmente saliamo sul gommone che ci porta a riva, lontane dalla barca che affonda, via da quell'inferno. Sbarchiamo con le valigie sulla spiaggia. Per fortuna l'albergo è vicino e il tragitto breve. Affittiamo una stanza con due letti e veranda che dà sul giardino dietro al bar. Da lì vedo la barca di Jakob ferma nella rada.

Penso a Jakob che si è svegliato e non ci trova più, penso all'orgoglio ferito, alla sua ira. Sospiro come dopo una lunghissima convalescenza. Guardo la barca e d'un tratto lo so, lo sento dentro. Finalmente è finita, sono libera.

Terza parte

COSÌ TUTTO HA INIZIO

David

È dicembre e sono da sola a Milano nella mia casa. Sento un malessere diffuso, ma non so esattamente cos'è. Ogni tanto il sorriso triste di Armin mi si apre dentro come una ferita che non si rimargina. La mamma sta sempre male e sopravvive con dosi massicce di sigarette, cioccolata e salumi vari. Nessuno ha più messo piede nella casa di Forlì, tranne una signora anziana che si occupa del nutrimento e della pulizia dei gatti.

Leggo e scrivo per non pensare. Chiamo spesso mia madre per controllare come sta, ogni tanto vado a trovarla, ma non c'è molto che possa fare.

Un pomeriggio sto leggendo quando sento suonare il telefono.

«Ciao, sono David.»

David è un amico conosciuto a Roma ai tempi di Jimmy, ebreo nato a Berlino, emigrato con la famiglia a Buenos Aires, poi a Parigi e finalmente approdato a Roma, dove ha scritto sceneggiature per vari registi. È un nomade con la mente in perenne movimento. Da anni passa sei mesi in India e sei in Italia. Ho lavorato con lui alla sceneggiatura di un film su *Mastro don Gesualdo.*

«Come stai? È tanto che non ti sento» chiede.

«Così così.»

«Ti fa male il cuore?»

«No, l'anima.»

«Allora vengo a trovarti.»

Arriva una sera. Ho il caminetto acceso e la cena pronta.

David non è molto alto, è magro, i lineamenti aguzzi dell'intellettuale, viso scavato, naso aquilino e occhi da furetto. Ha l'aria serena.

«Ti vedo bene» dice. Ha un forte accento argentino. Faccio un sorriso un po' storto.

«È solo una maschera. In realtà non ci sono.»

«E dove sei?»

«Non lo so.»

«È tanto che non ci vediamo. Cos'è successo nel frattempo?»

Faccio un gesto vago con la mano. «Un po' di cose.» Guardo le braci nel camino.

David annuisce lentamente mentre gli verso un tè. So che gli piace, non beve praticamente altro.

«Forse è per questo che sono qui. Vado in India, sono venuto a Milano a richiedere un visto. Potevo anche non chiamarti. Invece mi è venuto l'impulso di telefonarti dopo tutti questi anni. Perché non vieni con me? È ora che tu veda l'India.»

Lo guardo senza rispondere. Butto un pezzo di legna nel camino e mi accovaccio per terra sul tappeto. Accendo un'altra sigaretta.

«Vado in un ashram nel sud dell'India. È retto da un monaco benedettino, Father Bede. È originario di Oxford, ma vive in India da quarant'anni. È una persona speciale, un illuminato. Vorrei che tu lo conoscessi.» Mi mostra la fotografia di un uomo anziano dai folti capelli bianchi vestito con un telo chiaro che gli scopre una spalla, il volto intenso e dolcissimo. Per un attimo mi scorre davanti il sorriso di Armin, ma subito scompare prima che riesca a registrarlo mentalmente. Guardo di nuovo la foto. Non è il tipico guru indiano dallo sguardo penetrante di sfida, c'è una dolcezza nei suoi occhi che mi è familiare, anche se non capisco bene perché.

«Quanti anni ha?» chiedo.

«Ottantatré. Due anni fa ha avuto un ictus ed è quasi morto. È stato in coma qualche settimana. Poi si è risvegliato.»

Certo non pensavo di andare in India per Natale. «Non ho molti soldi» dico. «Non avevo preventivato un viaggio impegnativo.»

«Non importa. Ti pago io il viaggio. In cambio tu scrivi una sceneggiatura per me. Abbiamo già lavorato insieme.»

A Roma abbiamo passato parecchi mesi a discutere e scrivere nella sua casa a via Giulia. David per me è una specie di guru, un incrocio tra un intellettuale e un monaco. È stato Jimmy a presentarmelo, ma lui è molto diverso da Jimmy, e affettuosamente critico nei suoi confronti. La loro inquietudine è di segno opposto. Jimmy è perennemente insoddisfatto. In bilico tra droghe e alcol, si protegge con la sua arroganza, un po' come Jakob. L'arroganza della mente non mi affascina più dopo la morte di Armin. Ora mi sembra un segno di grande debolezza. David è un giramondo, anche lui ha bazzicato droghe varie, ma ha trovato un equilibrio grazie all'India, "la grande madre", come la chiama lui. Se c'è qualcuno che può portarmi alla scoperta di quel continente immenso a forma di muso d'elefante, questo è lui.

«D'accordo» dico. «Quando partiamo?»

«Tra tre settimane. Prendiamo un volo per Bombay, poi andiamo a Goa e da lì scendiamo a Shantivanam, nel Tamil Nadu, dove c'è l'ashram di Father Bede.»

Annuisco lentamente, mi alzo, raccolgo le tazze e gli avanzi della cena e preparo il letto nel salone. David si addormenta quasi subito davanti alle braci del camino ancora accese. Vado nella mia stanza, mi spoglio e rimango sveglia per un po' da sola, fumo una sigaretta guardando il riflesso della luna sui tetti, mentre i pensieri scorrono fino a quando non mi addormento.

Bombay

L'odore è dolciastro e pervasivo, un misto di disinfettante e spezie. Arranco dietro a David lungo la fila alla dogana, in mezzo a indiani e occidentali. Tutto si muove lentamente, inutile opporsi al flusso della marea umana. Sono intorpidita dal viaggio, le membra indolenzite. È la seconda volta che metto piede in Asia. Ma l'aeroporto di Bombay è molto più grande e caotico rispetto a quello di Colombo. Brulica di mendicanti, tassisti, venditori di chai, famiglie intere in piedi o ammassate per terra.

Dopo una breve contrattazione, saliamo su un taxi, una vecchia berlina inglese coi sedili in plastica, senza ammortizzatori. Guardo dal finestrino la periferia immensa, indiani che dormono per terra tra rifiuti e catapecchie. Costeggiamo edifici in stile coloniale inglese e quartieri eleganti sul lungomare.

«Dato che è la prima volta che vieni in India, penso che dormiremo al Taj Mahal, in segno di benvenuto. È uno degli alberghi più belli al mondo e come primo impatto sicuramente ti piacerà.» David sorride. L'accento argentino gli fa scandire le parole secondo un ritmo leggermente sincopato, sia che parli italiano, sia che parli inglese.

Il taxi si ferma davanti a un albergo sul lungomare che sembra un palazzo uscito dalle *Mille e una notte*, con guglie arabescate e bovindo in marmo rosa. Di fronte l'India Gate, un grande portale che si apre sul mare, mentre l'alba inizia a screziare di rosa il cielo.

La hall è immensa, in marmo bianco, con lampadari scintillanti. Una ragazza sorridente vestita in sari ci assegna subito una stanza con due letti. Vado in bagno, mi metto il pigiama e mi infilo sotto il lenzuolo. Sento un lieve imbarazzo a dormire con David nella stessa stanza, ma la stanchezza sovrasta tutto il resto.

«Buonanotte» dico. «Anzi, buongiorno», e sprofondo in un sonno di piombo.

Mi sveglio in un bagno di sudore. Non abbiamo acceso l'aria condizionata e fa molto caldo. La stanza è tappezzata di azzurro, il sole filtra a strisce tra le tende socchiuse. David è già vestito e si muove per la stanza.

«Buongiorno» dice. «Vieni, ti porto a far colazione al Leopold Cafe.»

Fuori sono investita da una folata di caldo umido. Attraverso la strada e subito sono contornata da mendicanti.

«Devi avere sempre qualche rupia a portata di mano, ma se non stai attenta a chi darle, ti trovi circondata e non riesci più a muoverti» dice David, guidandomi pazientemente sotto un porticato pieno di piccoli negozi e ristoranti. Sono affascinata dalla marea di persone e dalla varietà dei colori.

Percorriamo circa duecento metri ed entriamo in un caffè decorato con specchi e mosaici. David si siede a un tavolino in un angolo. Mi siedo accanto a lui e guardo la fauna che po-

pola il locale. Sono turisti occidentali, per lo più ragazzi, alcuni con lo zaino. In un angolo, un cameriere prepara spremute, circondato da una montagna di arance. Noto che tutti i particolari rispondono a un preciso senso estetico. Le arance formano una piramide colorata contro le pareti dai tasselli di mosaico bianchi e neri. L'ambiente è pulito e accogliente. Attraverso la porta aperta si intravede la gente che cammina sul marciapiede in un flusso continuo. David ordina due spremute di arancia e chai. Beviamo e dice subito: «Andiamo, il giorno è appena iniziato e dobbiamo fare un sacco di cose».

Lo seguo tra la folla, stordita e confusa dalla vitalità indistinta che mi circonda. Odore di spezie, fiori. Sporcizia. Non era questa l'India che mi aspettavo. Mi tornano in mente le parole di Caterina: "Usare i cinque sensi tutti in una volta è difficile".

Mi scosto dal muro appena in tempo per evitare una donna che esce con una cesta colma di panni. La massa di gente è tale che le collisioni dovrebbero essere inevitabili e invece, per qualche misteriosa metrica interna, migliaia di persone scivolano l'una accanto all'altra senza scontrarsi.

David sta cercando del fumo. Continuiamo a camminare, poi un taxi ci porta in un quartiere più appartato, davanti a una casa con donne affacciate sui balconi. Saliamo al primo piano e le donne appaiono lungo il corridoio. Sono vestite in sari luminosi o in deshabillé, l'età varia dai quattordici ai trent'anni. Sorridono senza malizia, ma ognuna fa qualcosa per sedurre David. Non sono volgari. Non c'è l'atmosfera greve dei bordelli occidentali, ma è chiaro che siamo finiti per sbaglio in una casa di tolleranza. Le ragazze ci sorridono divertite, alcune ridacchiano coprendosi la bocca con la mano. Anche noi sorridiamo, ma David è in leggero imbarazzo.

Dall'estremità del corridoio si avvicina lentamente una donna vistosamente incinta di circa trent'anni. Ci saluta chinando la testa, poi si allontana con David, che parlotta in hindi.

Lei annuisce ruotando lievemente il capo da destra a sinistra, come ho già visto fare qui. Assomiglia al nostro diniego, anche se il movimento è più morbido, e in realtà significa "sì". Li guardo scomparire in una stanza.

Una ragazza mi prende per mano e mi porta in una saletta, dove mi fa cenno di sedermi su un divano basso coperto di cuscini rossi. Mi offre del chai, si siede accanto a me con un'altra ragazza, quasi una bambina.

«*You like me? We are two.*» Indica se stessa e l'amica. «*You like?*» domanda di nuovo, accennando alla ragazzina che sorride e subito abbassa gli occhi a terra.

Non capisco o forse non voglio capire, ma una vampata di rossore tradisce il mio disagio. La ragazzina più piccola mi prende per mano, gli occhi furbi e innocenti da bambina. Ha mani minuscole tatuate e unghie laccate di rosso, anelli alle dita e cavigliere con sonagli che tintinnano. I piedi sono scalzi, le unghie smaltate. La guardo e faccio un vago cenno col capo, sempre sorridendo per non offenderle. Qui tutte sorridono, ma io non vedo l'ora che David torni.

È ancora nella stanza con la maîtresse incinta. Come mai tarda tanto? La fisicità del corpo di lei, teso sotto il sari che l'avvolge, mi turba. Penso al bambino nella sua pancia. Chissà se è figlio di un rapporto occasionale o di una storia d'amore. Data l'occupazione della madre, è più probabile sia un incidente di percorso. Mi chiedo se lei farà l'amore con altri uomini anche se è incinta. Se sì, il bambino nella pancia avvertirà la presenza di un intruso geneticamente estraneo, oppure no? Forse in questo momento lei sta dando a David del fumo, oppure stanno parlando, oppure... Tutto è possibile. Non capisco i codici di comportamento locali, sono circondata da prostitute quasi bambine e voglio solo andarmene.

Finalmente David riemerge dal fondo del corridoio insieme alla donna incinta, che incede con passo regale. «Abbiamo sbagliato indirizzo, ma sono riuscito a trovare un po' di fumo. Andiamo» dice.

Ci allontaniamo chinando il capo, ringraziando, invischiati in una rete di convenevoli.

«Qui non è come in Tailandia, dove metà della popolazione femminile si prostituisce» commenta David mentre saliamo sul taxi che ci riporta alla quiete protetta del nostro albergo.

Sto fumando una canna dal balcone della nostra stanza, di fronte all'India Gate. Aspiro mentre il fumo mi riempie i polmoni calmandomi. Sono partita con l'idea di un'India pacifica e spirituale, invece tutto trasuda una sensualità cui non sono abituata. Colori, odori di tutti i tipi, escrementi, incenso, spezie, ghirlande di gelsomino vendute per strada e offerte nei templi, mucche sdraiate in mezzo al traffico caotico di risciò, moto e macchine col clacson in perenne funzione. Branchi di cani randagi. Corvi. Migliaia di corvi. E i templi giainisti, dove i corpi dei defunti sono esposti in cima alle torri e dati in pasto agli avvoltoi. «Qual è la tua religione?» ti chiedono civilmente. E se rispondi che non hai religione e non credi in dio, ti guardano con cortese commiserazione. Di notte, nelle ore più assurde, la musica esplode nei templi. Macchine e autobus la diffondono a tutto volume. Bambini giocano per strada o chiedono la carità, giovani seminudi dai corpi slanciati, donne in sari dal portamento eretto, lebbrosi e vecchi vestiti di stracci, la mano protesa, milioni di occhi neri che ti guardano.

Facciamo un giro in risciò per Colaba, il quartiere elegante del centro lungo il mare, poi ceniamo in albergo. Musica e danze. David mi racconta la genesi della musica indiana, che si articola intorno agli amori di Krishna con Radha. Krishna è azzurro, grande suonatore di flauto, esaltatore di bellezza. L'unione tra Krishna e Radha viene celebrata a livello divino. Krishna è dio e uomo e ama tutte le Gapis contemporaneamente. Nella trinità indiana Bramhā crea il mondo. Vishnu lo conserva e Shiva lo distrugge. Vishnu dorme sempre nel suo cocchio cosmico, che lo traina nell'universo. Quando si risveglia è perché qualcosa non va nel mondo. Allora si incarna in un mortale, un avatar, per imporre un ordine al creato. Il Budda è un avatar di Vishnu. Anche Krishna è una sua incarnazione, l'ottavo avatar. Ganesha è il dio dell'intelligenza, figlio di Shiva. Gli dei dell'Olimpo indiano sono manifestazioni particolari di un dio unico in un rapporto perenne tra unità e molteplicità. Ogni dio è un aspetto della divinità, che nella sua essenza è Brahman.

Ascolto e intanto una specie di languore serpeggia nel mio

corpo, accendendo la pelle. *Dolce, amara, indomabile belva,* diceva Saffo. "E questo adesso che c'entra" penso. Non voglio una storia erotica. Dormire con lui nella stessa stanza mi fa sentire a disagio, ma non oso fare commenti.

Mi stacco dalla finestra e mi avvicino al letto, il cuore in tumulto. David dorme già, l'aria pacifica, un libro con gli occhiali sul comodino. La stanza è rischiarata dalla luce dei lampioni sul lungomare. Oltre l'India Gate una falce di luna si specchia nell'acqua.

Goa

Quattordici ore di autobus senza mai dormire, il culo a pezzi. Per strada mi rifiuto di usare la latrina durante le soste e per la prima volta faccio pipì accovacciata ai bordi della strada, attenta a non essere intercettata da estranei. «Gli indiani sono il popolo più pulito al mondo» dice David. «Appena espletati i bisogni corporali, si lavano con la mano sinistra. La destra serve unicamente per mangiare.» Arriviamo verso le sei di mattina a Panaji e da lì a Baga. David racconta che Goa è una regione molto vasta e ricca, colonizzata dai portoghesi per centinaia di anni. Qui ci sono anche cristiani. Per convertirli li accecavano. I portoghesi hanno lasciato ville magnifiche, ora affittate ai turisti. Vedo una spiaggia lunghissima costeggiata da ciuffi di palme, chai shop, piccoli negozi di vestiti e souvenir. Donne camminano in sari multicolori, alcune hanno vesti e teli pieni di piccoli specchi. «Vengono dal Rajasthan» spiega David. Per strada e sulla sabbia di fronte all'oceano mucche sdraiate. Ogni tanto qualcuno le scaccia col bastone, ma loro non si scompongono. Piccoli maiali neri fungono da riciclatori di escrementi. Ovunque cani randagi.

L'ebreo errante

Troviamo una stanza e facciamo colazione sulla spiaggia. La fauna umana è composta prevalentemente da fricchettoni che si fanno di chilum. David lancia un'occhiata di sufficienza a due inglesi con capelli lunghi e barba incolta accanto a noi. «Gli europei rovinano tutto» commenta, mentre sorseggia il suo chai. «Vengono qui per sfuggire alla propria nevrosi. E cercano sempre i posti più belli.»

Davanti a me c'è il Golfo Persico. Forse scoppierà una guerra proprio lì. Saddam Hussein ha invaso il Kuwait e gli americani minacciano di intervenire. Quando non c'è foschia si intravedono le petroliere in lontananza. Ho la testa confusa e le ossa indolenzite dal viaggio, ma David sembra impermeabile alle scomodità locali.

A poco a poco la spiaggia si riempie di ragazzi e ragazze occidentali che si sdraiano su teli, chiacchierano, fanno il bagno. Gli indiani passeggiano in mezzo ai turisti, che li guardano con aria divertita. Nessuna donna indiana fa il bagno, mentre alcuni indiani si tuffano col longhi, una specie di telo allacciato intorno al corpo che nulla nasconde. L'acqua non ha la trasparenza del Mediterraneo, ma è calda. Saluto David e mi tuffo mentre lui sprofonda nella lettura di un libro di astrofisica, indifferente al resto.

Si avvicina l'ora del tramonto e David è insolitamente silenzioso. Siamo seduti in un chai shop circondati da coppiette innamorate e musica tecno. Sulla spiaggia in controluce due ragazzi si baciano mentre il sole scompare inghiottito dal mare. Sembra una foto da cartolina, prevedibile e kitsch. Avverto un disagio strisciante di fronte alle effusioni che ci circondano.

«Mi dai un bacio?» chiede David. Presa alla sprovvista, fingo di non sentire. «Mi dai un bacio?»

Mi volto e lo guardo, il naso aquilino e la bocca che abbozza un sorriso contratto: «David, siamo amici da quasi dieci anni. Mi conosci da quando stavo con Jimmy. Non c'è mai stata tensione erotica tra noi. Tu qui sei il mio guru, la mia guida in un continente sconosciuto. Ti voglio bene e ho la massima stima di te. Ma non ho voglia di baciarti». David rolla una sigaretta e l'accende. Il silenzio è insopportabile. «Mi hai proposto di venire in India e ti sono molto grata. Mi hai pagato il biglietto e in cambio mi hai chiesto di scrivere una sceneggiatura per te. Ma ancora non ne parli. Quand'è che cominciamo?»

Fa un gesto vago con la mano. «Dovremmo iniziare da lontano. In questi giorni ti ho spiegato alcune cose sull'India. Forse è ora di tornare in Europa.»

Ordina un altro chai, faccio cenno al cameriere che ne voglio uno anch'io. Da quando sono in India non tocco più carne, non bevo alcol. A parte yogurt e frutta, mangio praticamente solo un pasto al giorno e bevo chai dalla mattina alla sera. Lo zucchero e il latte, con le spezie, mi danno tutta l'energia di cui ho bisogno. Anche troppa, evidentemente. Temo che David abbia colto qualcosa dei miei turbamenti. Non lo riconosco e questa nuova tensione tra noi mi inquieta. Qui sono totalmente dipendente da lui.

David fa un sospiro e mi guarda con la sua aria da furetto. «Avevo due anni quando i miei hanno lasciato Berlino per Parigi, ma a sei anni mio padre è andato come volontario a combattere in Spagna e mia madre si è trasferita per un po' con me e mio fratello a Praga. Stavamo in una casa grande, con un terrazzo. La figlia dei nostri ospiti aveva una storia con un uomo sposato di cui è rimasta incinta. Per sei mesi ho dormito con lei nel suo letto. Sentivo il suo corpo crescere. Ogni tanto mi stringeva nuda accanto a sé. Lei aveva diciotto anni e per me era Venere. È stato il primo amore della mia vita.» Fa una pausa mentre si accende una sigaretta. «Poi mio padre è venuto a prenderci, siamo tornati a Parigi e da lì a Marsiglia, dove ci siamo imbarcati su una delle ultime navi in fuga dall'Europa. Potevamo andare in America. Lì avevamo parenti, ma mio padre era un acceso comunista e per lui l'America era il nemico. Sulla nave le facce erano smorte. I miei genitori erano giovanissimi e litigavano spesso. Il capitano era italiano, bello, gentile, allegro, un vero signore pieno di dignità e cortesia. Abbiamo fatto tappa a Casablanca, poi c'è stato un incendio a bordo in mezzo all'oceano. Un'ora di terrore con la scialuppa già calata.» Traccia un cerchio nell'aria. «Invece ce l'abbiamo fatta. Dopo molti giorni siamo sbarcati a Panama. Al mattino il balcone si è spalancato su una piazzetta. C'erano tre bambini nerissimi con occhi bianchi e ridenti. In mano tenevano un'iguana. Mai vista prima. Lo stupore, la meraviglia. Ci guardavano e facevano cenno di scendere. Volevano giocare.» Cerco nei suoi tratti il bambino che vede un'iguana per la prima volta. «Poi ci siamo trasferiti in Bolivia.»

David finisce il suo chai e io mi guardo intorno. La spiaggia si è riempita di indiani che osservano il tramonto. Famiglie intere. Stanno in piedi un po' discosti da noi. Non sembrano disturbati dalla musica tecno, dalla nostra invasione straniera e barbara.

«Poi cos'è successo?» gli chiedo.

Si prende una pausa e guarda verso il mare: «Mia madre d'improvviso è impazzita. Una ragazza con due figli piccoli in terra straniera col marito invischiato in storie di lavoro e di donne in Brasile e Argentina. Mio padre non c'era mai. Una notte, alle tre, mi sveglio e sento strani rumori. Entro nella stanza della mamma e vedo gente sconosciuta. E la mamma immobile sul letto con lo sguardo perso oltre di me. La chiamo e lei non mi risponde. E quelli se la portano via in taxi. Ho rincorso il taxi fino allo sfinimento. Mia madre d'improvviso sparita, portata via».

«Deve essere stato tremendo.»

«Sono stato adottato da una famiglia inca, il fratello del sarto. Vivevano in sedici persone in una capanna, la sera prima di andare a letto tutti ci mettevamo in cerchio fuori dalla capanna sotto la luna. Ciascuno faceva i suoi bisogni secondo le proprie necessità. Tutti fermi, immobili, sotto la luce vivida della luna. Lì mi sono innamorato della piccola Marmacu, ci siamo sposati da soli, abbiamo preparato la capanna e abbiamo unito i due sessi. Avevo otto anni. Ho imparato la sua lingua per amarla.»

«E poi?»

«Poi è tornato mio padre e ci ha portati a Buenos Aires. Era come una gabbia. Sentivo questa gabbia di aggressività repressa degli argentini. Ricordo la strada dei cinema negli anni Quaranta. Proiettavano diversi cortometraggi sulla guerra dei nazi e degli alleati. Io ovviamente ero affascinato dai nazi. Piccolo ebreo già trapiantato da una lingua a un'altra.» Sorride e mi passa la canna che ha rollato. Ormai è buio, le famiglie indiane se ne sono andate e stanno arrivando turisti per la cena. Anche noi ordiniamo qualcosa, poi David continua: «A Buenos Aires per anni sono scivolato accanto a Borges per strada senza avvicinarlo. Protetto dalla sua cecità. L'unico che mi abbia dato una chiave. Con lui potevo comunicare, attraverso i suoi libri Buenos Aires diventava una città metafisica popolata da fantasmi surreali. Una città di ombre laminate di sciabole.»

Sento un'improvvisa staffilata al seno, l'eco di una ferita che non mi appartiene. «Continua» dico.

«Sono passato dal cinema alla biblioteca, e poi alla banda del porto. Che se si incazzano perché perdono, forse ti inculano o t'ammazzano. Una scuola di violenza vera. E la sera indossavo lo smoking preparato dalla mamma per andare al Colázar a sentire la *Tosca*, sua grande passione.»

«Allora tua madre è tornata.»

«Sì, ma non era più la stessa. E neanch'io. Il porto era la chiave verso la libertà. Un giorno sarei andato a Parigi. Intanto sognavo. Leggevo i nomi sulle navi: Ankara, la Turchia, la Spagna, l'Oriente. E un giorno al cinema – alle quattro del pomeriggio c'erano solo uomini – d'improvviso, durante l'intervallo un signore si scosta due file più avanti e scopre il giornale aperto. Vedo qualcosa scritto a caratteri cubitali: ATOMICA. E un fungo mostruoso. Di nuovo la sensazione di malessere. Qualcosa di viscido e assurdo, una sensazione di vuoto.»

«E poi?» chiedo.

«Poi sono tornato a Parigi. Ma questa è un'altra storia.» Ride e intravedo la sferza dell'ironia tra i denti, gli occhi da furetto.

Si alza, paga il conto e ce ne andiamo.

Shakti

Il giorno dopo vado in spiaggia da sola mentre David rimane in camera a leggere. Mi sento più rilassata dopo la serata precedente. Il racconto di David ha creato tra di noi una nuova complicità, anche se lui è sempre vago sul tema della sceneggiatura. Dice che ancora non sono pronta. Mi sdraio in bikini sotto al sole e d'un tratto sento il viso in ombra. Apro gli occhi e vedo la faccia di un indiano a dieci centimetri dalla mia. Balzo in piedi cacciando un urlo dallo spavento e corro a casa. David sta rollando una canna mentre legge il Mahābhārata, il grande poema epico indiano.

«Gli indiani non conoscono il concetto di privacy» dice lui sorridendo, mentre io mi infurio e insisto che non ci si può comportare così, che il rispetto degli altri è fondamentale, che non hanno nessun diritto.

«E poi tu per loro sei praticamente nuda, una provocazione.»

«La spiaggia è piena di donne in bikini, perché devono venire proprio da me?» urlo esasperata.

David non si scompone. «È la tua shakti» commenta calmo.

«E che cos'è?» chiedo.

«Shakti è l'energia femminile. È molto potente, è uno dei cardini che fanno muovere il mondo. Al centro di tutti i templi indù c'è un enorme lingam contenuto nella yoni, una specie di fallo rovesciato dentro al sesso femminile. Sono i principi vitali della creazione e l'uno non è mai presente senza l'altro.»

Mi abbandono sulla sedia, esausta.

«Ma io che c'entro? Sono stanca, viaggiamo in continuazione, voglio solo prendere il sole e fare un bagno tranquilla, perché non mi lasciano in pace.»

David si avvicina e mi sfiora il braccio in un modo che allerta tutti i miei sensori. Istintivamente mi ritraggo. Lui sorride: «Se tu lasciassi andare il tuo ego e ti abbandonassi all'India, invece di opporre resistenza, sarebbe tutto più facile».

«Può darsi che tu abbia ragione sul mio ego, sono curiosa e voglio sempre sapere tutto, anche se alla fine capisco sempre meno. Ma sono io a decidere chi tocca la mia pelle.»

Mi alzo, mi avvolgo col telo ed esco.

Kolva Beach

Il 25 dicembre partiamo per Kolva Beach, dove passiamo una notte movimentata. Mi sdraio su uno dei due materassi nella nostra stanzetta e d'un tratto sento centinaia di punture in tutto il corpo. Balzo in piedi per lo spavento. Non può essere una zanzara. David mi spiega che i nostri materassi sono pieni di pulci. È troppo tardi per cercare un altro alloggio e andiamo a dormire sulla spiaggia, tra le palme. Fa freddo, mi copro con il giaccone di cuoio e mi addormento. A un certo punto sento musica a tutto volume, cani che abbaiano, gente che corre avanti e indietro. David mi sveglia e mi dice di spostarci, perché ci sono due che stanno scopando circondati da uomini che guardano. Io non vedo niente, lo seguo come una sonnambula in un luogo più appartato e mi riaddormento. La mattina dopo David mi sveglia alle otto perché siamo di nuovo circondati da indiani. Io sono troppo esausta per alzarmi e mi rannicchio sotto al giaccone, lui torna in stanza, dove nel frattempo pare che le nostre pulci si siano addormentate. Rimango a dormire tra le palme fino a quando David mi sveglia verso le dieci e mezzo. Mi alzo con le ossa rotte e lo seguo in un chai shop per fare colazione. Lì ci spiegano che la notte precedente hanno violentato una donna ubriaca in sei. Eravamo forse a pochi metri, ma non ce ne siamo accorti. Mentre David si allontana per andare a prendere qualcosa nella nostra stanza, due uomini si avventano su un tipo e lo picchiano, prima di trascinarlo via. Dopo ho saputo che era uno dei violentatori.

Domani partiamo.

Mysore

Sono in un autobus lungo una strada piena di tornanti di notte. Appena risalita dopo una sosta alle quattro del mattino, accendo il walkman e ascolto una canzone di Caetano Veloso. D'improvviso intorno a me tutto si appanna e ho la sensazione di poter morire così, in un autobus indiano inerpicato su montagne coperte di boschi nel sud dell'India. Basterebbe un altro autobus in senso inverso, in curva. Mi sento così nuda che chiudo gli occhi per non vedere. Per proteggermi. Mentre li chiudo l'autobus traballa, ondeggiando. "Se deve accadere, che accada" penso. Un fiotto di calore mi riempie le vene. Sento che è un miracolo che io esista e sia viva. Allora capisco cosa sono venuta a fare in India. Sono venuta a pulirmi dentro, a sciogliere scorie, zavorra, il veleno che mi hanno instillato da piccola. Sono venuta qui per vedere. Vedo moltitudini di gente colorata, composta, dignitosa anche nella miseria. La vecchiaia e la malattia fanno parte del tutto e si mescolano naturalmente al resto. Qui non esistono handicappati, anche se a uno mancano le braccia o le gambe. Gli indiani non hanno paura. Non hanno paura di morire. Quando ci siamo fermati a Puri, in mezzo al traffico, alla gente, ho visto tre mendicanti accanto a un tempio. Emanavano gioia e simpatia. Uno dei tre aveva il sorriso e lo sguardo più intenso e felice del mondo. Senza naso. L'altro per terra era senza gambe. Accanto a lui un cieco. Tre angeli che si divertivano. Tre angeli che prendevano in giro il mondo.

Questa gente, che per certi versi detesto, con cui ho già litigato perché spesso non ci capiamo, ha una naturalezza antica. Non sono servili, anche quando fanno i mestieri più umili. Sono invadenti. Spesso lenti. Tutti giocano a scacchi, anche i venditori di chai. Ho visto occidentali esperti battuti da ragazzini. Novecento milioni di paia di occhi neri dalle cornee bianchissime e dal sorriso luminoso. Gli indiani sorridono anche con gli occhi. Le donne sono splendide. Una contadina che lava i panni, una donna delle pulizie, una maharani. Alte, basse, magre, grasse, giovani, vecchie, in sari sono tutte eleganti come regine. Hanno il portamento eretto e ti guardano dritto negli occhi.

«Secondo Jung, le indiane sono le uniche donne al mondo a non essere vestite dagli uomini» cita David. «Le donne sono instancabili lavoratrici. Gli uomini invece sono interessanti da piccoli e da vecchi. A vent'anni si sposano, fanno figli e diventano banali. Molti però, verso i cinquanta, sessant'anni, quando i figli sono già adulti e sistemati, lasciano tutto e si ritirano dal mondo. Diventano sadu, mendicanti che vivono di carità. Alcuni vanno in pellegrinaggio, altri si rifugiano in un ashram o in una grotta. Invecchiano e diventano bellissimi. Non vedono mai più la famiglia. Fa parte della loro tradizione religiosa. Budda ha lasciato tutto a ventotto anni.»

David è una fonte perenne di informazioni, ma siamo ai ferri corti. Non riesco più a stare con lui ventiquattr'ore su ventiquattro. L'ultimo viaggio è stato massacrante. Sono stanca e la situazione ambigua tra noi mi mette a disagio. Questo continente non conosce il Pi greco, non c'è alcuna logica cui possa appigliarmi, fondamentalmente non capisco nulla di ciò che mi accade intorno. A un certo punto gli ho chiesto di portarmi a Shantivanam, l'ashram di cui mi ha parlato a Milano. «Non sei pronta» ha risposto. «Non hai la pace interiore. Tu per gli indiani sei una tentazione, una bomba erotica con un atteggiamento da colonizzatrice. Ti stupisci delle loro reazioni perché la tua aritmetica mentale non le prevede. Questo è l'unico paese al mondo non omologato. Devi lasciarti andare e aprirti, smettere di pensare.»

Sono uscita sbattendo la porta, ho iniziato a camminare da sola fino a perdermi. Erano tutti indiani tranne me. Questo non è un posto per turisti. Ho camminato per ore. Sono capitata davanti a un enorme palazzo. Mentre lo guardavo, si è illuminato di colpo con migliaia di lampadine bianche. Ai lati c'erano un tempio dedicato a Shiva e uno a Vishnu. Sono entrata togliendomi le scarpe, ho assistito alle loro funzioni, ho visto uomini e donne segnarsi davanti ai loro dei, offrire fiori e incenso. Monaci magri coperti solo con un longhi in vita sistemavano i fiori e versavano dell'acqua in una mano ai fedeli, che la bevevano e se la spargevano sul capo. Un monaco mi ha guardata negli occhi e mi ha benedetta.

Mi sono inoltrata per le stradine della città vecchia. Ho mangiato in un chai shop dove c'erano solo uomini, ma per strada ho incrociato anche donne, tutte in sari. Ero avvolta da una folla fitta di indiani, pacifici e chiassosi. Amano i clacson come i bambini. Qui ci sono indiani veri, non inquinati dall'ovest. Parlano quasi solo la lingua locale. I negozi sono aperti fino a tardi, anche il mercato. Ovunque vacche, animali, migliaia di bambini. I bambini più belli che abbia visto. Giocano dalla mattina alla sera. Gli indiani sono naturalmente religiosi e ai loro dei offrono fiori e frutta fresca. Si sposano, fanno tanti figli. Fare figli fa parte della multiformità delle cose, è la vita che si diversifica e rigenera. Sono così incredibilmente vivi.

Sono finita in un piccolo mercato attorno a una piazzetta con crocchi di gente accovacciata. Alle dieci di sera era in piena attività. Ho parlato e offerto sigarette a un gruppetto di persone. Mi si è avvicinata una donna bellissima dai denti rossi mangiati di betel. Mi ha parlato nella sua lingua morbida, ho fatto cenno che non capivo. Ha annuito, muovendo il capo dolcemente da destra a sinistra. Sorrideva tranquilla masticando, incurante del proprio aspetto. David già dormiva quando sono rientrata. Dalla strada proveniva il rumore assordante degli altoparlanti di un tempio. Sono piombata sul mio letto, rannicchiata con il giaccone sotto alle pale accese del ventilatore.

Il giorno dopo mi sveglio in un bagno di sudore, debolissima. Corro in bagno in preda a un attacco di diarrea. Sono ridotta a uno straccio. Passo tutto il giorno con la febbre alta facendo la spola tra il letto e il bagno. David esce a comprarmi medicine ayurvediche, continuo a stare male. Inizia a preoccuparsi. Mi chiede cosa può fare per me, ma io voglio solo dormire.

Chiarimento

Finalmente riesco a parlare con David. Gli spiego che così non posso andare avanti perché mi sento a disagio. Che il clima di ambiguità tra noi mi impedisce di comunicare. Che lui per me è una guida e un amico, ma che diventa un estraneo se avverto da parte sua vibrazioni erotiche nei miei confronti. Questo inquina il viaggio, mi irrigidisce, e rende impossibile proseguirlo insieme. Non posso continuare a dormire con lui nella stessa stanza, anche se in letti diversi. L'India è già di per sé un continente complesso e se lui diventa un estraneo vado in panico. Ho bisogno di aiuto. Devo uscire da questa confusione. Non riesco più a metabolizzarla.

«Cosa vuoi che faccia?» chiede David.

«Voglio andare in un ashram, dormire da sola o con altre donne, come in collegio. E trovare silenzio.»

David annuisce. Dice che è stato un errore da parte sua non prendere dall'inizio due stanze separate. «Bene» aggiunge. «Riposati. Domattina partiamo per Shantivanam. Prenderemo un taxi, nelle tue condizioni non sei in grado di viaggiare in autobus.»

Sono così felice che lo abbraccio, poi ripiombo in un sonno confuso senza sogni.

Shantivanam

Il sole ricama disegni di polvere attraverso la zanzariera. La luce arriva a fiotti dalla finestra formando coni di pulviscolo circolari. La stanza è lunga e in penombra, ogni letto ha una zanzariera che lo isola e crea un'illusione di intimità. Chiudo gli occhi e mi lascio cullare da un silenzio perfetto.

«Hai bisogno di qualcosa?» Il volto si avvicina attraverso il reticolo bianco. Occhi azzurro chiaro, un naso dritto che dà un'aria di sfida al viso spigoloso spruzzato di lentiggini, denti regolari leggermente allungati, frangia castana, due ciocche cadono ai lati delle orecchie.

«Ciao, sono Leslie.»

«Ciao.» La voce è ancora debole, fatico a parlare.

«Vuoi un chai?»

Annuisco. Leslie mi porta il chai in un bicchiere di metallo, mi sollevo e lo bevo lentamente. Non sono più abituata a questo silenzio dopo il frastuono incessante dell'India. Dalla finestra intravedo un albero di eucalipto. Mi allungo di nuovo sul letto di legno, coperto da un materasso sottile. Guardo una chiazza di luce in un angolo e mi riaddormento.

Quando riapro gli occhi, la stanza è vuota. Mi alzo lentamente, sollevo la zanzariera e i piedi sfiorano la sabbia fresca. Mi sembra di non avere consistenza mentre cammino lungo il vialetto verso una costruzione aperta e circolare accanto a un albero di banyan. Quattro colonne ai lati reggono il tetto di una specie di tempio.

Oltre intravedo il bosco di eucalipti lungo il fiume. Mi avvicino, inspiro l'aria. Dietro l'odore inconfondibile e dolciastro ne avverto un altro più sottile, così diverso da quello aspro della Sardegna, una mescolanza di latte, spezie, incenso, zucchero, fiori. Odore di polvere. Cammino finché non raggiungo il tempio. È l'ora del crepuscolo, quando il giorno inizia a trascolorare nella notte e per un istante tutto appare immobile. Mi fermo, attenta a ogni singolo fruscio nell'erba, tra i rami degli alberi.

Ancora non lo so, ma lui mi ha appena vista. Osserva una figura esile, ignara della sua presenza. In controluce segue il mio respiro che solleva e abbassa la tunica di seta. I contorni delle cose si velano d'ombra. Mi volto e ripercorro lentamente il vialetto, attenta a non ferirmi i piedi, verso la mia stanza.

«Come stai?»

Apro gli occhi e il volto di Leslie mi sorride, un canino lievemente sporgente illumina il volto di un guizzo ironico.

«Meglio, molto meglio.»

«Te la senti di alzarti? Tra poco è l'ora di pranzo e penso ti farebbe bene mangiare qualcosa.»

Annuisco.

«Certo.»

«Allora preparati. Ti aspetto e andiamo insieme. Abbiamo ancora un po' di tempo, così ti faccio fare un giro.»

Mi guida attraverso vialetti costeggiati di piccole costruzioni e templi in mezzo a un giardino tropicale, con banyan, eucalipti e banani dalle foglie gigantesche. Le case sono dipinte di colori diversi, rosso, azzurro, ocra. Io sono in un dormitorio, ma la maggior parte degli ospiti abita in piccoli cottage individuali. Anche David, che ancora non ho visto da quando siamo arrivati, la mattina del 1° gennaio.

Leslie è magra, non molto alta, cammina con le gambe leggermente divaricate e le mani sprofondate nelle tasche dei jeans, la zazzera scompigliata da ragazzino. È di Los Angeles. «Vengo da una famiglia povera, rispetto ai canoni americani» mi spiega. «Qui sarei ricca perché i miei hanno una piscina, ma in realtà sono *middle class*, piccolo-borghesi.»

È arrivata in India dall'Australia, dove si è innamorata della natura incontaminata. L'Europa non le interessa, per lei è un museo. Per conoscere l'Europa c'è sempre tempo. Vuole invece vedere la natura prima che l'uomo la distrugga. Dall'Australia ha raggiunto la Tailandia, poi si è spostata a Calcutta, rimanendo sconvolta da sporcizia e miseria. È finita a Shantivanam per caso, dopo essersi ammalata anche lei.

«È normale, quando arrivi in India non capisci più niente, ti ammali e quando guarisci non partiresti più.»

Dice che gli indiani non sono così sani come sembra. Ci sono donne di quarant'anni che sembrano vecchie. Ogni volta che il corpo viene attaccato, si indebolisce, a poco a poco le riserve si esauriscono.

Ride piegando il capo all'indietro, scoprendo la gola con la grazia di un giovane cucciolo. Sono attratta dalla sua allegria, dalla noncuranza del suo abbigliamento sportivo, dalla grazia naturale dei gesti. Non fuma, non beve e non si droga. Emana una grande voglia di vivere e sa cavarsela dappertutto. Da piccola i suoi le dicevano: «Sii felice, e qualunque cosa tu voglia fare, se la vuoi veramente, falla». Io la guardo affascinata. Leslie incarna una libertà che non ho mai conosciuto. Fa la fisioterapista e gira per il mondo.

Attraversiamo il bosco di eucalipti lungo il fiume. Qui i fiumi non sono una massa compatta d'acqua, ma una serie di pozze e torrenti che si estendono per chilometri inframmezzati da chiazze di verde e alberi. Questo permette di guadarli facilmente. Tutt'intorno il paesaggio è piatto, limitato dal profilo delle montagne all'orizzonte. Sembra un luogo incantato, anche se Leslie sostiene che il fiume è inquinato ed è meglio evitare di fare il bagno.

D'un tratto la campanella del refettorio riversa fuori dalle loro abitazioni gli altri abitanti dell'ashram, per lo più occidentali. Io e Leslie ripercorriamo il sentiero lungo il fiume passando dietro al tempio che ho visto la prima sera. Accanto c'è una piccola biblioteca circolare. Superato qualche bungalow, il giardino si apre su uno spiazzo con al centro una fontana e delle panchine coperte da una tettoia. «Lì ci si incontra per bere un chai a metà mattinata» dice Leslie. Passiamo oltre, sul lato destro si apre il refettorio accanto alla cucina. È una costruzione lunga e rettangolare, aperta sul giardino. Le colonne reggono il tetto, i muri laterali sono bassi. Su entrambi i lati del pavimento sono appoggiate delle stuoie. Ovunque uno si sieda, è circondato da alberi e piante tropicali.

All'estremità della sala è seduto un uomo con barba e capelli bianchi, avvolto da un longhi arancione. Riconosco i lineamenti del monaco che mi ha mostrato David in cartolina. È Father Bede. Accanto a lui un ragazzo seduto regge un libro. Mi accovaccio a gambe incrociate vicino a Leslie, di fronte a me un piatto e un bicchiere di metallo. Dopo la preghiera, alcuni volontari distribuiscono il chai e il cibo. Iniziamo a mangiare mentre il ragazzo seduto legge un capitolo del libro. Mi aspettavo una storia edificante, invece tratta di abusi su donne indiane sposate. A volte vengono uccise dai mariti con incidenti simulati, se la loro dote non è abbastanza ricca. Father Bede commenta che la situazione della donna in India spesso è difficile, totalmente soggetta com'è al marito e ai parenti di lui. La voce è lievemente malferma, dal ritmo morbido e un impeccabile accento di Oxford.

Finisco di mangiare, mi alzo, Father Bede saluta con un cenno del capo e se ne va. Mentre esco con Leslie incrocio un ragazzo alto, castano, occhi azzurro cielo e un sorriso smagliante.

«Ciao, sono Eduard.» L'accento è inglese.

«Ciao.»

«Sei arrivata da poco?»

«Il primo gennaio.»

«Non ti ho vista in questi giorni.»

«Ero a letto, malata.»

Si avvicina il ragazzo che leggeva. Poco più alto di me, magro, emana un'energia compatta. Indossa maglietta e pantaloni larghi di foggia tailandese. La barba scura gli copre il viso, i capelli folti gli scendono sotto le spalle. Gli occhi affondano nei miei: «Ciao, sono Sasha».

«Ciao.»

«Sei italiana?»

«Sì. Come l'hai capito?»

«Dall'accento. Non ero sicuro se fossi italiana o francese.»

Sorrido. «E tu?»

«Sono americano. Di New York.»

Gli occhi nocciola si soffermano nei miei per una frazione di tempo più lunga del necessario. Di colpo li distolgo e colgo lo sguardo di Eduard, che oscilla tra me e Sasha. Leslie ci guarda tutti e tre e scoppia in una risata: «Be', è meglio andare. Questa è l'ora del silenzio. Ci vediamo dopo per un chai».

Saluto e mi allontano con lei verso il dormitorio.

Mi assegnano una stanza con due letti e mi trasferisco con Leslie. Ciascuno è libero di seguire o no i ritmi dell'ashram: sveglia all'alba e colazione. La messa è alle otto e in genere io sono ancora a letto. Alle undici ci si incontra per il chai. Dopo il pasto nel refettorio, c'è l'ora del silenzio, in cui chi vuole medita. Corsi di sufi, buddismo e teologia sono diretti da Brother Martin, un indiano allievo di Father Bede. Alle sette c'è un'altra messa, alle otto si cena. Poi ci riuniamo nel giardino o lungo il fiume. Andiamo a letto presto. La vita nell'ashram si svolge secondo ritmi semplici e rassicuranti. Qui c'è pace, siamo lontani dalla confusione dell'India. Per me è una specie di risveglio. Comincio a riprendere forze, mi torna l'appetito.

Una nuova famiglia

Inizia un sodalizio tra me, Sasha, Eduard e Leslie. Tutti i giorni ci vediamo in momenti diversi, la sera ci sediamo davanti al fiume in mezzo agli eucalipti e parliamo per ore, mentre le lucciole illuminano la notte con bagliori intermittenti.

David sta in un piccolo cottage vicino a un boschetto di banani. Da quando sono arrivata lo vedo poco, ma non ho più avuto nessun problema con lui. È tornato quello di sempre, delicato e sensibile. Inoltre ha assunto un atteggiamento paterno nei miei confronti da quando un vecchietto indiano che ci ha dato il benvenuto gli ha chiesto se ero sua figlia e lui ha risposto di sì.

Un pomeriggio passeggiamo lungo l'ashram. «Father Bede è inglese, di Oxford» mi dice.

«Da quanto tempo abita in India?» chiedo.

«Almeno quarant'anni. Prima di convertirsi e diventare monaco, faceva parte a Oxford di un gruppo di studenti seguaci dell'arte. Poi ha scoperto la natura, e la natura lo ha condotto a Dio. È diventato monaco benedettino, è arrivato in India dove ha fondato un ashram cristiano. È studioso del Vedānta, la tradizione spirituale ariana. Ha scritto un libro sul Bhagavadgītā, il dialogo tra Krishna e Arjuna prima della battaglia finale nel Mahābhārata. Pur credendo profondamente in Cristo, ha assimilato aspetti di altre religioni. Per esempio, mescolando elementi liturgici induisti a quelli cristiani tradizionali. Father Bede ha amici in tutto il mondo, intellettuali, artisti, fisici. Ha scritto molti libri, la sua visione aperta del cristianesimo ha attratto persone che altrimenti sarebbero rimaste lontane dalla Chiesa. Per questo il Vaticano lo lascia in pace.»

Father Bede emana letteralmente luce. Se esiste un santo, lui lo è. Mi alzo persino con la febbre per sentirlo parlare, io che non entro in chiesa da quando avevo quattordici anni. Mi fa bene ascoltarlo. È occidentale come me, forse è passato per inquietudini simili. Non condivide il dualismo Bene-Male della Chiesa. Sostiene che Dio è incommensurabile. Noi non facciamo altro che proiettare i nostri concetti di Bene e Male, mentre Dio è al di là di qualsivoglia concetto. Dio è dentro di noi, non esterno a noi. Del cristianesimo ho sempre detestato l'aspetto funereo, il disprezzo per la vita vista solo come passaggio, la mortificazione della carne, il senso di colpa. Ma Father Bede mi apre altre porte con la sua voce tremante, a volte piena di compassione, a volte ironica: «Ricordate che il messaggio finale del cristianesimo è la resurrezione, in questa vita, non in un'altra». Oppure: «Sappiate che dietro ogni disastro e ogni catastrofe c'è sempre un profondo atto d'amore». A volte non capisco. Ma Father Bede non è mai saccente, per cui non scatta il braccio di ferro dell'ego. Non c'è alcuna competizione. È un uomo con un grande carisma che trasmette una pace profonda. Prima che arrivassi, ha avuto un ictus ed è stato in coma qualche settimana. «Ho visto una luce fortissima, una luce che riempiva tutto di gioia.»

Un pomeriggio Eduard mi porta da Father Bede, poi esce e aspetta fuori.

Sono emozionata, piango mentre racconto di Armin che è morto e in qualche strano modo mi sembra che mi abbia guidato lui in India, anche se in realtà è stato David che mi ha portato a Shantivanam. Riconosco la dolcezza di Armin in Father Bede. Gli racconto spezzoni della mia vita, mentre lui mi guarda col suo sorriso dolce. Piango quasi tutto il tempo e lo ringrazio. Sono colma d'amore e non so dove riversarlo.

Faccio la comunione per la prima volta da anni. Sento questa sensazione anche fisica che è nutrirsi di Dio. Per gli indù deve essere ben strano, una forma di cannibalismo. Mi appassiono alla discussione di teologia guidata da Brother Martin nel suo inglese indiano. Per i sufi la realtà ultima è quella che ne comprende altre. «*God, not two, not one*» dice Brother Martin. «*Love, the lover, the beloved.*»

Non riesco a fare il vuoto interiore e a meditare. Quando chiudo gli occhi, la mente brulica di pensieri. «Lasciali scorrere» dice Brother Martin. Ma non si fermano mai. Non riesco a trovare la pace perché forse non sono fatta per la pace. Ogni tanto mi chiedo se quelle che noi chiamiamo "coincidenze" siano veramente tali. Alla ventesima coincidenza si comincia a nutrire qualche dubbio. Sembra quasi che qualcuno abbia messo Father Bede sulla mia strada. Qui mi sento a casa, con la mia famiglia. Non devo difendermi. Non ce n'è bisogno e per me è strano. Non ho fatto altro che difendermi per tutta la vita e questa improvvisa sospensione della lotta mi provoca spesso crisi di pianto. Non sono abituata a essere felice.

Sasha

È nato un piccolo vitello e abbiamo fatto una festa sul fiume per la partenza di una ragazza australiana. Sasha ha cantato salmi in slavonico in riva al fiume. Suo padre è ucraino, sua madre croata. Uno slavo trapiantato a New York. Ogni volta che mi guarda avverto il suo desiderio costante, profondo. C'è qualcosa di intenso, ma anche di cupo in lui.

Leslie controbilancia la malinconia slava di Sasha con la sua allegria contagiosa, da giovane cucciolo. Eduard è nato e cresciuto a Oxford da padre inglese e madre slovacca. Suo padre era un famoso violinista. Da piccolo ha viaggiato molto, anche in Giappone. «La cosa che mi ha colpito di più erano le armi, la loro bellezza essenziale, l'eleganza.» Eduard ha studiato medicina, poi ha smesso. È dolce, non condivide il lato anche torbido che avverto in Sasha. Riconosco e apprezzo il suo umorismo inglese, fatto di sfumature. La leggerezza spensierata di Leslie gli è estranea. Per Eduard il suo ottimismo americano è un po' naif.

Mi innamoro di tutti e tre e del nostro essere insieme. Ogni sera porto cioccolata in riva al fiume e la divido con loro.

Anche gli altri avvertono l'attrazione che Sasha prova per me. Ogni volta che i nostri sguardi si incrociano è come se i suoi occhi fondessero nei miei. Una vecchia suora che abita nell'ashram vicino una volta ha riso: «Ah sì, l'americano innamorato della ragazza italiana». Si dondolava avanti e indietro ridendo, come una bambina.

Sasha mi piace, ma tengo le distanze. Non voglio più che nessuno mi tocchi. Non è il momento.

«Noi ci siamo conosciuti alla mensa, ma in realtà io ti avevo già vista prima.»

«Prima quando?»

«La sera che sei arrivata. Verso il tramonto. Stavo meditando accanto al tempio e ti ho vista, in piedi, in controluce. E questa chi è, ho pensato. Era un mese che non vedevo una ragazza carina. In genere negli ashram le ragazze non sono un granché.»

«Ah sì? Pensi che la ricerca spirituale sia incompatibile con un aspetto esteriore gradevole?»

Alza un sopracciglio e mi lancia uno sguardo senza accogliere la provocazione: «Dico solo che in genere chi viene qui ha dei problemi, altrimenti va a prendere il sole a Goa».

«Anche le ragazze carine hanno problemi.»

Mi guarda sorridendo. «Una volta, da piccolo, ho chiesto a mia sorella: "Come mai le donne sono così complicate?".»

Sorrido. «E lei cosa ti ha risposto?»

«Non mi ha risposto e col tempo ho imparato a non fare domande.»

Stiamo camminando lungo il fiume, nel bosco di eucalipti. La vegetazione è lussureggiante, siamo avvolti di luce e di verde, circondati da foglie, fiori e insetti. Sasha mi racconta la sua infanzia a New York, a Brooklyn, poi Astoria, è cresciuto tra greci, italiani, ucraini e polacchi. A sei anni si è trasferito con la famiglia Upstate, vicino a Woodstock. Il padre lavorava a New York e andava a trovarli durante il weekend. La madre non ha mai veramente imparato l'inglese. La sorella, maggiore di due anni, si occupava di tutte le questioni burocratiche al posto dei genitori. Lui è cresciuto tra proletari bianchi e immigrati sudamericani, in mezzo a boschi e cascate. La chiesa era il luogo d'incontro della comunità ucraina. Faceva il chierichetto, aspirava incenso e liturgia ortodossa. Di lì è passato ad alcol e droghe varie. Dai tredici ai diciotto anni ha fatto di tutto, è stato due volte in coma alcolico. Poi ha conosciuto un amico, Taras, che lo ha iniziato alla letteratura e gli si è aperto un nuovo mondo. Ha studiato Business e Filosofia all'università, poi un anno a Parigi durante il maggio francese. Quando Taras è morto all'improvviso per un'emorragia allo stomaco, Sasha è piombato in una crisi terribile. A vent'anni ha scoperto Dio e ha smesso di bere. Ora ne ha venticinque, come Leslie e Eduard. Questo è il suo secondo viaggio in India. La prima volta è stato dopo aver conosciuto una ragazza americana a Parigi, che ora vive a Bali. Più grande di lui, si manteneva facendo la modella e lavorando nei peep show.

«Per lei era come fare yoga» dice Sasha. Lo guardo perplessa. «Si metteva nuda nelle posizioni più insolite e meditava a gambe incrociate davanti ai clienti.» Sono diventati amanti. «Uno come te deve andare in India» gli ha detto. Lui è tornato a New York, ha lavorato come imbianchino per fare un po' di soldi ed è partito.

«È così che ti mantieni? Dipingi muri?»

«Sì. Mi ha insegnato mio zio. Prima, quando studiavo Business all'università, lavoravo per un cinese che si occupava di case. Un giorno mi ha chiesto di sbattere fuori alcuni inquilini che non pagavano e mi sono rifiutato. Ho capito che il business non fa per me.»

«E cos'è che ti piace?»

«Sono un poeta.»

«Ah.»

Non ho mai bazzicato poeti, e comunque questo è un poeta insolito. Barba e capelli lunghi, sembra Rasputin, o uno dei barbari che hanno violentato le mie antenate a Roma. Ha l'apertura mentale degli americani, ma è cristiano. Non conosce i greci, ma ha letto i padri della Chiesa. «Sempre in travaglio, senza mai partorire» dice della filosofia greca, citando Gregorio di Nissa. Come fa un cristiano a essere così sexy? Lo sguardo mi cade sui muscoli torniti degli avambracci, le mani forti, la mascella volitiva. Gli uomini con la barba non mi sono mai piaciuti, impossibile baciarli. Ma io non voglio baciare Sasha. Ci mancherebbe altro, non è un gentleman europeo, non ha letto i greci, è persino cristiano, per quale motivo dovrei mai baciarlo? È simpatico e con lui posso parlare di tutto, da Tolstoj a Dostoevskij, ma percepisco un velo cupo dietro la sua intensità. Però mi piace come mi guarda, mi fa sentire viva.

Leslie

Con Leslie rido dalla mattina alla sera. Oggi ha bussato alla nostra porta una ragazza per chiedere di lei. Da come la guardava, ho capito che il suo interesse non era esclusivamente amichevole. Leslie è androgina e ha l'aria da ragazzino. Per proteggere la sua innocenza, le faccio un lungo discorso spiegando che a volte l'interesse delle persone nei nostri confronti non è chiaro e vi possono essere implicazioni erotiche che ci sfuggono.

Leslie mi fissa con occhi sgranati, poi scoppia in una delle sue risate: «Io sono lesbica».

La guardo sorpresa: «Come? Sei sicura di sapere cos'è il sesso?».

«Sì, lo so, sono lesbica» annuisce seria.

«Da quando?»

«Da sempre.»

Mi spiega che le sono sempre piaciute le donne, fin da piccola. Gli uomini le sono simpatici, ma le donne sono più complesse e l'attirano fisicamente.

«Come hanno reagito i tuoi genitori quando l'hanno saputo?»

Scuote le spalle e sorride. «Nessun problema. "Fai quello che ti senti" mi hanno detto. "L'importante è che tu sia felice."»

Leslie ha avuto una storia importante con una donna a Los Angeles. Divorziata e più grande di lei, con una figlia. Per due anni si sono amate incondizionatamente. Poi sono iniziati i problemi. Leslie voleva viaggiare e vedere il mondo, la sua compagna voleva la casetta: lei e Leslie con la bambina in un quartiere di lesbiche, con la chiesa per i gay vicina. Leslie non ce l'ha fatta più ed è partita da sola.

La consapevolezza della sua libertà la rende innocente. In Leslie non c'è nulla di morboso, lei è naturale, è così e basta. Penso alle parole di Father Bede: «Essere nudi significa essere senza immagine. Quando Dio ci ha creato, eravamo nudi e non provavamo vergogna. La caduta è quando l'uomo si sente nudo e vuole coprirsi. Dio chiede: "Chi ti ha detto che sei nudo?". Non chiede: "Chi ha visto che sei nudo". L'amore che Dio prova per noi è incondizionato. Dio non ha un'immagine di noi o di se stesso, per questo non giudica».

Io predico la libertà greca, ma sono molto più inibita di Leslie. In me il senso di colpa è sempre in agguato. «Il peccato originale non è colpa nostra» dice Father Bede. «Dio ci ama a prescindere.»

Nel *Libro dei morti*, la prima domanda che Osiride faceva al defunto, prima che la dea Maat pesasse il suo cuore, era: "Hai dato gioia? Hai provato gioia?". Father Bede sta cercando di insegnarmi la gioia. «Tutti desideriamo amare ed essere amati» dice. Ma forse io ho paura della gioia.

Eduard

Un pomeriggio con Eduard raggiungiamo un isolotto di fronte al boschetto di eucalipti lungo la riva. Lo sguardo spazia tutt'intorno fino al profilo azzurro delle montagne all'orizzonte. Eduard mi racconta della sua infanzia, i genitori spesso assenti. Suo padre andava in tournée e sua madre lo seguiva perché era pazza di lui. Sono morti entrambi in un incidente di macchina quando era un ragazzino. La sorella è un po' più grande e si è fatta carico di tutti e due. I genitori avevano lasciato un fondo per gli studi e il mantenimento dei figli. A Oxford lui e la sorella abitano ancora insieme in un piccolo cottage. Eduard ha studiato Medicina, ma a un certo punto ha capito che la professione del medico non era adatta a lui e ha iniziato a interessarsi di religione, fino ad approdare a Shantivanam da Father Bede. Da piccolo passava l'estate dai nonni slovacchi, in campagna, in una casa vicino a un torrente. Andava a caccia di rospi e di rane. I nonni erano caldi e affettuosi. Ha ancora legami forti con la famiglia della madre.

Eduard è vergine. Aspetta la donna della sua vita e nel frattempo pratica l'ascesi. Gli spiego che io non credo all'ascesi. Secondo me non siamo nati per essere casti, altrimenti non avremmo un sesso per riprodurci. L'amore fa parte della vita, negare l'amore fisico significa negare una parte fondamentale di se stessi.

La mortificazione della carne praticata dal cristianesimo per me è oscena, un insulto alla natura. C'è qualcosa di perverso nella castità, tranne in casi particolari di libera scelta, in cui diventa un superamento, non una negazione. Lui sorride e ribatte qualcosa, ma non ascolto. Siamo vicini e sento che trema come una fanciulla. La sua timidezza mi intenerisce e mi irrita allo stesso tempo. Con lui sono cauta, non voglio fargli male.

Sasha invece le donne le conosce, non ho paura di ferirlo. Ora è via, è andato a Madras per qualche giorno.

Il Matto dei tarocchi

«Oggi vado a Trichi. Vuoi che ti porti qualcosa?» mi chiede Sasha.

Ci penso un po'. «Sì, un piccolo specchio.» In tutto l'ashram non ne ho ancora visto uno.

«D'accordo.» Sorride e se ne va.

Oggi è festa. Tutti gli animali sono colorati e agghindati di fiori. Come dice David, per gli indiani ogni motivo è valido per festeggiare. Gli indiani amano gli eccessi, e qui è un eccesso continuo. Spezie, colori, sapori, musica. Mi passa davanti un vitello dipinto di blu e di rosso, seguito da due caprette verdi e ocra, con ghirlande di gelsomino intorno al collo.

Al ritorno da Trichi, Sasha mi porta lo specchio e mi invita nel suo cottage, in fondo al boschetto di banani. È arredato semplicemente: un letto, un piccolo altare e qualche stuoia per pregare. Mi fa i tarocchi e viene fuori il Matto, la carta del cambiamento. Mi regala un paio di orecchini d'argento bellissimi.

Sybille

Leslie ci presenta Sybille, una ragazza appena arrivata. È tedesca, alta, un'aureola di capelli castano chiaro, occhi azzurro pallido cerchiati da occhiali, naso allungato, bocca sottile. All'inizio l'avverto come un'intrusa tra me, Leslie, Eduard e Sasha. Anche Eduard le è un po' ostile, forse irritato dalla sua mancanza di umorismo. Leslie invece la protegge, Sasha è neutrale.

Un giorno sto bevendo un chai sotto la tettoia. Indosso una maglietta acquistata a Berlino per festeggiare il crollo del muro: davanti sono disegnate due Germanie con sotto un commento in tedesco: ENDLICH EIN DEUTSCHLAND WENIGER, "Finalmente una Germania in meno". Lei mi guarda sostenuta e non capisco il motivo. Finché mi spiega che la mia maglietta è una provocazione.

«Perché?» chiedo.

«Perché è l'augurio che una Germania venga eliminata.»

«Ma è esattamente il contrario» dico. «È la celebrazione della riunificazione.»

Risolto il malinteso, Sybille mi spiega alcuni aspetti della religione induista. Poi passiamo all'abbigliamento. Ho commissionato a un sarto dei top di sari in seta e Sybille sostiene che turbo gli indiani perché non porto il reggiseno. In realtà mi sento molto più vicina io agli indiani di quanto non lo sia lei, se non altro per temperamento. Gli indiani amano ridere e scherzare, non hanno la rigidità di molti tedeschi. È vero che sono sensibili al fascino femminile. Delle loro donne vedono solo viso, collo, avambraccio, una parte di fianco lasciata libera dal sari e dal corpetto, caviglie e piedi. Cerco quindi di adeguarmi. Questa è gente dal temperamento caldo, anche se le loro donne hanno costumi molto severi. Si sposano vergini e non scelgono il marito. I matrimoni sono organizzati dai genitori all'interno delle caste. Pare che del piacere le donne indiane sappiano poco e che sopportino gli assalti del coniuge solo per fare figli, benedizione degli dei e pensione per la vecchiaia. In realtà questo è anche il paese che ha inventato il Kamasutra per educare i principi a non farsi soggiogare dal piacere, mentre il tantrismo è una delle vie per raggiungere l'illuminazione divina. Le dee indiane sono tutt'altro che vergini, bensì spose appassionate e gelose. I templi sono decorati da uomini e donne nudi allacciati in amplessi vari. Non ho mai visto nulla di così esplicito e commovente, un inno all'eros. Deve essere successo qualcosa a questa gente per diventare prude. È probabile che secoli di dominazione ottomana e duecento anni di dominio inglese non abbiano contribuito alla liberalità dei costumi.

Questo è il secondo viaggio di Sybille in India, la prima volta è arrivata a vent'anni e si è innamorata di un sadu, che poi è scomparso. È strano sentir parlare Sybille d'amore. È un'asceta, vegetariana e rigorosa. Mi ricorda una mistica medievale. Provo a immaginarla badessa in un convento, persa in visioni mistiche. Ha un'autorità spirituale naturale. A poco a poco imparo a riconoscere il suo sorriso dolce e a cogliere l'ironia velata che le accende di luce gli occhi pallidi.

Sollievo

È partito David e mi sento più leggera. Ho appuntamento con lui il 26 gennaio a Pushkar, nel Rajasthan. Abbiamo fatto un'ultima passeggiata insieme due giorni fa. L'ho ringraziato di avermi portato qui. Era gentile e affettuoso, ha paragonato me alla regina di Saba e se stesso a Salomone. Ma io non sono la regina di Saba, né per lui, né per nessuno. Qui sono libera, posso fare quello che voglio. Sto bene con Leslie, Eduard, Sasha e Sybille.

Kyrie eleison

Sasha ci invita tutti e quattro nella sala di meditazione per sentirlo recitare alcune sue poesie. È una sala circolare, aperta sullo spazio esterno, con un tetto a cono di paglia. Sasha è in piedi al centro della sala, noi ci sediamo davanti a gambe incrociate. Indossa i soliti pantaloni neri tailandesi, larghi e annodati in vita come un longhi, una maglietta chiara, il volto semicoperto dalla barba e i capelli che gli scendono sulle spalle. Ci spiega che ha scritto una serie di poesie mentre lavorava come volontario per Madre Teresa a Calcutta. Lavava e accudiva i moribondi raccolti per strada. Immagino il vomito, gli escrementi, la mancanza di dignità del corpo umano che inizia a decomporsi prima della morte. Ho un moto di disgusto, ma mi controllo.

«*Kyrie eleison.*» Sasha scandisce le parole inframmezzate dal greco liturgico. I suoni echeggiano sotto la volta circolare, seguiamo attenti, catturati dal ritmo che scolpisce immagini, volti e corpi di moribondi, gli occhi di chi sa che sta per morire. E d'un tratto, attraverso questo dolore inerte, mentre al rullo dei tabla nei templi di Kalì viene sparso il sangue dei capretti appena sgozzati, ecco l'infinita potenza della carne, la pietà che si incarna e si fa vittima per condividere il dolore, la forza tremenda di Cristo che muore e resuscita, la vita che cessa e si rigenera. Io non sono cristiana, ma è impossibile non sentire il cristianesimo di Sasha, la vitalità del corpo che diventa estrema proprio quando è umiliato e offeso e senza ritorno. Sasha lava il culo ai moribondi e vede Cristo, il fratello offeso. E l'aiuta a morire.

Le ultime parole echeggiano ancora nell'aria. Rimaniamo immobili, persi nel mondo di immagini e sensazioni violente appena evocate dietro una compassione infinita. Leslie è la prima a battere le mani in un applauso e tutti la seguiamo risvegliandoci da uno stato di trance.

L'ora del silenzio

«Non sapevo che scrivessi così» dico.

Siamo davanti al refettorio, Sasha indossa una maglietta nera e un longhi bianco che gli fascia i fianchi.

«Come te l'immaginavi un poeta?»

«Non so, pallido, esangue, tormentato.»

«Si può essere tormentati anche sotto l'abbronzatura.»

«Certo.»

Esitiamo tutti e due, la monaca dell'ashram vicino ci lancia un'occhiata mentre cammina. La seguiamo con lo sguardo finché non diventa un punto piccolo e ondeggiante lungo il sentiero. Sasha alza gli occhi su di me. La pupilla sembra assorbire tutta la luce, le iridi nocciola sono punteggiate di verde e di giallo, come gli occhi dei gatti soriani. "Nell'antico Egitto il gatto era un animale sacro" penso, e intanto non mi muovo, solo la punta del piede accarezza la sabbia. Sasha fa un passo e mi prende la mano. Sento il calore che si irradia tra le dita.

«Vieni» dice. La sua voce ha un timbro basso di velluto ruvido. La tensione nell'aria rende tutto immobile.

Sasha è il primo a riprendersi, la mano che ancora tiene la mia. Mi scuoto e lo seguo lungo il fiume, attraverso il boschetto di banani fino alla soglia del suo cottage. Il sole del primo pomeriggio filtra in pennellate di luce attraverso alberi e foglie. Sono già stata a casa sua, ma oggi è diverso. Sasha apre la porta e si scosta da un lato per farmi entrare.

I capelli. Tanti. I miei e i suoi, bagnati di sudore. Il fruscio della stoffa che scivola a terra. La penombra fresca della stanza. La bocca che mi cerca attraverso la barba, le labbra. Il mio cuore silenzioso. Il battito del polso. La pelle color avorio dove non è abbronzata. Il disegno delle costole sul torace quasi glabro. I muscoli delle braccia che mi avvolgono. Le sue mani così esatte sul mio corpo. Un lampo di violenta tenerezza negli occhi. Eppure. Da qualche parte avverto, oscura, la freddezza della tecnica. Le mani di Sasha hanno conosciuto altri corpi, si misurano col loro. La sua abilità è anche una difesa, una presa di distanza, un margine. Sasha viene da New York, infestata dall'Aids. L'attrazione che prova per me è inversamente proporzionale al suo terrore di mettermi incinta. Io non voglio figli da lui, ma detesto la plastica e l'unica cosa che mi interessa è entrare nel midollo spinale dell'altro. Di questo non si parla. Non ci conosciamo e ci stiamo misurando, mondi diversi che collidono.

Usciamo sul sentiero dal retro dell'ashram. È ancora l'ora del silenzio, fino alle quattro non si può parlare. Camminiamo insieme verso Tanir Pali, quattro capanne e un negozio di chai. Tutto mi sembra più luminoso. I miei capelli sono una foresta selvaggia, ciocche volano da tutte le parti, fili di rame e oro catturano riflessi. Ridiamo come ragazzini, in preda a un'euforia incontenibile e inconsulta. Lui ha la tranquillità del predatore sazio con una punta di malinconia, io sono piena di luce.

L'eco

I giorni scorrono e sentiamo avvicinarsi la guerra. Mezzo milione di truppe americane sono già dislocate davanti al Kuwait. Gli ultimatum cadono nel vuoto. L'inquietudine serpeggia. Nell'ashram arriva solo un giornale e c'è la coda per leggerlo. Leslie è preoccupata e non so come aiutarla. Sasha potrebbe essere richiamato. Si avvicina il momento di andarsene, anche se ancora non so come farò a lasciare questo luogo a cui sento di appartenere. Sono qui da quasi due settimane, ma mi sembra molto di più. Andrò a Chidambaram e Pondicherry con Leslie e Sybille per poi proseguire verso Varanasi e Pushkar.

Sasha mi ha proposto di cambiare i suoi programmi e partire con me, ma avverto qualcosa dietro il suo autocontrollo che mi inquieta. Una forza trattenuta, oscura, che non so definire. Sasha non c'entra col mio mondo, anche se con lui posso parlare di tutto. A volte l'energia che c'è tra noi mi pare incomprensibile e mi irrita, a volte invece mi piace specchiarmi nei suoi occhi, lasciarmi assorbire dalla loro intensità.

Un giorno Father Bede ci riunisce nella sala delle meditazioni, dove Sasha ha recitato la sua poesia. I riflessi dorati del tardo pomeriggio filtrano attraverso gli alberi dentro allo spazio circolare aperto. «Le radici del male sono inconsce» sta dicendo Father Bede con la sua voce pacata. «Ogni rifiuto o abuso produce rancore, ostilità che si esprime in atteggiamento aggressivo. Da questo ci salva il riconoscimento dell'amore divino, la ricerca di una consapevolezza che non crei dualità. Decondiziona la tua mente e lascia che Dio, lo spirito, si risvegli dentro di te. Tutto accade nel presente. Il corpo è il nostro tempo. Ci è stato affidato.» Fuori una folata di vento accarezza le foglie di un albero accanto al tempio. «Ricordatevi che in ogni cellula del vostro corpo c'è tutta l'energia che ha creato l'universo.»

In quell'attimo il soffio che muove le foglie dell'albero in un fruscio crepitante mi attraversa e tutte le cellule del mio corpo esplodono in vortici di energia che non posso contenere. Morirò qui, ora, in questo istante, e mentre mi manca il respiro e sento che sto per impazzire o dissolvermi, il soffio è già passato, oltre di me, nell'universo.

Rimango immobile e dritta nel tempio, gli occhi spalancati, stupita di essere ancora intatta nel mio corpo. Volto lo sguardo e vedo Sasha che mi sta osservando. Esco dal tempio, scendo i gradini e mi fermo sul sentiero con le gambe che tremano. Attorno a me il respiro silenzioso della natura, foglie macchiate di topazio e smeraldo. Dentro sento montare lentamente un'eco, una frattura della memoria, un'onda di amore infinito che mi investe. Non è zucchero, è un amore che scuote alle radici. Semplicemente perché esisto e sono viva, voluta ab origine, oltre una catena infinita di persone di cui fanno parte anche i miei genitori. Esseri umani come me, quindi imperfetti. Anche loro vittime della stessa catena. Anche loro amati. E questo amore assoluto e gratuito mi riempie di lacrime.

Sasha mi raggiunge mentre singhiozzo scossa da sussulti. Mi chiede come sto e non so spiegarlo. Non riesco a parlare, mi allontano perché voglio stare sola, crisalide che cambia pelle, creatura appena nata.

Orizzonti di guerra

Da due giorni gli uccelli non cantano più, la natura è attonita. Father Bede ci riunisce nel tempio. Faccio la comunione e mi segno la fronte con polvere colorata d'incenso.

«Noi vogliamo la pace» dice Father Bede, «ma può anche darsi che Dio voglia la guerra.»

Ci guardiamo in faccia perplessi, siamo abituati alle sue provocazioni, ma quest'affermazione è sconcertante, ancor più se detta in modo pacato. Il 15 scadeva l'ultimatum e ora gli americani stanno bombardando Baghdad e i pozzi petroliferi. Sapevo che la guerra sarebbe scoppiata oggi. Tutto ieri l'aria è stata pesante.

Ho passato la notte nel letto di Leslie. Ha deciso di restare ancora qualche settimana, poi andrà in un ashram indù dove vige la regola del silenzio ed è proibito parlare. Io partirò con Sasha.

Stamattina Leslie era con me quando lui l'ha avvertita che era scoppiata la guerra. Si è abbandonata singhiozzando tra le mie braccia. L'ho lasciata piangere, nel frattempo diventavo sempre più calma. «Dobbiamo mantenere i nervi saldi» le ho detto. «Se c'è una guerra, bisogna attraversarla e aspettare che passi.»

Ero triste, eppure dentro di me ho sentito una forza nuova.

Ci salutiamo l'una nelle braccia dell'altra, mentre fuori le lucciole punteggiano di bagliori il buio e il giardino si riempie di fruscii.

«Ti sto lasciando» dice Leslie accarezzandomi, le mani aliti di vento sulla pelle, gli occhi splendenti di lacrime. «Ricorda, questi sono i giorni della tua vita.»

Vorrei afferrare questo istante e portarlo via con me. La dolcezza di Shantivanam e Father Bede, Eduard e Sybille e il bosco di eucalipti sul fiume, il silenzio della sera dopo la preghiera. Stringo a me Leslie e so che domani non ci sarà più. La porterò sempre dentro, testimone della mia presenza qui, vestale e sorella.

Chidambaram

L'autobus ondeggia sulla via verso Chidambaram. Ho ancora negli occhi l'abbraccio con Eduard, Leslie e Sybille. Sasha è seduto accanto a me e guarda fuori dal finestrino. Questo è il secondo giorno da quando ho lasciato Shantivanam. Sono di nuovo circondata dal frastuono dell'India, clacson polvere e migliaia di persone ovunque.

Sasha si muove con disinvoltura, è facile viaggiare con lui, ha un grande senso dell'orientamento, parla o si fa capire in qualunque lingua. La sua presenza mi solleva da vari problemi pratici, anche se il nostro rapporto è un po' schizofrenico. Siamo amici, non c'è nulla di sentimentale tra noi, ma la tensione erotica è forte e i contrasti anche. Sasha non è un gentleman e ci tiene a puntualizzarlo. Io ho chiarito subito che non voglio legami, siamo amici e basta. Lui ha reagito con orgoglio offeso.

A Madras abbiamo dormito in un alberghetto fatiscente e umido. Credo che Sasha l'abbia scelto apposta per darmi una lezione di umiltà, mentre io a volte mi scandalizzo per la sua carenza di buone maniere. Dividiamo equamente le spese, anche per chiarire che non sono la sua donna. Sasha meditava seduto a gambe incrociate sul letto, gli occhi chiusi e i capelli che gli coprivano le spalle. Forse era anche un modo per esorcizzare la mia presenza, anche se poi inevitabilmente i nostri corpi si cercano.

Chiudo gli occhi e mi abbandono contro lo schienale. Sul giornale seguo i bollettini di guerra. Gli americani hanno bombardato quattrocento obiettivi, mentre l'Iraq ha fatto saltare pozzi di petrolio in Arabia Saudita. Nel frattempo Sasha ha prenotato i biglietti per Benares e ora siamo in viaggio verso il tempio di Shiva.

Arriviamo a Chidambaram nel tardo pomeriggio, cerchiamo un albergo e ci incamminiamo in direzione del tempio. Sulla soglia incrociamo Sybille. Secondo il calcolo delle probabilità incontrarsi qui, oggi, a quest'ora, è quasi impossibile. Ma questa è l'India. L'abbraccio ed entriamo insieme.

Il tempio è un insieme di edifici rettangolari a scatole cinesi entro cortili concentrici, praticamente una città dove si vive, si dorme, si commercia, si prega. È il più grande tempio di Shiva dell'India, con trecento sacerdoti, tutti sposati, alcuni giovanissimi. Qui i templi sono città colme di vita, si parla, si mangia, si festeggia il sacro. Il tempio è decorato all'esterno da bassorilievi di danzatrici. All'interno contiene la Trimūrti di Brahmā, il creatore, Vishnu, il preservatore, e Shiva, il distruttore. Qui, nel chakra del cuore del mondo, Shiva compie la sua danza cosmica sotto il tetto d'oro, al centro di cinque torri che rappresentano i suoi cinque volti.

Ci fermiamo davanti a un altare con una specie di tabernacolo al centro chiuso da un drappo come un'iconostasi. Alcuni sacerdoti compiono un rito mentre la folla nel tempio scandisce una preghiera in sanscrito, sempre la stessa, come un mantra. Sasha mi spiega che il nucleo del santuario è in fondo all'altare, dietro il velo che lo chiude alla vista. Lì c'è Shiva. Un sacerdote a torso nudo con un colpo affonda il cocco nel coltello piantato nel legno e il succo zampilla tutt'intorno, pioggia di vita. I sacerdoti lo versano in un'ampolla di vetro insieme a una miscela di liquidi con cui innaffiano il lingam nella yoni, icona del sesso femminile, posta su una base di marmo al centro. Il liquido versato si raccoglie lungo scanalature ai lati e scola dall'altare a terra come latte o sperma. I sacerdoti indossano un longhi bianco allacciato in vita sui fianchi, hanno il capo rasato a metà, i capelli lunghissimi arrotolati in una crocchia laterale, sopra l'orecchio. Sono la forza maschile e quella femminile, Shakti, che si alternano come il lingam nella yoni al ritmo di Shiva, che crea il cosmo danzando. I corpi sono ambrati ed eleganti, i muscoli delle braccia guizzano sotto la pelle, i lineamenti sono *tamil*.

Shiva ha molte mani. Con una dà il fuoco, con l'altra il tamburo. Batte il tempo, il ritmo della creazione. I sacerdoti sollevano in alto una lampada ad olio con cinque fiamme e ogni volta che la abbassano una fiamma si spegne al rullo dei tamburi. Poi la alzano di nuovo. Cinque, quattro, tre, due, uno. Uno stacco, una specie di strappo interiore e ricomincia il rituale del cocco tranciato dal machete, rivoli di latte scorrono come placenta dall'utero, sangue bianco degli dei.

Volto il capo e guardo l'uomo accanto a me che prega in sanscrito, gli occhi fissi sull'altare come tutti gli altri. Scruto volti tesi e concentrati su qualcosa che non c'è o non riesco a vedere. Incrocio gli sguardi perplessi di Sasha e Sybille. Cosa guardano? Continuano a pregare, il sanscrito è una lingua potente che scolpisce i suoni e induce uno stato di trance.

Perdo il senso del tempo. Sembra un'invocazione senza fine, una marea che sale. Seguo attenta i gesti, guardo le fiamme alzarsi. Uno, due, tre, quattro, cinque. E mentre l'ultima fiamma si spegne, d'un tratto una sferzata nel cuore – sull'altare e dentro di me il velo si strappa e un'energia primordiale travolge tutti noi lì presenti –, il fragore accecante della genesi, tamburi del tempo che nasce. Tremo di vertigine. L'onda d'urto tracima negli altri, la folla è scossa da un boato silenzioso e senza volto. I sacerdoti scendono dall'altare e percorrono il tempio in corteo in senso orario, scandendo mantra al ritmo del tamburo. Nuvole di incenso, ventagli, corpi maschili seminudi, fiamme. Cinque, quattro, tre, due, uno. E ogni volta il cuore si frantuma nella stessa tremenda energia, frattura dell'origine. A poco a poco l'energia si placa, lentamente il tempio si svuota e usciamo in silenzio.

«Cosa è successo questa sera?» chiede più tardi Sasha. È mezzanotte, salutata Sybille siamo soli in albergo.

«Non lo so, ma qualunque cosa sia successa, è successa.»

Sasha si volta e mi afferra la mano. La notte accoglie i nostri corpi mentre Shiva celebra in noi le sue nozze.

Pondicherry

Sono con Sasha e Sybille in una stanza con un terrazzo enorme che guarda sul mare. La spiaggia è deserta. Stiamo centellinando il nostro ultimo giorno a Pondicherry, mentre una cappa di nuvole e guerra aleggia su di noi. Oggi abbiamo girato per la città, che ha quartieri signorili e mostra postumi di eleganza dello stile coloniale francese. Abbiamo incrociato un elefante enorme agghindato a festa durante una passeggiata sul lungomare. Siamo stati nell'ashram di Aurobindo, uno spazio di marmi vuoti, un mausoleo, un obitorio, un cimitero con fiori bellissimi. Sentivo odore di cadavere e l'immobilità della morte, come entrare nel salone di una festa quando gli ospiti sono partiti e ad accoglierti ci sono solo piatti vuoti e stoviglie abbandonate. Cercavo tracce della Mère, una francese che è arrivata in India a quarant'anni e ha vissuto qui fino alla morte in simbiosi spirituale con Aurobindo. Lui ha studiato filosofia in Europa ed era anche attivo politicamente. Insieme hanno fondato Auroville. «Sii sempre fedele alla parte divina che è nel tuo cuore» diceva la Mère. La gente la venerava, aspettava mesi per poterla incontrare.

Istantanee

Ieri sera Sasha si è addormentato sul letto vestito e circondato da due ceri ai lati. Sembrava un monaco russo uscito da un film di Andrej Rublëv. Sybille mi ha fatto ascoltare un disco di Subramamian e Menuhin, composto per celebrare l'indipendenza dell'India. Ho iniziato a volteggiare per la stanza agitando veli e foulard che avevo comprato nel pomeriggio, una danza multicolore per la mia amica, il mio addio per lei.

«Sasha è un'anima russa antica nella struttura ormonale di un giovane americano» ha commentato Sybille, guardando sorridente il corpo di Sasha immobile nel sonno. Se siamo sole parliamo tedesco, una lingua nostra dove comunicare è più intimo.

Quand'è che il presente inizia a diventare passato, mi chiedo mentre abbraccio Sybille vestita di rosso e turchese, i capelli miele dorato. È di nuovo mattina, finalmente è tornato il sole. Sono in partenza con Sasha per Madras, da lì prenderemo il treno per Varanasi. Stringo forte la mia amica, ho appena disegnato il suo nome sulla sabbia del lungomare. "Finché appartieni al mio presente, non ti lascio" penso, e intanto sono già sul treno, la terra scorre dal finestrino, villaggi, campi, alberi e pianure, gli occhi colmi della dolcezza di ieri. Nelle cuffie ho la musica di Caetano Veloso e sento la presenza di Sybille accanto a me. Sto andando nella città della morte, la città sacra, la città meno erotica del mondo. Speriamo, perché sento che Sasha è pronto a mettermi incinta.

Tensioni

I treni indiani sono pieni di vita e colori, tutt'altro che asettici. Il nostro scompartimento per Varanasi ha tre cuccette per lato e passo spesso il tempo sdraiata in alto, mentre l'India scivola davanti ai miei occhi.

A volte per qualche tratto la carrozza si riempie di un numero inverosimile di gente. Ho contato fino a diciotto persone nel nostro scompartimento. In Occidente sarebbe inconcepibile, ci sarebbero scontri violenti, qui invece la capienza dei luoghi pare elastica, dopo un momento di assestamento lo spazio si riequilibra e le persone trovano una sistemazione, per quanto minuscola o precaria. C'è una civiltà proporzionale all'affollamento umano, altrimenti non potrebbero convivere in tanti. Tutto avviene con una grazia naturale, che però sento può saltare da un momento all'altro.

Ho avuto un momento di scontro con Sasha. Il viaggio è lungo, trentasei ore, percorriamo in lunghezza l'India orientale da sud a nord. Ero stanca e gli ho risposto in modo brusco. Si è offeso e per un po' non ci siamo parlati. Ora sono di nuovo dolce con lui. La tensione forse è dovuta al fatto che ogni tanto mi chiedo cosa c'entri Sasha con me. Mi ha detto che si è innamorato e subito emerge il mio scorpione che graffia e ne approfitta. Eppure se sto andando a Varanasi con lui ci deve essere un motivo. Niente avviene per caso, soprattutto qui.

Mentre scrivo, due, tre indiani mi guardano dalle loro cuccette. Mi piace la gente del treno. Alle fermate i venditori di chai salgono negli scompartimenti e versano il tè in bicchieri di terracotta che poi si buttano. Ovunque cocci sparsi. Questo spreco mi affascina. Quanto ci metterà la plastica ad arrivare fin qui?

Sprofondo nel dormiveglia e i cassetti della memoria si aprono. Leslie sta parlando con Eduard a Shantivanam: «Agli inizi era la dolce ragazza italiana malata. Poi si è trasformata nel frutto proibito per tutti i fratelli indiani».

«Saresti una sannyāsin perfetta se non fossi così appassionata» commenta Eduard voltandosi verso di me.

«*This is prayer*» sussurra Leslie asciugandomi le lacrime l'ultima notte.

«Se le porte della percezione fossero terse, tutto ci apparirebbe com'è, infinito» dice Sasha citando Blake mentre passeggiamo lungo il fiume.

«*We are praying now*» mormora stringendomi tra le braccia a Madras.

Cos'è l'amore, mi chiedo mentre mi assopisco. Domattina sarò a Varanasi.

Varanasi

Unreal city... I had not thought death had undone so many.

Le parole di Eliot pronunciate da Sasha mi accarezzano l'orecchio mentre la città appare tra vapori di nebbia. Siamo su un risciò circondati da valigie. Il conducente ci lascia sui ghats, che scendono a gradoni nel fiume. Il Gange è grigio, color nebbia come la città, avvolta da un velo di luce e polvere. Camminiamo lungo i ghats in mezzo a mercanti e venditori di chai, mendicanti, bambini, mucche, bufali, finché non troviamo una piccola stanza in un albergo sul fiume. La città è divisa in due dal Gange. Da una parte ci sono i ghats, le case, il mercato, i templi. Dall'altra solo sabbia lungo la riva piatta del fiume. Lì sorge l'alba.

Lasciamo le valigie e ci inoltriamo nelle viuzze della città vecchia. Vacche, cani, turbanti, tende, vecchi accovacciati, bambini con l'aria da vecchi. Incontriamo un ragazzino sedicenne venditore di sete, Raju. È alto, gambe e braccia filiformi, gentile e sveglio, lineamenti un po' orientali e la morte già stampata sotto le ossa. Eroina. La riconosco subito dalle occhiaie e dall'ombra nelle pupille, un lucore di sfatta dolcezza. Raju è l'ultimo di una famiglia numerosa. Tutte le mattine prega e fa il bagno nel Gange prima di iniziare a lavorare. Ci mostra il suo negozio e srotola stoffe di sete e broccati multicolori davanti ai nostri occhi. Sono incantata dalla raffinata ricchezza dei tessuti, dall'eleganza degli accostamenti. Raju ci offre un chai e s'informa sul nostro alloggio. Ci salutiamo e ci diamo appuntamento più tardi.

Sasha mi porta su uno dei due burning ghats dove bruciano i cadaveri. Mi siedo. Davanti a me donne lavano panni nell'acqua, uomini pregano scuotendo ritmicamente il busto o si lavano i denti. Guardo un rivolo di fogna che scivola nel fiume. Sulla riva sono distesi sari multicolori che brillano al sole accanto a bufali sdraiati. Poco più in là bambini giocano con aquiloni davanti a una casa dove si rifugiano i senzatetto e i viandanti che vengono a Varanasi per morire. Mentre bruciano i cadaveri, al primo piano giocano bambini. A pianterreno donne accovacciate, al secondo piano fumatori di oppio o hashish. Aveva ragione David. Il cerchio dell'esistenza qui è evidente. Morte e vita sono ugualmente presenti. Tutto è contemporaneo.

I cadaveri, nascosti alla vista da un drappo, bruciano per tre ore, poi le ceneri vengono buttate nel fiume, il "Ganga", come lo chiamano qui. La famiglia prega composta accanto al defunto, ogni tanto l'addetto al rogo funebre sposta qualche osso biancastro che fuoriesce tra le braci. La cosa strana è che i cadaveri bruciati non puzzano. Sasha dice che è per via del ghi, un burro profumato che i ricchi dispongono sul cadavere del defunto. Ma non puzzano neanche quelli dei poveri. Altrove in India ho sentito a volte l'odore dolciastro e nauseabondo di carne bruciata. Qui no. L'indiano che ho incontrato dice che è grazie a Shiva. Questa è una città sacra, ha tremila anni, il nome antico è Kashi, città dell'alba. Shiva è nato qui, è piena di templi dedicati al dio. C'è anche una moschea enorme proprio accanto al tempio d'oro consacrato a Shiva. Nel settecento un imperatore mogul pazzo e feroce ha raso la città al suolo, poi è stata ricostruita. Molti vengono a morire a Varanasi perché credono di spezzare così il ciclo delle reincarnazioni e raggiungere il "moksha", la liberazione.

Torno in albergo, in preda a un senso di morte e non appartenenza. Questa città è una freccia dentro al cuore. Sasha dice che poi i pezzi si ricompongono, ma intanto sento il freddo umido che penetra nelle ossa e nell'anima.

La sera ascoltiamo un concerto meraviglioso di sitar, flauto e tamburi. La musica riempie il silenzio e pulisce l'anima, al ritorno bande di cani ringhiano davanti all'albergo sull'acqua. Non hanno paura dell'uomo. Non ho mai visto cani come questi, sono enormi, randagi e si muovono in branco. Di notte i loro ululati marcano il territorio, mentre all'alba i canti a Shiva esplodono nei templi.

Raju ha promesso di portarmi nel tempio d'oro, vietato agli occidentali. Metterò un sari e raccoglierò i capelli in una treccia. Ovviamente non aprirò bocca, penserà a tutto lui. Oggi ha bussato alla nostra stanza ed è entrato mentre io ero ancora nuda sotto le coperte. Ha aperto Sasha. «Voi due siete sposati?» ha chiesto Raju. «Non ci penso neanche» ho risposto un po' risentita.

Il rapporto con Sasha è strano, a parte il fatto che qui mi sento schiacciata da una cappa di morte. Ma l'energia è potente. Varanasi è bellissima, una Venezia d'Oriente, antica. Una città di fantasmi, surreale. Una città onirica dalle prospettive spettrali, con botteghe orientali e caffè che servono frutta fresca tagliata e condita col curd, lo yogurt locale, secondo Sasha il migliore dell'India.

Sasha passa molto tempo da solo, scrive e medita. Sta scrivendo un lungo poema sulla guerra che evoca una civiltà basata sul genocidio e ricorda l'*Urlo* di Ginsberg. Tutti i giorni fa il bagno nel Gange, anche se io continuo a ripetergli che l'acqua è inquinata. Guardo il fiume sacro. L'acqua è torbida, le rive sono piene di gente che fa qualunque cosa: si lava, lava i panni, getta escrementi e spazzatura, bagna i cadaveri, butta le loro ceneri, affida all'acqua i corpi che non si possono bruciare: bambini, lebbrosi, sadu.

Di notte dormiamo avvolti da scialli. Sasha è pallido, avverto la sua fragilità anche nei miei confronti. Lui si sta aprendo mentre facciamo l'amore, io mi abbandono poi prendo le distanze. Tutti e due stiamo facendo un viaggio interiore, travolti dall'energia della città.

Raju è il mio primo amico indiano, la mia guida in questa foresta di spettri. Fuma in continuazione, ha ammesso di usare eroina, dice che si è fatto per un anno e mezzo, poi ha smesso scalando con l'oppio. Spero che sia vero, perché è una bella persona, sensibile, con un lato sentimentale molto indiano. È un ragazzo di strada, sa tutto dei traffici locali, parla svariate lingue. Ha le ossa esilissime e un viso che è una strana mescolanza di indiano e cinese. I lineamenti sono da adulto, anzi da vecchio. La pelle è marrone chiaro olivastra, i capelli neri e lisci, il naso piccolissimo, un po' come se fosse tagliato, i denti mangiati dal betel e dall'eroina, un bel sorriso. Ha dita sottili lunghissime, un'andatura dinoccolata ed elegante, spalle contratte, mani perennemente in tasca. Porta spesso una sciarpa bianca intorno al collo e al capo. Guardo il suo profilo di ragazzino vecchio a cavallo di etnie diverse. L'ironia di Raju non è quella degli indiani che ho conosciuto finora, in lui non c'è sudditanza, imbarazzo, aspettativa. Con lui ho un rapporto alla pari.

La sua famiglia ha una fabbrica di seta che produce sari. In tutto sono sessanta persone. Vivono in una splendida casa adiacente al negozio, su tre piani, con un patio interno che contiene una specie di chiosco. Sopra c'è un terrazzo da cui si domina Benares: così la città era stata ribattezzata dagli inglesi prima di riprendere il nome indiano.

Raju ha sette fratelli e sei sorelle. Parla inglese, un po' di francese, qualche parola di italiano e spagnolo. Mi spiega che qui per andare a scuola devi pagare. Raju va a scuola e vuole studiare Medicina.

Mi presenta la madre, una vecchietta minuscola, e due sorelle sulla trentina, sfatte dalle gravidanze. Mi fa assistere mentre fa un'iniezione a una vacca malata. Una volta un turista gli chiede perché gli indù non mangiano carne di vacca. «La vacca è la madre» dice Raju sorridendo. «Non si può mangiare la propria madre.»

Saluto le sorelle e la madre di Raju. Usciamo. Passiamo dai ghats dove quattro indiani stanno giocando a tennis al suono lamentoso della musica indiana. Raju mi presenta un amico. Anche lui si chiama Raju. Beviamo un chai e mangiamo pulau, un piatto di riso e verdure.

«Stamattina ho visto un ariete sulla riva di un ghat. Credevo non esistessero più, che fossero estinti» dico. Raju mi guarda e sorride.

Lasciamo la strada principale e torniamo a casa nel silenzio dei ghats, lontani dal traffico infernale indiano. Ci sediamo in cima alla scalinata. Guardo questa architettura così strana, medievale, come sospesa. Una città di sogno, vertiginosamente obliqua, un solco nell'anima. Al centro di se stessi c'è Varanasi. La città della morte, la città dell'alba. La città di sabbia bianca. Un cane ci guarda immobile in fondo alla scalinata, fermo così da millenni, vita e morte intrecciate.

Il ragazzaccio newyorkese

Sasha è uno strano tipo, metà ragazzaccio newyorkese, metà poeta. Oggi abbiamo avuto un momento di tensione, poi mi ha detto che doveva mandare un fax a una donna, l'americana conosciuta a Parigi che ora vive a Bali. Credevo si fossero lasciati, ma lui sostiene che hanno un rapporto molto elastico. La presenza di un'altra donna mi ha irritato, anche se la mia gelosia era appena accennata. Avrei preferito sapere prima della sua amica. Poi l'attrazione tra di noi ha prevalso. Non ci sono mai malintesi tra i nostri corpi. Non ha senso litigare, inoltre non sono innamorata di lui, anche se è un fantastico compagno di viaggio. Da sola in India per me sarebbe difficile. Sasha si offende a morte quando gli dico che non lo amo. La storia del fax non mi è piaciuta. Lui continua a sostenere che si è innamorato e che il cuore è grande. Manca di leggerezza, è intenso ma cupo. Ha un fondo tragico e fragile, anche se è intelligente, il che aiuta sempre. Ieri ha pianto, oggi sembra spaesato.

Sento addosso una cappa di morte. Difficile dire se è il posto o sono io, o forse entrambi. La guerra non aiuta a sollevare l'umore. L'Iraq immette greggio nel Golfo Persico causando una catastrofe ecologica. Cammino con le unghie laccate di rosso da prostituta orientale. Sono sola alla Trimūrti Guest House.

Mi sento debolissima in una città di confine, avvolta in spirali di fumo. Ho di nuovo una sigaretta in bocca. Non fumavo più dal primo gennaio.

Sarnath

Mando un telegramma a David e confermo il nostro appuntamento a Pushkar. Mi ha lasciato un diario scritto mentre eravamo a Mayurao, la notte prima che partissimo per Shantivanam, nel momento di massima tensione tra noi. Poi il nostro rapporto è cambiato. Ora lo sento come un padre. Senza di lui non sarei mai venuta qui. Devo a lui questo viaggio, in tutti i sensi.

Sasha mi porta a Sarnath, un complesso di templi vicino a Varanasi, dove Budda ha pronunciato il suo primo sermone dopo aver sperimentato l'illuminazione a Bogdaja. È incredibile come l'energia sia diversa, a soli pochi chilometri di distanza. Varanasi è cupa, qui regna la pace. Mi sdraio sul prato soffice d'erba e chiudo gli occhi accarezzata dal sole.

L'ultimo abbraccio

L'ultimo giorno a Varanasi il tempo subisce un'accelerazione. Mi sveglio con Sasha, facciamo colazione e rotoliamo nudi tra le coperte umide. Poi lui si alza e va a fare il bagno nel Gange. Torna con Raju, che mi stava cercando. Raju entra mentre sono ancora a letto, un raggio di luce e polvere filtra attraverso la porta aperta. Vado in bagno avvolta da un longhi e mi vesto mentre loro chiacchierano insieme sulla soglia. Torno, Sasha se ne va, io e Raju lo raggiungiamo sul terrazzo. Sasha va a fare un giro e io rimango sola con lui.

«*Better to see twice than once*» mi dice sorridendo.

Vado in albergo a fare le valigie. Ho di nuovo appuntamento con Raju alle quattro. Sono in ritardo, non c'è. Poi lo vedo in mezzo alle ombre sui ghats. Il tempo di un chai insieme e torno in albergo, faccio la doccia, mi cambio. Il tramonto sul fiume è meraviglioso. È quasi luna piena. Raju torna di nuovo e dopo cena faccio l'ultima passeggiata con lui. Camminiamo lentamente, ascolto lo sciabordio dell'acqua che lambisce i gradini.

«*This is perfect day. But for me it is sad day.*» Guardo una barca che scivola lungo il fiume. Lui si volta verso di me e incrocio i suoi occhi. «*In half an hour you will be gone.*» Il suo sorriso mi taglia l'anima. Davanti a noi la luna ormai piena e il Gange velato di grigio.

L'ultimo abbraccio quasi impacciato, poi il tragitto lungo i ghats con Sasha e le valigie. Arriva il risciò. Un'ultima battuta per allentare la tensione, e veniamo inghiottiti dal traffico. Socchiudo gli occhi per non vedere. D'un tratto mi scuoto e scorgo un'ombra obliqua tra i risciò. Raju. Per un istante la sua mano stringe forte la mia e sento la sua voce di miele selvatico salutarmi vicinissima all'orecchio: «*Take care*». La stretta si allenta e Raju scompare inghiottito dal traffico mentre il risciò fugge via, verso la stazione.

Taj Mahal

Una perla bianca, una costruzione ottagonale a cupola circondata da quattro torri. Novantanove volte il nome di Allah inciso sulla tomba della donna amata. Il marmo della tomba è candido, intarsiato di pietre preziose a forma di fiori. Per ventidue anni ventimila persone hanno lavorato diciotto ore al giorno per costruire il mausoleo. La regina è morta dopo aver partorito quattordici figli. Seguiva lo sposo anche in guerra, al galoppo. Non era una fanciulla. Lui aveva altre mogli, ma l'unica compagna era lei. Lei conosceva il battito della vena sul polso dello sposo mentre lui tornava da una battaglia. Quando è morta, il tempo è divenuto attesa. Di fronte, sul lato opposto del fiume, l'imperatore voleva costruire il proprio mausoleo, una perla nera speculare a quella di lei. Alla sua morte l'ha impedito il figlio, che li ha sepolti insieme. Il Taj Mahal è rimasto un sogno maestoso, intatto e isolato dal paesaggio circostante. Bellezza pura, danza di forme e volumi. La più grande dichiarazione d'amore di un uomo a una donna oltre la morte.

Passeggio con Sasha lungo lo specchio d'acqua che si allunga come un tappeto di fronte al Taj Mahal riflettendone la perfetta armonia. Il giardino, le fontane e gli specchi d'acqua all'ingresso, la prospettiva segue la tradizione dei giardini arabi importata dagli imperatori Mogul. Alberi, fontane, cespugli di rose, acqua che scorre.

«Spesso si scambia l'energia nervosa per passione» dice Sasha. È già stato qui, l'ho convinto a fatica a tornarci, è impaziente. Da quando siamo partiti da Varanasi c'è maggiore complicità tra noi, anche se Sasha è stranito, un po' triste. La malinconia slava scava in silenzio. Gli lancio un sorriso.

«Se non sei abbastanza triste, inizi a sentirti in colpa» dico. «Guardati intorno.»

Entriamo nel mausoleo, una stanza circolare, al centro la tomba di marmo bianco intarsiato. Alle pareti arabeschi traforati. Mostro a Sasha la venatura dei fiori, i singoli pezzi incastonati delle gemme, accarezzo il marmo, avverto la consistenza fresca, liscia e compatta sotto i polpastrelli. Mi volto e intercetto il suo sguardo, una goccia scarlatta macchia la purezza del marmo. Una spina mi ha graffiato mentre accarezzavo un cespuglio di rose lungo il tragitto dall'ingresso. Il dito sanguina leggermente. Lo porto alle labbra e succhio il sangue, cerco in tasca un fazzoletto per pulire. Sasha mi afferra il polso: «Lascia fare a me». Si avvicina, raccoglie la goccia con un dito che porta alla bocca suggellando col mio sangue una sorta di patto non detto che mi turba. Siamo avvolti dal pallore del marmo. «Andiamo», e mi cinge la vita col braccio.

«Grazie di avermi portato qui» mi dice più tardi sotto la luce di cristallo della luna. «Mi hai mostrato il Taj Mahal attraverso i tuoi occhi.» Gli stringo la mano e passeggiamo insieme mentre il riflesso della cupola ci segue sull'acqua. Avverto una specie di eco del futuro, una promessa, il ricordo di una vita nuova.

Pushkar

Ci accoglie un villaggio bianco intorno a un laghetto circondato dal deserto del Rajasthan. Pushkar è la città di Brahmā, dio della vita. Ci sono cinquecento templi a lui dedicati, cinquantadue ghats scendono nell'acqua del lago, costruiti dai maragià e dai notabili locali. Alcuni attribuiscono a Pushkar oltre cinquemila anni di storia. Qui la luce è intensa e trasparente. C'è pace. Mi siedo con Sasha al Sunset Cafe sul lago e mi guardo intorno. In Rajasthan le donne indossano spesso gonne lunghe e corpetto. I sari sono più colorati, intarsiati di specchi.

L'appuntamento con David è al Pushkar Palace, dove ci riabbracciamo. Io e Sasha affittiamo due stanze per la prima volta da quando siamo partiti da Shantivanam. Dopo un mese sempre insieme, ho bisogno di stare un po' da sola. La mia stanza è ottagonale, con un piccolo balcone traforato di arabeschi sull'acqua. Anche Sasha ha trovato una stanza con vista lago, per cui ora viviamo tutti e tre sotto lo stesso tetto e ognuno ha il suo spazio.

Un giorno Sasha e io passeggiamo insieme lungo il lago di Pushkar e un indiano ci viene incontro con un paio di scarpette minuscole da bambino. «Compra, costa poco, buon affare» propone con voce lamentosa.

Mi ritraggo inorridita e fisso Sasha negli occhi: «Se mi metti incinta, non te lo perdonerò mai», e mi allontano furibonda.

A volte discutiamo animatamente di letteratura. Un pomeriggio mi cita un passaggio erotico di Henry Miller tratto da *Tropico del Capricorno*.

«Basta! Sono stufa di questo modo di descrivere il sesso» sbotto. «Lei spalanca le cosce e affondo dentro il suo cespuglio, che noia!» dico. «Il sesso è sempre quello da millenni. O riesci a comunicare un'emozione, oppure è ginnastica. A me il sesso di Henry Miller non dice nulla, forse perché sono una donna e l'immaginario femminile è diverso, fatto di sfumature, non di colpi di ariete contro la porta.»

Guai a toccargli Henry Miller. Sasha parte in una strenua difesa di uno dei suoi scrittori preferiti, approdato a Parigi e sedotto dalla civiltà libertina della vecchia Europa. Ma in realtà la posta in gioco è un'altra. Attaccando Henry Miller, prendo le distanze e critico il suo modo di essere americano. È un gioco di potere tra noi due. Il fatto che dormiamo separati riequilibra un po' il rapporto, anche se finiamo comunque per fare l'amore nella mia stanza mentre le scimmie gridano e si arrampicano lungo le finestre.

David è irritato dall'attenzione che suscito negli indiani. Alterna un atteggiamento paterno a raptus di gelosia travestiti da prediche.

Un giorno mi porta su una collina dove va spesso a meditare e la passeggiata degenera in una scenata. Ribadisce esasperato che non controllo la mia Shakti. Non so che replicare, vorrei si calmasse, un po' mi fa tenerezza.

Il giorno dopo andiamo insieme ad Ajmer per fare una prenotazione e cercare i biglietti per domani. Chiamare Bombay è impossibile, David si arrabbia e ha uno scoppio isterico. Spero solo di riuscire a partire.

La sera vado al Sunset Cafe a salutare Sasha e dei ragazzi conosciuti qui. Sono due inglesi, Jezz e George, e un israeliano, Raphael, incontrato in un negozio di sari, simpatico, ma totalmente privo di umorismo.

George è molto british, decadente e dall'ironia distaccata. Appena mi ha vista, pensava che fossi indiana. Oggi ha passato tutto il giorno a parlare della guerra. Jezz suona e ha un temperamento artistico, non è interessato a parlare di guerra, tema che in questi giorni ricorre di frequente nelle conversazioni tra occidentali.

Sasha mi sorride. Sostiene che quando sono felice irradio luce, che ho la capacità di guarire e che devo imparare a usare la mia energia. «Devi solo esserne consapevole.»

Come farò a tornare in Europa, ad abbandonare tutto questo?

Sasha mi accompagna nella mia stanza ottagonale davanti al lago sotto la luna. Lasciarlo è lacerante.

Mi stringe forte sulla porta, i nostri capelli si mescolano e una folata fresca di vento li scompiglia. Sento il fruscio degli alberi intorno, la bocca di Sasha preme sulla mia, poi si allontana, mi lancia uno sguardo disperato e per un attimo mi perdo nei suoi occhi, è tutto così romantico e intenso che mi manca il respiro.

Spalanco gli occhi ancora intontita di sonno, svegliata dai colpi alla porta.

«Chi è?»

«Sono Sasha.» Mi alzo, barcollo fuori dal letto e apro. Sasha mi fissa sulla soglia. È strano vederlo di fronte a me, poterlo toccare. «Sei ancora qui» dice.

«Pare di sì.» Scosto una ciocca di capelli dal viso. Una scimmia salta sul ramo di un albero vicino e digrigna i denti mostrando le gengive in una specie di strana risata. «Dov'è David?» chiedo.

«È partito.» Mi porge un biglietto. «L'ho trovato per terra, incastrato sotto la porta.»

Leggo. "Parto da solo. Trova qualcun altro che ti porti a Bombay. David." Fine messaggio. Il biglietto è aperto. Evidentemente l'ha letto anche Sasha. David, la mia guida, il mio padrino spirituale, se ne è andato e mi ha lasciato sola.

«Ah» sussurro, stranamente tranquilla. Non sono arrabbiata con lui. Evidentemente doveva andare così. L'unica cosa che ho voglia di fare è tornare a letto. Al resto penserò dopo. Sasha continua a fissarmi. «Va bene. Partirò da sola» dico, tracciando un piccolo cerchio nell'aria. «Grazie di avermi avvertito. Ora torno a letto. Ci vediamo più tardi a colazione.»

Sasha annuisce. Gli accarezzo la guancia e torno nella mia stanza.

Più tardi mangiamo con George e Jezz, poi Sasha mi accompagna nella mia ultima passeggiata attraverso Pushkar. L'aria fresca del deserto corre tra le case allagate di bianco. Oggi non ci sono attriti, tra di noi è riconciliazione totale.

Lascio la mia stanza e mi trasferisco nella sua. Non ho più soldi. Sasha mi dà mille rupie per il viaggio e mi accompagna a fare i biglietti. Il pomeriggio perdo una delle mie cavigliere mentre facciamo l'amore nel suo letto. Poi per fortuna la ritrovo. Una doccia veloce nel bagno in fondo al terrazzo, mentre le scimmie saltellano tutt'intorno. Lascio Pushkar verso l'ora del tramonto, Sasha mi abbraccia prima che salga sull'autobus. «*Take care*» dice, come Raju. Alla televisione del bar accanto trasmettono il trailer del film che ho visto con lui a Varanasi. Qui il tempo è immobile finché non cambi città. Poi subito ogni cosa si allontana. Mi paiono secoli da quando ero a Shantivanam. Domani sarò a Udaipur. So che tutto ciò è irripetibile. Ma senza angoscia. Sasha è un uomo antico. Non c'entra col cinismo, non è inglese. Stanotte inizio a tornare in Occidente, per la prima volta da sola.

Arrivo alle quattro a Udaipur, dormo fino alle otto in autobus, faccio colazione in un palazzo sul lago con due ragazzi di Bolzano. L'atmosfera rarefatta emana un'eleganza di fasti tramontati. Tutto è immerso in una luce lattea onirica. Sto vivendo un sogno, il sogno della mia vita. Porte sempre nuove si aprono. Risaliamo sull'autobus e la sera arriviamo a Bombay, accolti dal frastuono di clacson e risciò, dalla marea di persone che scorre lungo i viali in un ininterrotto respiro collettivo, profumi di spezie e legno di sandalo solleticano le narici mentre l'India Gate si apre sul golfo dai riflessi d'oro.

Mangiamo in un ristorante indiano con specchi anni Trenta e una clientela strettamente locale, proprio di fronte al Leopold Cafe, dove ho fatto colazione con David appena arrivata in India. Sono passati solo due mesi.

Il pomeriggio prendo il traghetto e mi perdo di fronte al bassorilievo tricefalo di Elefanta. Passo lì tutto il pomeriggio, avvolta dal sorriso di Brahmā, Shiva e Vishnu, che si alternano nella danza del mondo. Frontalmente la Trimūrti, enorme, ha il volto del Budda. È scolpita nella roccia in fondo a un colonnato, su un isolotto in mezzo al mare. Mi lascio cullare dalla sua infinita dolcezza, sento un'energia antica scorrermi dentro.

Lasciare l'India è un po' come lasciare Raju, il mio unico amico indiano. Ora inizio a partire, col cuore ancora qui e forse un bambino nella pancia. Se è così, questo sarà un figlio collettivo, nato dall'intensità dell'India.

La ragazza seduta accanto a me sull'aereo mi cede il posto accanto al finestrino. A volte la gente qui è inspiegabilmente gentile. Intorno a me musica asettica da aeroporto, così diversa dalle melodie indiane. L'aereo si è appena staccato dal suolo dell'India. Vedo Bombay piatta e luccicante come un sari del Rajasthan. Annuso i primi deodoranti nell'aria. Air Swisse.

Davanti allo specchio

Non posso credere di essere di nuovo qui. Come se niente fosse successo e avessi vissuto un sogno. Appena accendo la televisione sono investita da suoni stridenti e urla sguaiate e donne seminude con labbra e seno rifatti che agitano i fianchi. Non c'è nulla di naturale, non c'è più la dolcezza dell'India. Mi mancano Raju, Leslie, Eduard. Mi manca Sasha. Come fare a tornare qui senza perdere una parte di me? La calma e l'intensità dell'India rendono dipendenti.

Overdose

Roberto mi invita a cena. Incontro Valeria e le chiedo di Caterina. È tanto che non la vede. Lei e Anita hanno provato a disintossicarsi in una clinica svizzera. A Caterina hanno provocato un coma artificiale, ma si è risvegliata da sola. Il cuore di Anita non ce l'ha fatta ed è morta. Caterina si è buttata giù dalla finestra, ma era al primo piano e si è solo rotta il naso. Ora vive dal padre in un paesino del Veneto.

«Mi dai il telefono?» chiedo.

«Lascia stare. Ho provato a chiamarla, ma non è più la stessa persona. Tutti gli amici si sono allontanati.»

Ho paura di violare l'intimità di Caterina, so che non mi cercherebbe mai e forse non vuole farsi vedere o sentire così. È sempre stata orgogliosa. Ultimamente la mia rubrica si apre sul numero di casa sua, dove lei non abita più. La chiamerò, ma non ora, forse non è il momento. La cena continua e d'un tratto un'emicrania atroce mi attanaglia le tempie. Non soffro di mal di testa e non capisco perché questa specie di morsa mi serri la fronte. Fatico a tenere gli occhi aperti. Sento uno strano senso di lutto sospeso nell'aria, uno stupore attonito. Qualcuno mi riporta a casa, dove sprofondo nel mio letto fino al mattino.

«Pronto, ciao sono Valeria. Mi spiace, ma devo darti una brutta notizia. Caterina è morta.»

Un boato interiore, silenzio, una voragine.

«Come?» La voce impastata di sonno.
«È morta ieri pomeriggio, verso sera. Il funerale è tra due giorni.»
«Come è morta?»
«Overdose.»
Appoggio il telefono, vuota. Buio pesante. Ghiaccio. Ogni gradazione del dolore ha una qualità diversa. Caterina.

Il cielo vuoto sopra Milano

Chiamo New York.
«Sasha, sei tu?»
«Sì, sono appena tornato. Come stai?»
«È morta Caterina.»
Silenzio dall'altra parte. Sasha sa tutto di Caterina, lui ha perso il suo migliore amico a vent'anni, so che mi capisce.
«Mi spiace.»
Non mi chiede come è morta, probabilmente lo immagina, comunque non ha importanza. Ora non c'è più.
«Lei è stata in India con Anita, ma non ha incontrato Father Bede. In India si è fatta di eroina.»
«Capisco. Come stai?»
«*Tu* come stai?» chiedo.
«È strano. Qui tutto ha un ritmo che fatico a seguire.»
Sasha nel ventre dell'Occidente, a New York. Lui è stato in India quasi sei mesi, deve essere dura tornare.
«Ti sono venute le mestruazioni?» mi chiede di punto in bianco.
«Ancora no. Forse ho saltato un ciclo.»
«Quando vieni a New York?» chiede.
«Non lo so. Ora non posso. Magari quest'estate. Adesso non riesco a pensarci.»
«Cerca di essere forte. Io sono con te. Ti sono vicino.» La voce calda, profonda di Sasha. Un fratello.
Rantolo a terra. Come faccio ora a scaldarla, la mia metà partita, la mia metà sfocata, che guarda l'orizzonte vuoto del cielo di Milano?

"Esiste una e una sola frase che per ogni persona può salvare o uccidere. La fortuna o sfortuna di una persona consiste nell'incontrare al momento giusto o sbagliato questa o quella frase."
(Philip Dick)

Funerale

«Ciao, sono Emma.»

«Chi sei?»

«Non mi conosci, ma ero la fidanzata di Caterina. È morta a casa mia.»

«Ah.»

«Scusa se ti chiamo, ma non ho più la macchina perché Caterina l'ha distrutta il giorno che è morta e ora non so come venire al funerale che è ad Asolo.»

«Non c'è nessuno che ti accompagni?»

«I suoi amici non vogliono portarmi. Forse ce l'hanno con me perché pensano sia colpa mia se è morta. Ma io l'amavo.» Scoppia in un pianto dirotto.

«Non preoccuparti. Ti porto io.»

Partiamo insieme in macchina per Asolo. Emma è piccola e bruna, un sorriso caldo e denti enormi, un po' sporgenti, è dolce e non ha nulla di intellettuale. Molto diversa dalle donne che ho visto con Caterina. Lungo il tragitto mi parla di lei.

«L'ho conosciuta a casa di suo padre. Le aveva trovato lavoro in un ristorante e lì si è tranciata le vene dei polsi. Io l'ho conosciuta col naso rotto, beveva molto. Ma era meravigliosa. Un'amante appassionata, fantastica. Mi avvolgeva come una stufa.»

Tutte le donne di Caterina mi parlavano delle sue doti di amante. In genere durava qualche mese, poi improvvisamente si stancava e iniziava un rapporto quasi filiale.

«"L'eroina è la morte" mi diceva. "Io sono morta dentro. Non posso più dare niente. Ho conosciuto uno che è stato in comunità. Non la prende da dieci anni e ci pensa ancora. Come hai fatto ad amarmi ridotta così. Io sono una merda. Ah, se mi avessi conosciuta com'ero."»

Mi sento un'intrusa mentre rivivo la sua storia con Emma. L'intensità patologica di Caterina. L'assoluto sempre. Ora e subito. Invivibile perché mortale.

«Negli ultimi mesi era malinconica. "Non vedrò crescere il grano quest'anno. Morirò prima dell'estate" diceva. Era venuta a Milano a trovarmi, ma era irascibile. Usciva spesso. Sono certa che cercasse eroina. L'ultimo giorno ha avuto un incidente di macchina. È tornata a casa, ha salutato il cane: "Ciao Friki" ha detto e si è chiusa in bagno. "Questa volta non sbaglio. Questa volta è tanta." Se l'è iniettata davanti allo specchio, si è guardata allo specchio mentre moriva.» Fisso la strada, alberi e prati piatti che scorrono a lati. «Quando sono riuscita a entrare era blu, la siringa ancora in vena. Ho chiamato i genitori, è venuta la madre. L'ha guardata appena senza toccarla, è entrata nell'altra stanza. Mi ha sbirciato di sfuggita: "Caterina è sempre riuscita a sedurre tutte le donne che ha incontrato, tranne me". Questo è stato l'unico commento.»

«Era in stato di shock» dico. «Caterina voleva bene a sua madre.»

«Mi chiedo se gliene volesse lei» fa eco Emma.

«Per tutti questi mesi avrei potuto chiamarla e non l'ho fatto» dico. «Ormai è tardi. "La storia non si fa con i se" diceva Caterina.»

Proseguiamo in silenzio fino alla chiesetta dove si svolge il funerale, tutti i suoi amici insieme in un ultimo saluto, poi la processione verso il piccolo cimitero, la tomba con la terra fresca smossa intorno, i fiori, Valeria livida con le labbra strette, il corpo scosso dai singulti, il padre straziato dal dolore. Tutta questa vita, questo talento sprecati, persi per sempre.

Caterina. Una meteora. Il mistero della ferita. La gioia compatta. Il lampo del gesto. L'arco che scocca la freccia. Il sasso divelto.

Una nota sola

Devo lavorare, tirar fuori la grinta e non ne ho voglia. In Occidente bisogna usare le unghie per difendersi. Chiamo agenti e editori italiani, mi informo sui libri, scrivo articoli su quelli che mi piacciono e li mando ai miei editori stranieri. Vado in Germania, ad Amburgo, a festeggiare l'ottantesimo compleanno di Klaus Piper, mio editore e nonno elettivo. Passo da Gertrud e un bimbo biondo mi viene incontro trotterellando insieme al fratello maggiore mulatto. Gertrud mi racconta che Jakob è sempre nei Caraibi. Lei è felice e ha trovato un nuovo equilibrio, ora parte spesso per Mosca coi figli. Lì ha ritrovato le sue radici, incontra artisti, scrittori. Suo nonno era un ufficiale russo, è morto combattendo contro i bolscevichi per lo zar.

A Monaco vedo Günther, è un incontro bello e malinconico. Torno in treno circondata da un paesaggio bianco. Penso alle persone che conosci, a quelle che perdi, in un modo o nell'altro. Tutto è triste, tranne la neve. Spesso un volto, un gesto mi ricordano Caterina, mi sembra di vederla dappertutto. Ma non può essere lei, lei è sottoterra.

Vado a Formello da Giorgio, che mi accoglie nella sua casetta in mezzo al bosco. Passeggiamo insieme, mi prepara la cena davanti al caminetto. Gli racconto di Caterina. Lui ascolta, la sua umanità accoglie tutto e non giudica. Quando parto, trovo un biglietto che mi ha lasciato nella borsa: "Quando il momento è perfetto, quello è il momento di andare. Se il tuo momento sarà perfetto, allora trasmuterai".

Torno a Milano e mi vengono le mestruazioni. Non sono incinta. Avviso Sasha.

Penso sempre a Caterina. L'aggressività a volte è un modo di saltare i passaggi impossibili della timidezza. Forse tu a vent'anni eri già compiuta, e tutto ciò che potevi aggiungere non era che una diminutio. O forse non potevi crescere, mediare, adeguarti, cambiare per sopravvivere.

Non sono mai riuscita a immaginare Caterina vecchia. Mi chiedo quanto uno possa scegliere e quanto sia già marchiato dal carattere. O dalle circostanze. Caterina ha incontrato una vecchia poetessa affermata che l'ha iniziata all'eroina. La mandava a comprarla, da sola di notte in mezzo agli spacciatori. Caterina aveva perso la ragazza che amava ed era fragile. Ma quando leggeva le sue poesie era Dio che parlava attraverso la sua bocca.

Caterina aveva leggerezza. Era una creatura piena di grazia. Vorrei andare oltre questo dolore.

Ne parlo con mia madre, lei è arroccata alla terra, al sangue, alla perdita. Si rifiuta di guardare oltre. Ma a volte è necessario. Occorre andare oltre il dolore per capire.

Dentro di me la tua voce scava. Al di là del giorno, di questo tempo conteso, sospeso, dilaniato a morsi, affondare i denti nella mela, nell'ansia del non ritorno. E il respiro che ancora da te mi giunge oltre lo sguardo e le risa perdute, i tuoi voli d'angelo, notturna falena diurna nel tempo di una nota sola.

L'artista e il mago

Un'amica scrittrice mi porta nello studio di Mario Schifano, famoso pittore romano che sta a Trastevere e trascorre le giornate in un loft enorme, circondato da quadri, colori, tele. È alto, un po' gonfio, lineamenti nobili e sguardo da falco, capelli e occhi neri. In fondo alla stanza, di fronte alla lunga scrivania dove è seduto, cinque televisori sono sintonizzati ciascuno su un programma diverso. Sul tavolo, sigarette, penne, pennarelli, colori pastello e a cera, macchina fotografica e polaroid. Mentre parla, scatta polaroid alle immagini che si succedono in continuazione sugli schermi, poi le rielabora coi pennarelli. Nel frattempo si muove di continuo, in un'esplosione perenne di creatività e nevrosi.

Tra di noi è un cortocircuito di energia. Passo tutto il giorno da lui, praticamente mi trasferisco nel suo studio. Gli racconto dell'India, gli parlo di Caterina, lui intanto mi scatta delle foto e poi le fa ingrandire dall'assistente faxate da una fotocopiatrice a colori.

Gli mostro le immagini scattate in Sardegna a marzo, albe, tramonti e fiori azzurri nella sabbia. Mario le fa ingrandire sgranando lievemente i colori come in acquarelli. Alterna la precisione dell'artista ad atteggiamenti un po' goffi che mi inteneriscono e lo rendono autentico.

So che ha trascorsi pesanti di eroina. C'era un periodo in cui dipingeva quadri mentre gli spacciatori aspettavano nell'altra stanza. La mia amica l'ha salvato una volta da un'overdose facendolo passeggiare tutta la notte su e giù per casa sua imbottito di caffè. Tra di loro c'è una complicità di lunga data da sopravvissuti. Io sono un nuovo gioco, ma anche lui lo è per me. La sua perenne attività, lo sguardo spalancato sulle cose mi distraggono dal mio lutto. Il suo modo di scomporre frasi e parole ridisegna il mondo aprendo nuove porte.

Gli atteggiamenti a volte infantili mi ricordano Caterina. Mario è stato innamorato dell'eroina. Ha sputato sangue per uscirne. Mi ha detto che l'eroina rende estremamente egoisti perché non hai più bisogno degli altri. Per un certo periodo fai l'amore stupendamente, ma solo se la prendi, poi non lo fai più. E il cervello perde colpi. La creatività si atrofizza. È una trappola stupida e mortale. Che ti fa mentire agli altri e a te stesso. Ogni tanto tira una linea di coca, me ne offre, ma io non voglio toccare droghe. Lui tira, io gli sto vicino.

Mi mette in mano una videocamera e mi chiede di riprenderlo mentre dipinge. Sostiene che il futuro del cinema è in mano alle donne. Incoraggia in tutti i modi la mia creatività. Il mondo gli rimbalza addosso dal video e lui raccoglie schegge che diventano piccole gemme nelle sue mani.

«Tu scriverai. "Quindici bugie giovanili. Cinquanta bugie inedite di C. Z. e cose avallate da un ascoltatore solo."»

Un giorno mi fa sdraiare nuda su una tela e percorre il profilo del mio corpo col pennello. Poi mi alzo e vado in bagno a strofinare via il colore mentre lui rovescia barattoli interi dentro alla sagoma, trasfigurandola.

«Il disegno del tuo corpo è come baciarti» dice. «Sarai come un comandamento. Come un segreto mio.»

Dipinge vari ritratti miei. Ne vende una serie a un noto presentatore televisivo.

Uno me lo regala, insieme ad altri quadri. Lo sfondo è blu, il volto è bianco, senza lineamenti, e dal sesso esce un triangolo di luce.

Una volta, mentre sto parlando, dipinge un acrilico – una casa e delle nuvole –, poi fa un buco sulla tela, incolla una vera sveglia funzionante con pila e scrive "Ora Caterina".

Abbiamo un rito. Dopo che mi ha dipinto e ho fatto la doccia in bagno, lo inseguo per la stanza riprendendolo con la videocamera, scalza, con addosso una maglietta disegnata da lui, mentre rovescia barattoli di colore per terra in una spirale per una scenografia di Brecht.

«I miei quadri sono sostituibili» dice. «Non dico che devono avere una scadenza come il latte.»

Moana

Un giorno viene a trovarlo Moana Pozzi, una famosa pornostar, col fidanzato. È alta, bionda, dalle forme sinuose, occhi chiari e una bellezza algida. Mi ricorda un'istitutrice svizzera più che una pornostar. È figlia di un ingegnere e ha ricevuto un'ottima educazione. Racconta che il suo lavoro le piace, è molto professionale, non gira mai senza preservativo. Il fidanzato ascolta immobile, senza parlare. Sento qualcosa di contratto in lui, come un dolore compresso.

«Non ti dà fastidio che la tua fidanzata faccia il lavoro che fa?» chiedo ingenuamente.

È lei a rispondere: «Quello è il mio lavoro. La mia vita privata non c'entra».

Racconta che gira con una Mercedes bianca, le piace il potere che ha sui maschi quando è sul palco, la sensazione che prova nel tenerli tutti in pugno con la sua presenza. So che è la pornostar più famosa d'Italia, la più ricca, la più bella. Sono sedotta dal suo distacco, dal contegno impeccabile, non riesco a coniugare la sua eleganza con la capacità di gestire il piacere proprio e altrui, non colgo in lei nessun abbandono.

Non ho mai visto un film porno. Ogni tanto scorrono nei video di Mario ma io lo prego di cambiare, perché la ripetizione meccanica del coito mi ricorda la matematica e la morte.

«La curiosità è come un motore supplementare» dice lui. «Anche la vergogna è un fatto rivoluzionario.» Ma non c'è nessuna vergogna nel porno, non avverto emotività.

Lei mi chiede di me, di quello che faccio. Le piacciono i libri, non è mai stata in India.

«Quando arrivi in India, o rimani sconvolta e scappi subito, oppure resti e poi non vuoi più partire. All'inizio in genere ti ammali perché non riesci a metabolizzarla.»

Mi chiede di farle vedere qualche posizione yoga, le mostro quella sulla testa, le gambe dritte per aria.

«Come fai a mantenere l'equilibrio?» chiede.

«Devi trovare il centro in mezzo alla fronte, poco sopra l'attaccatura dei capelli, e sollevarti col respiro giusto. Non c'è sforzo.»

Moana mi guarda interessata, ha lo sguardo intelligente ma senza gioia, non riesco a scalfire il suo autocontrollo. Mi intriga come un animale misterioso.

«Grazie di avermela fatta conoscere. È una donna molto affascinante» dico a Mario quando se ne va.

«È il tuo opposto. Mi ha chiesto varie volte di farle il ritratto.»

«Perché non glielo fai?»

«Non c'è scritto in nessun libro. Solo lei sa i motivi. Tutto sommato lei cerca di proporre la propria puttanaggine come fatto borghese.» Sorride al video. «Tu, Moana, giochi a tresette. La libido non la puoi dominare, la puoi vivere. Quando sei arrivata oggi avevi il seno a fior di pelle. Momento di primo piano animale.» Fa un altro tiro. «In tutte le cose, anche nei rapporti, devi mettere un po' di melodia. Moana. Quando entro in un cesso pubblico, preferisco l'odore di merda a quello del deodorante.»

Per Mario

Le giornate scorrono a casa di Mario mentre gente va e viene in continuazione. Galleristi, scrittori, critici d'arte, Bonito Oliva col sigaro in bocca. Mario parla, fotografa, disegna, dipinge.

«Una cosa ti colpisce a vita, non a morte. Mi hai già fatto avere delle sensazioni strane, anche un po' di amaro. Sei così nutriente che non ho neanche mangiato. È come una trasfusione.»

A volte prima di andare da lui passo per l'Orto botanico e cammino in mezzo a fiori e piante prima di tuffarmi di nuovo nel suo universo in penombra dove il mondo filtra solo attraverso la gente che lo va a trovare e i video sempre accesi.

«Credo che l'unico istinto animale in me sia la capacità di adattamento.»

Mi parla di un nuovo progetto: laboratorio per morire e morte. Laboratorio umano. La vita mi rimbalza addosso nel suo studio in un'ottica che placa in qualche modo il mio lutto con dosi omeopatiche di morte. Non solo omeopatiche, perché Mario tira coca di continuo. Il tempo a casa sua accelera e si ferma, non esiste causalità, anch'io con lui sono in apnea, anch'io ho voglia di bruciare tutto con la mia curiosità onnivora.

«Quando sono con te, è un altro tempo. Voglio entrarti sempre più dentro, in uno spazio dove ti tocco.» In realtà non ci tocchiamo mai. Lui mi sfiora il corpo col pennello, poi si accanisce coi colori sul vuoto della mia sagoma. Il nostro è un incontro virtuale, ma me lo sento addosso, scolpita dalle sue parole, dalla sua ottica straniante sulla realtà.

Parto per Milano. Vedo editori, leggo e scrivo sui libri, poi torno a Roma da lui, nella sua tana. Mario è un folletto mediatico, un vero poeta immerso nel presente. È come se il tempo si fosse fermato da quando l'ho lasciato a ora che lo rivedo, come se il resto fosse azzerato. Ma non è esattamente così. È passato quasi un mese, non c'è più l'immediatezza della prima volta. Io e lui siamo gente che brucia in fretta. A un certo punto gli chiedo un tiro di coca. Nello stato in cui sono i miei nervi, è un errore. Il bene, l'amore, a Shantivanam riuscivo a esprimerlo senza problemi, era un flusso naturale. La coca porta l'emozione alla paralisi. Stravolge gli equilibri già precari dei miei nervi.

"Mario ti voglio bene" penso. "Ma vorrei amarti con calma." So che non è possibile, il tempo di nuovo incalza. Lui come sempre mi previene.

«Siamo amanti latrini, non latini» dice. E ancora, girandosi verso di me con sguardo discolo: «Mi dai un bacio berbero? Quanti libri i nostri figli non avranno bisogno di leggere. La famiglia qui pro quo».

Sento che la tensione sia sta impercettibilmente allentando. Non si può vivere perennemente sul filo del rasoio, surfisti della vita, sempre nell'occhio del ciclone, calibrando il ritmo del respiro per non morire.

«Eros vince sempre. Tu sei la mia scrittura erotica. Mi scrivi con le mani, coi capelli.» Poi si gira e mi guarda. «Il sentimento della vergogna è veramente un grande valore.»

Ieri ha dipinto un quadro coi miei piedi danzanti d'oro.

«Vorrei che fosse infinito, che non finisse mai.»

Ma il tempo già dietro l'angolo corrode. Eppure c'è chi si salva dall'ansia. Basta vivere solo nel presente. Abbandonarsi alla ferita che si apre senza fare domande.

«Non è cinismo» dice Mario. «È una cosa molto più moderna.»

Preferisco partire quando la musica è in levare, nel cuore dell'onda, prima che il mare di nuovo si chiuda su di me. Salgo sul treno per Milano.

La sposa la fiducia l'avvenire polvere bianca vernice rossa il gesto sorpreso del futuro non saprò mai se i sogni le danzatrici berbere le notti le case incendiate le avventure mari di cieli blu arsi di nuvole se l'ebbrezza metallica del tempo questo gesto segreto scolpito a cuore aperto incessante come il respiro come i battiti incessante ora la misura giusta per perdersi colmarsi impacciati avidi indifesi a cuore aperto televisivo senza cinismo un'ombra più moderna una nota cava nella voce un respiro non detto una domanda una cosa fatta di vento un'eco aspra strade vuote di memoria un neoromanticismo.

PER MARIO, TRENO ROMA-MILANO 21-7-91

L'inciampo

La morsa del caldo soffoca la città, stremata tra cemento e asfalto. Ormai è estate piena, le strade si fanno sempre più deserte, qualche turista boccheggia qua e là, sperduto in mezzo ai pochi abitanti rimasti. Chi può parte. Ho nostalgia di Shantivanam. Chiamo Eduard che è in partenza per la Slovacchia e decido di andare a trovarlo a Bratislava. Sasha è a Bali. Lo vedrò a settembre.

Eduard mi viene incontro all'aeroporto, gli occhi azzurri scintillano. Non lo ricordavo così alto, capelli scuri e un accenno di barba. Si muove goffo sul corpo lungo, afferra la mia valigia e caracolla fuori dall'aeroporto. All'esterno mi accoglie una piazza circondata di tigli e viali alberati, quartieri con piccole case di mattoni rossi e un grande castello medievale. Bratislava è una città austroungarica, elegante e impoverita dal comunismo postguerra.

Eduard mi porta a passeggiare lungo il fiume ampio dalle rive verdissime. È emozionato, mentre parla si volta spesso a guardarmi come per accertarsi che io sia veramente qui. Mi sento fuori dalla capsula protettiva di Father Bede, anche se Shantivanam è una complicità tra di noi che agli altri non riesco neanche a spiegare.

Qui un tempo tutto brulicava di vita, ogni abitante era una singola molecola in un florido organismo collettivo. Per secoli e secoli fino alla Grande guerra. Ogni volta che metto piede in Austria o nelle vestigia di quello che fu l'impero dell'aquila bifronte, mi coglie una specie di malinconia, che non mi prende ad esempio nel vedere le rovine romane, regali nella loro maestosa imponenza. Qui è come se la catastrofe fosse troppo recente, sento ancora nell'aria l'odore dei Brezeln venduti al Prater, ma le strade sono vuote di vita, qualche vecchietto si aggira dignitoso e impoverito in quella che è stata una città importante, crocevia di una civiltà.

Ci fermiamo a mangiare Bratwurst con senape in un piccolo caffè sul fiume. Eduard mi racconta il suo rientro da Shantivanam. È rimasto altri due mesi dopo che io, Sasha, Sybille e Leslie siamo partiti. Ora è tornato ad abitare con la sorella a Oxford, ma è incerto su cosa fare.

«Perché non riprendi a studiare Medicina?» chiedo.

«È troppo tardi, ormai. Per due volte non ho passato un esame importante e ho smesso di frequentare i corsi. Da allora è trascorso troppo tempo e non riuscirei più a recuperare. E poi Medicina non mi piace.»

«Cos'altro vorresti fare?» chiedo.

«Non lo so. Vorrei andare per qualche mese in un ashram al sud della Francia dove fanno corsi di yoga interessanti. Lì potrei anche insegnare a dei bambini.»

«Ti piace insegnare?»

«Sì. Solo ai bambini, però.» Mi guarda con una punta di esitazione e ritrosia che mi intenerisce.

Ci avviamo verso l'uscita, Eduard mi apre la porta e mi guida lungo un reticolato di viuzze. Passiamo sotto la fortezza che si staglia severa nella calura estiva. Ci sediamo all'ombra di un albero in una piazzetta vicina. Visitiamo la cattedrale e la piazza del mercato, ci perdiamo nelle stradine della città vecchia fino al tramonto, mangiamo gulasch in un ristorantino a lume di candela. Eduard mi racconta come ha scoperto a Oxford gli scritti di Father Bede, che l'hanno portato a Shantivanam.

«Bede è nato a Oxford come me. Studiava Estetica con un gruppo di amici. Si è innamorato della natura. Dopo una malattia ha avuto una crisi religiosa. Si è convertito al cattolicesimo ed è andato in India.»

Guardo Eduard mentre parla, le mani grandi, la camicia a scacchi color ruggine. È bello, ma l'insicurezza lo rende goffo, non ha avuto un padre che lo aiutasse a diventare un uomo. "A volte i padri è meglio averli, a volte no" penso. Father Bede in fondo è una figura paterna per tutti noi.

Mentre torniamo lungo il fiume sento il respiro dell'acqua sazia del calore diurno, guardo le barche illuminate dai lampioni in lontananza, qualche lucciola brilla a intermittenza nella notte come tra gli eucalipti sul fiume a Shantivanam. Stringo il braccio a Eduard.

In albergo chiedo la chiave alla reception e saliamo nella mia stanza. Sto per salutarlo sulla porta, quando Eduard mi guarda imbarazzato e mi spiega che ha prenotato solo una camera.

«Come?» chiedo.

«Spero che per te non ci sia problema, si tratta di una notte, domani partiamo per Praga» dice guardandomi con aria talmente contrita che cerco di soffocare l'irritazione che sta montando dentro.

«Preferisco dormire sola. Chiediamo un'altra stanza alla reception.»

Eduard china gli occhi azzurri con imbarazzo: «Ora è alta stagione. L'albergo è pieno».

Sento un misto di ira e panico salirmi dalla pancia. Cerco di controllare l'imbarazzo atteggiando una disinvoltura che non ho.

«Veramente avrei preferito una camera singola, ma se non ce ne sono altre, per una notte dormiremo insieme» commento, cercando di fare buon viso a cattivo gioco.

In realtà sono a disagio e sospetto qualche macchinazione, o perlomeno non chiarezza da parte di Eduard. Cerco di calmarmi. Sistemo la valigia, prendo il pigiama e vado in bagno a cambiarmi. Torno e scivolo sotto le coperte. Mi giro in posizione fetale, lontana il più possibile da Eduard. Socchiudo gli occhi e intravedo strisce di luce azzurra filtrare attraverso le persiane, una brezza gentile mi accarezza la guancia. Sono sveglissima, il cuore mi batte e non riesco a dormire. Sento che Eduard è sveglio quanto me e questo mi agita ancora di più.

«Dove sei?» La voce di Eduard arriva al mio orecchio mentre la sua mano mi sfiora, tremante, una spalla.

«Sono qui» dico. L'ansia gli agita il corpo in un tremito che si trasmette anche a me. «Stai calmo.» Mi volto e gli accarezzo la mano per calmarlo. Lui mi si rannicchia contro, le braccia tremanti mi afferrano le spalle e inizia a darmi piccoli baci sul viso, sul collo, dove capita. Potrei e vorrei sottrarmi, ma la sua sete di me è così assoluta che mi travolge. La generosità del mio corpo è naturale, lentamente mi apro a Eduard come una madre che lo partorisce e lo allatta. I movimenti sono goffi, impacciati, a un tratto sento una voce dentro che dice: "Non dovresti essere qui con Eduard, dovresti essere con Sasha". Scuoto il capo e mi abbandono accarezzandogli la nuca come a un bambino.

Scosto il lenzuolo e vedo il polpaccio nudo di Eduard. Cosa ci fa qui, nudo con me nello stesso letto? Sono sobria, l'effetto Shantivanam è svanito, non era questa la fratellanza che mi ha portata da lui, non è questo che voglio. D'un tratto immagini della notte trascorsa mi attraversano la mente. Eduard non è più vergine. Come è potuto accadere? Mi sento come un insetto caduto nella rete di un ragno astuto. Ma Eduard non è astuto, apre gli occhi e mi guarda con occhi colmi di un amore che non voglio. Dio, che errore. Come ho potuto? Non voglio fargli male, ma questo tra di noi non c'entra. Potrei essere rimasta incinta. Un'onda di rancore sordo mi monta dentro. Mi sento in trappola.

Mi alzo fingendo un'indifferenza che non ho, vado in bagno e faccio una doccia lunghissima, come se l'acqua potesse lavare quello che è successo.

Girovaghiamo per Bratislava prima di prendere il treno per Praga, ma ormai l'incanto è rotto. Lotto contro la tentazione di maltrattare Eduard.

«Ti sei mai chiesto perché gli uomini hanno il membro più lungo di quello delle scimmie?» gli chiedo a un tratto mentre passeggiamo sotto un viale di tigli.

«Veramente no» risponde lui imbarazzato.

«Quando l'uomo nasce, il cranio è sproporzionato rispetto al resto del corpo, per questo spesso il parto delle donne è doloroso. Per permettere al cranio di passare, la vagina si è inevitabilmente dilatata nel corso dei millenni e il membro anche, altrimenti non ci sarebbe stato piacere nel coito e la specie si sarebbe estinta. Quindi il membro maschile è direttamente proporzionale all'ipertrofia cerebrale degli umani.» Eduard mi guarda allibito, mentre io fingo un distacco pseudoscientifico che non ho.

Il viaggio in treno è atroce, circondati da una campagna idilliaca, Eduard mi prende la mano e io ho solo voglia di allontanarlo, terrorizzata all'idea di avere un figlio suo nella pancia.

Finalmente arriviamo a Praga, magnifica e inquietante, una città che trasuda storia. "Kafka avrebbe potuto abitare solo qui" penso. Camminiamo in piazza Venceslao, ammiriamo gli edifici eleganti del quartiere ebraico, visitiamo il cimitero, il castello dove abita Václav Havel, scrittore dissidente e ora presidente del paese.

Al ritorno attraversiamo il ponte sul fiume che taglia in due la città. Al centro c'è un tizio che suona il pianoforte. Mi avvicino e chiedo di poter suonare. Lui si alza e mi lascia il posto. Le dita corrono sui tasti, suono Chopin mentre la città sul fiume si apre di fronte a me, è una splendida giornata estiva. Nel cappello posato sul selciato piove una pioggia di monete e dollari, finisco di suonare e mi alzo tra gli applausi di una piccola folla che si è radunata. Ringrazio e scuoto sorridendo il capo mentre il tizio si avvicina e mi porge il cappello colmo di banconote. Filmo un burattino con la videocamera che mi ha regalato Mario, la sera beviamo una birra in un locale a Malá Strana.

Tutto è apparentemente tranquillo, ma io ho voglia di fuggire. Invento una scusa e dico a Eduard che devo assolutamente tornare. Prenotiamo un treno, poi la notte dormo in una stanza singola. Il giorno dopo Eduard mi accompagna al binario. Appena salgo e sistemo i bagagli, mi rilasso. È come se fossi già partita e divento di nuovo dolce con lui. Lo abbraccio, lascio che mi stringa e mi baci. A un certo punto mi trascina in bagno, chiude la porta, mi apre i jeans, mi spinge verso il lavabo e ci accoppiamo con furia. Mi ricompongo sorridendo mentre il fischio del macchinista annuncia che sto per partire, un ultimo bacio sul predellino della mia carrozza. «*Bye*» dico, mentre il treno si allontana e io lo saluto dal finestrino.

Nodi irrisolti

Al rientro Milano è deserta, non riesco a stare ferma, devo di nuovo partire. Chiamo mia cugina Ginevra, che sta andando in Sardegna, invitata da mio padre che è lì per quindici giorni con un amico. Prendo un aereo e la raggiungo.

Mio padre è di buon umore, scherza, ci porta in giro in gommone a fare il bagno dove l'acqua è turchese. Stranamente riusciamo a stare insieme una settimana senza litigare. Un giorno sono con lui sulla spiaggetta davanti casa. «Io ti amo» dice a un tratto, fissando dritto davanti a sé.

Lo guardo di profilo senza replicare, paralizzata. Occorre coraggio per essere sinceri, ma le parole deflagrano dentro di me. Sento che mio padre mi ama quasi come un uomo ama una donna. Sono sua figlia e non gli è mai venuto in mente di mettermi le mani addosso. Ma l'intensità del suo amore diventa un boomerang e lo rende morboso. La sua gelosia supera quella dei normali padri perché non c'è un'altra donna, una moglie con cui dividerla. Mia madre, tradendolo, gli ha impedito di essere un marito. Lui ha avuto centinaia di donne, ma nessuna veramente importante. Graziella è una specie di badante che gli prepara la cena la sera e con cui lui non si sente emotivamente a rischio. Continua ad avere altre amanti, tutte più o meno si equivalgono. Lei lo tiene con un sentimento vischioso fatto di abitudine e sensi di colpa, ma non sarebbe mai in grado di ferirlo. Sono rimasta solo io, unica donna amata e figlia, portatrice del suo sangue. Mi ha sempre ripetuto che ero un'ereditiera dandomi denaro col contagocce per evitare di viziarmi. Mi prometteva una cosa, poi cambiava idea umiliandomi, anche davanti agli altri. Nel frattempo mi diceva: «Tu non hai bisogno di niente e di nessuno, ci sono io per te», in modo che non ci fossero altri uomini come punto di riferimento. Se il figlio di un suo amico si interessava a me, faceva in modo che non lo incontrassi più. Soprattutto se era ricco, perché l'unica sicurezza di mio padre è il denaro. Non ha mai apertamente interferito con le mie scelte sentimentali, purché fossero lontane e lui non fosse direttamente coinvolto. A otto anni, una volta, uscendo da casa nostra, mi ha detto: «Tu sei molto bella, ma devi essere bella solo per me». A diciott'anni uno dei miei numerosi zii paterni gli ha riferito di avermi visto passeggiare per strada con un ragazzo. Mio padre mi ha fatto una scenata per telefono chiamandomi puttana. Certo gli devo molto. Senza di lui non avrei iniziato il mio lavoro. Tutto per emanciparmi, per non dovergli chiedere nulla. Né a lui, né a nessuno. Anche se vado in Sardegna, è casa sua, può sempre proibirmi di metterci piede, in certi periodi l'ha fatto. Dopo anni di potere e di ricatti, ora io mi rifiuto di essere dominata, e la mia indipendenza, che peraltro mi hanno trasmesso lui e mia madre, lo irrita. Con gli altri è fiero dei miei successi, con me è parco di lodi. Fino a poco tempo fa, quando lo vedevo, spesso mi metteva soggezione e balbettavo. Mi diceva: «Tu parli cinque lingue, ma sei una fallita».

Mio padre ha compensato col potere sugli altri, dato dal carisma e dal denaro, la solitudine affettiva che ha sempre negato di avere. Non ha mai fatto commenti sulla madre scomparsa quando lui aveva quattordici anni, ha adorato il padre, che poi è morto. Sente molto i legami di sangue e vuole bene ai fratelli. Ha fatto da tramite tra i maggiori e i minori, evitando differenze. Il suo carisma di uomo di successo l'ha portato a sostituire la figura di patriarca del nonno.

È lui il capobranco ora, ma anche questo ruolo lo isola. Il suo migliore amico si è schiantato in un incidente di macchina a ventitré anni. Le donne per lui importanti l'hanno tradito o sono scomparse. Sono rimasta io e il peso di questa eredità affettiva mi schiaccia.

Scappo sulle rocce, piango, recito il mantra di Shantivanam per calmarmi: «Om, Bar Bhuva Svaha, Tat Savitur, Varenyam».

«Non te la devi prendere» dice mia cugina. «Non puoi cambiare il rapporto con tuo padre. Lui è fatto così. Devi essere tu a cambiare. Sii forte e vai avanti nella tua vita.» Annuisco, l'abbraccio, so che poi mi passerà.

A volte con mio padre sto benissimo e parlo senza filtri, perché mi capisce al volo. Ha un "cervello elettrico", come dice lui. Il problema sono i giochi di potere e i nodi affettivi irrisolti che ogni tanto esplodono inquinandomi e facendomi male. È il motore principale della mia inquietudine. Ma saperlo non cambia le cose. Capire aiuta, ma non mi impedisce di inciampare negli stessi errori, perché non riesco a controllare la mia emotività.

Per una settimana usciamo in gommone, mi perdo tra le rocce, parlo con mia cugina. Poi parto, mi immergo di nuovo nel lavoro e mi preparo a incontrare Sasha a settembre.

Barka

«Io ti amo, ma tuo padre è ricco e io sono povero, non potrei mai sostenere il tuo livello di vita, siamo troppo diversi.»

Guardo Sasha che parla, siamo seduti in un ristorante indiano tra la ventottesima e Lexington, si è tagliato la barba e per la prima volta noto che è bello, la pelle chiara dalla grana compatta, la mascella forte, gli zigomi alti, le labbra piene, gli occhi tagliati per il vento delle steppe. In India la barba gli incorniciava il viso e i lineamenti erano irriconoscibili. Col viso glabro sembra più giovane, i capelli lunghi sulle spalle gli danno un'aria da Gesù Cristo di ascendenza slava. Appena sono arrivata a New York, mi ha spiegato che è stato a Bali a trovare Samantha, la ragazza che ha conosciuto prima di me. Ha deciso di sposarla. Tra poco parte. Sostiene che si è innamorato di me in India, ma ho un carattere impossibile e tra di noi non potrebbe mai funzionare.

«Certo» gli dico, «fai benissimo a sposare Samantha, io comunque non ti avrei mai sposato. Non mi interessa sposarmi.»

C'è un lieve disappunto nella mia voce dovuto al fatto di non essere l'unica protagonista. Mi rendo conto che queste sono piccinerie, piccole gelosie da ragazzina viziata. Non mi sfiora neppure la possibilità di essermi innamorata di lui. Non potremmo vivere insieme. Lui è un poeta nomade, non la persona con cui fare dei figli. Sta di fatto che appena ci rivediamo torniamo amanti, come se fosse inevitabile e ogni commento superfluo.

«Samantha non è gelosa. Le ho parlato di te, lei sa il rapporto che abbiamo. Io ti amo e ti amerò sempre. Ci sarò sempre per te.» Annuisco e intanto cerco di prendere le distanze, ma non è possibile.

Sasha mi chiede di leggergli Dante perché vuole sentire il suono del suo poeta preferito in italiano. Leggo un canto dell'*Inferno* e del *Purgatorio*, lui mi ascolta inebriato dal suono della lingua, poi mi prende per mano. I vestiti volano per aria, mi afferra i capelli mentre il sole di New York inonda i tetti con la luce trasparente dell'Atlantico. Il cielo azzurro illumina la sua stanza ad Astoria, per terra un materasso, di fronte a me il divano dove Sasha mi legge le poesie di Duncan, la criniera da giovane leone, la linea obliqua degli zigomi ai lati del viso, la voce fonda. Non sono innamorata, non ho ansie perché non ho nulla da perdere. Da qualche parte mi sembra impossibile che Sasha tra poco sposi Samantha, ma non interferisco e lascio che il destino scorra.

Esco da sola mentre Sasha dipinge i muri negli appartamenti esclusivi Uptown. Mi perdo tra le strade di Manhattan, la luce taglia in due le avenue. L'intensità esclude la ripetizione, se vivessi sempre con Sasha mi sentirei in trappola. Prendo il traghetto e visito la Statua della Libertà, passo per Staten Island dove gli immigrati trascorrevano la quarantena, sfiniti dopo mesi di nave, il passato alle spalle, l'America una sfida nuova, una speranza, una promessa.

La sera lo rivedo e gli racconto, lui va in bagno e fa una doccia, mi prepara riso e dhal oppure usciamo a mangiare in un ristorantino di Astoria.

«Quando ero piccolo, questo quartiere era pieno di italiani e greci» dice. «Ricordo l'odore del caffè fresco e dei bagel la mattina.» Sorride e mi prende la mano, la sua stretta mi scalda e mi contiene. Torniamo a casa e iniziamo infinite discussioni su Dio, la poesia, i greci, il cristianesimo.

«Vorrei che tu incontrassi Barka» mi dice una sera. «È un grande poeta ucraino, è lui che mi ha fatto conoscere Dante. È stato soldato durante la Seconda guerra mondiale, ha scoperto Dante e Dio dopo essere stato un acceso marxista. Ha scritto una raccolta di poesie, *Oceano*, e un libro sulla carestia artificiale voluta da Stalin per annientare la resistenza degli intellettuali ucraini e dei contadini kulaki. Ora vive in un centro culturale ucraino in campagna, vicino alla casa dei miei genitori. Vorrei fartelo conoscere. Sabato affitto una macchina e andiamo.»

Partiamo, superiamo il Triborough Bridge e lasciamo Astoria, oltrepassiamo il Bronx e a poco a poco il traffico della città si allontana. Sasha mi racconta la sua infanzia Upstate dopo aver lasciato Brooklyn, dove è nato, e Astoria, a sei anni.

«Mio padre voleva che crescessimo in campagna, in mezzo alla natura. Lui faceva il cuoco, lo chef per Citibank. Stava a New York. Per mantenerci aveva due lavori e lo vedevo solo il weekend. Mia madre si occupava di noi, della casa e del giardino. Avevamo un gatto e vari cani. Il mio cane preferito era un pastore tedesco, Aza. Era intelligentissima. Siamo cresciuti insieme.»

«Sei andato a scuola Upstate?»

«Sì, le elementari e un liceo di *white trash*, spazzatura bianca, per lo più proletari, contadini, *red-necks*, qualche ebreo e immigrati. Il mio migliore amico era Pablo, un peruviano più basso di me. A quattordici anni era già un uomo, giocavamo a calcio insieme, lui correva velocissimo. Mi ha iniziato lui alla coca e alle ragazze.»

Lo guardo senza fare commenti mentre la macchina scivola sul nastro d'asfalto che costeggia i campi e i boschi Upstate. Case coloniche in legno con veranda, mucche sdraiate sull'erba, qualche daino e caprioli che attraversano veloci la strada. Mi parla della piccola cittadina dove è cresciuto, la chiesa, il supermarket, la scuola e la pizzeria dove andava coi compagni.

Proseguiamo e dopo circa un'ora raggiungiamo l'entrata del campus dove abita Barka in una piccola torre in mezzo al verde. «Aspetta qui» dice Sasha indicando un grande olmo.

«Vado a cercarlo.» Appena se ne va mi metto nella posizione sulla testa. Sono un po' agitata e lo yoga mi calma.

Sasha mi ritrova a gambe dritte per aria accanto all'olmo. «È in casa. Vieni.»

Abbasso le gambe e le piego ai lati del capo, inspiro profondamente e mi alzo, poi seguo Sasha verso il cottage di Barka. Entriamo, saliamo le scale della piccola torretta e il poeta ci viene incontro.

«Ma che bella sorpresa, una donna della patria di Dante.» Sorride e mi stringe la mano.

È alto e sottile come un asceta, capelli castani striati di grigio, il volto triangolare incorniciato da una barbetta bianca, naso dritto dalle narici arcuate, zigomi alti, sopracciglia folte e occhi di un azzurro intenso con pennellate grigie. Indossa una camicia color panna e pantaloni neri. Il corpo asciutto emana forza fisica e intensità spirituale.

Ci fa strada in una stanza con uno scrittoio e alcune sedie. Sasha gli chiede notizie sul poema che Barka sta scrivendo. Ogni tanto il poeta dice qualche frase in ucraino e Sasha risponde, i suoni morbidi scivolano nelle mie orecchie mentre guardo il giardino fuori dalla finestra, le foglie screziate di giallo e rosso. Sasha mi lancia un'occhiata e torniamo a parlare in inglese.

«Quali sono i suoi poeti americani preferiti?» chiedo.

«Emily Dickinson è la poetessa che sento più affine. Mi piacciono Edna Saint Vincent Millay, Wallace Stevens, John Masefield, Ezra Pound. In Unione Sovietica leggevo sempre Whitman durante la prigionia. Sentivo che avrebbe influenzato la mia vita. Era così libero da ogni tipo di catena nella propria creatività individuale.»

«E scrittori di prosa?»

«Mi piacciono Faulkner e Edgar Allan Poe, che ha scritto racconti meravigliosi. Anche Hemingway, ma è un po' troppo giornalistico.»

Insisto: «E gli scrittori europei?».

«Romain Rolland. Anatole France. Malraux, per la condizione dell'esistenza umana. Charles Péguy, uno scrittore cristiano morto nella Prima guerra mondiale. E tra i poeti Apollinaire, Mallarmé, Rimbaud. Mi ha molto influenzato Emile Verhaeren, poeta belga vincitore del premio Nobel. La letteratura francese mi ha aperto la testa.»

«La visione ortodossa del cristianesimo ha influenzato il suo lavoro?» chiedo.

«Prima della Seconda guerra mondiale ho scritto versi sotto una forte influenza dell'ideologia marxista. Eravamo catechizzati da bambini. Nessuno poteva sfuggirvi. Io però mescolavo Marx a qualcosa di molto diverso. I critici comunisti l'hanno notato e hanno condannato il mio lavoro. Hanno sentito odore di spiritualità borghese.» Fa una pausa e il volto si apre in un sorriso. «Prima della Seconda guerra mondiale sembrava che la spiritualità mi venisse dalla natura, mentre verso la fine della guerra alcuni accenni al cristianesimo diventano espliciti.» Ci guarda e allarga le braccia. «Per sei mesi ho dovuto fare autocritica. Quasi ogni settimana gli scrittori organizzavano raduni collettivi e ogni volta mi obbligavano a pentirmi amaramente e in modo categorico. Mi hanno forzato ad ammettere alcuni errori dovuti al mio narcisismo. Ad esempio, mi hanno accusato di aver scritto che molti preti erano stati uccisi. Ma accadeva sotto i miei occhi. Distruggevano le chiese e ammazzavano i preti. Era la verità e non potevo dirla.»

«Hai mai pensato di diventare un membro del partito comunista?» chiede Sasha.

«Me l'hanno proposto varie volte. Dicevo sempre che non ero pronto. Che ero distratto, che il mio carattere tendeva all'anarchia e non ero adatto a entrare nel partito.»

«Quand'è che ha perso la fede nel comunismo?» chiedo.

«Con la carestia artificiale voluta da Stalin. Io sono nato in Ucraina orientale nel 1908, vicino a Poltava. I miei genitori erano ufficialmente kulaki. Nel 1916 la proprietà fu venduta perché la carestia dovuta alla guerra richiedeva molto denaro, soprattutto per l'elettricità, che all'epoca era cara. Ci trasferimmo in città e nel 1928, dopo il conflitto con le autorità comuniste, andammo nel Caucaso del nord.»

«Le montagne del Caucaso hanno influenzato la tua poesia» osserva Sasha.

«Sì, ho scritto un poema che inizia e finisce nel Caucaso, la montagna diventa come un'immagine spirituale di Prometeo, un'enciclopedia dell'impero russo e del suo rapporto con le altre nazioni.»

«Dici che la tua fede nel comunismo collassò dopo la carestia. Qualcosa riempì questo vuoto. È iniziato un periodo di ricerca che ti ha condotto al cristianesimo» dice Sasha.

«Stavo lavorando alla *Divina Commedia* e Dante mi ha dato un grande conforto. Davanti a me si è spalancato il cosmo, pieno di bellezza e verità. Era come vivere su un pianeta diverso. Sono debitore a Dante del mio rinascimento spirituale dalla prigione rossa dell'ideologia. Nessun altro autore al mondo ha avuto su di me l'influenza profonda che ha avuto Dante con la *Divina Commedia*.»

«Nel suo libro lei racconta la carestia artificiale?»

Barka annuisce: «Sì, racconto la rivolta di un villaggio che è stato massacrato. "*The truth has its home and song*" dice un vecchio detto ucraino. Volevo dar voce a una tragedia, volevo che i morti potessero parlare. Come dice san Paolo, il potere più grande nasce dalla debolezza.» Sorride e guarda oltre la finestra qualcosa che vede solo lui.

Sasha mi fa cenno che è ora di andare. Barka è anziano, non vuole affaticarlo. Ci congediamo.

«Grazie» dico.

«Grazie a voi della visita. Tornate. È bello parlare coi giovani, coi giovani che capiscono.»

Ci saluta dalla soglia della sua piccola torre che sembra un'isba, la camicia chiara, gli occhi azzurri di luce. Sasha gira la macchina e usciamo dal parco del campus incendiato dai colori dell'autunno, gli aceri coperti di foglie gialle e rosse.

«Sono contento che tu sia venuta con me» dice Sasha.

«Grazie di avermelo fatto conoscere. Una persona straordinaria.»

«Non ho mai portato nessuna prima di te.»

I nostri occhi per un attimo s'incrociano, poi torno a guardare fuori la strada che si snoda tra i boschi fitti di abeti, aceri e betulle.

Passano i giorni e mi sento sempre più confusa. Non capisco cosa mi stia accadendo e dentro l'inquietudine aumenta. Questa mescolanza di metafisica, eros, poesia mi lascia stremata. Sono abituata a vivere giorno per giorno, è quasi una filosofia di vita, ma ora tutto mi sfugge. Non ho più appigli ed emotivamente inizio a diventare insicura. Predico la libertà e la gioia, ma comincio ad avere paura. So che Sasha non mi farebbe mai male, so che posso contare su di lui, ma tra poche settimane partirà per Bali per sposare Samantha e questo mi inquieta, anche perché la notte non riesco a sfuggire alle sue braccia. Non sono in grado di fare alcuna rivendicazione, non posso dire a Sasha: "Sposa me e non Samantha", perché non mi sento di sposare nessuno. Non posso scegliere né assumermi responsabilità. Mi sento incapace di mettere radici. Non credo nelle famiglie, non credo ai rapporti che durano. Dopo Jakob il mio cuore è ibernato e questa è la conditio sine qua non per essere emotivamente libera.

Decido di partire qualche giorno per New Orleans da sola. Forse è una fuga, ma ho bisogno di prendere le distanze.

Gli americani riescono sempre a uniformare dove passano, livellano tutto a confezione Disneyland. Ma qualcosa del passato è rimasto. Questa città è stata fondata dai francesi e ancora si respira un'aria diversa di trasandata eleganza. Case coloniali dall'intonaco sfatto, balconi che corrono lungo ogni piano con sdraio e piante tropicali lungo le ringhiere. E musica, musica ovunque. Il jazz è nato qui. Qui Louis Armstrong ha iniziato a suonare. Ha ragione Sasha. Cosa sarebbe l'America senza i neri. «Sarebbe noiosa come l'Australia» dice. Anche se nessuno di noi due conosce l'Australia.

I neri qui sono diversi da quelli che ho incontrato a New York o a Los Angeles. Sono più tranquilli, rilassati, sorridenti. Deve essere l'influenza del sud, la mollezza dei tropici. Il ritmo è più lento, l'atmosfera è calda, umida. Da ogni locale esce musica. È come camminare sulle note, la musica mi danza nei piedi, mi scorre addosso. Trovo subito una pensioncina. Una donna grassa e attempata in shorts sgargianti e sigaretta in bocca mi dà le chiavi di una stanza con vista su un piccolo patio interno.

Esco per le strade, scatto foto, entro nei bar. I neri per strada sorridono. "Ci pensano gli anglosassoni a essere efficienti" penso, ma non hanno fantasia, non hanno questo ritmo meraviglioso, l'eleganza naturale dei movimenti, il senso ludico della combinazione dei suoni. Ogni tanto mi viene in mente Sasha, l'unico americano che conosca a non avere la televisione. Ho fatto bene a partire. New Orleans mi distrae con i suoi colori, gli odori, l'atmosfera rilassata.

Vedo un nero scalzo per strada che sta suonando un pianoforte lungo il marciapiede. Suona come se non avesse fatto altro per tutta la vita, come se fosse nato per questo. Penso alle mie lezioni di pianoforte, la bacchetta sulle dita e gli occhi di ghiaccio della Bellagamba, il silenzio prima di aprire lo spartito, la paura, la disciplina, il rigore. Panico, paralisi e mani gelate. Niente di tutto questo. Per il ragazzo in canottiera che sta suonando davanti a me la musica non è un obbligo, né uno status, semplicemente suona perché è quello che gli piace. Suona con tutto il corpo, mentre la schiena si muove a onde, i piedi battono il ritmo, la vitalità contagiosa, il sorriso disarmante. Mi siedo in una poltroncina del caffè di fronte affascinata dalla sua grazia, dall'assoluta necessità di ogni gesto. Mi piace tutto qui: il clima, la gente, l'architettura, l'allegria. E musica, musica ventiquattr'ore su ventiquattro. Il jazz più puro è quello di New Orleans, dicono. Potrei starci un mese, a scrivere, a leggere, a suonare, passeggiare lungo il Mississippi. Un'altra vita. Invece dopo due giorni torno a New York.

Il tempo stringe. È quasi ora di ripartire per Milano. Sto bene ma so che tra poco varcherò di nuovo l'oceano e torneremo estranei l'uno all'altra. È giusto che sia così, io amo i momenti perfetti, non voglio inciampare nel quotidiano.

Mi proteggo con l'estetica dalla mia fragilità emotiva, la mia forza è l'orologio che scandisce le ore. Posso lasciarmi andare perché c'è un tempo finito per farlo. Poi scapperò di nuovo, ma ora lo sto salutando.

Sasha mi abbraccia prima di uscire di casa e andare all'aeroporto. Un attimo, un lampo, una specie di scossa. Di nuovo i vestiti a terra, ci rotoliamo sul materasso persi l'uno dentro l'altra, l'ombra nei suoi occhi una domanda muta.

Partiamo per l'aeroporto in taxi, mano nella mano. Poi il saluto. È tutto troppo violento e le parole arrivano sempre dopo. Dove andrò, il futuro non esiste, non ora. Appoggio il capo contro il sedile che si solleva mentre l'aereo si stacca da terra e inizia a salire oltre le nuvole.

Lettere d'amore

«Quest'uomo è pazzo di te.» La mia amica Alice mi guarda con i suoi occhi azzurri da cerbiatta, mentre stringe la lettera di Sasha in risposta alla mia. I capelli neri e corti le incorniciano il viso minuto sul corpo esile, la pelle chiara spruzzata di lentiggini.

«Ti sbagli, non è possibile. Sta per sposare un'altra» replico.

Un sorriso le scava due fossette sulle guance: «Uno che ti scrive così ti ama. Forse non lo sa, ma è innamorato pazzo di te». Alice scandisce le parole guardandomi con calma, la voce morbida dalla erre moscia.

Continuo a negare. «Non è possibile» dico. Le ho spiegato il mio incontro con lui in India, poi a New York. Appena tornata a Milano ho avuto un ritardo e per un istante ho quasi sperato che il destino avesse deciso per noi. Poi mi è venuto il ciclo e gli ho mandato una lunga lettera, una specie di confessione esistenziale: "Ora sto sanguinando tutti i figli che non avrò mai". Un tono melodrammatico insolito per me.

È la prima volta che esprimo rimpianti per un'eventuale prole, non posso dare alcuna stabilità come madre, forse da qualche parte l'orologio biologico comincia a battere i colpi o magari l'attrazione inspiegabile tra me e Sasha mette in crisi il mio già precario equilibrio di eterna ragazza-bambina che si rifiuta di crescere. Poi la sua risposta: "Noi saremo legati per tutta la vita, io ti amo e ci sarò sempre per te".

Alice mi ascolta attenta. Anche lei lavora nell'editoria, è di origine veneziana, i suoi genitori hanno una magnifica villa a Torcello, dove ha festeggiato il matrimonio con un ragazzo che fa il biologo e si divide tra Parigi e Milano. È bella, ha una grazia naturale e un'eleganza sobria di razza. L'aria impeccabile da ragazza di buona famiglia nasconde trascorsi pesanti di eroina con successiva disintossicazione in una clinica canadese dalla disciplina rigidissima. A vent'anni ha amato un uomo che poi è morto di Aids. Ora è totalmente fuori dall'eroina, ma il suo passato l'ha arricchita di una sensibilità acuta e mai invadente, temperata di umorismo sottile.

«I fatti sono fatti» dico. «Sasha sposerà Samantha.»

«Non ci credo.» Alice scuote il capo, l'erre moscia rallenta le consonanti. «Non può sposarla. Solo un uomo che ti ama alla follia può scrivere una lettera così.»

Lascio perdere, sono confusa e mi butto sul lavoro.

Punti fermi

Vado a Francoforte alla fiera del libro, poi in Sardegna. "In fondo siamo stati concepiti per rovinarci" penso, mentre fumo guardando il profilo dell'Asinara. La Sardegna in ottobre è deserta, sole e una pioggerella leggera si alternano.

Torna il sereno e un amico ci porta al largo dell'Asinara dove il mare è blu cobalto. Mi sdraio cullata dal silenzio, accarezzata dal sole. Il mio amico pesca tre squaletti con occhi verde chiaro fluorescenti. Hanno il ventre bianchissimo, la gola tenera di bambini. Grido: «Ti prego, rimettili in mare, non vedi che stanno morendo?». Lui mi guarda esterrefatto, ho un tono isterico che non ammette repliche, lascia andare i tre squaletti e mi dice ridendo che non verrà mai più a pescare con me. Lo so, sono un'ipocrita, mi piace il pesce ma non riesco a uccidere, vietato guardare la preda negli occhi. Al ritorno il mare è grigio ferro, il cielo velato a metà da una nuvola, spruzzi di spuma sull'acqua, sarde guizzanti e delfini che giocano nella scia della barca.

Passo la notte sveglia sul traghetto. Da qualche angolo della memoria affiora di nuovo il fantasma di Jakob. Tutto mi è talmente indifferente di fronte a quello che per me è l'assoluto perduto che forse confondo l'amore con l'amicizia e non so più neanche se sono innamorata di Sasha o no. Di nuovo idealizzo il passato, è così facile mitizzare invece che vivere, certo con Sasha è impossibile. Forse Jakob è un alibi per non vivere il presente, il nostro legame era un duello all'ultimo sangue, l'unico a promettermi l'infelicità. Quando l'ho conosciuto sembrava che lui fosse l'unica vera sfida. Forse non ero pronta. Pare non si sia mai pronti. Oppure era un patto di castrazione con me stessa gravido d'ansia. Quando l'ho rivisto ai Caraibi non c'era più nulla da mitizzare, un infelice che affonda con la barca, se lo avessi assecondato sarei affondata con lui.

Meglio così, intanto continuo a muovermi come una trottola in cerca di punti fermi. Vado a Venezia da Matteo. Ora siamo amici, lui ha trovato un equilibrio con Nora, un'artista che dipinge stoffe dai colori pastello. La sera mi chiudo nella mia stanza mentre Matteo e Nora sono nell'altra. Mi sento un po' una vecchia zitella. La solitudine inizia a pesarmi.

Mio cugino

Dora, un'amica veneziana, ha appena avuto una storia con M., famoso filosofo e intellettuale. So da anni che siamo lontani cugini per parte di madre, ma non l'ho mai conosciuto. Piero Boschi, altro cugino e musicologo di fama, ha tracciato una volta l'albero genealogico della nostra famiglia.

Un pomeriggio la mia amica chiama M. e gli dà appuntamento a casa sua. Suona il campanello e sento i passi all'ingresso. Entra nella stanza e mi volto a guardarlo mentre lo stesso cono di luce ci avvolge dalla finestra aprendo una pozza luminosa tra noi. È alto e magro, barba e capelli neri, occhi chiari, viso asciutto. Sento un'aria vagamente familiare mentre i nostri occhi si incrociano, i capelli impigliati di luce. Scorgo una frazione di stupore sul suo viso, subito ricomposta da un'aria impenetrabile.

«Ciao, ti presento tua cugina» dice la mia amica.

«Non ho cugine» replica lui, la voce ferma.

«Siamo cugini di terzo grado. La mia bisnonna Teodolinda e la tua erano sorelle. Tua nonna e mia nonna Caterina Mauri erano cugine. Mia mamma è cugina di secondo grado di tuo padre, io cugina tua di terzo.»

Il nome di mia nonna lo scuote, mi guarda come se cercasse di ricordare qualcosa che non può. Non ci siamo mai visti prima.

«A casa sentivo parlare di Caterina quando ero piccolo» dice, con tono più rilassato.

Non mi stupisce. Mia nonna era una donna molto bella, colta e di grande fascino, amica di intellettuali e artisti. Piero Boschi mi ha detto che tutti gli uomini si innamoravano di lei. Ma era anche amata dalla servitù. Manteneva i figli di due cameriere morfinomani. Ai tempi la morfina veniva data come antidepressivo. Avrei tanto voluto conoscerla.

C'è uno strano silenzio nella stanza, mio cugino mi sta studiando, indeciso se accettarmi o no. Dora ci guarda con aria un po' inquieta, come se le sfuggisse qualcosa che sfugge anche a noi. Con mio cugino ho avvertito una specie di riconoscimento immediato, una sorta di specchio. È bello in un modo che gratifica il mio narcisismo anche interiore. Mi chiedo se a lui accada la stessa cosa. Sposto indietro una ciocca di capelli, fili d'oro e rame muovono l'aria, il tempo sospeso.

«D'accordo, cugina.» Sorride e l'atmosfera si rilassa.

Iniziamo a chiacchierare in tre con la mia amica. Parliamo per ore, Dora ci prepara il tè con i biscotti. Verso sera lui mi chiede di accompagnarlo. Io sto cercando casa a Roma e lui vuole darmi le chiavi di un suo piccolo appartamento al Pantheon. Salutiamo Dora e usciamo.

Camminiamo su e giù per le calli di Venezia mentre lui mi parla di Plotino e della Gnosi guardando la luna piena che illumina i ponti. Sento una grande euforia, come se avessi ritrovato un fratello scomparso. La familiarità tra noi crea intimità ma anche timidezza, la sua pelle chiara mi ricorda quella di Olmo, il fratello di mia madre. A un certo punto mi confida di vedere il mondo in modo diverso dagli altri. Confonde il rosso e il verde perché è daltonico, proprio come Olmo, di cui ricorda anche l'umorismo a volte un po' sprezzante. Il suo cervello è una fucina continua di intelligenza. È coltissimo e io mi sento una bambina ignorante. Ma anche lui ha un lato infantile che me lo fa sentire affine. Mi racconta di quando sua madre gli ha chiesto da piccolo di colpire una pantegana enorme dall'altra parte del canale. Ha tirato con la fionda dalla finestra ammazzandola all'istante. Poi è stato male una settimana per i sensi di colpa.

Potrei camminare tutta la notte con lui, ridere e scherzare mentre la città dorme sotto la luce incantata della luna. Arriviamo a casa sua e mi apre la porta che dà su un lungo corridoio foderato di libri su ambo i lati. In fondo un salone tappezzato di volumi fino al soffitto. Due stanze da letto e un salotto, dalle persiane socchiuse s'intravede la luce che danza sull'acqua del canale. Mi offre qualcosa da bere e intanto va a cercare le chiavi. Ha lavorato a Roma come deputato, per questo ha comprato casa. A ventotto anni gli è morto il padre, che era medico. Ha un fratello più piccolo con cui non va molto d'accordo e che da ragazzino lo seguiva ovunque.

«Dormivamo insieme nella stessa stanza, io aspettavo l'estate perché in vacanza potevo finalmente dormire da solo» dice ridendo.

Mi dà le chiavi e usciamo di nuovo nella notte. La sua casa è austera, mentre lui è allegro e si muove a suo agio su e giù per le calli di una città che per me è un labirinto. Ma lui è nato qui, sua mamma è veneziana, è cresciuto mescolando filosofia e politica come facevano i greci, suoi veri coetanei. Si rifiuta di parlare lingue che non siano rigorosamente morte, legge in tedesco, il francese e l'inglese non gli interessano, pensa in latino e in greco, gli occhi chiari hanno un'intelligenza beffarda di ascendenza ateniese. Del resto Venezia era una città mercantile, aperta ai traffici come Atene. Ma oltre all'ironia lui è abitato da un pathos, una furia oserei dire romantica che lo costringe a un movimento perenne. È un'inquietudine che conosco. Gli chiedo se è ancora in contatto con Piero Boschi.

«Da piccolo lo vedevo spesso, poi ho dovuto smettere perché il suo nazismo era diventato imbarazzante.»

Il padre di Piero era fascista ed è stato ammazzato dai partigiani quando il figlio era piccolo. Piero non ha mai nascosto le sue simpatie fasciste, addirittura naziste. Una volta mi ha servito il caffè in un servizio con la svastica regalato da Speer a suo padre. Ma è stato sempre lui a farmi sentire la 111 di Beethoven suonata da Leni, una pianista amata dal

Führer, che letteralmente estingueva il suono e poi dal nulla lo ricreava. Ricordo ancora i brividi lungo la schiena. Piero è un musicologo geniale, ha scritto libri su Bach e Mozart, malgrado le sue simpatie naziste è una brava persona e non farebbe male a una mosca.

Anche mio cugino ama la musica, ma in modo più concettuale. Era amico di Luigi Nono, la cui musica per me è incomprensibile. Non è mai andato a un funerale e non è mai entrato in un cimitero. Continuiamo a camminare e a parlare, mi stringo nel giaccone di cuoio per proteggermi dall'aria umida della notte.

«Come hai conosciuto Dora?» chiedo.

«Me l'ha presentata Ilaria, fidanzata storica dai tempi del liceo. Siamo amici. Siamo stati insieme in Grecia una volta, ma non è stato un viaggio fortunato, eravamo in novembre e il tempo era pessimo, siamo arrivati a Olimpia, ma era irriconoscibile, pioveva sempre ed è stata una grande delusione.»

«E le chiavi quando te le ridò?»

«Me le ridai quando torni. Non c'è fretta.»

Mi guarda con gli occhi allegri da ragazzo, mi accompagna fino a casa di Matteo e ci salutiamo, un bacio fuggevole sulla barba.

I gatti

Matteo è venuto spesso a Milano per lavoro nell'ultimo anno, anche mentre ero in India. Dormiva da mia madre e l'ascoltava pazientemente per ore. È stato lui ad avere l'idea. Nella casa di Forlì erano rimasti solo i gatti e una vecchietta se ne occupava portando da mangiare ogni giorno. Uscivano e rientravano dal giardino attraverso la porta socchiusa della cucina. Poi la vecchietta non è più potuta andare e si è posto il problema dei gatti. «Portateli a Milano» ha detto Matteo. In effetti sembrava l'unica soluzione.

Io e la mamma siamo partite un fine settimana autunnale. Non entravo in quella casa da due anni. Armin se n'era andato, non sentivo più il suo dolore che impregnava le stanze, ma la desolazione dell'abbandono era palpabile. Non c'era tempo per lasciarsi andare a malinconie, dovevamo catturare la gatta e i suoi figli, che erano diventati due belve. La solitudine li aveva totalmente inselvatichiti.

Appena abbiamo aperto la porta della stanza che dava sul giardino, uno dei maschi è balzato fino al soffitto con una specie di ringhio. Erano terrorizzati e reagivano attaccando. Li abbiamo fatti uscire spingendoli con la scopa e abbiamo cercato di catturarli in giardino usando una coperta, per proteggerci dai graffi. Arrampicati sulla palma, i lunghi corpi neri, gli occhi verde smeraldo, sembravano pantere uscite da un quadro del Doganiere Rousseau. Soffiavano furiosi appena tentavo di avvicinarmi, soprattutto i due maschi. La femmina era più avvicinabile. Finalmente siamo riuscite a catturarli con la coperta, li abbiamo chiusi in tre ceste e li abbiamo portati a Milano a casa della mamma.

All'inizio è stato l'inferno, i due maschi spruzzavano sui mobili antichi e soffiavano in continuazione. Poi a poco a poco si sono abituati alla presenza della mamma. Erano i gatti di Armin e occuparsene le ha fatto bene, l'ha distratta dal suo dolore, anche se la casa è diventata loro territorio, in balia di un disordine inquietante. Lei però sta meglio e questo è quello che conta. Ogni volta che vado a trovarla, i due maschi si nascondono soffiando sotto i mobili. Ma anche loro si sono affezionati alla mamma, la femmina ora dorme con lei e il loro amore silenzioso e felino inizia lentamente a lenire la ferita insanabile della perdita di Armin.

Il cielo di Michelangelo

Al ritorno parto per Roma con le chiavi di mio cugino. Vado a visitare vari appartamenti, senza sapere che mio padre non comprerà mai una casa in questa città, nel terrore che mi emancipi. O forse anche questo fa parte della sua idea di educazione. Posso fare quello che mi pare, basta che non chieda nulla. Mio padre non ha mai sopportato i ragazzi viziati di buona famiglia, ha sempre accuratamente evitato che sua figlia fosse una figlia di papà. Io invece avrei voluto fare il nido ovunque, a Parigi, a New York, a Roma. Qui mi sento a casa come forse in nessun altro posto.

Ho appuntamento al Pantheon con un giovane editore scandinavo conosciuto a Francoforte. Un incontro breve ma intenso all'Hessischer Hof. Ora è qui di passaggio. Ci vediamo verso sera in un bar sulla piazza accanto alla fontana. Beviamo e parliamo a lungo di libri, lui cita due romanzi di Tahar Ben Jelloun, *La Nuit sacrée* e *L'Enfant de sable*. È la storia di una donna, ultima nata di una serie di femmine allevata come un maschio, prigioniera di un'identità non sua che in un paese arabo garantiva una libertà altrimenti preclusa al suo sesso. Il tempo passa mentre continuiamo a bere e parlare. Lui disegna sul mio taccuino una mappa del suo paese, mi parla dei boschi, dei fiordi, dell'aurora boreale che illumina il cielo di notte. Mi racconta del suo matrimonio a Roma, la moglie è anche lei scandinava. Hanno avuto una figlia insieme.

Lui ha i lineamenti cesellati da gentiluomo del Settecento, anche se i capelli sono lunghi e gira in jeans, riccioli biondi e occhi azzurro grigi, sguardo fiero con faglie di tenerezza. La sua mano sfiora la mia mentre accende una sigaretta. D'un tratto inizia a piovere a dirotto, scrosci d'acqua allagano la piazza, ci rifugiamo sotto le colonne del Pantheon, l'aria satura di elettricità. Poi la sua bocca è sulla mia, rivoli di pioggia scorrono sul collo e tra le gambe mentre restiamo incollati l'uno all'altra. Sento brividi di freddo, non posso andare con lui a casa dell'amica dove dormo. Corriamo sotto la pioggia verso il suo albergo, ma il portone è chiuso e nessuno ci apre. Allora lo porto a casa di mio cugino, una stanza e una scala che sale verso una camera accanto a un piccolo terrazzo. Ci sdraiamo sul letto e continuiamo a baciarci. Io sono libera e non c'è futuro. A un certo punto lui si stacca da me e mi guarda. «Non voglio perdere mia figlia» dice.

L'immagine di una bambina piccola che mi fissa con occhi seri mi blocca istantaneamente. Quella bambina sono io. Non insisto, crollo sul lenzuolo, il rumore della pioggia contro i vetri.

Il mattino dopo ci svegliamo senza slanci di euforia, il momento è passato, lui è gentile in modo freddo, quasi scostante.

«Tu devi sposarti e fare dei figli» mi dice di punto in bianco, gli occhi fermi su di me.

Io non so cosa voglio, ci separiamo un po' impacciati dietro la cortesia formale. Torno a casa della mia amica frastornata, non capisco la sequenza degli eventi, il perché di questa furia improvvisa che ci ha travolto. Penso che non lo vedrò mai più, invece il giorno dopo mi chiama e mi chiede di accompagnarlo a vedere i Musei Vaticani.

Lo raggiungo, entriamo insieme e di colpo sono circondata da una serie di dipinti che raffigurano martiri dalla carne nuda esposta. Sono già stata ai Musei Vaticani, ma è la prima volta che vengo sopraffatta da questo trionfo della carne in tutte le sue declinazioni, nella sua scoperta fragilità. Le statue romane e greche raffigurano corpi perfetti levigati di marmo, non oltrepassano il confine della pelle, non scavano al di là della superficie. Qui, in mezzo a corpi dalle membra straziate che colano sangue, per la prima volta me ne rendo conto. Il cristianesimo, che apparentemente nega la carne, in realtà non fa che celebrarla.

Oltrepassiamo le stanze di Raffaello dedicate alla scuola filosofica di Atene ed entriamo nella Cappella Sistina, dove la potenza della carne celebra la sua apoteosi in una danza di corpi che riveste l'architettura della stanza. Tutto ruota intorno al Padre e al figlio, le cui mani si sfiorano nell'attimo della creazione. Accanto profeti e sibille, uomini e donne, colori, gesti, volti. Nel Giudizio Universale sulla parete di fronte una massa di corpi nudi si muove in un movimento concentrico continuo. L'unica figura ferma è un uomo accovacciato in basso che sembra uscire dall'affresco, le gambe piegate, le braccia conserte, sorretto dalle spire di un serpente e da un demone, un uomo sotto aggrappato. Con un braccio si copre metà del volto, solo un occhio è aperto. Ha lo sguardo fisso in una zona remota al di là dello spettatore, sospeso tra infiniti mondi fuori dal tempo, da questo tempo che ci abita. Ecco la vita, penso. Morte e resurrezione.

Usciamo senza fare commenti, come dopo una celebrazione sacra di cui è impossibile parlare. Ci salutiamo sulla soglia. Improvvisamente abbiamo entrambi fretta, io devo andare, lui anche, chissà se lo rivedrò, ma non importa, oggi c'è il sole e la luce scolpisce i palazzi. Verso sera il cielo si riempie di stormi neri di uccelli che si addensano nell'aria. Acquarelli di china, disegni geometrici si sgranano mentre gli storni cambiano direzione e di nuovo si riuniscono. Macchie di punti neri contro il tramonto che diventa rosso porpora nell'azzurro del cielo. Il cielo di Michelangelo.

L'età della ragione

Alice si è trasferita da poco a Parigi col marito che fa il ricercatore sull'Aids all'Istituto Pasteur. Mi invita a stare qualche giorno da lei e accetto. Abita in un piccolo appartamento vicino al Jardin du Luxembourg. Ha i capelli ancora più corti e sembra una cerbiatta. L'appartamento è piccolo e accogliente, arredato con gusto sobrio. Mentre le racconto dei gatti di Armin, di Roma, lei ascolta, poi d'un tratto scoppia a ridere: «Mi piace come racconti le cose e come muovi le mani, hai delle mani molto belle e non lo sai». Sorrido, lei mi offre una canna pregandomi di non parlarne al marito. Lui non vuole che fumi, le canne le abbassano il sistema immunitario e lei è di salute cagionevole.

«State così bene insieme. Quando fate un bambino?» chiedo.

Esita prima di rispondere: «Per ora no, non è il momento, viaggiamo parecchio tra Parigi e Milano e Ugo sta lavorando molto. Stiamo bene così» aggiunge.

Le racconto un episodio che mi ha colpito, una donna pakistana sfregiata dall'acido. Il marito l'ha punita per gelosia, si è sottoposta a varie operazioni, riesce a vedere, ma non ha più un volto. «Penso che mi suiciderei se fossi così» commento.

Alice china il capo e stringe le mani intorno alle ginocchia sulla sedia: «No, io no, preferirei girare velata da capo a piedi piuttosto che essere morta. Tutto, pur di essere viva».

La fermezza del tono mi stupisce, ma non ribatto.

Chiamo Roberto. Anche lui si è trasferito a Parigi. Ha girato il suo primo film in Patagonia, si è innamorato dell'attrice protagonista diciannovenne. Ora lei ha ventidue anni, è argentina.

«L'ho scelta tra tante altre ragazze durante il provino. Era la più adatta per quella parte» mi ha detto. Poi durante le riprese è scoccata la scintilla. Ora vivono insieme a rue Saint-Denis. Strano pensare di vederlo con un'altra, anche se inevitabile.

Mi invita a cena e mi presenta la giovane compagna. Piccola di statura, capelli neri, tacchi altissimi e rossetto cremisi. È simpatica, allegra, piena di vita. Ha un carattere forte, pane per i denti di Roberto. Mi vengono in mente le sue prediche: "Perché ti metti il rossetto?", "Che bisogno c'è di portare i tacchi?", "Devi sempre farti notare, essere al centro dell'attenzione".

Nel tempo ci sono altre Caterine, altri Roberti. Abbiamo tutti molte vite come i gatti. La moglie di Roberto si muove come una Lolita, ancheggiando ed esibendo il seno. È sexy. Si comporta come se fosse la donna più bella del mondo, e agli occhi di lui lo diventa. La guarda intenerito. Penso a una frase di un poeta arabo: "È il vestito della tua giovinezza che abbaglierà il tuo amante". Lei si muove nello spazio come se volesse appropriarsene, con una voracità che mi colpisce.

Roberto mi mostra la casa, beviamo qualcosa, lei si agita sulla poltrona sporgendo in fuori il busto e arrotolando una ciocca di capelli in una mano. Qui i rapporti di forza sono capovolti, è lei a dettare legge. A un certo punto si alza, mette su della musica e inizia a ballare. Anch'io mi alzo e accenno qualche passo. Per me ballare è sempre stato un gioco, un modo di comunicare fatto anche di ironia. Lei inizia una danza competitiva. Tutti i suoi gesti sono un modo di affermare la sua presenza nel mondo. Sono affascinata dalla sua brutale vitalità. I libri l'annoiano. È fiera di non aver studiato, rivendica la sua presenza su questo pianeta con avidità innocente. Lui è chiaramente preso e io d'un tratto mi sento un'estranea, vecchia e senza un compagno. Roberto è l'unico uomo con cui ho tentato di vivere. Ci siamo amati, anche se la convivenza era difficile, poi impossibile. Non saremmo stati felici. Sta molto meglio con lei. Queste ventenni sanno esattamente cosa vogliono. E io? Cosa ne ho fatto della mia giovinezza? Cosa ne sto facendo? Io e Roberto senza una lira nella casa occupata. I suoi sermoni antiborghesi. Ora è molto più liberale. Si impara sempre. Le mie rivendicazioni. Mi sembrano così patetiche di fronte alla sfrontata giovinezza della sua fidanzata. Comincio a essere stanca di questo girovagare. Vorrei svegliarmi e abbracciare qualcuno. Ma non una persona qualsiasi. Non mi innamoro più. Forse è un segno di maturità, però mi sento sola. Vorrei parlare con un amico. Mi manca Sasha, ma è partito e anche per me è ora di andare.

Rishikesh

Per Natale decido di tornare da sola in India. Arrivo all'aeroporto di Delhi distrutta dalla stanchezza. Mi vendono il biglietto di un autobus e aspetto un'ora che si muova. Invano. Mi faccio rimborsare e prendo un taxi per il centro. L'Imperial Hotel è pieno, il tassista mi cambia duecento dollari in rupie e mi porta in un albergo pretenzioso ma squallido a Paranganj, dove finalmente dormo. Mi sveglio a mezzanotte ora locale. Tento di chiamare l'Italia. Leggo informazioni su Delhi. Qualcuno cerca di entrare nella mia stanza. Avviso il portiere. Domani devo cambiare albergo e cercare di proteggermi meglio. Mi chiedo cosa ci faccio qui. Perché sono tornata da sola. Volevo partire a tutti i costi. Come se avessi un appuntamento improrogabile. È la prima volta che affronto un viaggio così impegnativo senza nessuno come compagno. Dovrei essere fiera del mio coraggio, ma so che il mio nomadismo è un modo per non guardare il vuoto che sento dentro.

Mi tuffo nel libro che ho iniziato a leggere in aereo, *The Red Dragon* di Harris. Riesco a mettere il naso fuori dalla mia stanza solo quando l'ho finito. Sulla copertina c'è un quadro di William Blake: *The Great Dragon and the Woman Clothed with the Sun*. Leggo il commento di Harris: "Poche immagini demoniache nell'arte occidentale irradiano una carica così sconvolgente di energia sessuale". Il sesso come incubo perché incontrollabile. La furia primordiale della procreazione che scioglie le membra e piega la volontà di chiunque, anche degli dei.

Penso a mia madre, alle devastazioni provocate dal suo eros fino alla morte di Armin. Eppure io sono viva, figlia del suo sesso. Concepita per caso, ma è stata lei a volermi.

In un ristorante indiano conosco Mansour, un ragazzo del Kashmir. Passo con lui una giornata piacevole, ma la sera sono già stufa dei suoi sguardi adoranti e della sua cortesia sinuosa. Vorrei essere una signora inglese di mezza età che prende il tè alle cinque.

Mi trasferisco in un albergo molto più indiano, fatiscente e a buon mercato. Il mio letto è infestato e cambio stanza. Visito il Red Fort, bello ma in rovina. Mangio in un ristorante con decorazioni kitsch di feste natalizie importate dall'Occidente. Delhi non è ancora l'India che amo. Ho bisogno di pace. Qui non c'è nessuna spiritualità, solo inquinamento e confusione. L'aria è nera di smog. Mansour mi spiega che Dio ha creato la donna per l'uomo e l'uomo per la donna. Concordo, ma non è una ragione sufficiente perché io vada con lui a Srinagar nella house boat della sua famiglia. Meglio da sola a Rishikesh.

Tornando a casa guardo la luna piena dal risciò, ma non sono a Varanasi e non c'è Raju. Chissà se è vivo o morto. Lo saprò quando tornerò nella sua città. Caterina invece non c'è più. Di sicuro è passata per Delhi.

Salgo sull'autobus per Rishikesh e mi sdraio dopo aver improvvisato un letto. Dormo gran parte del viaggio, a cuccia, protetta. Quando apro gli occhi vedo il paesaggio fuori che scorre. Mi alzo e mi siedo davanti insieme all'autista. È gentilissimo, potrebbe essere inglese o americano, o di qualunque altra nazionalità. Invece è indiano. Mi offre la cena e un bicchiere di chai. Mette anche la mia musica rock invece delle loro nenie indiane. Io gli do il mio scialle perché ha freddo. Incomprensibile per me come faccia a guidare con questo traffico e con questo clima. Diluvia. Valli e montagne immerse nella pioggia come in un liquido amniotico. Come se la terra assetata riposasse ripiegata su se stessa. È un tempo sospeso, di attesa. Mi rassicura perché è in sintonia col mio stato interiore. Mi lascio cullare dal suono delle gocce che colpiscono i vetri con ritmo costante.

Facciamo una sosta e mi riparo sotto la tettoia di un chai shop. È freddo e bevo svariati chai per scaldarmi. Guardo gli indiani intorno a me. Io non capisco la loro lingua, loro non capiscono la mia, ma ci intendiamo benissimo. C'è un filtro tra me e loro, un'impossibilità che mi lascia tranquilla. Mi sento in un limbo dove nulla può farmi male. Una vecchietta mi offre del fumo e mi parla di Rishikesh e Haridwar, luoghi sacri. Il Gange nasce qui, da queste montagne.

Arrivo a Rishikesh sotto la pioggia, albeggia e il cielo si è appena schiarito dopo la notte.

Trovo una stanza al Tourist Bungalow, una serie di cottage in mezzo a un giardino. Continua a piovere, l'aria è densa di umidità. Sono l'unica turista di tutto l'albergo.

Sasha è stato il primo a parlarmi di Rishikesh, qui ha stampato il volume di poesie che mi ha regalato, da qualche parte ci sono ancora i suoi libri.

Passo il Natale da sola a leggere, a visitare templi e a passeggiare lungo la riva del fiume. Il Gange è grigio, le sponde non sono larghe come a Varanasi, l'acqua è resa torbida dalla pioggia costante.

Sento che sono arrivata a un'impasse, se non riesco a crescere regredisco perché rimanere immobili è impossibile. Sto diventando la mia caricatura, la ragazza eternamente giovane in perenne movimento. C'è qualcosa di così sterile e vacuo in tutto questo agitarsi a vuoto. Ho bisogno di fermarmi. Ma come? Guardo un albero di banano dalla finestra, i rami danzano sotto la pioggia, ma le radici lo tengono ancorato alla terra. Io non riesco a mettere radici, non c'è nessuno con cui farlo. Non sono mai voluta crescere e ora non riesco, anche se sento che mi darebbe forza. Passo la maggior parte del tempo da sola in camera. Tutta la mia vita è alle spalle. Non ho lasciato nulla in Occidente. Sono sola e totalmente libera. Mi torna in mente una frase di Leslie: "*From now on there are no rules*".

Passo la notte a ballare da sola con le cuffie. Leggo Eliade: "Il sole risveglia la ricchezza d'oro e di sangue dei palazzi di Benares". Danzo e mi perdo nelle scaglie d'oro della luce di Varanasi, mentre fuori la pioggia continua a battere inarrestabile sui vetri.

Passeggio lungo il Gange. Qui siamo vicini alla sorgente, l'acqua è limpida. Strana atmosfera acquatica, cielo velato. Svento l'attacco di una scimmia che tenta di rubarmi la borsa. Un'altra riempie l'aria di strida disperate perché la sua compagna è morta. Gli indiani qui hanno gli occhi chiari di un colore insolito, un misto di grigio, verde e nocciola che non ho mai visto. Eppure è stranamente familiare, forse perché racchiude i colori delle montagne, del cielo, del fiume appena nato che poi scende a dissetare l'India.

Torno in albergo, tolgo gli indumenti indossati durante la giornata per evitare che l'umidità e il freddo penetrino nelle ossa. Mi sento a strati come una cipolla. La parte più tenera è nascosta, velata alla vista, al tatto. Una guerriera fragile sotto l'armatura. Ma ora sono calma, il silenzio intorno rotto solo dalla pioggia che accarezza la terra.

Lukas

Un viaggio spaventoso, l'autobus per Pushkar è privo di sospensioni e ogni buca una sferzata alla schiena. Gli indiani sono così fitti che a fatica riesco a percorrere il corridoio per pregare l'autista di abbassare la musica. Praticamente non chiudo occhio. Arrivo la mattina stremata. Dimentico a bordo la valigia e sono costretta a rincorrere l'autobus in risciò. Non ricordavo quanto sia faticoso viaggiare in India. E non ci sono Sasha o David ad aiutarmi.

Finalmente il risciò mi porta a Pushkar, trovo una stanza che si affaccia sul lago e vado al Sunset Cafe. La luce chiara del mattino illumina il laghetto, qualche sacerdote o sadu fa le abluzioni pregando sui ghat che scendono a gradoni nell'acqua. Tutt'intorno si allarga il villaggio di casette bianche, poi dune e la sabbia dorata del deserto. Inspiro profondamente, guardo un gatto sdraiato al sole lungo la riva. Il rumore di una seggiola smossa mi fa voltare. Un ragazzo è seduto a un tavolino, è l'unico altro ospite del bar. Ha lunghi capelli neri stretti in una coda, i tratti del volto sono indiani, ma la pelle è più chiara dei locali ed è vestito all'occidentale. Lo osservo di sbieco mentre mi portano la colazione, occhi allungati, naso aquilino, bocca carnale e sinuosa, la stessa di certe statue che ho visto nei templi. Un viso antico, corporatura sottile, gambe e braccia lunghe, movimenti lenti. Gli occhi hanno un colore indefinito. Si volta a guardarmi e un'ombra grigioverde percorre l'aria. Sorride, chino il capo in un gesto di saluto.

«Ciao, sono Lukas.»

«Sei indiano?»

«No, sono tedesco, mio padre è indiano, originario del Punjab. E tu?»

«Sono italiana.»

Si allunga all'indietro contro la sedia, inizia a spalmare di burro il pane tostato che il cameriere gli ha appena portato, i gesti morbidi, senza fretta.

«È la tua prima volta in India?» chiede.

«No, la seconda. Sono già stata a Pushkar l'anno scorso. Da qui sono ripartita per Delhi.»

«Per me è la prima volta» replica senza fornire ulteriori dettagli.

Non insisto. Bevo, assaporo la bellezza e la calma di questo posto che mi ha colpito subito l'anno scorso, dopo essermi lasciata alle spalle l'intensità lancinante di Varanasi. Qui la luce è dorata, il silenzio è rotto solo dai canti nei templi. Socchiudo gli occhi, penso a Sasha e all'ultimo giorno passato insieme prima che partissi, il tintinnio dei bracciali alle caviglie. Scaccio il pensiero e mi concentro sul cameriere che mi sta portando un chai.

«Ciao, ci vediamo» dico a Lukas mentre mi alzo dopo aver pagato il conto. Si volta e accenna un saluto, poi torna a occuparsi della sua colazione.

Mi inoltro nel dedalo di viuzze del villaggio. Rivedo il fioraio, il sarto, la venditrice di stoffe, la mendicante, la scimmia ghiotta di noccioline. Incrocio Babu, un vecchio sadu. È con Raffi, un israeliano che avevo già incontrato l'anno scorso con Sasha. Pushkar è piena di israeliani. Subito dopo, in un chai shop, conosco Massimo, un sardo ventitreenne che ha lasciato gli studi di psicologia perdendosi tra India, Nepal e Kashmir. Torno a casa, scrivo una lettera a Sasha e una a mio cugino. La sera, al Sunset Cafe, rivedo Massimo con un francese amico di Raffi, Gérard, e un indiano di nome Ramesh. Parliamo, fumiamo. Al tramonto il giorno si raccoglie nel saluto al sole e il lago si tinge di azzurro, viola e porpora.

Inizia una routine fatta di colazione la mattina e passeggiate lungo il villaggio. Qualche volta mi avventuro ai confini del deserto, poi torno a casa e scrivo. La sera incrocio i miei nuovi amici. Non ho più rivisto Lukas.

La mattina, nei templi cantano e suonano dalle sei. Prima un coro di donne in sanscrito, poi tamburi. Uccelli sul lago, campane e tabla. Sto cercando di fare pulizia dentro di me, ma è difficile. Non ho ancora superato i rancori contro i miei genitori, la perdita delle radici, la villa e il palazzo dove sono nata, l'inettitudine di mia madre, i giochi di potere di mio padre. La morte di Armin.

Passo il giorno a passeggiare e leggere. La sera al Sunset Cafe vedo Raffi. Mi racconta che il padre è inglese e la madre israeliana. È cresciuto in Inghilterra, ma trascorreva le estati a Gerusalemme. Ora compra e vende stoffe indiane. Tutti gli anni viene a Pushkar, spesso passa qualche giorno in Tailandia. Raffi non è un intellettuale, ha un'intelligenza pratica. Alla luce del tramonto i suoi occhi sono schegge di smeraldo. Quando mi alzo, si offre di accompagnarmi a casa. Ci incamminiamo lungo i ghats. Raffi mi racconta che è stato in ospedale per disintossicarsi dalla puntura di un cobra che teneva nella sua stanza. Quando è tornato, il villaggio era riunito di fronte a casa sua per venerare il cobra, che è un animale sacro.

È alto, capelli scuri, lineamenti fini, grandi occhi screziati di verde dalle lunghe ciglia. La sua voce riempie il silenzio della notte. Entriamo nella mia stanza, lui mi prende tra le braccia, scaccio ridendo una scimmia che tenta di arrampicarsi verso la mia finestra, ci sdraiamo sul letto e chiudo gli occhi mentre mi bacia. Non ho legami, nulla da perdere e la notte è lunga.

Di giorno esco, cammino, scrivo, leggo, incontro Massimo e altri ospiti di Pushkar. La sera Raffi mi viene a trovare e passiamo insieme la notte. Mi racconta della sua infanzia a Brighton, la spiaggia e il mare grigio, le onde e i gabbiani fuori stagione, le casette rosa. Una madre triste, nostalgica della luce e della polvere di Gerusalemme, tramonti rossi e bambini che corrono su e giù per i vicoli della città vecchia, la strada è il loro territorio, il loro campo giochi.

«Vieni con me in Tailandia» mi dice una notte. «Andiamo

via quindici giorni. Penso a tutto io. Voglio stare con te in riva a una spiaggia dove l'acqua è limpida. Voglio specchiarmi nei tuoi occhi.»

Tergiverso, non sono venuta in India per andare in Tailandia, anche se sono certa che il mare è bellissimo. Non ho programmi, ma sento che il mio appuntamento con la vita non è in una spiaggia turistica tailandese. Ho bisogno di scavare dentro e trovare un nuovo equilibrio. Devo liberarmi dei miei demoni, o quantomeno venire a patti con loro in modo che smettano di divorarmi.

Raffi continua a espormi i suoi progetti. Vuole portarmi a Gerusalemme e presentarmi la sua famiglia. «Facciamo un figlio insieme» mi dice. Ma io non voglio un figlio prigioniero di codici, già marchiato alla nascita. Voglio un figlio libero.

Siamo sdraiati nel mio letto, dalla finestra si intravede il lago avvolto dall'ombra della notte. Fumo una sigaretta e seguo il cerchio delle spirali che si disfano nell'aria.

Un giorno torno a casa e la stanza è tappezzata di rose, coprono i muri, il soffitto, si arrampicano sulle pareti. Un giardino pensile dai colori pastello e dal profumo intenso. Nessun biglietto. «Li manda Raffi» mi dice il fioraio. «Voleva farti una sorpresa.» Sono commossa dalla bellezza del gesto, ma mi sento soffocare, non voglio essere la donna di un uomo che decide anche per me.

Inizio a giocare a scacchi, un gioco estremamente competitivo, imprevedibile, erotico, dove la violenza è subordinata alla ragione. Chi perde il controllo emotivo perde il gioco. Mi alleno tutti i giorni per ore, imparo a restare impassibile anche quando perdo la regina. A volte, dopo, riesco ancora a vincere, magari con un cavallo e la torre. Arrivo al punto in cui perdere e vincere quasi si equivalgono. Gioco con Raffi o con Massimo in giro per Pushkar. Finché non rivedo Lukas.

È accovacciato accanto a un vecchio albero di banyan lungo il laghetto. È pomeriggio, l'ora della siesta, l'aria immobile. Sta scrivendo, probabilmente una lettera a casa.

Lo saluto. Solleva gli occhi e accenna un sorriso.

«Non ti ho più visto» dico.

«Neanche io.»

«Non frequenti il Sunset Cafe, il chai shop, i ristorantini del villaggio.»

«No, preferisco stare da solo.»

Mi siedo per terra a gambe incrociate, tiro fuori la scacchiera e i pezzi per studiare alcune mosse.

«Ti piacciono gli scacchi?» chiede.

«Sì.»

«Anche a me.»

«Vuoi giocare?»

Alzo gli occhi e incrocio il suo sguardo verde muschio velato di nebbia.

«Sì.»

Allungo la scacchiera verso di lui e posiziono i pezzi. Sorteggiamo i colori e a lui tocca il nero. Parto in vantaggio e faccio un'apertura classica. Iniziamo una partita che sembra non voler finire, lui riflette a lungo prima di muovere un pezzo, i gesti eleganti e senza fretta. Io gioco con distacco. Ogni tanto lo osservo mentre pensa alla mossa successiva, assorto e imperturbabile. A un certo punto mangia un alfiere con la torre. Non avevo visto che era minacciato. Non mi scompongo e cerco di riorganizzare la difesa, senza rinunciare all'attacco. Rimango concentrata sul gioco mentre la luce cambia colore e l'ombra del banyan si allunga. Alla fine Lukas mi dà scacco e in due mosse è matto.

«Bravo» dico.

«Ti sei difesa bene.»

«Grazie.»

Raccolgo i pezzi all'interno della scacchiera, la chiudo e la metto nella borsa. Mi alzo, esito prima di salutarlo. «Io vado» dico.

Per un istante l'ombra lunga dei suoi occhi avvolge i miei. Faccio un passo indietro, sollevo un piede sulla punta e oscillo lievemente il peso sull'altra gamba. Lui mi guarda senza parlare.

«Ciao, ci vediamo.»

Mi scuoto bruscamente e mi allontano lungo il lago verso casa.

Ogni pomeriggio faccio il giro del lago e cerco Lukas. Non lo vedo da nessuna parte e non so dove abita. A malapena abbiamo scambiato qualche parola, ma c'è qualcosa di misterioso in lui che mi attrae. Forse il fatto che incarna l'unione di due culture, quella tedesca e quella indiana, che mi hanno profondamente influenzato. Forse il suo silenzio, che sembra celare abissi di profondità. Forse sono le sue mani affusolate, gli occhi allungati, il profilo simile alle statue di Akhenaton. Forse il fatto che mi sfugge. Se gli piaccio, non fa nulla per mostrare il suo interesse, non ha l'atteggiamento predatorio di tanti uomini.

Un giorno finalmente lo incontro di nuovo, lo porto a casa, gli presento Raffi e Massimo. Propongo una partita e iniziamo a giocare. Poi lui se ne va, ma il giorno dopo torna per un'altra partita. Giochiamo insieme tutti i giorni, io, lui e Raffi. Ormai gli scacchi sono diventati per me un'ossessione, una forma di meditazione. Mi piace la disciplina, l'autonomia dei pezzi, l'imprevedibilità delle infinite combinazioni. La violenza fredda della matematica. Lukas in genere perde con Raffi e questo lo rende più interessante ai miei occhi. Non mi piacciono i vincitori sicuri di sé, sono più attratta dalla fragilità, anche maschile. Lukas gioca per ore con Raffi e con me, con Massimo, con Gérard, con Babu. Poi si alza, prende lo zainetto e scompare lungo le vie di Pushkar.

Ovviamente Lukas sa che sto con Raffi, il quale ha un atteggiamento protettivo nei miei confronti, con una punta di dominio. Giochiamo sempre più spesso in tre, un numero che mi ha sempre affascinato. Tra una partita e l'altra Lukas mi racconta qualcosa di sé e della sua infanzia. Suo padre e sua madre si sono conosciuti a Monaco, dove lui lavorava come interprete. Lei è rimasta incinta molto giovane, a ventitré anni. Dopo la nascita del bambino si sono lasciati. Lei studiava matematica. Per due anni, fino alla laurea, lui è stato allevato dalla sorella minore della madre, che viveva ancora coi genitori. Non ha più rivisto il padre, forse emigrato in Canada. È venuto in India con una donna, poi si sono lasciati. Non spiega perché e io non glielo chiedo. Mi regala un disco dei Dead can dance. La morte può danzare.

Il 19, giorno del suo compleanno, lo incontro mentre cammino lungo il villaggio. Mi porta per la prima volta nella sua stanza. Sono agitata e calma allo stesso tempo, so già cosa accadrà. Lo so prima che lui mi prenda le mani e avvicini la sua bocca alla mia. Ci rotoliamo avvinghiati nel suo letto senza parlare. La stanza ruota intorno a noi e io voglio solo le sue mani e la sua bocca. Passo tutto il pomeriggio nuda tra le sue braccia, non facciamo l'amore perché non abbiamo preservativi. Finché non sentiamo i colpi alla porta.

«Apri. So che sei lì.» La voce di Raffi.

Mi alzo di scatto, i colpi alla porta sono sempre più forti. Mi vesto, mi nascondo in bagno e Lukas apre. Raffi entra e mi cerca dappertutto, anche sotto al letto.

«Hai fatto l'amore con lei?»

«Sei geloso?» risponde Lukas.

«No, voglio solo sapere» risponde.

Continua a cercare e chiede di vedere il bagno. So che la porta cederà e non voglio farmi sorprendere nascosta come un ladro. Esito, vorrei non essere lì, vorrei non rendere conto a nessuno di quello che faccio. Vorrei non fare male a nessuno. Capisco che non è possibile, devo fare qualcosa.

Spalanco la porta del bagno, blocco Lukas che vorrebbe intervenire per difendermi, affronto urlando Raffi che mi guarda stravolto.

«Come ti permetti, cosa ci fai qui?»

«Sapevo che eri qui.»

«E allora?»

«Tu eri la donna con cui volevo fare un figlio, la donna che volevo portare in Tailandia, in Israele dalla mia famiglia.»

«Io non sono la donna di nessuno.»

Trema, è disperato, si volta per andarsene.

«Non chiamarmi se sei incinta, perché il figlio può anche essere di Lukas.»

Urlo che Lukas non può avermi messo incinta, ma lui è già scomparso. Mi volto verso Lukas che mi guarda dalla soglia di casa. «Ci vediamo dopo» gli dico.

Cammino lungo le strade di Pushkar che ora vedo come se fosse l'ultima volta. È così, perché domani partirò con Lukas. Non posso restare, non c'è più equilibrio, il tre è franato ancora una volta nel due, non posso farci nulla, e ora devo andare.

Per strada incontro Babu che mi porta al Sunset Cafe, dove c'è Raffi, pallido come un morto. Gli dico che gli devo parlare a quattr'occhi. Dopo un po' mi raggiunge nella mia stanza.

Si sente tradito. Provo a spiegargli che deve considerarmi come un dono, non come una proprietà. Parliamo, cerco di calmarlo. Lo lascio con Babu e vado al Sunset Cafe. Lukas è lì. Gli dico di preparare i bagagli e passare da me domani. Prenderemo l'autobus della sera per Agra, poi andremo a Khajuraho, infine a Varanasi. Rientrando in camera vedo la luce nella stanza di Raffi, entro e lo avverto che domani parto. È triste, anch'io.

Lo saluto e torno nella mia stanza. Viene da me, mi abbraccia, mi chiede di passare l'ultima notte con lui. Facciamo l'amore fino all'alba.

Prima di partire gli regalo un piccolo elefante di lapislazzuli. Ci salutiamo quasi fossimo due estranei. Lui fa uno spino, lo abbraccio, poi esce mentre guardo l'ultimo tramonto sul lago.

Un anno dopo

Il rollio dell'autobus mi tiene sveglia, anche se la testa continua a ciondolare contro il vetro. Lukas dorme accanto a me, i lineamenti addolciti dal sonno. È curioso come siano inermi gli uomini quando dormono. Ancora non so perché sono partita con Lukas, ma in questo momento non importa. Ho voglia di stare con lui, non è sempre necessario o possibile trovare un perché. Inspiro profondamente e appoggio il capo contro il finestrino, un longhi arrotolato sulla tempia come cuscino. Mi addormento.

Ci fermiamo ad Agra e ripartiamo per Khajuraho, dove arriviamo verso le cinque. Per la prima volta vedo i templi restituiti dalla giungla, ricoperti da migliaia di corpi intrecciati in tutte le combinazioni erotiche possibili. Immagino la faccia costernata degli inglesi, in piena pruderie vittoriana, quando sono riemerse queste statue che sono un inno all'estasi, al movimento continuo della vita. È tardo pomeriggio e i templi sono quasi deserti, fuori rotta rispetto ad Agra o Varanasi. Passeggio con Lukas mano nella mano al crepuscolo tra le pietre e i corpi allacciati in una danza perenne. I nandi – mucche di pietra – fissano accovacciati i templi, il devoto si specchia nel dio. Troviamo una stanza, i nostri corpi finalmente possono conoscersi, esplorarsi, abbandonarsi l'uno all'altro senza fretta. Lo stupore e la gioia nuda della carne. Il giorno dopo ci svegliamo abbracciati, non sono abituata alle membra lunghe di Lukas, braccia e gambe mi avvolgono come spire, il suo sorriso è una lama di luce mentre si specchia nei miei occhi. Ha denti bianchissimi, lampi di tenerezza nelle iridi grigio muschio. Ripartiamo per Varanasi, troviamo una stanzetta sul Gange, ridiamo come bambini e ci baciamo tutto il giorno. Sono felice, non so cos'è, ma non importa. Non ho voglia di tornare in Italia. Il mio giovane amico non vuole che fumi. Se non dorme crolla e spesso ha fame.

Cerco Raju per le viuzze di Varanasi, finalmente lo vedo e gli occhi si allagano di meraviglia. Mi abbraccia forte, gli manca il respiro: «*Lucky me*» dice con la sua voce graffiata di miele. «Non pensavo di rivederti più.»

È passato un anno e sembra ieri. Raju mi aggiorna sulla sua famiglia, il negozio di sete. Ogni tanto mi guarda rapito, come se dovessi scomparire da un momento all'altro. Sorrido, la sua dolcezza è struggente, ma ha l'aria più stanca, un'ombra cupa sotto gli occhi, sulla pelle tirata del volto olivastro. Non ha ancora diciott'anni. Sento che l'eroina lo sta divorando dal di dentro. Inutile parlare, fare prediche che potrebbero solo allontanarci. Mi dice che sta bene, che è tutto sotto controllo. Mi offre un po' d'oppio, per me e Lukas. Vorrei rifiutare, ma non posso. Lui insiste, è il regalo di benvenuto nella sua città. Trema, la voce graffiata di sigarette. D'un tratto ho rivisto Caterina, la stessa vitalità, la stessa energia nervosa di Raju. Anche lei condannata a morire giovane. Ormai dentro di lui c'è quasi solo spazio per l'eroina, ogni altra emozione è attutita. Come tutto cambia e scorre. Non si torna mai nello stesso luogo, non si incontra mai la stessa persona. Il tempo incide, lascia il segno.

Lo ringrazio e mi allontano con Lukas. Ci chiudiamo in camera e ci amiamo tutta la notte.

Ogni giorno passo ore davanti ai burning ghats. Guardo la casa dove i vecchi aspettano di morire per essere bruciati, accanto all'edificio dei senzatetto. Questa città è una freccia nel cuore. *Ein Pfeil ins Herz.*

«Non ti fa bene stare qui, dobbiamo andare» mi dice Lukas.

Vorrebbe portarmi a Katmandu, ma io non riesco a staccarmi dai ghats. L'anno scorso, mentre ero qui, Caterina era ancora viva. Non esiste risposta alla morte. L'unica risposta possibile è la vita.

Katmandu

L'autobus per Katmandu si inerpica sulle montagne coperte di boschi e risaie chiazzate da tonalità diverse di verde. Ogni tanto una gola profonda, un dirupo, cascate e torrenti a dissetare la terra. L'autobus è pieno senza essere affollato, turisti e facce nepalesi dagli occhi a mandorla. La città ha tetti dorati all'insù, orientaleggianti, le strade sono molto meno affollate che in India, ma non c'è la stessa atmosfera, anche se tutto è più pulito e funzionale.

Fa freddo e sento che qualcosa sta cambiando. La magia tra me e Lukas è già finita?

Lukas è molto giovane e non ha nessuna cultura, qualsiasi tentativo di instaurare un dialogo intellettuale frana, non è neppure decadente o estroverso. Però è dolcissimo e sta imparando ad amarmi. Mi bacia come se fossi l'unica donna sulla terra. Come padre sarebbe un disastro, non sa lavorare e non ha alcun senso di responsabilità.

Facciamo l'amore tre volte al giorno e non stiamo molto attenti, perché lui non è capace di controllarsi. Ma ho appena avuto il ciclo, non posso essere incinta.

Sono sdraiata sul letto, nuda coi calzettoni di lana a righe colorate che vendono qui. Fa freddo, l'aria è umida malgrado la stufetta accesa. Lukas mi scatta una foto. Fa foto bellissime, coglie al volo l'inquadratura, ha un senso estetico naturale. Non sto tradendo Sasha, mi dico. Io e Sasha saremo sempre amici, lui è a Bali con Samantha, l'ha sposata e vivono insieme. Ora non voglio pensarci. Lukas si avvicina, prende il mio mento tra le mani e mi bacia. Mi racconta qualcosa di sé a sprazzi. È molto legato alla zia, la sorella minore della madre che l'ha allevato i primi due anni di vita. La madre è fredda, non vanno molto d'accordo. Gli piacerebbe ritrovare tracce del padre in India.

Ha solo il vecchio indirizzo di un villaggio vicino a Rishikesh, che gli ha dato la madre. Decido di aiutarlo in questa sua ricerca. Non può avere un'identità definita senza un padre.

Pokhara è un lago circondato dalle più alte montagne del mondo. Una mattina ci svegliamo alle cinque per salire sulla cima di Sarangkot. Quando arriviamo, è tutto coperto da veli di nebbia e nuvole. A sprazzi il cielo si apre svelando il Mahapuran in tutta la sua maestosa altezza, il volto di Dio che appare e scompare prima di annientarti. Davanti a me l'alba. Rido e bacio Lukas tutto il tempo. Insieme ridiamo per le cose più assurde, come se anche noi fossimo avvolti da una nuvola. Al ritorno lo stomaco brontola per la fame e Lukas ripete come un ritornello: «*No tea, no milk, but much mountains*». Passiamo in mezzo al bosco e alle risaie. Lukas canta inni di ringraziamento ad Allah per il sole. Poi dico la frase sbagliata e c'è un momento di *Trübsinnigkeit*, gli occhi grigioverdi di Lukas velati di malinconia. Cerco di spiegargli che tra poco devo partire, mentre incrociamo contadini, bufali e cani nella discesa verso la valle.

Lasciamo Pokhara e torniamo a Katmandu in autobus, raggiungendo Gorapur – sulla via di Delhi – dopo due notti insonni. Lukas non vuole pagare il biglietto, secondo lui è troppo caro, litiga col ragazzo che doveva darci un passaggio in camioncino, e per tutta risposta il ragazzo scaglia a terra la mia valigia, rompendola. A volte mi chiedo in che mondo viva. Pensa prima a sé, poi agli altri. Io ho bisogno di un uomo, non di un ragazzino che passa il tempo a lavarsi e a mettersi le creme. È vero che non è colpa sua se soffre di allergie, le creme servono a prevenirle. Ma viaggiare con lui è faticoso. Non sopporta il caldo, il freddo, il sonno, la fame. Nessuna disciplina. È lento in tutto ciò che fa. Se gli parlo non capisce. A parte la matematica e gli scacchi. Ha una notevole perizia manuale e un forte senso estetico. È gentile e sensibile, ma troppo viziato, spesso altezzoso con gli altri. Si comporta come un principe indiano cui tutto è dovuto. Quando penso di non poterne più e lo abbandonerei volentieri in mezzo alla strada, d'un tratto cambia e diventa dolcissimo. Non ha la puntualità né la precisione tedesca, ma è romantico. Una certa indolenza, lentezza ed eleganza nei gesti mi sembrano retaggi indiani. Forse anche la passione per gli scacchi.

A Delhi compro un nuovo biglietto di ritorno per Milano via Mosca. Dopo ci perdiamo in mezzo al mercato, trovo un paio di magnifici orecchini e lui mi regala un anello con rubino. Al ristorante mi chiede se sono stanca. In realtà mi sento drogata. Di giorno spesso lo detesto, di notte tra le sue braccia sono felice. È un ragazzo, ma è l'uomo più tenero che abbia incontrato. Dopo l'amore ancora mi stringeva, come la cosa più preziosa del mondo. La donna ragno. La piovra. La bambina.

Lukas ha l'indirizzo della famiglia del padre, in un villaggio vicino a Rishikesh. Prendiamo un taxi e arriviamo davanti a una casa piuttosto elegante, in pietra, con un giardino e un cancello. Suoniamo e ci apre una donna anziana appoggiata a un bastone. Non capisce una parola di inglese, ci fa entrare in salotto e chiama la figlia, una giovane donna sui trent'anni. Le spieghiamo che cerchiamo il padre di Lukas, ha conosciuto sua madre in Germania e questo è l'unico indirizzo che abbiamo. Lei spiega subito che suo fratello è emigrato in Canada, dove si è fatto una famiglia, ha due figli e non ce ne sono altri. Il cognome è lo stesso, ma è molto comune tra i sikh. Mentre lei spiega e si agita, escludendo categoricamente che il fratello sia il padre di Lukas, guardo il profilo della nonna. È minuscola e la pelle è scura, ma il naso e la bocca sono identici a quelli di Lukas, gli occhi allungati, il profilo triangolare del mento. Ormai sono certa che il padre di Lukas è emigrato in Canada, come del resto aveva detto a sua madre.

La sorella è gentile ma sulla difensiva, forse teme che Lukas rivendichi una qualche eredità, oppure non vuole turbare il fratello. Ribadisce che Lukas non può in alcun caso essere suo nipote. Ma io non le credo. Non capisco come Lukas riesca a rimanere calmo, come faccia a non capire, basta guardare la nonna: i geni tradiscono quello che le parole negano.

Ci alziamo, ringraziamo, usciamo, il taxi ci sta aspettando. «Almeno ci abbiamo provato» dico. Lui mi prende la mano: «Grazie di avermi accompagnato. Sai, mio padre voleva vedermi quando sono nato, ma mia madre non gliel'ha permesso. Forse aveva paura che mi rapisse e mi portasse via con sé. È andata così». In questi momenti mi fa tenerezza, vorrei scaldarlo, consolarlo della famiglia che non ha mai avuto. Invece lui è stranamente calmo, quasi imperturbabile.

Si avvicina la partenza. Torniamo a Delhi e Lukas mi accompagna all'aeroporto. Difficile salutarsi, lo strappo della carne è atroce. Lui è imbarazzato, ma bellissimo. Mi riempie di baci, gli occhi lucidi, i denti bianchissimi, le sue mani sulle mie. Il suo rubino al dito. Ma devo andare, mi volto e la guardia ci osserva entrambi. «*He is no less than she*» dice, lo abbraccio per l'ultima volta e mi avvio verso la dogana.

Una gioia violenta

Il cielo di marzo a Milano è un velo di pioggia, mi sento strana, non capisco il perché dei miei sbalzi d'umore. Alla fine faccio il test. Sono incinta. Mai successo nella mia vita, mai osato pensarlo, anche se in fondo il mio corpo lo voleva, altrimenti non sarebbe accaduto. Troppe morti. Ho concepito questo figlio dopo Varanasi, a Katmandu, secondo le date dei medici. Allo stupore segue una gioia violenta, un'onda di calore sale dalle radici delle viscere. Mi tocco il ventre. Il mio corpo è pieno di vita. Chiamo subito Sasha a New York.

«Sasha, ho un bambino nella pancia.»

Silenzio, poi la sua voce fonda dall'altra parte dell'oceano: «Ero preoccupato. Ti ho cercato. Non avevo più tue notizie».

«Pensavo fossi a Bali.»

«Non sono più partito. Samantha ed io abbiamo deciso di non sposarci.»

«Ah.»

Una breve esitazione da parte sua, uno strano senso di sollievo da parte mia, che scaccio immediatamente.

«Chi è il padre?»

«Si chiama Lukas, è tedesco, di padre indiano. L'ho conosciuto a Pushkar.»

«È lì con te?»

«No, è in India, ancora non lo sa.» Faccio una pausa. «Sei la prima persona a cui lo dico.»

«Fammi sapere come stai, tienimi al corrente.»

«Non credevo più che avresti fatto un figlio» dice mia madre seduta in sala da pranzo, le carte dei solitari sparse sul tavolo, il portacenere colmo di cicche.

«Veramente neanch'io.»

Dalle pareti mi fissano i due putti che reggono lo stemma blu notte e oro nei piatti di ceramica. Mia madre solleva gli occhi bizantini, mi guarda: «Sei contenta?».

«Sì.»

Il compito più difficile è avvisare mio padre. Per anni mi ha detto: «Fai qualunque cosa, ma non rimanere incinta, tu sei come tua madre, non sei adatta a fare figli. Se sposi un uomo, ti disLeredo, non ho lavorato tutta la vita per lasciare i miei soldi a un estraneo». Il denaro di mio padre non m'interessa, sposarmi neanche. Ma nessuno riuscirà a togliermi questo bambino. Un aborto è fuori discussione. Io sono un aborto sventato, allora non ero in grado di difendermi e nessuno ha chiesto la mia opinione. Questa creatura è un dono, la prima cosa veramente mia. Sento dentro una forza tremenda e questo figlio lo voglio comunque. Guadagno poco, ma sono in grado di mantenerlo. Lavorerò.

Varco la soglia del suo studio mentre l'ultimo paziente sta uscendo. Ho scelto di venire a quest'ora per parlare con calma. Anche se nulla al mondo può farmi cambiare idea, temo la sua reazione. Mio padre mi viene incontro dal salone, i passi felpati sul tappeto. Dalle vetrate filtra il rosa pallido del tramonto sui tetti. Il terrazzo è ancora spoglio.

«Ti devo parlare» esordisco.

Mi lancia un'occhiata, il camice bianco gli conferisce un'aria rassicurante, da vero medico.

«Andiamo di là. Lì non ci disturba nessuno.»

Lo seguo attraverso la porta che dal corridoio porta al suo piccolo appartamento. Mi fermo in cucina, guardo in alto le foto di mio nonno, di me da piccola, di mia nonna, che non ho mai conosciuto.

«Sono incinta» dico, senza tergiversare.

Un'ombra di stupore gli attraversa gli occhi.

«Sei sicura?»

«Sì.»

«Chi è il padre?»

«Un ragazzo che ho conosciuto in India, è tedesco, suo padre è indiano.»

«Vuoi tenerlo?»

«Sì.»

«D'accordo.»

Sono allibita, ma felice. Non pensavo fosse così facile. Ero pronta a litigare, a tagliare i ponti, a difendere la mia creatura come una tigre. Invece è tutto molto semplice. Mio padre capisce, non è un nemico.

Gli salto al collo, lo abbraccio.

«Non preoccuparti per me. Andrà tutto bene.»

«Chi è il tuo medico? Vorrei il suo numero.»

«Perché?»

«Voglio parlargli, da medico a medico.»

«Certo» dico.

Gli do il numero mentre mio nonno mi fissa dall'alto della mensola.

Finalmente Lukas chiama. È ancora a Bombay.

«Aspetto un bambino» gli dico.

«Sono felice, tra poco arrivo.» La voce venata di dolcezza.

«Ti aspetto.»

Scolpire il tempo

Mi muovo con cautela, da un giorno all'altro ho smesso di fumare, di andare in bicicletta. Sono sconcertata e felice allo stesso tempo. Avverto una sensazione stranissima, come di onnipotenza. Non ho mai amato tanto la vita, la sento crescere nella carne. Ora nel mio corpo sta accadendo il contrario dell'entropia; mentre mangio, dormo, faccio la pipì, dentro di me la materia si organizza in modo intelligente, cammino per la strada e intanto avvengono moltiplicazioni cellulari a grappolo secondo un'ingegneria genetica sofisticatissima. Tutto ciò accade alle mie spalle senza che io ne abbia nozione alcuna. Un nuovo cuore scolpisce il tempo. Sono sopraffatta dal mistero della vita che si crea e si riproduce, mi sento piena di grazia. Non solo dolce, anche violenta. L'immagine retorica della donna incinta fragile e tenera fa a pugni col mio stato.

Sto bene, non ho nausee, nessun disturbo, ma sono come una tigre in gabbia. Un'ansia sottile mi divora, un eccesso di vitalità si agita fuori dal mio controllo. L'ormone della gravidanza è la sensazione più forte che abbia mai provato. Infinitamente più forte della cocaina o di qualunque altra droga. Una forza che mi plasma e accende il corpo. Ho sbalzi d'umore violenti, passo dall'ira alle lacrime, alla gioia, allo sgomento. Fatico a mantenere il controllo sulla mia emotività, cerco comunque di non drammatizzare. Farò un figlio indoeuropeo, penso, perché il padre è indo-tedesco.

Nel frattempo, non posso abbandonarmi come vorrei, devo lavorare, comportarmi da donna emancipata occidentale. Spesso mi prendo in giro: stai calma, mi dico, sembri uscita da un film di Almodovar, *Donne sull'orlo di una crisi di nervi*. Devi calmarti altrimenti la creatura si spaventa ancora prima di nascere.

Allora mi metto al pianoforte e inizio a suonare. Subito dopo mi tocco la pancia: il bambino sente mentre suono? No, è troppo piccolo, una specie di pisello, un cecio, ancora non ha orecchie. Eppure questa creatura mi abita, sente tutto quello che sento io, il mio cuore batte insieme al suo, chissà se lui avverte quando accelera.

Sono turbata da questa intimità con un perfetto sconosciuto, chi è questo bambino, da dove viene, dov'era prima di essere concepito?

Lukas arriva a Venezia un mese dopo la mia partenza. Mi viene incontro sorridente sul binario, gli occhi luminosi velati di muschio. Lo abbraccio, la sua stretta mi fa sentire a casa, siamo entrambi emozionati e le parole rimangono in gola. Passiamo una notte in un alberghetto vicino alla stazione, poi il rientro a Milano. La macchina corre sull'asfalto bagnato. Man mano che ci avviciniamo alla periferia industriale, la campagna piatta alterna capannoni e fabbriche in lontananza. Sbuffi di fumo bianco o nero escono dalle ciminiere. Il cielo ha una luminescenza color perla con sfumature rosate dovute all'inquinamento. È un paesaggio molto diverso rispetto a quello dove ci siamo conosciuti. Scivoliamo sull'asfalto circondati dalla malinconia del paesaggio industriale. Lukas non è mai stato in Italia, il mondo mediterraneo gli è sconosciuto.

La mia casetta ci accoglie sopra i tetti. Lukas si guarda intorno mentre gli preparo un tè. Il silenzio riempie la stanza. Si muove con gesti lenti, calibrati, così remoti rispetto alla frenesia occidentale. Si siede in cucina e gli racconto come mi sento, l'incontro con mia madre, mio padre. Sua madre lo sa, anche gli zii. Sono tutti contenti di questo bambino.

Gli porgo la tazza di tè, Lukas l'appoggia sul tavolo e mi prende la mano, mi fa sedere sulle sue ginocchia e mi circonda la vita, mi bacia e di nuovo scatta la magia, il mondo attorno scompare e ci siamo solo noi.

Inizia una nuova vita, le giornate scandite dal risveglio e dalla colazione insieme. Lukas s'iscrive a un corso d'italiano per stranieri, impara la lingua prestissimo e senza accento. Pare che anche suo padre fosse molto portato per le lingue, aveva imparato il tedesco in fretta e lavorava a Monaco come interprete, ma la storia con la madre non ha funzionato perché avevano ritmi diversi. Lui si alzava alle undici e perdeva il lavoro perché era spesso in ritardo. La passione iniziale è stata sostituita da un'insofferenza sempre maggiore da parte di lei che lavorava, studiava e andava all'università. Quando il bambino è nato, erano già estranei.

«A cosa pensi?» gli chiedo, mentre siamo in cucina.

Lukas parla poco e spesso mi domando cosa si nasconda dietro il suo silenzio.

«A niente» risponde lui con la sua flemma, sollecitato dalle mie domande. «A volte non penso.»

Guardiamo la televisione, che a casa di sua madre non esiste. Sia lei che la sorella seguono la filosofia steineriana secondo cui televisione e computer sono tabù.

«Chi è quello?» chiede mentre l'immagine del presidente americano riempie lo schermo.

Lo guardo stupita: «Clinton».

«E quello?»

«Gheddafi.»

Gli racconto di una conferenza cui vorrei assistere sui rapporti tra filosofia e scienza oggi.

«Cosa vuol dire filosofia?» mi chiede.

«Significa "amore per la sapienza"» rispondo, mentre nel mio cervello scatta il segnale di allarme.

Comincio a chiedermi chi sia il padre di mio figlio. Lo presento a mia madre e a mio padre, lo porto a Roma, dove conosce Giorgio, Ignazio e Livia.

«Lui è l'altro» commenta Giorgio. «Devi accettare l'altro da te.»

Annuisco, ma inizio a essere insofferente. Lukas è dolcissimo, ma non ho molti argomenti di conversazione con lui e spesso mi annoio. I ritmi in India erano diversi, eravamo sempre in viaggio. A Pushkar passavamo ore a giocare a scacchi. A Varanasi c'era una complicità silenziosa e non era necessario parlare. Capiva le questioni fondamentali, avvertiva il mio dolore per la perdita di Caterina. A Katmandu, a Pocchara eravamo avvolti da una nuvola, ridevamo, lui aveva un umorismo surreale, molto indiano. Eravamo felici e appena mi sfiorava scompariva il mondo intorno, come se noi scolpissimo un pianeta nuovo con la nostra presenza nello spazio. Le parole erano irrilevanti, la forza che ci univa più forte di qualunque codice culturale. A volte mi chiedevo: "Chi è questo ragazzo?", spesso ero insofferente, ma non mi annoiavo mai.

L'Occidente è diverso, dai ritmi frenetici, un mondo grigio dal sistema binario. Non c'è molto posto per la fantasia. La velocità divora l'immaginazione, non lascia spazio al silenzio. Come faremo ad amarci in Occidente, mi chiedo, mentre mi sfioro la pancia in preda al panico. Qui sono fuori dall'Eden e devo lottare da sola perché Lukas, per quanto innamorato, è molto giovane e inesperto. Lui è il padre di mio figlio e questo bambino ha bisogno di un padre, mi dico, non è il momento di fare i capricci.

Andiamo a casa di amici e Lukas non parla. Sono tutti curiosi di conoscere l'uomo da cui avrò un figlio, ma nulla riesce a scalfire la sua flemma. È bellissimo, e quando sorride gli si accendono gli occhi, ma a parte l'amore per me tutto gli sembra indifferente. Pare veramente disceso da un altro universo e la fretta dell'Occidente è un Moloch che divora tutto.

Perché proprio lui, mi chiedo. Tra tutti gli uomini che ho conosciuto, perché proprio lui deve essere il padre di mio figlio? Non conosco la risposta, certo Lukas l'ho voluto a tutti i costi, sono scappata da Pushkar lasciando Raffi per lui. Un'attrazione irresistibile, come se una forza oscura ci gettasse l'uno nelle braccia dell'altro. È stato lui a farmi uscire dal lutto terribile per Caterina, dal senso di morte che mi soffocava a Varanasi. Gli devo la mia resurrezione alla vita, alla gioia, al futuro.

Una sera ho una discussione con Lukas sul fatto che voglio fare un esame per essere certa che il bambino sia geneticamente a posto. Lui lo vorrebbe in ogni caso, io no. In realtà non voglio neanche pensarci, ma inizio a fare strani sogni, una donna silenziosa in piedi su una spiaggia deserta, il capo e il corpo avvolti da uno scialle, lo sguardo verso il mare. La marea si è ritirata, la risacca è un respiro rauco. Lei aspetta il suo uomo, un palombaro. Ma lui non tornerà, è morto soffocato durante un'immersione, sento il peso nel petto del respiro che non trova ossigeno. Impietrita dal dolore, la donna diventa roccia, una statua immobile sferzata dal vento, sommersa dalle maree. Mi sveglio col cuore che martella in gola, mi accarezzo la pancia per calmare il bambino. Non devi fare questi sogni, mi dico, potrebbero influenzare il nascituro. Mi alzo e decido di iscrivermi ai corsi di respirazione, anche se è ancora molto presto.

«Voglio venire con te» dice Lukas.

Sorrido: «Non è necessario, sono io che devo fare il bambino, tu puoi occuparti di qualcos'altro, tipo portare i sacchi della spesa, mettere a posto le scaffalature per i libri. Io sono una donna e tu sei un uomo, non dobbiamo necessariamente fare le stesse cose».

La differenza tra i generi non mi è mai stata chiara come ora, che cerco di evitare sforzi e correre rischi inutili. Il mio corpo ha un compito, non è più solo mio, è un tabernacolo che racchiude la vita. Mi sento abitata da una forza tremenda, ma so che se cado o mi ammalo questo può avere conseguenze per la creatura, quindi evito situazioni a rischio.

Gli incubi continuano a infestare le mie notti, apro gli occhi in un bagno di sudore. Basta, mi dico, per quale perverso esorcismo il mio inconscio gioca così con le mie emozioni, io sono piena di vita, non voglio sognare la morte!

Lukas mi guarda preoccupato, mi abbraccia: «Vedrai che adesso passa, non pensarci, sono qui con te». Mi aggrappo a lui tra le lacrime, sconvolta dai mutamenti nel mio corpo, nelle mie emozioni, assorbita da quest'avventura, dal territorio nuovo che mi aspetta.

La carne

Sono dal medico per la prima ecografia. «La sua gravidanza procede bene e lei è sanissima» mi ha detto al telefono. «Ormai siamo alla fine del terzo mese. Venga a fare un'ecografia, così vedrà il suo bambino.»

Sdraiata sul lettino, guardo il monitor mentre il dottore muove circolarmente il cursore sulla pancia. Lo schermo riflette l'immagine di una macchia scura dentro a una specie di imbuto.

«È quello il bambino?» chiedo.

«Sì.»

Continua a muovere il cursore, il fresco del gel sulla pelle contrasta col calore dello studio. Il dottore ha lo sguardo fisso al monitor.

«C'è un problema» dice a un tratto.

«Quale?»

«La placenta è attaccata, ma manca il battito.»

Mi sento gelare il sangue.

«Cosa significa?»

«Non c'è il battito cardiaco. Il bambino è morto.» Una piccola pausa. «Dobbiamo operare. Subito. Domattina l'aspetto in sala operatoria.»

Sono da sola. Non ricordo perché Lukas non ha potuto accompagnarmi. «Non preoccuparti» gli ho detto, «ti porto l'ecografia, la prima immagine di nostro figlio.» Invece solo silenzio.

Mi alzo come un automa, il medico mi spiega a che ora devo essere in ospedale, a digiuno, sarà una cosa breve, non lascerà traccia.

«Mi spiace» dice accompagnandomi alla porta.

Esco barcollando in strada. Mi mancano le gambe. Corso Buenos Aires alle sei è pieno di macchine che sfrecciano in tutte le direzioni. Per poco una non m'investe, l'evito per un pelo, gli occhi annebbiati di lacrime. Mi sento morta dentro. Continuo a camminare a zig-zag per la strada, come ubriaca. Non ho mai avuto una nausea, nessun malessere, neanche una goccia di sangue. Come mai il mio bambino è morto? Perché?

Salgo su un taxi che mi porta a casa scossa dai singhiozzi, mi butto tra le braccia di Lukas che mi consola come può, finché non mi addormento spossata tra le lacrime.

Il giorno dopo mi operano, al reparto maternità, circondata da madri felici con bambini. Lì mi sento veramente un pezzo di carne, nuda su un tavolo bianco. Anche sotto anestesia avverto lo strappo mentre mi tolgono mio figlio. Finita l'onnipotenza, resta solamente la miseria del corpo. La cosa più tremenda è il risveglio, urlo, piango, scalcio e non voglio svegliarmi, non voglio essere viva mentre il mio bambino è morto.

Poi di nuovo a casa. «Deve stare a riposo» ha detto il medico. «Per un po' sanguinerà, non faccia sforzi.»

Mi calmo, torno lucida, ma mi sento svuotata, come se mi avessero strappato la lingua, le viscere. Non c'è più l'ormone della felicità, solo un silenzio immobile.

Non riesco a stare a letto. Mi sembra di avere la morte in mezzo alle gambe. Fisicamente il recupero è quasi immediato, il che è irritante, come se questo bimbo non fosse mai esistito. Invece io avevo un'intimità fortissima con lui, attraverso i sogni dell'ultimo periodo mi comunicava che stava morendo. Io non lo sapevo, non potevo fare nulla.

Dopo tre giorni salgo su un aereo per la Spagna. Arrivo con Lukas a Siviglia. La città è bellissima e austera, con cancelli di ferro battuto e piccole corti interne in stile arabo. È il venerdì della Passione e le strade sono piene di uomini col cappuccio viola listato a lutto. Sento una corrispondenza tra il mio dolore e il senso di morte che mi circonda. La morte è uno strano viaggio. Guardando la Madonna sui carri percepisco vagamente cosa prova una donna cui massacrano un figlio a trentatré anni. Prima non l'avevo mai considerata da quest'ottica, solo in senso astratto. «*Guapa!*» urlano gli uomini mentre lanciano la statua per aria, in una sorta di venerazione erotica. Osservo il volto della Madonna, una fanciulla. Avverto uno strano senso di riconoscimento, come se fosse viva e guardasse solo me. Come se sapesse quello che provo. Piango. Per anni la figura della Madonna è stata per me incomprensibile, la sua verginità irritante. Ora mi sembra di conoscerla per la prima volta, in un'empatia totale. La carne ti dà occhi per vedere, certe cose le capisci solo con le viscere. Tutto in realtà, dalla vita alla morte. Se il Logos si è incarnato non c'è altro motivo. Il resto – prima e dopo – già lo sapeva.

Visitiamo la cattedrale di Cordoba, la fuga meravigliosa delle colonne arabe interrotta dal catafalco barocco al centro. Qui musulmani, cristiani ed ebrei discutevano di Dio quando il dialogo tra monoteismi era ancora possibile.

Dopo una settimana partiamo per Granada e passeggiamo nei giardini dell'Alhambra, l'ultima roccaforte mussulmana in Spagna, un paradiso concepito in cima a una rupe per proteggerlo dagli uomini e dal tempo. Mi soffermo su una miniatura araba e un cofanetto di marmo intarsiato, piccola tomba di una principessa bambina. Cammino lungo sale che diventano giardini e viceversa, il dentro e il fuori si alternano, stanze come giardini e giardini come stanze, oasi della mente accarezzate dal suono dell'acqua che sgorga dalle fontane e scivola lungo i muri rinfrescando le stanze. È lì che succede, forse guardando dagli spalti il tramonto dorato sulla città vecchia, i bambini che giocano, gli zingari. D'un tratto m'innamoro di nuovo della vita, della semplicità perfetta di quell'istante.

Al ritorno Lukas mi trascina a una corrida. Osservo l'entrata del toro, forte e ignaro del rituale preparato per lui di cui è vittima sacrificale. Non ha nessuna voglia di combattere, ma viene punzecchiato da uomini che lo pungolano con lunghe aste appuntite, il sangue sgorga sul mantello bruno, il toro si agita, le narici fremono e il vapore del respiro riempie l'aria, sento il dolore cieco delle sue ferite. Il toreador spiega il mantello rosso e si fa da parte per lasciarlo passare, si volta e con mossa elegante lo affronta. È un damerino davanti al toro, nudo nel suo cieco furore, mentre l'onda umana della folla urla grida di incoraggiamento. Il toreador continua la sua danza con la morte, mentre le aste vibrano sul dorso del toro, che inizia a sfiancarsi.

È una lotta impari, già segnata, mi alzo in piedi e urlo a squarciagola. Tifo per il toro, vorrei che fosse lui a vincere, a uccidere il damerino azzimato, che invece prevarrà con l'insolenza dell'astuzia.

L'ultima stoccata frontale, la spada trafigge il corpo del toro, che si abbatte al suolo tra gli urli della folla. "Hai fatto il pieno della morte, adesso basta" penso, mentre esco dall'arena, scossa dalla brutalità del sangue.

Il referto

Torno in Italia. Voglio capire perché è successo. Una dottoressa mi spiega che non c'è nulla di sbagliato in me, né in Lukas. «È come l'incontro tra due macchine, a volte funziona, a volte no. Non c'è una spiegazione» dice la dottoressa.

«Avevo smesso anche di fumare» le dico.

Mi guarda intensamente: «Se un bambino vuole nascere, nasce anche se la madre fuma. Se non vuole nascere, non c'è niente da fare».

Pare che il mio utero, dopo attente analisi, sia in ordine. Quindi non è lì la spiegazione. Se mai c'è. Volevo tanto saperlo all'inizio, ora meno. Se è accaduto, doveva accadere. Potrebbe essere selezione naturale. Crudele, ma inevitabile. Del resto, se qualcosa non funziona, meglio che si elimini da solo, a mia insaputa.

Passa un mese e finalmente arriva il referto. C'era un errore genetico. Il mio bambino aveva un cromosoma in più, il cromosoma ventitré incompatibile con la vita. Non poteva crescere, era condannato a suicidarsi.

Essere donna è incredibile, è veramente uno scandalo. Lo scandalo è che ho sentito lo strappo in modo così tremendo e ora l'ho già quasi dimenticato. So che è una ferita che si rimargina solo facendo un altro figlio. Ma non è come chiodo scaccia chiodo. Io credo solo nella poesia.

Continuo a tormentarmi senza trovare una risposta. Io non so nulla. Solo che ho fame di sapere e questo mi tiene in vita. Ho percepito qualcosa in India che da allora continua comunque, come un Big Bang interiore. Per il resto non so perché mio figlio. So che gli dei non sono sadici, anche se il senso mi sfugge. Il sadismo è misero e banale. Roba da repressi.

Al momento mi devo assestare, non so neanche bene cosa succede con Lukas, che pure è dolce come un angelo. Sono confusa, ma non sopporto l'idea di stare sola. Da sola sarebbe stato tutto ancora più atroce.

Mi manca il mio bambino. Ho smesso di parlarne, ma dentro vivo nel lutto. Non voglio un altro figlio, voglio quello che ho perso. So che sarebbe stato un maschio.

Lukas mi sta vicino, capisce il mio dolore. «Ti darò un altro figlio» dice, e mi accarezza il viso con tenerezza.

Non riesco a fare l'amore, non ci provo neanche. Dormo abbracciata a lui come una bambina. Il mio corpo è una macchina inerte, mi alzo, cammino, lavoro, faccio la spesa e preparo da mangiare, ma non provo più gioia. I miei amici mi stanno vicino, anche mio padre e mia madre, sono tutti rispettosi del mio stato, mentre io evito di parlarne. Dentro di me avevo dato a questo bambino il nome di Raju, il mio amico indiano. Forse per questo non ce l'ha fatta, mi dico, è un nome bellissimo ma Raju è eroinomane, quando l'ho conosciuto era già segnato, non so neppure se è ancora vivo o no.

Mentre ero incinta, è scoppiata la guerra in Croazia e in Serbia. Sasha vorrebbe tornare in Jugoslavia, dove non mette piede da quando era bambino. Cerca di farsi accreditare come giornalista, ma all'ultimo momento non gli danno il visto. Nel frattempo l'impero sovietico è crollato e l'Ucraina ha dichiarato l'indipendenza. Così lui decide di fare un viaggio nel paese natale del padre, che non ha mai visitato. Prima parte per Londra, dove vede un'amica conosciuta in India, poi passa da Parigi, e verso metà aprile mi raggiunge in Italia.

Lo abbraccio forte alla stazione. Del bambino non parliamo, gli racconto del mio viaggio in Spagna, lo porto a casa e gli presento Lukas.

Siamo seduti tutti e tre in salotto, lui e Lukas sono così diversi. Entrambi coi capelli lunghi sembrano icone di Gesù Cristo, uno castano, l'altro bruno. Lukas è alto e dinoccolato, i movimenti eleganti. Il naso aquilino gli conferisce un'aria distaccata, a tratti tenera, a tratti quasi altezzosa. Sasha ha una struttura più nervosa e compatta, un'ombra di diffidenza e tenacia gli attraversa lo sguardo, venato da una punta di fragilità. Forse è una reminiscenza atavica, le pianure infinite delle steppe che si stemperano in malinconia ucraina.

Lukas non conosce la malinconia, spesso è distante, lo sguardo impenetrabile. Gli occhi allungati sotto le sopracciglia arcuate a volte si accendono aprendo il volto in un sorriso. Entrambi sembrano provenire da un altro tempo. Li sbircio dalla cucina mentre preparo il tè.

Sasha racconta del suo viaggio, Lukas parla poco, ogni tanto lancia un'occhiata a me e Sasha che discutiamo di Spagna, sufi, corrida e Islam, come se ci fossimo visti il giorno prima. Nonostante i contrasti di carattere abbiamo un codice culturale comune, non devo sempre spiegare tutto, lui capisce al volo.

Lukas ci guarda stupito mentre ci infervoriamo in una discussione su Ibn-El Arabi, il grande poeta sufi. Lui non manifesta mai entusiasmo per qualcosa, tranne quando mi stringe tra le braccia. Mi rendo conto che con Sasha ho una complicità naturale che con Lukas manca, ma freno subito. Sasha è un amico, per la prima volta da quando ci conosciamo non siamo amanti, una distanza incolmabile ci separa, un tabù non detto. Anche se è morto, tra di noi aleggia la presenza di mio figlio, e il padre di mio figlio è Lukas.

Mia madre viene a trovarmi e le presento Sasha. Ci guarda un po' perplessa, le piace la presenza di uomini giovani, ma qualcosa della nostra situazione le sfugge, anche se non si sogna minimamente di commentare o interferire. È chiaro che Sasha è un amico di passaggio, ma anche lei avverte la complicità tra di noi.

Il sole nella pancia

Un mio amico mi dà le chiavi di un appartamento in piazza di Spagna, parto per Roma con Sasha e Lukas.

Appena arrivata, organizzo una festa e invito gli amici, tra cui Giorgio e Livia, che è particolarmente affettuosa. Giorgio è attento, mi sta vicino senza parlare. Viene anche Ignazio, che mi propone di scolpire una statua, un mio calco a grandezza naturale, il 1° maggio, festa dei lavoratori. L'idea mi piace, è un modo per distrarmi, ribattezzare il mio corpo ora abitato dal vuoto.

Il 25 aprile è il mio onomastico e vado con Sasha a messa in Vaticano. Percorriamo il doppio colonnato del Bernini ed entriamo nella Basilica di San Pietro, il pavimento intarsiato di marmi. Lo spazio è immenso e freddo, una giovanissima Pietà regge il corpo del figlio morto in grembo. Circondata dalle candele, m'inginocchio e gli occhi si riempiono di lacrime. D'un tratto sento una stretta forte alle spalle.

«*I love you*» dice Sasha abbracciandomi, la sua voce rimbomba nelle orecchie, tra i canti gregoriani e l'odore acre d'incenso.

Il 1° maggio siamo ospiti di un amico di Ignazio in uno studio a Trastevere che affaccia su un cortile interno.

Un lungo tavolo di legno è circondato da calchi di volti, braccia, mani.

«Ora ti spogli e ti metti qui sopra, a pancia in giù» dice Ignazio. Raccolgo i capelli in uno chignon per proteggerli e mi sdraio, lui mi rovescia addosso prima una sostanza viscida e fredda che usano i dentisti per fare i calchi ai denti, subito dopo del gesso. Sono coperta dal collo ai piedi e inizio a battere i denti perché la pelle non traspira.

Sasha avvicina una stufetta alla mia faccia e la tiene sollevata per scaldarmi. Poi esce in cortile a leggere. Mi sento prigioniera di un'armatura gelida. Fuori è caldo, ma la mia temperatura interna continua ad abbassarsi, nonostante la stufetta. Questa statua è una specie di esorcismo, penso, come fermare il tempo dopo la caduta, giocare insieme con l'arte per dimenticare la morte.

Finalmente il gesso fa presa e Ignazio inizia a liberarmi, strato dopo strato. Mi avvolge con una coperta e vado in bagno a rivestirmi. Lui passa al calco delle mani, poi arriva il momento del volto.

«Ora ti coprirò la faccia col gesso, ti farò due buchi minuscoli per le narici. Non durerà molto, ma devi stare immobile. Non essere seria, la serietà appartiene alle maschere mortuarie. Mi raccomando, voglio la tua espressione, tu sai quale, voglio il tuo sorriso d'estasi.»

Mentre Ignazio mi spalma lo strato di gesso sul viso, le guance accennano un sorriso che parte dall'interno del volto. So che non posso resistere a lungo. Ignazio inserisce due cannucce nel naso per permettermi di respirare. Faccio il vuoto interiore, come quando m'immergo negli esercizi yoga, respiro lentamente, cerco di astrarmi per non pensare, man mano che il gesso irrigidisce la mimica facciale. È la sensazione di claustrofobia più forte che abbia mai provato.

Poi Ignazio mi libera, quando mi chino in avanti e lui mi stacca la maschera è come se il viso cadesse e si allontanasse da me cessando di appartenermi. Guardo il calco. Non riesco a riconoscermi in quel volto candido dai lineamenti immobili. L'attaccatura dei capelli è netta, un volto senza testa. Ma il sorriso è intatto. Lo guardo mentre Ignazio contempla la maschera tra le mani, soddisfatto.

«Sapevo che non mi avresti deluso. Questo è il tuo sorriso. Questa sei tu.»

Festeggiamo con un bicchiere di vino, Ignazio mi fotografa

mentre reggo il calco delle mani, gli occhi socchiusi come quelli della maschera. Guardo la mia statua di gesso stesa sul tavolo, sembra più lunga di me. È strano come la copia esatta di un corpo privo di colori e movimento sia senza vita. Guardo la testa, staccata dal resto, il volto lievemente asimmetrico. Se non ci fosse il sorriso che muove le guance, sarebbe il volto di una morta. Penso alle maschere mortuarie egizie, gli occhi brillanti di vetro, le labbra dipinte. Gli egiziani sapevano che senza colori non c'è vita.

Esco in cortile, mi siedo sulla panchina sotto l'albero. La città è silenziosa, raccolta in se stessa, una curva del tempo in attesa. Una folata di vento mi accarezza la guancia.

«Tutto bene?» Sasha si siede accanto a me.

Con la coda dell'occhio vedo Lukas che sta esaminando delle statue insieme a Ignazio. Mi scuoto e fisso Sasha: «Sì, sto bene, ora che è tutto finito. Ma non riesco a riconoscermi». Accenno al mio calco sdraiato sul tavolo.

Sasha sorride: «È un po' come vedere se stessi dal di fuori. Una specie di tecnica buddista. A volte fa bene guardarsi dall'esterno».

«Immagino di sì» commento. Poi, di punto in bianco chiedo: «Quando parti?».

«Appena torniamo a Milano. Vado in Croazia a trovare la famiglia di mia madre, poi a Budapest, dove c'è un mio amico d'infanzia che dipinge. Da lì proseguo per l'Ucraina. Mio padre non è più potuto tornare. Sua sorella vive ancora lì.»

«È lei che è stata torturata dai sovietici?»

«Sì, le hanno strappato le unghie perché si rifiutava di rivelare il nascondiglio dei due fratelli nazionalisti. Ma non ha parlato. Il marito è stato deportato, ha lavorato per anni in miniera, si è ammalato, poi è morto. Ha un figlio.»

«Lei e tuo padre sono sempre in contatto?»

«Non si vedono da quarant'anni, ma sono molto legati. Ora che è possibile, lui andrà a trovarla.»

«Sarà strano, dopo tanti anni.»

«Certe cose non cambiano.»

Mi guarda e un'ombra gli attraversa gli occhi, mentre si alza e torna dentro la stanza insieme agli altri. Rientro anch'io.

Ignazio sta ancora parlando con Lukas. Anche Lukas ha scolpito statue quando era ragazzo. A scuola ha imparato a lavorare il legno e i metalli.

«Bene» dice Ignazio. «Per oggi abbiamo dato il nostro contributo all'arte. È ora di mangiare.»

Salutiamo il suo amico e andiamo a festeggiare in trattoria da Augusto mentre la città si gode il riposo dei lavoratori.

Cortocircuito

A luglio vado in Germania dal mio editore. Mi ospita Anke, amica di Jakob, conosciuta quando ero con lui a Monaco. È stata la sua segretaria per anni, ha seguito la casa editrice che lui aveva fondato e i lavori di ristrutturazione del cantiere.

Mi ha raccontato di sua moglie, della ragazza di cui si era innamorato, del divorzio, del figlio nato per caso, della figlia che Anke conosce da quando era bambina. Siamo rimaste in contatto e spesso a Monaco dormo da lei. Ha quasi sessant'anni, separata, con due figli adolescenti e un amante fisso. Tarchiata ed energica, abbigliamento sportivo, capelli corti biondi, il volto squadrato pieno di rughe, occhi azzurro cielo, un sorriso franco che si allunga sugli zigomi. Ormai di lui parliamo poco.

Invece.

«Indovina chi è a Monaco?» mi dice appena entro in soggiorno.

«Chi?» chiedo. Ma in qualche modo so già la risposta.

«Jakob. È qui di passaggio dai Caraibi, è venuto a trovare la figlia. Sa che ci sei e vorrebbe vederti.»

Non avverto nessuna emozione, o forse sì, un tuffo leggero nelle viscere, un nodo alla pancia, da qualche parte la memoria rimane incisa nella carne. Ma sono cambiata dopo l'India. Non mi fa più paura.

«D'accordo. Digli di chiamarmi.»

Ci incontriamo verso le cinque del pomeriggio in un pub di Schwabing, vicino al parco. La luce del viale accende il verde degli alberi e filtra in strisce dorate nel locale ancora deserto. Un cameriere serve al banco e pulisce i bicchieri, assorto.

Non lo vedo subito, poi sento la voce bassa, rauca di sigarette: «Ciao».

Mi volto, eccolo davanti a me, altissimo e leggermente curvo come una radice spezzata, il sorriso un po' storto, i denti aguzzi, i capelli più chiari e stopposi, ciocche disordinate sul collo. È sciupato, smagrito, invecchiato, gli occhi hanno lo stesso bagliore irridente, ma meno affilato. "*Drowning in the Caribbean*" penso, mentre gli sorrido cercando di nascondere lo sgomento.

«Ti presento mia figlia, è qui con un'amica.»

Una ragazzina mi stringe la mano, la riconosco dalle foto che Gertrud mi ha mostrato ad Amburgo. È bruna e minuta, una massa di folti capelli scuri, un viso bellissimo dallo sguardo cupo. È come avvolta da un'ombra, l'ombra del padre. Jakob non conosce la gioia, per questo ne è sempre alla disperata ricerca, inseguito dai suoi demoni, l'ansia e la fretta, le due parche che intrecciano disastri.

Gli chiedo della sua vita a Grenada e gli racconto di me a grandi linee. Parlo dell'India, ma non del figlio che ho perduto. Mentre conversiamo, con la coda dell'occhio vedo la figlia che discorre con l'amica. Si muove indolente e annoiata. Riconosco un'eco dell'arroganza di Jakob, l'altro volto della sua insicurezza.

«Non sei cambiata. Io sì. Il sole dei Caraibi non perdona» dice lui, la sigaretta tra le labbra, il bicchiere di whisky in mano, la risata secca che gli solleva le spalle e sigilla le frasi in un epitaffio.

Jakob non sarà mai un estraneo, in qualche modo non potrà diventarlo mai. Ma ora, mentre lo guardo, le gambe accavallate e l'eterna sigaretta in bocca, lo sento infinitamente distante. Sorride disinvolto e tuttavia c'è una nota stonata e stridula nel silenzio del pub. Il cameriere ha finito di asciugare i bicchieri e la luce si è fatta più tenue, smorzata dal giorno che muore, sospesa nel silenzio irreale dove io lo sto lasciando. Per sempre. Dentro di me. E so che non mi volterò più indietro a guardare.

Parto così, sul volto l'aria fresca della sera che mi accarezza il viso, mentre percorro il viale a ritroso. Un saluto frettoloso ad Anke e sono già sul treno, l'intercity che mi porterà a Milano da Lukas.

A metà tragitto un cortocircuito blocca per ore il treno alla frontiera con l'Italia. La linea elettrica è interrotta. Arriviamo stremati alla stazione alle cinque di mattina, il cielo di Milano un manto livido filtrato dalle vetrate sopra i binari. Scendiamo dal treno in silenzio stravolti dalla stanchezza, seguo gli altri in trance reggendo la borsa da viaggio. L'aria fresca del mattino si attorciglia sulla pelle, la fa rabbrividire. Scendo le scale ampie della stazione, un monumento all'Art Déco, il rumore attutito dei passi degli altri passeggeri nell'atrio, davanti e dietro di me.

A un tratto un ragazzo bruno mi si precipita incontro, gli occhi lucidi, le pupille dilatate e una fissità inquietante nello sguardo. Mi afferra per il braccio e cerca di trascinarmi via. Mi aggrappo a una colonna, sempre reggendo la borsa. «Mi lasci!» urlo, ma lui continua a strattonarmi e nessuno dei passeggeri si volta. Riesco miracolosamente a liberarmi e mi precipito fuori dall'entrata principale, il cuore in gola e la valigia sempre stretta. Giro l'angolo della stazione in cerca di un taxi. D'un tratto una mano sul collo. E una voce: «Dove credi di andare?». Il luccichio di una lama fredda sulla gola. Panico, i suoi occhi a venti centimetri dai miei. Un attimo di stallo.

«Scusi, ma perché ce l'ha con me? Io non le ho fatto niente.» La frase mi esce non so da dove, il tono pacato lo spiazza, per un attimo esita. Io mi precipito verso un taxi, spalanco lo sportello, salgo al volo.

«La prego, mi porti a casa» dico. «Un uomo mi sta inseguendo.»

Il tassista blocca la portiera e si lancia nel traffico. Gli do l'indirizzo mentre vedo il ragazzo salire su una moto.

«Quello deve essere impasticcato» dice il tassista.

«Sembra anche a me. Coca» preciso, pensando alle pupille dilatate.

A un semaforo rosso ci fermiamo, il mio inseguitore scende dalla moto e cerca di forzare la portiera, che però non cede. Con uno slalom il tassista lo evita e si perde in viali laterali.

«Non posso portarla subito a casa, altrimenti lui scopre il suo indirizzo e se lo ritrova appostato sotto il portone. Dobbiamo seminarlo per un po'.»

Mi abbandono contro il sedile, il corpo un arco di violino teso dallo spavento, spossato dalle emozioni e dalla stanchezza.

Finalmente apro il portone, salgo i quattro piani di scale d'un fiato, entro in casa, cammino lungo il corridoio, mi fermo sulla soglia della camera da letto. Lukas dorme, il corpo allungato sotto la zanzariera, la luce si frantuma tra le maglie minuscole in un ricamo minuzioso. Gli scivolo accanto, lo abbraccio nel sonno, la mia pelle contro la sua, lo accarezzo piano, ancora tremante. Nel dormiveglia mi circonda con le braccia, le sue labbra sulle mie. Paure e ansie si sciolgono al contatto con la sua pelle, la gioia selvatica del riconoscersi e perdersi l'uno dentro l'altra, ogni barriera scorre via e rimangono solo i nostri corpi assetati di vita. Poi scivolo nel sonno, cullata dalla quiete sopra i tetti.

Fichi e champagne

«Dormirai nella stanza degli ospiti. C'è un letto a baldacchino. Ti piacerà. La strada da Bolgheri verso casa è costeggiata di cipressi, proprio come nella poesia di Carducci. Ti porto al mare nella tenuta dei Della Gherardesca, che sono amici di mia madre. Lì non c'è nessuno, la spiaggia è deserta. Dài, vieni.» La voce rauca di Gaia graffiata dalla erre moscia.

«Va bene» decido, ma lei non è convinta, insiste, l'ansia le incrina la voce. «È tanto che non ci vediamo» dice.

Prometto che andrò a trovarla in Toscana. Ho pensato che da lì raggiungerò Simona a Bari.

Milano è deserta, il calore arroventa i contorni delle cose, li rende incerti. Io e Lukas camminiamo miracolosamente esenti dal respiro affannoso delle poche persone che incrociamo per strada, drappelli sparuti di sopravvissuti urbani, la pelle cosparsa di minuscole gocce di sudore, a volte chiazzata di rosso, il sangue intrappolato nelle arterie, l'aria di piombo.

Finalmente in macchina, dopo Bologna l'autostrada è un serpente che buca le montagne, i tunnel inghiottono il traffico e si aprono su dorsi di colline umidi di boschi, la natura traspira in gradazioni di verde che sfumano nell'azzurro dei paesi arroccati in lontananza. Arriviamo verso il tardo pomeriggio, il viale di cipressi si apre su un cancello che porta alla villa a un piano affacciata sul prato. La sagoma piccola di Gaia ci viene incontro, i capelli ricci arruffati.

«Benvenuti.» La voce acuta della madre la precede.

Mi volto e vedo una donna minuta in maglietta e jeans, capelli lisci e bruni. Il naso rifatto stona lievemente coi tratti del viso, gli occhi grandi sono quelli di Gaia, ma lo sguardo è più ironico e distaccato. Le tendo la mano, mi presento e indico Lukas, altissimo accanto a lei e dal sorriso imperturbabile.

Entriamo in casa accolti dal salotto in penombra, poltrone e divani attorno a un grande caminetto. Da un corridoio sbuca un ragazzo bruno, gli occhi e i capelli scuri come Gaia e la madre.

«Ciao, sono Gaddo, il fratello di Gaia.»

Gli stringo la mano, colpita dallo sguardo franco e dalla stretta decisa, in contrasto col timbro lievemente affettato della madre.

La stanza degli ospiti è arredata con gusto, un grande letto è avvolto dalla zanzariera a baldacchino, fiori bianchi sono sparsi in una bacinella di ceramica, rose, gardenie e gelsomini profumano l'aria. Riconosco la mano sapiente di una donna attenta ai dettagli. Gaia è l'opposto, vive in un disordine perenne, pantaloni e magliette sparsi in mezzo a fogli, colori e posacenere colmi di cicche.

«Posso entrare?»

«Vieni.» Apro la porta e Gaia inizia a camminare su e giù per la stanza, la sigaretta accesa in mano. È un effetto dei neurolettici, non riesce a stare ferma. Ma ora ha trovato un equilibrio, benché faticoso.

«Lukas dov'è?»

«È andato a fare una passeggiata in giardino.»

«Ah.» Continua a camminare su e giù, una mano regge la sigaretta, l'altra è sprofondata nella tasca dei pantaloni. È scalza, come sempre, anche in pieno inverno sotto la pioggia. Non si ammala mai. Ha una tempra d'acciaio. «Se ti va, vi porto a fare un giro in paese» dice.

«Volentieri. Vado a cercare Lukas.»

Lo trovo in giardino in compagnia della madre di Gaia che cerca di intavolare faticosamente una conversazione. Lukas sembra venire da un altro mondo, esente dai codici di comportamento comuni. Annuisce mentre la mamma di Gaia racconta uno dei suoi episodi mondani, ma in realtà so che lui è assente, tutto ciò che lo circonda non lo riguarda. Se gli chiedessi di cosa stanno parlando, probabilmente non saprebbe cosa rispondermi, perché non gli interessa. Da sola con lui mi annoio, ma non oso confessarlo neppure a me stessa. Dopo la perdita del bambino sono confusa e incapace di prendere decisioni. Non riesco a pensare di lasciare Lukas, l'unico testimone e padre del bambino che non c'è più. Non posso tollerare altri lutti.

«Sei pronta?» Gaia mi scuote dai miei monologhi interiori.

Salgo in macchina, Lukas è già alla guida, Gaia seduta dietro.

Ci mostra le stradine medievali che si arrampicano verso la piazzetta in alto, dove c'è la chiesa. Compriamo una torta per sua madre e un pane croccante che profuma di forno, passiamo dal chiosco dei giornali, ci sediamo al tavolino di un caffè e beviamo un cappuccino sfogliando i quotidiani. Una tranquilla mattina estiva in Toscana, il cielo limpido.

Bolgheri non è toccata dai turisti, c'è pace. Assaporo la quiete del borgo, guardo gli abitanti camminare per strada, una donna fa la spesa, bambini giocano in un cortile, due vecchietti chiacchierano in un angolo della piazza. La magia delle cose semplici. Il sole mi accarezza il viso.

Torniamo per il pranzo, ci sediamo intorno al tavolo ovale del salone insieme alla madre, al fratello di Gaia e a Giada, la sorella, che non vedo da tempo. Ci raggiunge un amico, Rodolfo, che fa il pittore e vive lì vicino. Parliamo, mangiamo, beviamo, il tempo scivola veloce. Mi rifugio con Lukas in camera per la siesta, protetta dalla zanzariera e dalla frescura della stanza, mentre fuori il calore mangia i contorni delle cose e le risucchia nell'ombra. Dormo tra le braccia di Lukas fino a sera. Mi alzo in tempo per l'aperitivo sul prato, la terra respira finalmente dopo la calura meridiana. Ho fame, l'aria pulita della Toscana mi ha riaperto lo stomaco e divoro il cibo con avidità.

Riesco a sottrarmi alle domande della madre di Gaia, curiosa delle amiche della figlia, che lei sospetta – a ragione – siano state sue amanti. Tergiverso, parliamo dell'India, dove Gaia vorrebbe andare. Rodolfo è brillante, ma io ho sonno, mi congedo presto e sprofondo sotto la zanzariera a baldacchino. Domani è il mio compleanno, un'altra scansione del tempo, ora il mio letto è una nicchia al riparo dal fragore del mondo, cullata dai grilli e dall'alito fresco della notte.

Apro gli occhi nella stanza deserta. Lukas non è accanto a me, si è già alzato. Indugio nel letto, incerta su come iniziare la giornata. Qualcuno bussa. Una voce maschile dal timbro giovane: «Posso?». La porta si apre e la figura di Gaddo si staglia sulla soglia. In mano regge una tavola di legno intagliata. «Buon compleanno.» La luce lambisce il pavimento tra le persiane socchiuse. È alto, il corpo atletico scolpito nel pieno della giovinezza, lo sguardo fermo e integro, ciocche scure gli incorniciano il viso. "Dovrebbe essere lui a festeggiare il compleanno" penso. La bellezza di quell'istante mi ammutolisce, una specie di stupore sacro interrompe ogni gesto.

Poi lui si avvicina e mi porge la tavola. Sopra sono dipinti tre angioletti che si affacciano dentro un arco.

«Questo è da parte mia, di Gaia e Giada.»

«Grazie» riesco solo a sussurrare, un po' intimidita.

Lui si allontana, di nuovo sulla soglia della porta: «Ci vediamo a colazione». Fa un cenno di saluto col capo ed esce dalla stanza.

Mi alzo, vado in bagno e faccio colazione. Saluto Gaia e la madre, ringrazio per gli auguri. Torno in stanza con Gaia e vedo un mazzo di fiori sul cuscino.

«Sono di Lukas» dice Gaia. «È andato a raccoglierli questa mattina in giardino.»

Li guardo distratta. «Spostali» dico. «Mettili sulla sedia.»

Lei prende il mazzo e io inizio a rifare il letto. Ancora non me ne rendo conto, ma il mio comportamento con Lukas spesso è brusco, anche se non voglio fargli male. Eccolo che entra nella stanza e mi abbraccia da dietro: «Buon compleanno» mi sussurra all'orecchio.

«Grazie dei fiori» dico, mi svincolo dalla stretta e vado a cercare un vaso, incurante della sottile crudeltà nei confronti del ragazzo che mi ama e che non mi ha fatto nulla di male.

«È una bellissima giornata, vi porto al mare» propone Gaia per stemperare l'atmosfera, attenta a Lukas.

Saliamo in macchina e percorriamo la strada alberata fino a un cancello che si apre su una pineta. Proseguiamo lungo un sentiero sterrato in mezzo agli alberi. In fondo si apre la spiaggia, immensa e deserta. Sul limitare della pineta alcune tettoie di canne intrecciate riparano dal sole. Sotto s'intravedono delle sdraio, per la maggior parte vuote. Mi tolgo il pareo e mi allungo su un lettino, lasciando che il sole mi accarezzi la pelle. Dietro a me l'ombra fresca dei pini, frinire di cicale e il suono della risacca. Il mondo intorno è così vivo. Chiudo gli occhi. Il mio corpo è silenzioso. "Oggi è il mio compleanno" penso, e d'un tratto un grande senso di pace mi avvolge come un bozzolo. Nel torpore avverto una specie di pausa sospesa, una virgola infinitesimale, un nido di silenzio quieto. Mi assopisco brevemente, il dormiveglia cullato dal rumore dell'acqua che sfiora la sabbia.

«Vieni a fare il bagno?» La voce di Gaia mi riporta alla realtà.

Mi alzo e la raggiungo sul bagnasciuga, l'acqua calda mi accarezza le caviglie, entro piano, mi tuffo e inizio a nuotare, dentro e fuori dalle onde, immersa nel respiro del mare.

Gaia mi raggiunge con Lukas. Nuotiamo insieme lungo la riva, la spiaggia e la pineta s'inseguono a perdita d'occhio. Mi allungo di nuovo nell'acqua, una bracciata dietro l'altra, il ritmo scandito dal respiro. Quando nuoto non penso, il mio corpo è tutt'uno con l'acqua, una felicità primaria e totale.

Esco sgocciolante e affamata, Gaia e Lukas stanno già addentando i panini che abbiamo portato da casa, mangio sdraiata sotto il sole, che ora è più dolce e allunga le ombre sulla battigia.

Torniamo, di nuovo in macchina lungo il sentiero profumato di pini, apriamo il cancello sulla strada profilata di cipressi verso casa. Una doccia di corsa, la mamma di Gaia ci sta già aspettando con una bottiglia di champagne e un cesto di fichi appena colti in giardino.

«Buon compleanno!» Brindiamo, il tintinnio dei calici sotto gli alberi, lo champagne scorre in gola e si mescola al sapore dei fichi.

Sorrido, per la prima volta da mesi sento un senso di pace che mi riconcilia col mondo, con la vita. L'ombra verde cupo degli alberi intorno ci avvolge mentre il sole traccia un solco di luce nel prato. La bellezza a volte ferisce come una lama sottile. Vorrei fermare questo istante perfetto, ma so che non posso.

Un ultimo brindisi. Ringrazio la madre di Gaia dell'ospitalità, abbraccio Gaddo e Gaia.

«Grazie» le sussurro piano.

Forse lei non sa neanche quanto le sia grata. Mi fa una carezza ruvida sul capo, la sigaretta perennemente in bocca. Tra poco partiremo tutti per destinazioni diverse, Gaia e Gaddo dalla nonna, io e Lukas verso il sud.

Castel del Monte

Simona vive a Bari dopo la separazione da Teo. Ci accoglie in una bella casa con giardino. Le presento Lukas, i figli ci vengono incontro. La bimba ha la bellezza sfolgorante e la vitalità accesa di Teo. Non sta mai ferma. Gli occhi azzurro ghiaccio, i capelli biondi e crespi sono del padre. Il maschio è schivo, bruno e silenzioso, più simile a Simona, che però ha i capelli e gli occhi color ebano. Non è mai stata bella, ma i figli le hanno addolcito i lineamenti, rendendola più femminile. È tenerissima e si occupa di loro tutto il giorno.

Verso sera passa a trovarla il fratello con i genitori anziani. Mentre Simona si assenta per portare la piccola in bagno, mi confida che è preoccupato. Sostiene che la sorella è esaurita e avrebbe bisogno di aiuto, ma rifiuta qualunque consiglio. È passata dalla gabbia di Teo a quella dei figli. Teo la chiama tutti i giorni, spesso ubriaco, e la tiene ore al telefono. Simona non riesce a dire di no. Lascio che il fratello si sfoghi, gli prometto che vigilerò.

Un pomeriggio strappo il telefono di mano a Simona durante una delle sue estenuanti conversazioni con Teo. «Lasciala stare!» gli dico. E lui: «Non interferire nei miei rapporti con mia moglie». Lo afferma con una sicurezza che con me non ha mai avuto.

Simona ama ancora Teo, che se ne approfitta. "Meglio non sposare mai un uomo" penso, "così non può considerarti sua proprietà anche dopo che vi siete lasciati." Lei è sensibile e generosa, da tempo ha smesso di bere e di farsi. La figlia è stata concepita quando erano già separati, eppure non ha pensato neanche per un secondo di abortire, malgrado le perplessità del fratello.

Concordo con lui che Simona è sottoposta a una pressione troppo forte. Passa le notti con i bambini in braccio, soprattutto la più piccola, che ha tre anni ed è scatenata. Una notte mi sveglio e sento uno strano rumore. Cerco la provenienza e trovo Simona sdraiata su una sedia a dondolo con la piccola in grembo, le gambe scuotono la sedia che dondola a scatti, meccanicamente su e giù come un robot, in una fissità ipnotica e malata.

«Simona, è ora di andare a letto. La bambina prima o poi si calmerà. Non puoi andare avanti così» le dico. «Forse ha ragione tuo fratello, dovresti portare i bambini all'asilo e avere un po' di tempo per te.»

«Non voglio separarmi dai miei figli» ribatte lei stringendo la piccola ancora più forte tra le braccia. «Sono l'unica cosa che ho, nessuno può portarmeli via.»

«Non si tratta di questo» replico. «Tu sei una madre fantastica, ma sei anche un'architetta geniale e credo che lavorare ti farebbe bene.»

Lei china la testa, la gamba scuote la sedia con movimenti secchi, lo sguardo allucinato. «Tutti si preoccupano per me, io invece sto bene così. Voglio passare più tempo possibile coi miei figli finché sono piccoli. E poi qui non c'è molto lavoro.»

«Devi dormire, non puoi andare avanti in questo modo.»

«Non preoccuparti. Tra un po' lei si addormenta e torno a letto.»

Mi alzo e me ne vado, il ticchettio della sedia a dondolo riempie il silenzio della notte.

«Prima di tornare a Milano devi vedere Castel del Monte» dice Simona una mattina. «Ti porterei io, ma è una gita complicata con i bambini. È un posto speciale, anche dal punto di vista architettonico è una meraviglia.»

Ci dà le indicazioni, ci mostra il tragitto su una cartina. Prendiamo qualche bottiglia d'acqua e partiamo. Dopo un'ora di macchina arriviamo in una valle dominata da una collina coperta di boschi. In cima svetta un castello ottagonale bianco. La forma è semplice, essenziale.

Le stanze si susseguono seguendo la pianta ottagonale che gira intorno a una corte interna. Camminiamo da un salone all'altro, a destra filtra la luce dalle vetrate, a sinistra le finestre danno sul cortile. Entro in una sala ampia con uno scranno in pietra davanti a una finestra. Mi avvicino e mi siedo. Di fronte a me la finestra interna si apre sulla corte, sul lato opposto il sole illumina la figura semidistrutta di un bassorilievo. Sembra una fanciulla danzante, il peplo le scivola sulle spalle scoprendo il seno. Le mie mani sfiorano i braccioli di marmo e il sedile di pietra inizia a tremare insieme a tutta la stanza. Un terremoto, un boato, un rombo nelle orecchie. "Hai un bambino nella pancia" dice una voce possente dentro di me, e tutto inizia a girare vorticosamente.

Mi aggrappo alla pietra che sussulta. Poi improvvisamente il boato si placa. Lukas è fermo in mezzo alla sala, passa una coppia di turisti che prosegue verso la stanza successiva. Sono immobile, terrorizzata. Mi appoggio ai braccioli e mi guardo intorno, il cuore in gola. La stanza è ferma, tutti sono tranquilli, evidentemente nessun altro ha avvertito la scossa.

Mi alzo e cammino lentamente come una sonnambula. Seguo Lukas, una sala dopo l'altra, fino all'uscita. Io non vedo più niente. Esco senza accelerare il passo, cammino sulla collina, mi volto a guardare il castello. Ho avuto un'allucinazione? Com'è possibile?

Non posso parlarne con Lukas, mi prenderebbe per pazza. Mentre sono immobile, sconvolta, lo sguardo attonito, Lukas scatta una foto. Ho i capelli raccolti, due riccioli ribelli, i sandali, l'abito alle caviglie di seta indiana mosso dal vento, le braccia lungo il busto, gli occhi colmi di stupore. Guardo Lukas, dietro di me il castello bianco. Voglio rientrare ma ho paura, tergiverso. Dopo mezz'ora mi scuoto e torno dentro, devo capire dove mi trovo, sono insicura e mi muovo piano, non sono certa di quello che può accadere. All'ingresso compro vari opuscoli e inizio a leggere. Poi cammino fino alla sala del trono, mi siedo, guardo il bassorilievo sbreccato di fronte a me. È tutto tranquillo, non succede nulla. Leggo: "Il 21 giugno, giorno del solstizio d'estate, il raggio di sole dalla finestra attraversa il trono di marmo e colpisce la figura del bassorilievo sul lato opposto della corte a simboleggiare il sole che feconda la terra". Io sono seduta esattamente nella traiettoria del raggio di luce. La finestra dietro il trono è alle mie spalle, davanti a me il bassorilievo sul lato opposto del cortile. Quando mi sono seduta qui mezz'ora fa non avevo ancora letto niente, non ero influenzata da scritti astronomici o esoterici. Non conoscevo nulla di questo posto, ero totalmente all'oscuro. Le date solari non coincidono. Il solstizio d'estate è a giugno, mentre ora è settembre. Non importa. D'un tratto so. Forse sono pazza, non voglio crederci, ma la voce dentro di me era potente, inequivocabile. Non ho nessuna certezza, eppure lo so.

Torno a Bari, ringrazio Simona senza spiegarle cos'è successo. Appena rientro a Milano faccio il test e un'ecografia, vedo una specie di criceto minuscolo che ruota vorticosamente su se stesso, gli occhi due spilli scuri, sembra un girino, il battito del cuore un ciclostile.

Sono incinta.

Sottotraccia

Decido di non dirlo a nessuno. L'altra volta ero piena di attenzioni, se mi sedevo, sollevavo subito le gambe, avevo smesso di fumare, bevevo solo acqua. Avevo avvisato tutti e poi ho perso il bambino. Questa volta mi comporto normalmente, è una cosa mia che cresce dentro, un'intimità silenziosa. Sto bene, sono felice in modo tranquillo, senza sconquassi e senso di onnipotenza. Prendo la gravidanza in modo naturale, di giorno lavoro e leggo libri, di notte mi addormento tra le braccia di Lukas. Continuo a custodire il mio segreto come il seme di una speranza che cresce. Non ho più certezze e accetto gli eventi senza pormi troppe domande.

Mi viene voglia di sushi, ho l'acquolina in bocca, mi fermo al volo in un ristorante che conosco e mi faccio preparare due cabaret, uno per me, uno per Lukas. Torno a casa e li divoro entrambi, non riesco a resistere.

"Forse ora stai facendo il cervello e ti serve fosforo" penso, è buffo come tutto questo accada a mia insaputa. Questo senso di abbandono mi placa e in un certo modo mi tranquillizza.

Con Lukas sto bene, anche se in fondo mi annoio. Non voglio pensarci, ho smesso di fare l'amore, forse è l'effetto della gravidanza, la sera mi addormento come una bambina, l'affetto di Lukas mi appaga.

Il cedro del Libano

Vado a Imola e passo al cimitero a trovare la nonna materna. La tomba è sotto un porticato antico con affreschi e rosoni, un luogo isolato vicino a una grande magnolia. Dietro al muro un albero enorme riempie un chiostro interno, è un cedro del Libano dai rami spessi come tronchi. Mi inginocchio davanti alla foto della nonna, il sorriso misterioso, riccioli neri e occhi bizantini. «Spero che mio figlio abbia la mia vitalità e un po' della tua bellezza» dico.

Il cimitero è pieno di quiete, mi sento in pace vicino alla magnolia e al grande cedro che copre la radura, i rami e il tronco si nutrono della linfa dei morti. Chiudo gli occhi, lascio che il fruscio della vita vegetale mi avvolga, avverto un'affinità con questa nonna che non ho mai conosciuto ma di cui percepisco la tristezza, l'allegria e l'inquietudine, l'eredità dei gesti e delle ombre, i suoi geni mescolati ai miei nelle ossa.

Il nome

Questo bambino deve avere un nome. Lukas mi procura un dizionario e comincio a cercare. Sono libera di scegliere, deve funzionare in varie lingue, mio figlio viaggerà, andrà a trovare la nonna in Germania. Voglio un nome forte per un figlio sano, un nome che scandisca un'identità precisa. Si chiamerà Dario.

Faccio gli esami, questa volta non ci sono errori genetici, il bambino è un maschio come il fratellino precedente. Per me è lo stesso bambino che non è riuscito a prendere il primo treno per la vita e ha preso il secondo.

Dopo un po' si comincia a intravedere la pancia. Sono quasi al sesto mese e Natale si avvicina. Ormai i miei genitori e gli amici lo sanno. Le amiche mi avvertono: «Con un bambino non potrai muoverti. Ti cambierà la vita. Niente più viaggi in giro per il mondo. Sei bloccata fino a quando cresce».

Mi rifiuto di essere in gabbia. Decido di muovermi finché ce la faccio. A dicembre Clara vuole andare a Saint Thomas, nei Caraibi. Posso raggiungerla e fermarmi prima a New York da Sasha. Lukas non è entusiasta, ma io ho voglia di stare al sole e nuotare col bambino nella pancia. A lui l'America non piace, frequenta un corso di design e non avrebbe il tempo di venire. Parto da sola.

Astoria

Sasha mi viene a prendere all'aeroporto, i capelli lunghi sulle spalle e la giacca stinta sui jeans. Mi porta nel monolocale ad Astoria, un po' intimidito dalla mia pancia. Astoria è piena di italiani e greci, per strada la gente ci scambia per una coppia e ci fa gli auguri. Lui è protettivo, mi cede subito il suo letto, dormirà sul divano. Ora sta con Natasha, una ragazza che ha conosciuto a Parigi al ritorno dall'Ucraina. È appena passata a trovarlo a New York.

«Come va con lei?» chiedo.

«Il sesso va bene, ma non posso parlare né di letteratura, né di filosofia, né di Dio» dice Sasha.

Gli lancio un'occhiata ironica: «E allora? Qual è il problema? Con lei fai l'amore, di Dio e di letteratura parli con gli altri. Non vedo perché tu debba far tutto con la stessa persona. Non esiste qualcuno con cui puoi condividere tutto. Non è necessario».

«Forse hai ragione. Con Lukas come va?»

«Bene, ma sono diventata frigida. Sarà un effetto della gravidanza» rido.

Sasha ha preso un po' di giorni liberi per stare con me, è contento di vedermi, ma sento che la mia pancia in qualche modo turba il suo precario equilibrio di eremita. Lo guardo dormire sul divano, i capelli sparsi sul cuscino, l'aria da mistico russo. Anch'io sono contenta di vederlo e parlare con lui, Sasha non si scandalizza, qualunque cosa dica, mi capisce senza giudicare.

Passeggiamo insieme per New York e la gente ci guarda come fossimo una coppia. Chissà come sarebbe se il figlio che ho nella pancia fosse suo, sono certa che in qualche modo lui si pone la stessa domanda, sarebbe potuto accadere, ma quando l'ho conosciuto non volevo figli. Di questo non parliamo, è come un lieve imbarazzo nell'aria, un pensiero latente.

Mi porta in un piccolo parco sull'East River, l'acqua è grigio ferro, visitiamo varie librerie, io faccio la pipì ogni mezz'ora, andiamo al cinema a vedere un film francese, *Tous les matins du monde*, mi commuovo e piango come una fontana. Sono estremamente emotiva, rido e mi prendo in giro da sola.

Al momento della partenza ci abbracciamo un po' impacciati. So già che lo vedrò al ritorno da Saint Thomas.

Saint Thomas

Arrivo distrutta dalla stanchezza e subito avverto qualcosa che non va. Mi viene a prendere Clara con una sua amica portoghese che abita a Parigi, Mirella, più anziana di noi e separata. Il lifting le indurisce i lineamenti, conferendole la fissità di una maschera. D'istinto non mi piace e ancor meno mi piace l'influenza che ha su Clara. È il tipico rapporto di sudditanza, come se Mirella rispecchiasse la durezza della madre, cui Clara non può sottrarsi. I suoi sbalzi di umore sono peggiorati. Sospetto sia l'eccesso di fumo a renderla instabile emotivamente. Ma non mi permetto di interferire.

Lei e Mirella sono amiche di lunga data e dormono insieme nella grande stanza matrimoniale. Io mi sistemo nel lettino vicino alla cucina e al telefono. Clara inizia subito a lamentarsi di tutto: del cibo, della stanza, del clima umido, che invece per me è perfetto. Affittiamo una macchina, Clara fuma marijuana in continuazione, anche mentre guida. Ogni tanto sbaglia corsia e rischiamo di schiantarci, perché a Saint Thomas la guida è a sinistra, come in Inghilterra. Subito iniziano discussioni perché io voglio respirare aria pura e non ho nessuna voglia di morire.

Ogni notte Clara riceve tre, quattro telefonate da due amanti in continenti diversi. Chiamano a tutte le ore e io non riesco a dormire. Sono costretta ad ascoltare le loro conversazioni, stupita dalla disinvoltura con cui Clara mente senza contraddirsi, addirittura convinta di quello che dice al momento.

Di giorno nuoto nell'acqua della baia, passeggio sulla sabbia finissima ascoltando musica con le cuffie. Partecipo da sola a una gita sull'isola vicina, faccio snorkeling dopo aver firmato un documento in cui mi assumo ogni responsabilità. Scivolo nell'acqua con maschera e boccaglio e mi ritrovo circondata da pesci gialli, viola, blu, rossi. Il mare è pieno di pesci di ogni misura dai colori fluorescenti. Da una caverna esce una scia di pesciolini minuscoli che d'un tratto cambiano direzione in un guizzo d'argento. Come fanno a muoversi tutti contemporaneamente? Come trasmettono il segnale? Il mondo sottomarino ha montagne, dirupi, voragini come quello terrestre. Vedo pomodori rosso acceso aggrappati alla roccia, i filamenti delicati oscillano nell'acqua. Accanto c'è una specie di pianta a forma di cervello, verde e pulsante. Tutto si muove. I riflessi di luce creano riverberi nell'acqua, i fondali si spalancano sotto. Mi muovo leggera in assenza di gravità, non capisco più il confine tra vita vegetale e animale, il movimento dell'acqua rende tutto vivo, una specie di grande organismo silenzioso, un respiro collettivo. All'inizio mi sento un'intrusa, poi entro nel flusso di questa danza acquatica, affascinata dalla varietà delle forme e dei colori, dal silenzio. Mio figlio deve provare un'emozione simile, anche lui nuota nell'acqua del mio corpo, protetto dal mio respiro.

Il giorno di capodanno decidiamo di andare a festeggiare in un ristorante tipico. Clara parte a tutta velocità guidando sul lato destro della strada, avverto una sottile agitazione, finché non mi accorgo che una macchina viaggia dritta contro di noi a velocità sostenuta. Sono seduta accanto al guidatore, il posto della morte certa in caso di scontro frontale.

«Frena!» urlo. «Sei sulla corsia di destra!»

Vedo i fari dell'altra macchina puntati su di me. Non posso morire così ora. Non è il momento, penso tenendomi la pancia. I freni stridono appena in tempo.

Scendo sbattendo la portiera. «Non voglio morire in modo così idiota perché tu sei fatta!» grido.

Per tutta la cena quasi non ci rivolgiamo la parola, a malapena ci scambiamo gli auguri. Lei è offesa, io fuori di me, Mirella sembra una mummia egizia dopo duemila anni d'imbalsamazione.

Upstate

«*Welcome back.*»

Il sorriso di Sasha all'aeroporto, i capelli castani raccolti in una coda. Gli stringo la mano nel taxi che ci porta a casa sua ad Astoria, disfo la valigia mentre lui prepara un chai, faccio una doccia e mi cambio, mi sdraio sul divano. È sera e il cielo si tinge di blu, lo sento mentre armeggia in cucina.

Le pareti nude sono screziate di ragnatele sottili ricamate sull'intonaco, nell'aria odore d'incenso. La semplicità della stanza rispecchia una vita provvisoria da nomade, la finestra che si apre sui tetti, lo sferragliare della metropolitana sui binari a intermittenza. Una volta, passeggiando insieme davanti alla fermata di Bedford Street, a Brooklyn, Sasha mi ha chiesto: «Senti questo odore?». Ho aspirato e mi è arrivata la zaffata inconfondibile del metrò newyorkese, un misto di metallo, sudore stantio e polvere. «Per me questo è l'odore di mio padre che torna a casa. Da piccolo la sera venivo qui alla fermata con mia madre ad aspettare che uscisse. Quando lo vedevo salire le scale correvo ad abbracciarlo, poi andavamo via insieme.»

Allungo le gambe indolenzite dal viaggio. Su quel divano semidistrutto, dal colore improbabile e dai cuscini sfatti, mi sento finalmente a casa. Sasha arriva con due piatti di ravioli ucraini e panna acida, mangiamo in silenzio. Poi lui accende le candele nelle ciotole sul tavolo e io inizio a raccontargli dei Caraibi. Cerco di essere spiritosa, ma inciampo nelle parole. Lo guardo negli occhi mentre lui continua a camminare su e giù per la stanza. Finalmente si siede accanto a me con due tazze di tè.

«Non so perché, ma in questo periodo non riesco a comunicare con nessuno. Sono felice di essere incinta, ma la pancia mi isola e mi sembra di non riuscire a proteggere mio figlio da me stessa. Non so cosa mi stia succedendo, questo bambino ha fatto tabula rasa di tutto il resto e mi ritrovo nel caos più totale, se non riesco neppure a parlare con le persone a me più vicine, non so più chi sono.» Mi tocco la pancia. «Lui non lo conosco.» Guardo alla parete un poster di Edward Hopper, *Early Sunday Morning*, il muro di un fabbricato industriale illuminato di luce e l'ombra netta sul marciapiede dietro l'idrante antifuoco dipinto di rosso. La calma sonnolenta di una mattinata festiva americana, una quiete in cui può accadere di tutto.

Indosso una maglietta extralarge a cui ho tagliato il collo e le maniche. Alzo la mano per allontanare una ciocca di capelli che mi è scesa sul viso e intercetto lo sguardo di Sasha sull'incavo dell'ascella scoperta dal braccio sollevato. Abbasso il braccio e fisso le fiammelle che tremolano sul tavolino davanti al divano, odore di cera misto a incenso. L'abbraccio alle spalle mi coglie di sorpresa, le dita scostano i capelli e piccoli baci mi sfiorano il collo, le labbra corrono sulla pelle, le mani sulla schiena e sotto la maglietta, un fiotto caldo tra le gambe, la bocca di Sasha che cerca la mia. Lo bacio mentre gli occhi si riempiono di lacrime, lui mi afferra i capelli e sprofondo nel divano che ha visto tempi migliori e non giudica.

Apro gli occhi, Sasha è ancora immerso nel sonno. Mi alzo, vado in bagno, mi guardo allo specchio, immagini della notte appena trascorsa si accendono a sprazzi nella mente. Stranamente non avverto imbarazzo. È come se una parte di me dicesse: così deve essere, è strano che l'amore con Sasha tu non l'abbia fatto prima. Non ci toccavamo da un anno e mezzo e mi è venuto dentro senza prendere precauzioni. Non era mai successo. Certo, sono già incinta, impossibile esserlo di più. Mi tocco la pancia, tesa come un uovo di Pasqua. Scosto i capelli dal viso e mi chino per lavarmi. Una doccia mi restituisce al mondo.

Di là Sasha ha preparato la colazione, mi siedo accanto a lui e mangiamo, mi versa una tazza di tè, si alza e s'infila la giacca per andare a lavorare. Oggi deve dipingere un appartamento Uptown col suo amico Jeffrey.

Di nuovo sola mi barrico sotto strati di lana, esco e faccio un giro per Astoria, lungo le strade fino al parco inaugurato da poco, un piccolo museo e sculture postmoderne sulla riva. Quando Sasha era ragazzo, in questo quartiere la cultura era bandita, era una zona franca di immigrati, ognuno alla ricerca di un destino migliore. Guardo lo skyline, il ponte sospeso sull'acqua, gli aerei che volano in lontananza nel cielo. L'aria gelida mi spazzola i capelli e mi pulisce i polmoni.

«Domani è venerdì, ti porto Upstate. Dormiremo da Igor e Tamara» dice Sasha la sera mentre mangiamo. «Anche loro sono di origine ucraina. Li ho conosciuti nell'albergo dove lavoravo da ragazzo, d'estate. A diciott'anni ci siamo trasferiti tutti a New York. *We all wanted to be in the city*. Io andavo all'università e dipingevo per mantenermi, loro studiavano all'accademia. Igor arte, Tamara danza. La casa era piena di tele accatastate, grandi quanto una parete. C'erano colori e pennelli dappertutto, scarpe per terra e i vestiti di Tamara abbandonati sui divani. Stavamo a Brooklyn in una zona dove vivere era pericoloso, ogni tanto la sera tornavamo a casa e c'era qualcuno accoltellato all'angolo. Poi mi sono trasferito ad Astoria. Ora Igor e Tamara sono sposati e vivono in una casa in mezzo al bosco, vicino c'è un ruscello con i castori, i miei abitano a dieci minuti di macchina.»

Annuisco, sono curiosa di vedere i posti dove Sasha è cresciuto.

Il mattino dopo affitta una macchina e partiamo. L'auto scorre accanto ai grattacieli lungo l'Hudson, la striscia grigia dell'acqua scintilla sotto la luce, ci immettiamo nelle freeways e a poco a poco il paesaggio cambia, dopo i sobborghi costeggiamo boschi di larici e abeti intervallati dai paesi affacciati sulla striscia d'asfalto. Casette linde, la bandiera americana issata in bella mostra, chiese severe dal taglio protestante, qualche negozio e il distributore di benzina, il supermarket, il pub, il fast food. Un daino guizza all'improvviso dal bosco e attraversa veloce la strada. A volte accadono cose di cui non riusciamo a dare una spiegazione. Penso a noi due sere fa. Mi chiedo chi è Sasha, cosa si nasconde dietro la sua passionalità, la diffidenza, la spiritualità e il calcolo, la fragilità travestita da distacco, l'ambiguità di cui non riesco a cogliere il bandolo. Chi è l'uomo accanto a me, il mio amico, il mio amante. Posso fidarmi di lui?

La macchina frena in uno spiazzo circondato di alberi davanti a una grande baita in legno, parcheggiamo e Tamara esce a salutarci. È magra, il volto sciupato e intenso, i capelli ingrigiti.

«Benvenuti» dice sorridendo, poi ci guida nel salotto, un loft ampio con grandi vetrate che danno sul bosco.

Sasha ci presenta e ci sediamo sul divano. Intercetto al volo lo sguardo di Tamara sulla mia pancia.

«A che mese sei?» chiede.

«Al sesto.»

Mi accarezzo la pancia e una smorfia le piega un angolo della bocca mentre mi lancia un sorriso triste: «Beata te. Io e Igor non riusciamo ad avere bambini. Ormai sfogo la mia maternità attraverso i figli degli altri».

«Dov'è Igor?» chiede Sasha.

«È fuori. La mattina insegna in una scuola d'arte qui vicino e il pomeriggio dipinge nella rimessa. Io lavoro in una libreria, ma i soldi non bastano mai.»

«Questa casa è molto bella» dico.

«Sì, ci siamo trasferiti da poco, la proprietaria è un'amica e ci fa un prezzo speciale. Anche lei è stata in India e ha viaggiato molto.»

«Noi ci siamo conosciuti in India» dice Sasha.

«Sì» commento, improvvisamente conscia del fatto che lei non sa chi sia il padre del mio bambino. Non sono in vena di dare spiegazioni e Tamara non me le chiede.

Usciamo e ci mostra i castori vicino al ruscello. Sono buffi, più grandi di quanto mi aspettassi, con le zampette reggono i tronchi che divorano grazie agli incisivi aguzzi. La luce invernale disegna arabeschi tra i rami ricamati di neve. Passeggiamo nel bosco, le mani sprofondate in tasca per proteggerci dal freddo pungente. Tamara e Sasha chiacchierano come vecchi amici. È meglio avere rimorsi o rimpianti, mi chiedo mentre gli stivali affondano nella neve. Nessuna risposta, solo i fruscii dei rami spezzati, l'aria pungente nelle narici.

Igor ci raggiunge mentre le ombre della sera colorano la neve di azzurro. È alto, imponente, un gigante buono, i capelli raccolti in una coda che gli arriva alla cintola, il sorriso gli illumina il viso. Lui e Sasha si abbracciano, Sasha sembra il fratello minore, Igor un patriarca mite e hippie.

Durante la cena Sasha racconta come ci siamo conosciuti, spiega che sono di passaggio e tra qualche giorno tornerò a Milano. Igor ha una bella faccia, lo sguardo limpido incorniciato dagli occhiali. Tamara è diventata vegetariana e ha avuto qualche problema di salute ora risolto, ma la magrezza e il viso sciupato tradiscono un'inquietudine antica. Lei e Igor emanano un'energia solida, ma la quercia è lui, intorno a lei un'ombra di tristezza è stemperata dall'allegria del compagno. Con loro sto bene e mi sento al sicuro, Tamara mi accompagna nella nostra stanza, un piccolo abbaino si apre sul tetto. Più tardi guardo le stelle mentre Sasha affonda dentro di me, la mano sulla bocca per impedirmi di urlare.

Il giorno dopo mi porta nella casa dei genitori circondata da un giardino, la bandiera americana davanti all'ingresso. La madre ci viene incontro sorridente e un po' nervosa, il padre ha i capelli candidi e due schegge luminose negli occhi. I genitori abbracciano Sasha e lo accolgono come il figliol prodigo. Mi salutano in inglese, tra di loro comunicano in ucraino. All'improvviso i suoni morbidi e sfuggenti di un'altra lingua cambiano l'atmosfera, Sasha è diverso mentre parla ucraino, più emotivo, il volto si anima, la madre sorride e si agita, un po' tremante. Il padre intercala la conversazione con una nota affettuosa nella voce dal timbro baritonale.

«Io ti ho già vista» dice lei a un tratto guardandomi, «sei stata nei miei sogni, vedevo il viso di una donna uguale al tuo incorniciato da riccioli scuri.»

Sasha sorride: «Mia madre è medianica, sogna le cose prima che accadano, a volte anche le persone».

Sento lo sguardo della madre di Sasha che mi sfiora la pancia, dice qualcosa al figlio, che commenta ridendo. Sono avvolta dai suoni come da un mantello invisibile, una musica che mi isola dalla loro emotività. Nel piccolo salotto troneggia un televisore con sopra la statua della Madonna, di fronte il divano e le poltrone, un altare post-tecnologico scaldato dai profumi che provengono dalla cucina.

Il padre ci serve aragosta al forno cotta nel burro, è uno chef e questo è uno dei suoi piatti preferiti, divoro tutto con fame insaziabile. Mangiamo una fetta di torta alle mele ancora calda con sopra un cucchiaio di panna. È una situazione anomala, sono con loro figlio e ho un bambino nella pancia che potrebbe essere il suo e invece non lo è. Mi sento scaraventata nella loro intimità, è come spiare dal buco della serratura una vita che non ti appartiene. Il padre coccola il figlio con gli occhi, si abbracciano, piangono, ridono, il padre si serve vodka, mentre noi beviamo tè nero.

Poi Sasha dice che è ora di andare, i suoni si sovrappongono e scivolano nel palato, ci alziamo e saluto, la madre mi stringe le mani e mi bacia sulle guance, il padre trattiene una lacrima mentre la voce gli trema e bacia il figlio sulla bocca.

Usciamo e uno sbuffo di vapore si mescola all'aria fresca di neve, saliamo in macchina, saluto con la mano le due figure minuscole che si fanno sempre più piccole, entrambi fermi sulla porta accanto alla bandiera americana che li ha fatti incontrare, regalando loro un'identità nuova, una speranza di riscatto da secoli di guerre e tragedie e vite tracimate nella deriva della storia.

Time

Sasha si sta ammalando, mentre dorme ha il respiro pesante. Probabilmente anche lui è confuso. Forse si è ammalato inconsciamente per prendere le distanze, per proteggersi. Io ho la mente e il corpo in ebollizione. Tra poco parto. Non parliamo del futuro.

Lui vuole tornare in India, ma intanto lavora qui e ha una fidanzata a Parigi. A casa mia c'è Lukas che mi aspetta. Tra tre mesi avrò un figlio e la mia vita cambierà. Questa è una parentesi e tutti e due lo sappiamo.

L'ultima sera Sasha mi porta in un ristorante Downtown che si chiama Time. Orologi tondi in acciaio scandiscono il tempo di varie città, Hong Kong, Parigi, Londra, Bombay, San Francisco, Mosca, Tokyo, Los Angeles, Sydney. Le pareti sono di cemento grigio luminoso, una è rivestita dalla foto di un deserto. I camerieri indossano mappe del mondo, l'atmosfera è ovattata. Io e Sasha mangiamo in silenzio.

A un certo punto entra un uomo dal volto devastato di croste bluastre e si siede al tavolo vicino al nostro. Il cameriere si avvicina e prende l'ordine. Guardo Sasha e gli sussurro: «Cos'ha quest'uomo?».

«È un malato terminale di Aids. Quello è sarcoma.»

Tutti fanno finta di niente, ma la malattia dell'uomo è evidente, tra poco morirà e lo sa.

Al bar

«Stai dicendo che sei incinta di Lukas e ti piace Sasha? Adesso te ne accorgi? Non potevi capirlo prima?» La mamma si agita nervosamente sulla sedia del bar.

«Non ci pensavo neanche. Io volevo il bambino che avevo perso e Lukas era il padre.»

«E quindi?»

«Quindi avremo un figlio insieme. Sasha tra sei mesi torna in India. A parte il fatto che è fidanzato con una francese.»

La mamma sospira: «Dio, come siete complicati. E adesso che fate? Vi scambiate un epistolario ottocentesco da un continente all'altro?».

«Mamma, non essere sarcastica. Mi rendo conto che non è una situazione semplice, ma non dipende da me.»

«Ah no? E da chi?» Si riassesta sulla sedia e parte al contrattacco. «Senti, io capisco che tu abbia voluto un figlio con Lukas, dal punto di vista genetico è una scelta ottima, Lukas è alto, bello e probabilmente avrete un figlio sano.»

«Mamma, ti prego, non essere cinica.»

«Non sono cinica, ma un po' di consapevolezza non guasta. Sono due anni che conosci Sasha, possibile che tu debba tornare a New York incinta di un altro per capire che ti piace lui?»

«Il rapporto tra me e Sasha è speciale, non so bene di che natura. Noi saremo sempre vicini, lui farà la sua vita, io la mia. Sasha è un poeta nomade, io no. Con un bambino ancora meno.»

La mamma mi guarda rassegnata: «L'importante è che ora tu stia tranquilla. Tra due mesi il bambino nasce, avrà bisogno di una madre e possibilmente di un padre. Io non sono adatta a dare consigli perché nella mia vita ne ho fatte di tutti i colori, ma cerca di stare vicina a tuo figlio. Il resto si vedrà».

Mentre ci alziamo noto che la mamma è più bassa di qualche anno fa, il dolore per Armin l'ha schiantata, l'ha resa più umana. Ora siamo più vicine, qualunque cosa le dica non si scandalizza, tranne per l'amore tra donne, che, chissà perché, non riesce a tollerare. Ma per il resto è pronta a comprendere e accettare tutto ciò che ha a che fare con la vita.

Intimità

Il divario con Lukas si è acuito da quando sono incinta e la mobilità si è ridotta. Dovrei svuotare un po' di scaffali, ma è meglio che eviti di salire sulle scale e lui non collabora. Non ha spirito d'iniziativa, ogni volta che gli chiedo qualcosa prende tempo. So che mi ama e mi sento in colpa per quello che è successo. È stato più forte di me, è stato naturale, è stato bello.

Sasha mi ha scritto e gli ho risposto, non parliamo mai di questioni sentimentali. Non saprei comunque che dire, e probabilmente neanche lui. Fin dall'inizio abbiamo sempre impostato il nostro rapporto in modo diverso. Dialoghi e discussioni su tutto, poesia, filosofia, letteratura, politica, mistica. Abbiamo sempre parlato pochissimo d'amore. Quando mi ha detto di essersi innamorato di me a Shantivanam, ho cambiato argomento. Per vari motivi, non l'ho mai visto come l'uomo della mia vita. Non l'ho mai idealizzato. È l'India che mi ha cambiato. Con nessun altro ho condiviso un'esperienza così estrema. Non credo avrei mai avuto figli se non avessi conosciuto Father Bede a Shantivanam.

Ormai sono all'ottavo mese e la pancia è chiaramente visibile. Valeria, che continuo a sentire dopo la morte di Caterina, propone di fotografarmi. Un pomeriggio viene a casa mia e mi scatta qualche foto di spalle, nuda, nel corridoio, la treccia lungo la schiena. Da dietro il profilo del corpo è quello di sempre. Poi mi fa sdraiare sul letto e l'obiettivo fissa immagini spezzate, un braccio piegato addolcito dall'ascella e dalla piega del gomito. Pancia, seno e gola rovesciata, viste dal basso sono dune di sabbia, deserti o sculture postmoderne. Il corpo è un'opera astratta, una sinfonia di curve, un'esplosione plastica. C'è un'intimità speciale tra noi, solo una donna può capire il mistero della generazione nel corpo di un'altra donna. Sento che Valeria ha colto l'essenza profonda della mia maternità e le sono grata di questo.

Ci facciamo il tè e ridiamo mentre mi allungo morbida sul letto, muovendomi a destra e a sinistra, svelando dettagli che diventano altro da me. Per motivi ignoti anche a me stessa, spedisco a Sasha alcune di queste foto, le più astratte e potenti.

Panico

«Dottore, come farà a uscire da *lì*?» Guardo preoccupata la pancia enorme.

«Non si preoccupi, ci sono gli antidolorifici.»

«Non ho paura del dolore.»

«E di cosa, allora?»

«Non voglio cambiare dentro. Ci tengo a lei, ne ho solo una e mi dà molto piacere. Ho paura che cambi.»

Il dottore è sconcertato: «È la prima donna a preoccuparsi di questo, in genere pensano solo al dolore. I tessuti sono elastici, lei si dilaterà come tutte le donne. Non ci pensi ora, vedrà che sarà tutto naturale».

Il battito

Manca una settimana alla nascita e il medico mi prescrive un'ultima ecografia per controllare il battito cardiaco del bambino. La mattina mi alzo, vado in cucina e mi accorgo che il lavandino è intasato. Chiedo a Lukas di sturarlo, anche se sono certa che non lo farà.

Più tardi esco. Prima di andare in clinica per la visita di controllo, compro uno sturalavandino davanti a casa.

Ho appuntamento con Elena, un'amica che suona i tabla e ha studiato a Varanasi con un famoso musicista indiano. Le ho raccontato che il suono del battito fetale durante la prima ecografia era veloce e regolare come un ciclostile, e lei ha pensato di registrarlo e usarlo come base per una composizione di tabla.

Mi passa a prendere con un tecnico del suono e andiamo insieme. In clinica mi fanno sdraiare su un lettino con accanto un apparecchio che misura il battito, Elena e il tecnico preparano gli strumenti di registrazione.

Sono le sei del pomeriggio del 16 aprile, la clinica è avvolta da un silenzio ovattato, nella stanza ci siamo solo io, Elena e il tecnico, il medico è uscito. Il tecnico traffica con i cavi, Elena lo aiuta. Io guardo il monitor mentre la mia pancia sobbalza e sento un suono sordo, intermittente: tum, tum... tutum, intercalato da lunghi silenzi, poi di nuovo quel suono soffocato, poi più nulla. Mi agito, ma cerco di mantenere la calma, respiro profondamente, il battito è irregolare, sincopato, i silenzi mi sembrano lunghissimi, la pancia si muove, sento i colpi, poi di nuovo silenzi inquietanti.

Impossibile registrare il battito, va e viene, è saltuario. Ancora non capisco bene cosa sta succedendo, il medico entra. «Come va?» chiede.

Io sono pallidissima. «Il battito è irregolare.»

«Vediamo» dice il medico. «Facciamo un'altra prova, poi se necessario interveniamo.»

«Cosa significa *interveniamo*?» chiedo io, mentre il medico traffica con i macchinari.

Ho appena visto un documentario sul parto in acqua, la cosa più naturale del mondo, semplice e gioiosa, cosa vuol dire *intervenire*, intervenire come?

«Non vorrà tagliarmi, vero, non può tagliarmi. Per favore, mi spieghi cosa sta succedendo.»

«Venga con me, ora la visito, poi vediamo.»

Mi porta in un'altra stanza mentre Elena e il suo amico ripongono gli strumenti, increduli. Il medico mi fa sdraiare, mi divarica le gambe, mi esanima.

«Il bambino è girato, ma la testa è storta e se si rompono le acque può andare a sbattere contro le ossa del bacino. Il collo dell'utero è perfettamente chiuso. Il bambino fatica a respirare perché ha il cordone ombelicale attorcigliato intorno alla testa e al collo.»

Io sono paralizzata dal terrore. «La prego, non vorrà farmi un cesareo, vero? Non sono pronta.»

Il medico mi guarda dritto negli occhi, poi sento la sua voce calma: «Lei ci tiene a suo figlio?».

«Sì.»

«Allora glielo dobbiamo togliere. Subito. Entro massimo mezz'ora.» Annuisco, gli occhi pieni di lacrime. «Ora le facciamo un encefalogramma e un elettrocardiogramma, poi la prepariamo.»

Esco barcollante dalla stanza, un'infermiera mi mette degli elettrodi intorno alla testa, sul cuore. Piango in silenzio, lacrime calde scorrono sulle guance.

«Signora non pianga, deve essere felice, sta per nascere il suo bambino.»

Ma io sono disperata, l'idea che qualcuno tagli il mio corpo e infili dentro una mano, violando la mia integrità, mi sconvolge, ma so di non avere scelta, non voglio perdere il bambino, non può morire soffocato.

Chiamo Lukas e mio padre. «Devono tagliarmi per salvare il bambino. Non respira» singhiozzo al telefono.

Per fortuna Elena e il tecnico sono ancora lì. Le stringo le dita, cerco di farmi forza.

Lukas arriva, si avvicina, mi prende la mano.

«Ora dobbiamo portarla in sala operatoria per farle l'anestesia» dice l'infermiera e fa per portarmi via.

«Come?» chiede Lukas. «Le fate l'anestesia? Forse può danneggiare il bambino.»

Lo guardo senza parole, nuda sotto un camice bianco sul lettino con le ruote, inerme. Stanno per tagliarmi e secondo lui dovrebbero farlo a freddo? Non rispondo, d'un tratto lo sento totalmente estraneo, la sua gentilezza nasconde un'indifferenza inquietante, una freddezza glaciale, qualcosa di mostruoso in questo momento. Mi taglieranno per mio figlio, è necessario, devono agire in fretta altrimenti muore, questo lo capisco anche se ho paura. Ma come può l'uomo che mi ama pensare che mi aprano la pancia da sveglia, chi è veramente Lukas, se ora non c'è, non ci sarà mai più, perché dopo sarà comunque troppo tardi.

Mi trascinano via, le lacrime lungo il viso e la gola asciutta, come vorrei la mano di Sasha, la sua mano calda e la sua voce: "Non preoccuparti, andrà tutto bene".

Il lettino è già in sala operatoria, sento uno strano odore di aglio fresco e l'anestesista che dice: «Ora conti fino a tre», e di colpo non ci sono più, scivolo via nel sonno, stacco la spina da questo mondo.

Dario

Apro gli occhi e mi guardo intorno. Sono in un letto bianco, la testa intorpidita. Tento di girarmi su un fianco, ma un dolore lancinante mi blocca. Non posso muovere la pancia in nessun modo. Dov'è il mio bambino? Voglio vederlo. Lo stomaco brontola, prima dell'ultima ecografia il medico si era raccomandato che andassi a digiuno. Non si sa mai, aveva detto. Praticamente non mangio da ieri mattina. Ho fame.

Entra un'infermiera, vede che ho gli occhi aperti e il viso le si illumina con un sorriso.

«Ha mal di testa?»

«No, sto benissimo, a parte i punti. Dov'è il bambino?»

«Tra poco glielo portano e lo attacchiamo al seno.»

«Sta bene? È tutto a posto?»

«Sì, è un bel maschietto bruno, ha già tanti capelli.»

Sospiro rilassata.

«Posso avere un panino?»

Scuote ridendo la testa: «Non credo che il dottore lo permetta. È appena uscita dall'anestesia, è ancora sotto flebo».

«Ma io ho fame.»

«Deve avere pazienza.»

Si avvicina e mi aiuta a sollevare il busto sul cuscino. Ogni movimento è doloroso e mi ricorda la ferita. Ma ora l'unica cosa che m'interessa è mio figlio.

La porta si apre ed entra un'altra infermiera con un fagotto in braccio, una massa compatta di capelli neri e la faccia da topo. Ha gli occhi chiusi e agita le manine. Ha il viso raggrinzito di un vecchietto. Guardo le piccole dita perfette, le unghie rosa. Quando sono uscita a cena due sere fa, aveva già le unghie e i capelli lunghi. Sembra un astronauta venuto da un altro mondo. È minuscolo e lungo.

L'infermiera lo appoggia sul mio petto, e subito lo circondo con cura, è talmente piccolo che temo di fargli male, le manine continuano ad agitarsi nell'aria.

«Perché non apre gli occhi?» chiedo.

«Ancora non vede nulla. I neonati ci mettono un po' di tempo per imparare a guardare. Ora proviamo a vedere se si attacca.»

Scosto la camicia e avvicino il capezzolo alla bocca. Lui esita un po', sbatte contro col naso un paio di volte, poi lo afferra con la bocca e comincia a ciucciare forte come se non avesse mai fatto altro. Io sono incantata dalla precisione dell'istinto.

«Bene, bravo» dice l'infermiera. «Non c'è stato neanche bisogno di aiutarlo. Ci sono bimbi che non ne vogliono sapere. Questo invece sa il fatto suo» commenta ridendo.

Dopo un po' lui si stacca e rimane immobile, come se stesse meditando. Che effetto fa essere appena nati, penso, scaraventati su questo pianeta, fuori dalla tana calda che ti ha ospitato, costretto a respirare, esposto al caldo e al freddo, milioni di neuroni sono già al lavoro per creare sinapsi e intanto noi ce ne stiamo tranquilli al calduccio, un po' perplessi.

«Bene, adesso andiamo a fare la nanna.» L'infermiera mi riporta alla realtà, riprende il fagotto e se ne va.

Mi assopisco, il tempo mi scorre alle spalle, ripiombo in una specie di dormiveglia. Riapro gli occhi, mi sollevo a sedere, attenta a non muovere il busto.

Entra il ragazzo che vende i giornali e mi chiede se voglio un quotidiano.

«Volentieri, ma non posso alzarmi. Può per favore aprire la mia borsa? Dentro c'è il portafoglio, grazie.»

Lui apre ed estrae lo sturalavandino. Lo guarda sconcertato, d'un tratto ricordo il lavandino intasato e il mio frettoloso acquisto prima di andare in clinica. Improvvisamente scoppio a ridere e il giornalaio scoppia a ridere con me, sempre reggendo lo sturalavandino in mano. Ridiamo a crepapelle, gli occhi pieni di lacrime, non riusciamo a smettere. Io mi tengo la pancia perché a ogni risata mi fanno male i punti. È così che ci trova l'infermiera che viene a misurarmi la pressione. Il ragazzo ripone la borsa, prende i soldi, fa un cenno di saluto con la mano e se ne va.

Mi alzo lentamente e vado in bagno. Mi guardo di sfuggita allo specchio. I seni sono enormi e perdono un liquido giallastro. Cos'è? A fatica riguadagno il letto e chiamo l'infermiera, che mi tranquillizza. È colostro, dice, poi diventa latte, succede a tutte le donne.

Il bambino finalmente apre gli occhi. Ha le iridi di un colore particolare, grigio ferro, lo sguardo intenso. È magro e lunghissimo, la pelle del viso non è più raggrinzita, ora sta acquistando una fisionomia più umana. È buffo, tranquillo, quando ha fame caccia urla possenti, poi si attacca al seno e si quieta. Allattare è un'esperienza molto forte, è strano nutrire un altro essere col proprio corpo, è sensuale e primario, crea un contatto emotivo profondo. Non c'è eros, non c'è furia né rapina, nessuna violenza necessaria per superare il limite invalicabile tra te e l'altro. Non c'è nulla da aggiungere, da raggiungere. Lo guardo mentre ciuccia a occhi chiusi, aprendo e chiudendo le manine a pugno, beato, totalmente assorbito da quello che fa, per lui il tempo non esiste, esiste solo il momento che sta vivendo.

Quando lo allatto sento che diventiamo una cosa sola, come se si collegasse una spina e il mio respiro passasse a lui, il mio sangue fluisse in lui. Poi si stacca e rimane fermo inebetito, la testa sostenuta dal mio braccio, oppure si addormenta contro il mio seno come su un cuscino, finché non vengono a portarlo via.

Lacrime mi scorrono lungo le guance e non so perché. «Non si preoccupi, dottore» dico al medico, «sono felice anche se piango, non so cosa mi succede, non ci faccia caso.»

Il medico spiega che è normale, non ho più l'ormone potente della crescita, ora dentro di me tutto è cambiato, la prolattina ha alterato gli equilibri e occorre un periodo di assestamento. Mi sento una fabbrica biochimica, dove è andato il mio libero arbitrio, ogni volta che allatto sento una spossatezza che mi fonde il cervello.

Tutto quello che mi importa è qui, io e il bambino, che sto imparando a conoscere.

Arrivano mia madre, Lukas, mio padre, gli amici. Sono contenti, un po' stupiti di vedermi con un figlio, proprio io che sembravo così refrattaria alla riproduzione. Anche per me è strano, mi devo abituare a questo nuovo ruolo di madre.

Mi chiedono che nome voglio dare a mio figlio, rispondo che si chiamerà Dario e avrà il mio cognome. Per il momento non me la sento di farlo riconoscere a Lukas, non mi fido di lui. Ci vorranno sei mesi prima che mi decida, lo farò sia per lui che per il bambino, sperando di non pentirmene dopo. Ma ora il dolore, la delusione per la freddezza di Lukas davanti alla sala operatoria è troppo recente e ha reciso il nostro rapporto, anche se con lui sono gentile. Non dico nulla, ma per me è finita.

Quando esco dalla clinica viene Livia a Milano ad aiutarmi. La ferita fa ancora male, abito al quarto piano e so che non posso contare su Lukas. Livia gli spiega che il medico mi ha prescritto acqua minerale perché sono stata operata da poco, gli chiede se può portarci una cassa. «L'acqua pesa» è la risposta, dall'alto del suo metro e novantacinque. Lei è stupita, io no, non me la prendo più.

Lukas decide di trasferirsi in un piccolo monolocale che ha affittato. Spiega che il bambino la notte urlerà e lui vuole dormire tranquillo. Non c'è problema, dico, può venire a vederlo quando vuole. Per una settimana Lukas viene tutti i giorni a colazione e a cena, poi se ne va.

«Si comporta come un ospite, non muove un dito» dice Livia.

«Certo» rispondo, «è fatto così. Inutile cercare di cambiarlo.»

Sono contenta che il suo trasferimento sia una decisione sua e non mia. Con Livia e il bambino sto benissimo. Io e lei dormiamo nello stesso letto, Dario all'interno del passeggino. Una stanza per lui non c'è, ma non importa.

Imparo a lavarlo e cambiarlo, beve solo il mio latte e di notte, quando piange, non mi alzo neanche, lo sollevo sul letto per allattarlo, poi lo rimetto giù. Siamo sempre insieme. Io non ho mai smesso un giorno di lavorare, anche dall'ospedale telefonavo ai miei editori per parlare di libri, non ho orari d'ufficio. Quando il bambino dorme, leggo e scrivo.

Lo guardo mentre dorme tra le mie braccia e mi sento invasa

da una tenerezza infinita. Questo piccolo essere mi ama senza saperlo, semplicemente perché lo nutro e l'ho generato col mio corpo. Mi ama incondizionatamente perché non ne è neppure consapevole. Sento il suo odore di cucciolo, sa di latte e sonno. Apre gli occhi e mi fissa col suo sguardo intenso. Chissà cosa vede, chi vede, come mi vede. Io per lui sono Dio, il suo tutto, ancora non conosce altro da me. Sento un'onda calda che ci avvolge come una conchiglia, e d'un tratto ho paura. Paura di travolgere questa creatura col mio amore. È troppo piccolo per proteggersi, il mio affetto può diventare un boomerang e soffocarlo, come faccio a fidarmi di me e delle mie ombre? Ci vorrebbe un fratello, un padre per arginare e contenere questo sentimento così forte, mio figlio mi ha curato, mi dà una gioia infinita, ma devo stare attenta a non fargli male.

La prima estate

I giorni scorrono veloci. Dario cresce a vista d'occhio. È stupefacente assistere allo sviluppo della vitalità fisica e intellettuale in un individuo. La conoscenza avviene per salti. A un tratto Dario coglie un dato in più nel puzzle dell'esistenza e si comporta di conseguenza. Dopo un mese impara a sorridere. Osserva tutto col volto gonfio di latte e gli occhi sgranati, le iridi azzurre orlate di grigio ferro. La gente mi ferma per strada per farmi i complimenti: «Che bel bambino! Da dove vengono questi occhi?». Dall'India, vorrei dire, ma è un colore che non ho visto neanche lì. È strano come la personalità sia definita fin da subito. Dario è tranquillo, tranne quando ha fame e urla in modo imperioso. Appena lo allatto, si quieta istantaneamente. Ancora non parla, non ci sono malintesi. Lo porto in giro ovunque. A casa gli organizzo uno spazio nel salone con peluche e giocattoli colorati. Mi riempie le giornate. I libri mi interessano meno, faccio il mio lavoro, ma l'attenzione è altrove. Ogni tanto lui mi fissa con occhi spalancati. Mio padre si è innamorato subito del nipote, si capisce da come lo accarezza con gli occhi. «Invecchiando diventiamo più sensibili alla vita perché cominciamo a sentire che sfugge» dice la mamma. Questo bambino che nessuno voleva ha placato tutti, anche lei. È ringiovanita, dimostra vent'anni di meno.

Spiego a Lukas che può vedere il bambino quando vuole. Se preferisce, possiamo stabilire dei giorni, un weekend sì e uno no, in modo che possa organizzarsi. Lui risponde che non ama i programmi, deve sentirsi libero, decide all'ultimo momento.

Alice viene a trovarmi con un pigiamino di seta azzurro che ha comprato a Hong Kong, dove va spesso col marito biologo.

«Guarda queste manine!» dice con la voce roca dall'erre moscia. «Sono così piccole, da mangiare.»

Mi chiedo come mai non ha figli, sarebbe una madre fantastica. A Parigi mi ha detto che non era ancora il momento e non mi sembra il caso di insistere. Dario le somiglia. I suoi occhi sono quasi dello stesso colore e glielo faccio notare. Passiamo il pomeriggio ridendo e ascoltando musica, le finestre spalancate sul terrazzino da cui s'intravedono i tetti, ogni tanto suono il piano e Dario mi guarda intento.

«E Sasha?» chiede Alice.

«Sta bene, ha una fidanzata a Parigi. Sono stata a trovarlo a New York prima e dopo i Caraibi, a gennaio.»

Alice mi lancia uno sguardo venato d'ironia: «Non ci credo che durerà con lei, lui è innamorato di te».

«E tu come lo sai?»

«Ho letto la sua lettera.»

«Ricorda che è uno scrittore.»

«Non importa.»

A giugno vado in Sardegna con Giorgio, Livia e Valeria. Passano a trovarmi Eduard e Sybille. Loro trascorrono quasi tutto il giorno sulla spiaggia, io per lo più sdraiata a letto, o seduta nel patio con un libro. Ogni tanto faccio il bagno, ma torno subito per non lasciare il bambino solo.

Sasha è dai suoi con la fidanzata francese. Ciascuno di noi due sta vivendo un'altra storia. So che lo rivedrò, ma non c'è fretta. Mi sdraio accanto a Dario sul letto, lo abbraccio da dietro e lui si accoccola contro di me, gli occhi chiusi, le manine abbandonate, la piega della guancia sul cuscino.

Ogni tanto qualcuno dei miei vicini cerca di capire la configurazione della mia famiglia, ma è difficile. Non ho mai avuto un marito o un compagno stabile.

Gli amici vanno e vengono, Lukas passa a trovarmi brevemente per vedere il bambino, poi riparte. L'unica presenza costante è quella di Giorgio.

Un giorno un signore lo incrocia mentre sta reggendo Dario in braccio: «Che bel bambino, è lei il padre?» chiede.

«Non sono il padre, sono solo lo zio.»

«Si vede, avete gli occhi dello stesso colore.»

Ridiamo mentre lo racconta, siamo una famiglia allargata e i vicini non capiscono come funziona. È semplice, per anni l'unica famiglia che ho avuto è stata quella dei miei amici, a parte mia cugina e mia zia Betta, che per me sono due sorelle. Ora a loro si aggiunge zia Rosa, la sorella minore di mio padre, che non vedevo da anni e mi accoglie a braccia aperte nella cittadina dove sono nata.

Lukas mi porta in Germania dalla madre e dalla zia, che vivono a Mothen, in un paesino medievale sul lago di Costanza. La guerra ha risparmiato quest'angolo di Germania, le case sono dipinte con motivi e colori diversi. I parenti di Lukas sono tutti alti, la nonna di Dario, la *Oma*, è gentile ma un po' fredda, la zia più affabile, suo marito ha l'umorismo asciutto del nord. Si sono trasferiti qui da Monaco anni fa. Lukas ha due cugini più piccoli. Abitano su piani diversi in una casa tipo Hänsel e Gretel, in mezzo ai boschi e vicino a un ruscello con cascata.

Passo una settimana a mangiare torte Schwarzwälder Kirsch circondata da gatti, un cane, un asino, pecore e galline. La sera accendiamo il fuoco sul prato e mangiamo Bratwurst sotto le stelle. Dario cresce a vista d'occhio, gli occhi sgranati sul mondo.

Ad agosto parto per Cetona con Dario e la mamma, in sottofondo la musica della Callas. È la prima volta da anni che vado in vacanza con mia madre, ma ho bisogno di aiuto.

Mi raggiunge Livia e scaliamo insieme monte Cetona, per gli etruschi la montagna sacra della fertilità. È una zona molto bella, circondata da boschi e paesi che sembrano dipinti da

Giotto. Le mie finestre si aprono su campi di girasoli, dietro s'intravede il profilo di Città della Pieve.

Dario ci guarda camminare da una stanza all'altra oppure è assorto nel suo mondo. Ogni giorno facciamo gite in macchina, io mi bagno nelle vasche termali e i sali minerali rendono la pelle liscia come quella di un bambino.

Vengono a trovarmi Ignazio e Giorgio, passeggiamo in mezzo ai boschi, sento il profumo che mi avvolge, fresco e silenzioso. Mio figlio si alimenta di tutto questo senza saperlo, passando dalle mie braccia a quelle di mia madre e dei miei amici. Ignazio mi fotografa in una nicchia con Dario in braccio, novella Madonna hippie e campagnola.

Il futuro è un foglio bianco, un sipario strappato alla monotonia dei giorni, la clessidra del tempo ha appena iniziato a scorrere nelle vene di mio figlio. L'aria fresca della notte mi accarezza le tempie, i grilli si alternano alle cicale, qualche cane abbaia nel buio. Dario dorme seminudo nella culla come un cucciolo di Caravaggio, le membra scolpite sotto il velo della zanzariera.

Primi denti

Il bambino cresce. A sei mesi spuntano i primi denti. Mentre l'allatto, mi dà un morso e caccio un urlo. «Devi stare attento» dico, «i tuoi denti mi fanno male.» Lui mi guarda con gli occhi tondi lievemente a mandorla. Da quel momento non succede più. Ogni tanto sento che sta per mordermi di nuovo nella foga della fame, allora mi irrigidisco e lui si ferma. Impariamo a conoscerci, a capire i nostri limiti.

A volte metto della musica e inizio a ballare con lui in braccio, reggendolo sull'anca. Mi muovo per la stanza svolazzando, faccio le piroette e lui ride beato, ubriaco di velocità. I bambini piccoli ridono con tutto il corpo, gli occhi, la faccia, le mani, le gambe. Lo faccio ruotare insieme a me e Dario inarca il busto e tende i piedini, la testa all'indietro, negli occhi un misto di eccitazione e paura.

Ora alterno il latte a pappe dal sapore dolciastro facilmente digeribili. Inizio a cucinare zuppe, pollo tagliato a pezzettini, gli do anche frutta e yogurt. Sono felice, ma la fatica è tanta. Dario cresce a vista d'occhio e io inizio a deperire. Non ho mai smesso di lavorare e sono stanca, anche se vederlo crescere mi dà energia.

Notizie da Sasha

Sasha mi chiama e mi racconta che è stato a Parigi, con la ragazza francese è finita perché lei voleva un figlio e lui ha deciso di tornare in India. Ora è di nuovo a New York, si fermerà per qualche mese, poi andrà a Rishikesh a prendere le sue cose, soprattutto libri. Vuole fermarsi in India almeno un anno, viaggiare, scrivere.

Gli auguro buon viaggio e lui dice: «Magari dopo mi raggiungi».

Guardo Dario sdraiato sull'erba del giardino sotto una quercia immensa che copre la radura, altri bimbi più grandi corrono, giocano a calcio. Non posso muovermi senza mio figlio. Ormai fa parte di me.

«Vedremo» rispondo, «ora è presto, il bambino è troppo piccolo, poi si vedrà.»

Lo saluto e torno alla mia vita milanese. Lavoro, chiacchiero con gli amici, Dario dorme o sta con noi. Inizia a muoversi, gattona esplorando lo spazio.

Il grigio e il nero

Viene a trovarmi Alice e prepariamo un tè in cucina, poi ci sdraiamo sul letto nella mia stanza appoggiate ai cuscini, lo specchio sulla testata riflette la luce della finestra. Alice è allungata sul ventre, il gomito piegato, con l'altra mano regge la tazza di tè, i capelli corti da ragazzina, gli occhi grigi.

«Devo dirti una cosa, anche se non ti farà piacere» mormora con la sua erre graffiata da gatto.

«È proprio necessario che la sappia?» chiedo presa alla sprovvista.

«Temo di sì.» Alza il capo, guarda fuori dalla finestra, vedo il suo riflesso allo specchio. «Sono sieropositiva, ormai da dodici anni. È successo quando ero molto giovane, avevo diciotto anni. Mi sono innamorata di un ragazzo che si faceva di eroina, lui mi ha detto di essere sieropositivo. Lo sapevo, ma lo amavo e non mi importava.»

Dentro le vene mi gela il sangue, l'ascolto senza battere ciglio, la voce continua. Lei sorride e gli angoli della bocca si muovono impercettibilmente, è bellissima con la sua aria da cerbiatto.

«Sono andata in Canada in comunità a disintossicarmi» mi spiega. «È stato Ugo a farmi le analisi del sangue quando ci siamo conosciuti. Volevamo un figlio. All'inizio è stato difficile. Per un anno non abbiamo usato preservativi. Ugo è sanissimo, ha un sistema immunitario formidabile. Ora stiamo attenti. Se rimango incinta, ho il 50 per cento di probabilità di avere un figlio sieropositivo. Non posso far correre questo rischio a un bambino.» Sposta il braccio e le dita scivolano tra i capelli dietro l'orecchio. «Ugo è biologo e ha provato di tutto, è molto protettivo con me. Non vuole che fumi canne, dice che mi abbassano il sistema immunitario. Però le canne fanno bene all'umore. Da quattro anni non ho più linfociti T, ma sto benissimo. Non preoccuparti se bevo dalla tua tazza, non sono contagiosa.»

Mi raddrizzo sul letto: «Non mi è neanche venuto in mente» dico. «Mi dispiace» aggiungo, la voce un filo sottile. «Ma tu stai bene, vero? Voglio dire, è tutto sotto controllo.»

Un soffio attraversa la stanza. Alice mi guarda, sorride: «Per il momento sì. Dovevo dirtelo, sei un'amica, è giusto che tu sappia. A parte te e una ragazza che conosco dall'infanzia, solo la mia famiglia è al corrente. Ma non preoccuparti per me. Sto benissimo».

Cerco di essere disinvolta, ma l'allegria non c'è più. Alice si sdraia e guarda verso il soffitto, le mani intrecciate dietro la nuca: «Chissà chi verrà dopo di me» dice, e so che pensa a Ugo. La guardo in silenzio, lei scosta una ciocca di capelli dalla fronte. «So che Ugo mi ama. Ma forse un giorno non ci sarò più» dice assorta. «Lui ha bisogno di una donna vicino. Da solo non riesce a stare. È troppo distratto.» Stringe le labbra e accenna un sorriso, un filo grigio di malinconia tra le ciglia.

Sasha è su una spiaggia magnifica in Tailandia e tra un po' partirà per Calcutta. Insiste nel chiedermi di raggiungerlo. Ho nostalgia dell'India, il bambino è sano, non dà problemi. Potrei partire da sola con lui? Giro inquieta per la stanza, rifletto, mentre una strana eccitazione mi rende euforica. Sybille mi ha accennato a un viaggio che vorrebbe fare a Goa con la sorella. La chiamo e lei conferma che raggiungeranno degli amici a Vagator in una guest house sul mare, il clima è ideale per un bambino così piccolo. Le date che mi propone coincidono con quelle di Sasha e con le mie. Decido di partire.

Lui telefona da Bangkok, gli propongo di incontrarci a Bombay con Sybille e la sorella, poi andremo a Goa. Ho voglia di vederlo, ma non intendo fare Gesù, Giuseppe, Maria. Alla Yellow House, dove ci aspettano gli amici di Sybille, ognuno avrà la sua stanza. Con un bambino sarò più limitata nei movimenti e non voglio pesare su nessuno. Forse è anche un modo per tenere le distanze. Gli incontri con Sasha sono imprevedibili. Preferisco essere indipendente.

Tutti mi dicono che sono pazza a partire per l'India con un bambino così piccolo. Ha nove mesi, gattona, ma ancora non cammina, per viaggiare compro un passeggino pieghevole leggerissimo e un lettino che, smontato, entra in una borsa.

Il pediatra visita Dario, sempre più grosso e lungo, gli occhi a mandorla lo fissano attoniti. «Il bambino è sano» spiega, «è lei a preoccuparmi.» Sono pallida, smagrita, ho le occhiaie. Mi dà disinfettanti e antibiotici nel caso il bimbo si ammali, mi prescrive pillole tutti i giorni per riprendere energia. Il succo della mia vitalità va a Dario tramite il latte, ho bisogno di integrare con vitamine e sali minerali. Annuisco, pronta a seguire tutte le sue indicazioni nel primo vero viaggio da sola con mio figlio.

Avviso i miei che starò via un mese. Mio padre è costernato, questo viaggio gli sembra una follia, mia madre è perplessa, ma non interferisce perché sa che è inutile.

Parto agli inizi di marzo con due valigie enormi, una piena di medicine. Porto una bottiglia d'olio d'oliva e del parmigiano. Dario non è abituato al cibo piccante dell'India. In mancanza di alternative, gli darò frutta e riso in bianco condito con olio e grana. Sull'aereo lo reggo in braccio mentre osserva fuori dal finestrino. D'un tratto si rende conto che ci stiamo staccando da terra e gli occhi si riempiono di terrore. Scoppia in un pianto disperato, ma io ho pronto uno scialle che mi copre e intanto lo allatto. Subito si quieta e si addormenta in mezzo alle nuvole.

L'aeroporto di Bombay a mezzanotte e mezzo brulica di persone. Dario è tranquillo, osserva tutto con la faccia paffuta, esco sul piazzale, la folla straripa da tutte le parti, mi guardo intorno ma non vedo i miei amici e per un attimo temo di non trovare nessuno. Poi finalmente li scorgo dietro una transenna. Saluto Sasha e Sybille, che mi presenta la sorella Renate. È alta come lei, ma più in carne, i capelli rossicci e due occhi azzurri vivaci nel viso tondo. Saliamo su un taxi e percorriamo la periferia degli *slum* fino a un albergo fatiscente del centro, vicino al Taj Mahal.

Entriamo, consegniamo i documenti e ci assegnano una stanza. Chiedo a Renate di reggere mio figlio mentre cerco il bagno. Appena lo prende in braccio, lui si divincola con forza e caccia un urlo selvaggio. Per fortuna la soglia di tolleranza degli indiani verso i bambini è altissima. Dario ha una voce possente ed è subito ribattezzato "Pavarotti" dai camerieri divertiti. Cerco di calmarlo prima di allontanarmi, ma lui tende disperato le manine verso di me. Torno mentre le sue grida scuotono ancora l'edificio, Renate e Sasha sono stupiti che un bambino tanto piccolo possa produrre un suono così assordante, io lo accarezzo e gli parlo piano. Finalmente si addormenta accanto a me nella stanza insieme a Sybille e Renate. Io e Sasha parliamo sottovoce, da fuori giungono i rumori attutiti della strada e le ombre della notte si allungano sul soffitto intorno alle pale del ventilatore.

Il giorno dopo partiamo per Goa e prendiamo un taxi dall'aeroporto fino al nostro alloggio a Vagator. La Yellow House accoglie una serie di stanze che si affacciano su un corridoio aperto verso la jungla. Di fronte un sentiero porta al mare. Gli amici di Sybille sono una coppia simpatica di tedeschi. La mia stanza confina con quella di Renate e Sybille, in fondo al corridoio dorme Sasha. Attraverso un boschetto di palme si arriva alla spiaggia semideserta, a parte qualche hippie, un chai shop sotto un albero di banyan e una mandria di mucche distese pigramente sulla sabbia.

Cerco subito una baby-sitter e trovo una ragazza di diciannove anni con un bimbo di due che è grande la metà di Dario. Liza è minuta, vestita di nero perché è già vedova. Vive con i suoceri, che la tiranneggiano. La morte del marito l'ha privata di status, ora è senza protezione. Le spiego che durante il giorno può trasferirsi da me col bambino.

La prima notte sistemo il velo della zanzariera sul lettino di Dario. Non faccio in tempo a sdraiarmi sul mio letto, che sento una specie di sibilo nell'aria, qualcosa sta volando esattamente sopra la mia testa. Mi rizzo a sedere con la torcia accesa. Un enorme scarafaggio marrone con le ali mi fissa con occhietti rossi fluorescenti sul bordo della zanzariera di Dario. Sento la pelle accapponarsi: "Questa stanza è troppo piccola per tutti e due" penso, mi alzo sconvolta, mi precipito in corridoio e vado a bussare alla porta di Sasha: «Ti prego, c'è uno scarafaggio gigante che vola, un mostro appollaiato sul letto di Dario, non posso dormire così, per favore uccidilo».

Sasha è in una fase buddista, non ammazzerebbe un moscerino. Mi accompagna nella mia stanza, accendiamo la luce, scaccia lo scarafaggio e finalmente posso dormire. La mattina dopo arrivano le ragazze addette alle pulizie, in sari, spiego il problema degli scarafaggi, loro li snidano e ridendo li schiacciano con la scopa. Mi danno anche del gesso velenoso per delimitare lo spazio, dovrebbe impedire che entrino nella stanza, ma mio figlio gattona e non insisto.

Sasha si alza presto, scrive, più tardi ci raggiunge nel chai shop vicino casa o in riva al mare. Tutti i chai shop al tramonto fanno musica tecno per attirare ragazzi occidentali di ogni tipo. Guardo i tramonti sdraiata sulla sabbia con Dario accanto, il sole è un prisma dorato che scompare nell'acqua. Lui sta poco sulla spiaggia, di giorno fa troppo caldo. Passa la maggior parte del tempo a casa, nel patio e nel giardino, con Liza e suo figlio. Dopo un po' i suoni che emette con Liza somigliano a quelli della lingua locale, mentre quando è con me sono più simili all'italiano. Con Sasha parlo inglese, con Renate e la sorella tedesco, con i ragazzi del chai shop francese. Dario è costantemente immerso in universi linguistici diversi e sa riconoscerli, anche se ancora non parla.

Sasha guarda il bambino con diffidenza, forse intimorito dagli urli che lancia quando lo lavo con l'acqua del pozzo. Fa vita a parte, il bambino probabilmente lo distrae e disturba il suo equilibrio precario. Sasha è un solitario, non è abituato a gestire bambini. Invece gli uomini indiani non hanno problemi. Dovunque vada, mi chiedono di prenderlo in braccio. Appena entro in un ristorante o in un chai shop, lo rapiscono e lo riportano quando sto per andare. Gli occhi grigi a mandorla di Dario hanno molto successo con i locali. Lo chiamano "*Little Buddha*". La presenza di Liza mi permette una grande libertà. Dario è felice e cresce a vista d'occhio. Lo allatto ancora, ma mangia anche riso e cibo locale, mentre rifiuta le pappine e gli omogeneizzati di cui ho riempito una valigia intera. Vorrei che questo tempo non finisse mai, amo stare con i miei amici, mi piace che ognuno sia indipendente e che ci vediamo quando ne abbiamo voglia, in totale libertà.

Arambul

Io e Sasha parliamo di tutto, dalle nostre ultime letture alla mia crisi con Lukas, il suo impatto con Calcutta dopo la Tailandia, la fine della storia con la ragazza francese, la cicatrice del cesareo. La ferita mi dà un prurito fastidioso. Ogni tanto guardo la striscia violacea sul pube da cui hanno estratto Dario e non riesco a capacitarmi che un bambino, per quanto piccolo, sia uscito da lì. Evito di guardarmi allo specchio. In bikini la ferita non si vede, ma io so che c'è.

Da qualche parte nel retro della mente penso: "Saremo amanti o no questa volta?". Non è una domanda che mi pongo coscientemente. Sasha mi racconta con naturalezza delle sue storie con altre donne, non c'è il filtro della gelosia che fa male, e la stessa cosa vale per lui. Non l'ho mai visto con un'altra, mentre lui è venuto in Italia in un momento in cui il mio amore per Lukas si stava esaurendo. Come avrei reagito al posto suo? Non mi pongo troppe domande. So che lui rimarrà in India ancora un anno, mentre io ripartirò tra un mese. Questo viaggio è un dono insperato e mi sta rimettendo in sesto. Sento che rifiorisco, le energie stanno tornando, la curiosità intellettuale anche.

Un pomeriggio sono nel patio con Renate e Sybille. Stiamo fumando, faccio qualche tiro e di colpo l'aria intorno si fa immobile, la luce nel giardino scivola sulle foglie lucide di banano, sui fiori di jacaranda, sulle palme, sono avvolta dal fruscio degli eucalipti, insetti nell'aria, l'erba color smeraldo, la terra rossa e i bambini che giocano nel prato intorno al pozzo. Guardo Sybille, la luce le accarezza il viso, le guance accennano un sorriso colmo di dolcezza e un velo di ironia, la voce le si spezza in gola mentre ride trattenendo il fiato e muove leggermente il collo in un gesto indiano. In quel momento è bellissima, trasfigurata di luce, una figura antica, una dea. Inspiro e riempio le narici di tutto questo brulicare di vita, la voce di Sybille è morbida come un flauto, le acca aspirate nella sua gola sono una melodia. Sybille è una sacerdotessa severa e lieve. Rido e sento l'energia scorrermi nelle vene, mi alzo ed entro nella stanza di Sasha, è seduto sul letto a gambe incrociate. Cammino ondeggiando sui fianchi, scalza, una tunica e un telo annodato in vita, la chioma un'aureola di fuoco. Sento il fascio di luce sulla schiena che s'impiglia in rivoli di rame nei capelli. Mi avvicino sul pavimento fresco, danzando sulla terra. Lo sguardo di Sasha è una freccia silenziosa, il respiro del tempo si è fermato. È tutto immobile, i bambini che giocano, Sybille che chiacchiera insieme a Renate, io e Sasha fermi in quest'onda di luce, il buio fresco della penombra alle sue spalle.

Mi siedo sul letto e gli parlo del libro che sto leggendo. Lui mi tende la mano e mi attira verso i suoi occhi calmi, in attesa. La sua bocca è sulla mia, sento il sangue che si scioglie. Sasha si alza e chiude la porta. Il pudore mi paralizza. Non sono più abituata a un uomo e ho una cicatrice orrenda che non voglio mostrare a nessuno. Mi copro mentre Sasha cerca la mia pelle, ma lui insiste e bacia la cicatrice.

«Non devi vergognarti.»

Basta la sua voce, la sua mano, la bocca e il resto non ha più importanza.

«Sasha è inaffidabile» dice Sybille, seguendolo con gli occhi mentre si dirige verso il baretto vicino casa.

Stiamo bevendo un chai, Dario gioca sulla sabbia. C'è anche Renate.

«Sasha è fatto così» ribatto. «Ha bisogno di star solo.»

«Sì, ma come uomo è totalmente inaffidabile» insiste Sybille. «Non ha nessun senso di responsabilità.»

«C'è a modo suo, coi suoi tempi.» Guardo Dario che gattona tra la sabbia e borbotta strani suoni. Prende in mano tutto quello che gli capita e lo studia, ne saggia la consistenza. «Sto molto bene qui» dico guardandomi intorno.

«Secondo me Sasha è presente» dice Renate. «Quando occorre dà sempre una mano.»

«Ma non è un uomo con cui costruire una famiglia» taglia corto Sybille.

«Questo non lo so» ribatto. «Ma non è importante. Ognuno ha i suoi tempi.»

Sono sulla spiaggia con Dario e scorgo Sasha che si avvicina. Ora ha di nuovo barba e capelli lunghi sulle spalle, una criniera che gli copre la schiena. Appena Dario lo vede, scoppia a piangere.

«Non è vero che i bambini sono innocenti» dice Sasha guardandolo. «Sanno esattamente cosa succede, lo sentono. Lui piange quando mi vede perché sa quello che voglio da sua madre e ha paura che gliela porti via.»

Mio figlio lo scruta diffidente e si nasconde tra le mie braccia. Vado al chai shop dei francesi. Al ritorno incrocio Sasha mentre cammino con Dario in braccio. Dario lo guarda senza urlare, Sasha lo prende in braccio. È la prima volta e Dario lo fissa intento, piega indietro la testa tonda per vederlo meglio. È un istante. I loro occhi s'incontrano da qualche parte, si riconoscono. Qualcosa impercettibilmente cambia. Da quel momento Dario con Sasha è diverso, lo accetta e lentamente imparano a conoscersi.

Due ragazzi che incontriamo al chai shop dei francesi ci parlano di Arambul. È un posto bellissimo, dicono, con un laghetto di acqua dolce sulla spiaggia, circondato dalla giungla. Prendiamo un taxi e partiamo.

La sabbia è finissima sotto i piedi mentre cammino sulla spiaggia accompagnata dal suono della risacca. Tengo Dario in braccio, Renate, Sybille e Sasha sono al mio fianco. Alla caviglia ho un bracciale tibetano comprato al mercato di Anjuna.

Arriviamo in paese, qualche casetta bassa sparsa sulla spiaggia, mangiamo e beviamo un chai sotto la tettoia, proseguiamo in riva al mare, di fronte al lago. Faccio il bagno, immergo Dario nell'acqua. Poi ci inoltriamo nella giungla, un piccolo sentiero tra foglie di palma e mangrovie. Mi vengono incontro scimmie rossastre dal corpo sottile con un disegno bianco e nero sul muso. La giungla è fitta e in penombra, la luce filtra a malapena tra i rami.

A un certo punto sentiamo la musica di una chitarra e seguiamo il suono, finché non ci troviamo di fronte a un enorme albero di banyan, i rami formano strati diversi, un lungo salone è scavato nel legno. Saliamo grazie a una scala di corda, mentre i ragazzi che stavano suonando ci accolgono con calore. Mangiamo frutta, noccioline e pita, beviamo una tazza di chai preparato sul fornelletto a gas, ascoltiamo musica, parliamo. I ragazzi che abitano sull'albero sono australiani, viaggiano per l'India da qualche mese. Ognuno racconta la sua esperienza mentre il suono della chitarra si perde tra i rami.

Dario ha fame, mi copro con un longhi e lo allatto aspettando che si addormenti. Scende il buio della sera. Nessuno ha voglia di partire.

«Se volete passare la notte qui, non ci sono problemi» dice uno dei ragazzi. «Ma mi raccomando, state attenti alle scimmie. Di notte vengono a rubare le noccioline. Evitate di lasciare accendini o altri oggetti in giro.»

Ci augura la buona notte e si ritira in una piccola capanna costruita su un ramo laterale in fondo al salone. Un altro ramo sale e porta a un'altra capanna. Dormiremo nella foresta, nella capanna di Robinson Crusoe, penso. Guardo Dario gonfio di latte con gli occhi chiusi e mi accoccolo contro di lui per paura che le scimmie lo rubino. Non lo troverei mai più nella giungla.

Durante la notte mi sveglio bagnata fradicia. Non sapevo che la giungla fosse così umida. Avvolgo Dario con un telo perché non prenda freddo e mi accuccio contro di lui proteggendolo col calore del mio corpo. Il silenzio è pieno di fruscii. La giungla respira, satura di vita animale e vegetale.

Mi sveglio spesso, controllo Dario, attenta a qualunque fruscio. Il mattino lentamente scolora il cielo, la luce apre un varco tra i rami e a poco a poco la giungla intorno si riempie di squittii, grida spezzate, richiami in tonalità diverse. Il risveglio della natura è rumoroso, penso, e guardo Dario che dorme, il viso placido. D'un tratto si sveglia e spalanca gli occhi mentre i suoni della giungla diventano sempre più percettibili.

«Uh? Uh?» fa lui, il volto tondo stupefatto.

Guarda l'intrico di rami sopra di sé, muove il capo, ancora quasi non ha collo, ma la testa è enorme, gli occhi sgranati. «Uh?» Scoppio a ridere e lo abbraccio, sa di latte e sudore di bambino, un misto inconfondibile di vita nuova.

Lentamente tutti si svegliano. Io, Sasha, Renate e Sybille salutiamo, scendiamo dalla scaletta e ripercorriamo il sentiero a ritroso. Di nuovo incrocio le scimmie con i piccoli aggrappati al ventre, ci guardiamo negli occhi mentre cammino reggendo Dario sull'anca, siamo veramente cugini, penso, anche loro portano in giro i cuccioli, ci somigliamo.

Dopo un'ora di marcia usciamo dalla giungla nel sole abbagliante dei tropici. Il laghetto è limpido. Entro in acqua con Dario e ci laviamo, seguiti da Sybille, Renate e Sasha. Respiro profondamente. Il viso di Renate irradia luce, Sybille è una sacerdotessa misteriosa, Sasha ha un'ombra che lo attraversa malgrado il sole, la bellezza e la pace. Ma so che ora è felice.

Nirvana

Si avvicina l'ora della partenza. Sasha mi accompagnerà a Bombay. Prenoto una suite al Taj Mahal malgrado le sue proteste. Prima di partire, vorrei trascorrere qualche giorno in un posto dove mio figlio possa gattonare senza problemi, possibilmente non in mezzo alla sporcizia. Qui siamo in riva al mare, in città è diverso.

Lasciare Goa è difficile. Abbraccio Renate e Sybille, regalo a Liza la valigia colma di omogeneizzati, disinfettanti e medicine. Non si sa mai, dico, nel caso il bambino si ammali. Le scrivo il mio indirizzo, prometto che tornerò, ma in realtà sento che tutto questo è irripetibile.

Il Taj Mahal ci accoglie sfavillante di marmi, le hostess alla reception prendono i documenti e un cameriere ci accompagna alla nostra suite: la stanza è grande, un luminoso bovindo si affaccia sul viale lungo il mare. Davanti al divano una televisione digitale. Sasha entra in bagno.

«È da un anno che non vedo una vasca» dice.

«Be', è tempo di recuperare» commento.

Dario gattona sulla moquette rosa antico e si solleva aggrappandosi alla parete per guardare fuori dal bovindo. Sasha è scomparso, inghiottito dalla vasca, io apro la valigia e chiamo la reception che conferma il servizio di baby-sitter in albergo.

Finalmente Sasha esce dal bagno, cerca la CNN e dà una scorsa ai titoli principali. Sullo schermo appare il volto biondo di un ragazzo.

«È morto Kurt Cobain» dice Sasha, e un'ombra scende sulla stanza.

Sono pietrificata, c'è qualcosa d'incomprensibile nella morte violenta di un ragazzo giovane. La sua musica e la sua ribellione hanno accompagnato le mie notti, la voce graffiata dal dolore, l'urlo rauco che si stempera in dolcezza.

La musica sgorga dagli altoparlanti, il viso d'angelo di Cobain è un'icona di giovinezza, solitudine e morte. Il suo dolore riapre quello per Armin e Caterina, angeli caduti, discesi da un altro pianeta, troppo sensibili per questo mondo che macina anime e destini.

L'isola di Elefanta

Sto per lasciare l'India e vorrei tornare con Sasha all'isola di Elefanta.

«Perché dobbiamo uscire nel caldo afoso e nell'inquinamento di Bombay? Non possiamo restare qui?» protesta lui.

«Ma come?» dico. «Non volevi assolutamente venire, ho dovuto insistere per convincerti, mi hai addirittura accusato di corromperti, solo perché volevo passare gli ultimi giorni in un luogo tranquillo con Dario. Invece, da quando siamo arrivati, stai tutto il tempo nella vasca da bagno, oppure in piscina, o a guardare la CNN. Siamo in India, Sasha, ci sono cose che puoi vedere solo qui.»

«Sono arrivato da sei mesi e resterò un altro anno ancora. Ho tempo.»

«Sì, ma non con me. Ti prego, non essere pigro.»

A malincuore Sasha si alza, chiamo la reception e mandano una baby-sitter. Si presenta una signora di mezz'età in sari che prende Dario in braccio e lo porta nella nostra stanza. Io e Sasha usciamo, saliamo su un taxi, poi il traghetto fino a Elefanta.

Il tempio scavato nella grotta principale appare in mezzo alla caligine come una visione onirica. Saliamo una piccola scaletta, entriamo, ai lati e all'interno colonne di basalto, in fondo è scolpito il volto di Shiva Trimūrti.

Cammino intorno al bassorilievo, la luce accarezza il volto, scava le guance, la bocca, l'arco delle palpebre. Sento una pace infinita dietro l'espressione insondabile, il suono di un flauto accarezza l'aria, lentamente contraddizioni e dissidi si ricompongono, dolore e gioia tacciono.

Mi abbandono all'accettazione del tutto, finché la gioia non diventa dolore e il dolore gioia.

«Grazie di avermi portato qui» sussurra Sasha.

Non riesco a parlare, sorrido, colma della bellezza di questo luogo.

Restiamo fino al tramonto, l'ultimo vaporetto parte subito inghiottito dal buio, lo sciabordio dell'acqua intorno mi accarezza i timpani, la mente e il cuore sazi.

Il taxi percorre la città e scivola sul lungomare, la mano di Sasha è intrecciata alla mia.

Torniamo in camera e Dario si addormenta. Guardo fuori dalla finestra lo sfolgorio delle luci sull'acqua.

«Cosa facciamo?» chiedo. «Ora parto, poi che succede?»

Sasha mi guarda sdraiato sul letto, i capelli sciolti, gli occhi nocciola.

«Io ti amo, ma voglio essere libero e tu hai un figlio.»

Si avvicina, mi prende la mano, mi trascina sul letto, mi bacia e ci amiamo in silenzio.

Restiamo per un po' allacciati, i rumori in sottofondo della città, i riflessi della notte attraverso il bovindo. Tra qualche ora sarò di nuovo su un aereo, lontana da qui. Le parole sono lacci, gradini in cui s'inciampa. Io e Sasha ci capiamo con gesti e parole che non prevedano un futuro. Qualunque commento in proposito è ansia oppure ipocrisia, il tentativo di creare puntelli all'onda che ci muove.

«Sai» dice Sasha d'un tratto, «quando sono arrivato a Calcutta dalla Tailandia subito sono stato riassorbito dal traffico indiano, il sudiciume, l'inquinamento, i mendicanti, la miseria. Tutto sembrava caotico e senza senso. Rimpiangevo la Tailandia. Poi mi è passato accanto un carretto che trasportava della carne, probabilmente destinata a una macelleria islamica. Durante il tragitto i pezzi sanguinolenti venivano afferrati dai corvi che li strappavano col becco e volavano via. Nell'aria c'era l'odore del sangue misto a fiori, sterco, spezie. Improvvisamente mi sono sentito a casa.»

Lo guardo, sorrido, capisco quello che intende, la familiarità con la vita dirompente e senza filtri, che comprende anche il disgusto e la morte, senza paura del limite, del confine con l'ignoto.

È tempo di andare, lui a Dharamsala dal Dalai Lama, io di nuovo a Milano. Dario è un microcosmo in crescita esponenziale. Tra poco parlerà e camminerà. È un viaggio che inizia. Con lui riscopro i tasselli della vita, le emozioni. Non ho più fretta, ogni giorno è nuovo. Sono sospesa tra due mondi, lo sguardo si allunga sul futuro che ancora non mi appartiene.

Compleanno

Il primo compleanno di mio figlio vede la famiglia unita, io, mio padre, mia madre e qualche amica. Gli occhi di Dario mi seguono per la stanza, le iridi color acciaio riflettono la luce del mattino sui tetti di Milano. Tra poco camminerà. Spengo la candelina sulla torta e mio padre sorride. Questo bambino avvicina tutti e in qualche modo ha cambiato il mio status. Non sono più solo la ragazzina scapestrata che va e viene per il mondo con uomini improbabili. Mio figlio mi ha dato un equilibrio. Sono madre, lavoro e lo allevo da sola. È faticoso ma semplice, e impone dei ritmi.

Da poco c'è una donna che mi aiuta a giorni alterni, si chiama Monica e ha figli grandi. È brava con i bambini e sa cucinare. Questo mi permette di uscire. Il sabato porto il bambino da mio padre, a volte Graziella lo tiene durante il weekend, mentre mio figlio impara a conoscere il nonno. Per il resto Dario è sempre con me. Quando vado a Roma Ignazio e Giorgio sono zii fantastici, e Livia una madrina perfetta – ora si è sposata con Arturo ed è felice. Mio padre non ha mai avuto con nessuno un rapporto come quello che ha con Dario. Con lui i giochi di potere non esistono, è arrivato troppo tardi per questo, mio padre è stato colto di sorpresa e l'innocenza di Dario ha scavato una nicchia nella sua solitudine.

Ogni tanto penso a Sasha. Mi mancano l'India, Goa e i miei amici. Con Lukas è finita. Abbiamo avuto l'ultimo chiarimento al ritorno dal mio viaggio in India. Abita da solo nello studio che ha affittato e vede Dario raramente. Dietro le insistenze di sua madre gli ho fatto riconoscere il bambino, ma questo non ha mutato la situazione. Per Lukas esistono solo diritti, non doveri.

Una sorpresa

Mi chiama mio cugino di passaggio a Milano per invitarmi a pranzo. Gli racconto dell'India, lui ascolta divertito – gli occhi verdi ironici –, non c'è mai stato, credo rifugga da qualsivoglia contaminazione culturale e non penso che potrebbe reggerne la confusione, la dismisura, la dolcezza mista all'odore di escrementi, la sporcizia, il disgusto. Non potrebbe tollerarne la miseria senza essere travolto dai sensi di colpa. Non so se la sua razionalità greca sarebbe in grado di coglierne la contraddittoria bellezza.

Mi guarda come se la mia presenza colmasse tutto lo spazio, d'un tratto mi sento leggera e la tonalità della mia voce cambia. È bello mio cugino, gli occhi ridenti di intelligenza antica. C'è in lui un'aria di famiglia che mi ricorda vagamente il fratello di mia madre.

Da due anni ci vediamo ogni tanto qui o a Venezia, ogni volta che ci incontriamo mi regala uno dei suoi libri. Leggo l'ultimo, sull'inquietudine greca e la collisione con quella giudaica tramite il cristianesimo. Mio cugino ha una mente fulminea, è impaziente, un eterno ragazzo dalla cultura sconfinata, ha chiarezza, forza espositiva e un enorme carisma. Malgrado l'aria da ragazzo, la sua mente mi mette in soggezione. Intellettualmente, di fronte a lui sono analfabeta. I miei racconti devono sembrargli esotici, lui si nutre di dubbi e delle certezze scivolose della ragione. È sempre in movimento, conferenze in tutta Italia e impegni universitari. Da vero cittadino ateniese, coniuga filosofia e politica. Vive nel mondo della mente e flirta con la vita.

La mano di mio cugino è calda mentre mi stringe i polsi e il sorriso si apre tra la barba nera che gli copre il viso.

«Non te la tagli mai?» chiedo.

Lui si accarezza la guancia con la mano: «No, l'ho da quando sono ragazzo. Se la tagliassi, chissà cosa ci sarebbe sotto. Scorie, scaglie di pelle impazzita».

«E tu non sei curioso?» lo incalzo.

Lui mi lancia uno sguardo divertito: «A volte è meglio rimanere nell'ignoranza».

«Detto da te, mi stupisce.»

Ridiamo, brindiamo all'India e a noi. Sono fiera di essere sua cugina.

Comincio a vederlo più spesso. Mio cugino è brillante, divertente, un Lancillotto irridente pieno di energia. La sua lingua può essere sferzante verso gli ipocriti o gli stupidi, ma ha anche sfumature di dolcezza. Una volta a Venezia si è spogliato ed è rimasto nudo, la testa grande sul corpo da asceta, gli occhi verdi ipnotici: «Sono intelligentissimo» ha detto, e io non sapevo cosa rispondere, mi pareva un incesto, la sua pelle troppo simile alla mia. Ora però è diverso, con lui parlo la mia lingua e mi sento protetta. È nobile d'animo, incapace di fare del male.

«Un uomo che ha la barba ha qualcosa da nascondere» dice Giorgio quando lo vedo a Roma. «Forse sotto c'è il volto di un bambino» aggiunge pensoso.

«Chissà» commento. «Se c'è, è ben nascosto.»

«Io non posso vivere con una donna» mi dice. «Non più di due, tre giorni. Con una donna non riesco a lavorare. Ho bisogno di star solo.»

«Certo. Ricordi quando una volta ti ho invitato a cena e ti ho detto che non capivo nulla, ma che ne sapevo già abbastanza per non riprodurmi? Be', sbagliavo. C'è una differenza tra teoria e prassi. La vita la capisci solo quando la vivi fino in fondo.»

Lui mi guarda e sorride, sa che lo sto provocando. Mi afferra le mani sul tavolo del ristorante, gli occhi verdi si specchiano nei miei: «Non è così semplice, cugina».

Penso che una storia con mio cugino è impossibile. Ma non importa. Finito il pranzo andiamo a casa mia, lui mi abbraccia e le sue labbra sono sulle mie. All'inizio è strano. Non conosco il suo corpo, ma l'onda che mi sale dentro travolge tutto, è una fitta lancinante di nostalgia. Ridiamo, scherziamo come due ragazzini. Faccio la parodia delle donne che cercano di sedurlo alle cene o ai cocktail per ricevere iniezioni d'intelletto in dosi omeopatiche.

«Non basta» dico, «troppo facile, bisogna impegnarsi di più.»

Gli preparo un caffè e di nuovo ci perdiamo nel mio letto finché il rumore secco della macchinetta che esplode sui fornelli non ci riporta alla realtà.

«Cos'è stato?» chiedo e mi precipito in cucina. Il caffè schizza dappertutto, noi due piegati da un accesso incontenibile di risa.

Porto dentro un segreto minuscolo che cresce ogni volta che ci incontriamo. La vita è forte e lui vuole restare a distanza di sicurezza. Ma forse non sempre è possibile. Oppure sì?

Penso a Sasha, chissà dov'è e cosa sta facendo. Passa un mese e ricevo una sua lettera da Dharamsala. Ha conosciuto una ragazza brasiliana, si chiama Thais, ha problemi agli occhi e ora viaggiano insieme. Sento la vita che scorre come un fiume in piena tra le dita. Va bene così.

Lui è con Thais, io con mio cugino. Sasha deve proseguire il suo viaggio, anche interiore. Io sto scoprendo mio cugino e lo amo nella mia lingua. Non mi ero mai resa conto che la mente potesse essere erotica. Lo è.

Battesimo

Decido di battezzare Dario a Montepaolo e di invitare tutta la famiglia di mio padre. È un'occasione unica, perché non credo mi sposerò mai. Parto per la mia cittadina natale con la mamma e Livia, che sarà madrina di mio figlio. Mia zia Rosa estrae da un cassetto una tutina di pizzo ricamata a mano tradizionalmente indossata dai neonati della famiglia per i battesimi. Dario è talmente lungo e grosso che entra a fatica e non riusciamo a chiudere i bottoni sulla schiena. È stupendo avvolto di trine, gli occhioni sgranati di stupore.

La cappella è in cima a un monte coperto di boschi, accanto alla casa del nonno dove andavo d'estate da piccola. Ho organizzato il rinfresco nella sala interna del refettorio. La chiesa è piccola e raccolta, le pareti ricoperte di affreschi e mosaici, una Madonna vestita di azzurro apre le braccia a benedire col capo chino.

Dario è in braccio a Livia mentre il prete lo battezza versandogli qualche goccia d'acqua sul capo. La chiesa è fresca, fuori la calura quasi estiva è filtrata dal bosco saturo di odori e profumi di resina. All'interno, la penombra accompagna le parole del prete. Livia sorride, Dario guarda incantato, il turibolo sparge incenso nell'aria e io sono felice.

Al rinfresco partecipano Lukas, la nonna e gli zii di Dario, arrivati dalla Germania. Sono altissimi e riservati, così diversi dai fratelli di mio padre, quasi tutti dai capelli corvini e un'allegria chiassosa. Tutti i miei zii e cugini sono venuti al battesimo del nipote di Pino. Dopo la morte del nonno è lui il capofamiglia, anche se il fratello maggiore è Giacomo. Nessuno degli altri ha il carisma di mio padre. Molti non sono lì per me o Dario, ma per ciò che quella cerimonia rappresenta. La continuità del sangue, l'unica immortalità che ci è concessa.

Dario sembra un putto, tra gli ospiti che lo salutano. È il crocevia di culture e razze diverse, ma ora siamo in Romagna, terra antica e ribelle. Mi guardo intorno e intravedo tra gli alberi le colline che digradano fino al mare, la luce allaga gole e pendii in una sinfonia di verde e oro. Devono ancora mietere il grano, la primavera avanzata sconfina nell'estate.

Intermezzo

«Forse mi sto innamorando.»

«Ah sì? E di chi?»

«Di mio cugino.»

«E Sasha?»

«Ha incontrato un'altra donna in India.»

La mamma sospira.

«Guarda che io faccio fatica a starti dietro. Di quale cugino parli?»

È seduta a gambe incrociate di fronte al tavolo da pranzo, sotto il cono di luce del lampadario Tiffany dalle foglie di vetro variegate. La sigaretta senza filtro crea volute di fumo che fluttuano nell'aria. I gatti di Armin si nascondono sotto i mobili.

«È anche *tuo* cugino» sottolineo.

La mamma sorride divertita. Da quando è morto Armin è cambiata. Non si stupisce più.

«Be', se è di lui che parliamo, non siete cugini di primo grado, quindi non c'è pericolo di incesto. E allora? Qual è il problema? Vive in Italia, non vagabonda dall'altra parte del mondo. Siete liberi tutti e due, mi pare.»

«Sì, ma non ha mai vissuto con una donna. E io ho un bambino.»

«Vorresti andare a vivere con lui?»

«No, ma comunque non abita qui. Sta in un'altra città. E poi è famoso.»

«Questo non mi sembra un problema.»

«Un po' sì. Non voglio che nessuno sappia della nostra storia.»

«Mi sembra che corri troppo. La paura non è mai stata buona consigliera. Perché non provi a prendere le cose come vengono, senza farti troppi problemi?»

«Ci proverò.»

La mia tana sui tetti è un rifugio perfetto. Quando è a Milano, io e mio cugino ci vediamo lì, oppure al ristorante sotto casa.

Un giorno vado a sentire una sua conferenza e rimango incantata dall'incisività oratoria. Parla guardando l'uditorio, il pathos nella voce, nei gesti imperiosi, nei lampi degli occhi chiari. La sua voce rende vivo tutto ciò che dice, lo rende necessario. Io ascolto e mondi di idee si svelano all'improvviso. Guardo le persone immobili sulle loro sedie, un incantesimo nell'aria ci rende tutti attenti. Mio cugino si anima, le mani gesticolano a sottolineare i nessi. Scuote la testa folta di capelli scuri, la barba ribelle e il volto da ragazzo. Guardarlo è come specchiarsi nell'altra parte di me, più bella, più intelligente, più buona.

Lui mi apre il mondo delle idee, io affondo nella passione nuda della carne. Con me torna bambino, la pelle bianca piena di lentiggini. Ogni volta che mi abbraccia mi sento al sicuro. Non c'è nulla che debba spiegargli. Quando parte mi manca, ma non potrei reggere sempre questa intensità. Mio cugino non appartiene al quotidiano. Dario riempie le mie giornate.

Sasha è in Pakistan, su un altipiano immenso tra le montagne, nelle sue lettere descrive un paesaggio lunare intatto dove il silenzio è la presenza di Dio. Continuo a seguirlo nel suo viaggio, chiudo gli occhi e vedo guglie di rocce altissime affacciate su una valle sconfinata.

Giudecca

Minuscole scaglie dorate danzano sull'acqua mentre il treno si avvicina a Venezia lungo i binari del ponte che attraversa la laguna. È una giornata luminosa di giugno e Matteo mi ha lasciato le chiavi della sua casa alla Giudecca. Esco con Dario in braccio e apro il passeggino sul binario. Fuori dalla stazione lo piego per scendere i gradini e prendo il vaporetto. Provo un'emozione nuova pensando che questa è la città dove mio cugino è nato e vive.

Dario osserva i passeggeri che salgono e scendono dal vaporetto, mentre i palazzi di Canal Grande sfilano maestosi in tutte le tonalità pastello. Gli occhi gli si riempiono dei riflessi della città sull'acqua, una bambina bionda accanto a me si volta verso di lui e i loro sguardi s'incrociano. Chissà cosa capisce, come percepisce il mondo, con questa madre sempre in movimento, vagabonda anche nelle emozioni. Lo guardo e rido, oggi la meraviglia del mondo è intatta.

La casa di Matteo è un loft all'interno di un giardino su cui si affacciano studi di artisti. Matteo è l'unico a viverci, gli altri di giorno lavorano e la sera se ne vanno. Il loft è pieno di statue, quadri, divani, tappeti, stoffe dipinte a mano, ma ci sono anche un fornello, il letto e una bici. Un posto ideale da esplorare per Dario, intanto che sistemo le nostre cose.

La baby-sitter che mi ha consigliato Matteo è una ragazza sottile in jeans. Le trecce castane attirano subito l'attenzione di Dario, che cerca di scioglierle mentre lei scuote la testa e ride. Le persone spesso lo incuriosiscono. Le osserva, articola suoni. A suo modo, parla.

Vado fuori con lui a giocare sull'erba del prato, fino a quando il tramonto non colora le pietre di rosa. Poi gli preparo da mangiare e mi cambio. Alle sette arriva mio cugino in giacca scura e camicia bianca. Sorride e mi abbraccia, saluto la baby-sitter dandole le ultime raccomandazioni. Il bambino ha mangiato, l'ho cambiato, gli do un bacio sulla guancia, ma appena mi volto per uscire scoppia in singhiozzi e si allunga disperato verso di me. Mi precipito a rassicurarlo, finalmente si calma e lo lascio alla baby-sitter.

«Non si dovrebbe mai togliere una madre al figlio» dice mio cugino abbassando gli occhi, l'espressione assorta.

Lo rassicuro che va tutto bene, ma so che non potrà mai liberarsi dal dolore del mondo sempre in agguato. È questa l'origine della colpa, il peccato originale. Non possiamo farci nulla e ne siamo complici per il solo fatto di esistere.

«Sei bellissima, cugina.»

Di nuovo sorride fuori dal cancello, mi prende a braccetto e ci avviamo verso la fermata del traghetto, mentre il tramonto allaga la laguna di rosso e oro. Il vaporetto attraversa il canale della Giudecca, oltrepassa le Zattere e Punta della Dogana. Scendiamo a San Marco e andiamo all'Harry's Bar. Al primo piano si apre una sala ristorante con tavolini bianchi, stucchi dorati e lampadari in vetro di Murano. Alla parete una stampa della città.

«Sembra la forma di un pesce» dico.

«Venezia è un pesce» commenta lui. «È il titolo del libro di un mio amico.»

Ordina cernie al sale e vino frizzante, mi racconta le serate di Hemingway all'Harry's Bar, i tramonti al Lido in bicicletta, la Biennale. Parliamo di tutto e il tempo si ferma, solo le nostre voci, il fruscio delle gondole e i vaporetti sull'acqua, il vino frizzante in gola e il sorriso negli occhi di mio cugino che si specchia nei miei.

Io vorrei qualcosa che non è possibile, cioè fermare il tempo. Non riesco neppure a pensare di vivere con lui. Dove, in due case e città diverse? Questa storia non può avere un futuro. Non sono mai riuscita a concepire uno sviluppo, ancor meno in questo caso. L'intensità non ha domani. Ma so che nulla può rimanere così com'è, tutto si evolve in continuazione, i sentimenti crescono o diminuiscono e a volte diventano insostenibili. C'è un luogo interiore dove conosco mio cugino da sempre, oppure credo di conoscerlo, perché avverto con lui un'affinità immediata e profonda. Ma da qualche parte, anche quando sono felice e tutto il resto non conta, dietro, nell'entroterra della mia anima, la nostalgia è una belva affamata che ha paura, un'ansia sottile che mi accende e mi rende inquieta. Stiamo camminando su schegge di vetro. Sono luminose, ma possono ferire.

Lo specchio

Chi è mio cugino? L'intellettuale inquieto, il ragazzo dalla mente veloce. Il Don Giovanni assetato di vita. L'asceta chino sulla sua solitudine. Il bambino che si nasconde sotto la barba.

Ci sono momenti di totale sintonia e altri in cui sono perplessa. È gratificante immergersi nei suoi occhi, è uno specchio perfetto. Ha il carisma di mio padre, anche se di segno diverso. Quando ho perso il mio bambino, è a lui che ho scritto, e lui mi ha risposto.

È bello riscoprire me stessa attraverso i suoi occhi, un vento che ti porta via. A volte mi manca il respiro, avverto una pienezza che non è di questo mondo e ho paura di essere inghiottita. Ho paura della felicità. Mi manca Sasha, le sue mani, l'incastro perfetto senza parole.

Con mio cugino sento un legame di appartenenza, sono appagata in un modo che forse non ho mai conosciuto. La dimensione intellettuale tra noi è dominante, con lui discuto aspetti filosofici e religiosi che riguardano anche i miei studi passati. Ma soprattutto recupero il legame familiare. Mio cugino è l'anello mancante ritrovato della mia identità interiore. Da anni ho operato una cesura quasi totale con entrambi i rami della mia famiglia per ragioni diverse. Non avendo conosciuto né la coesione né la stabilità affettiva di un nucleo familiare, ho rifiutato entrambe le mie radici, optando per una vita da zingara. Questo non ha mai intaccato il mio legame profondo con mia zia Betta e mia cugina, la stima per zio Olmo, l'amore incondizionato per il nonno paterno, l'unico che abbia mai conosciuto. Ma mi sono sempre sentita diversa, non riconoscendomi nella vitalità vivace della famiglia di mio padre, né nella decadenza signorile della famiglia materna. Sempre a disagio, una figlia anomala non voluta, l'incrocio tra matrici opposte in dissidio tra loro. La famiglia di mio padre in fondo mi ha sempre considerato una bambina privilegiata e capricciosa. Il nonno mi adorava, e qualcuno era giustamente infastidito da questa sua predilezione immeritata nei miei confronti. Solo dopo la nascita di Dario, grazie al calore di mia zia Rosa, mi sono riavvicinata alla famiglia paterna, mentre ho sempre lottato contro il senso d'impotenza e le depressioni del ramo materno. Ma proprio da lì viene la passione per la letteratura e la filosofia. Da lì viene l'amore per la musica e la curiosità intellettuale che aveva anche mia nonna materna. Mio cugino ha sentito parlare di lei da bambino, conosce vari aneddoti sui nostri eccentrici antenati. Ripercorriamo il seminato di coincidenze che ci ha fatto incontrare. Ci raccontiamo episodi sui nostri parenti romagnoli. Ridiamo come ragazzini che condividono un segreto. Insieme ci riconciliamo con un lato della nostra genealogia, e questo è importante per la mia identità e per la sua.

Mio cugino è all'apice della carriera, una persona retta per cui provo infinito rispetto. Ma dov'è il suo tallone d'Achille? Ogni persona ha vari volti e io non saprò mai chi è veramente.

Mi piace che la nostra storia sia clandestina, almeno fin quando è possibile. So che qualunque cosa succeda saremo sempre cugini e questo mi tranquillizza. Ma la sua mente mi mette soggezione, se parliamo ha sempre ragione lui. Tranne quando gli racconto dell'India, che non conosce. È stato in Grecia, in Marocco, a Parigi e in altre capitali europee, ma ha passato più tempo a studiare che a vivere. Sfugge dal confronto con la vita, anche se ne è attratto. È appassionato in tutto quello che fa, però con misura. Un intellettuale immerso nella politica, non un artista. Mangia e beve con moderazione, evita eccessi. È vegetariano, ma subito si è preoccupato di dirmi che non ha nulla contro la carne, è solo che il sapore non gli piace. Niente ideologia, evita di mettere a disagio l'altro. È educato e non perde mai il controllo. O forse sì? La filosofia mi ha sempre affascinato, ma non ho mai pensato che la vita potesse essere contenuta in una griglia logica, per quanto complessa. La letteratura mi attrae perché racconta la vita così com'è, imprevedibile e spesso tragicomica.

Ci incontriamo sempre da soli, tranne quella volta a Venezia con Dario. Un bambino può solo farlo sentire in colpa. So che non può vivere con una donna ed evito di fargli qualunque tipo di pressione, anche indiretta. Sono già una donna scomoda, con prole.

«Cosa c'è, cugina?» chiede, mentre mi racconta di una coppia di amici in cui lei ha un amante fisso da anni.

Io sono distratta, la mente divaga. «Non so, non capisco.»

«È semplice, quei due vivono insieme e ognuno si fa i fatti suoi.»

«Ma sono sposati» dico.

«In che mondo vivi, cugina? Fanno tutti così.»

Sorride, seduto davanti a me al tavolo di un ristorante e d'un tratto mi sento piccolissima, di un'ingenuità imbarazzante. Non ho mai creduto nel matrimonio, ma non capisco perché la gente si sposi per poi tradirsi. Non è necessario rompere un patto, basta non farlo. È vero che i comportamenti delle persone sono spesso irrazionali. Quasi sempre, del resto.

Nel vuoto

«Com'è successo?»

«Si è buttata dal quarto piano.»

«I bambini dov'erano?»

«A Oleggio con Teo.» Ruggero esita. «Ha aspettato che partissero. Con loro presenti non l'avrebbe mai fatto.»

Immagini scorrono. Simona sulla sedia a dondolo con la piccola in braccio, il ritmo ossessivo, su e giù come in un film di Hitchcock, la stanchezza negli occhi e l'ombra sul volto tra i riccioli neri.

Chiamo Teo, gli dico che mi dispiace. Il dolore lo chiude a riccio.

Chissà se si rende conto di quanto l'alcol abbia inciso nella scelta di Simona. Non si può vivere con un alcolizzato. Oppure è tutto già scritto. La morte è irreversibile, l'alito freddo del non-ritorno. L'unica resurrezione possibile è in questa vita.

La vitalità di Dario mi costringe a tenere il passo con la vita, anche se dentro ho il vuoto.

La tregua

Parto per Cetona con la macchina carica di bagagli, la voce della Callas riempie l'aria col suo timbro pastoso mentre costeggio gli Appennini. Cetona mi accoglie col respiro ampio della montagna che domina la pianura.

Intorno alla casa, campi di grano e girasoli. In lontananza il profilo di Città della Pieve. Di giorno il frinire delle cicale, di notte il canto dei grilli. Vengono a trovarmi Renate e Sybille dalla Germania. Passeggio nell'umido dei boschi, la sera m'immergo nell'acqua termale delle vasche in pietra sotto gli alberi. Poi tutti partono e rimango sola.

Aspetto mio cugino per il mio compleanno. Si è ritagliato una settimana, è un mese che non lo vedo e mi manca. Sasha è sempre a Dharamsala con Thais.

Il sole di agosto allaga di luce i ciottoli bianchi della piazza. Mio cugino mi aspetta al bar. Gli occhi verdi si accendono appena mi vede, affretto il passo e sono tra le sue braccia, la barba nera mi accarezza il volto, la sua voce inconfondibile: «Mi sei mancata, cugina». D'un tratto mi sento a casa e il dolore dentro di me si placa.

Trascorro giorni sospesi in giro con mio cugino a visitare paesi, chiese e monasteri, il profilo aspro della Val d'Orcia spoglia di alberi, Pienza e il monte Amiata, la strada scende a spirale profilata di cipressi, un castello diroccato sulla via del ritorno. Entro nell'umido dei boschi aggrappata al filo della sua mano, di notte dormiamo allacciati, Dario è nell'altra stanza con la babysitter. Se si agita mi alzo, lo allatto e lui si quieta, poi torno tra le braccia di mio cugino, mentre fuori i fruscii della notte si mescolano al frinire dei grilli, l'ombra immensa del monte avvolge la vallata col suo respiro vegetale.

Gli amici di mio cugino sono due coppie che condividono una villa con piscina vicino a San Casciano. Simpatici e discreti, intellettuali. È evidente che si conoscono da tempo, probabilmente mio cugino è loro coetaneo, anche se sembrano tutti più grandi di lui. Mi guardano con un misto d'incredulità e stupore, mentre lui spiega che siamo cugini. Mi tuffo nell'acqua termale della piscina dai bordi di porfido, il padrone di casa spiega che era già utilizzata al tempo degli etruschi. Hanno riaperto e rinnovato le vecchie condotte, l'acqua scorre in continuazione dalla fonte termale e si rinnova ogni giorno.

Anch'io mi rinnovo. Con mio cugino mi sento una bambina, la sua ironia si stempera in tenerezza quando mi tiene tra le braccia. Mi abbandono alla gioia di questo tempo ritagliato e in fuga, l'amore lenisce le ferite e il vuoto della perdita. Da qualche parte si agita un'ansia sottile, ma la tengo a bada, non voglio che paura o nostalgia inquinino il dono prezioso di questi giorni. Penso a Simona e a Caterina, la malinconia si affaccia senza intaccare la bellezza del momento che sto vivendo. La felicità è silenziosa, una tregua alla macina del tempo, ma dietro la ferita è in agguato.

«Devo tornare a Venezia. C'è un problema e devo risolverlo. Mi spiace, speravo di potere essere lasciato in pace almeno una settimana.»

Mi sento morire dentro, ma riesco a controllare il tremito nella voce: «Domani è il mio compleanno. Non puoi partire dopo?».

«Purtroppo no. È una questione urgente.» Mi prende le mani, le accarezza. «Non dipende da me, cugina. Mi faccio vivo appena possibile. Ci vediamo presto, qui o a Venezia.»

Si guarda intorno, la casa è semplice e silenziosa nel risveglio del mattino. È il 16 agosto, siamo in piena estate, mio cugino chiama gli amici e spiega anche a loro che purtroppo deve partire, spera di tornare presto, certo, dispiace anche a lui, lo salutano e gli dicono che sono sempre benvenuta.

«Grazie» rispondo, sapendo che non rimetterò piede a casa loro senza di lui.

Un ultimo saluto sulla strada sterrata davanti a casa, Dario si affaccia in braccio alla baby-sitter e guarda perplesso l'uomo con la barba che in questi giorni sta sempre con sua madre. Mio cugino gli fa una carezza lieve, mi abbraccia, sale in macchina e d'un tratto non c'è più. Per un po' rimane la scia di polvere sospesa sulla strada, il calore di mezzogiorno rende i contorni sfocati, il monte Cetona incombe massiccio e indifferente sui campi di girasole.

Mi sento un guscio vuoto, abbraccio Dario mentre un nodo mi chiude lo stomaco e la gola. Liana, la baby-sitter, mi guarda. «Non ci si può mai fidare degli uomini, soprattutto con la barba» dice.

Non rispondo, le affido il bambino, entro in camera e mi butto sul letto, il corpo scosso dai singhiozzi. Poi rimango per un po' distesa, spossata nella calura estiva. Il trillo del telefono mi sveglia all'improvviso.

«Ciao, sono Giorgio, volevo solo sapere come stai e come va con tuo cugino.» La sua voce mi riporta in vita, sorrido.

«Giorgio, grazie di avermi chiamato.»

«Come stai, piccola? Hai la voce di un pulcino.»

«Non bene, mio cugino è appena partito per un impegno urgente, dovevamo passare il mio compleanno insieme e ora non so cosa fare.»

«Non preoccuparti. Vengo io.»

«Grazie, ti aspetto.»

Dopo poco più di un'ora sento il rumore delle ruote sulla strada sterrata. Il camioncino bianco di Giorgio parcheggia davanti casa, lui scende e lo abbraccio forte. Liana osserva a distanza. Li presento ed entriamo.

«Allora?»

«È dovuto partire. Un impegno improvviso.»

«Non poteva rimandare di un giorno?»

«No.»

Giorgio sospira: «Sembri un gattino che ha perso la mamma. Vieni, ti porto a mangiare in paese, poi vediamo di organizzare un compleanno come si deve per te».

Sorrido, preparo da mangiare a Dario e lo affido alle cure di Liana, sempre più perplessa.

Il 17 mattina parto con Giorgio per il lago di Bolsena. Arriviamo a un pontile in legno con un piccolo ristorante sotto a un salice piangente. Lì, tra foglie color argento, sotto il fresco degli alberi, mi calmo. Il profilo del lago si allarga dolcemente a perdita d'occhio, macchie di azzurro e grigio sfumano lungo le rive mentre le colline intorno salgono in un manto bruno chiazzato di verde e giallo. Torniamo dopo che il lago ha già inghiottito il sole, Liana mi consegna Dario semiaddormentato, lo depongo nella culla, le manine grassocce sul lenzuolo. Fuori l'ombra del monte si allunga sul prato e avvolge la mia piccola casa, mi assopisco sul divano e l'ombra azzurra del sorriso di Giorgio mi accompagna nel sonno.

Bianco latte

La voce di mia madre al telefono rompe la quiete del mattino.

«Tuo padre sta male, vieni subito.»

«Cos'è successo?»

«Un infarto.»

«Dov'è?»

«A Lugo, nella clinica dove lavora Olmo.»

Attraverso gli Appennini sotto la pioggia battente a centottanta all'ora, sperando di arrivare in tempo. Per tutto il viaggio Dario è immobile sul seggiolino, gli occhi e le manine sempre in movimento. Ogni tanto incrocio il suo sguardo nello specchietto retrovisore.

In clinica Olmo mi spiega che a mio padre si è staccata la valvola mitralica, ora sta leggermente meglio, è sotto osservazione. Deve evitare qualunque tipo di emozione. Non si sa se ce la farà.

Dallo shock mi vengono le mestruazioni, ma non perdo il latte. Ancora non è arrivato nessuno della famiglia o dei suoi amici. Aspetto, vado in giardino, Dario trotterella qua e là, lo seguo come una sonnambula.

Nel pomeriggio Olmo mi guarda e dice: «Devo andare a fare una perizia patologica. Mi accompagni?».

Annuisco e lo seguo. Salgo in macchina con Dario. Non voglio rimanere sola in clinica. La macchina scivola sull'asfalto, la caligine crea una nuvola di polvere.

«L'unica soluzione è cremarsi» dice mio zio mentre guida. «Io mi sono già iscritto. I corpi si decompongono in modo eterogeneo. Magari i capelli sono diventati blu mentre parte dello stomaco è intatta per i composti chimici che ingeriamo. Una parte di noi è organica, l'altra è già minerale, pura plastica.» Lo guardo sconcertata. Parcheggiamo in una piazzetta. «Ci vediamo qui tra mezz'ora» dice, e se ne va.

Di fronte c'è una chiesa, entro con Dario in braccio. È vuota, in penombra, le mura in pietra mi avvolgono in un soffio fresco. Sul muro in fondo l'icona di una Madonna dolcissima.

«Ti prego, non far morire mio padre» dico. «Non è ancora il momento.»

Sono certa che mi ascolta. Parlo a bassa voce mentre Dario fissa la fiammella azzurrina delle candele. Si avvicina un sacrestano e ci avverte che deve chiudere. Usciamo di nuovo nella calura estiva. Arriva Olmo e ci riaccompagna in clinica.

Ancora non è arrivato nessuno della mia famiglia. Comunque, non posso vederlo. Niente emozioni. Devo aspettare domani. Mia zia ha prenotato delle stanze per la notte. Sono stanca. Vado in albergo e aspetto mia madre e Graziella.

Finalmente arrivano, separatamente, e prendiamo tre stanze. Chiamo mio cugino a Venezia. Gli spiego la situazione. Non sopporto che mio padre muoia.

«Devi essere forte.»

«Non sono pronta.»

«Non si è mai pronti.»

La stanza è anonima, dalle pareti grigio-verdi. Sarei voluta andare a Imola da mio zio, prendere un tè con lui e la zia, stare in un posto che somigli a una casa. Ma nessuno si fa vivo e rimaniamo in albergo. Cena frugale, poi a letto.

Il mattino dopo arrivano i fratelli. Aspettano che mio padre si riprenda per fargli un esame alle coronarie. Verso le undici Olmo dice: «Si stanno riducendo tutte le funzioni vitali: i reni, il cuore. I polmoni sono pieni d'acqua. Dobbiamo operarc subito».

«Prima bisogna fare un consulto. Non si può operare così» ribatte Giacomo, fratello di mio padre, anche lui medico.

«Te lo faccio io il consulto. Se non lo operiamo subito, tra un'ora è morto.»

«Che modo è questo di esprimersi? Non hai nessun tatto.» Giacomo è furioso, si alza e cammina agitato su e giù per la stanza.

Ma lo zio ha deciso. Va da mio padre e gli spiega la situazione. Mio padre firma una carta in cui si assume ogni responsabilità.

«Non preoccuparti. Io sono molto veloce» gli dice il giovane chirurgo che deve operarlo.

Entra sotto i ferri verso l'una.

«Andiamo alla mensa. Devi mangiare. Tu allatti» dice Olmo.

«Non ho fame.»

«Non preoccuparti. Tanto adesso non può morire neanche se vuole. Ci sono le macchine che fanno tutto per lui.»

Vado in mensa e ordino del pollo. Penso a mio padre che in quel momento ha il costato divaricato e viene operato al cuore. Gli stanno cambiando la valvola mitralica. Accanto a me Olmo, mia madre, Graziella, la mensa bianco latte. Il rumore di piatti, posate. L'acqua nei bicchieri.

Al rientro mio padre è ancora sotto i ferri. Aspetto fuori, in giardino, mentre Dario gioca sull'erba. Sto sotto una tettoia di legno in un piccolo prato nel parco. È fine estate. La luce accarezza i fili d'erba in minuscole scaglie dorate. A turni alterni arrivano i membri del clan familiare: sono silenziosi, attoniti, stupefatti come me. Qualcuno accenna un timido sorriso di saluto. Vengono a trovare il capobranco. Che non c'è. È ancora in sala operatoria. Poi esce lo zio. Ce l'ha fatta, l'operazione è riuscita. Per il momento il paziente reagisce bene.

Comincio a sperare, ma so che la sua vita è appesa a un filo. Dipende molto da come passerà la notte. Se la passerà.

Torno in albergo. Ceniamo sole. Graziella sembra sotto sedativo, già con l'aria della futura vedova. Mia madre è affranta in modo composto e silenzioso. Io sono in una specie di limbo, mi circondo di gesti automatici, in realtà sono altrove. Stringo Dario al petto, lo cambio, lo allatto finché non si addormenta. Poi mi sdraio con gli occhi spalancati sul soffitto. Così passa la notte. Forse prego, anche se in realtà non so pregare. Ma parlo da sola con qualcuno che secondo me ascolta. Questo mi dà forza.

L'indomani mia madre chiama la zia, me la passa al telefono. Io l'aggredisco perché non mi aveva avvertito che mio padre stava male.

«Pino non voleva, sai com'è fatto.»

«Se mio padre sta morendo, voglio saperlo.»

Ho un tono di voce acuto, carico di aggressività. Anche perché non l'ho vista né sentita in tutto questo tempo. Non una parola di solidarietà, comprensione, affetto. Ma questo non lo dico.

Lei risponde risentita: «Non parlarmi con questo tono».

«Scusami, sono nervosa. Adesso ti saluto. Ciao.» Le passo mia madre ed esco.

Olmo mi accoglie sorridente in clinica: «Pino sta molto meglio. Forse il peggio è passato».

Tiro un sospiro di sollievo, incerta se sperare o rimanere ancora sulla difensiva per timore di illudermi. Fuori l'aria è tiepida, il vento crea giochi di luce e ombre tra le foglie del prato.

Più tardi riesco finalmente a vedere mio padre. È in camera, seduto sul letto, indossa una vestaglia che non ho mai visto. Ha l'aria affaticata, sembra un re ferito. Dico a Dario: «Vai a salutare il nonno». Dario si avvicina, disorientato. Mio padre lo guarda dritto negli occhi: «Tu non mi conosci neanche». Pronuncia le parole a fatica. Lentamente solleva il braccio e gli carezza la testa. C'è un abisso di generazioni tra loro. Sono su fronti opposti della vita. Mio padre lo guarda con tenerezza distante e consapevole, Dario lo fissa con aperto stupore.

Firenze

È strano pensare che mio padre ha perso l'onnipotenza. Anche lui, così forte, è fragile e mortale. Mi aggiro per le strade con questa nuova consapevolezza. Se fosse morto, Dario non avrebbe conosciuto il nonno e io non sarei mai riuscita a spiegarglielo da grande.

Dario rimane spesso a dormire da Graziella, e così posso muovermi liberamente, mentre mio padre impara a conoscere il nipote.

«Quel bambino ha gli occhi di un adulto» dice guardandolo seduto sul seggiolino. Sento l'emozione dietro la voce apparentemente burbera.

Il giorno in cui vedo Dario a cavalcioni di mio padre, mi rendo conto che è crollato un tabù. Con Dario può permettersi la tenerezza che si è sempre negato perché non deve difendersi, indossare una corazza. Dario è la promessa di un futuro giunto quasi al limitare della vita. Osservo la comunicazione silenziosa tra loro, lascio che il rapporto cresca e si sedimenti lentamente, senza interferire. Mio padre ha una pazienza infinita, gli insegna a sillabare le parole, lo prende in giro con affetto, lo guarda e fa le smorfie fingendo di arrabbiarsi – la mimica facciale è irresistibile –, ogni tanto gli dà una carezza ruvida sul capo.

Dario lo segue serio, gli occhi attenti, poi d'improvviso scoppia a ridere, il corpo scosso da una gioia irrefrenabile, la bocca spalancata. Mio padre è incantato, totalmente sedotto da questa vita inaspettata, gratuita, incomprensibile.

Incontro mio cugino in città diverse. Vado alle sue conferenze, poi usciamo a cena soli o in compagnia. Seguo gli scambi intellettuali con amici e colleghi. Ogni volta imparo qualcosa, l'intelletto sempre in movimento, il cuore sospeso. Passiamo insieme la notte, il mattino dopo lui riparte e io torno da mio figlio. So che non c'è nessun futuro, né lo cerco. Un futuro insieme è impossibile. Lui non può vivere con una donna. Mi sento un equilibrista su una fune sospesa nell'aria, consapevole di poter cadere da un momento all'altro. Sasha mi scrive lettere bellissime dall'India. È con Thais, ma il nostro dialogo continua.

A settembre ricevo una telefonata da Alice. Ultimamente non è stata bene, le è venuta la polmonite. Sdrammatizza come sempre, ma io so che non ha più i linfociti T da quattro anni. È debole e il marito è preoccupato. Vorrei andare a trovarla in ospedale, ma lei si rifiuta: «Non ora, magari più avanti».

Capisco che è una forma di pudore. Non vuole farsi vedere così. Io andrei a trovarla in qualsivoglia forma, ma non insisto. Rispetto la sua volontà.

Passano i giorni e la situazione clinica peggiora. Scoprono che ha un tumore al cervello. Lei evita di parlare della malattia, ma la sento sempre più sporadicamente, la voce affaticata. Chiamo il marito. Mi dice che non riesce più a camminare, ogni movimento può spezzarle le ossa. Il corpo sta cedendo e non c'è nulla che lui o gli altri medici possano fare.

Si spegne a fine ottobre a trentuno anni, senza che io sia più riuscita a vederla. Anche lei inghiottita dal regno delle ombre e del silenzio. La sua grazia, l'erre moscia, il corpo sottile da cerbiatta, la fossetta sulle guance, gli occhi grigi velati d'ironia. L'amore per Ugo, i figli che non ha avuto. Il pigiama di seta che ha regalato a Dario quando è nato. "Guarda queste piccole manine." Le tazze di tè sul mio letto. Il giorno in cui mi ha detto che avevo delle mani bellissime, mentre parlavo gesticolando. Quando insisteva che Sasha era pazzo di me e io negavo scuotendo la testa. Quando ho dichiarato che se il mio volto fosse stato bruciato mi sarei uccisa, mentre lei sosteneva che avrebbe voluto vivere anche sfigurata coperta da un velo. Quando a Parigi le ho chiesto perché non faceva figli con Ugo e mi ha risposto che non era ancora il momento. Sapeva già di essere sieropositiva, non voleva correre il rischio di condannare suo figlio. La sua leggerezza, l'allegria malgrado fosse condannata. L'ultima estate su un caicco in Turchia con gli amici, l'amore per l'azzurro del Mediterraneo. Un amico che muore è una parte tua che se ne va. I momenti condivisi. Quello che ci siamo detti e che abbiamo taciuto. La possibilità di poter cambiare, aggiungere o togliere qualcosa. La speranza del futuro.

A novembre io e mio cugino ci incontriamo a Firenze e dormiamo a casa della fidanzata storica che è diventata una specie di sorella. Facciamo l'amore, lui vuole che lo allatti.

«Che sapore ha?» chiedo. Fa una strana smorfia. «È dolce.» Sorrido. Deve essere stucchevole per un uomo che beve il caffè amaro.

Mi abbraccia, la sua voce tra i capelli: «Io sto bene solo dentro di te. Fuori ho freddo.»

Lo accarezzo e lascio che si addormenti come un bambino, scivolo fuori dalle coperte e scendo i gradini che portano al salone. Penso a Sasha, Alice, accendo una sigaretta e apro la finestra. Mio cugino non fuma, anche se non è tipo da lamentarsi.

Mi manca Alice. Lei non può tornare. Penso a Sasha in giro per l'Asia, seguo le volute di fumo nell'aria, le gambe a cavalcioni del divano, i capelli sciolti sulle spalle.

D'un tratto sento i passi di mio cugino, la porta del salone si apre: «Cosa fai qui? Perché non torni a letto?».

Indossa una maglietta bianca, è scalzo, una lieve incrinatura nella voce.

Mi sento una bimba colta in fallo.

«Scusa, non riesco a dormire. Fumo una sigaretta e vengo subito.» Esita sulla soglia, i nostri occhi s'incrociano, fa un cenno col capo e se ne va.

Rimango di nuovo sola. Non so cosa abbia avvertito, la mia inquietudine o un soffio gelido nell'aria, l'alito della morte o della nostalgia. Dopo un po' risalgo le scale a passi felpati, scivolo tra le coperte e lo abbraccio, il corpo abbandonato nel sonno.

Natale

Mi preparo a trascorrere il Natale a Mothen. Parlo con mio cugino al telefono. Lui passerà le feste natalizie a Venezia con amici, andrò a trovarlo appena torno. Parto con Dario sul sedile posteriore, gli occhi seguono il profilo azzurro delle Alpi lungo il passo di San Bernardino, qualche lago ghiacciato, montagne e cascine innevate da cui esce una nuvola di fumo. La Svizzera scorre civile e composta, attraverso le frontiere di Austria e Germania e prendo una strada secondaria che costeggia il lago di Costanza. M'inerpico lungo i villaggi dell'Allgäu, luminarie colorate addobbano le case, il Natale nordico è raccolto e intimo, una festa familiare di luci e candele attorno al focolare.

Intravedo la casa della *Oma* in fondo alla discesa lungo i prati dietro al bosco, parcheggio accanto alla rimessa e scendo.

L'accoglienza al piano di sotto è calda, gli zii di Lukas sono ospitali e accoglienti. La *Oma* sorride un po' timida, la sua emotività si esprime nei pasticcini e nelle torte che cucina, nei disegni colorati che addobbano le stanze, nelle uova dipinte a mano con minuzia certosina. Ovunque candele ravvivano l'ambiente dal buio esterno, la musica di Mozart e Bach riscalda l'anima. Dario osserva curioso, ascolta i suoni diversi di un'altra lingua.

Chiacchiero con la *Oma*, il cane è accovacciato sul tappeto, il gatto sul calorifero. Frammenti d'intimità domestica. Penso a Sasha in India, dove il Natale non esiste, penso a mio cugino impegnato a scrivere libri e gestire gli affari della sua città. Mi sento lontanissima, in un tempo immobile, i cui ritmi sono scanditi da una natura ostile. Il silenzio avvolge la grande casa, un filo di fumo esce dal camino, qualche girandola colorata all'esterno, il raglio dell'asino e i cristalli impigliati tra gli alberi, la cascata immobile di ghiaccio, l'odore penetrante del muschio nelle narici.

Inquietudine

Mio cugino mi accoglie infreddolito alla stazione, gli occhi verdi si accendono quando mi vedono. Lo abbraccio e affondo nella barba, prendiamo il vaporetto e andiamo a casa sua.

Passiamo il pomeriggio praticamente a letto. Lui ogni tanto si alza per rispondere al telefono. Mi sento strana, c'è qualcosa che non capisco.

Lui mi stringe: «Non posso più andare avanti così. Questa non è solo una storia di sesso. Io voglio uscire con te, andare al cinema, a cena, fare delle cose insieme».

Un brivido mi ricorda che lui non può vivere con una donna e io ho un figlio. Capisco che siamo arrivati a un'impasse. Cerco di prendere tempo: «Possiamo stare insieme un po' più spesso. Poi vedremo».

Non è una risposta, ma io non ho la soluzione. Che faccio, mi trasferisco a Venezia con un bambino da sola? Lui si sentirebbe assediato, io senza più puntelli né aiuto, totalmente dipendente. Lui non potrebbe scrivere i suoi libri con un bambino piccolo che cresce, urla, si ammala, gioca. La vita è rumorosa. Non posso imporgliela. È una proposta che eventualmente deve venire da lui. Solo lui si conosce a fondo, sa i propri limiti. Io non ho la bacchetta magica, non ho certezze. Ho paura del futuro.

Serpeggia l'inquietudine di cose non dette. Forse lui mi sente distante, un po' polemica, dall'allegria forzata. L'ansia mi rende inquieta, anche se cerco di essere disinvolta. Siamo due esseri complessi e fragili, sensibili e indipendenti, soli. Lui è più solo di me perché è un uomo. "Un uomo, cugina, è solo sempre" mi ha scritto una volta. Sento una nostalgia lancinante. Lui non riesce a togliermi le mani di dosso.

Finalmente usciamo, l'aria fredda sul viso, gli ultimi guizzi del tramonto invernale, l'umidità penetra le ossa. Mangiamo al ristorante, mi prende le mani, mi accompagna alla stazione.

«Ci vediamo a Milano il 18 febbraio. Ho una conferenza. Ti chiamo appena arrivo.»

Annuisco, lo abbraccio. Parto.

Gennaio trascorre nella routine dei libri. Dario cresce a vista d'occhio, il pensiero muove il gesto, che a sua volta modifica il pensiero. Osservo stupita l'enigma della vitalità che dà forma al tempo, la sua inconsapevole bellezza. L'altra parte di me è sospesa.

Aspetto febbraio. Tra poco lo vedrò.

La luce dei vetri è opaca lungo il corridoio che si apre sul salone. Aspetto con la tazza di tè in mano, Dario gioca con l'orango di peluche, parlotta da solo. Mi sdraio sul divano con un libro, mi alzo, vado in cucina, appoggio la tazza nel lavello e mi giro verso la porta. Il silenzio che mi avvolge è totale, all'improvviso c'è troppo silenzio. Guardo la portafinestra ed esco sul balcone, l'albero nel cortile è immobile, il profilo dei tetti sulla città grigia, il bianco opalino della nebbia. D'un tratto so. So che non chiamerà. Non chiamerà perché ha paura. Sono ingenua, petulante e ho un figlio, un'energia ingombrante e una striscia dentro che mi ferisce, anticipando il futuro.

Afferro il telefono, voglio sapere se il professore è arrivato.

«Sì, è arrivato.»

«È sicuro?»

«Certo. Il professore è arrivato un'ora fa.»

«Stasera ci sarà la conferenza?»

«Certamente, tutto come da programma.»

Chiudo il telefono, guardo la griglia in ferro della finestra di fronte. Mi volto, le gambe tremano. Devo fare ordine, preparare la casa per il suo arrivo. Voglio appendere il quadro che si è staccato ieri dalla parete, così stasera lo vedrà.

Lo prendo, mi tremano le mani, cade, la mano destra lo afferra e rompe il vetro, schegge si staccano e riempiono il corridoio. Corro in bagno con la mano piena di sangue e la metto sotto il rubinetto, acqua e sangue che scorrono, scivolano via. Cerco di medicarmi e liberare il corridoio dai vetri.

Chiamo mia madre perché non sono in grado di cambiare i pannolini a Dario, non sono in grado di cucinare. Cerco di tranquillizzare mio figlio, che guarda sua madre con gli occhi ignari, gli sbuccio una banana con la mano sinistra e lo guardo mangiare.

Mi siedo con la mano fasciata, il cuore un martello che batte, sugli occhi un velo di ghiaccio che assorbe tutto il resto. Sono di nuovo bambina, le gambe incrociate, rattrappita dall'abbandono. Il silenzio intorno mi lascia senza fiato. Potrei andare alla conferenza e fargli una sorpresa, ma se non chiama so che non vuole vedermi.

Mio cugino non può farmi questo, non può farmi del male, se dice una cosa la fa, è una persona corretta, è sempre stato preciso. Ma questa volta so che è diverso. Non può vivere con me e deve eliminarmi, spezzare il filo. Solo che non può farlo guardandomi negli occhi. Non ne è capace. Se mi vede non ce la fa a dirmi di no, è più forte di lui e allora si nasconde.

Sento la vita dentro che pulsa e non potrà mai più uscire, il gelo della perdita di una cosa viva, la consapevolezza che questa è la fine.

Senza anestesia

Gli scrivo, comincio dicendo che questa non è una morte naturale, ma un'operazione chirurgica senza anestesia. Lui risponde con una lettera dolente e bellissima: "Basto a malapena a me stesso e ai miei molteplici mestieri". Le parole sono uno schermo dietro cui si nasconde, eppure è sincero. Questo non è più un gioco narcisistico di specchi, il gioco è sfuggito di mano, ha acquisito vita propria e lui si è trovato di fronte a un bivio. Non l'ho incoraggiato a scegliere e forse ho sbagliato, ma neanche io ho la chiave, non ho certezze cui appigliarmi. Non posso forzare un uomo a stare con me, se non vuole più vedermi è libero di farlo. Siamo monadi in collisione continua incapaci di vivere. Io ho dentro di me un'energia terribile ed estrema cui non riesco a dire di no, non riesco a imbrigliarla in una griglia. Sete di vita e impotenza.

«Non puoi fare così. Hai un figlio. Devi reagire.»

Mia madre mi guarda severa, annuisco ma non ci riesco, l'ultima persona da cui pensavo di essere ferita è mio cugino, non sono in grado di reagire, mi sento un guscio senza più sostanza, leggo i miei libri, accudisco Dario come una madre triste e senza gioia. La sua presenza costante mi aiuta, ma a volte vorrei essere sola e non dover più far la spesa o occuparmi di nulla, la responsabilità della sua piccola vita è nelle mie mani e non sono in grado di dargli niente perché dentro sono vuota. Passeggio nel parco coperto di neve e ghiaccio, la terra silenziosa raccolta nell'inverno, singhiozzo per ore finché non ho più forze e torno a casa spossata, compio gesti automatici, abbraccio mio figlio, lo amo, ma dentro non c'è più nulla e sono morta.

Primavera

Il telefono suona un pomeriggio di fine febbraio.

«Ciao, come stai? Ho lasciato l'India e ora sono a Budapest. Ho voglia di vederti, vieni tu qui con Dario o vengo io?»

La voce calda di Sasha mi giunge come da un altro pianeta, sono contenta di sentirlo, ma mi sembra di parlargli dalla tomba.

«Ora non è il momento. Non posso venire a Budapest con Dario, è troppo complicato. Ti aspetto qui, ma non subito. Ho bisogno di un po' di tempo. Ci vediamo tra un mese.»

Sasha non fa domande, non chiede spiegazioni. Sa di mio cugino, io so di Thais, ci siamo scritti. Il nostro rapporto va oltre l'essere stati amanti, il nostro legame profondo è Shantivanam.

Ci salutiamo e torno alle mie occupazioni quotidiane, ma sentirlo mi ha fatto bene. Qualunque cosa accada, Sasha c'è, è un amico.

Arriva un giorno di marzo, i capelli lunghi e il viso senza barba. Lo incontro alla stazione, l'abbraccio, un momento di lieve imbarazzo quando sento le sue braccia che mi stringono. Com'è giovane, penso, troppo giovane, ma poi smetto di pensare e usciamo nella luce scialba del pomeriggio.

Gli racconto di mio cugino, mi guarda e dice che ha lasciato Thais in India, per lui è ora di tornare in Occidente. Ha paura di rimettere piede a New York, e allo stesso tempo ha nostalgia della sua città. È così giovane, penso, così diverso rispetto a mio cugino, chissà se riusciremo a rimanere amici, in questo momento non ho molto da offrire neanche come amica.

A casa Dario lo riconosce e gli fa le feste, lui lo prende in braccio e gli parla, «mi sei mancato, *little Buddha*» dice.

Dario spalanca gli occhi e lo chiama: «Sasa, Sasa!», le braccia protese verso di lui.

Beviamo un tè in cucina, Dario esce con la sua tata che lo porta al parco. Preparo le lenzuola di Sasha in salotto e apro l'acqua nella vasca, un bagno caldo dopo un lungo viaggio. Lui si sdraia sul mio letto. «Vieni qui» dice, mi avvicino e mi prende la mano.

«Non mi sento, non posso» dico, ma lui è già su di me, la sua bocca nella mia.

Sento una scossa nelle membra e non ci posso credere, lotto contro me stessa, ma la forza vitale che mi travolge è una marea che viene da lontano, dai recessi nell'ombra dove la parte di me più oscura si è rifugiata, annichilita dalla perdita. L'ho soffocata e ora mi precipita addosso, mentre il corpo di Sasha aderisce al mio come un magnete. Lui mi dice: «Ti amo», ma non lo voglio sentire, non voglio più parole tra noi, mi perdo in infinite galassie e piango, faccio l'amore con Sasha e piango.

Mi sveglio col braccio di Sasha intorno alla vita, il calore del suo corpo mi tranquillizza. La casa è silenziosa, i piedi nudi sul parquet, le assi di legno che scricchiolano. Il balcone fuori è ancora spoglio, tranne il rosmarino che si ostina pervicacemente a resistere. Il fico cresciuto da solo nel mio vaso accenna qualche timida foglia. La grande pianta madre riempie il cortile sotto, i pollini sicuramente portati nel mio terrazzo dagli uccelli.

Accendo l'acqua per il tè e mi siedo, inspiro la quiete del mio nido sospeso sui tetti, ai margini del mondo. Mi chiedo com'è possibile che Sasha abbia chiamato così poco tempo dopo che mio cugino è venuto a Milano senza farsi vivo. Sapevo che sarebbe tornato dall'India, ma il tempismo è impressionante. Cosa sono le coincidenze, fili gettati a caso o linee che si incidono, trame di un disegno che sfugge?

Torno in camera con le tazze fumanti. Sasha dorme ancora, la testa di sbieco sul cuscino, i capelli più corti sul collo, il naso dritto e la mascella squadrata, le labbra piene e il volto da giovane guerriero. Sasha sognatore e poeta, diffidente e appassionato. Nel sonno siamo tutti bambini, inermi. Mi sdraio accanto a lui e torno al tepore sotto le coperte. Gli sfioro i capelli e mi riaddormento.

Sasha lo accompagna al parco sul triciclo, lo porta in chiesa ad accendere i ceri, gli insegna a giocare a pallone nella piazzetta di San Simpliciano. Dario corre su e giù, ogni tanto inciampa e cade, concentrato sulle mosse della palla, cerca di capire come funziona il gioco. Sasha gli stringe la manina tra le sue e lo riporta a casa. Dario solleva gli occhi verso di lui.

«Mi guarda come se chiedesse: "Chi sei tu? Resti e sei mio padre? Perché io ho bisogno di un padre. Oppure te ne vai e io rimango da solo con la mamma, che comunque va benissimo anche così? Io, lei, la tata e la nonna, Graziella e nonno Pino. Loro ci sono nella mia vita. E tu?".»

Guardo Sasha e sorrido.

Viene la tata a prendere Dario, lo porta fuori e noi ci amiamo furiosamente ovunque, sul tavolo da cucina, in salotto, sul tappeto davanti al camino. Poi Dario torna dalla passeggiata, la tata gli prepara da mangiare e io sono come in una nuvola. Sasha scrive, io metto in ordine la casa e preparo la cena. A volte accendo il camino e Dario lo fissa, gli occhi incantati a seguire le fiamme. Le passeggiate insieme al parco, il lento risvegliarsi della primavera.

«Devo andare a Parigi.»

Siamo in cucina, da soli, una tazza di caffè in mano.

Sasha è a Milano da tre settimane. Una coppia di amici parigini sta per partire per la Malesia e gli lascerà l'appartamento per scrivere. So che deve andare a salutarli prima che vadano, ma ora il distacco inizia a essere reale.

«Che facciamo?» dico. «Io sono stanca di vivere in orizzontale, saltellando da un continente all'altro, da un uomo a un altro. Ho voglia di fermarmi, andare in profondità.»

«Io voglio vivere con te e veder crescere Dario. Ma prima devo tornare a New York. Sono via da due anni.»

«Certo» dico. «Magari ti raggiungo a Parigi per qualche giorno.»

Prepara la valigia, abbraccia Dario e lo accompagno in stazione, lo saluto e mi allontano prima che parta il treno. Attraverso l'atrio rivestito di marmo, guardo i fregi liberty delle colonne, la stazione del metrò, inspiro l'aria umida della notte.

Attesa

Sasha è partito e io continuo a scrivere e leggere libri per il mio lavoro, ma so che tra poche settimane lo vedrò. Dario mi guarda perplesso, sembra che dica: "Cosa fa adesso la mia mamma, dove la porterà il cuore e la sua irrequietezza?".

Ma devo rivedere Sasha da sola.

Parigi è bellissima nella luce di maggio che accarezza le foglie dei platani lungo i viali. Cammino con Sasha lungo il Marais, Place des Vosges dalla geometria perfetta, ci fermiamo ad ascoltare un concerto di musica barocca. L'orchestra è composta di studenti che sembrano usciti da un quadro di Courbet, poi di nuovo sotto le arcate dei caffè che circondano la piazza, un piatto di felafel nella brasserie ebraica all'angolo, un tè alla menta, la luce illumina la strada a chiazze attraverso i vetri, coppie e ragazzi che camminano. L'interno del locale è in penombra, una parete scura piena di bicchieri, Sasha mi guarda e mi prende la mano. «Cosa hai messo nel mio tè, un filtro d'amore?» chiede. Scuoto il capo e sorrido.

Insieme al ristorante della moschea, sale che si aprono l'una dentro l'altra dai soffitti arabescati intarsiati di mosaici, due uccellini volteggiano cinguettando come in un giardino. Insieme al Sacre Cœur, il parco che digrada sotto, la luce a Montmartre è più chiara, la collina domina la città. La Tour Eiffel si staglia rosa contro il cielo, qualche ragazzo suona la chitarra davanti alla gradinata, il Cristo dentro ci avvolge dall'abside nel suo abbraccio severo.

Noi due a casa dei suoi amici, io sdraiata sulle piastrelle fredde del corridoio, la testa sulla soglia della cucina, le sue mani e la sua bocca dappertutto. Un'ombra chiara mi guarda dall'alto, il volto serio di un bambino squarcia le nuvole.

«Sasha, ho visto un bambino. È chiaro, e vuole scendere.»

«Non so cosa mi hai fatto. Mi sono di nuovo innamorato di te. Ma devo rivedere Thais. Anche lei è importante per me.»

Siamo seduti a una brasserie di Saint Germain.

Sorrido, gli prendo la mano: «Sasha, prova a immaginare me, te, Thais e Dario insieme. Non può funzionare. Lo so che le vuoi bene. Ma devi scegliere».

Solleva gli occhi: «Ho già deciso. Voglio vivere con te e Dario».

Andiamo al museo di arte asiatica e Sasha non riesce a togliermi le mani di dosso.

«Qui no, non si può, smettila!» lo sgrido ridendo, mentre da una sala all'altra sfilano Budda estatici in tutte le forme e dimensioni, il sorriso che emana dall'interno, gli occhi chiusi.

Visitiamo i mercatini sulla Senna e scendiamo lungo il fiume a guardare le barche che solcano l'acqua. Entriamo a Notre-Dame, i mostri scolpiti sulla pietra accanto al portale all'ingresso e i rosoni immensi dai vetri rossi e blu lungo le navate centrali, quelle laterali sono in penombra.

Sasha accende un cero con me, il riverbero dei lumini che tremano.

Una settimana passa in fretta, è già tempo di partire, non voglio lasciare Dario senza di me troppi giorni. Ora è a Punta Ala con Graziella e mio padre. Sasha mi accompagna alla Gare de Lyon, mi abbraccia: «Non preoccuparti, torno a New York, sistemo le mie cose e vengo da te. Ci vediamo tra pochi mesi».

Annuisco, l'ultimo bacio, il fischio del capostazione, salgo e il treno si muove, l'ombra bruna dello sguardo di Sasha lungo il binario che scorre.

Gelosia

È un tranquillo venerdì di giugno, l'aria è tiepida, sono le sette di sera e sono appena tornata dal parco. Graziella è venuta a prendere Dario, che passerà il weekend con lei e mio padre.

Suona il telefono: «Ciao, come stai?». La voce di Sasha. Non mi aspettavo una sua telefonata, sono felice di sentirlo.

«Sto bene, e a New York come va? Hai ripreso il lavoro?»

«Sì, lavorerò qualche mese con Jeffrey per fare un po' di soldi, poi vengo a Milano.»

«Bene, ti aspetto.»

C'è una pausa di sospensione.

«Devo dirti una cosa. Domani viene Thais a New York. Ha un problema agli occhi, è quasi cieca e deve farsi operare.»

«Ah» dico. «Capisco.»

«La ospiterò e ovviamente l'aiuterò col medico, ma voglio che tu sia tranquilla. Io amo te e voglio vivere con te e Dario.»

«Certo» dico. «Non c'è problema, mi spiace per lei. Fammi sapere come va.»

«Ti chiamo domani. Ti amo.»

Metto giù il telefono e continuo con le mie occupazioni, ma dentro ho un tarlo che mi rode: Sasha vive ad Astoria in una stanza più bagno e cucina che gli ha dato lo zio costruttore a prezzo di favore. È un appartamento più piccolo dell'altro dove sono stata prima che ripartisse per l'India. Non c'è neanche il divano. Sasha dorme su un futon per terra. Non essere stupida, mi dico, non farti suggestionare, questo non c'entra. Certo che c'entra, lui non ha il letto per gli ospiti. Thais è innamorata, quasi cieca e bisognosa d'aiuto, dormiranno insieme. Smettila, tutto questo è assurdo. Io ho fiducia in lui, so che mi ama.

Preparo da mangiare, lavo i piatti e vado a letto con un libro che devo leggere per lavoro. Mi addormento e nella notte mi sale la febbre, mi sveglio sudata e il primo pensiero va a New York: Sasha è da solo con Thais e io non ho nessun controllo. Decido di calmarmi e continuo a leggere il mio libro.

Sasha chiama nel pomeriggio.

«Come va?» chiedo.

«Bene, Thais è qui, all'inizio era un po' *strano*, poi le ho spiegato che voglio vivere con te e Dario e lei ha capito.»

Ha detto *awkward*, non *strange*. Il tono con cui l'ha detto, una lieve punta d'imbarazzo, una pausa di sospensione minima. Sono dall'altra parte dell'oceano e da una sfumatura nella voce di Sasha capisco che mi ha tradita. Lo so con assoluta certezza ed è insopportabile. Mi aggrappo alle sue parole, fingo con me stessa di aver frainteso.

«E adesso che fate?»

«Andiamo da mia sorella che ci ha invitati a cena, domani la porto Upstate dai miei e mangiamo da Igor e Tamara. Lunedì l'accompagno dal medico. Poi vedremo se e quando dovrà essere operata.»

«Bene. Adesso ti saluto, devo andare.»

«Cosa c'è? Hai la voce un po' strana.»

«Assolutamente niente. Salutamela. Ci sentiamo domani.»

Riaggancio e cerco di tornare al mio libro, ma leggere è impossibile. Cosa faranno adesso? Dove andranno? La porta da sua sorella, dai suoi genitori e dai suoi amici. Come se fosse la sua fidanzata. È normale, è un ospite e lui si occupa di lei.

Mi alzo, esco a fare la spesa perché non riesco a concentrarmi, torno e la mente vaga per conto suo. Non è solo il fatto che dormano nello stesso letto, è tutto quello che condividono insieme dalla mattina alla sera.

Mi torna la febbre, vado in camera e finalmente la temperatura altissima mi costringe a dormire.

Mi sveglio domenica in un bagno di sudore. Riesco a malapena ad alzarmi. Chiamo mia madre, che viene a prepararmi qualcosa da mangiare. Sto bene con la febbre perché mi impedisce di pensare.

Sudo tutta la notte e il mattino dopo sono spossata, ma calma. È lunedì, aspetto le tre del pomeriggio e chiamo.

«Come stai?» chiedo.

«Bene.» La voce è un po' distante.

«Come è andata ieri da tuo padre?»

«Benissimo, Thais si è divertita, anche con Igor e Tamara.»

«Ieri non hai chiamato.»

«Hai ragione, scusa, ma siamo stati in giro tutto il giorno e siamo tornati tardi.»

Inspiro profondamente, ecco adesso glielo chiedo, mi dico, ma non ci riesco.

«E poi che avete fatto?»

«Niente di particolare, sabato siamo stati in giro, Thais non era mai stata a New York. Abbiamo mangiato da mia sorella, poi abbiamo meditato.»

«Avete meditato» ripeto meccanicamente.

Mi vergogno a chiederlo, ma l'incertezza è insopportabile.

«Sasha, hai fatto l'amore con lei?» Il tono di voce cambia all'improvviso.

«Come puoi farmi questa domanda? Ti ho detto che ti amo e voglio vivere con te. Stai cercando di controllarmi? Non hai fiducia in me? È così che pensi di costruire le basi per una vita futura insieme?»

«Scusami, ma ho bisogno di sapere.»

«Non puoi farmi il terzo grado, tempestarmi di domande, dove sei stato, cos'hai fatto, chi hai visto, a che ora sei tornato...»

«Voglio solo sapere se hai fatto l'amore con lei.»

Alza la voce, sempre più irritato: «Non abbiamo fatto l'amore, ma c'è un'attrazione».

Alla parola *attrazione* sento i muscoli della pancia contrarsi e non riesco quasi più a parlare.

«Non sopporto di essere controllato. Devi avere fiducia. Ci sentiamo nei prossimi giorni. Ho detto che ti amo e voglio vivere con te e Dario. Stai tranquilla.»

«D'accordo.»

Passo tutto martedì e mercoledì a chiedermi cosa faranno, dove saranno in questo momento. Mi trascino dal mio letto al bagno, incapace di fare qualunque cosa, mi sembra quasi di respirare con Thais, sento l'attrazione di Sasha per lei. Quello che mi sta succedendo è nuovo e non ho anticorpi, non riesco a difendermi. Prima non volevo sapere niente, ora vorrei sapere tutto per avere almeno il controllo sugli eventi. Scopro un lato nuovo in me, torbido, morboso, vile. Ma non faccio scenate, piuttosto mi taglio la lingua.

Torno a letto spossata dai brividi di febbre, mio figlio si ritrova di nuovo con una madre zombie che lo accudisce meccanicamente, senza osare baciarlo perché teme di infettarlo. Non voglio che si ammali anche lui.

Giovedì sto un po' meglio, la febbre si è abbassata e sono lucida. Comincio a reagire. Aspetto che chiami lui e rispondo con tono normale: «Come va? Tutto bene?».

«Sì» dice Sasha, mi parla del dottore e dei problemi di Thais agli occhi, al momento non è operabile, si spera in futuro.

«Quando parte?» chiedo con voce tranquilla.

«Gliel'ho chiesto anch'io e mi ha detto: "Dimmi tu quando vuoi che me ne vada".»

Basta questa frase ad annullare la mia stima per lei. Finora ho pensato a Thais come a una vittima innocente, mi sono identificata con lei pensando a lui che mi diceva: "Sposo Samantha", poi faceva l'amore con me. Ma non ha fatto in tempo a chiedermi quando partivo, me ne sono andata io da sola a New Orleans. Una donna con un minimo di dignità non rimane in una situazione del genere, se ne va.

Venerdì lo chiamo.

«Allora quando ci vediamo? Vieni tu o vengo io?»

Sento che è preso alla sprovvista.

«Ora non posso muovermi.»

«Non importa. Vengo io.»

«Avevi detto che non era il momento.»

«Cosa c'è? Non vuoi vedermi?»

«Certo che ho voglia di vederti. Ti aspetto venerdì prossimo. Thais sarà partita.»

Arriva domenica.

«Ciao.» La voce di Sasha è allegra. «Allora, quando vieni?»

«Non vengo.»

«Perché? Thais parte giovedì.»

«Per me può anche restare.»

«Come sarebbe?»

«Non sono la moglie che caccia via l'amante. È un ruolo che non mi interessa.»

C'è un breve silenzio dall'altra parte.

«Io ti amo. Oggi passavo davanti ai giardini e sono entrato a guardare i bambini. Pensa, mi hanno cacciato perché pensavano fossi un pedofilo.» Ride, ma io non sono per niente in vena di umorismo.

«Sasha, voglio sapere la verità. Hai fatto l'amore con Thais?» La voce è fredda.

Lui sospira.

«Sì, le ho detto che voglio vivere con te e Dario, poi abbiamo fatto subito l'amore. Ma pensavo sempre a te e dopo i primi giorni abbiamo smesso.»

«Ti ringrazio per la sincerità.»
«Allora quando vieni?» La voce tenera, in ansia.
«Non credo di aver voglia di venire, mi è passata.»
«Ma io ti amo.»
La voce mi sale come un ruggito freddo: «Non ti credo. Non so bene cosa sia l'amore, ma se mi ami di sicuro non mi fai questo».
«Io non voglio perderti. Lo so che ora ti sembrerà strano, ma perché non vieni qui e facciamo un figlio.»
«Cosa?!» L'urlo mi rimane in gola. «Fai l'amore con un'altra e poi metti incinta me? Ma come ti salta in mente?»
«Era l'unico modo di finire con lei. So che non capisci, ma non importa. Ti prego, vieni.»
«Ascoltami. Tu questo a me lo fai una volta sola, non due. Chiaro? Io non voglio più stare così.»
«D'accordo. Allora vieni?»
«Ho bisogno di riflettere, magari tra qualche mese.»
«Ti conosco. Se inizi a riflettere, non vieni più. So che ora sei arrabbiata, ma ti prego, parti subito. Ho voglia di te.»
«Non lo so. Fammi riflettere e ti richiamo tra qualche giorno.»

Faccio trascorrere i giorni, non rispondo alle sue telefonate, voglio che si senta almeno un po' come mi sono sentita io, nell'incertezza più totale. Intanto penso. Sono diretta, devo affrontare le cose di petto. Se non vado, è chiaro che è finita, perché il rancore e la mancanza di fiducia si sedimentano nel tempo e nella lontananza. Se vado, non so cosa troverò, magari lo lascio, ma almeno lo guardo in faccia. Decido di partire il venerdì successivo, lo chiamo e gli indico l'orario di arrivo. Lui è felice, ma la comunicazione al telefono è minima, non ho voglia di parlare. Prendo Dario e lo porto da Graziella. Starà da lei una settimana in compagnia del nonno, che è felice.

L'arrivo

Sasha mi viene incontro sorridente all'aeroporto, ma noto lo stupore sul volto appena mi vede. Peso cinquantacinque chili, ho perso tre chili in una settimana, sono pallida. Gli sfioro la guancia per salutarlo, non riesco a baciarlo sulle labbra. Mi porta a casa sua, prepara un tè e una sigaretta. Mi siedo al tavolino davanti alla tazza fumante e penso: "Questa è la stanza dove hanno abitato, questa è la cucina e la doccia dove si sono lavati, questo è il letto dove hanno fatto l'amore".

«Come va, il viaggio è andato bene?»

«Sì, grazie.»

Fumo in continuazione, parlo a monosillabi, mi alzo e vado in bagno, torno e cammino per la stanza. Una piccola finestra si affaccia sulla strada, a sinistra il futon contro il muro, sulla parete accanto una delle foto che gli ho mandato mentre ero incinta di Dario. Il mio corpo nudo come un quadro astratto, dune nel deserto. Perché gli ho mandato le mie foto incinta? Perché le ha appese sul letto? D'improvviso sento le braccia di Sasha che mi circondano la vita, il suo corpo mi stringe in un abbraccio caldo, mi volto e la sua bocca cerca la mia prima che abbia il tempo di reagire, parlare, respingerlo. Sono una pianta avvizzita, secca come un giunco, non ho più energie, il corpo freddo. Lui mi stringe, mi abbraccia, mi cerca con le mani sotto gli strati di lana che mi coprono, mi slaccia e mi sfila i jeans, l'onda del desiderio mi scalda anche se non voglio, Sasha dentro di me come una freccia nel tempo. Lo guardo stupefatta, i vestiti sparsi intorno.

«Vedi, ora non ho più paura, ma dovevo tornare a New York per capirlo.»

Passo una settimana come in una nuvola rosa. Non parliamo più di Thais, Sasha ha capito di avermi fatto male appena mi ha visto e ora mi copre di attenzioni, mi porta in giro, vediamo i suoi amici, dormiamo dalla sorella, facciamo l'amore nella stanza degli ospiti sotto il quadro di una Madonna con bambino. Passeggiamo mano nella mano nel Village, entriamo e usciamo dai negozi, la mia mano sempre nella sua, gli occhi teneri, come se avesse paura di perdermi. Io e lui in coda davanti a un cinema, lui che mi guarda e mi dice all'improvviso: «Vorrei vedere la tua bellezza in una bambina piccola».

Ci amiamo senza mai usare precauzioni. Nessuno dei due ne parla. In realtà io parlo poco, e mai di quello che è successo. È come una pietra che scotta, ancora non riesco a toccarla.

Sono sopraffatta dagli eventi, fragile, appena risorta da un colpo durissimo – d'un tratto sono di nuovo felice tra le sue braccia e non capisco perché.

La freccia nel tempo

La Sardegna mi accoglie coi suoi profumi aspri di rosmarino, ginepri, lentischi, ciuffi di elicriso lungo le rocce. Come sempre l'ossigeno mi ubriaca, i primi giorni cado in sonni profondi da cui mi sveglia la fame di Dario. La mattina lo porto alla spiaggetta davanti casa, lo guardo giocare con paletta e secchiello, ogni tanto lo aiuto a fare castelli di sabbia, lo accompagno a fare il bagno, gioco con lui nell'acqua. A volte Dario avverte il mio nervosismo e comincia a strillare, mi sembra di avere dentro un vulcano attivo che può esplodere da un momento all'altro. Potrei essere incinta di un uomo che mi ha appena tradito con un'altra e abita sull'altra sponda dell'oceano. Una parte del mio corpo è felice e vuole solo vivere, l'altra si pone una serie di domande cui non c'è risposta. Nel frattempo, i giorni scorrono uno dietro l'altro.

Arriva Giorgio e come sempre si prende cura di me. Le colazioni insieme la mattina, le lunghe ore al mare, io appisolata sotto al sole sulla spiaggia, lui appostato tra le rocce col retino a cercare i ricci. Mangiamo spaghetti alle vongole, alla pastorale, un piatto con olio, aglio, pepe verde e pecorino sardo inventato da Giorgio. È un cuoco fantastico, è affettuoso, attento ai dettagli. La sera beviamo un bicchiere di vino e scherziamo prima di cena. Ma io mi sento strana. Guardo il tramonto che colora di perla l'acqua della baia, le scie dei pescherecci sul mare e mi chiedo cosa sarà della mia vita.

«Luna, luna» dice Dario accovacciato sul tavolo accanto alla focaccia, il ditino puntato verso il disco rosso che sale dall'acqua.

«Hai gli occhi di una donna incinta» mi dice Giorgio.

Non so cosa rispondere e mi agito sempre di più.

Una mattina faccio il test, è negativo, ma io non sono convinta. «Forse è ancora troppo presto» dice la farmacista di Stintino. Mi consiglia un esame più approfondito.

Vado in un laboratorio a Porto Torres dove mi rifanno il test con apparecchi più sofisticati. Aspetto qualche giorno, il risultato arriva il 4 luglio: sono incinta.

Chiamo Sasha dal boschetto di oleandri davanti alle baie di roccia, dove la ricezione è migliore, accanto al muretto in pietra sarda. Guardo la distesa del mare azzurro davanti a me e gli dico che aspetto un bambino.

«Sono felice» dice lui. «Oggi è il 4 luglio, la festa dell'indipendenza americana. Questo è il regalo migliore che potevi farmi. Ti amo e tra un mese vengo a vivere con te.»

Sono sopraffatta dalla velocità degli eventi. Anch'io sono felice di aspettare un figlio, ma non sono stata io a sceglierlo, Sasha mi ha messo incinta quando ha voluto lui, senza chiedermi nulla. A New York eravamo tutti e due consapevoli che stavamo giocando col fuoco, o meglio con la vita. Ma parlarne era impossibile, sarebbe stato poeticamente scorretto, falso. Non era il momento delle spiegazioni, delle domande, delle rivendicazioni. Questo è il risultato. La vita ha scelto per noi. Una donna incinta non può scappare da nessuna parte, mentre un uomo sì. Provo rancore nei confronti di Sasha, che mi ha fecondato subito dopo avermi tradito. Mi sento presa al laccio.

Facciamo lunghe telefonate in cui cerca di tranquillizzarmi, ma io non riesco a superare del tutto il rancore e la diffidenza. Che succede se mi lascia con due figli e scappa con un'altra donna? Qualunque sia la sua rassicurazione, so che è possibile. È curioso: una parte di me rifiuta ogni garanzia, vuole vivere la vita spontaneamente, l'altra invece vorrebbe dei puntelli, delle garanzie, a cui però non crede e che rifiuta per orgoglio. Nessuno può prevedere il futuro. Nessuno può promettere qualcosa per sempre. Nessuno sa cosa accadrà domani, cosa proverà tra dieci anni. Neanche io lo so.

Incinta

Questa gravidanza mi coglie più fragile dell'altra volta. Ho un po' di nausea, non spesso, ma prima non è mai successo. Faccio il bagno e mi viene l'otite. Vado da un medico che mi prescrive degli antibiotici contro il dolore e l'infiammazione. «Sono incinta» gli dico, mi risponde che non c'è problema, questo tipo di antibiotico non penetra la placenta. Chiamo mio zio e gli spiego che una mia amica incinta di due mesi ha l'otite.

«Ha la febbre alta?» chiede lui.

«No, ha un dolore acuto ai timpani.»

«Allora è sufficiente una pomata antibiotica da spalmare localmente. Dicono che certi antibiotici non penetrano la placenta, ma in realtà non lo sanno. E a proposito» aggiunge, «la prossima volta che sei incinta, dimmelo.»

Mio zio Olmo ha sempre la capacità di sorprendermi.

Mi sfugge un sorriso attraverso la cornetta, lo ringrazio, lo prego di non dire niente a nessuno e lo saluto.

La cosa più sconvolgente è che dentro di me di nuovo si sta moltiplicando la vita, cellule a grappolo che continuano a diversificarsi. Nascerà il bambino chiaro dal volto d'angelo e l'espressione assorta che ho visto a Parigi? Oppure una bambina? Mi accarezzo la pancia e cerco di cullare questa creatura sconosciuta che ha scelto proprio me per venire al mondo. Comunque sia, fa già parte del mio corpo e Dario avrà un fratello.

Tempesta

«Vado io, non preoccuparti.»

La voce di Livia è tranquilla. È venuta qualche giorno a Milano per stare con me. Mi agito sulla sedia, tormento le ciocche dei capelli. Non posso fumare.

«Sei sicura?»

«Ho la macchina, per me non è un problema. Hai l'otite, è meglio che tu stia a casa con Dario.»

Guardo il balcone immobile nella caligine estiva, sospiro.

«Sasha ci rimarrà male, ma non mi sento di vederlo subito. È troppo complicato.»

«Lo so che sei abituata a uomini che scappano e quindi ora entri nel panico, ma è in arrivo l'uomo che ami, e viene per vivere con te.»

«È esattamente di questo che ho paura.»

«È un'avventura nuova.»

«Spero di farcela.»

«Spaventarsi non serve. Cerca di stare calma. Ora vado. Ci vediamo tra poco.»

È agosto, la città è deserta. Il silenzio della casa contrasta col tumulto che ho dentro. Cos'è che mi spaventa? Mi guardo intorno, il pianoforte, il tavolo, il divano e le due poltroncine che mi seguono da quando sono bambina. Erano nella mia stanza, insieme ai mobili di mia nonna. Sono nata dopo la morte dei nonni materni. E allora? Un nonno l'hai avuto, il padre di tuo padre. Sì, ma non ho mai visto i miei vivere insieme, non sono cresciuta nell'alveo di una coppia, non so come un uomo e una donna possano convivere. Per anni l'amore è stato un inciampo, un cortocircuito ormonale, l'aprirsi di una ferita. Sono passata da una storia a un'altra, da un continente all'altro. Cercando l'assoluto che non esiste, sapendo che non esiste. Tutto aveva un tempo, una fine. *Intensità uguale a forza fratto tempo*. Come sosteneva Caterina, la mia sorella spirituale, l'altro volto del mio nome.

Che c'entra ora Caterina? Da quando ho nove anni non voglio crescere. Neanche lei voleva crescere. Ci accomunava l'incapacità di mediare, la fragilità dell'infanzia. Caterina non ce l'ha fatta. Perché lei sì e io no? Forse mi sono salvata perché sono mediocre, incapace di rischiare fino in fondo. Lei era la poetessa, la scrittrice, l'androgino perfetto. Aveva un umorismo irresistibile, l'intelligenza di un fulmine, la sensibilità estrema dei cuccioli. Ma a volte sei costretto a crescere, altrimenti la vita ti annienta, oppure diventi la copia sbiadita di te stessa. Caterina non è riuscita a cambiare quel tanto da salvarsi. Oppure ha fatto gli incontri sbagliati al momento giusto. Una pura questione di fortuna o sfortuna. Esiste il destino? O crediamo di compiere delle scelte che invece accadono al di fuori della nostra volontà? Caterina non era umile e non aveva paura. Ma il dolore per la perdita di Anita l'ha schiacciata. Forse ci si salva per puro istinto di autoconservazione, un fattore inconscio. In ogni caso Caterina non c'è più. Devo andare avanti da sola.

E ora? Sono cambiata? Sono diventata madre, ho un figlio, un altro nella pancia, suo padre sta venendo in Italia per vivere con me. È tempo che diventi una donna e costruisca una famiglia. I bambini hanno bisogno di stabilità. Sono in grado di darla? No, non sono capace. La stabilità non fa parte della mia natura. Eppure accudisco Dario, mi occupo di lui, gioco, gli insegno a parlare, a esprimersi. Io e lui siamo già una famiglia, Dario ha una madre zingara e va bene così. Ma è in arrivo un altro figlio e Sasha sta per atterrare a Milano. Come farò a vivere con lui? Abbiamo un rapporto intenso, ma Sasha viene da un altro mondo, ci siamo incontrati in tre continenti e città diverse, l'amore tra noi è sempre stato una parentesi. La libertà per me è straniera, a distanza di sicurezza dal fantasma di mio padre. Il solo pensiero di fermarmi e mettere radici mi terrorizza. Scegliere significa rinunciare a tutto il resto, è come chiudersi in una prigione. Mi sento senza vie d'uscita.

Cammino su e giù per il salotto come un cane in gabbia, incapace di ordinare i pensieri in modo razionale. Dario si sveglia, lo lavo, gli preparo la colazione, lo guardo mangiare e gli accarezzo i capelli, come se lui potesse aiutarmi.

Finalmente suona il citofono e apro il portone. Sento i passi sulle scale, le voci di Sasha e Livia si sovrappongono e si fanno più vicine. Ora sono sul mio pianerottolo, il timbro basso della voce di Sasha mentre entra dalla portafinestra della cucina: «*Hey baby, how are you?*».

Appoggia la sacca e mi stringe in un abbraccio, forte ma non troppo, per non farmi male. Mi stacco da lui e lo guardo, i capelli spettinati dopo la notte insonne sull'aereo, la camicia dozzinale a righe, i jeans. Sasha si gira verso Dario: «*How are you little boy?*». Lo solleva, Dario ride e allarga le braccia verso di lui, fiero della sua nuova altezza. «*Let's go for a walk*» dice poi mettendolo giù.

Dario borbotta qualcosa e trotterella a cercare il pallone. Escono insieme e rimango sola con Livia.

«Hai visto la camicia? Come fa a presentarsi con una camicia così?» Continuo a contorcermi sulla sedia, cercando una posizione che non trovo.

Livia mi guarda e scoppia in una risata: «Mi sembri un'anima in pena. Cosa t'importa della camicia? Se non ti piace, la butti via, la bruci. Pensa a Sasha, che è qui per te».

«Appunto, non so come fare, come comportarmi.»

«Come hai sempre fatto. Ora andate insieme a Cetona, goditi questa vacanza.»

Aspettiamo che Sasha torni con Dario, Livia saluta tutti e se ne va. Io resto in casa, ancora non sono guarita dall'otite. Sasha è stupito dalla città, per qualcuno che viene da New York è strano vedere le strade deserte, i negozi chiusi.

Va spesso al parco con Dario. Io passo la maggior parte del giorno a letto, non voglio correre rischi. Cerco di ridurre al minimo il dialogo per tenere a freno il rancore. Ma la notte i nostri corpi si riconoscono, tra le sue braccia mi abbandono e dimentico tutto.

Finalmente guarisco e partiamo, di nuovo attraverso gli Appennini e i tunnel che scavano le montagne. Fasci di luce accendono i prati verde smeraldo, le zolle marrone bruciato, il profilo dei cavalli che pascolano, le criniere brune. I campi di girasole si stagliano contro la città di Fiesole come nei quadri di Giotto, la natura forgiata dall'intelletto.

I miei amici lo accolgono gentili, ma sono perplessi da questo ragazzo così diverso da me.

Di giorno facciamo gite nei paesi vicini, Città della Pieve, Chiusi e le tombe etrusche, le vasche calde di San Casciano, dove non posso immergermi perché la temperatura è troppo alta per una donna incinta. Io sono nervosa e spesso litighiamo, le differenze culturali sono enormi, ma i nostri corpi si attraggono come magneti.

«Mi sposi?» sussurra Sasha all'orecchio mentre stiamo facendo l'amore.

Il panico morde la gola e fingo di non sentire. Il giorno dopo me lo chiede mentre stiamo passeggiando.

«Non posso» rispondo.

«Come non puoi?»

«Non posso sposarmi.»

«Per quale motivo?»

«Perché non voglio divorziare.»

«Se non mi sposi, non funzionerà e sarò costretto a tornare in America.»

«Perché?»

«Per quanto ti ami, io sono troppo indipendente, egoista, nomade, per avere da solo la forza di fare una famiglia. Se voglio trovare questa forza, deve essere un progetto spirituale, sacro.»

«Non posso sposarmi. Sono figlia di divorziati, non ho mai creduto nel matrimonio, non posso scegliere di amare una persona tutta la vita, nel bene e nel male. Io so quello che provo ora, non conosco il futuro.»

«Il figlio che hai dentro, la famiglia che vogliamo costruire, sono il frutto dell'amore che ci ha uniti a Shantivanam. Se lo neghiamo, non funzionerà. Sposarci significa affermarlo.»

«Non possiamo sentirci uniti senza creare vincoli istituzionali?»

«Io mi conosco, sono troppo debole, preda di vari demoni, ho bisogno di un legame che renda il nostro rapporto indissolubile.»

«Questo dipende solo da noi.»

Sasha si ferma, scuote la testa e mi guarda negli occhi: «Fa parte della superbia degli uomini credere di poter fare tutto da soli. Io ho bisogno di un vincolo sacro. Ti amo e voglio che tu sia mia moglie».

«Ti prego, non insistere. Non posso fare una cosa di cui non sono convinta. Non sono pronta. Ho bisogno di tempo.»

«D'accordo, aspetterò, ma la mia pazienza ha un limite.»

«Non voglio che le cose inizino perché temo che finiscano, la mia vita è costellata di morti.»

«Della morte non ho paura. Io sono cristiano, non puoi risorgere se prima non muori.»

Taccio, come sempre stupita dalla sua forza spirituale che io non ho, anche se mi sento parte di un flusso cosmico che sfugge alla ragione. Ma sono figlia del dubbio.

Conflitto

Suono il campanello alle sei di sera, lo studio è chiuso e mio padre è solo. Dalle vetrate si allungano fasci di luce obliqua, il sole di settembre è una palla rossa di fuoco tra i palazzi di fronte.

«Sono incinta. Di Sasha. Avremo un bambino.»

Il viso di mio padre sbianca, gli occhi diventano due fessure nere.

«Non capisco questa smania improvvisa di procreare.»

«Tu hai quattordici fratelli, certo non soffri di solitudine.»

Mio padre si muove nervosamente per la stanza, le mani affondate nelle tasche del camice.

«Dopo che mia madre è morta di parto, mio padre ha messo incinta una ragazza di sedici anni e ha fatto con lei altri sette figli. Io ne avevo quattordici, Umberto tredici, Giacomo sedici, Giulia diciotto. Federico, Nora e Nicola erano i più piccoli, Rosa appena nata. Non è stato semplice per nessuno. Maria ha fatto quello che poteva, data la situazione. Non poteva essere una madre per noi, anche lei era una bambina. È naturale che volesse più bene ai suoi figli. Dario in pratica non ha un padre, mentre il bambino che deve nascere l'avrà. Non voglio che Dario si senta tagliato fuori, che soffra.»

«Non è la stessa cosa» dico io. «Non ci sono trent'anni di differenza tra me e Sasha. Dario avrà un fratello, Sasha conosce Dario da quando ha nove mesi, lo ama come un figlio.»

Guardo mio padre con una determinazione a me sconosciuta. Lui scuote il capo, continua a camminare su e giù per la stanza, la fronte aggrottata, gli occhi persi dietro a qualche ricordo doloroso.

«Tu non capisci, non puoi capire. Non si gioca così con la vita, è da incoscienti.»

«So che ti sembrerà strano, ma sto per costruire una famiglia. E funzionerà.»

Mi stupisco io stessa mentre scandisco le parole, pronunciarle mi dà una forza nuova. Sasha è giovane, è un poeta, è appena arrivato dall'America, non ha ancora un lavoro. Ma in qualche modo ce la caveremo. Lavorerò di più per mantenere mio figlio. Che comunque arriverà. Nessuno deve fargli del male. Neanche io.

Mio padre è fuori di sé, si agita per la stanza, non riesce a ragionare obiettivamente. È segnato dal trauma che ha colpito lui e i fratelli orfani con una matrigna bambina, peraltro inconsapevole e anche lei vittima.

Penso ai suoi racconti, a quando è saltato dalla finestra l'ultima notte per andare in ospedale a trovare la madre moribonda. Il cane, un piccolo volpino, ha abbaiato tutta la notte. Il dolore dei figli, l'ultima nata privata per sempre dell'affetto materno, la sorella maggiore di due anni più grande della seconda moglie.

Mi avvicino, gli parlo con dolcezza: «Babbo, lo so che per voi è stato difficile. Ma ora vi volete bene, siete tutti uniti. Sei sempre stato tu a evitare collisioni tra i fratelli grandi e quelli piccoli. Hai fatto in modo che andassero tutti d'accordo, ti sei occupato dei due più piccoli quando è morto il nonno. La mia è una situazione diversa. Non ci saranno differenze tra i miei figli, hanno una madre sola».

Mio padre obietta, si arrabbia, scuote il capo. La mia nuova gravidanza riapre una sofferenza antica e non riesco a farlo ragionare. È convinto che Dario soffrirà, il neonato avrà un padre e lui no. Non riesco a fargli capire che Sasha ama già Dario come un figlio. E io non posso più cambiare il corso delle cose. Dario non subirà traumi. Avrà il fratello che io non ho potuto avere.

Mio padre sta male e nasconde l'ansia dietro un'ira sorda. Minaccia, ma non mi dice che devo abortire. Cerco di calmarlo, gli ripeto che andrà tutto bene, deve farsene una ragione, come del resto anch'io.

Zingari

«Se nasce una femmina, puoi chiamarla come ti pare, se nasce un maschio voglio che abbia il nome di mio padre.»

Guardo Sasha esterrefatta: «Ma come? Non sei un poeta nomade libero da vincoli?».

«Io amo mio padre. Ho promesso a me stesso che se avrò un figlio gli darò il suo nome.»

Sospiro, cerco di prendere tempo.

«Come si chiama tuo padre?»

«Ivan.»

Ci penso un po'.

«D'accordo, Ivan mi piace, se è un maschio lo chiameremo così, se è femmina Rebecca. È un nome forte che avrei sempre voluto per una figlia.»

L'amniocentesi è fissata per le nove di mattina. Mi sdraio e osservo l'ago che penetra l'addome. È lungo e spesso, spero stiano attenti a non toccare per sbaglio il bambino. Lo guardo sul monitor, acciambellato su se stesso come un cavalluccio marino. Sento una fitta, l'ago esce estraendo il liquido che certificherà la salute di mio figlio. E se ci fossero errori genetici? Avrei il coraggio di abortire? Preferisco non pensarci. Ormai sento dentro i calci quando si muove, il silenzio quando suono il piano o mi accarezzo la pancia.

Resto sdraiata per riprendermi dallo scombussolamento provocato dall'ago, poi mi alzo e torno a casa. Appena salgo le scale al quarto piano, mi rendo conto che qualcosa non va. La porta finestra è spalancata, i segni del piede di porco hanno graffiato il legno. Dentro è tutto sottosopra, le mie mutande e i reggiseni buttati sul divano del salotto, le coperte e i cassetti per aria.

Mi precipito in camera, il cuore in tumulto. Sono spariti i miei gioielli, l'anello di diamanti a margherita che mia madre mi ha regalato per la laurea e che porto sempre all'anulare della mano sinistra. Era di mia nonna. Stamattina ho deciso all'ultimo momento di cambiarlo con l'anello di perle. È sparito anche il bracciale d'oro massiccio e lapislazzuli sbalzato a mano con le scene della Genesi. È una violenza terribile, qualcuno ha violato l'intimità della mia casa, è quasi come uno stupro.

Chiamo mia madre e Sasha e mi sdraio a letto per evitare contrazioni che potrebbero danneggiare il bambino. Nel pomeriggio vado alla polizia, ma so che hanno ben altro da fare. Sono saliti dai tetti, mi spiegano, sono zingari di nove, dieci, tredici anni. Li scelgono piccoli perché non sono perseguibili per legge, se il bottino che portano a casa non è sufficiente, vengono puniti. Penso alle loro mani che maneggiano i miei ricordi, senza neppure rendersi conto del valore affettivo del bottino. Magari fonderanno l'oro, distruggeranno il ricamo dell'artista che ha fissato la scansione della Genesi. L'unica memoria di mia nonna erano i suoi gioielli. Ora è rimasto solo l'anello con i due brillanti preso sul Ponte Vecchio a Firenze, regalo di nozze dei genitori a mia nonna. Quante volte mi hanno sgridato o preso in giro perché lo porto sempre al dito. Se l'avessi lasciato a casa, sarebbe sparito nelle mani dei ladri come il resto. Mi sento nuda, i miei ricordi familiari scomparsi.

Vado in pellegrinaggio in una tendopoli di zingari, cerco di informarmi per ricomprare i gioielli e il mio passato. Ma non c'è niente da fare. Sicuramente hanno già lasciato l'Italia.

Arriva il responso dell'amniocentesi. Mio figlio è sano e sarà un maschio. Dentro di me già lo sapevo. L'ho visto.

«Mi sento nuda senza i miei gioielli. Erano tutto quello che mi restava di mia nonna. Come faccio ora che non c'è più l'anello di famiglia all'anulare sinistro? Non vedi il solco nel dito? Ho sempre portato un anello. Come faccio senza?»

«Sarebbe ora che tu ci mettessi una fede. Forse ci volevano gli zingari perché lo capissi» dice Sasha.

Lo guardo sorpresa, rifletto. Non abbiamo più toccato il tema del matrimonio dopo le discussioni a Cetona. So che lui continua a pensarci. Anch'io, ma ancora non sono pronta.

«Va bene. Facciamo così. Incinta non mi sposo, con la pancia lo trovo di pessimo gusto. Poi nascerà il bambino, lo allatterò, sarò gonfia. Se quando il bambino ha sei mesi stiamo ancora insieme, ci sposiamo.»

Sasha stupito mi abbraccia, io sono frastornata e non sono sicura al cento per cento di quello che dico. Ma intanto l'ho detto e dentro di me comincio a prepararmi.

Per prima cosa parlo con mia madre e studio la sua reazione.

«Proprio non capisco perché all'alba del Duemila ci sia ancora qualcuno che abbia voglia di sposarsi» commenta lei. «Non mi sembra necessario. Ma se per te è importante, fallo.»

«Verrai alle mie nozze?»

«Certo.»

Mio padre si oppone. È sempre stato ostile a un mio eventuale matrimonio. L'unico uomo della mia vita è lui, gli altri sono solo comparse. Dice che Sasha è troppo giovane. Ribadisce che lui non ha lavorato tutta la vita per lasciare il suo denaro all'uomo che mi sposerò. Gli spiego che a Sasha i suoi soldi non interessano, vuole me.

La mia casetta è troppo piccola per quattro persone. È evidente che mio padre non mi aiuterà a trovarne un'altra più grande. Non resta che andare in affitto.

Dopo varie ricerche trovo un appartamento poco distante nel centro di Brera: due stanze da letto, salone con camino, terrazzino sui tetti. La cucina è minuscola, ma non importa. Davanti alla finestra nella mia futura stanza da letto una paulonia allunga i rami fino al nostro piano. Guardo la gente che passeggia in via Madonnina, i negozi, il bar all'angolo, penso che qui potrò allevare la mia famiglia.

Sasha improvvisa una danza acrobatica nel salone vuoto, la sensazione di potenza nel corpo che volteggia e si piega accovacciato su se stesso, le mani che afferrano i gomiti, le gambe che si sollevano ritmicamente, le ginocchia piegate. Come fa a non cadere? Lo abbraccio e lui mi trascina in un valzer.

Le finestre del salone si affacciano sul cortile interno, la porta a vetri dà sul terrazzo che si allarga a triangolo in fondo. È una versione più grande della mia casa in corso Garibaldi. Ma per me traslocare è un dramma. Non voglio lasciare il mio rifugio.

Sasha mi prende in giro: «Ma come? Io attraverso l'oceano per venire a vivere con te e tu hai paura di spostarti di duecento metri? Ti manca lo spirito pionieristico. Noi americani siamo abituati a cambiare città, stato, nazione, senza problemi, non puoi essere così attaccata a un luogo».

Cammino su e giù per il saloncino di casa mia, mi guardo intorno.

«Questa è la mia tana. L'ho costruita pezzo per pezzo, è l'unico posto che sento mio.»

«Sono sicuro che tra poco sentirai tua la nuova casa» insiste Sasha.

Alla fine mi convinco, del resto non ho alternative. Quella casa per noi è perfetta. Finalmente Dario avrà una stanza. Tra poco compirà tre anni, dormirà lì col fratello.

Sasha organizza il trasloco con due amici. Prepariamo casse di libri, vestiti, stoviglie, posate. Ordino una nuova libreria e un letto enorme che possa contenere noi e i nostri figli, se si intrufolano tra le coperte di notte in cerca di conforto. Ogni tanto Dario viene ancora a rifugiarsi nel mio letto se si sveglia e ha paura.

Finalmente arriva il giorno del trasloco e ci trasferiamo nella nuova casa. Battezziamo tutte le stanze facendo l'amore a lume di candela, io nuda nella pelliccia sul parquet del salone, sul divano, nel nuovo letto ancora rivestito di cellophane. Sto bene, la pancia continua a crescere e il giorno della nascita di Ivan si avvicina.

Ivan

«Questa volta sarà un parto naturale.»

Il medico sorride, mi ha appena visitato, è tutto a posto e il bambino nascerà tra poco.

«È sicuro? Non ci sono problemi dopo un primo cesareo?»

«Assolutamente no. Basta che non spinga troppo, perché potrebbero rompersi i punti.»

Un brivido mi corre per la schiena.

«Mi scusi, se partorisco non posso stare a preoccuparmi di quanto spingo. Ho già una cicatrice, che tra l'altro mi dà fastidio. Quando deve nascere il bambino?»

Il medico inforca gli occhiali e consulta lo schedario.

«La data prevista è il 5 marzo.»

«È anche la data di nascita di mio padre. Facciamo così. Se il 5 marzo il bambino nasce in modo naturale, tanto meglio. Se invece non ho contrazioni, programmiamo un cesareo, non all'ultimo minuto, evitando rischi al bambino.» Faccio una pausa. «Vorrei un chirurgo plastico che mi metta a posto la ferita.»

«D'accordo.»

Dario sa che sta per nascere un fratellino. Mi chiede come sarà, gli rispondo che è una sorpresa per tutti.

«Potrò giocare con lui a pallone?»

«Penso proprio di sì, ma dovrai aspettare un po'. Prima deve imparare a camminare.»

«Non può sbrigarsi?»

Mi chino e gli sorrido divertita: «Tesoro, non si può obbligare un bambino a crescere più in fretta. La natura deve seguire il suo corso. Bisogna che tu abbia un po' di pazienza».

«Ma io voglio giocare con lui.»

«Giocherai, ma devi dargli un po' di tempo.»

Mi guarda, non è convinto, per lui il concetto di attesa non esiste, non ha il senso del tempo, un mese o una settimana sono la stessa cosa. Esiste solo il presente. È buffo, da adulti facciamo di tutto per liberarci dalla trappola del tempo, mentre un bambino ha bisogno di qualche anno per imparare la differenza tra presente, passato e futuro. È allora, forse, che nascono i ricordi. Prima esiste solo un presente continuo, e la pazienza di aspettare non è prevista. Se io me ne vado e lo lascio solo, potrei anche scomparire per sempre. Devo distrarlo in modo che la sua mente sia impegnata in qualcos'altro, e quando torno è come se non fossi mai partita.

È molto eccitato per la prossima nascita del fratello. Forse inconsciamente ha paura di perdere il ruolo di figlio unico e centro di attenzione. Devo stare attenta a non trascurarlo e non fargli mai mancare il mio affetto. Ho visto troppe volte bambini soffrire per il favoritismo inconscio dei genitori. Sasha mi aiuterà. È legatissimo a Dario, ma ora sta per nascere il figlio che lui ha voluto da me. Mi accarezzo la pancia, mi ripeto che andrà tutto bene.

Il medico mi visita per l'ultima volta.

«Il liquido nella placenta inizia lentamente a diminuire. Il bambino potrebbe nascere anche dopo la data di scadenza.»

«Dottore, non voglio essere costretta a fare un altro cesareo d'urgenza. Programmiamo il parto per il 5 marzo, poi vediamo. So che il bambino non nascerà in modo naturale. Lo sento. Non ho problemi durante la gravidanza, ma il mio corpo si rifiuta di partorire.»

Il 4 marzo sto in ascolto del mio corpo, studio ogni reazione, cerco di intercettare anche il minimo accenno di contrazione. Niente. Metto a letto Dario, gli racconto una favola e lo cullo finché non si addormenta tra le mie braccia.

La mattina dopo vado in clinica con Sasha. Il medico mi visita, nessun accenno di doglie, come sospettavo. È tutto pronto in sala parto. Il dottore mi chiede se preferisco l'epidurale o l'anestesia totale. Devo decidere ora perché non possono farmi una doppia anestesia, è pericoloso per il bambino. Rifletto sdraiata sul letto della mia stanza. Vorrei assistere almeno una volta alla nascita di mio figlio, ma non me la sento di farmi tagliare da sveglia. Livia ha appena partorito con l'epidurale, non ha provato dolore, ma ha sentito una mano che tirava da dentro. Per lei non è stato un problema, io non so come reagirei. Il mio senso d'integrità sarebbe sconvolto. Sono una macchina biologica, ma se mi aprono preferisco essere altrove.

Decido per l'anestesia totale, entro in sala operatoria e mi addormento.

Mi sveglio con Sasha vicino.

«Dov'è? Com'è?» biascico, ancora confusa dall'anestesia.

«È bellissimo» dice Sasha, commosso.

Finalmente me lo portano. È un fagottino magro e pallido come un albino, i capelli biondi. Si agita e urla come se venisse da un altro pianeta, quasi sottovoce. Emma, che è venuta a trovarmi, ha la presenza di spirito di attaccarlo subito al mio seno. Lui comincia a ciucciare e immediatamente si placa, ritrova il calore che ha appena perduto, gli occhi chiusi e le manine giunte come se pregasse. Ha la pelle trasparente, sembra un geco, un alieno. È talmente indifeso che mi innamoro subito di lui.

Una famiglia

«Dottore, non ci faccia caso, anche se piango, sono felice.»

Seduta sul mio letto in clinica, il fazzoletto in mano, ho il viso rigato di lacrime e non riesco a smettere.

«È naturale» dice il medico. «Il suo corpo ha smesso di produrre l'ormone della felicità, della crescita. Ora sta producendo prolattina, perché lei allatta. È normale che sia depressa.»

Mi sento una fabbrica biochimica, praticamente priva di volontà. Non c'è una spiegazione razionale alle mie lacrime. Ho appena avuto un bambino e non ho nessun motivo per piangere.

Viene Sasha a trovarmi, mi asciuga gli occhi con un fazzoletto, mi abbraccia, si arrampica sul letto e tenta di baciarmi.

«So cosa ci vuole per te, baby» mi sussurra all'orecchio.

Mi muovo a fatica, la ferita mi fa male, anche se non come la prima volta che mi hanno operato. Gli spiego che non posso avere rapporti per almeno altre quarantott'ore. Lui insiste, la riproduzione lo rende euforico, non riesco a sottrarmi a questo suo bisogno di me così assoluto. Facciamo l'amore semivestiti sul letto, io attenta a muovermi il meno possibile.

Viene mio padre con Graziella prima che mi dimettano. Dietro la maschera burbera capisco che è commosso. Ivan è un essere talmente improbabile, è impossibile non innamorarsi di lui. È un bambino quieto, strilla poco. Il fratello lo guarda curioso e protettivo.

Nella nuova casa Dario e Ivan dormono nella stessa stanza in due letti già da adulti. Dario lo fissa mentre dorme, la boccuccia dischiusa, ogni tanto si avvicina per toccarlo.

«Devi stare attento a non fargli male, è molto delicato, non è una bambola» dico.

Dario annuisce compunto e torna al capezzale del fratello, che ogni tanto apre gli occhi e lo fissa a sua volta. La loro comunicazione inizia così, in silenzio.

Sasha parla con Dario sempre in inglese, ancora non ha imparato l'italiano. Gli prepara la minestra, lo imbocca e lo distrae raccontandogli delle storie per farlo mangiare. Dario ama i suoi racconti, che sono molto diversi dai miei. Io scelgo favole classiche, Sasha inventa trame complicate, personaggi buffi e surreali. Il ranocchio verde è uno dei suoi preferiti. Dario si diverte molto, ogni tanto scoppia in una risata che gli scuote le membra. È spesso impulsivo, estremo. Quando ride, ride con tutto il corpo. Quando fa uno dei suoi capricci, scoppia in un'ira furiosa per un essere così piccolo. Stringe i pugni, il viso stravolto, i suoi urli scuotono anche i vicini. Ivan invece è un piccolo E.T. Ogni tanto guarda il fratello, gli occhi incantati, e spalanca la bocca in un sorriso senza denti.

Sasha mi legge i *Canti Pisani* di Ezra Pound. Sono le undici di sera, ho appena allattato Ivan e fatico a seguirlo.

«Scusa, ma in che lingua scrive?» chiedo.

Mi guarda furente: «Ma come? Non t'interessa più la poesia, non riesci più a seguire un discorso intellettuale, non hai più voglia di fare l'amore. Cosa ti è successo? Dov'è la donna che ho conosciuto?».

Ha ragione, sono esausta, spossata tra il lavoro e i figli. Vorrei avere più tempo per seguirli, il mio corpo è stanchissimo, la mente distratta. In questo momento è la vita che mi cattura, il resto mi interessa poco. Sono in una specie d'incantamento fatto di cose primarie.

Sasha si sente solo, non sono più sua complice. Non ce la faccio a seguire mezz'ora di poesie in una lingua che non capisco, e poi trovare ancora l'energia per fare l'amore.

«Scusami, ma ho veramente sonno.»

Mi guarda deluso.

«Allora l'eros tra noi è già finito.»

«Sasha, mi spiace, ma ho bisogno di dormire».

Lui appoggia il libro e comincia a camminare su e giù per il salone.

«Sei diventata una casalinga.»

«Lo sai che ho sempre voluto essere amante e non moglie. Ma se una donna lavora tutto il giorno, si occupa di due figli e in più allatta, a un certo punto è stanca. Sono le undici e un quarto e tra tre ore Ivan mi sveglierà perché ha fame. Devo dormire altrimenti non ce la faccio.»

Sasha mi ascolta silenzioso, poi sbotta: «Non vorrai mica che diventi geloso di mio figlio».

Scuoto la testa, esausta: «Ivan è piccolo e ha bisogno di me. Anche Dario. Non deve sentirsi trascurato. Non ha senso che tu sia geloso di tuo figlio. Siamo una coppia e dobbiamo lavorare insieme. Il desiderio non è calato, ma ci sono altre priorità in questo momento».

Lui si ferma davanti a me e mi fissa negli occhi: «Ora ti confesso qualcosa che riguarda tutti i maschi, anche se molti la negherebbero. Gli uomini guardano tutte le donne che passano. E quelli che lo negano, mentono. Io non faccio eccezione, ma sono talmente ossessionato da te, che ti voglio comunque e sempre. Anche se questo in un certo senso mi dà fastidio, perché mi rende dipendente. Se tu però mi trascuri, prima o poi guarderò altrove. È inevitabile. Sappi che non è un ricatto» aggiunge, mentre io sto per ribattere che lo è.

«Io e te siamo il nucleo della nostra famiglia, tutto ruota attorno a noi. Anche i nostri figli. Se noi non funzioniamo, nulla funziona. È importante che loro sentano che c'è amore tra noi. È l'amore che lega e tiene unita la nostra famiglia. L'amore tra noi è la forza primaria, quella che ci ha fatto conoscere e ci ha spinto l'uno verso l'altra.»

Lo guardo stralunata, vorrei solo dormire, ma sento che in qualche modo ha ragione. È nervoso, sta male, anche lui dorme poco. Non ci sono solo il bambino appena nato e l'altro ancora piccolo ad aver bisogno di me. Quando una donna partorisce e allatta, per un po' non ha nessuna voglia di fare l'amore. L'amore e la sensualità si esprimono in altro modo, non c'è bisogno di aggiungere nulla, neanche quel minimo di violenza che implica l'eros. Ma è triste per un uomo sentirsi in qualche modo escluso, usato come un fuco per riprodursi e poi abbandonato come una suppellettile inutile.

Decido di assecondarlo, per quanto mi è possibile. La famiglia siamo noi. Tutto questo per me è una novità assoluta, nessuno mi ha insegnato come gestire una famiglia, come dividere le mie attenzioni tra i suoi componenti. Per anni ho sentito parlare solo di diritti delle donne. È strano per me scoprire la fragilità maschile, sia in Sasha che nei miei figli.

Gardenie e fiori d'arancio

Ottobre accende di rosso e di giallo le foglie dei platani nel parco. Dario gioca nell'area dei bambini, dalla carrozzina Ivan osserva il mondo capovolto.

Io e Sasha ci sposeremo il 27. Dato che mio padre non c'è, non inviterò nessuno della mia famiglia. Verrà solo il figlio di Olmo, Cesare, che suonerà l'organo. Ci saranno la sorella e i genitori di Sasha, qualche amico. Non più di quindici persone in tutto. Sarà un matrimonio molto semplice, ci sposeremo dietro casa, nella cappella della chiesa dedicata alla Madonna.

Organizzo fiori e bomboniere. Trovo un vestito di seta in saldo, una tunica che scende a terra, le maniche di chiffon. C'è in versione crema o grigio perla. In grigio perla mi sta benissimo, ma manca qualcosa.

«Scusi, non ha un pezzo di chiffon in più?»

«Ora guardo in magazzino.»

La commessa torna con due metri di chiffon. L'appoggio davanti e sulle spalle, lascio che cada in due lunghe code sulla schiena. Così il vestito è perfetto, semplice ed elegante.

«Che ne dici?» chiedo a mia madre.

Scuote la testa, lo sguardo critico: «Non puoi vestirti di bianco, con due figli è evidente che non sei più vergine».

«Mamma, ti prego, che importanza ha? Tra l'altro è color perla, vicino al bianco la differenza si vede.»

«La differenza è minima, nessuno la noterà.»

«Mamma, per favore, è il mio matrimonio. Vestita color crema sembro la nipote di Nosferatu.» Mi volto verso la commessa: «Prendo quello color perla».

Lei annuisce, paghiamo e usciamo dal negozio nel freddo umido della sera.

Prenotiamo nel piccolo ristorante di Ahmed, un amico egiziano da cui mangiamo spesso. Due giorni prima, mi avverte mortificato che dobbiamo spostarci altrove. Ha appena venduto il locale e il nuovo proprietario rifiuta di darci lo spazio.

Io lo guardo allibita: «E adesso come faccio, all'ultimo momento?»

«Non preoccuparti» dice lui, «ti aiuto io a trovare un ristorante in zona.»

Mi porta in un piccolo locale vicino. La prima cosa che vedo, entrando, sono delle orrende tovaglie a scacchi bianche e rosse, come nelle mense aziendali.

«Non posso fare il mio pranzo di nozze su delle tovaglie così» dico. «Devono essere bianche.»

«Non si preoccupi» replica la proprietaria, «le cambieremo.»

Sembra una prostituta attempata uscita da un racconto di Bukowski, fasciata in minigonna, il corpo tozzo, tacchi alti e calze a rete sulle gambe magre e storte, la bocca sbavata di rossetto, gli occhi bistrati. Ahmed si occuperà della musica, io delle tovaglie bianche, con al centro i fiori. I tavoli saranno disposti a forma di ferro di cavallo, in modo che tutti siedano uno accanto all'altro.

Si avvicina il giorno fatidico, cerco di non agitarmi, ma è difficile.

La mattina del 27 Sasha esce prestissimo e va a prepararsi in albergo dai suoi genitori. Io vesto i bambini, la casa si riempie di amiche che mi aiutano. C'è Sybille, arrivata dalla Germania, ci sono Clara ed Emma. Mi vestono, mi truccano, scherzano, mi mettono una giarrettiera rossa, calze e scarpe bianche, una coroncina di gardenie e fiori d'arancio tra i capelli sciolti. Cesare prova il pianoforte e simpatizza con Sybille, anche lei riservata, così diversa da lui. È la prima volta che Cesare vede i miei figli.

Arrivano mia madre, Graziella e la baby-sitter. Esco a piedi accompagnata da Dario, che regge un bouquet di gardenie, compunto nelle sue scarpette di vernice bianche e nere. La giornata è livida, il cielo lattiginoso, per fortuna non piove.

Dietro ci sono le mie amiche, mia madre, Graziella. Ivan è nella carrozzina con la baby-sitter. Sembra una processione felliniana. Dario mi tiene per mano, compreso nel suo ruolo. Sarà lui a portarmi all'altare.

Davanti alla chiesa aspettano altri amici, intravedo Valeria sorridente col marito. Sasha è in piedi accanto ai genitori, la sorella vestita con un abito rosso, una collana di rubini sulla pelle candida.

Mi avvicino, sorrido, mi sento sdoppiata. Mancano Giorgio, Livia, Ignazio, Bibo e Augusto. Festeggerò con loro a Roma. Cerco con gli occhi una persona che non c'è. Mio padre non è venuto.

Appena entro in chiesa, è come se la dimensione temporale si dilatasse. Le note dell'organo accompagnano i miei passi verso l'altare nella cappella laterale. La manina di Dario stringe la mia e mi dà forza. Non posso essere io, mi dico, non può accadere veramente, e intanto continuo ad avanzare. Finché non raggiungo Sasha, che mi sorride. È come se tra me e la realtà che mi circonda si alzasse un velo. Davanti il prete rubizzo, dietro gli amici sparsi tra i banchi, i miei figli accanto a mia madre e alla baby-sitter, i genitori di Sasha, con la sorella, seduti in prima fila.

La musica d'organo riempie le navate. Ascolto le parole del prete e intanto la mente corre. Sto per prendere un impegno da adulta consenziente e consapevole, di cui ancora non riesco pienamente a cogliere la portata. Il prete evoca le nozze di Cana, ci regala una bottiglia che ha comprato in Terrasanta. Guardo la statua della Madonna sull'altare, gli occhi rivolti al cielo, la cupola che sovrasta la cappella. Il tempo precipita alle mie spalle. Mi sento in acido, uno spazio/tempo sospeso dove corrono gli anni trascorsi e quelli a venire: la gioia, le difficoltà, le incertezze, la forza di questa famiglia improvvisata e viva. Forlì e l'allegria della Iole, io che gioco a Peter Pan sul terrazzo, la Ruth e la sua parlata fiumana, gli occhi viola di Mustafà, il primo grande amore della mia vita. Le corse tra i campi a Dozza, a casa degli zii. Il cane lupo del nonno a Montepaolo: «Diventerai una donna» mi dice. Io scuoto il capo: «Non voglio, non può capitare a me, è impossibile». «Avrei voluto farvi il ritratto» dice Dalì, «ma non ho potuto, troppi fidanzati gelosi, ora il vostro ritratto dovrete farlo da sola.» «Non posso» rispondo, «non sono capace.» «Imparerete a spiccare il volo, basta lanciarsi in alto a occhi chiusi.» Mi fa l'occhiolino e si allontana, appoggiandosi al bastone di Montesquieu. «Io il ritratto te l'ho fatto» dice Mario Schifano. «Quindici bugie per un ascoltatore solo. Ora sta a te continuare.»

«Vuoi tu, Sasha, prendere come tua legittima consorte la qui presente... nel bene e nel male... finché morte...»

«Sì.»

«Vuoi tu, Caterina...»

Il vuoto, l'eco di una promessa.

«Sì.» L'ho detto, la gola secca.

«In nome di Dio, vi dichiaro marito e moglie.»

Sasha mi bacia sulle labbra, inarco lievemente il busto, sono una sposa timida. Ci scambiamo gli anelli. Sotto la cupola, in alto, angeli paffuti sorridono.

Il prete ci benedice e usciamo dalla chiesa, travolti dai chicchi di riso. Il padre di Sasha bacia in lacrime il figlio, lo stringe forte come un'immagine di sé allo specchio. La lingua morbida dei suoni ucraini mi avvolge. La commozione della madre di Sasha, della sorella. Mia madre sorride, Dario si guarda intorno soddisfatto.

«Sei stato veramente bravo, un piccolo cavaliere» gli dice Graziella.

Dario la fissa fiero, silenzioso. Ivan si è comportato bene, ma adesso ha fame. Ci incamminiamo tutti verso il piccolo ristorante.

La proprietaria, sempre vestita come la tenutaria di un bordello anni Cinquanta, ci fa entrare e ci sediamo, io al centro, parenti e amici ai lati. Mangiamo ravioli al sugo, coniglio e polenta avvolti dalla voce pastosa di Mina, che Sasha ascolta per la prima volta.

Arriva una gigantesca cheesecake al cioccolato con i nostri nomi ricamati sopra al cioccolato su pasta di mandorle. La taglio e la distribuisco. Poi mi alzo, esco in cortile e lancio il bouquet.

Guardo gli occhi bizantini di mia madre, seguo Dario che fa una carezza ruvida al fratello. Ivan lo osserva dondolando la testa troppo grande, fiero del primo tortellino mangiato proprio oggi.

«Bello il tuo matrimonio, mamma» dice Dario mentre torniamo a casa. «Ricominciamo da capo?»

L'inizio

«Mi accendi una sigaretta?» Allunga la mano e un ricciolo le cade sulla fronte mentre si china verso l'accendino. La luce delle braci le arrossa una guancia. Si alza, prende un tronco e lo lancia nel camino. Il riflesso delle fiamme illumina a sprazzi i corpi che si spogliano con furia, le cosce tornite e i seni piccoli di lei, il naso aquilino e le gambe magre di lui. L'afferra per i fianchi e affonda dentro. Non vuole abbandonarsi a quegli occhi senza fondo. Lei si aggrappa a lui in un richiamo assoluto di cui non è consapevole. Suo padre è morto da pochi mesi, è in lutto.

Lo bacia, la fiamma le illumina la gola rovesciata mentre lui la morde piano. Lampi travestiti da caso o necessità o entrambi. Lui teme la decadenza di lei, la follia che intravede nei suoi gesti bruschi, negli sbalzi di umore, nei toni di voce acuti, nei silenzi improvvisi. Non vuole tramandarla in altri gesti. È un medico, conosce il meccanismo dell'ereditarietà, vuole mantenere il controllo sui propri cromosomi.

Sono da soli nel vecchio palazzo di lei, dalle pareti scrostate. In qualche parte della casa dorme un'anziana domestica. Ma non si alzerebbe mai a quest'ora di notte. Tutto è silenzioso, i vicini, le strade deserte.

C'è una luce negli occhi di lei che è troppo intensa per non essere inquietante. Non è la decadenza sobria del Nord, è un precipitato di ragù e melodramma. "Non posso fare un figlio con lei" pensa, e intanto la penetra, mentre il volto di lei si trasfigura e lui vuole vedere solo quel volto.

Sente una fitta alle ginocchia, una scheggia del parquet gli si è conficcata nella carne. Ma non scaccia il dolore, anzi lo asseconda colpendo dentro di lei alla cieca.

Esce di colpo, un attimo prima. Si guardano in silenzio, lei si accende un'altra sigaretta. Il suo odore nella stanza è più forte di qualunque altra cosa, gli riempie le narici, gli annebbia la vista.

Fuori è novembre, ma il salone è caldo. Sono sdraiati accanto al camino. Lui le attraversa con una carezza la massa di capelli ramati che le copre la schiena, indugia sulle fossette del dorso. Lei si volta e lo guarda. È pallida, gli occhi due icone antiche.

«C'è ancora un bicchiere di vino?» chiede.

«Certo.»

Le sfiora la mano, sorride e le allunga il bicchiere. Lei ama la sua allegria, l'ironia levantina dei suoi occhi. Lui la fa ridere, scherza su tutto, non conosce il panico che assedia lei dalla nascita. Le toglie ogni ansia perché non sembra prendere mai nulla sul serio. Lei si sente libera. Non è geloso, non le fa prediche, non si offende se non va a prenderlo alla stazione. Non litigano mai. Parlano poco, fanno spesso l'amore. Lui sembra non avere problemi. Se li ha, non li dice.

Da due anni lei ha lasciato per lui il precedente fidanzato calvo, brufoloso e moralista, che la obbligava ad andare a messa e a mangiare tre fette di pane a pasto, perché il pane è sacro, diceva. Invece lei odia il pane, ama il cotechino e il culatello. Si mette lo smalto e le piace fumare mentre fa le parole crociate.

Appoggia il bicchiere, striscia carponi verso di lui, china la testa sul suo grembo, si volta verso il camino. Ora le fiamme sono alte, il crepitio della legna le è familiare, la rende quieta. Lui le accarezza i capelli, segue la linea perfetta del naso, il profilo del mento, la curva sottile del collo, l'incavo delle clavicole. Sente il suo cuore pulsare sotto le dita.

Le scivola dentro muovendosi appena, aumenta il ritmo. Cerca di non pensare al piacere di lei per non esserne risucchiato, si perde nel fondo di quegli occhi, si trattiene. Lei gli affonda le mani nei capelli, gli cerca la bocca, gli accarezza il petto, gli graffia la schiena, inarcando il busto in uno spasimo. Lui sente una sferzata alla base del collo, la schiena si irrigidisce, riesce a uscire una frazione di secondo prima.

Stanno immobili, abbandonati l'uno sull'altra. Fuori il vento spazzola i tetti con raffiche di pioggia. Lei è riversa su un fianco, l'aria appagata di una bambina.

"Come mai la sua pelle è così luminosa?" pensa lui, e intanto lo sguardo si sofferma sul culo di lei, tondo come quello di una statua greca. Finalmente riesce a guardarla con distacco. È tranquillo, non ha perso il controllo.

E invece sì. Perché in quell'attimo, in quel piccolo inciampo, in quel frammento minuscolo tra un gesto e l'altro, una fessura, uno iato, in quell'incrinatura, virgola, sberleffo, in quel lampo grottesco, sinistro, misterioso, io precipito tra loro e mi aggrappo al ventre di mia madre col mio battito.

Così tutto ha inizio.

Ringraziamenti

Questo libro è un viaggio attraverso traumi familiari alla ricerca dell'identità e della libertà. Ha avuto una genesi di vent'anni e non sarebbe mai stato scritto senza il contributo fondamentale di Paolo Nepoti, il mio primo lettore, che mi ha aiutato a scavare e mi ha sempre incoraggiato. Sono molto debitrice alle mie lettrici storiche: in primo luogo, mia zia Maria Luisa Zaccaroni, per il sostegno, la stima e l'affetto; mia cugina Elisabetta Galeati, la prima persona a credere in me come scrittrice; mia zia Elisabetta Zaccaroni, per l'entusiasmo con cui ha sempre accolto le mie pagine, spronandomi ad andare avanti; la mia amica Beatrice Fabi, per la pazienza e i suggerimenti. Ringrazio mio marito per il supporto morale. Delfina Vezzoli mi ha presentato Mariarosa Bricchi, che ha capito la cifra del libro e ha fatto il primo editing, tagliando centocinquanta pagine e dando forma al testo. Ringrazio la mia agente Monica Malatesta, che ha creduto subito nel libro e lo ha promosso con passione, Carlo Carabba e Linda Fava, che hanno deciso di pubblicarlo, e Massimiliano Catoni, che mi ha aiutato a trovare la sintesi definitiva.

Indice

Mondadori Libri S.p.A.

Questo volume è stato stampato
presso ELCOGRAF S.p.A.
Stabilimento - Cles (TN)

Stampato in Italia - Printed in Italy